Cruzados de las estrellas

Volumen 2

Alan Somoza

Esto es una obra de ficción. Los nombres, personajes, lugares y hechos son producto de la imaginación del autor o se usan de forma ficticia. Cualquier parecido con personas reales, vivas o muertas, hechos o lugares es pura coincidencia.

© 2018 Alan-Carlos Somoza Pérez
1ª edición
Editorial Dragón
ISBN: 978-84-15981-55-8
Portada: Bertrandb | Dreamstime.com
Impreso por/Printed by CreateSpace

Índice

El Báculo de Osiris

Recibieron otro impacto que hizo retumbar la superestructura, mandándolos a ambos al suelo. El choque fue muy violento, le dolía el hombro con el que había golpeado al caer. Su armadura lo marcó en amarillo parpadeante antes de devolverlo lentamente al verde. El *Portlex* le mostró el radar del puente en una ventana miniaturizada. Medio costado de babor acababa de saltar por los aires.

El *control de daños* lo anunció tanto por la megafonía como por los comunicadores individuales integrados en el casco de toda la tripulación. Se recordó a todo el mundo que las armaduras debían estar selladas, en modo traje espacial. Había descompresión en varias cubiertas y secciones. A aquellas alturas no debería haber quedado nadie sin casco puesto y *Pretor* presurizada, pero a veces el pánico o la mala suerte jugaban malas pasadas.

Accedió con dos comandos de voz al esquema general de la nave para comprobar la integridad del casco, y casi le da un infarto. El último ataque había sido de unas dimensiones inimaginables, y les había pasado rozando. Si les hubiera dado de lleno, estarían muertos.

—¿Estás bien, Svarni?

Su compañera había sido sorprendentemente rápida al levantarse, a pesar de que su arma era una minigun de infantería. Verne era una mujer muy dura, de eso no cabía duda. Tomó la mano que le tendía y se puso en pie para buscar su rifle. Tan pronto como avanzó, se dio cuenta de que iban escorados varios grados del lado de la brecha. Los estabilizadores de gravedad debían haberse averiado.

Trató de comunicarse con el *control de daños*, sin obtener ninguna respuesta. Los habían enviado a aquella zona a medias para evacuar, a medias para comprobar visualmente cómo de grave era la situación. Estaba seguro de que el primer oficial, pues el capitán había muerto en la torre del puente principal, temía que los abordasen. Que él supiera, aquellos bastardos nunca habían abordado ninguna nave. Aunque sin tener acceso a todos los datos del Alto Mando, jamás podrían estar seguros.

Ambos eran *Cuervos Negros*, los únicos en todo el *Sacro Vengador*. El general Hasiz les había asignado al grupo de batalla *Penitencia*, igual que había destacado a otras tantas parejas de soldados a otros grupos, para ser sus ojos y oídos en caso de un ataque *cosechador*. Tenían una suerte endiablada, estaban viendo y oyendo más cosas de las que les gustaría.

—¿Las cámaras también están fritas? Ha debido destrozar parte de la electrónica. ¡¿Con qué mierda nos han disparado?!

—No lo sé, y no sé si quiero que lo repitan para averiguarlo. —Svarni manipulaba los controles de transmisión locales, que parpadeaban como locos. Sus propios equipos emitían ruido blanco—. Acabo de mandar un mensaje al comunicador de *todo* el maldito personal del puente sugiriendo retirar el grupo de batalla. No sé cuál es tu opinión profesional al respecto, pero la mía es correr, y rápido.

—Estoy de acuerdo —asintió ella, abandonando el terminal de control de sección, que se ocultó cojeando en la pared—. Según mis diagnósticos, tenemos ya suficientes agujeros para que manden este crucero al desguace.

—Espera, recibo algo. Te lo reboto.

El mensaje entrante era del puente secundario, en el que se veían daños y operadores muertos en sus estaciones. Los gritos de los heridos inundaban la zona, haciendo difícil la comprensión. A ráfagas, pudieron confirmar sus nuevas órdenes. Tenían que bajar una cubierta para comprobar una repentina pérdida de presión.

Se miraron. Debían tener cara de ser de la Orden del Acero, o algo así. Sin las cámaras funcionando, podían abrir sin querer una zona expuesta al espacio y despresurizar parte de la nave. No tenían las herramientas necesarias para no causar más problemas de los que desgraciadamente ya había.

—¿Por qué nos manda a nosotros?

—Joder, Verne ¡Bajemos ya!

Echó a correr, cayendo súbitamente en la cuenta de lo que pasaba. No habían fallado sin querer, había sido deliberado. En ningún momento habían tenido intención alguna de destruirlos.

— ¡¿Qué mosca te ha picado, sargento?! —Salió disparada detrás, haciendo retumbar el pasillo bajo sus botas.

—¡¡Que sí que nos están abordando!!

—¡¿Y cómo lo sabes?!

—¡Llámalo presentimiento, o como te dé la gana! ¡Estoy llamando a los marines! ¡Calla un poco y sígueme!

Se colocó el rifle de francotirador a la espalda, enganchándolo en su soporte magnético. Tuvo que accionar la apertura manual de la escotilla al nivel inferior, y luego deslizarse por la escalerilla, preparada con carriles electromagnéticos para aquel tipo de bajada. Verne hizo lo mismo, sujetando su arma con la mano derecha mientras descendía. Cuando llegó al suelo, desbloqueó la puerta de seguridad para dar paso a sus refuerzos, y se colocó de cara a la sección de la que venía la señal. Con un comando de voz que su *Pretor* retransmitió a los receptores de la Inteligencia Artificial, la propia nave hizo aparecer coberturas en el pasillo, levantando paneles blindados del suelo o las paredes. Él se colocó lo más cerca posible de la puerta que controlaban, para aprovechar la distancia, y su compañera se situó a medio alcance.

No tardaron en llegar los infantes de marina que había solicitado. Eran cinco solamente, cuando en realidad, había mandado un mensaje a *todos* los malditos hombres disponibles en un radio de tres cubiertas. Venían armados con fusiles de asalto aceleradores. Tirachinas, comparados con sus propias armas. Su rifle tenía la capacidad de destruir un tanque si hacía falta, y Verne tenía la potencia de fuego de un pelotón completo.

Al haber activado el protocolo anti abordaje, el pasillo adoptaba un código de luces de aviso. Verde significaba sin peligro, amarillo indicaba movimiento a dos secciones o tres y rojo indicaba que la sección contigua estaba invadida.

Era un sistema rudimentario, que a decir verdad se usaba cuando fallaba todo lo demás. Precisamente por eso funcionaba siempre. Nadie se molestaba en buscar un arcaico sensor de movimiento en una nave con Inteligencia Artificial, cámaras, sensores de presurización y escáneres térmicos. Además, al estar reforzados y aislados, resistían incluso los pulsos electromagnéticos.

Las luces pasaron de amarillas a rojas.

—¡Todos atentos! —gruñó Svarni, desplegando el bípode sobre el borde de su parapeto—. ¡Si no son Cruzados, vaporizadlos según entren!

Estaba seguro de que no lo eran. El sistema detectaba las armaduras *Pretor* y las añadía a la lista de excepciones de movimiento. Salvo que se hubiera averiado alguno de los dos transcriptores de seguridad, cosa poco probable, quienquiera que estuviera al otro lado, no era amigo.

Comenzó a ver borroso. No en general, sino en una zona en particular. De repente, el contorno de la puerta de sección se había nublado, como si alguien lo hubiera frotado en exceso con una goma. Había visitado un par de planetas tóxicos, y a pesar de las brumas letales que tapaban parcialmente la visión, nunca se había mareado tratando de mantener el punto de mira en el mismo sitio. Conectó el rifle al visor de *Portlex*. Veía lo mismo.

—Problema visual —anunció uno de los marines.

—Eco —contestó otro.

—Todos lo tenemos —secundó Verne, levantando el arma—. ¿Sargento?

—Yo también —confirmó él, dando toquecitos al casco—. ¿Qué coño es...?

Antes de que pudiera terminar la frase, algo atravesó el umbral. No lo destruyó, ni lo hizo explotar. Tampoco lo pirateó, lo abrió por la fuerza, ni pulsó botón alguno. Simplemente lo atravesó, filtrándose a través como lo haría un fantasma.

Era enorme, una mole de color caqui y gris oscuro. Carecía de cabeza, era solamente un torso monstruoso con sus correspondientes brazos y cuatro patas articuladas, similares a las de los artrópodos. La mano izquierda acababa en una especie de tenaza con dos dientes separados en la cara interior y uno enorme en la exterior, mientras que la derecha era un arma de boca ancha, unida con cables al antebrazo y al hombro.

—Por el vacío infinito...

—¡¡Contacto!!

Verne hizo girar el tambor de su arma, y esta comenzó a disparar a toda velocidad.

—¡¡Fuego!! ¡¡Matad esa cosa!! ¡¡*Jolie*!! —llamó a la IA—. ¡¡Armamento pesado, en pasillo cincuenta y ocho B!! ¡¡Ya!!

La tormenta de proyectiles aporreó a la criatura, que no pareció inmutarse. La Inteligencia Artificial desplegó la torreta del techo, un cañón de raíles de calibre intermedio, pensado para abatir blindados de tamaño similar a los *Coraceros*. Los dos disparos aceleradores si le causaron daños. Uno le dio en la coraza quitinosa de un hombro, haciéndole una herida que comenzó a vomitar un líquido blanquecino. El otro abolló el pecho, arrancándole una considerable nube de esquirlas.

En un movimiento más rápido que la vista, fruto de la repetición y una memoria muscular exquisitamente desarrollada, Svarni soltó el cargador estándar de su arma y dejó que cayera al suelo aún mientras disparaba. Con la mano del cañón agarró otro que llevaba colgado del cinturón magnético de la armadura, marcado en color rojo.

—Vamos a ver si esto te hace gracia, basura alienígena.

Notó el aumento de retroceso cuando el proyectil altamente explosivo salió de la boca de su rifle acelerador. La bala voló dejando una estela de fuego, y fue a incrustarse en el hueco que había abierto el cañón de raíles del techo, en el hombro de su enemigo. Entró limpiamente en la herida, hasta agotar el tiempo y explotar. No lo hizo de manera convencional, sino hacia dentro. Le había dado un ángulo preciso, y la había programado mentalmente para soportar tres rebotes. Pegó primero en el lateral exterior del hombro, luego en el posterior, y por último dentro del pecho.

La criatura se volcó sobre dos de sus patas, quedando apoyada contra la pared del pasillo. Las armaduras indicaban que olía a quemado, que ya no se movía. No por ello dejaron de disparar, ni tampoco lo hizo el cañón del techo. No se iban a conformar con derribarlo, no debían darle a aquella cosa la oportunidad de levantarse. Si lo hacían, ese fuera lo que fuese, podría matarlos.

Uno de los marines se giró para abrir los compartimentos ocultos que había en las paredes del interior de la nave, que contenían munición extra. Al hacerlo, sus manos desaparecieron dentro del panel, en lugar de agarrar la tapa del depósito. Fue entonces cuando se dieron cuenta de que también se había vuelto borrosa. El soldado fue arrastrado al otro lado y tras un alarido, su indicador vital pasó al negro, indicando que estaba muerto.

—¡¡Segundo contacto, izquierda!!

Era demasiado tarde. Otra de aquellas cosas pasó a través del portal, arrasando su posición. Tan pronto como pudo, ensartó al Cruzado más próximo con su garra, aplastándolo después. Luego, destruyó la torreta con un disparo verde de su arma.

Una de las patas se estiró hasta atravesarle la pelvis a una infante de marina próxima, a la que arrojó por los aires hasta chocar contra la puerta, al lado de Svarni. Este soltó el rifle un segundo para tratar de salvarla. Estaba malherida, aunque no sería letal salvo que no se la atendiera. Una vez estuvo seguro de que no le necesitaba, dejó que la *Pretor* hiciera su trabajo, y cambió al cargador azul, de munición perforante. Esa la utilizaba cuando tenía que enfrentarse a vehículos acorazados, debería servirle para abrir un agujero en el pecho. Le bastaban tres centímetros para colarle una roja y hacerlo estallar desde dentro. Verne retrocedió por el pasillo hacia la criatura abatida, tratando de llamar la atención del recién llegado. La tormenta de balas de su compañera debía molestarle, o tal vez temió por la seguridad de su camarada, porque se giró hacia ella.

—¡¡Ahora Svarni, cárgatelo!! ¡¡Eh, ven a por mí, monstruo gilipollas!! ¡¡Mira que cañón más jodido llevo!! ¡Me acerco a tu colega!

Se llevó el arma a la cara una vez más, y disparó. En efecto, la bala perforó la espalda, sin que el bicho se diese por aludido. Quizás no era exactamente un ser vivo, porque se comportaba como lo haría un *Coracero*. Sangró, sin desviar su atención de la *Cuervo Negro* ni un segundo. Ella retrocedía, cada vez más arrinconada. Metió el cargador rojo y volvió a apuntar. Apretó el gatillo...

...y falló. Justo en el momento en el que la bala volaba, el monstruo alienígena dio una zancada hacia adelante y atrapó a Verne con su garra. Su disparo le golpeó en la espalda, explotando y astillando la coraza. Su amiga chilló, y tardó solamente unos instantes en ser aplastada hasta morir.

—¡¡Stephanie!! ¡¡No!!

Continuó disparando, al tuntún y muerto de rabia. Los dos marines ilesos arrastraban a su compañera herida hacia atrás, pidiéndole que les siguiera para tratar de replegarse hasta la siguiente arma automatizada.

Él no podía hacerlo, no tenía cabeza más que para meterle una bala explosiva en las entrañas a aquella cosa. El pulso le temblaba, y acabó vaciando el cargador en modo semiautomático sin ningún éxito. El ser agarraba ahora a su camarada herido, arrastrándolo tras deshacerse de Verne como si fuera una muñeca rota. Finalmente se giró hacia él y le disparó sin que pudiera apartarse a tiempo.

La cobertura le evitó lo peor del impacto, pero aun así le dio de lleno. Su arma se desintegró del cañón a la culata, lo mismo que sus brazos y su mandíbula inferior. Contra ese disparo no había armadura que valiese. El *supracero* y el refuerzo ablativo se fundieron, el *Portlex* se derritió, y notó como toda la piel de su cara ardía hasta consumirse. Dejó de ver y oír, sin poder ni siquiera gritar. Su garganta se había abrasado también.

La oscuridad se apoderó de Svarni, desvanecido en una nube de dolor inimaginable.

—¡Así que hemos tardado ochocientos cincuenta años en darnos cuenta de que estaban delante de nuestras narices!

El Almirante estaba realmente cabreado. Había perdido el contacto con tres grupos de batalla en lo que iba de año, y tenía al estado mayor pidiendo su cabeza por no dar con la solución. Le pegó un manotazo a su *holotableta* y esta se estrelló violentamente contra el suelo, haciéndose pedazos.

ADAN y EVA aguardaban pacientemente su veredicto, impasibles en el centro de la estancia. La sala del *Consejo del Almirantazgo* era una cúpula estanca a bordo de la *Darksun Zero*, enterrada en los mapas para hacerla aparecer como zona peligrosa. Nadie salvo el Alto Mando sabía dónde estaba realmente, para así poder usarla como refugio en un hipotético abordaje. Desde su interior podía verse el espacio a través del techo de *Portlex*, que estaba polarizado para parecer *supracero* desde el exterior. Sus puertas estaban en una zona de mantenimiento, ocultas tras unos montones de material de limpieza caducado. Totalmente aislada de los sonidos e interferencias electromagnéticas externas, era tal el grado de silencio en su interior, que uno podía incomodarse con el ritmo de las respiraciones de los demás.

Se permitía a cada miembro acudir con un asesor, que se sentaba a la derecha del sitial de su superior. La Orden de la Vida, debido a su gran diversificación, tenía derecho a un segundo acompañante. Entre los que acudían al Consejo se trataban como iguales, motivo por el que esta Orden llamaba Triarcas a sus representantes. Para distinguirlos, al más novato se le denominaba tercera voz, al siguiente segunda voz, y al veterano se le denominaba el —o la— Triarca a secas. La Orden de la Cruz enviaba a su Rector y a un vicerrector, igual que la de las Estrellas mandaba su Almirante y un vicealmirante. Por los Cronistas se presentaban el Cronista Supremo y *el Pluma de Oro*, elegido durante el cónclave semestral para la transparencia que celebraban los *Encapuchados* desde la caída de sus Altos Cronistas. El Señor del Acero cambiaba de asesor cada año, llevando al *Nobel de Nóbeles*, un galardón de inconmensurable prestigio otorgado al descubridor del mayor avance tecnológico o industrial de ese periodo. Para compensar la ayuda que Gregor les había prestado en el descubrimiento de las intenciones *cosechadoras*, le habían cedido todo el mérito de cara al premio. Se había negado al principio, pero habían conseguido persuadirle de que aceptar era la única forma de convencer al Señor del Acero de votar a favor de la intervención. Después de todo, los ingenieros eran una meritocracia.

—Nuestros cálculos son exactos. El ritmo de ataques se acelera, desencadenando los efectos expuestos. Algo ha cambiado, y es posible que seamos nosotros —conjeturó ADAN, levantando la mirada para que solamente se le vieran los ojos bajo la gorra—. Puede que ahora sepan que Héctor está muerto. Dedicamos un diez por ciento de nuestra CPU desde hace semanas a averiguar si hay infiltrados debido a que, lamentablemente, carecemos de un sistema de detección de *constructos* eficaz. Mis cálculos indican que el ochenta y nueve por ciento de los extranjeros se negarían a ser intervenidos en quirófano para demostrar que no son *Cosechadores*. El modelo sociológico por su parte, nos dice que explicar la naturaleza de humanos artificiales sin tener una solución, induciría a nuestros ciudadanos y soldados a una depresión y estado de paranoia.

—En efecto. La prueba es que nosotros, aun siendo los Triarcas, hemos experimentado episodios de manía persecutoria y miedo irracional —aseguró la segunda voz—. Y teniendo en cuenta que en teoría deberíamos ser más resistentes a la sugestión, nos resulta preocupante.

—Yo llegué a ordenar detener a mi asistente —reconoció el Señor del Acero—. Llevaba trabajando conmigo treinta años y ahora dice que se retira a hacer de mecánico en una nave menor. ¡Todo por un delirio!

—Es imposible ofrecer un diagnóstico sin saber nada más que *el organismo alienígena es azul*—suspiró el Rector—. Necesitamos estudiar a uno.

—Quizás podríamos extender los chequeos anti cibernéticos anuales de nuestra Orden a los demás, como excusa para revisar a todo el mundo y saber que *somos los que somos* realmente —sugirió el Cronista.

—Esos chequeos ya no deberían ni existir —negó la vicerrectora—. Son invasivos. Es mejor, en mi opinión, intervenir según lo sugerido.

—Así que todos contra mí —rugió finalmente el Almirante, golpeando la mesa al levantarse—. ¿Es que nadie entiende que podemos causar el epílogo de la Guerra Colonial? ¡Cualquier idiota pensaría, y no sin motivo, que buscamos la revancha! ¡La Confederación podría llegar a ser un poderosísimo aliado militar!

—Sin embargo, hemos verificado punto a punto los datos del Maestro Ingeniero Slauss y sus pistas son sólidas. —EVA ladeó la cabeza, sonriendo—. Toda la teoría que ha enunciado, no es solamente posible, es probable.

—¡Es el maldito fundador de la Confederación! ¿Iban a dejar la evidencia ahí, en una urna, para que la encontremos?

—Reconocerá que lo que hemos averiguado mediante la subcontrata de espías es... perturbador.

ADAN le miró directamente, tratando que la gorra dejara ver solamente de sus ojos para abajo, una vez más. Sabía que sosteniendo la mirada así durante suficiente tiempo haría recular incluso al Almirante.

—Lo es, pero...

—Dejar el cuerpo intacto no tiene sentido, salvo que... —El Señor del Acero abrió repentinamente la boca—. ¡Lo tengo! ¡Por eso no damos con ellos! ¡Es una obviedad lo que nos falta, tal como dijo EVA en la exposición!

—¿Qué quieres decir, Maestro Supremo Kapelos?

—Energía infinita, Almirante —sonrió, maravillado. Luego empezó a intentar dibujar una esfera imaginaria en su *holoproyector*, añadiendo una luz dentro, para intentar emular el mundo de sus enemigos—. Siempre nos referimos a una estrella entera, emitiendo energía interminable que ellos capturan y tratan. La Esfera Dyson donde viven los *Cosechadores*, ¡es capaz de moverse por la galaxia! ¡Tiene que ser eso! ¡Cuadraría con las anomalías gravitacionales que detectamos cuando los perseguimos!

—Eh... ¿Qué? Eso es imposible —objetó el militar—. ¿Cómo van a mover un sol completo? Desafía todas las leyes de la física.

—Exacto, las mismas leyes que desafían sus armas de fase. Por eso las llamamos así. ¿Es que acaso no se nos escapan siempre? ¿No llegamos a un sistema inexplorado y encontramos que lo han consumido, o que hay alteraciones de campo magnético monstruosas que no podemos explicar?

—Sí, eso son hechos. Sin embargo, hasta semejante afirmación hay un trecho.

—Asumamos el aserto como correcto durante un momento. Si viajan por el cosmos, como nosotros, son difíciles de encontrar. Tratan de protegerse, y eso encaja con lo que sabemos de estos monstruos con certeza: aprecian mucho sus miserables vidas. Por tanto y en base a esto podemos deducir que, si hay *Cosechadores* infiltrados en la sociedad humana, no querrán quedarse eternamente ni pueden arriesgarse a que los descubran —argumentó ADAN, paseando por la sala con las manos a la espalda—. Este razonamiento nos indica a su vez que existe necesariamente un medio para volver a casa, sin un equivalente tecnológico humano. No quieren que los encontremos.

—Y ya que están en las posiciones de poder, tienen acceso a todo, mientras que los demás no lo tenemos —continuó EVA, buscando los ojos de sus interlocutores—. Por ende, pueden permitirse ocultar su secreto más importante a plena vista. Jarred es la llave para su, llamémosla… *brújula estelar*. Es, o permite el acceso a, un mapa.

—¡Eso es! —Kapelos aporreó la mesa—. ¡A eso me refiero! ¡Tiene que estar relacionado!

—Quizás esperen darle el cambiazo si necesitan hacer el relevo de guardia —aventuró la vicealmirante Ribaldi—. Es lo que yo haría.

—No sé si eso haría falta. Si son una raza tan avanzada, es casi seguro que serán muy longevos. Puede que inmortales —razonó la segunda voz—. No les importará infiltrarse durante centurias si con ello evitan muertes de los suyos. El tiempo está en el ojo de la que mira. Para un inmortal, un milenio sería como esperar a que el insecticida que ha vaciado mate a las hormigas jussianas. Unos minutos de cortesía.

—¿Y luego, qué?

—Cuando las hormigas mueran, querrán regresar a su cubil —concluyó el Cronista, simulando el uso de un espray—. Nadie, salvo un colono o un prófugo, abandona su hogar para no volver. El cuerpo debe ser su billete de vuelta. Y hemos confirmado ya lo del planeta *Triángulo de las Bermudas*. Frigia.

—Lo que nos lleva de nuevo a por qué debemos intervenir —los detuvo el Almirante—. Habéis tratado de venderme el fin de la raza humana y una misión sin sentido sin explicarme el motivo. ¿Qué parte me he saltado?

—Dirigen a la Confederación a su auto destrucción. Nuestros modelos revelan que nada sacudiría más los cimientos confederados que demostrar que una civilización genocida mató a los demás patriotas que iniciaron su revolución. Las empresas se verían obligadas a hacer autocrítica pública, al apoyarse como se apoyan en la constitución y sus enmiendas. ¿Quién querría seguir respetando las reglas de unos extraterrestres, que tanta desdicha han traído? —La Triarca proyectó las complejas notas de la *holotableta* y señaló las fórmulas que apoyaban su tesis en verde. Luego, resaltó otras en rojo para lanzar su advertencia—. Sin embargo, si el patrón de ataques observado continúa, podría estallar una guerra civil cataclísmica que desintegraría la humanidad. El gobierno títere y las compañías no podrían garantizar la seguridad de los ciudadanos, provocando que estos perdieran el miedo. Al enfrentarse a una muerte segura bajo su punto de vista, los oprimidos se alzarían en armas contra los opresores... y la historia de siempre.

Hizo desfilar las fórmulas y cálculos por la pantalla. Las notas de Ultair Ganímede se habían desarrollado muchísimo desde que fueron liberadas de la Censura Hectoriana, y habían crecido hasta convertirse en una especie de matemática social, escapada casi de antiguos libros de ciencia ficción.

Gregor sonrió al pensar en todas las cosas que habían cambiado desde que aplastó a aquel cabrón. Las líneas entre las órdenes se habían desdibujado lo suficiente como para que hubiera hombres y mujeres multidisciplinares, y aquellos solían tener las mejores ideas. El Padre era la prueba viviente de ello.

—En este momento, les bastará esperar a que nos matemos, y luego soltar a sus *Fkashi* o cualquier otra basura que inventen para barrer los restos.

—A ver si me entero, querida Triarca... ¿Insinúas que la escalada *cosechadora* que hemos sufrido pretende romper la Confederación que ellos mismos han creado, y que controlan? ¿Por qué?

—Hay muchas razones plausibles. La primera y más importante sería que finalmente hayan encontrado la forma de gestionar su red de esferas. Es de lo que habló el prisionero de Taller —sugirió ADAN, añadiendo hologramas al dibujo del Señor del Acero, que ya contaba con muchísimos cálculos que éste había ido añadiendo por encima—. También puede que nos hayan estudiado para aprender lo que nuestra civilización tuviera que enseñar, y haya llegado el punto donde hemos dejado de ser útiles. Crecimos mucho tras salir de la Tierra, pero ahora los humanos nos hemos... estancado como especie.

—O quizás hay demasiadas hormigas, y molestan —intervino Ribaldi—. Divide el hormiguero entre varias reinas, y vencerás.

—Eso también es una buena razón. Si pudiéramos demostrar...

—¡Nada de lo que digamos serán más que teorías y conjeturas! —El Almirante apagó todos los hologramas—. ¡Estamos hablando de intervenir en el corazón de nuestro rival político más directo y antiguo enemigo mortal! ¡¡En base a teoría!!

—Eso no es correcto, señor —negó ADAN, meneando la cabeza hacia los lados—. En base a los modelos sociológicos más avanzados de la historia, con una muestra tan grande que es complicado equivocarse.

—A decir verdad, hasta que Ultair los desarrolló, esos modelos no eran más que una novela del siglo XX —apuntó el Cronista Supremo—. En concreto, la escribió Sir Isaa...

—¡¡Me daría igual que hubierais consultado las cartas del tarot!! ¡No dejamos de aplicar razonamientos humanos a las conspiraciones ideadas por una especie distinta! ¡Un sólo error conceptual desbarataría todos estos castillos en el aire!

—Es todo lo que tenemos por el momento. —A Gregor le pareció que aquello acababa de molestar a ADAN—. Incluso si es descabellada, es nuestra última línea de acción viable. No hay más. Si esperamos, llegaremos tarde.

—¡¿Y si los *empresaurios* descubren nuestra implicación, qué?! ¡¿Sonreímos?!

—Habría guerra. Ese punto no lo hemos negado ni en las reuniones ni en ninguno de los cálculos —admitió la tercera voz, sin ninguna clase de pudor—. Perderíamos un potencial aliado, la Nueva Confederación, para ganar un temible enemigo, la actual. Lo que está claro es que, si no intervenimos, no existirán ni la una, ni la otra. Y es probable que los alienígenas ganen. Lo sorprendente del modelo es que incluso si la casta empresarial luchara contra nosotros, todos saldríamos mejor parados.

—La Orden Cronista tiene una sugerencia. —La *Pluma de Oro*, una jovenzuela de ojos brillantes y cabello rizado esperó a que el Almirante le diera la dispensa de hablar. Se conservaría la costumbre de hacer esperar al delegado durante cien años desde la caída de Héctor para expiar la traición—. ¿Por qué no poner la misión en manos de mercenarios?

—¡Y un cuerno! —protestó la anciana vicealmirante—. ¡El nivel de seguridad de esta información está por encima de cualquier número que se nos ocurra darle! ¡¿Y si corren a venderla?!

—No valdría cualquier mercenario, claro. Cada contratado debería tener una fama intachable, ser generosamente pagado al completar el trabajo, y ser honesto. Además, debe ser hábil y contar con muchos recursos —enumeró el Cronista Supremo lanzando una lista hológrafica al aire, que recogió sus notas—. Por último, no debe tener motivos para odiarnos, y estar muerto de ganas por jugársela a los Confederados.

—Es un perfil complicado —suspiró la segunda voz—. Estoy seguro de que sería complejo rellenar los huecos de un equipo del tamaño adecuado. Cuarenta personas son muchas.

—No hace falta, nos basta un grupo que sepa lo que nosotros no sabemos —aseguró el Cronista Supremo, eliminando la mayor parte de los huecos de la lista de candidatos, que ahora flotaba al lado de la de características indispensables—. Podemos enviar a algunos de los nuestros, aquí el problema es que no sabríamos comportarnos como... no provincianos.

—Eso es factible —el Almirante fulminó a Ribaldi con la mirada tan pronto como la anciana dijo aquello. Ella se giró sin ninguna clase de temor en el rostro hacia su superior, cosa que sorprendió a Slauss—. No perderíamos el control de la misión, señor. Si se extralimitasen, sería fácil eliminarlos. Y si los atrapan, lo negaremos todo.

—Tendríamos que contar con su criterio para que nuestra tecnología no sea obvia —intervino el Señor del Acero—. Debe parecer que nos la han robado, no que somos nosotros. El capitán tendrá que saber reconocernos como lo haría cualquier empresa.

—Es decir, que encima tienen que tener vínculos directos con la Flota y conocernos bien —gruñó el Almirante—. Eso por no contar, que necesitaremos dos equipos. Esto es, dos capitanes diferentes que sepan compenetrarse a la perfección.

—Además de un especialista de seguridad, uno militar, un ladrón fuera de serie, y alguien que sepa suficiente de la Confederación como para reescribir la *Espaciopedia* sin pestañear. —El Cronista Supremo se encogió de hombros, resaltando los huecos sobre el grupo—. Si ADAN y EVA dieran con esos perfiles... ¿levantaría su veto, Almirante?

—Es posible. Sin embargo, no creo que sea...

—Ya tengo a los capitanes —aseguró la Madre—. Se van a reír. El Padre y yo los conocemos en persona.

No rió nadie. Salvo Gregor y el anciano Cronista Supremo, quien había aceptado ayudarles de antemano por su vieja amistad, todos estaban boquiabiertos.

La sacudida le sacó de su ensoñación. La lanzadera atravesaba alguna clase de turbulencia, y su cuello acababa de pagar las consecuencias. Colocándose la mano en la oreja derecha, chascó dos vértebras, y trató de asomarse por una ventana próxima. El arnés le impedía girarse por completo, sujetando los hombros lo más pegados posible al respaldo. Podía regular la presión y la altura de la espuma con memoria, así que manipuló los controles para ganar algo de holgura. Liberó el hombro de su barra protectora, pudiendo llegar a asomarse al exterior.

A través del ventanuco parcialmente biselado vio pasar una fragata. Su transporte habría virado para evitar alguno de los enormes buques espaciales que los rodeaban. Dieron la vuelta por el costado de estribor, probablemente intercambiando códigos de seguridad. Cuando rebasaron la cubierta superior, contempló la majestuosidad de sus anfitriones. Ya había tratado con los Cruzados de las Estrellas en el pasado, y se había maravillado con su grandeza y poder, como sin duda les sucedía a todos los extranjeros. Parecía que los habían traído hasta un grupo de batalla, compuesto por una nave insignia, varias intermedias y las de escolta. Se extrañó, esperaba que los llevaran directamente a la Flota.

Sobrevolaron la fragata y se dirigieron a un portaaviones de la serie *Halcón Nocturno*, el *Estrella de Ragnar*, que iluminaba su rampa frontal para recibirlos. Siempre le habían llamado la atención aquellas naves. La mayor parte de los diseños confederados solían tener bahías de lanzamiento a los lados, y las rampas de aterrizaje en una cubierta inferior a estas. Los frontales solían ser sólidos, como si esperasen un ataque desde el morro. Todo era psicología, no había arriba ni abajo en el espacio, ni motivo alguno para reforzar la proa en lugar de blindar los flancos. En ese sentido los portaaviones de los Cruzados eran mucho más lógicos, tenían dos cubiertas de despegue y una bahía principal delantera en la que podían atracar hasta una nave de menor tamaño, por si necesitaban repararla usando los avanzados sistemas del buque. Naturalmente esta zona estaba muy protegida con toda clase de armas y contaba con unas enormes puertas de *supracero* que, al abrirse, servían como protecciones laterales a la cabecera de la pista.

Los costados tenían mucha más superficie que el frontal, y lo habitual en una nave destinada a la retaguardia, era recibir ataques de lado. Por eso, los *Halcón Nocturno* estaban mucho más acorazados en esa zona que en ninguna otra. No los había visto combatir nunca contra un portaaviones confederado, pero estaba seguro que aquella línea de pensamiento era mucho más correcta que la de sus contrapartidas empresariales.

—Vamos a tomar tierra, capitán Smith. Vuelva a sentarse correctamente y ajústese el arnés protector. Si tiene molestias en el cuello, ordene al asiento que se lo inmovilice hasta que un médico de la Orden de la Cruz se lo revise, por favor.

Colocó de nuevo el brazo en su sitio, y siguió las monótonas instrucciones del hombre de hojalata que tenía más cerca. Había uno a cada lado de la puerta de la cabina, inmóviles como estatuas en posición de vigilancia, arma en mano. Ellos no necesitaban ir atados a nada, les bastaba imantar las botas de sus armaduras *Pretor* al suelo y pedirle al ordenador integrado que bloquease los servomotores para no caerse. Los conocía bien, a los de la Orden de las Estrellas. Eran unos soplagaitas estirados con suficiente malas pulgas para soliviantar a un Ghaklor de Estaris. Aunque debía reconocer que se trataba de unos soplagaitas con una disciplina y armamento sublimes.

Por lo que había leído, en la Tierra habían existido unos guerreros conocidos como Samuráis, que eran capaces de sacrificarlo todo por su honor. Según el libro, habían sido legendarios maestros con la espada y con una dedicación inhumana para su época. Supuso que había algo de esos chiflados en los soldados de la Orden de las Estrellas. Dudaba, no obstante, que el repertorio de palabrotas del que solían hacer gala los segundos lo compartieran ambos grupos. Si un sargento se empeñaba, podría sonrojar a un tabernero del Cuarto Anillo, y aquello no se conseguía todos los días.

—Nuestros anfitriones son la simpatía personificada, ¿no?

Néstor estaba disgustado. Le habían ordenado depositar todas sus armas en un arcón blindado de la bodega, y casi había acabado a mamporros con uno de los guardias cuando éste había insistido en que debía quitarse las dos cintas de munición que solía llevar sobre el pecho. Nunca había entendido el significado de aquella estupidez, pero para su segundo de abordo debía ser como quedarse desnudo. Recordaba un encargo en un mundo árido en que las había llevado puestas como única vestimenta en el torso. Entonces le extrañó que no hubieran explotado por el calor infernal de aquella estrella, así que no le sorprendía que ahora hubiera estado dispuesto a pegarse con un Cruzado por quedárselas. Decidió que algún día le preguntaría por qué demonios llevaba ocho o nueve kilos de chatarra encima.

—Seamos educados. Tienen una disciplina muy estricta.

—Nosotros también —sonrió Néstor, levantando los pulgares de ambas manos hacia arriba—. Solemos partir los piños de los que nos faltan al respeto.

—Estos pagan bien. Muy bien.

—Entonces seré extremadamente educado mientras no toquen mis cintas, capitán.

Era un caso perdido. Su primer oficial solía tomarse a broma a prácticamente todo el mundo. Solamente se ponía serio con la gente a la que realmente respetaba, y ese grupo podía contarse con los dedos de una mano. Era corrosivamente sarcástico, lo que a menudo le obligaba a intervenir para que no les buscase más problemas de los que necesitaban. Aquel defecto les había costado más de una herida de bala, aunque también les había sido muy útil en un par de ocasiones. En una de ellas, les salvó la vida al enfrentarse a una tribu de bárbaros espaciales del Quinto Anillo. Jamás se hubiera imaginado que se tomarían su insolencia como una muestra de fuerza, y lo habían contado gracias a ello.

Néstor no era un tipo peculiar. Era calvo, con una colección de cicatrices respetable, y varios dientes de oro. Le faltaban un anillo en la oreja y un loro en el hombro para parecer un pirata de las historias de los niños. Tenía hasta la barba desaliñada. Solía beber como un energúmeno sin, sorprendentemente, llegar a emborracharse nunca; y era capaz de echar los mejores *pulsos* en varios sistemas, tanto en el salto espacial como en la mesa. Hasta ahí, parecía el corsario número ochenta y siete mil ciento treinta y dos que podía contratar. Sin embargo, era su aparente mediocridad lo que le hacía peligroso: Era listo como un demonio, un oportunista indecente y con recursos para todo. Destacaba por su finísimo olfato, lo que le había valido el sobrenombre de Sabueso.

Smith lo valoraba sobre todo por su lealtad. Él había salvado a su sobrina de una corporación médica muchos años atrás, y el tipo lo había buscado hasta dar con él para devolverle el favor. Pensó en cumplir unas cuantas misiones para Erik y luego volver a su granja, pero al final había descubierto que ser un rufián a sueldo de quien quisiera contratarlo era lo que mejor se le daba. Y visto que el capitán era un tipo decente, había acabado siendo el miembro más valioso de su tripulación. Siempre sabía lo que faltaba, lo que quería, y lo que pensaría antes de que lo pensase. No lo hubiera cambiado por ningún otro, a pesar de sus defectos.

—Vamos, Néstor. Son buena gente.

—Si pagan, la mejor del Anillo.

—Tres minutos para el aterrizaje —anunció el soldado—. Estamos en cola.

—¿Ni siquiera vas a caer un poco en mi provocación, hojalatita?

—Lo siento, señor —contestó el otro, que llevaba el visor del casco oscurecido para que no se le viera la cara—. La teniente nos ordenó no caer en sus provocaciones.

—¿La teniente? —sonrió torvamente—. Vaaaaya. Una chica de hojalata que me conoce. Creo que me va a gustar este sitio, incluso estando tan limpio.

Rió con el comentario. Lo cierto era que siempre había una pulcritud antinatural en las naves de los Cruzados de las Estrellas. Supuso que debían poseer alguna clase de técnica de limpieza tecnológicamente superior a cualquier cosa conocida en la Confederación, porque había sido incapaz de encontrar ni una sola mancha o pelusa incluso buscándolas a conciencia. En alguno de los trabajos anteriores que había hecho para ellos, había estado tentado de pedirles una aspiradora mágica como pago. Era verdaderamente asombrosa la cantidad de porquería que podía llegar a acumular el *Argonauta*, su nave.

Tras dejar atrás las bandas luminosas de color verde, que era el que les habían asignado, la lanzadera fue atrapada por una especie de pinza magnética. Apagaron los motores, y tras una sacudida, fueron conducidos por un carril hasta un elevador lateral. Este los hizo descender varias cubiertas, tres o cuatro, hasta depositarlos en un enorme hangar interior.

—Caballeros, pueden ponerse las armaduras.

—¿Armaduras?

Néstor frunció el ceño.

—Los pilotos están descendiendo, les dejaremos solos para que puedan accionar los *autovestidores* y ponérselas cómodamente. Los trajes de salto están debajo de sus respectivos asientos. Cuando se hayan deshecho de toda su ropa, deposítenla en las recámaras individuales del arcón del medio del pasillo. Nosotros lo transportaremos hasta su camarote.

—Eh, un momento, cara de lata...

Sin mediar palabra los dos soldados pasaron ante ellos, accionaron la contracompuerta de popa, y salieron del compartimento. Sabueso se le quedó mirando con cara de no comprender nada. Él se quitó el arnés de seguridad, se puso en pie, crujió los huesos y comenzó a desnudarse.

—¿Recuerdas que nunca antes he accedido a traerte, pese a todas tus quejas? Es por esto.

—Empezaba a creer que tenías un lío fetichista con *el Vaqueira*, y que por eso lo traías siempre a él. ¿Vamos a tener que quitarnos *todo*?

—Mira para otro lado si te turba verme sin ropa. —Erik se encogió de hombros—. Su casa, sus reglas.

—A ver si me entero... nunca he visto un Cruzado sin armadura. ¿Es porque todos ellos la llevan a todas horas?

—Así es. Nos van a dar una de visitante. No te ilusiones, hace las veces de traje espacial, baño y poco más. Es una especie de material pseudoplástico, no lleva refuerzos ablativos, placas de *supracero*, servomotores, ni nada de nada. No es ni remotamente parecida a las suyas más que en la forma.

—Vamos, que mi chaqueta protege más. ¿A qué viene esta gilipollez?

—Es un tema cultural, Néstor. Para los que están acostumbrados como estos que han venido a buscarnos, somos gente pintoresca al llevar ropa de tela o plástico. Algunos en la Flota nos verían como bárbaros vestidos con taparrabos. La mayoría considerarían pornográfico vernos sin *Talos* o las más modernas *Pretor*.

—Espera, espera... —A su primer oficial se le iluminó la cara. Casi podía verlo bajando con su ropa estándar, como si eso resaltase sus atributos masculinos—. ¡¿Qué?!

—Ponte la maldita armadura. Vas a ese aparatito del fondo con tu traje de salto, y botón verde. Es una orden.

—Aguafiestas... —Levantó la ropa, examinándola—. ¡Válgame el *Pulso* infinito! ¡Si el traje tiene agujeros para...!

Cuando descendieron, se encontraron en un hangar de reparación de cazas. Allí habría almacenados al menos treinta de ellos, y otros quince estaban desperdigados por la pista, a medio montar. Una legión de técnicos de la Orden del Acero zumbaba por toda la zona, comunicándose por radio o a gritos, esquivándose los unos a los otros en mitad de una algarabía de difícil comprensión.

Para cualquiera que conociera bien a sus anfitriones, sin embargo, aquello era un espectáculo de gran belleza. Todos los ruidos, luces y llamadas tenían un significado complejo; todo encajaba entre sí para que no hubiera ni un tornillo fuera de lugar. Estaban en mitad de una operación importante, y cuando eso sucedía, no se permitía ni una excentricidad por parte de los ingenieros. Funcionaban como un reloj bien ajustado, y cada engranaje se movía sin entorpecer a ningún otro. Había orden en el caos.

Al final de la rampa les esperaba una mujer con los soldados que les habían acompañado, más otros dos adicionales. Era una oficial, la teniente a la que se habían referido sus escoltas. Les saludó con un asentimiento breve, que hizo sacudirse su peinado de cola de caballo. Era joven y supusieron que delgada, con facciones duras como el granito, que parecían cinceladas. Lo primero que hizo cuando llegaron a su altura fue señalar con el puntero de su *holotableta* las cintas de munición que Néstor seguía llevando sobre el pecho.

—No puedo lanzarlas con los dedos, preciosa. Bueno, si, aunque no matarían mucho.

—¿Puede usted guardarlas con el resto de sus efectos personales? —preguntó secamente.

—¿Podrías recibirme sin armadura?

—No voy a caer en eso, señor Sabueso.

—No es mi auténtico apellido, pero como si lo fuera. Me las quito si tú te la quitas.

—Antes le dejaría subir proyectiles de acorazado y llevarlos rodando por el pasillo.

Uno de los soldados le pasó un escáner por encima, probablemente para asegurarse de que realmente no podría usar ninguna clase de mecanismo para disparar. Le hizo un gesto de asentimiento a su jefa, y volvió a su posición.

—Estamos en desventaja, querida. No nos han presentado.

—Soy la teniente Lara Estébanez. Ustedes son Erik Smith, y… usted.

—Uuuh, ya no tengo nombre. He sido malo.

Ella le endosó la *holotableta* a uno de sus subalternos, y le golpeó con el puntero en una de las balas que llevaba colgadas.

—Dejemos clara una cosa, amigo. Les hemos contratado para una misión importante, y nos ceñiremos a lo estrictamente profesional. —Apretó el puntero, haciendo que el plástico de la placa pectoral se combara hacia adentro—. Además, me apostaría doscientos créditos confederados a que, si me diera un golpe en la cabeza y acabara sin armadura en la misma habitación que usted, a los cinco minutos estaría pidiendo que lo sacaran de allí.

—Eso es fácil de comprobar, preciosa —sonrió Néstor.

—En efecto, es fácil. Sin embargo, y para su desgracia, no tenemos miembros de reemplazo para... bueno, *eso*. —Bajó los ojos a su entrepierna y luego le sostuvo la mirada de nuevo—. Así que mejor no lo intentemos. Síganme, por favor. Soldados, formación *Eco*, patrón *Iota*.

Le arrojó el puntero a la cara, y dándose la vuelta, echó a andar esquivando naves. Sabueso silbó y dio un codazo a Erik, que seguía sin decir nada.

Caminaron hasta alcanzar el fondo del hangar, lo que les llevó aproximadamente cinco minutos. Los técnicos y mecánicos les dejaban paso con cara de desagrado, y tras verlos alejarse trataban de ir más deprisa para compensar el retraso que les ocasionaba perder esos valiosos segundos.

Los escoltas de atrás habían cargado el baúl con sus ropas y el que contenía sus armas en un palé gravítico, que arrastraban desinteresadamente tras ellos sin el más mínimo esfuerzo. Los cuatro marchaban juntos, dejándolos entre ellos y la teniente. Al llegar a la puerta, ella colocó el guante sobre un panel que se conectó a su *Pretor*. Les dio acceso tras leer la identificación.

Los esperó para subir a una cinta transportadora situada en el suelo, y se giró hacia ellos.

—Necesito ponerles al día sobre el encargo. ¿Qué les han contado?

—Han sido más crípticos que de costumbre. Nos han pedido venir a mí y a un ayudante de confianza, que pilote de manera excelente y sepa de armas, para un trabajo peligroso. Expresamente, sin el resto de mi tripulación y sin mi nave. Me han ofrecido la desorbitada cantidad de treinta mil créditos confederados por completarlo. Luego me pidieron los datos de Néstor para investigarlo.

—Sí que han sido crípticos —se molestó ella—. Bueno, comencemos a puntualizar cosas. El pago no son treinta mil créditos, eso ha sido un error.

—Oh, no... —se quejó Sabueso—. ¿Ya empezamos con los regateos?

—¿Siempre es así de bocazas? —le preguntó a Erik, que asintió suspirando—. El pago son exactamente diez millones de créditos. Por empleado, no a repartir.

La cara de los dos cambió tan rápidamente que, de haberles hecho una foto, no hubieran parecido ellos. La teniente ni se inmutó, se limitó a esperar a que le contestaran. Treinta mil créditos eran una auténtica fortuna, mucho más de lo que se pagaba habitualmente por cualquier trabajo como corsario de poca monta. Diez millones por cabeza eran... absurdos. Podrían comprarse su propio planetoide habitable en el Quinto Anillo si sabían mover bien el dinero.

—Creo que no hemos oído bien.

—¿Tienen problemas de audición? Tendré que pedirle mi *holotableta* a la cabo Weston.

Se miraron el uno al otro. Lo decía en serio.

—No, es por la cantidad. Es una cifra inmensa, me atrevería a decir que inadecuada.

—De eso nada. El trabajo es extremadamente difícil y peligroso. Los hemos traído porque tenemos entendido que son los mejores. O los segundos mejores, ya que la Reina Corsaria no se deja contratar desde hace tiempo.

—Escucha, cara de lata. —Néstor se recuperó rápidamente, dispuesto a poner en su boca el pensamiento del jefe—. Los muertos no disfrutan de la pasta. ¿Sabes? Si el trabajo es un suicidio, buscaos a otros idiotas.

—Si creyéramos que no son capaces de hacer el trabajo, podríamos hacerlo de una manera mucho menos sutil, tenemos recursos de sobra. —Ladeó la cabeza, moviendo la cola de caballo—. Es posible completar el encargo, y salir vivo. La cantidad elevada comprará su silencio, y les dará un muy buen motivo para que les caigamos bien. Eso es todo. Además, como seguro, la Flota se compromete a proporcionarles una armadura de reemplazo si perdieran algún miembro durante la misión.

—Lo estás arreglando.

—Vamos a una reunión en la que se les expondrá el trabajo. Si lo aceptan, es suyo. Es posible que puedan incluso negociar algunas condiciones del pago con la jefa del proyecto. Si lo rechazan, se les pagarán unos tres mil créditos a cada uno por las molestias, y permanecerán en la Flota hasta que el encargo se termine. Podrían, no obstante, llamar a seres queridos y socios, siempre estando monitorizados. Si la misión enviada sin ustedes fracasara, podrán reconsiderarlo.

—Capitán, lo de las vacaciones pagadas suena de fábula.

—Oigamos antes lo que tienen que decir. —Habían estado entrando a su terreno sin percatarse, no era buena idea tensar tanto la cuerda—. ¿Nos puede adelantar algo, teniente?

—Por supuesto —asintió enérgicamente—. ¿Qué saben de los *Cosechadores*?

Erik sabía algunas cosas. Era la raza alienígena que supuestamente había destruido la Tierra, a la que se creía tan extremadamente avanzados como para tener naves que el ojo no podía seguir; tan numerosas que cubrían el sol. Decía la leyenda que eran capaces de usar un enorme proyector de gravedad para sacar lunas enteras de sus órbitas, arrojándolas contra mundos poblados para causar cataclismos de proporciones apocalípticas.

También sabía que la famosa Cruzada de las Estrellas tenía por objetivo aniquilar a todos y cada uno de los *Cosechadores*. Solamente cuando el último de ellos hubiera muerto, los miembros de la Flota de la Tierra se permitirían descansar y buscar un mundo donde asentarse. Por eso llevaban construyendo la mayor flota jamás concebida durante... ¿ochocientos cincuenta años? De eso no estaba seguro. Lo que sí sabía era que debían tener un buen montón de naves y que, si los *Cosechadores* realmente existían, no le hubiera gustado ser uno de ellos. Los Cruzados se habían portado muy bien con él, y en general no eran malos tipos si se los comparaba con el resto del universo, pero había oído historias de lo que hacían para encontrar pistas sobre sus enemigos y sabía de primera mano lo que hacían con los traidores. Definitivamente, daba mucho miedo enfrentarse a ellos.

—Yo sé que eran unos hombrecitos grises que atacaron la Tierra con platillos volantes —se burló Néstor, simulando tirar rayos con los dedos—. ¡¡¡Buuuuuzzzz!!! ¡¡¡Pshhh!!!

Como una centella, Estébanez le agarró del pecho, que se arrugó con la misma facilidad que el papel bajo la fuerza de los servomotores de su *Pretor*. La teniente alzó en el aire al corsario como si no pesara, y este se quedó pálido como una pared encalada. Ella no le llegaba ni por la barbilla.

—Sabueso, si quieres comportarte como un gilipollas, no toques ese tema —le recriminó Erik—. Es una falta de respeto muy grave, por aquí. Cualquier otro te hubiera roto las costillas de un puñetazo. Discúlpate.

—Lo... lo siento, señorita.

Estébanez lo dejó caer, y el grandullón se miró las placas arrugadas y agrietadas. Se veía el mono de salto debajo del plástico. Si le hubiera agarrado del cuello con esa fuerza, muy probablemente se lo habría roto. Trató de ser diplomático bajando el tono. Lo mismo los soldados de tras se lo tomaban peor que la oficial.

—Lo pillo, no volveré a hacer bromas sobre ese asunto.

—Más le vale.

Ella entrecerró los ojos.

—Entiéndeme, hablamos de algo que pasó hace un montón de tiempo. —Se encogió de hombros—. Yo, la verdad, no he visto ni un solo *Cosechador* nunca jamás. Ni en la *astranet*, ni en las *holovisiones* locales, ni en las bibliotecas...

—Tú no has pisado una biblioteca en tu vida.

—Joder Erik, que esta vez lo digo en serio, y tratando de mostrar un poco de respeto a la señorita —le pacificó el grandullón, pasándose una mano por la calva—. Verás, teniente, he dicho eso porque tras los vídeos de lo de la Tierra, la Confederación voló en cachitos todas sus lunas... y nadie volvió a saber nada de los *Cosechadores*. ¡Bam! Esfumados. No parece lo que yo haría si fuera una fuerza invasora...

—Su plan es más complejo que aplastarnos sin más, o eso dicen —contestó ella con amargura—. Les daremos los detalles en la reunión, si aceptan la misión. ¿No cree que existan, señor Sabueso?

—Honestamente, y a riesgo de que tú o tus hombres volváis a atacarme con vuestra ira homicida, no. No lo creo. No hemos encontrado vida inteligente hasta ahora, y las posibilidades según la escala de Kardashov son escasas.

—Me sorprende que la conozca. ¿Quiere una prueba de fe?

—Estaría bien.

—La tendrá casi de inmediato. Antes, contésteme a una pregunta. ¿Cree que exista alguien más poderoso que nosotros, la Flota de la Tierra?

—Hombre, quizás si toda la Confederación dejara de morderse el culo a sí misma, podría con vosotros. Siempre he tenido fe en que usaríais vuestras naves para conquistarnos de una vez y librarnos de esos tiranos de las narices. Preferiría una dictadura tecnocrática y militar a una *dictablanda* neocapitalista extrema. Al menos vosotros tenéis un propósito.

—O sea, que no lo cree.

—No.

—Me explica, entonces, ¿qué cree que ha podido hacerle esto a una de nuestras naves?

El muro a la derecha del pasillo automático se convirtió de repente en una pantalla gigante. En realidad, un grupo de proyectores flotó desde el techo y comenzó a seguirlos recorriendo la pared, usando el gris neutro de ésta como fondo sobre el que apoyar la imagen tridimensional de alta definición. En la imagen se veía una nave grande, un crucero. Había sufrido daños catastróficos, tenía expuestas al vacío varias secciones, arrancados trozos gigantescos de casco.

Las explosiones internas arrojaban humo por las grietas, las luces parpadeaban al ritmo de los lentos latidos del moribundo reactor. Su piel acorazada mostraba las marcas chamuscadas de unos impactos lineales, como si un niño hubiera marcado la superficie con un rotulador negro. Los surcos cruzaban zonas que habían explotado, como torretas, lanzamisiles, u otras armas que no estaban enterradas en la chapa. Las zonas arrancadas parecían haber sufrido el impacto de un arma de un calibre muy superior, casi hubieran jurado, del tamaño de muchas naves ligeras que conocían.

La cámara recorrió el costado por completo. Luego, Lara lo giró con un movimiento de dedos sobre el interfaz virtual que se proyectaba ante ella, para poder ver la planta del *Sacro Vengador*. El espectáculo fue todavía más perturbador. A la nave, en realidad, le faltaba casi una tercera parte. Parecía que uno de esos haces hubiera entrado por la proa y la hubiera cortado como si fuera mantequilla. Toda la zona que había quedado fuera de su visión durante la primera pasada estaba rozada por aquel impacto. Solamente esperaban cortes así dentro de la cocina de un chef especialmente mañoso. Erik notó como le caía una gota de sudor por la frente.

—¿Néstor?

—No había visto nada como esto. No son armas nucleares, ni convencionales. Tampoco torpedos, ni espirales ni estándar. Ni misiles, proyectiles sólidos, perforantes... ¿Es algún tipo de arma de energía? ¿Una especie de cortador de fusión a lo bestia?

—Así es.

—¿Y cómo lo han hecho? —Sabueso se acercó todo lo posible al borde de la cinta, hacia la zona del pasillo que habitualmente se recorría a pie.

—Eso nos gustaría saber a nosotros. Nuestras naves llevan dos clases de escudos cinéticos. Los normales, que desvían proyectiles de alta velocidad y disipan energía. Los otros, que disipan *esta* clase de armamento.

—¿*Qué* clase?

—Armamento *Cosechador* —aseguró ella, resaltando las líneas de impacto sobre el crucero—. Usan un tipo de tecnología disruptora basada en haces que inutiliza los escudos estándar. Hace falta otro tipo de protección para disiparla. Lo que no nos había pasado nunca es que el blindaje se fundiera así. Han cambiado algo, y en ellos es inusual.

—¡¿Inusual?! —Néstor se volvió hacia ella, sorprendido como pocas veces le había visto—. ¿De verdad se han enfrentado a los alienígenas más de *dos* veces?

—Unas doscientas treinta, que a mí me conste. ¿Qué le parecen sus hombrecillos grises con platillos volantes, señor Sabueso? ¿Dan miedo?

—Jo...der... ¡Pues sí! ¿Usan en todas sus naves esa especie de láser?

—Llamarlo láser es como llamar tirachinas a un cañón de raíles. Las armas de alta energía de espectro visual verde, las denominamos armas de fase. No tengo claro el origen de esta denominación, así que si quiere detalles, podrá preguntar a alguien de la Orden del Acero cuando acepte la misión. Mis conocimientos terminan aquí, no me dedico a esto.

Se produjo un incómodo silencio. Néstor hizo el amago de tomar los controles, y Lara se los cedió con un gesto de amabilidad que no esperaban. Estuvo unos quince o veinte metros de pasillo que quedaban dándole vueltas y acercando la cámara para ver mejor. De cuando en cuando exhalaba un silbido, miraba alguna zona en particular, y luego cambiaba. La cámara era tan buena que pudieron llegar a ver las literas a medio emerger del suelo dentro de una de las zonas cortadas.

—¿Cuánta gente iba a bordo de esa nave, teniente?

—Unos dos mil tripulantes. Han sobrevivido alrededor de cuatrocientos veinte, que consiguieron llevar la nave al *Pulso* antes de que terminaran con ellos. Los escoltas no tuvieron tanta suerte. En total... cuatro mil bajas, aproximadamente.

—¿Un grupo de batalla?

—No, era una división exploradora. ¿Por qué le interesan los detalles, capitán?

—Para saber quién es mi enemigo, y si debo pedirle cien millones en vez de diez.

—Algo me dice que no es solamente eso. —Ella entrecerró los ojos y colocó las manos en las caderas—. Uno de los motivos que le permitieron pasar el filtro es que su perfil dice que no trabaja solamente por dinero. Hable libremente.

—Su ficha no miente sobre mí —sonrió, girándose hacia ella—. ¿Sabe...? He creído durante toda mi vida que los de la Confederación eran *los malos*. Néstor solamente ha expresado en voz alta y maleducada algo que yo también pienso. —El pasillo terminó, y comenzaron a serpentear por los corredores menores, en busca de un grupo de ascensores, señalizados con cilindros y flechas en las paredes—. Lo conozco desde hace muchos años, sabe interpretar mi lenguaje corporal. Siempre he tenido el pálpito de que los confederados les hicieron creer que una raza extraterrestre les había atacado para defender ante su sociedad civil un genocidio injustificable. Los odio lo suficiente como para pensarlo, supongo que sabrá por qué.

—Estoy al tanto, soy la que trata y examina a cada recluta después de todo. ¿Ahora ya no cree su propia versión porque le he mostrado un vulgar vídeo? Esperaba que al menos dudase de su veracidad.

—Claro que dudo —rió él, apagando la proyección con un gesto de cierre común, que hizo huir a los proyectores por donde habían venido—. Lo que sucede, es que ahora estoy dispuesto a creer que la verdad está ahí fuera.

—¿Cómo dice? —se extrañó ella.

—Me refiero a que, a unas malas, me enseñará el crucero. ¿No?

—Lo haría si fuera necesario, aunque supondría una enorme pérdida de tiempo. ¿Qué tiene que ver eso con la verdad?

—Es una referencia muy vieja a sus raíces. Se sorprendería al saber cuántas series de la Tierra he visto, en mis interminables ratos libres navegando por el *Pulso*. Conozco su cultura bastante bien.

—Tiene amigos aquí, supongo.

—Más que amigos.

Le guiñó un ojo.

La teniente los llevó en primer lugar a su camarote, donde se alojarían hasta ser desplegados, o donde permanecerían hasta que la misión se llevase a cabo. Lo cierto es que le impresionó. Conocía la espartana tradición de la Flota, y esperaba una habitación fría y sin vida, con dos literas plegables y un montón de muebles que se escondían en las paredes. Se encontró una estancia amplia, amueblada, y con una gigantesca ventana panorámica nada habitual en las naves espaciales. Desde donde estaban, podían ver varios de los elementos del grupo de batalla.

El camarote tenía dos camas grandes separadas, que además de la espuma térmica llevaban unas mantas integradas. Cada un contaba con una almohada en lugar de la habitual protuberancia de memoria que crecía desde el colchón para sujetar el cuello de su ocupante. Más allá había un escritorio con un par de *holotabletas* encima, un *holovisor*, y una estantería con libros digitales suficientes como para tres vidas. Se mareó al intentar pensar cuántos volúmenes habría dentro de cada uno de aquellos cacharros.

El baño estaba separado por una discreta mampara traslúcida desde el suelo al techo, y se había dejado fuera solamente el pequeño lavamanos.

Tenía hasta una cocina y su correspondiente despensa.

—Es mil veces mejor que mi maldito camarote —observó Sabueso.

—Es mil veces mejor que el mío —le contestó Erik.

—¿No se suponía que eran los tipos más parcos de la galaxia?

—Sigo aquí, caballeros —les recordó Lara, con los brazos cruzados—. Esta clase de alojamiento se reserva para las visitas de alto nivel de fuera de la Flota. Diplomáticos o comerciantes importantes. No es nuestro estilo, pero la Orden de la Vida cree que mejora la receptividad de los ajenos a nuestro ecosistema.

—Si hubiera una masajista, esto sería el paraíso, hojalata.

Sabueso deslizó la mano por el escritorio, y se dio cuenta de que la única suciedad la acababa de dejar él.

—Pasaré la nota.

—¿En serio?

—No. —La teniente se encogió de hombros—. Muchachos, dejad las cosas bajo las camas.

Los soldados pidieron permiso y evitándolos, metieron las cajas individuales de ropa donde su jefa les había indicado. A continuación, entraron el baúl de las armas, y lo depositaron en un hueco del suelo destinado a tal efecto. El hueco se lo tragó, y corrió una gruesa chapa metálica por encima.

—Les agradeceremos que no intenten recuperar sus efectos bélicos mientras estén aquí. Tal cosa dispararía una alarma que sellaría la habitación y la inundaría de un gas adormecedor que provoca una dolorosa jaqueca. Se dejan con ustedes para evitar roces y descon-fianza, lo que no significa que puedan andar armados por ahí. Hay un pequeño plano con las zonas permitidas encima del escritorio.

—Gimnasio, cubierta de observación, comedor... Bueno, echaría de menos una galería de tiro, pero me gusta —admitió Néstor, leyendo—. Bonita jaula con barrotes de oro.

—En caso de aceptar, tendrán poca ocasión de disfrutarla. La reunión empieza dentro de diez minutos. ¿Desean permanecer aquí ese tiempo?

—Es igual —se adelantó Erik—. ¿Usted viene?

—Estaré presente, sí.

—Entonces prefiero acudir todos juntos

Se giró a su compañero, que resopló contrariado.

—Perfecto. Vamos.

Su anfitriona les hizo un pequeño tour turístico por las cubiertas más próximas del navío. Les enseñó las cocinas, las zonas infantiles y la escuela. También les indicó dónde estaba la enfermería, aunque les advirtió que tendrían que pedir una escolta para bajar a visitar esa área. Estaba claro que pretendía despistarlos para que les costara recordar dónde estaba cada cosa. Hubiera funcionado de tratarse de marinos normales. Con ellos, acostumbrados a asaltar naves enemigas y tener una única oportunidad para escapar, era un intento inútil. Meritorio, porque era complicado seguirla, pero inútil.

Tras varias vueltas más que consumieron los minutos sobrantes, acabaron ante una puerta marcada como *sala táctica seis*. A aquellas alturas estaban muy enterrados en las tripas de la nave, tanto que resultaba complicado decir cuántos metros de *supracero* habría entre ellos y el espacio. Posiblemente se trataba de una de las estancias más seguras que había a bordo.

En el interior, encontraron una disposición similar a la de una de las clases por las que les habían hecho pasar. No se trataba de una de esas habitaciones donde todo el mundo se acercaba a la mesa holográfica a opinar, estaba dispuesta de manera que el ponente hablaba y los demás asentían. Si era una misión tan peligrosa, a Erik le hubiera gustado una del otro tipo.

Había ya bastantes asientos ocupados. Al final había unos cuantos soldados de la Orden de las Estrellas, con o sin casco, tomando notas. Uno de ellos era sargento, con la cabeza rapada al dos, y los demás eran cabos o soldados. En una de las esquinas había otro suboficial particularmente llamativo, de completo luto y con un cuervo pintado en la hombrera. Estaba desarmando lo que parecía un rifle de francotirador.

Junto a los militares había una ingeniera joven, de unos treinta. A su derecha se había sentado un hombre de la Orden de la Vida, y a su izquierda una *Encapuchada* de la Orden Cronista que leía en su *holotableta*. Por último, le llamó la atención una pareja de ancianos de la Orden del Acero, que charlaban de pie junto al estrado. El hombre llevaba un distintivo púrpura en la hombrera, y una especie de gafas metálicas rodeándole la cabeza. Ese último le resultaba muy familiar, aunque no conseguía recordar en qué circunstancias lo había conocido.

Además de los Cruzados había también tres invitados que, como ellos, llevaban las armaduras grises que se les concedían a los visitantes. Uno estaba leyendo un libro en papel, pasando las páginas a toda velocidad, con cara de desquiciado. El otro parecía ensimismado con un cacharro electrónico de aspecto complejo que tenía desmontado en su pupitre. A la tercera la conocía, y decidió sentarse a su lado.

Se acomodó en la primera fila y Sabueso lo hizo en la última. Se giró para asegurarse de que Néstor no hacía ninguna estupidez. Sabía que le miraría, y que se daría por enterado. Le vio saludar amablemente al tipo siniestro de la esquina. El otro levantó la cabeza de su rifle, le miró de arriba a abajo, y siguió trabajando sin contestar. Su amigo se encogió de hombros, y él correspondió el gesto. Luego se giró hacia la invitada.

Parecía una adolescente que no había acabado de desarrollarse, a pesar de que tenía ya unos treinta y cinco. La había conocido hacía una década, en un trabajo. Cuando se la habían presentado la había infravalorado más allá de lo educado, y se había arrepentido desde entonces.

Tenía un problema hormonal grave de nacimiento, que además de dejarla estéril, le haría parecer eternamente una cría de doce o trece años. La ventaja que tenía aquella desgracia, sin embargo, era que su cuerpo envejecía de manera distinta a lo habitual y conservaba su agilidad y flexibilidad de adolescente. Había visto a aquella mujer hacer cosas mecánicamente imposibles para un adulto, e improbables para una chica que no ha entrenado durante muchos años. Era buena. Insuperablemente buena. Se había acabado tragando sus palabras. De hecho, siempre había creído que no había llegado a perdonarle del todo. Luego estaba lo de Triess, y claro…

—No esperaba encontrarte aquí, Dariah.

—Yo tampoco. Pensaba que solamente se contrataba a los mejores.

—Exacto, por eso me extraña verte.

Los dos rieron. Durante un momento echó de menos su espada, podría haber cortado la tensión con ella. Su interlocutora animó el tono de su voz aflautada. Pretendía pasar por amable, pero la tenía calada.

—¿Qué tal Triess?

—Muy embarazada —No estaba nada seguro de que aquello fuera a sentarle bien, a pesar de ser el tercero—. Se alegrará de saber de ti.

—No voy a perdonarte que me la quitaras, rufián.

Le guiñó un ojo.

Si, le seguía molestando. Siempre había creído que Dariah había albergado alguna clase de extraña obsesión o esperanza con su mujer mientras trabajaban juntas. Aunque él la contaba como amiga transitiva, al serlo de Triess, no acababa de sentirse cómodo cuando coincidían. A veces le daba miedo darle la espalda, pese a todas las palabras tranquilizadoras de su señora. Se sentía como si hablara con un tipo al que le hubiera robado la novia. Al menos, le había levantado a su pareja de robos finos, eso seguro.

—Sería muy buena ladrona a estas alturas si no la hubieras engatusado con tus encantos de pirata.

—Corsario. Tiene mucha más caché.

—Tipo que entra gritando, blandiendo una espada y una pistola y diciendo *arrr* —se burló—. Luego te seduce y te hace un bombo a traición.

—Sabes perfectamente que ella me sedujo a mí.

—Siempre me he preguntado cómo demonios hiciste para convertir a una de las mejores ladronas de guante blanco del Tercer Anillo en tu mujer. Conseguiste que te acompañara a la roca de la Reina Corsaria a hacer un nidito de amor, nada menos. ¿Cuál es tu secreto?

—Si te lo contara, tendría que matarte. Y luego, Triess me mataría a mí.

Volvieron a reír, y esta segunda vez la cosa fue más distendida. Dariah se apartó un mechón castaño rizado de delante de los ojos. Decidió ser algo más amable.

—Esa cara te sienta bien.

—Estoy ya un poco cansada de ella, voy a cambiarla pronto. No desvíes el tema. ¿Qué desempate tendremos?

—Todavía no lo sabemos. Vamos a esperar para que sea una sorpresa.

—Si es niña, espero que la llaméis como yo. De lo contrario, tendré que robar su partida de nacimiento confederada una y otra vez hasta que lo hagáis.

—Prometido —aseguró Erik, honestamente divertido—. Cuando acabemos el trabajo, me gustaría que nos acompañaras de vuelta a Isla Monkar. Tus sobrinos te echan de menos, *tita Dari*. Bueno, y sabes que la Reina Corsaria valora mucho tu habilidad jugando al backgammon.

—¿Vas a aceptarlo?

Ladeó la cabeza hacia la *holopantalla*.

—Pinta fatal. Ya lo creo.

—¿Y sigues aquí? ¿Qué es lo que yo no sé, y tú sí?

—Sospecho que vas a descubrirlo en unos instantes. Adivina quién me mandó el mensaje original.

La puerta se abrió en aquel momento. Entró una mujer de pelo canoso, de unos cuarenta, que se colocó en el estrado. Encendió todos los *holoproyectores* tácticos y explicativos, y carraspeó. Los ancianos ocuparon definitivamente sus asientos en un lateral.

Le sorprendía lo poco que se había cuidado desde la última vez que la había visto. Estaba ajada, casi diría que consumida. Fuera lo que fuera lo que estaba a punto de contarles, le preocupaba muchísimo. Pudo percibirlo casi de manera instantánea, tan pronto como posó los ojos en él. Sintió de nuevo aquella conexión, vieja como las raíces del mundo, tan propia como uno siente los miembros. Era, y siempre sería parte de él. Ninguno de los dos podía evitarlo, ni tampoco querían.

—Bienvenidos todos. Soy la xenobióloga sénior Lía Smith, para todos aquellos que no me conozcan. En esta conferencia, expondré el motivo de que todos ustedes hayan sido convocados a esta reunión, de modo que les rogaré que abandonen sus actuales tareas y me presten atención durante los próximos minutos. Escriba Willow, por favor...

La *Encapuchada* se puso en pie y le quitó el libro al hombrecillo de pelo revuelto. Este lo apretó, tirando infantilmente para quedárselo. Finalmente, la despiadada escriba se lo arrebató, asegurándole que se lo devolvería si escuchaba la exposición completa y era capaz de aportar algo inteligente a la misma. El hombre casi se echó a llorar, y asintió como lo haría un niño pequeño al que acaban de castigar severamente. La mujer regresó a su sitio.

—Gracias. Durante los próximos minutos veremos una exposición que muestra todos los ataques *Cosechadores* en los últimos cuarenta años. Si alguien tiene dudas, que por favor espere al final antes de formular sus preguntas. Habrá una pausa.

Los hologramas empezaron a danzar. Primero vieron varios ataques y contactos *Cosechadores* en la pantalla, que se marcaban como los más antiguos. Se resaltaron en color púrpura en el mapa general, tanto más oscuro como más viejos eran. En los años anteriores a menos treinta, había un total de once.

En las imágenes laterales aparecieron descripciones detalladas del tipo de enfrentamiento, naves involucradas, víctimas, y bandos implicados. También aparecían los códigos de armamento y naves, que podían consultarse en los terminales individuales si uno era lo suficientemente rápido.

Erik sabía que su amigo estaría dándole a los botones como loco, tratando de averiguar algo sobre aquellos cacharros. Él lo intentó con un arma que vio repetida en tres ocasiones. Entró en uno de los sucesos, pulsó el apartado correspondiente, accedió a la información... y se quedó de piedra. Los Cruzados hablaban en sus informes de posibilidades, de teorías y de contramedidas. Lo extraño era que no solamente no entendían el funcionamiento de las armas, según aquello, sino que ni siquiera sabían en qué principios se basaban. Las tenían clasificadas por efectos. El tipo más repetido era *fase*.

Tras una breve explicación de una voz sintética sobre la naturaleza aleatoria de los ataques el ciclo cambió de los años menos treinta a menos quince, con puntos verdes, que se superpusieron. Los contactos habían aumentado hasta treinta y uno en total, con veinte novedades. El armamento encontrado, y la clase de naves, eran ligeramente superiores a las anteriores. También la escala de los combates. En uno de ellos se había visto implicada gran parte de la Segunda Flota Solariana, defensora de uno de los espacios coloniales más grandes fuera del régimen confederado, llegando a poner en fuga a una decena de naves *cosechadoras* sin llegar a destruir ninguna. La propia Confederación mostraba entre miedo y respeto a Solaria, lo que le hubiera hecho pensar que la batalla habría sido equilibrada. Se equivocaba. Las bajas de los solarianos eran escalofriantes.

Luego le tocó el turno al periodo menos quince a menos tres, en amarillo. Los casos ascendían a cincuenta y seis, siendo aún más violentos que los anteriores. Había fuerzas regulares confederadas implicadas, y no solamente bárbaras, y los choques con la Flota de la Tierra eran aún más brutales. Mientras que antes las batallas eran desiguales a favor de los humanos, ahora estaban equilibradas. Siempre había menos naves alienígenas, pero estas desplegaban una potencia de fuego muy superior.

Erik observó que mientras que a los Cruzados no les importaba sacrificar naves si con ello conseguían destruir a sus enemigos, entre los *Cosechadores* parecía cundir el pánico si una nave resultaba aniquilada. No sucedía lo mismo con los cazas o las corbetas. Eran solamente las grandes. Anotó aquello en la tableta que le habían proporcionado.

Finalmente, apareció el periodo actual, que comprendía los tres últimos años. Hubo varios gemidos de asombro, incluido el suyo. Los combates pasaban a ciento ocho. Casi doblaban en número a los de los años anteriores. Algunas de las batallas mostradas en las pantallas laterales eran terroríficas, y se habían dado varios casos de grandes corporaciones implicadas. Había cuatro de esos combates en el Cuarto Anillo. ¡Y uno en el Tercero!

Lo más horrible de aquel asunto era la desaparición, al parecer completa, del Sector Varanis del Quinto. No es que fuera el más poblado, de hecho, era bastante menos importante que Eridarii; pero si aquellos datos eran ciertos, los dieciséis sistemas estelares se habrían quedado mudos. Entre los contactos, uno implicaba la total destrucción de cuatro de ellos. Los otros doce, estaban sin confirmar.

La presentación terminó. Lía les comentó que disponían de veinte minutos para analizar los datos que considerasen pertinentes.

No hacía falta que se lo pidieran. Se lanzó a investigar lo relacionado con Varanis. Tenía varios conocidos allí, y hacía bastante tiempo que no sabía nada de ellos. Revisó noticias, buscó datos, informes oficiales y extraoficiales, y contrastó fuentes. Encontró una plaga interestelar, señores del crimen piratas nunca antes conocidos, una revuelta atómica y varios sucesos inverosímiles que trataban de explicar la desaparición de las colonias.

Su sector actual, Eridarii, tenía la particularidad de ser uno de los más bélicos de la galaxia a pesar de ser el más viejo del Quinto. Si el régimen confederado continuaba creciendo, de hecho, chocaría con el Imperio Solariano al oeste y el tema no terminaría bien. Aquellos militaristas eran los primeros colonos, que habían montado una civilización desde cero más allá de los confines del espacio humano cuando el Tercer Anillo no era más que un concepto. A su alrededor, a lo largo de Eridarii, se habían levantado y continuaban existiendo varios reinos denominados bárbaros por el *Trono sin Rostro* de la Confederación. Algunos rendían pleitesía al Imperio, y otros no. La mayoría estaba en guerra entre sí, lo que propiciaba la inestabilidad que la Flota aprovechaba para poder vagabundear por la zona oeste y apropiarse de los vastos recursos que encontraba. Las industrias armamentísticas hacían su agosto vendiendo toda clase de material obsoleto a aquellos salvajes espaciales, y eso hacía que Varanis estuviera mucho peor defendido en términos absolutos, aunque estuviera más civilizado.

En un universo donde la teoría decía que lo único peligroso para el hombre era el hombre... ¿qué sentido tenía escalar militarmente un sector pacífico cuando había otro que compraba todas las armas desde su fundación? No era rentable en términos económicos, traía más cuenta la mal llamada civilización confederada. Daba más dinero. Por tanto, si asumían que todos los datos de la Flota eran ciertos, un invasor externo se habría paseado por allí como un niño con un palo en una colonia de *metatortugas*. No había defensa posible.

—Primera pregunta. —El visitante de los cacharros electrónicos, que tenía los ojos rasgados, alzó ligeramente la mano—. ¿Toda esta información está contrastada?

—Está indicado su grado de fiabilidad según el Centro de Amenazas Xenoinvasoras de la Flota.

—¿Han ido ustedes a mirar en persona?

—Incidentes doscientos once, veinte y veintitrés.

El hombre comenzó a teclear en su dispositivo rápidamente. Por la cara de concentración, parecía que no existiera nada más en el mundo. Se apartó un par de veces el pelo lacio y negro de la cara, tratando de poner en orden los datos. Veía la curvatura de su *holopantalla* de medio lado, y fuera lo que fuese que hacía, lo hacía a una velocidad endiablada.

—¿Más preguntas?

—Entiendo que la presentación expresa un aumento de la actividad *cosechadora*, que crece a ritmo exponencial —se aventuró Erik, cruzando las manos—. ¿Es ese su objetivo?

—Sé que algunos de ustedes, nuestros invitados, tenían dudas de la existencia o de la veracidad de los datos que les hemos proporcionado. ¿No es así, señor Hokasi?

El hacker levantó una mano mostrando un índice que pedía tiempo. Lía sonrió, y volvió a dirigirse al corsario.

—En realidad, queríamos dimensionar correctamente la amenaza para ustedes, y para los miembros de la Flota que hay en esta habitación. Muchos de ellos no tenían el nivel de seguridad adecuado para acceder a esta información antes de aceptar la misión.

—¿Han aceptado ya todos? —preguntó Dariah.

—Los nuestros, sí. Quedan ustedes cinco, y nos gustaría contar con su ayuda.

—Yo... yo... ya he dicho que, si me pagan lo que pedí, haré lo que... sea... si... lo que sea.

El hombre de pelo revuelto se frotaba las manos frenéticamente, lanzando miradas de soslayo al libro que sostenía la Cronista. Parecía ir a sufrir una crisis de ansiedad en cualquier momento. Le pareció que debía tener alguna clase de problema mental. La ladrona opinaba lo mismo, bastaba verle la cara.

—Espero que sean un poco pacientes con el señor Niros —le disculpó Lía, extendiendo la mano hacia delante—. Padece un pequeño desorden compulsivo por los datos, necesita aprender algo nuevo cada cierto tiempo, o se pone nervioso.

—Joder, un yonki de los libros —se burló Néstor, cruzando las manos tras la nuca—. Sip, ya he visto todo en esta vida.

—¡¡No es una droga!! ¡Soy mucho más valioso que cualquier matón barriobajero! —El hombrecillo se giró violentamente, aunque rebajó el tono cuando Sabueso descruzó las manos y se enderezó—. ¡El conocimiento es poder, y quien más sabe, más poderoso es!

—¡Eh, tú, *cara zanahoria...*!

—Basta, Sabueso, deja al muchacho en paz —le detuvo Erik—. Si le gusta leer, que lea.

—¡Si, me gusta! —se emocionó Etim—. ¡Imagine quién podría negarse a una misión cuya recompensa es poder leer todo lo que quiera sobre la antigua Tierra durante dos años!

—Prefiero mis millones de créditos —susurró Dariah—. ¿Y tú?

—Yo quiero salir vivo, cosa que no tengo tan claro que vaya a pasar si vamos —le contestó.

—Datos correctos. —Yaruko Hokasi apagó su *holotableta*—. Tiene mi atención.

—¿Puede decirme cómo lo ha comprobado? —preguntó amablemente el anciano de la visera.

—Sencillo, Slauss San. He descargado mis algoritmos de búsqueda de la *astranet*, he lanzado varias búsquedas relacionando las fechas y lugares de los incidentes. Un cruce de datos con complejidad cúbica. —El Japoshi hablaba de manera cortada y seca, muy al estilo de su gente—. Hay explicación oficial para noventa y uno. Once no tienen comprobación posible. Seis causaron silencio definitivo de los implicados. Eso hace los datos inexactos en parte. No obstante, son correctos. No mienten, ni les han engañado.

—Espero que disfrutara con mi pequeña prueba —sonrió Gregor.

—Mucho —reconoció el otro inclinando la cabeza—. El cortafuegos es complejo, inteligente, dinámico. Se adapta, es un tipo de seguridad muy interesante. ¿Puedo cambiar mi recompensa, si acepto?

—Puede —le sonrió Lía—. ¿Qué propone?

—Quiero aprender programación con los Ingenieros Informáticos de la Flota. Usan tecnología muy superior a la confederada. Con saber los rudimentos, me conformaría. Nada de cosas secretas.

—Puedo recomendarle a un amigo —asintió Edna Goethe, la anciana que se sentaba al lado de Gregor—. Estoy seguro de que disfrutaría con un alumno brillante como usted.

—Solamente una pregunta, antes de aceptar su cambio... ¿Para qué usaría ese conocimiento?

—Oh, para muchas cosas. Principalmente, esconderme. La Confederación me quiere muerto. Sobrevivir es más interesante que ningún dinero.

—Tenemos entendido que hay quien pide su cabeza. ¿No tratará de vengarse?

—Si, en algún momento. De siete personas concretas, que me traicionaron en mi otra vida.

—Admitir que dará mal uso a nuestros conocimientos podría provocar que no le enseñemos —observó Gregor.

—Quizás sea malo desde su punto de vista. Hablo de gente que contribuye a crear un universo mucho más miserable, entregando a hombres como yo, que tratamos de hacer el bien en su momento. —Frunció el ceño—. ¿Insinúa que debería mentirle para salirme con la mía? Yo no miento, salvo que mentir sea un mal menor para todos los implicados. Mentir es deshonroso. Quizás por eso tengo tantos enemigos.

—Muy Japoshi —aseguró Niros, haciendo una reverencia—. Me cae bien.

—¿Es aceptable? —insistió Hokasi—. Si no le gusta la idea de enseñarme, elegiré el camarote. Estaría seguro ese tiempo, y para mí unos meses de paz, son mucho más valiosos que el dinero.

—Lo es —afirmó Edna—. Lía... ¿Eres tan amable de contarnos en qué consiste la misión?

—Claro. Salvo que alguien más quiera cambiar la recompensa.

Dariah se encogió de hombros.

—Pasta.

Néstor levantó la mano.

—Pasta también por aquí

—No voy a contradecir a mi primer oficial —suspiró Erik.

—Aún podrán cambiar de idea al acabar este *holovídeo*.

—Nop —rió Néstor—. No podría.

La segunda presentación trataba sobre los *Cosechadores* en sí. Contaba lo que se sabía sobre sus tácticas, armas y maniobras.

Presentaba las grandes familias de tecnología alienígena por clasificaciones y efectos, y luego describía brevemente el ataque a la Tierra. Para sorpresa de Erik, los *Fkashi* aparecían listados como un tipo de arma biológica. Todos los marinos del espacio sabían lo que aguardaba a los incautos que entraran en Armagedón tratando de recuperar restos de la terrible batalla que había tenido lugar allí. Si no los vaporizaban las armas automáticas confederadas, tal como hacían con los restos flotantes que se alejaban demasiado de la roca, se arriesgaban a que alguna de aquellas cosas horribles subiera a bordo y se los comiera vivos.

Había muchas historias de los que navegaban entre las estrellas, pero aquella era de las más terroríficas. Saber que en realidad eran la invención de unos alienígenas que disfrutaban reventando planetas, no le tranquilizó lo más mínimo, más bien le puso de los nervios.

La conferenciante del *holovídeo*, que era al parecer una xenobióloga bastante famosa, ofrecía también la reciente hipótesis de que ambas especies estuvieran emparentadas. Para apoyar su teoría les mostró cadenas de ADN en las que se resaltaban similitudes convincentes, y finalmente les enseñó fotos de archivo de un auténtico *Cosechador*.

La criatura en cuestión era una entidad repulsiva en extremo, de coloración entre azul y violeta. Lo realmente asqueroso no era la textura en sí, sino que parecía tener forma de órganos humanos. La mujer continuó explicando lo más asépticamente posible a qué se debía, aunque la cara de odio concentrado delataba sus auténticos sentimientos. Al parecer esa cosa podía crecer, o quizás cambiar, para aparentar ser el interior de otra criatura de determinado tamaño. Eso le permitía *pilotar*, y Erik casi vomitó al escuchar el término, un cascarón humano.

El objetivo de tal abominación era poder infiltrarse en las colonias o gobiernos, y sabotearlos desde dentro. En aquel momento sintió que Lía lo miraba, y compartieron aquel pensamiento relámpago. Eso era lo que la atormentaba, estaba seguro. La Confederación había sido manejada por aquellos monstruos desde siempre. Nunca mejoraría. Si la maldad y la corrupción de su sociedad eran inabarcables... ¿qué pasaba si además uno añadía xenos genocidas con un altísimo desprecio por la vida humana a la ecuación? ¿No les bastaba dejarles matarse solos? ¿Tenían que intervenir para hacer aún más hijos de Satán a los que ya debían tener cuernos y rabo?

Sintió que le invadía una ira gigantesca, un cabreo tan monumental que solamente podía equipararse con la pena de Lía. Siempre había achacado los *Cosechadores* a la Confederación, y resultaba que era al revés, las multiplanetarias habían salido de aquellas babosas azules.

Cuando volvió al hilo de la presentación, encontró a la ponente explicando que nunca habían encontrado la forma original de aquellas cosas, ya que las naves enemigas se desintegraban al resultar incapacitadas. Por no encontrar, no habían encontrado más que uno, y era indetectable salvo que abrieran las tripas del interfecto para ver que no eran de otro color, o lo verificasen con una cámara quirúrgica. Menudos cabrones espaciales.

La exposición concluyó con un apunte acerca del ataque al buque que la teniente les había enseñado. Al parecer los *Cosechadores* habían abordado la nave, no tenían muy claro por qué, con un nuevo tipo de constructo de batalla. Se filtraba a través de las paredes, iba acorazado como un tanque ligero, y llevaba armas tanto cuerpo a cuerpo como a distancia capaces de derretir blindajes y *Portlex*. Lo llamaban *Fantasma*.

En aquel momento, se oyó un chasquido de recarga. Se volvieron para ver como el siniestro soldado del rifle se levantaba y salía con su arma colgada a la espalda. La puerta lo dejó pasar, mientras todas las miradas lo seguían. La presentación terminó.

Sabueso levantó la mano.

—Supongo que la Flota nos dará armas muy grandes para pelear contra *eso*. Y alguna de esas armaduras súper chulas que tienen, de las enormes. ¿No?

—No vamos a luchar contra estos armatostes —le desanimó Lía—. Al menos no a priori. No deberíamos pasar ni remotamente cerca de algo así.

—¿Entonces nos lo contáis para...?

—...Que no nos sorprendan. El chico del pelo naranja tiene razón: el conocimiento es poder. —El sargento rapado al dos se giró hacia él—. No espero que usted le dispare a algo como eso. Espero dispararle yo. Es mejor saber que hay que llevar munición especial.

—Por mí estupendo, señor...

—Jass. Sargento Daniel Jass.

—Pues eso, Dan. Tú te encargas de las moles. —Levantó un pulgar, que el otro contestó con una media sonrisa—. ¿Y los demás, de qué vamos a encargarnos, exactamente?

—La misión tendrá dos equipos. —Gregor Slauss se levantó quejumbrosamente—. Cada uno de ellos tiene que alcanzar un objetivo distinto, hacerse con él, y traerlo de vuelta al *Estrella de Ragnar*. Es crucial que ambos tengan éxito, porque de lo contrario, estaremos en apuros.

—Es cierto. Hay que cumplir las dos misiones, que deben ser llevadas a cabo de forma completamente secreta. Se armará una coartada, la seguiremos, y volveremos a casa sin que nos detecten —les explicó Lía—. Yo dirigiré el equipo *Sombra*, que se encargará de entrar en espacio confederado y hacerse con un paquete protegido. La escriba Willow, especialista en protocolo empresarial, ha ideado un plan bastante aceptable que nos permitirá crear una empresa tapadera con la que acercarnos al blanco. Para recuperarlo, necesitaré de los conocimientos del señor Niros. También de la habilidad de nuestra estimada Dariah, que es insuperable en su campo. Además, nos hará falta la maestría de *hacking* y seguridad de Hokasi san.

—Parece un buen equipo de infiltración —admitió Dariah—. Lástima que no estés en él, pirata.

Erik sonrió a su compañera, más por cumplir que por ganas. Al menos parecía que no tendría que soportar sus bromas *de guante blanco* durante el trabajo.

—Los soldados presentes, incluyendo al sargento Yuri Svarni, que parece que tenía algo de prisa, nos serviréis de columna para vertebrar el equipo. Deberéis obedecer nuestras instrucciones en todo momento, y aprender lo que haga falta para seguir el ritmo de los especialistas.

—Sin ofender. —Yaruko levantó la mano—. La persona al mando de los soldados será alguien diferente del señor Svarni, ¿verdad?

—No le veo como jefe. No parece muy hablador, con esa máscara negra —observó Sabueso, pasándose la mano por la cara.

—Es una persona altamente capaz, no se les ocurra fiarse de las apariencias. Fue él quien redactó el informe sobre cómo abatir a los *Fantasmas*. Es muy valioso para el equipo y no podemos renunc…

—Creo que no nos entendemos. —Dariah se subió en su silla para atraer la atención—. No dudamos de su habilidad. Mis colegas se refieren a que no es muy... estable. ¿No es así?

—Les pediré a todos los presentes un poco de consideración con el señor Svarni. —Edna se puso en pie—. Estuve tratándolo tras las operaciones que le permitieron volver a funcionar como una persona normal. En su momento, yo perdí ambos brazos y piernas, y me volví bastante arisca al trato humano. Gracias a mi marido, Gregor, lo superé y he podido dedicarme a la ciencia desde entonces. Yuri sufrió el impacto directo del arma del *Fantasma*, por eso sabemos lo que hace.

—Auch —espetó Sabueso—. No sé si preguntar qué polímero y blindaje derritió.

—En concreto, su anterior arma, sus brazos hasta un poco por debajo de los hombros, su mandíbula inferior, garganta, cuerdas vocales, esternón... le abrasó toda la cara y los pulmones. Cuando lo encontraron apenas respiraba. Se quedó ciego, sordo y mudo.

—Sabe, señora... creo que le voy a pedir disculpas y a invitarle a una cerveza —concluyó el corsario con cara de circunstancias.

—¿Y crees que podrá tomársela? —le pinchó Dariah.

—Al menos me molesto en preocuparme un poco por el pobre tipo.

—No querrá su pena, ni la de ninguno de ustedes —les aclaró Edna—. Querrá que lo cuiden como compañero, y hará lo mismo. Ahora ve, oye, y puede moverse como una persona normal. Lo que no puede es quitarse la máscara que lleva bajo el casco, hablar, o alimentarse de algo distinto del suero. Se comunicará con los demás por texto hasta que sea capaz de usar el modulador de voz. Por eso les pido un poco de paciencia al principio.

—Su sacrificio parece noble. —Hokasi se puso en pie, pegando las manos a los costados, gesto que entre su gente denotaba la más alta sinceridad—. Tengo solamente una duda respecto a él. Aun siendo buen guerrero… ¿Por qué traerlo si está todavía recuperándose de las secuelas?

—Porque no encontrará un tirador mejor —contestó la teniente—. Si no se fía, le enseñaré su hoja de servicio. Ese tipo es una *jodida* leyenda.

—Esa lengua —gruñó Gregor.

—Si necesitan meter un conector intrusivo a través de un muro de hormigón para piratear una señal, él puede colocarlo con disparos. —A Slauss le molestó que Lara le ignorase—. Le he visto hacer cosas que yo hubiera calificado de imposibles.

—¿Y sus heridas no le afectarán?

—Cualquier otro hubiera muerto. A él solamente consiguieron enfurecerlo.

—En ese caso, retiro mi objeción. —Hizo una reverencia—. Lo respeto.

—Me apunto a eso. —Sabueso volvió a levantar la mano—. Ya me cae bien.

—Vayamos al grano, ya que hablamos de colarse en sitios seguros —intervino Dariah, sonriendo inocentemente—. ¿Dónde me voy a entrometer, exactamente? Lo ha evitado deliberadamente, señora Smith.

Lía volvió a conectar el proyector holográfico, mostrando un planeta-ciudad. Al acercarse comenzaron a verse las enormes avenidas y sus colosales bulevares, sus increíbles fuentes y sus maravillosas estatuas. Aquel mundo solamente podía ser Yriia, capital de la Confederación, la joya del Primer Anillo. Las vistas mostraron varios lugares turísticos, como el Parlamento, la Casa de Jueces, la Gran Cámara del Comercio, el Gremio de los Cartógrafos Estelares y el Palacio de la Victoria. Finalmente, el *holovídeo* se detuvo en el Panteón, monumento al mismísimo Yuste Jarred, Padre Fundador del Estado Confederado.

—Vamos a robar el cadáver del presidente. Es un *constructo*, y creemos que puede contener pistas para conducirnos al planeta de esos monstruos. Fue el único Padre Fundador superviviente de Armagedón, tras la caída del *Ala Tres* de Venus. Lo conservaron por algún motivo.

—¿Vamos a ir Yriia a robar la urna del presidente? ¿En serio?

—¿Algún problema?

—¡Que la Flota no me haya llamado antes! —Dariah parecía en aquel momento una niña pequeña de verdad—. ¡Es el broche de oro para mi carrera! ¡Me apunto!

—Yo también —sonrió Hokasi—. Será muy deshonroso para ellos perder un icono así.

—¿Sabríamos algo tan único como el origen de estos seres? —A Niros le brillaban los ojos—. ¿Y veremos la capital, que no conozco? ¡Con tantos datos a la vista! ¿Cómo negarme?

—¿Estamos seguros de que aportará algo? —intervino Erik—. Ese es el lugar más vigilado de la galaxia. Si les pillan les estarán volviendo a declarar la guerra a unos viejos enemigos que no necesitan.

—Es casi seguro —declaró Gregor, mesándose la barba—. Tras el descubrimiento, investigamos sobre la vida de ese sujeto. Los mejores hackers y ladrones de información nos consiguieron datos muy interesantes.

—Así que por eso me contrataron en primer lugar —rió Hokasi, mandando a uno de los proyectores su trabajo—. No entendía esa obsesión por los datos de la biblioteca, no tenían valor.

—Al contrario —negó Edna, ampliando una sección particular—. Sus datos y los del señor Niros fueron cruciales. Jarred no estableció la Confederación por motivos altruistas.

—No, no lo hizo —la apoyó Etim, entusiasmado, casi saltando sobre el holograma. Empezó a manosearlo, buscando algo—. De acuerdo a lo que tuve que investigar, se estableció como premisa que el gobierno democrático debía ir perdiendo competencias hasta quedar completamente desnaturalizado. Las empresas irían, por el contrario, ganando cada vez más poder, de modo que al cabo de cierto tiempo las decisiones del estado serían por completo irrelevantes.

—¿Cómo pasó eso? —preguntó Erik.

—Sencillo, el artículo cuarto de la constitución Confederada, reza textualmente: *El gobierno velará por el interés del crecimiento económico, y la felicidad de los ciudadanos, a cualquier precio.* Eso puede interpretarse de la manera elegante, que es lo que parece, y de la que es: *El gobierno velará por el interés del crecimiento económico de las empresas, y la felicidad de los ciudadanos que las dirijan, a cualquier precio.* En ningún momento se establece que todos los ciudadanos deban ser felices, ni tampoco que el crecimiento económico deba repartirse. Lo que sí se establece es que ha de ser a cualquier precio.

—O sea, para tontos. —Sabueso puso cara de asco—. El Yuste de las narices escribió que las empresas podían comerse la democracia en el artículo cuatro, de manera solapada y procurando que nadie lo malinterpretara. ¿Correcto? Eso, según la teoría *conspiranoica*, implica que era amigo de las babosas azules.

—Siendo presidente de la mayor agrupación humana por aquel entonces, los *Cosechadores* no tenían nada que ofrecerle, salvo la inmortalidad. Y no se la dieron. No tiene sentido.

—Salvo si era *Cosechador* —se reafirmó Néstor.

—Bueno, había más padres de la patria de los que nunca más se supo. —Dariah se encogió de hombros—. Quizá el pago era quedarse como único gallo del corral. No tenía por qué ser uno de ellos.

—Sin embargo, hay otros detalles que revelan que es así —apuntó Niros, marcando trozos de texto—. ¡Es tan emocionante!

—Desembuche —se impacientó la teniente.

—Yuste Jarred siempre gozó de buena salud, y envejeció muy bien. Tan bien, que en las fotos que se le hicieron con setenta años, seguía pareciendo tener los cuarenta y cinco de sus primeras apariciones. —Las imágenes de archivo aparecieron en primer plano, dándole la razón—. Si estudian la historia se darán cuenta de que se retiró en el treinta y cinco aniversario del Día de la Victoria, en la plenitud de su gloria, para gestionar su pequeña empresa personal. Dirigió el estado durante el periodo anterior, y tras desaparecer de la vida pública, no se le volvió a ver el pelo. Siempre se comunicaba con sus trabajadores a través de secretarios, y nadie lo veía nunca salir de la oficina. No tenía vacaciones, porque decía que odiaba no trabajar, y jamás se jubiló. Todos los biógrafos coinciden en esto.

—¿Jubilarse? —preguntó Sabueso.

—Oh, sí. La jubilación era un concepto que consistía en devolverle al trabajador parte del sueldo cedido al estado cuando este envejecía lo suficiente como para no poder trabajar. En forma de pensión. La Confederación la suspendió alrededor del año ciento ocho a partir del Día de la Victoria.

—Uno podía retirarse sin tener pasta. —Néstor estaba sorprendido—. Genial. Así hasta hubiera merecido la pena ir por lo legal, declarando todo.

—Y tras retirarse de política, ¿qué más se sabe?

—Según el parte médico, murió de un ataque al corazón mientras dormía, a los ciento tres años. Su cuerpo fue maquillado por la mejor empresa de pompas fúnebres de la época, *Pasajeros al Tren de la Eternidad*. —Niros mostró el logo de la empresa, junto a las fotos de la época—. Fue colocado en la urna de éstasis actual, que se reparó y remodeló ocho veces. Algunas fuentes citan que también pasó antes por un proceso taxidérmico.

—Pero eso es mentira. Esa parte la investigué yo —aseguró Hokasi, adueñándose de la presentación, y mostrando sus propios datos—. Esa parte la investigué yo. Nunca pasó por ningún proceso, eso se lo inventaron, colocando una gran cantidad de empresas fantasma y rastros falsos. Ni le maquillaron, siquiera. Esa era su cara a los ciento tres años. No envejeció, y tan pronto como lo vi, me pregunté por qué. Estaba en mi lista de pendientes.

—Así que sí hay motivos para sospechar.

—¡¡Claro que sí!! Posee muy buenos guardianes, los de *Autocorp* —saltó Niros, mostrando otras imágenes—. Los tiene contratados

Transcorp, la empresa de Jarred, que es actualmente dueña de ocho sistemas. Les hicieron un contrato acorazado hace centurias para asegurarse de que *nadie* se haga con la contrata de la urna.

—Mantener en nómina durante cientos de años a alguien como *Autocorp* debe costar una fortuna.

—No es mucho para ellos. *Transcorp* posee treinta y dos planetas, sin contar lunas que llegan a la categoría de planeta enano, ni asteroides, estaciones, y...

—Suficiente. ¿Y qué pista podría tener su cuerpo, aparte de ser un cascarón? —preguntó Erik.

—Creemos que los *Cosechadores* valoran ese constructo por algo especial. Puede que contenga alguna clase de comunicador que podemos rastrear. Aprecian demasiado sus vidas como para no atender una llamada de auxilio de uno de los suyos. Y si no, hay otra cosa que debemos revisar.

—La bóveda. Teniendo el cuerpo... —Niros estaba tan feliz que casi hubiera saltado de alegría—. ¡Podríamos entrar en la bóveda del presidente!

—Es imposible abrirla, o llegar hasta el interior del palacio donde se encuentra —declaró Dariah, girando los ojos—. Deberíamos saberlo todos. Lo dejé muy claro cuando...

—Es imposible... salvo que seamos Jarred —sonrió Lía, haciendo cambiar la cara de la ladrona—. Hemos hecho un estudio sobre su informe de la bóveda, Dariah. Tiene razón, las medidas de seguridad son infranqueables... salvo teniendo la autorización de administrador.

—Qué cabrones —sonrió la interpelada—. Claro. Nos han contratado por separado para obtener las piezas. Y ahora que las tienen, es tan fácil como formar un equipo con nosotros para hacernos saquear el contenido de la bóveda.

—Necesitaremos el contenido y el cuerpo —aclaró la xenobióloga—. Es probable que, si hay algo dentro de ella, el cascarón lo haga funcionar. Si no, no tendría sentido guardarlo. ¿No? Los *Cosechadores* son criaturas con una gran maestría en lo orgánico, y bastante molestos cuando deciden dejar pistas falsas.

—¿Y por qué dejar *auténticas* pistas al alcance de una Flota casi infinita de naves que quiere destruirlos? —Erik estaba cada vez menos convencido—. ¿Para que los encuentren? ¿No lo ha pensado nadie?

—Yo no lo definiría como *al alcance*, pirata —se burló Dariah.

—Sabemos que faltan piezas —reconoció Lía—. Claro que, hasta la fecha, las hipótesis...

—Vamos, que daremos palos de ciego. Admítanlo, puede ser una trampa.

—Puede serlo. El mismísimo Almirante sugirió lo mismo, capitán —le concedió Gregor—. No tenemos claro por qué lo han puesto tan a la vista.

—Quizás necesiten demostrarse a sí mismos que son superiores, dejando a los tontos humanos unas miguitas de pan que no entenderán. —Niros seguía dándole vueltas a los apuntes—. ¡Qué emocionante!

—Se han barajado todas las hipótesis.

El gran corsario se levantó, silbando con los dedos.

—Perfecto, tengo vuestra atención... Ya sabemos para qué queremos al muerto y sus bártulos privados. Ahora... ¿por qué el equipo dos? —preguntó Sabueso—. Nos estamos enrollando y quiero saber para qué se nos va a pagar.

—El equipo *Llama* se dirigirá a un planeta jardín del Segundo Anillo. La corporación Baestos lo tiene acordonado por motivos desconocidos, bajo la excusa de un estudio medioambiental. Deberán infiltrarse en la zona, alcanzar un derelicto de una nave estrellada, y recuperar todos los datos y piezas que puedan de ella.

—¿Qué creen que puede contener?

—Según lo que sabemos, la nave fue perseguida y derribada por elementos del *Ala Tres*. Fue una de las responsables de la liberación de los *Fkashi*.

—¿Estamos locos? —Sabueso casi se echa a reír—. Si hay una cosa peor que un *Cosechador* es un *Fkashi*. Pasandooooo.

—La nave es inofensiva. Si quiere preocuparse por algo, hágalo por esto: el mundo es una peligrosa jungla —observó el hombre de la Orden de la Vida, interviniendo por primera vez—. Soy Marco Issini, xenobiólogo. Ayudo a la doctora Hoffman, la del *holovídeo*, a estudiar formas de vida alienígenas. Me he especializado en planetología hostil. El planeta es una reserva biológica porque su flora y fauna resistieron la terraformación, bombardeo químico incluido. Si esos bichos estuvieran a bordo de una nave estrellada, ¿no creen que hubieran escapado y se hubieran comido...? ¿Todo?

—Le compro su razonamiento, si hay otra forma de vida en esa roca es porque *la* pesadilla espacial en persona está incapacitada.

—Néstor se sentó—. Supongo que no sobrevivirían a un castañazo desde la órbita. Si es solamente la selva, me vale.

—Ni se le ocurra subestimar esa jungla. Yo de usted no me fiaría ni de una inocente flor, no sea que le inyecte sus semillas bajo la piel.

—Flores violadoras. Ew.

—El doctor Issini y la ingeniera Parlow también irán en el equipo *Llama*; lo mismo que el señor Sabueso. También irán acompañados de los mejores hombres de la teniente.

—Y de mí misma —aclaró ella—. El sargento Jass liderará a los militares *Sombra*.

—Deduzco que el equipo *Llama* es mío. —Erik se cruzó de brazos—. ¿No es así?

—Solamente si aceptase. Algunos de los soldados que nos acompañarían son *Cuervos Negros*, el grupo de operaciones especiales de la Flota. Tienen un pelotón especializado en planetas no terraformados, no correrán a tocar con la mano al primer bicho con forma de cobra que vean.

—Entrar, robar chatarra, y salir sin que Baestos nos vea y sin que nos coman. No es lo peor que hemos hecho, y eso es precisamente lo que me preocupa. ¿Por qué nadie más ha robado ya esos restos? Si llevan ahí siglos, las empresas deberían habérselo llevado. Es tecnología alienígena y, por tanto, *muy* valiosa.

Lía volvió a encender el *holoproyector*. Tras introducir los parámetros adecuados, el mapa de la vía láctea apareció. Los Anillos de Expansión aparecieron iluminados en la representación, y tras resaltar el segundo, enfocó el Sector Victoria. Unos toques más, y se encontraban en la órbita de un planeta verde y azul. El agua debía cubrir cerca de un tercio de su superficie, sin apenas polos helados ni variaciones de tono en la jungla.

La esfera pivotó sobre su eje de rotación inclinado, mostrando una zona específica. Luego, la doctora movió la cámara hasta encuadrar un sector del hemisferio sur, que marcó para poder ampliarlo. Estaban viendo una zona de unos tres mil kilómetros cuadrados.

—Hay armas automáticas en esta zona. De acuerdo a los informes, probablemente nueve. Cada grupo de tres, forma un triángulo.

Las figuras descritas se iluminaron en rojo brillante sobre el mapa. Los dos triángulos interiores estaban inscritos en el inmediatamente exterior. El dibujo que formaban tenía todo el aspecto de ser un perímetro defensivo.

—El triángulo es una figura recurrente en las naves enemigas —aseguró Parlow, con su voz rasposa, producto de las inhalaciones tóxicas derivadas de su trabajo—. Es indeformable, y permite estructuras infinitamente más duras a iguales materiales. Viendo eso, no cabe duda de quién es el autor.

—Toda nave, sonda o satélite que se acerque a su espacio aéreo es destruida. Hay que llegar a pie.

—Suponiendo que no exista una vigilancia terrestre igual de letal —apuntó Néstor, volviendo a colocarse las manos tras la nuca—. Esto no me tranquiliza, alguien salió vivo del choque si montó cañones para defenderse.

—Hace más de ocho siglos —le corrigió Niros.

—Eso es verdad, ya los habrán rescatado, puede que sólo olvidaran desmontar las torretas. Bien visto, *cara zanahoria*.

—O las dejaron porque hay algo valioso —pinchó Dariah, quien parecía disfrutar sembrando el caos.

—Si eso fuera así, le das la razón a lo primero que decía Sabueso. Puede haber defensas en la jungla, incluso un botón que libere a los *Fkashi*.

—Eso no tiene sentido —objetó Jass—. Estaban ahí atrapados, ¿por qué iban a soltar esas cosas para que se los comieran a ellos?

—Joder, dejémoslo claro. —Erik dio un puñetazo en la mesa y señaló al *hologlobo*, mientras miraba al sargento—. No sabemos que habrá ahí.

—Si son *Fkashi* podemos estar tranquilos. —La doctora se encogió de hombros—. Tanta adaptabilidad tiene un precio. Hace años que descubrimos una vulnerabilidad en su estructura genética. Disponemos de un compuesto que, contagiado a los descendientes de cualquier estirpe de esa raza, corrompe su gen replicativo único. Oh, y se extiende por vía aérea. Los mata en cuestión de cinco segundos, cargándose cualquier organismo mutado.

—¿Y nosotros, que? —protestó uno de los soldados

—Es inocuo para cualquier ser descendiente de la Tierra. Los Xenos tienen un marcador genético unívoco al que esto se pega. Para ustedes, traje sellado, y asunto resuelto. Llevaran un tanque lleno de eso y granadas aerosol.

—Sigue siendo un salto al vacío.

—Podemos doblar la recompensa de ustedes cuatro, en dinero o tiempo. Añadiremos diez millones a la cuenta de Hokasi san.

—Como digas que no, paso de ladrona a asesina. —Dariah miró al corsario con la expresión más fiera que su cara permitía—. ¡Veinte millones! ¡Podríamos retirarnos!

—A Triess no le haría ninguna gracia que me dejara matar.

—Iría con algunos de los mejores soldados de la galaxia —aseguró la teniente, haciendo culebrear su cola de caballo—. No vaya a creer ni por un instante que les he traído a unos novatos. Cada soldado presente es lo mejor de lo mejor. Y soy la única suboficial, de manera que nadie dudará de su autoridad. Lo tiene todo.

—No pretendo faltarles a respeto, teniente. Lo que quiero que entienda es que hay misiones que no es posible terminar.

—Imposible no existe en mi diccionario.

—Usted no tiene tres hijos.

—Quizás no, aunque no crea que no me gustaría más pronto que tarde. ¿Cree que puede entrar y salir con el botín, o no?

—No lo sé.

Erik notó la enorme mano de Sabueso sobre su hombro. Se habría levantado expresamente para hacer aquello, así que sabía lo que iba a decirle, pero quería oírlo con sus propias orejas. Se giró al gigantón, y asintió para que hablara.

—Algún día seremos demasiado viejos, capitán. Los dos sabemos que ya estamos supliendo años con sabiduría. Y los dos sabemos lo que pasa con un perro viejo que compite con uno joven: El físico se impone tarde o temprano.

Sabía que estaba en lo cierto. Había visto a muchos corsarios agarrarse a sus sillones de mando, y acabar muriendo por no tener los reflejos de antes. A otros los habían traicionado, a los de más allá los habían abandonado a su suerte. Los más listos y afortunados se retiraban a los cincuenta, en el último momento, y alquilaban o vendían sus naves para hacer trabajo de despacho. No, su mundo no toleraba bien la vejez, y no le quedarían ni quince años, si tenía suerte. Si debía llevar a cabo una misión descabellada para hacerse rico, debía ser aquella.

—Está bien. Al salir llamaré a mi esposa y salvo que ella se niegue en redondo, seré su segundo capitán.

—Me alegra oírlo —sonrió Slauss—. Edna y yo le acompañaremos si le parece bien, capitán. Creemos que podemos serle de utilidad si tienen problemas con las interfaces antiguas. Seríamos dos miembros extra, además de su tripulación normal.

—Se nos dan bien los trastos obsoletos, cosas de la edad —rió la señora Goethe—. Bromeo. A decir verdad, tenemos un máster en interfaces Xeno. Hemos estudiado casi todos los restos de nave *cosechadoras* que existen.

—Ya sé de qué me sonaba usted, Gregor. Nos conocimos hace muchos años, cuando yo era joven.

—Ah, sí, puede ser —se sonrojó él—. Discúlpeme, mi memoria ya no es lo que era.

—Yo nunca olvido una cara, aunque a veces me cueste recordar a qué va a asociada. Usted ya era muy famoso entonces. Muchísimo.

—Es agua pasada, ahora soy solamente un viejo loco que puede hacer funcionar ordenadores alienígenas.

—Sería un honor que nos acompañaran —sonrió Erik.

—¿Eso implica que acepta? —preguntó la teniente.

—Salvo si la *jefa* se niega, como he dicho. —Se giró hacia atrás—. ¿Néstor?

—¿Hay, o no hay colonos *Cosechadores* en ese bosque? Si tienen insecticidas, los *Fkashi* ya no me preocupan.

—Creemos que viven solamente en un mundo, que está oculto. Por otra parte, parece poco probable que desplieguen constructos en una selva letal.

—Entonces, me apunto. Ahora bien, si voy a deambular por ese pedrusco, quiero una armadura. Una buena, como las suyas. Con todos los accesorios, incluso la bandeja para bebidas. No quiero ser el tiesto de ninguna *ultra violeta*.

—Todos los implicados en el equipo *Llama* tendrán una. Y los *Sombras* que la necesiten, también.

—Entonces, estoy dentro. ¿Qué buscamos, una vez allí?

—Una brújula no te lleva sola hasta el tesoro. —Erik se giró para mirarle, con una media sonrisa—. Necesitas un navío para navegar por las estrellas. Robaremos al menos los motores y la navegación. ¿Qué te parece?

—Que quiero comprobar si tienen posters de *cosechadoras* sexys en las taquillas —se burló el otro.

—Todo esto tiene mucho más sentido ahora que lo hemos discutido —admitió Estébanez—. Un equipo recuperará la brújula y otro la nave o la tecnología que nos permitirá seguirla.

—Confiemos en poder hacer retro ingeniería para obtener un sistema localizador que podamos integrar en la Flota —suspiró

Gregor—. Si es verdad que necesitamos una brújula y algún tipo de propulsión o mecanismo especial para viajar a *cosechadorlandia*, entonces habrá que destripar ambos aparatos sin romperlos.

—Y luego, ¿qué? —Sabueso arqueó las cejas—. ¿Qué haréis cuando tengáis vuestro premio, hojalatas?

—Jaque mate. —Lía se apoyó bruscamente en el estrado de ponente.

ADAN se colocó al lado de Elroy. Naturalmente no estaba allí, sino proyectado como siempre. Su intención era llamar la atención de su interlocutor de una vez. Habían estado viendo y oyendo todo lo que Gregor veía y oía gracias a un enlace inalámbrico a su periférico. El ingeniero lo sabía, por eso había estado mirando a cada uno de los que habían hablado, prestando atención a las reacciones durante la presentación.

Para el Padre, los resultados eran muy satisfactorios.

—Entre nosotros y extraoficialmente... ¿de verdad cree que esta teoría pueda ser cierta? —refunfuñó el otro—. ¿Una brújula y una nave lo bastante entera como para poder rastrearlos?

—Quizás incluso funcione. Se estrellaron, sí, pero la pregunta de Smith y el comentario de Dariah van por buen camino... ¿por qué no rescataron la nave o la destruyeron? Para mí, porque era mejor repararla por si hacía falta en el futuro. Tendría sentido, son los mejores sitios para esconder las cosas: en un lugar peligroso al que la gente no quiera ir porque se han quemado la mano, o a plena vista.

—No cree que tengamos alternativa, ¿verdad?

—Ribaldi no lo haría mejor que usted. Puede que fuera una *Cuervo Negro* en su día, pero como mucho, le igualaría. Si seguimos luchando en una guerra de desgaste, nos derrotarán con el tiempo. Tenemos que forzar una batalla a gran escala, donde nuestro número sea una ventaja decisiva. Necesitamos demostrar a nuestros primos que les han engañado. Necesitamos a la Confederación de nuestro lado.

El otro suspiró audiblemente, girándose hacia Sarah y la proyección de EVA.

—Ustedes opinan lo mismo.

—Mi tiempo de CPU es compartido por mi marido —sonrió la Madre—. Mucho me temo que, aunque somos personas distintas, la opinión que presentamos cara a los demás es común salvo que no nos pongamos de acuerdo. Y en esos raros casos, solemos anunciarlo.

—Yo, por mi parte, creo que ese pequeño grupo es nuestra mejor baza. El resto de investigaciones según registramos, no son alentadoras. —Sarah parecía sufrir al decir aquello—. Los *Cosechadores* nos la han jugado ya varias veces con pistas falsas que conducen a trampas. Por primera vez desde el *Éxodo*, nuestra gente empieza a dudar de que podamos ganar, a pesar del adoctrinamiento social al que nos hemos visto sometidos desde que nacimos. Es preocupante en extremo.

—Los Cronistas acaban de registrar otro callejón sin salida en Varanis. Hay evidencias de que fueron ellos, aunque ninguna pista de dónde salieron —EVA ladeó la cabeza, contrariada—. Tampoco sabemos a dónde fueron.

—¿Y los confederados? —preguntó Elroy.

—Agradecieron la ayuda y volaron a nuestro lado sin decir nada. Se conformaron con los datos que les dimos y nos ofrecieron una recompensa estatal por encontrar a los responsables. —La Madre debía estar leyendo los informes, miraba al infinito—. Nos amenazaron con atacarnos si descubrían nuestra implicación, y no creyeron que fueran *Cosechadores*. Sin embargos dos corporaciones de las medianas nos pidieron datos sobre las armas que, según ellos, creemos que usan. El resto cree que deberíamos ofrecer algunos datos crudos al respecto.

—Por mi bien, siempre que no tenga uso militar —asintió Elroy.

—Y por mí —ratificó Sarah.

—Lo transmitiré.

—Padre, entonces, ¿opina que es buena idea dejar nuestro destino en manos de unos mercenarios?

—Convencer a los confederados llevará años salvo que atajemos. Puede que algunas empresas empiecen a creer en nuestra buena fe ahora que les damos datos. Pero de ahí a tener una alianza fiable con el *Trono sin Rostro*... no. Tenemos que poder mediatizar la urgencia de una guerra contra los Xenos.

—Saber que todo el mal de la Confederación proviene de unos alienígenas encenderá a los ciudadanos —aseguró Sarah—. Los culparan de todo ciegamente, y eso hará que las empresas actúen para no perder el estatus quo. El que no sea enemigo de los *Cosechadores*, lo será del pueblo.

—¿Y no desencadenará eso una caza de brujas? —objetó Elroy.

—Sobre todo, entre directivos. Tratarán de eliminar competidores, y de demostrar que son humanos. Se mediatizará, todo será público y ante la competencia. Y entonces, por probabilidad, atraparán a uno.

—Huirán.

—También nos sirve. ¿Si es inocente, por qué huye? Todos han pasado por un quirófano alguna vez. Por miedo, no será.

—Espero que no nos equivoquemos.

—Podemos equivocarnos, siempre que no nos descubran —le tranquilizó ADAN—. Y no creo que lo hagan cuando los mercenarios terminen de camuflar al equipo. Por eso los hemos traído.

—El capitán tiene sus dudas.

—Entonces, eso es algo que ambos tienen en común.

Lía les entregó los detalles menores de la misión, transmitiéndolos a sus terminales personales mientras explicaba. Erik la notaba muy nerviosa. Tenía el pulso acelerado y aunque les estaba contando una cosa, pensaba en otra. La mayor parte de lo que dijo a continuación iba dirigido a sus propios soldados, agradeciéndoles de cuando en cuando su colaboración a todos ellos.

Se enteró de que un par de encargos que él mismo y su tripulación habían llevado a cabo, eran también parte de aquella conspiración. Realmente, la mitad del mundo del crimen debía haber estado colaborando con la Flota de manera indirecta. Para ellos, conseguir moneda confederada era una nimiedad, les bastaba vender tecnología vieja en el mercado negro para conseguir enormes cantidades de las corporaciones. Jugaban en otra liga, estaban fuera del sistema, y por alguna estúpida razón se habían obsesionado con ser los protectores de la paz galáctica. Lía le miró. No estaba de acuerdo con aquello último, *eran* los guardianes de la humanidad. La sociedad estaba podrida y saboteada por unos parásitos estelares que no habían dudado en aniquilar el sistema solar cuando este había comenzado a salir de la barbarie y a abrazar unos principios que la Confederación no tenía.

Los humanos les daban miedo, los temían no por lo que eran, sino por lo que podrían llegar a ser. Tuvieran las razones que tuvieran, podían haber intentado discutirlas en lugar de volar los tres planetas más poblados de su época sin mediar palabra. Acababan de arrasar Varanis. Era impensable tratarlos como iguales, como criaturas dignas. Uno no debía abusar de su poder contra otros seres racionales. La Confederación, como su hija bastarda, había heredado aquel defecto.

Erik se enfureció. Eso no era cierto. Los confederados podían haber sido sus títeres… pero si hubieran mostrado buenos valores como nobleza, altruismo y humildad; ningún alienígena hubiera podido convencerlos de que violasen repetidamente los derechos de cuantos cayesen en sus garras.

Le tenía que dar la razón. Los *Cosechadores* no eran el origen de todo el mal, solamente habían avivado esa llama que ya ardía con fuerza en los corazones humanos. Eran culpables de exagerar los defectos de su especie hasta su peor versión, no de crearlos. Todos los vicios y maldades que habían acumulado durante miles de años habían empezado a desaparecer, hasta que empezó la Guerra Civil Colonial, y los viejos fantasmas regresaron. ¿Y si ellos la habían impulsado, también? No podrían saberlo salvo que se lo preguntasen.

Erik tenía sentimientos encontrados al respecto de lo que los Cruzados harían con sus odiados enemigos una vez que diesen con ellos. Por una parte, unas criaturas que habían desatado tanto mal, causado tanto dolor y muerte, no merecían ser libres y todopoderosas. Por otro lado, tampoco creía que el genocidio absoluto de toda una especie fuera adecuado. Ellos los habían masacrado, pero aún teniendo la capacidad para aniquilarlos, no lo habían hecho. Debía haber un motivo por el que habían preferido subyugar a la humanidad a sus propios congéneres antes que aniquilarla.

A ella le enfurecía aquella presunción de inocencia. Su propia visión de los hechos estaba sesgada por todo el tiempo que había pasado con los Cruzados. Él creía que podía existir un error conceptual acerca del pensamiento *Cosechador*. Un hombre destruiría sin dudar un nido de hormigas, pero no buscaría todas las que había en el universo para acabar con ellas.

Sintió un repentino dolor de cabeza y se alejó de los pensamientos. La miró con expresión entre furiosa y dolida, jamás había pasado nada como eso. Lo sabía, lo vio en sus ojos. Se había arrepentido de inmediato. No le permitiría volver a intentarlo. Al menos, no de momento.

Bufó.

—Todo eso está muy bien. El problema que encuentro a este plan, más allá de que es una locura impredecible, es que no podemos colarnos en la Confederación sin más. Lo primero que hay que pensar es cómo demonios vamos a entrar, y sobre todo a salir, de dos mundos tan vigilados.

—A eso responderé yo —intervino Olga Parlow—. He participado en el rediseño de una corbeta, que pondremos a disposición de los equipos.

—Pensaba que habría dos misiones.

—Y las hay —aseguró ella, abandonando su sitio hasta ocupar el estrado del ponente—. Si me lo permiten, acudiremos de inmediato a verla, salvo que alguien tenga algo que añadir. Será más fácil que se lo cuente así.

Miró primero a Lía, y luego a los demás, que también negaron con la cabeza. La ingeniera subió al estrado del ponente y selló la puerta de la sala. A continuación, activó varios controles, de manera que la pared de la izquierda de los oyentes se volvió transparente como una ventana de cristal. No era metal, era *Portlex* polarizado para parecerlo hasta el más mínimo detalle.

Al otro lado había un hangar. En él, una legión de auxiliares y técnicos entraba y salía de una corbeta. Tenía seis motores, colocados en dos hileras horizontales de tres, a cuyos lados se habían colocado unas alas móviles para vuelo atmosférico. Como todas las naves de los Cruzados era un modelo de doble cubierta, armado con piezas menores, baterías de torpedos y un cañón pesado frontal. La parte posterior recordaba más a una nave de transporte, no se había instalado una torre del puente ni la tradicional arma de popa.

La sala de reunión comenzó a descender tan pronto como la ingeniera manipuló los controles de la consola holográfica. Primero se desacopló, para luego bajar lentamente por unos carriles instalados en la pared del hangar, señalizando sonora y visualmente su descenso.

Los miembros de los dos equipos se apelotonaron en la recién descubierta ventana, algunos con gesto de asombro, y otros de admiración. Erik consideró la nave durante unos instantes. Parecía de la Flota, aunque debía reconocer que daba bastante bien el pego.

—Las armas se ocultan bajo el fuselaje, en compartimentos que evitan su detección por cualquier escáner que los confederados sean capaces de fabricar. Los motores son unos *Ave de Presa* de generación veintiocho. Los mejores que se pueden instalar en una nave de estas características. El escudo es mixto, soporta armas tanto humanas como alienígenas, dependiendo del juego de emisores que activemos. Posee un sistema de radar que se puede meter en los canales de prioridad militar para inyectar un código cifrado, y un sistema elevador que permite que levante de la superficie de un planeta algo de su mismo tamaño.

—¿Tiene alguna manera de ocultar su señal térmica? —preguntó Sabueso—. ¿Algún amortiguador?

—Algo mucho mejor. Hemos conseguido miniaturizar el sistema de camuflaje de nuestros destructores *Cazador Asesino*. Podemos hacerla, al menos durante un rato, completamente invisible. Aunque, al menos por ahora, afecta a la potencia de los motores.

—Uno no huye y se oculta —sonrió el corsario—. Hace lo uno, o hace lo otro.

—Buena filosofía —le reconoció la teniente.

—Uhhh, la chica mala me concede mérito.

—Lo retiro.

El ascensor los dejó al nivel del suelo al ajustarse en su hueco. La puerta se abrió de nuevo, permitiéndoles salir directamente a la pista. Los de la Orden del Acero habían acordonado la zona hasta la que podían pasar, pero Erik y Néstor se la saltaron tan pronto como llegaron a ella. Uno de los mecánicos trató de impedirles el paso sin éxito, lo que únicamente provocó que Olga se encogiese de hombros.

Rodearon la nave, tratando de estorbar lo menos posible a los trabajadores, que procuraban ignorar su presencia en la medida de lo posible. El capitán se cruzó de brazos al llegar al frontal, torciendo el gesto.

—Lo ves, ¿verdad?

—Claro que lo veo. La van a destrozar, es muy obvio quién la ha construido.

—Solucionémoslo. Tenemos quién nos asesore sobre lo valiosa que parece. ¡Dariah!

—¡Voy! —contestó la ladrona, esquivando al todavía nervioso mecánico, que discutía con su jefa.

Entre los tres estudiaron detenidamente la corbeta, anotando lo que veían en sus tabletas holográficas. Al cabo de un largo rato, se reunieron para comentar sus conclusiones. Coincidían en lo esencial, y cada uno tenía algunas sugerencias propias.

Volvieron con el grupo, que esperaba impacientemente su veredicto. Le pusieron la *holotableta* de Erik en las manos a Parlow, quien comenzó a leer con interés. Él mismo le señaló el aparato con un dedo.

—Esto es lo que necesitamos que cambie. Sin acritud.

Ella lo analizó detenidamente, caminando hacia una mesa de planos tridimensional para comparar cómo quedarían los cambios sobre los originales. Hubo un detalle que no le convencía, así que anotó como pendiente. Luego regresó con ellos.

—¿Algo más?

—Néstor tiene apuntados los materiales que necesitamos nosotros para cambiarla por dentro. Queremos que parezca una nave confederada, no una novísima nave de su Flota.

—Me lo temía. Se nota, ¿verdad?

—Brilla —negó Sabueso—. Brilla mucho.

—Dice *abórdeme*. —Dariah puso cara de circunstancias—. Yo si viera algo tan bonito volando por ahí, me colaría dentro para llevarme hasta los pañuelos de cocina. Parece un buen botín.

—Y las empresas pensarán lo mismo. Tiene que parecer mediocre, funcional, típica. Una más del montón.

—Sus cambios pueden aplicarse sin problemas.

—¿En cuánto tiempo? ¿Unos días?

La ingeniera pareció no comprenderles. Pulsó un par de controles, leyó las condiciones, y esperó a que su equipo respondiera. La mesa acababa de transmitirles las modificaciones a los técnicos, y estos iban dando su estimación de tiempo. Dudó antes de contestar.

—¿Días? ¿No querrá decir horas?

—Es capaz de hacer esto que le hemos pedido ¿en horas...?

—Claro. Por eso he esperado a que me contestaran los mecánicos. ¿Ven este mensaje de aquí? El equipo dos dice que su parte tardará setecientos setenta y seis minutos. Ya me extrañaba. Temía no estar viendo algo que ustedes sí veían.

—Capitán, ya sé dónde vamos a traer a arreglar al *Argonauta*.

—No creo que acepten encargos, Sabueso. Olga, tráiganos lo que le hemos pedido, e indicamos a sus operarios cómo decorar el interior. Lo que no creo que tenga arreglo es lo de la doble cubierta, salvo que sencillamente la tape.

—Le he dicho que había dos naves.

—Así es —asintió Erik—. ¿La otra está en el hangar de al lado?

—La tiene delante.

—Salvo que bebamos, yo veo una.

Néstor se echó a reír.

—Perdone, no entiendo el chiste. Hay dos naves.

—Un momento —la detuvo Erik. ¿Insinúa que...?

—El *Ojo que Todo lo Ve* se desdobla en dos corbetas más pequeñas, que llamamos *Iris* y *Párpado*. —Parlow sonrió, cambiando el esquema por una animación tridimensional que les mostró el proceso de desacople, simulado por ordenador—. Esa es la belleza de este proyecto.

—Olga, ¿puedo sugerirle algo? —La escriba Willow se acercó discretamente al grupo—. No las llame así. Levantará sospechas.

—¿Por qué?

—Una de mis especialidades es etimología confederada. Sabrán que es una nave espía si le ponemos ese nombre. Sugiero algo como... *El Báculo de Osiris*. Era un dios de la antigua Tierra, representaba la resurrección y la regeneración.

—Es parecido.

—Salvo por el detalle de que ellos no poseen datos del Sistema Solar, y no hablamos de *ojos* o *mirar*. Será como si les hablamos del pato *Dlanod*.

—Entiendo.

—El instrumento divino que apalea a los malos y revive a los buenos. —Néstor torció el morro—. Me gusta. ¿Y las sub naves? Porque *palo uno* y *palo dos* no me convencen.

—*Heka* y *Uas*. Eran los dos... eh... palos con los que se dibujaba al dios en cuestión.

—Es bonito. Mitológico. —Parlow se rascó la cabeza—. Tendré quejas de los encargados de aviación militar, aunque...

—Olga...

—No, a mí me convence. Podemos llamarlos así, lo otro es papeleo que tendrá que rellenar mi ayudante.

—Pues vamos a llenar esta nave de porquería.

—Arrr —rió Dariah, tratando de molestarle sin éxito una vez más—. Les diré a los de ahí atrás que ayuden. ¡Eh, vosotros, hora de mancharse!

Erik torció el gesto tan pronto como la amiga de su mujer se dio la vuelta. Tendría que estudiar qué se podía hacer con aquella maravilla. Si era todo lo que prometían, podía obrar cualquier milagro con ella.

El *Báculo* era una nave magnífica. Como le habían dicho, era completamente ambivalente. Podía aterrizar sobre ambas cubiertas, y el giróscopo gravitatorio le permitía darle la vuelta al campo de gravedad siempre que estuvieran en el espacio. Resultaba un poco extraño cuando uno caminaba por el techo, y aún más cuando pensaba en el mobiliario, pero al final todo estaba hecho de forma que podía usarse del derecho o del revés. Los camarotes permitían una reconfiguración que bajaba los utensilios del techo al suelo, y viceversa.

Estando acopladas, las dos naves usaban solamente un puente, y las salas esenciales invertidas quedaban en espera hasta el desacople o el cambio gravitacional. Que aquello pareciera la obra de un genio loco con mucho tiempo libre, le importaba poco a Parlow, tan orgullosa como cualquier madre primeriza.

Entró en su camarote, que si estaba decorado con la sobriedad espartana que conocía bien. Tenía la tarea de ensuciarlo, así que mandó los muebles fijos al techo. Podía oír que se ocultaban en las paredes reconfigurándose solos, colocándose en la posición que les correspondiera para salir por ahí.

Se agachó y mojó la brocha en la pintura que Sabueso y Dariah habían mezclado. Era un color magnífico, daba una impresión de suciedad y abandono apabullante. Le habían ofrecido a ayuda de los drones de pintado que trepaban y decoraban todo el interior de los buques. Se había negado. Su camarote era algo personal, y como tal, quería decorarlo él mismo. Un buen capitán invitaba a otros capitanes a conocer su camarote, y todos juzgaban rápidamente a sus homólogos por lo que había dentro. Para los anillos interiores necesitarían limpiar un poco. En los tres exteriores, nadie esperaría otra cosa que no fuera roña y óxido incrustados hasta la médula.

Mientras ensuciaba el techo, o el suelo según se mirase, pensó en lo afortunados que eran los Cruzados con el tema de la limpieza. Ahora que conocía el truco, entendía cómo era posible tanto brillo: Todas las zonas comunes se acondicionaban con pulidoras atómicas, que se habían automatizado en las últimas décadas de forma que fueran capaces de eliminar cualquier suciedad con una pasada. Incluso levantaban la pintura vieja o el óxido si uno se lo pedía.

Llevaba ya la mitad de la habitación cuando oyó la puerta abrirse. Sabía que era ella, no necesitaba volverse para saberlo. Tenían algo tan íntimo como las entrañas del universo, una conexión tan especial que ninguna otra podía imitarla. Él había deseado poder tener algo tan intrínseco con su mujer, pues en verdad la amaba. No lo tenía, era imposible tenerlo con alguien más que con ella. No intentó acercarse, o tocarlo de ninguna forma. Se limitó a quedarse ahí, esperando.

—¿Puedo ayudarla? —gruñó finalmente.

—¿Ahora me llamas de usted?

—Déjate de tonterías, Lía. Vine aquí porque estaba preocupado por ti. Néstor me ha acompañado porque se olió que algo no cuadraba, no se dejó engatusar por el dinero, por mucho que os haya vendido lo contrario. Acudimos como dos bobos, y todo para que nos lleves a una misión suicida con los mejores kamikazes de la galaxia y me hagas daño. ¿Qué quieres? ¿Qué te abrace?

—Vengo a pedirte perdón. No quería provocarte dolor.

—Lo que tenemos no puede usarse a la ligera.

—*Lo sé*.

Aquella última frase la dijo a través de su conexión, no con la voz. Lía era telépata, podía explorar la mente de otros o poner palabras en ellas, y esperar respuesta. La humanidad siempre había tenido individuos dotados con ciertas capacidades *psi*, o al menos los tenía desde que aprendieron a detectarlos. Nunca pudieron hacer más que trucos de salón, hasta que su generación lo cambió todo. Un accidente industrial mató durante cinco años al noventa y ocho por ciento de los fetos menores de seis meses, otorgando poderes *psi* a los supervivientes. Se los había conocido como los *Primus*, un grupo de niños con unas habilidades extra físicas tan descomunales que la mayoría había enloquecido y muerto antes de llegar a adultos. A muchos de los que sobrepusieron contra viento y marea les dieron caza, y los que de veras habían perdurado, se ocultaban de las multiplanetarias médicas.

Lía era particularmente poderosa incluso entre los *Primus* de Tauris IV. Con los años se había vuelto mucho más fuerte, tanto que ahora era capaz de transmitir dolor a otra persona. Le asustaba y ella lo comprendía.

Al principio solamente podía transmitir sentimientos, y necesitaba contacto físico. Hubo un tiempo que incluso funcionaba solamente con él, cuando se apoyaban el uno en el otro para equilibrarse mental y psicológicamente. Sin duda por eso seguían vivos. Lo más asombroso era que no solamente podían intercambiar palabras, sino también sentimientos sin tocarse. Ahora mismo, Lía era la persona más desgraciada del mundo. Odiaba a los *Cosechadores*, realmente los odiaba. Sin embargo, los sentimientos de amor por él eran mucho más grandes que ese odio. Era como comparar una canica fría y negra con una estrella.

—*Te he echado muchísimo de menos* —pensó ella.

—*Ven aquí* —contestó él.

Se giró para recibirla, y se abrazaron. Le besó el pelo, y sintió humedecerse sus propios ojos cuando ella se echó a llorar. Estaba asustada y arrepentida, tenía miedo de que no quisiera verla más. Era... impropio que llegara a pensar que podría considerarla un monstruo. Eso era imposible. Se había endurecido, vuelto despiadada con arreglo a los alienígenas. La comprendía mejor que nadie, toda la civilización en la que llevaba tantos años odiaba a esas criaturas, y con cierta razón. El poder de Lía era bidireccional, no solamente podía transmitir sentimientos, también podía recibirlos. Verse expuesta a un odio tan visceral por algo, al final le habría afectado. Le dio la razón.

—*No quiero que volvamos a pelearnos nunca. Por favor. Nunca. No así.*

—*No te preocupes, no estoy enfadado.*

—*Lo siento, es que...*

—*Eres una de ellos, y si todo lo que dicen es verdad, su causa es importante. No he debido dudar así de sus ideas cuando para ti son imprescindibles. Si alguna vez sacamos de nuevo el tema, discutiremos como la gente normal. No tendrás que preocuparte de nada.*

—*Hacía años que no perdía el control.*

—*Tranquila, ya hemos pasado por esto. Siempre estaré aquí para ti.*

—*Gracias. Muchas gracias. Sin tu mente cerca me falta algo, estoy... incompleta.*

—*Yo también.*

—*Oh, Erik, había deseado tanto volver a verte.*

—En el fondo, queramos o no, siempre seremos dos mitades de la misma persona. Es normal.
—Te quiero.
—Y yo a ti... hermanita.

Le ayudó a terminar de pintar el camarote. Su melliza estaba mucho más contenta desde que volvían a comunicarse de aquella manera tan especial. Solamente existían otras dos personas capaces de comprenderla a la perfección en toda la galaxia y le daba miedo tocar sus mentes. Eran tan grandes y poderosos que podían conseguir que le doliera la cabeza. Tanto era así que Gregor Slauss, Maestro Supremo de Terminalística de la Flota, le había adaptado un viejo casco para que pudiera hablar con ellos sin peligro. El casco le hacía de cortafuegos y adaptaba la velocidad mental de los otros dos a la de ella.

A Erik le costaba imaginar qué clase de mente debían tener aquellos dos individuos, en los que estaba evitando pensar deliberadamente, para que fueran capaces de abrumarla. No estaba seguro de que tuvieran alguna clase de poder, más bien le parecía que eran algo superior. Tal vez alguna clase de inteligencia artificial. Ella rió, negándolo.

Se encogió de hombros. Era una pena que Lía hubiera elegido permanecer soltera, pues estaba seguro de que hubiera sido la madre más comprensiva del universo. Sus sobrinos la adoraban, y ella los quería con locura. Su mujer, por el contrario, le tenía bastantes celos. Sabía perfectamente lo que pasaba entre ellos cuando se veían, y por muy hermanos que fueran, le daba envidia no poder compartir aquella sensación de estar interconectados.

Lía se sorprendió. Era posible que Triess experimentara su poder. Le dijo que existía una invención de Slauss que, aunque mucho más rudimentaria que lo que hacían ellos de forma natural, sí que podía conectar dos cerebros durante cierto tiempo. Decidió de inmediato que quería cambiar su recompensa, y ella volvió a reír. Se lo pediría gratis, como un favor de amiga. Así su cuñada dejaría de odiarla de una santa vez, y podría sentir ella misma...

Cortó el enlace.

—¡¡Erik!! —se quejó, frotándose los brazos—. ¡No pienses eso!

—Estoy seguro de que fue el primer pensamiento que se compartió por un puente mental artificial —se disculpó, avergonzado.

—¿Te gustaría que yo compartiera contigo mi experiencia en el tema?

—No lo creo.

—Pues te advierto que el primero acabó en coma durante un mes, y el segundo aguantó tres semanas antes de mandarme al agujero negro más próximo. Es muy complicado para mí mantener el control cuando...

—Está bien, ahora estoy seguro de que no quiero saber nada. Oye, ¿por qué no le pides a Gregor un inhibidor? No sabía que fuerais tan amigos, estoy seguro de que puede fabricártelo y que se lo pasaría genial haciéndolo.

—Ya soy muy mayor para buscarme nada serio —suspiró, paseando con las manos a la espalda—. Además, me daría vergüenza explicarlo.

—Estará en mi equipo, puedo comentárselo.

—Ni se te ocurra.

Le miró fijamente. No le hacían falta poderes para saber que se cabrearía de verdad si lo hacía.

—Oye, tú no elegiste esto. Es un don, sí, pero no tiene que arruinar tu vida sentimental, ¿sabes?

—¿He oído arruinar la vida sentimental de alguien?

Sabueso acababa de abrir la puerta sin llamar, trayendo dos botes de remate. Llamaba a esa pintura su *roña querida*, y era un líquido marrón que se colaba en cualquier imperfección para resaltar el contraste. También oscurecía la pintura, y aprovechaba hasta las trazas que hubiera podido dejar una brocha.

—Joder jefe, que buena pinta tiene este camarote. Los robo-payasos no lo dejan tan bien.

—Gracias, Néstor. ¿Queda mucho?

—Nop. He emporcado las dos salas de máquinas de manera que da asco entrar en ellas. Me ha costado encontrar aceite quemado y engrudo negro, pero al final el resultado es aceptable. Nadie creería que nuestros amigos enlatados han construido esto.

Les enseñó las manos negras con una sonrisa. Estaban recubiertas de una porquería inmunda, lo mismo que su armadura de invitado de color gris. Ahora parecía camuflaje urbano, de la cantidad de manchas que tenía encima. Hizo una reverencia a Lía.

—Me alegra verte, hermana del gran jefe. Hace mucho tiempo que no coincidimos.

—Yo también me alegro de verte, Néstor. —Erik supo de inmediato que decía la verdad, inconscientemente le había transmitido la sensación de que le caía bien, algo que hacían mucho cuando eran más jóvenes.

—Es una pena no ir los tres en el mismo barco, la verdad. Tu hermana es una fiera jugando al mus, capitán. Es curioso que siempre gane cuando juego con ella.

—Sabes perfectamente por qué, y es trampa, eso que hacéis.

Lía se sonrojó, avergonzada por la reprimenda. Le gustaba ganar de vez en cuando, incluso si eso significaba hacer trampas. Habitualmente tenía muy mala suerte con el azar.

—Bueno, sí. Secretitos de familia que el viejo Sabueso conoce y calla como buen perro que es. A todo esto, Lía, cambio radical de tema. ¿Puede saberse por qué tenemos todo por duplicado en lugar de tener dos naves?

—Fue una decisión táctica del Consejo del Almirantazgo, que es quien pone el dinero para todo esto. —Se encogió de hombros—. Yo pedí dos corbetas. Lo que sucede es que, según ellos, es más fácil infiltrar y extraer una nave que dos.

—Totalmente cierto —declaró Erik—. El *Báculo de Osiris* será mucho más fácil de colar como carguero en los anillos interiores. Luego nos desacoplamos y nos hacemos pasar por naves de recreo.

—¿Y limpiar toda mi amada porquería? —se quejó el corsario—. Vamos, jefe...

—Ah, y una cosa, Lía. Tienes que concienciar a toda esa gente que hay por los pasillos, de que mientras volemos por espacio confederado, la única armadura que van a llevar es de tela.

—Eso puede ser un problema. Varios de ellos llevan prótesis.

—Las disimulamos con armaduras de mercenario, si hace falta. Llevarla completa hará que nadie se trague nuestra coartada.

—Gregor y Edna no podrán quitárselas. Están hechos polvo.

—Sí, la anciana comentó que no tenía brazos ni piernas —observó Sabueso.

—Y a él le falta todo un lado —declaró ella.

—Por no hablar de nuestro amigo el tirador derretido.

—Vale, vale. Problemas de uno en uno. Para el francotirador necesitaremos alguna clase de coraza que integre su soporte vital y brazos. Puede pasar perfectamente por uno de esos guardaespaldas que no quieren que se sepa quiénes son. Total, si va a ir con Willow y ella pretende hacerse pasar por la jefa del cotarro, es normal que tenga un protector dedicado. Para los ingenieros... quizás lo mejor sea esconderlos con las armaduras pesadas si se da el caso. ¿El resto?

—Tres cojos, dos mancos y a la teniente le falta parte de una mano.

—Los mancos, armadura de brazo y peto, brazo sano al descubierto. Para los cojos, perneras de armadura y coraza sin hombreras. Estébanez puede llevar la armadura hasta el codo, como si fuera un servopuño de los que se estilan en los reinos bárbaros. Lo único, que hay que decirle a la teniente que mande a los que estén enteros contigo, Lía. En la jungla nadie nos va a mirar raro, pero en la ciudad si van a hacerlo.

—Va a estar encantada con la segregación por mutilación —rió Sabueso—. ¡Yo se lo digo, que quiero ver su cara!

—No nos afecta demasiado, los más estropeados son los *Cuervos Negros* y casi todos van en el equipo *Llama*.

—Perfecto. ¿Quién se encarga de las *Pretor*?

—Los auxiliares Prinston y Malloy. Orden del Acero. Deben estar en los talleres ahora mismo.

—Néstor, mándamelos a la sala de reunión del *Heka* para que les cuente cómo quiero que me fabriquen las piezas a medida.

—¿El *Heka* es arriba o abajo?

—Joder, vale. Pintemos la parte de arriba, el *Heka*, con una banda roja por las paredes. El *Uas* con una azul. Encárgate en cuanto me encuentres a esos dos. Si te cansas, manda a los drones.

—Los robotitos son una mierda. Las van a dejar perfectas, como salidas de fábrica. Se van a cargar la pintura sucia que ya hemos puesto.

—Pues inventa algo. Busca un becario que las pringue, yo que sé.

—Vale...

—Pues manos a la obra.

Sabueso salió refunfuñando por la puerta. Lía sonrió. Estaba orgullosa, su hermano iba a hacer un gran trabajo.

Trabajaron durante tres días, para desesperación de los ingenieros, hasta que el Báculo de Osiris pareció el tipo de nave que uno podía encontrar en los tres anillos exteriores. Ahora estaba sucia, tenía remiendos de mentira, y parecía ir a desmontarse en cualquier momento. Esa sería su principal ventaja, aparentar ser un cubo de tornillos y resultar ser una corbeta con tecnología punta. Serían exactamente cuarenta, contando los operativos de apoyo que habían ido a la segunda sesión de la presentación. Eso dejaría al Heka y al Uas con una tripulación de veinte, lo que suponía casi el doble de los efectivos con los que olía contar. Además, estos eran mucho más duros y disciplinados que la mayoría de sus corsarios. Supuso que cuando había millones donde elegir y sin haber problemas monetarios que les hicieran declinar, era fácil encontrar buenos hombres y mujeres.

Las conversaciones con Triess no fueron exactamente alegres. Los niños se colaron en un par de ellas, alborotando y preguntando todo lo que se les ocurrió sobre sus anfitriones. No se opuso a lo que iban a hacer por tanto dinero, aun sin conocer los detalles que le habían prohibido revelar. Sabía como él que, si no se arriesgaba, al final el tiempo los atraparía y sus hijos crecerían el mismo estrato social que ellos. Y en él, la tasa de supervivencia de los ladrones y corsarios era de un vivo por cada cinco muertos a partir de los treinta y cinco.

Se sorprendió enormemente cuando el elevador los dejó en la cubierta de despegue. El lugar no sólo era más grande de lo que recordaba, sino que estaba abarrotado. Habría cientos, no, miles de Cruzados en la pista. Los soldados llevaban sus armas, los oficiales y especialistas habían desplegado sus *Coraceros*. Más allá estaba el comparativamente pequeño cuadro médico, los xenobiólogos y organizadores, los encargados de mapas y escribas.

Al otro lado estaban los de la Orden del Acero. Nunca había visto a tantos de ellos juntos, eran más numerosos que los soldados, y eso era muy raro en una nave de guerra. Claro que estaban en un portaaviones, y era probable que muchos hubieran acudido de otras naves para ver el despegue en persona. Supuso que el *Báculo* debía ser ya famoso entre ellos, no pocos comentaban entre sí algunos de los cambios que le habían hecho. A pesar de los cascos y canales privados, el lenguaje corporal los delataba. La mayoría parecían disgustados. Sonrió. Eso significaba que lo habían hecho bien.

Se encontraron ante un grupo que les esperaba al borde del elevador. Eran dos mujeres y dos hombres. Uno era soldado y otra de la Orden de la Vida, de alto rango, por los adornos. Los dos del medio, sin embargo, fueron los que acapararon toda su atención. Él iba vestido de negro, con un abrigo largo y una gorra, y ella lucía un vestido blanco impoluto que contrastaba con sus ojos esmeralda y su pelo rojo fuego. Se agarraban de la mano, como si intentaran demostrar a todos que eran pareja. El anciano Slauss y su mujer comenzaron a hablar con ellos, dando lugar a lo que a todas luces parecía una trágica despedida. Los cuatro intercambiaban gestos tristes. Le daba pena presenciar ese tipo de cosas, le recordaba a cuando se despedía de Triess y de sus niños. Los echaba de menos.

—¿Capitán Smith?

Se volvió hacia el Cruzado de armadura negra que tenía ante él. No conocía las condecoraciones de la Flota demasiado bien, lo que no eclipsaba el hecho de que ese tipo tenía suficientes como para equipar a un regimiento especialmente valiente. Debía ser un pez muy gordo, uno que no parecía contento con que lo hubiera ignorado durante un par de minutos. El casco integrado en la gorguera le cubría el cuello y el pómulo del lado derecho, sujetando viejas heridas de guerra. Sobre los ojos negros como el espacio, lucía una cicatriz que había arrasado su frente y cejas, otorgándole una expresión de eterno enfado. Debía reconocerlo, el tipo imponía.

—Le pido disculpas, señor. Miraba a sus camaradas y no me había fijado en que no le he saludado.

Le tendió la mano. Su interlocutor exteriorizó toda la sorpresa que era capaz de expresar con aquella colección de tejido mal cerrado por la cara. Luego miró de lado, hacia los soldados. Le dio la impresión de que tendría que retirarla, el oficial parecía reticente a estrechársela. Sin embargo, acabó murmurando algo entre dientes, y se la apretó con la fuerza que solamente otorga una prótesis. Le pareció que decía *qué demonios*.

—Un placer conocerlo, capitán. Me han contado que es un hombre lleno de recursos. Espero que pueda ayudarnos, ya sabe que le recompensaremos generosamente por ello.

—Lo haré lo mejor que pueda, señor.

—No sabe quién soy yo, ¿verdad? —Su interlocutor sonrió maliciosamente, sin soltarle la mano.

—No conozco lo suficiente lo rangos de la Flota, señor —admitió, cada vez más convencido de que había metido la pata hasta el fondo—.

Supongo que quien me paga, así que una vez más me disculpo por adelantado, no sea que mi actitud le moleste de algún modo.

—Ese soy, el que paga. No se preocupe por su desconocimiento, no es ofensivo. Parece usted un buen capitán —le otorgó, dándole una palmada en la espalda—. Cuídese y cuide de los míos. Sobre todo, que no le pillen, porque negaremos conocerle.

Le rebasó, saludando primero a su hermana y luego a los demás miembros del equipo que venían de fuera de la Flota. Los Cruzados se cuadraron a su paso, levantando las barbillas mucho más de lo que daría de si la postura natural. Les soltó una arenga en la que les recordaba que todos contaban con ellos, animándoles a cumplir la misión costara lo que costase. Luego les aseguró que tanto la Flota, como el Alto Mando y sus propias familias esperaban lo mejor de ellos, y les auguró la mayor de las glorias. La mujer de verde y blanco se le colocó al lado. Era mayor, casi anciana, aunque se conservaba relativamente bien. Tenía aspecto de ser tan astuta como dulce, según le interesara.

—Encantada de conocerle. —Esta vez sí le dio la mano a tiempo, ella misma se la tendió—. No se preocupe por él, a veces es algo gruñón.

—Ha sido muy educado —le respondió Erik, cautelosamente—. No puedo decir lo mismo de mí, no le he preguntado su nombre.

—Elroy Grant. Se llama Elroy Grant —rió con una voz cristalina que para nada pegaba con su edad—. Yo soy Sarah Zemerith.

Erik se fijó que pese a pretender parecer sencilla, la mujer tenía una *Pretor* muy ornamentada y cuidada. No le hacía falta ver galones al uso, estaba claro que también era importante.

—No se preocupe por el protocolo conmigo, capitán. Estoy acostumbrada a tratar con otras culturas, y no me resultan chocantes sus gestos de desconcierto. Mi colega está más hecho a las caras largas, o las miradas de respeto y temor. Es... dramático por naturaleza. Es su trabajo serlo.

—Entiendo. Me siento algo patoso en este contexto tan... marcial. Le agradezco su generosa comprensión ¿Puedo preguntarle sus funciones para referirme correctamente a usted, amable señora?

—¡Qué manera más discreta de interrogarme sobre mi trabajo! —rió de nuevo, complacida—. Soy la Triarca de la Orden de la Vida, querido. Elroy es el Almirante de la Flota, líder supremo de la Orden de las Estrellas.

Erik cambio su cara de diversión cómplice por una de demudado terror. Aquellos dos tenían mucho más poder que cualquier persona que hubiera conocido jamás. Millones estaban a su servicio, millones morirían por ellos solamente con que se lo pidieran. Eran dos de los cinco miembros del Consejo del Almirantazgo, nada menos, los que le habían saludado llamándole por su nombre. Ahora entendía la reticencia de Grant a darle la mano. Habría esperado que se cuadrara por respeto para devolverle el saludo. Sintió cómo Lía se reía detrás de él, a la vez que lo hacía la Triarca.

Buscó con los ojos a la otra pareja para no equivocarse por tercera vez, pero no los encontró. Solamente veía a la señora Goethe llorar abrazada a su marido. Era como si los otros se hubiesen desmaterializado.

Se preguntó por qué aquellos dos fantasmas también le resultaban familiares.

Ya en el puente del *Báculo*, los sistemas se encendieron tan correctamente como en las pruebas. La secuencia de despegue se completó con éxito en unos minutos, durante los que los arrastraron levitando por la pista hasta que el morro de la nave comenzó a apuntar a la pantalla protectora de energía que evitaba que el aire escapara al espacio.

Las cabinas estaban ocupadas por cinco personas. Según entraba uno, veía al capitán al centro, con los dos pilotos delante. Al lado derecho de la entrada se situaba el operador de radio, que en este caso era un hombre con pronunciadas entradas de la Orden de las Estrellas, que se apellidaba Ballesteros. El puesto de la izquierda era para el artillero jefe, y estaría vacío hasta que lo necesitaran, como las dos estaciones de armas laterales a las que se accedía desde el pasillo.

Sabueso, que se sentaba en el asiento del copiloto, se ajustó el arnés de vuelo. A pesar de que llevaba ya su ropa civil no parecía cómodo, quizás se habían pasado con el ajuste. O quizás le molestaba la presión de la misión.

Su viejo amigo gruñó, asintiendo a la cabo Weston, su copiloto. Era una mujer de pelo castaño y corto, que tenía el brazo izquierdo amputado desde el hombro. Aún llevaba su armadura, aunque llegado el momento, vestiría una prótesis que parecía enteramente un chaleco antibalas con armadura para el miembro de reemplazo. Le resultó especialmente curioso que Néstor no hubiera comenzado ya su ofensiva de ligue con ella.

—Yo me hubiera puesto la *Pretor*.

—Ya te he dicho que así voy bien.

—Tú mismo. Tendrás agujetas.

—Atenta Margaret, que nos desatracan en *T menos veinte* —se metió Erik—. ¿Repulsores de despegue?

—Verdes y comprobados —respondió ella, toqueteando los controles de manera extremadamente veloz.

—¿Belinda A?

—Estoy cargada —contestó la IA—. Aguardo instrucciones.

—¿Fred?

—La torre nos asigna la pista blanca y nos desea buena caza.

—Respóndeles que gracias y que esperamos seis acorazados si hay problemas —bromeó el primer oficial corsario—. Activo propulsión de desacoplamiento.

Hubo una sacudida cuando se desengancharon. Los repulsores los mantuvieron flotando sobre el suelo, en tanto que los motores principales los movían estando aún al ralentí. A medida que rebasaban las marcas del suelo su velocidad crecía, hasta que la pantalla de energía azulada ocupó todo el campo visual de la cabina. Se veían las ondulaciones, como las olas de un mar, producidas por las corrientes de ventilación internas del portaaviones.

El *Báculo de Osiris* atravesó limpiamente la pantalla, como si no estuviera ahí. Se notó, como siempre, la fluctuación de los instrumentos al hacerlo. Cuando la vista se aclaró, ante ellos se veía el espacio infinito, únicamente interrumpido por la alargada pista y los andamios auxiliares que había desplegados en ese momento. Las *holopantallas* de ruta indicaban que salían del sistema a la altura del último planeta, dejando la estrella abajo y detrás de ellos. Erik comprobó el radar en otro monitor, reparando en la presencia del *Columnas de Hércules* y el escuadrón *Filisteo*. Los cazas *Valhalla* del uno al cuatro formaron ante ellos, formando una V invertida descendente.

—No sabía que fueran a ponernos niñera —se quejó Sabueso—. ¿La otra nave es un tanquero?

—Sí, eso parece —confirmó Margaret, consultando las transmisiones escritas en su pantalla personal—. Es sólo hasta que lleguemos al punto de salto de salida del sector.

—En Hayfax se van a dar cuenta de que no somos lo que queremos aparentar.

—No vamos a la *Puerta de Salto* —negó Erik—. Quedar registrados ahí implicaría que cualquiera con poder podría llegar a encontrar nuestro punto de partida. Nos identificarían como Cruzados de forma instantánea.

—¿Piensas saltar con una nave de este tamaño en una sucesión de *Pulsos* hasta el Cuarto Anillo? —Néstor giró la cabeza y arqueó las cejas—. Si lo hubiera sabido me hubiera traído más porno. Igual volvemos para la boda de tu hijo no nato.

—Capitán... —rió Margaret, mientras ajustaba el rumbo—. ¡No me diga que su primer oficial no sabe lo que es una *anomalía pulsar*!

—Venga ya. —Néstor se quitó el grupo sensor de pilotaje para mirar a su compañera—. ¿Me vas a decir que las anomalías existen? ¡Antes me creería lo del Leviatán y lo de las ovejas carnívoras que contaba Jill!

—Bueno, respecto al Leviatán...

—Mentira todo —refunfuñó, arrellanándose en su asiento—. Yo llevo esta carraca donde me digáis, pero no pienso saltar doscientas veces para llegar al Hastax o a Turia.

—Vamos a Smelton.

—Eso está en la otra punta del Cuarto Anillo. Ni de coña.

—Suena a apuesta.

—No voy a apostar nada, no tiene mérito hacerlo cuando sé que voy a ganar.

—Dado que no llevamos *bots* de limpieza, ¿qué te parece que el perdedor limpie el camarote del ganador hasta que desacoplemos?

—Demasiado bueno para ser verdad. No, paso.

—Oh, el señor corsario grande y barbudo que ha visto todo tiene miedo de algo que asegura que no existe —se burló la cabo—. No va apostar contra la paleta provinciana de la Flota.

—Basta. ¿De verdad crees que...?

—¡¡No va a tener camarote limpio y con olor a limón porque tiene miedo!!

—¡No tengo que aguantar esta tontería! —Le estrechó la mano violentamente—. ¡Acepto!

—Pringao —contestó la piloto—. Vas a perder.

Los cazas se acoplaron al tanquero cuando tocó hacer la secuencia de salto. Los motores de *Pulso* pesaban demasiado para integrarlos en naves tan ágiles, de forma que los *Laguna Estigia* se habían diseñado no sólo para que fueran capaces de reabastecer cazas, sino para poder también transportarlos acoplados. Tan pronto como el espacio volvió al estado normal, los *Filisteos* se desengancharon y volvieron a formar. Repitieron el proceso cinco veces, alejándose cada vez más de Hayfax. Llegaron finalmente hasta el disco de acreción de un agujero negro, justo en el límite donde la atracción gravitatoria comenzaba a ralentizar el tiempo. El reloj contaba un segundo mientras en el espacio normal, pasaban tres. Aquella monstruosidad podía comerse estrellas enteras, y ni siquiera tenía nombre oficial. Se encontraban en el límite más inexplorado de Eridarii, al oeste.

Erik pidió a la tripulación que escuchara la megafonía usando un micro que había instalado en su asiento. Tendría que darles instrucciones.

—Atención, a todo el personal, nos acercamos a un punto de espacio anómalo, al borde de un agujero negro. El ralentí temporal es de uno a tres en nuestra posición, y se prolongará durante una hora de abordo. En *T menos cuarenta y cinco*, todo el mundo sin excepción deberá estar ocupando su estación de combate, y atado a su asiento. Los saltos de *Pulso* mediante anomalía no son suaves, quien no se asegure correctamente puede sufrir traumatismos graves, asegúrense de fijar el cuello. Y por favor recuerden que no llevan puestas las *Pretor*. No tienen imanes, servomotores o blindaje.

Colgó el micrófono, dejando el canal en espera. Ocupó su puesto tras los pilotos, a medida que se acercaban al hermano menor del clúster. Las anomalías eran cuerpos celestes muy extraños y escasos, que habían servido de inspiración para superar la curvatura del espacio y pasar a la más moderna tecnología de portales de *Pulso*.

La curvatura tomaba como premisa que el espacio era *plano*, cuando realmente existían *ondulaciones*, *montañas* y sobre todo zonas susceptibles de no ser plegadas con facilidad. No todo el universo era flexible, por así decirlo. Eso por no contar que la propia existencia de una anomalía podía hacer que, si la nave tenía la mala suerte de acertar en un canal mientras plegaba la realidad, pudiera terminar en la otra punta de la galaxia sin poder regresar.

Los puntos de rotura se formaban en las inmediaciones de los agujeros negros, aunque a veces podían escapar de ellos y vagar en solitario por el cosmos. Cuando uno estudiaba la pareja de eventos, se daba cuenta de que las anomalías eran en realidad los hermanos mayores de las estrellas colapsadas. Su rango de acreción era mucho menor que el de los otros, aunque muchísimo más poderoso. Invertían el flujo temporal, acelerando el tiempo de manera que uno podía viajar infinitamente más rápido que la luz si entraba en ellos. Por algún motivo, violaban de manera directa las leyes de la física, formando un túnel a través del espacio y el tiempo. No estaba claro si el extremo de entrada formaba el de salida al alterar el flujo temporal, o si era al revés, que un agujero negro colapsaba y formaba una salida conectándose a otro.

La anomalía que tenían ante ellos formaba una nube verde, que los observaba como un ojo sin párpado de alguna bestia hambrienta. En su interior se formaban descargas estáticas que se manifestaban en forma de rayos en cuanto un puente de materia permitía a la electricidad viajar entre los dos polos de aquella tormenta de energía. Comenzaron a notar turbulencias. La *autopista al infierno*, que era como los Cruzados habían denominado a aquel pasadizo secreto del universo, comenzaba a atraerlos. Una vez que volaran unos minutos más hacia él, llegarían al *punto de no retorno*. La radio carraspeó, interferida por el potente campo electromagnético.

—Comunicación entrante del *líder de ala* de la escolta, capitán.

—Pásela, Ballesteros.

—Filisteo uno a Báculo de Osiris, responda.

—Aquí el capitán Smith —contestó Erik—. Le recibimos.

—Hemos llegado hasta el borde, señor. El grupo de batalla *Cancerbero* está al otro lado, podrán ayudarles en lo que necesiten. Debemos irnos.

—Entendido, *Filisteos*. Gracias por la compañía.

—Sin problema. Buena caza.

Los *Valhalla* subieron de órbita respecto a ellos y girando verticalmente, encendieron la postcombustión para ganar impulso y salir de la zona de turbulencias lo antes posible. El *Columnas de Hércules* viró en redondo y comenzó a alejarse de vuelta a casa. A medida que perdían la señal de la escolta, le llamaba cada vez más la atención que hubiera un grupo de batalla Cruzado, por pequeño que fuera, en el Cuarto Anillo. Si solamente tenían una ruta para ir, debían atravesar toda la Confederación para regresar. El camino era secreto, y si alguien lo descubría, los Cruzados perderían su única puerta trasera. Los de ese grupo de batalla estaban abandonados en un puesto de eterna vigilia, no se moverían de allí salvo que los derrotaran. Menudo asco de vida.

Weston hizo aparecer un diagrama en la pantalla de Sabueso. Le dijo que lo memorizase lo mejor posible, pues era el interior del agujero. Sin su *Pretor*, necesitaría la fuerza bruta para ayudarla a mantener el timón fijo. El capitán se arrepintió de inmediato de no haberle obligado a ponérsela. De hecho, en retrospectiva, podían habérselas quitado una vez hubieran salido de la *autopista* si el otro lado estaba controlado por aliados. Se sintió bobo, así que comenzó a mirar la ruta.

No le gustó nada lo que vio. Pero... ¿es que acaso le hubiera gustado a alguien cuerdo? Después de todo, era una subespecie de agujero negro que creaba un canal dentro del tejido de la realidad. Se tragaba cosas, era inestable, y podía llegar a apagarse si sus polos se desalineaban. Era lo más parecido al afamado cabo de hornos a la antigua Tierra. Si uno no lo conocía como su propia casa, había muchas posibilidades de matarse atravesándolo. Una *Puerta de Salto*, por el contrario, era un túnel directo y abierto ad-hoc. Imitaban, en esencia, las ventajas de una anomalía sin necesidad de afrontar sus peligros o su falta de retorno.

Aquella entrada era especialmente puñetera. En el esquema había asteroides, polvo, gas, electricidad, un sistema solar destruido, y... ¿unas líneas moradas?

—¿Qué son estas rayas Margaret?

—Ni idea. Están marcadas con las etiquetas de uno de cada cien y esquivar a toda costa. Eso puede ser prácticamente cualquier cosa. He repetido la simulación unas doscientas veces y no lo he visto nunca.

—¡Joder! ¡¿Has simulado esto, sin haber pasado nunca de verdad?! ¡¿Y me lo dices cuando no podemos volver?!

—El que va no vuelve, salvo que traiga los informes de inteligencia y cartografía. Y tardan entre tres meses y un año. Si no lo simulas muchas veces, te matas. Así que calla y memoriza, que al salir me debes servidumbre.

—No me lo hubiera creído ni en mil años. Cabrona.

—Margaret, este agujero es de clase ocho según vuestros datos —insistió Erik—. Eso es peligro letal, un punto por debajo de intransitable. ¿Qué me puedes contar antes de que entremos?

—Corriente horrible, oscilación, estática. Piedras, gas inflamable, polvo y planetas devastados. Aún sin las líneas moradas, es un infierno que uno recorre a toda velocidad. De ahí el nombre.

—Estaremos atentos. —Volvió a levantar el micrófono y pulsó el botón para emitir—. Grease, por favor ocupe su puesto, quiero el armamento principal activo. Recuerde la orden anterior, no es excluyente. Todo el mundo atado.

—Me pongo la *Pretor* y voy, señor —contestó la jefa de artillería por radio—. Llegaré dos minutos antes de que no se pueda andar.

—Entendido. No se retrase.

—Honestamente señor, iremos tan rápido que no creo que ningún ordenador de tiro ni ningún artillero sea capaz de darle a nada. —Weston suspiró—. Bueno, mejor ir armados y no necesitarlo que no ir preparados y tener problemas.

—He entrado en otras anomalías. Algunas regladas y despejadas, otras no. Mi nivel máximo fue una categoría seis y ya fue como para pensárselo dos veces. Mantén el rumbo fijo, Margaret.

—Puede llamarme Maggie, capitán. No se preocupe, saldrá bien.

Erik lo dudaba. No había llamado a sus tiradores por nada. Lía tenía un pálpito, y si ella sentía que algo iba mal, él solía hacerle caso.

El microclima espacial solamente empeoró a medida que se acercaban al vórtice. Un sinfín de objetos errantes daban vueltas en el borde del remolino, desde piedras del tamaño de un puño hasta objetos que podrían haber sido lunas pequeñas en según qué sistema. Al parecer la tonalidad verde la daba una tormenta de cristales de berilo que no llegaban a entrar, o que aún estaban entrando tras milenios de rotación, en la anomalía. Cómo un material tan valioso había llegado a orbitar de aquella forma era algo que se le escapaba, y en lo que no tenía tiempo de pensar.

Los sistemas de radar se quedaban ciegos por momentos, los rayos atravesaban los haces de materia con forma de caprichosas arterias dibujadas en el ojo monstruoso. Los instrumentos sufrían fallos y hasta reinicios. La IA de la nave estaba muda desde hacía rato, habían tenido que apagarla para que no se estropease.

Ellos mismos estaban notando los síntomas terribles de acercarse a un lugar tan extremo. Le habían notificado dos casos de vómito, y uno de desmayo. El campo electromagnético era tan intenso que hacía que les doliera la cabeza, y eso que estaban protegidos por un escudo incluido dentro del casco, que en teoría los convertía en una jaula Faraday. Supuso que ese científico, fuera quien fuese, no habría planteado una terrorífica situación como la que tenían delante a la hora de enunciar su teoría. No quería ni imaginarse lo que les hubiera sucedido de estar en el exterior.

Weston aceleró atravesando un grupo de silicatos flotantes, a duras penas unos segundos antes de que un gargantuesco rayo cruzase la zona. La onda expansiva los rozó, haciendo que varios circuitos se sobrecargasen hasta quemarse. El olor a plástico derretido les invadió las fosas nasales.

A partir de ese momento, la cosa solamente iría a peor. La estática hizo que los aparatos comenzaran a emitir molestos sonidos de baja frecuencia, que a veces subían hasta agudos dolorosos o bajaban a graves que les hacían temblar los órganos internos.

Finalmente comenzaron a acelerar, y derivaron la energía principal para convertir el motor de empuje en un gigantesco propulsor de maniobras. Los escudos frontales levantaron un grupo de antenas de carga, que dibujaron haces eléctricos blancos desde la superficie del deflector cuando la energía exterior chocaba contra ella. Comenzaron a recuperar la potencia perdida durante la primera fase, proceso que de forma normal hubiera tardado horas en completarse. Maggie redujo a un cuarto la potencia del reactor, permitiendo que el redireccionamiento energético de la anomalía sustituyera el núcleo de fusión. La nave empezó a temblar como si hubiera un terremoto. El peor terremoto de la historia de la humanidad, que acabó dejando fuera de combate a Ballesteros, el operador de sensores. Ni siquiera la *Pretor* presurizada pudo evitar que se quedara inconsciente. Segundo KO a bordo.

—¡No se ve una mierda! —gritó Sabueso, con una voz quebrada por la vibración.

—¡Pues si bajamos las antenas dentro del haz nos freiremos! ¡No dejes de mirar el esquema!

—¡¡Parpadea como un demonio, y el chico de los mapas acaba de irse a sobar!!

—¡¡Pues al menos mantenlo firme y cállate!!

Poco a poco el escudo volvió a hacerse transparente. Cuando clareaba, la Cruzada hizo un giro exageradamente brusco a la derecha y abajo. El primer meteoro les pasó rozando, aunque pareció que Weston lo tenía perfectamente controlado. Aún sobrecargado; el escudo comenzó a dibujar una infinita serie de impactos que, como gotas, se desintegraban contra él. Eran fragmentos menores, de un tamaño inferior a un puño. El esquema de Néstor comenzó a volverse más nítido, había una enorme cantidad de obstáculos flotantes en él.

—¡Imítame como un reloj o nos desintegraremos!

Sabueso gruñó furiosamente, siguiendo los pasos de su compañera. La tensión en los músculos del mercenario era increíble, estaban inflados más de lo que Erik había visto nunca, mucho más que cuando entraba a echar pulsos en la taberna de la Reina Corsaria. En la pantalla, veía las señales emitidas por el brazo de reemplazo de la piloto. Le estaba dando a su primer oficial los movimientos a tiempo real, con un retraso suficiente como para que pudiese apoyarla sin llegar tarde a los giros. Sabía que no se trataba de dureza en los controles, sino que la presión le impedía a Sabueso moverse bien. Él mismo no podía levantar las manos del asiento. Su sensación de ser estúpido se acrecentaba por momentos.

A medida que la tormenta eléctrica disminuía, aumentaba el número de restos. Había trozos de roca del tamaño de un planeta, y esquivaron no pocas naves destruidas por los cuerpos errantes. De pronto, vio claramente un buque enorme en mitad del camino. Estaba desgarrado, hecho jirones por un efecto gravitatorio imposible. Iban directos hacia él.

—¡¡Maggie, gira!! —chilló Erik.

—¡¡Ni puto caso, Néstor, imítame o nos mataremos!! ¡¡Evento cuatro, el *Verdadera Democracia*!! ¡¡Si eres una fragata o más grande disparas, si no, aceleras!!

El corsario obedeció aullando como un perro herido. Si hubiera podido taparse la cara, el capitán lo habría hecho. Pensaba que sus dos pilotos se habían vuelto completamente locos cuando notó como la ya absurda velocidad aumentaba hasta un extremo ridículo. Como si fueran unos kamikazes, entraron atravesando la mayor grieta del casco, situada justo en el centro del buque. Al ser de un tamaño moderado, la atravesaron limpiamente, con tan sólo unos grados de corrección. Luego viraron bruscamente a la derecha para enfilar un campo de asteroides un poco más lejano. Se acercaba a toda velocidad.

—¡Estamos vivos! —Néstor sonaba entre incrédulo y orgulloso.

Erik se percató de que ya no le temblaba la voz, y trató de moverse. La presión debía haber disminuido varias atmósferas, porque ya podía empezar a levantar los dedos. Abrió de nuevo los ojos.

—¡No cantes victoria, novato! —le reprendió la cabo—. ¡Entramos en el remanso, pero tenemos que atravesar el Sistema Hades! Parece que este pequeño cabrón se comió una estrella y todo su sistema estelar. O tal vez lo hizo su hermano grande y se lo pasó por algún agujero temporal desconocido.

—Tú dime qué hago, tía dura.

—Imitarme, alejarte de los pedruscos, y rezar para que no nos toque el evento ocho, el de uno entre cien.

—¿Las líneas moradas? ¿No decías que no sabías qué eran?

—¡Y no lo sé, el tipo que cartografió esto callaba como una perra cuando le pregunté! ¡Lloró al insistir! ¡Atento, ya llegamos!

El *Báculo de Osiris* entró de lleno en una nube de polvo. El escudo deshizo varios fragmentos más, y esquivaron unas cuantas rocas que flotaban pasivamente. O quizás les parecía que lo hacían comparándolas con la locura que acababan de dejar atrás. La vista volvió a aclararse paulatinamente, hasta dejarles ver a Hades, dios de los infiernos. La supergigante roja era una estrella moribunda, de algún modo trasladada a aquella dimensión fuera del espacio real. Era casi del tamaño de Antares, una vieja y colosal bola de gas que dejaba al Sol terrestre como una mota de polvo. El medidor indicaba unos trescientos cuatro millones de kilómetros.

—No me jodas... —espetó Weston.

—Ahí tenemos tu jodido evento ocho, guapa. ¿Rezo ya a Hades para que se lo cargue, o es su mujer Perséfone, que ha olvidado ponerse los rulos?

—¡Grease, active todas las armas! —Erik hizo un enorme esfuerzo para girarse y dar la orden—. ¡Punto cero, atenta a nuestra maniobra!

—Me temo que poco vamos a hacer con nuestros tirachinas. —Tania, la jefa de armas, suspiró audiblemente—. ¡¡Necesitamos un calibre varios millones de veces más grande!!

Ante ellos se extendía una auténtica pesadilla lovecraftiana, a escala con la dimensión gargantuesca en la que se encontraban. Era una especie de ameba, de tonos rosáceos y violetas, encaramada a los restos de un mundo quebrado. Como si se comiera una vulgar célula, había arrancado todo un hemisferio, y lo estaba fagocitando lenta e inexorablemente. Claro que lo que parecía lento, bien podían ser miles de kilómetros por minuto.

Aquella cosa estaba justo en el centro de su trayectoria, haciendo culebrear sus cilios y flagelos distraídamente, mientras se atracaba con medio planeta. El núcleo expuesto desparramaba magma que se enfriaba lentamente, como si fuera una lámpara de lava rota.

Comenzaron a rectificar el rumbo, acercándose cada vez más a la mucosa transparente de uno de los tentáculos. Tenían el timón virado a tope y encendida la postcombustión, pero la criatura era tan vasta y la aceleración tan enorme, que no girarían a tiempo. Se oían los disparos de los cañones, cuyos proyectiles rebotaban en la piel elástica de la criatura. El calibre era tan pequeño comparativamente, que producía un resultado similar a dejar caer una mota de polvo sobre *supracero*.

Comenzó a hacer cálculos. Dados los datos del ordenador, y la velocidad a la que se movían, tendrían que rectificar al menos dos grados más en los próximos segundos. Para los sistemas del *Báculo* era imposible, no daba más de sí, Weston ya había sobrecargado el reactor. Y aún así, no llegaban. Cerró los ojos.

—¡Erik, necesitamos ayuda! —le gruñó Sabueso—. ¡Esto no tira más!

—¡¿Y qué va a hacer?! —Margaret estaba al borde de un ataque de nervios—. ¡¿Salir a empujar?! ¡Nos va a digerir!

—¡Hazlo ya!

Respiró profundamente. Vació su mente de miedos y ansiedad. Comenzó a imaginar la nave, que tan bien había estudiado mientras aún la estaban maquillando. Sintió el parpadeo de sus pantallas, los latidos de su corazón nuclear. Luego imaginó el entorno imposible, la criatura, el sol moribundo... la trayectoria. Tuvo que evitar pensar en la gravedad que aplastaba sus hombros contra el asiento, levantando los brazos en cruz con un peso equivalente a alzar treinta kilos con cada mano. No podía. Era demasiado...

De súbito, notó en su mente una voz familiar. Cálida, eterna. Tan profunda como el mismo espacio, tan luminosa como debió haberlo sido la estrella en sus tiempos de esplendor. Era Lía. Su Lía, su hermana. Su otra mitad. Su lado femenino, su complemento, su yin.

Le decía que podía conseguirlo, que era lo bastante bueno como para hacerlo. Eran solamente dos grados. Dos miserables grados. Llegaban hasta treinta y cinco... ¿qué eran entonces, treinta y siete? Nada. Era posible. Él podía.

De repente, la corbeta giró dos grados más. Ella sola, sin impulsión, en mitad del espacio. Se desplazó suavemente, de manera imperceptible, hasta que el ordenador de colisiones marcó la trayectoria como verde. El morro apuntaba a una zona despejada, justo por debajo de un flagelo terrorífico.

Notaba calor en la nariz, una terrible jaqueca y el peso de los brazos. Pero ella seguía ahí con él, compartiendo su carga, haciendo un esfuerzo conjunto de dimensiones colosales. Lo conseguirían. Tenía que mantenerlo unos segundos más.

Néstor giró la cabeza con dificultad, forzando los músculos del cuello, obligando a retirarse a la espuma protectora del asiento. Vio de reojo lo que pasaba detrás de ellos. Erik sangraba por la nariz con los brazos en cruz. Se le estaban haciendo moratones en las manos y bajo la piel visible, en plena cara. En esas condiciones, podía darle un infarto, un derrame cerebral, o el espacio sabía qué otro mal. Soltó el control un segundo, para llevarse la sudorosa mano a la oreja y transmitir.

—¡¡No me sueltes, que nos matamos!!

—¡Grease, mueve el culo! ¡El capitán te necesita!

La soldado se puso en pie y cayó a plomo de su silla, como si de repente se hubiera quedado paralítica. Algo a la altura de su pelvis chisporroteó y comenzó a emitir una leve pero olorosa nubecilla de humo. Olía a plástico fundido. Trató de incorporarse contra la gigantesca presión, sin conseguir más que quedarse boca arriba.

—¡¡Se me ha roto algo, no puedo levantarme!!

—¡¿Estás de coña?!

—¡¡Creo que se me ha quemado el transformador principal de las piernas!!

—¡¡Gran momento para descubrir un fallo en vuestras latas!!

—¡¡Néstor!!

—¡¡Puente a tripulación!! —chilló—. ¡¡Si alguien tiene todavía la jodida *Pretor* puesta y puede moverse, que venga echando leches a ayudar al capitán!!

—¡¡Sabueso, los jodidos mandos!! ¡¡Ya!!

—¡Lo conseguiremos, Weston! —Volvió a aguantar los controles con las dos manos—. ¡Sigue apretando! ¡Agárrate Tania, que la maniobra va a ser movidita! ¡Vamos, esponjita espacial, alégrame el día!

Comenzaron a pasar bajo la criatura, muy ajustados, hasta que esta empezó a eclipsarles el sol. Dentro de la anomalía había una sempiterna luz espectral, robada a todas las estrellas que la tocaban, pero era tenue comparada con la que emitía la supergigante roja que acababan de dejar atrás. El indicador de colisión pitaba como loco, estaban a menos de diez metros de la superficie horrible de la ameba espacial. La situación se alargó durante dos minutos inacabables, lo que era una eternidad a la velocidad a la que iban.

Margaret chilló de alegría cuando llegaron al otro lado. Erik no volvió a abrir los ojos.

Gregor levantó la cara del desmayado capitán. Solamente él y Edna habían conservado la *Pretor* puesta además del personal del puente, ambos por tener demasiadas partes de reemplazo. Había dejado a su mujer apalancada con sus brazos adicionales, tratando de reanimar al médico que se había desvanecido por la presión.

Había tenido que volver a ponerse su mochila técnica después de años de desuso, y emplear toda la fuerza de sus servomotores para llegar al puente, agarrándose como una araña al parabrisas de un caza atmosférico. De haberse tratado de un anciano normal, nunca lo habría conseguido. Pero no era normal. Era el *maldito* Gregor Slauss, catedrático emérito de terminalística e interfaces, salvador de ADAN y EVA, azote de ciborgs. Había escapado de la Flota haciéndose pasar por capitán, creado su propia religión politeísta y convencido a los mismísimos *Cuervos Negros* de desobedecer órdenes directas del Almirante. Había aplastado la cabeza de Héctor con sus propias manos tras sacarlo a puñetazos de un robot gigante, devuelto la paz a la Flota, e instalado el segundo núcleo de la *Darksun Zero*.

Moverse por una nave dentro de una anomalía cósmica de clase ocho usando un periférico que técnicamente no podía usar por su enfermedad neurodegenerativa, era lo que él desayunaba un día que tuviera poca hambre. Se agarró al techo y paneles, y usando su escáner visual, repasó a Smith. El corsario estaba pálido y lleno de moratones. Por lo que podía ver en el módulo que su viejo amigo Reygrant le había ayudado a programar para la Orden de la Cruz, algunas venas superficiales le habían reventado provocando derrames de poca importancia. Hubiera necesitado llevarlo a la enfermería para estar seguro. Sin embargo, y después de lo visto a bordo de la vieja *Beta* de David durante su corto exilio, no parecía grave. Definitivamente, los corsarios deberían haber esperado para quitarse las *Pretor*.

Los pilotos seguían esquivando peñascos siderales, sudando tinta china para no estrellarse contra ningún objeto errante. Seguían chillándose el uno al otro, tratando de ponerse de acuerdo sobre lo que debían hacer. De repente, notó una comunicación en su cabeza. Era algo... similar a lo que había sentido al cablearse por primera vez con su primer aprendiz a través de su casco de transmisión de sensaciones, solo que más suave. Más natural, como los sueños que tantas veces le había descrito Théodore.

—*Bolsillo derecho del pecho. Una sola bajo la lengua.*

Encontró un pequeño bote donde la voz decía. Lo destapó con un sonido de descorchado y sacó una pastilla verde triangular. Sin preguntarse más, la colocó en el lugar indicado, sujetando la cara de Erik para que no se moviera. Retiró su mano izquierda en cuanto volvió en sí.

—*Gracias* —pensó.

—*A usted, por llegar hasta él. Podría haber sufrido un derrame cerebral si no le hubiera ayudado. Le debemos una.*

—*Tonterías, niña* —rió Slauss, para sí—. *Sé cómo funcionáis, los dos. Y veo en tu cabeza la horrible ameba morada, que tu hermano ha visto y que tú has sentido. Os debemos una, me debéis una. Eso implica que no nos debemos nada.*

La presencia se retiró, agradecida. Se quedó mirando a los ojos a Erik.

—Bienvenido de vuelta, capitán.

Gregor levantó a la artillera, devolviéndola a su asiento.

—Maestro Slauss... —comenzó el corsario, aún mareado—. Debería sentarse, parece que aún no hemos salido.

—Esto casi está, el final es sencillo siempre que no te cargues el escudo —anunció Weston, resoplando—. Con que se agarre en el sentido de la marcha, estará bien llevando la *Pretor*. ¿Tania?

—Me he cargado la armadura y he hecho el ridículo. Nada más.

—¿Y Ballesteros? —se interesó Sabueso—. ¿Sigue vivo?

—El indicador dice que sí.

—¿Capitán?

—Categoría nueve, apuntadlo por ahí —declaró Erik, restregándose la nariz con un pañuelo—. Esa cosa pone la categoría de este paso en nueve.

—Lo informaremos al llevar al otro lado —asintió la piloto, agotada—. Putas rayitas moradas. Uno de cada cien. Lo he simulado doscientas *jodidas* veces, y ni se han molestado en sacármelo.

—Normal. ¿Hubieras entrado sabiendo que había *una condenada ameba gigante del infierno, tamaño me-como-planetas*? —suspiró Sabueso—. Si tienes que volver a pasar por aquí, conmigo no cuentes, chiflada.

—Esa lengua, jovencitos —advirtió el ingeniero.

—¿Yo? ¿Volver? —Maggie se echó a reír, ignorando a Gregor—. La próxima vez prefiero probar suerte con el agujero negro. Seis meses de prácticas a la basura.

—Informad. —Erik tenía una jaqueca considerable. Al menos, la gravedad había remitido y podía sacarse la sangre de la nariz—. ¿Qué nos queda para llegar?

—Atravesar el campo eléctrico de la salida. Desembocamos en una nube de gas producida por...

—Es un pedo sideral —la corrigió Sabueso—. Habla con propiedad.

Todos rieron de buena gana mientras el escudo volvía a tomar un color blanquecino similar a la niebla densa. Los rayos regresaron, mucho menos intensos que a la entrada, y luego desaparecieron paulatinamente. Sufrieron una desaceleración brusca, similar a la del *Pulso*, internándose en la nebulosa gris verduzca. Cuando el *Báculo de Osiris* regresó a velocidad sub-*Pulso*, se encontraron en mitad de un campo de restos. El morro de una fragata apareció a penas seiscientos metros delante de ellos, acercándose a toda velocidad.

—¡¡Mierda!! ¡Levántalo!

Tiraron de la palanca simultáneamente, haciendo que la corbeta cambiara violentamente de rumbo hacia lo que sería su arriba. Notaron el rozado con el casco, que trajo consigo un chirrido estresante. Luego pivotaron un par de veces más hasta salir de la zona del accidente. El informe de daños indicaba que el escudo, al estar aún sobrecargado, había evitado la peor parte, dejándolo en una rascada muy fea. Estaban en mitad de los restos de una batalla.

—¿Qué es todo esto? —preguntó Sabueso

—Le digo a *Belinda A* que supla a Ballesteros en cuanto arranque. Escaneando. —Weston tecleó a toda velocidad en su terminal—. Identificadores positivos. Oh, cielo santo...

—Es el grupo de batalla *Cancerbero*.

Erik se levantó tambaleante, para apoyarse en el respaldo de su amigo y poder ver mejor a través del *Portlex* de la cabina.

—Incidente doscientos veintiocho. —Slauss se le colocó al lado, señalando las cicatrices del crucero pesado *Infernus III*, que tenían ahora mismo al lado—. *Cosechadores*.

Orientaron los focos exteriores hacia el derrelicto. Las cubiertas expuestas y reventadas habían sido cortadas con alguna clase de arma calorífica. El *supracero* se había fundido sin oponer resistencia, como cuando uno corta corcho blanco usando un alambre al rojo vivo. Los cuerpos se apiñaban, inertes, en los lugares donde algo había evitado que la descompresión los arrojara al espacio.

Continuaron observando uno o dos minutos, hasta que un leve pitido intermitente los sacó del trance. Había alguien vivo ahí fuera. Los sensores automáticos acababan de detectar un contacto aproximándose hacia ellos. La semiesfera de proa lo dibujó en amarillo, que significaba desconocido. Un segundo punto hizo acto de presencia, y luego un tercero.

—Oh, diablos. —Erik se estiró de repente, señalando el radar—. ¡Apagadlo todo! ¡Modo sigiloso en cuanto tengamos energía! ¡Pégate al derrelicto, Néstor!

Obedecieron sin rechistar. Ni siquiera avisaron por megafonía, se limitaron a desconectar todo menos el soporte vital y los sistemas de encendido rápido, de modo que Gregor tuvo que desatar a Fred y dejarlo en el suelo para ocupar su asiento. Había ya catorce puntos en el radar, todos ellos de naves activas que se aproximaban. El *Báculo de Osiris* se acercó al *Infernus*, posándose en el casco. Las patas magnéticas se anclaron al blindaje de *supracero* arruinado, tratando de hacer pasar la corbeta por un trozo del casco. Comenzaron a ver las estelas de los motores.

—¿Xenos?

—Carroñeros y piratas —señaló Erik, mirando al ingeniero—. La señal es oscilante, y la emisión de energía irregular. Eso indica un estado de reactor deficiente, con picos de tensión. Conozco el patrón. Estos parecen... *Caelar Nébula U-11*. Tienen al menos cincuenta años.

—No es que sea especialista en motores, pero... ¿con estas oscilaciones no deberían estar en el desguace?

—Por eso son piratas, Jefe del Acero. —Sabueso sonrió con suficiencia, sin importarle equivocarse en el título de Gregor—. Nadie en su sano juicio volaría con una potencial bomba nuclear en el culo. Nosotros tuvimos un *U-14* con una fuga, y decidimos no cobrar dos trabajos antes de seguir con él más tiempo. Preferíamos ser corsarios pobres a explotar dentro del *Argonauta*. Los piratas esperan robar otra nave antes que arreglar la suya. Viven al día, nosotros tenemos herramientas que cuidar.

—Entiendo —asintió el anciano—. Supongo que han venido a rescatar lo que puedan.

—¿Y cómo han encontrado los restos? —preguntó Margaret—. La salida del agujero está muy oculta en la nebulosa, por eso es secreta. Los *Cancerberos* hacían desaparecer a los que se aventuraban, aumentando la leyenda negra sobre este lugar.

—Quizás la subida de energía de las explosiones los alertó. —Sabueso se encogió de hombros—. Igual el pedo espacial es su casa y han tenido suerte. O el hambre los ha hecho arriesgarse. Vete a saber.

—¿Nos vamos ya? —Weston estaba impaciente, se le notaba—. En tres minutos volvemos a ser invisibles.

—Son muchos —negó Erik—. Si salimos antes, igual nos atrapan aun teniendo reactores de juguete. Será mejor quedarnos en silencio hasta poder encender el modo sigilo. Luego nos iremos muy, pero muy, muy despacito. Tienen que haber visto nuestro pico energético al salir de la anomalía. Dejémosles aburrirse.

—¿Y si hay supervivientes? —La voz de Gregor sonó dura. Era una pena que no pudiera fruncir el ceño, le hubiera encantado hacerlo—. ¿Los abandonamos?

—Perdone, abuelo —se giró Sabueso—. Con el debido respeto, me pagan por recuperar esa supuesta nave xeno estrellada, no éstas de aquí. Lo siento por sus compatriotas, pelear en un catorce a uno contra unos hijos de perra más duros que una patada de *supracero* en la entrepierna no está en mi contrato. Si siguen operando como bucaneros en este sector del Cuarto Anillo, tenga por seguro de que no son unos piratitas novatos e inofensivos. Son gente chunga. A los débiles se los comieron los *empresaurios* hace diez años.

—¿Y si cambiamos el contrato?

—Entonces hay suplemento —sonrió Néstor—. Para eso tengo jefe. Gire la cabeza y silla noventa grados a su izquierda y pida presupuesto por un capitán corsario de élite y un primer oficial loco que sabe pilotar a través de anomalías nivel nueve con monstruo incluido.

A Erik no le gustaba pedir más dinero en mitad de un encargo. Era poco profesional hacerlo, generaba desconfianza en el cliente y le daba motivos para contratar a otro la siguiente vez. Si algo se salía de lo estipulado, sencillamente no se hacía. Si el cliente insistía tres veces, o lo pedía como favor, a veces aceptaba a regañadientes dependiendo de las ofertas. Los Cruzados nunca le habían pedido un segundo precio hasta aquel momento. Claro que, hasta aquel momento, nadie le había puesto una cantidad tan desorbitada de dinero sobre la mesa. Prefirió tantear.

—No solemos añadir costes a un contrato cerrado —declaró finalmente—. No está bien aprovecharse de la desesperación ajena.

—¿Usted pondría precio a las vidas de sus hombres? —le regañó el ingeniero.

—Claro que no. Entiéndame, tengo un contrato, y soy responsable de todos los que hay a bordo.

—Entonces le conseguiré veinte mil créditos si se libra de esos piratas y mil por cada Cruzado con vida que podamos salvar.

—¿Mil por cabeza? ¿De un grupo de batalla completo? —A Sabueso se le desorbitaron los ojos.

—No andaban equivocados, soy alguien bastante famoso —gruñó Gregor—. Puedo permitirme decirles que, si grabo esto en un vídeo certificado, les pagaran su suplemento.

—La nave tiene límites, y somos los que somos por un motivo —le advirtió Erik—. Entorpecería la misión.

—Pues les robaremos una nave a los piratas. Tiene una oferta. Tómela, o déjela, capitán.

—¡Tómela, tómela! —Sabueso estaba pletórico al oír hablar de tanto dinero—. ¡Me cae bien, este viejales!

—No queremos el dinero.

—¿No lo queremos?

—No. La Flota nos deberá un favor de semejante valor.

—A mí me gusta el dinero. A los dos nos gusta.

—Su chico tiene razón, pero me agrada su planteamiento. Para contentar a ambos, a él le daremos su mitad y a usted, su favor. ¿Qué le parece?

—A mí, perfecto —sonrió Néstor.

—Está bien —asintió, recuperando el micrófono—. Tripulación del *Uas*, al puente dos. *Heka*, a sus puestos, posible desacople de emergencia, vuelo conjunto con gravedad dual a mi señal. Artilleros, a sus estaciones. Preparen las armas ocultas, tenemos al menos catorce hostiles en el radar, rodeándonos.

—El soldado López está fuera de combate —informó Edna, desde las salas comunes—. La doctora Titova del *Heka* se va al *Uas*, su médico está todavía mareado para correr. De la Fuente acaba de vomitar. Si puede sustituirle usted…

—Entendido, nos apañamos. Me falta el artillero de babor del *Uas*. Torres, para abajo.

—A la orden. —Los pasos del interpelado se escucharon en el comunicador.

—¿Qué tal su puntería, señor Slauss?

—Razonable, aún sin conectarme.

—Me vale. Weston, vaya a su puesto. Nosotros nos encargamos de esto. *Belinda*, sustituye a Ballesteros durante el combate y arranca a tu hermana *B*. —Se sentó en el asiento de la cabo, quien salió corriendo al puente secundario—. ¿Siete a uno te parece justo, Sabueso?

—No para ellos, con esta nave y habiendo tanta pasta en juego —se burló el corsario, haciendo crujir los nudillos—. ¡A bailar!

Los piratas eran de una banda conocida como *El Hueso Astillao*. Se dedicaban a toda clase de tropelías, desde el robo en colonias hasta el asalto de convoyes, pasando por los secuestros exprés o el pillaje de minas. Sobre ellos pesaban innumerables órdenes de detención, desde estatales a empresariales, pasando por recompensas particulares. En el Cuarto Anillo, la piratería se había reducido un setenta por ciento desde los tiempos en que el capitán corsario había comenzado sus andanzas. Los que no habían sido atrapados y ejecutados, se habían reconvertido en tripulaciones de cazadores de cabezas o habían pasado a formar parte de algún ejército privado. Por lo ya visto en los Anillos interiores, el modus operandi de la Confederación era acabar primero con los reinos bárbaros que inevitablemente surgían en la periferia de sus dominios. Luego perseguían a los renegados, después a los piratas, más tarde a los contrabandistas, y por último a los corsarios oficiales. Era un ciclo inevitable, por eso los sectores más exteriores siempre eran a la vez los más peligrosos y llenos de oportunidades. En aquella zona, radialmente opuesta a Eridarii con respecto al Eje Solar, las corporaciones del Cuarto Anillo estaban más consolidadas, y la guerra empresarial causaba ya estragos entre los mundos libres del Quinto.

Los del *Hueso Astillao* serían idealistas, viejos lobos que se negaban activamente a abandonar su zona de caza. Como tales estarían resabiados, y probablemente tan frustrados como hambrientos de botín. Darían caza a aquellos sarnosos y exigirían su recompensa como una empresa mercenaria. Eso encajaría perfectamente con la coartada ideada por la escriba Willow: Se registrarían, como era habitual, sobornando a los funcionarios. Una vez hecho eso dirían proceder de Sakorna, o de algún sector en guerra próximo, y deambularían preguntando por trabajos. Si conseguían falsear los registros con ayuda de su hacker, sería más fácil entrar en la zona interior de la Confederación.

Se desanclaron con lentitud, dejándose llevar un centenar de metros. Los enemigos seguían buscando origen del eco de su nave, probablemente convencidos de que era un *Pulso*. No era probable que supieran que aspecto tenía la salida de una anomalía, ya que todas menos *la autopista al infierno*, estaban en manos de una concesionaria por aquellos lares.

La deriva los hizo pasar al lado de los restos de otra fragata, y encendieron el campo de sigilo sin servirse de nada más. Una vez activado, los motores quedaban escudados con un reflujo de absorción que se comía las estelas y las emisiones de campo. Aquello también consumía potencia, por lo que no podían marcharse a toda máquina. Tampoco es que fuera su intención. Erik enfiló un portaaviones ligero que se había separado del campo de restos principal.

—Weston, ¿está el segundo puente listo?

—Mi copiloto se queja de que se le va a subir la sangre al cerebro al estar boca abajo.

—Activad ya vuestra gravedad. Desactivamos el modo sigilo en veinte segundos. ¿Lía?

—Estoy en mi puesto.

—Sabes lo que pretendo.

—Sí —afirmó ella—. Un *loco-loco-Will* con dos naves en lugar de una de desembarco. Creo que funcionará.

—Te dejo elegir.

—Abajo o izquierda dependiendo de la rotación.

—Ya habéis oído todos.

El campo de sigilo se desconectó en seguida. En ese momento empujaron la palanca del acelerador hasta su tope, haciendo que el *Báculo de Osiris* rugiese en dirección a la salida de la zona de restos. Las naves del *Hueso* giraron en redondo, acelerando todo lo que daban de sí sus impulsores. Si hubieran tratado de huir, los hubieran dejado atrás en minutos. Deceleraron, dando la impresión a sus rivales de que les estaban dando alcance por momentos. Los piratas aumentaron el ritmo, pasando por encima de su límite de seguridad. Los veía en las cámaras exteriores, tenían unas corbetas y transportes artillados hechos polvo. De entre ellos, había un buque mejor que los demás. Lo marcó para captura, como a los transportes, por si había prisioneros a bordo.

A medida que se acercaban, comenzaron a intercambiar disparos. Ordenó a sus tiradores fallar a propósito, quería que creyeran que estaban aterrorizados, forzarles a que sus deficientes *U-11* se calentaran lo máximo posible. Mantuvo la distancia, haciendo que su propia velocidad aumentara gradualmente. Pasado cierto punto, uno de los transportes reventó. El reactor no dio más de sí, estallando con un espectacular pico de energía atómica. Una de las corbetas más grandes tuvo un problema similar, aunque solamente dejó de acelerar cuando sus motores comenzaron a expulsar humo negro a borbotones.

—Dos cero sin disparar —se burló Sabueso—. ¡Qué torpes son!

Erik asintió. Se acercaban al *Albatros XXXVI* que estaba a punto de entrar en el remolino de salida de la anomalía. La atracción gravitatoria comenzó a notarse, hubieron de reducir el ritmo para que los *Huesos* pudieran seguirles. Seguían pegados a su trasero, mandándoles andanadas que esquivaban con facilidad. Les dieron dos veces, insuficientes para que el escudo de popa sufriera un desgaste reseñable.

—Weston —llamó el capitán—. Contamos ya. Fuérzalo, que parezca que buscamos escudarnos.

—Recibido. Contando.

El *Báculo de Osiris* se aproximó tanto al derrelicto que pareció que chocaría. Justo entonces, descorrieron la falsa quilla del *Uas*, y desplegaron todas las armas ocultas. Inmediatamente después se desengancharon ambas secciones, pasando la de Erik a la derecha, y la de Lía a la izquierda de los restos flotantes. Los piratas tardaron unos fatídicos instantes en entender qué había pasado. Para entonces las dos corbetas que iban en cabeza, con incluso varios tripulantes con mochilas de salto y equipos de abordaje fuera del casco, se estrellaron contra la nave arruinada al no poder cambiar su vector de impulso a tiempo. Los tres siguientes esquivaron por poco, tratando de rectificar su rumbo para no caer en el campo de expulsión de materia. Si entraban en el remolino sin suficiente empuje, tardarían unos mil años de tiempo real en volver a salir, que era lo que tardaba en completarse el ciclo de polvo de la *autopista al infierno*.

Su maniobra fue buena, realmente buena para los montones de chatarra que llevaban. Sin embargo, Erik les había hecho forzar su maquinaria casi sin notarlo, y cuando fueron a echar mano de ella, les traicionó. Uno de los reactores se fundió en mitad del giro, arrojando a su tripulación a una trayectoria oblicua que tan solo alargaría su agonía unos minutos más antes de ser succionados para siempre. Otros consiguieron completar el giro, acelerando al máximo. El motor se sobrecargó por los picos de tensión, apagándose mientras emitía pequeñas volutas propias de un circuito quemado. Los terceros, cuyo reactor se encontraba en mejores condiciones, se ralentizó lo suficiente como para que uno de los artilleros del *Uas* lo destruyera con un torpedo que ni siquiera vieron venir.

—Eso eran dos tercios de las corbetas —observó Erik por la radio—. A toda máquina, somos mucho más rápidos que ellos.

Los del *Hueso Astillao* debieron darse cuenta entonces de que habían caído en una trampa, pues trataron de reorganizarse para escapar. Sin embargo, la coordinación de las dos mitades del *Báculo* era algo que no habían visto nunca. Lía y su hermano podían llegar a conectarse como una única mente, anticipando las intenciones del otro antes de actuar. Si un enemigo los perseguía o amenazaba, eran capaces de protegerse antes de que hubiera peligro. Se usaban el uno al otro de cebo para tender trampas, y luego destruían a los que picaban. Los artilleros, incluso el viejo Slauss, eran prodigiosos. No podría decidirse si se debía al tipo de telemetría de los Cruzados, por el uso de los cascos de las *Pretor* para disparar, o porque eran absolutamente magistrales.

Pronto todas las corbetas salvo la insignia estaban destruidas, y los transportes quedaron inutilizados. Un rápido escaneo les hizo ver lo que contenían estos últimos, principalmente armas o repuestos que habían robado del grupo de batalla *Cancerbero*. Una vez que estuvieron seguros de que no había rehenes, los aniquilaron sin más. Quizás en alguna parte del universo había gente dispuesta a mostrar piedad por unos piratas, pero esos no eran ni los Cruzados ni los corsarios. Tanto unos como otros conocían los extremos de barbarie a los que podían llegar los bucaneros, torturando a sus víctimas por mera diversión. El único transporte que no desintegraron era uno que llevaba municiones que podían usar, ya que parecían del mismo calibre que las que acababan de gastar. Svarni, que ocupaba una de las torretas del *Uas*, se limitó a reventar el puente, acabando con los cuatro enemigos que había en él.

—En la corbeta del *piratón* al mando hay un grupo de cinco que no se mueve, en la misma sala —comentó Erik—. Pueden ser de la Flota, no disparéis todavía.

—Recibido —contestó Weston—. Mi operadora y *Belinda B* coinciden. La capitana Smith dice que están asustados. No entiendo, señor.

—Hazle caso, Maggie —le recomendó Sabueso—. Tiene un ojo excelente para eso.

—Solo cinco —suspiró Gregor.

—Sí, solo cinco. —Néstor parecía increíblemente decepcionado, tal vez más que el ingeniero—. En serio... ¿cómo hay solamente cinco supervivientes con lo mantas que son los *Huesos* estos?

—No te chulees. Tenemos una nave invisible que se desdobla, mejores armas, escudos impenetrables, motores más rápidos, telemetría avanzada, artilleros expertos y el factor sorpresa. Vamos a salvar a esos chavales.

—Lo que tú digas, capitán. ¿Te acompaño?

—Acoplemos primero con el *Uas* y que Weston se haga con los mandos. —Abrió la comunicación de su micrófono—. Teniente, prepare a sus hombres para un abordaje.

—Entendido.

Se levantó, dirigiéndose a la puerta de la cabina. Gregor Slauss estaba parado al otro lado de la entrada abierta, esperándole. Había salido de su nido de artillero para hablar con él en privado. Lo entendió de inmediato, así que cerró tras atravesar el umbral. El anciano parecía cansado, despistado, como si no estuviera bien. Supuso que había hecho un gran esfuerzo para alguien de su edad, así que le colocó una mano en el hombro. Le costaba leer la expresión de alguien a quien le faltaba media cara.

—¿Está bien, Maestro?

—Sí, sí. Es que... bueno, me da vergüenza.

—¿El qué?

—No recordar cómo he llegado aquí. No sé dónde estoy.

—¿Cómo dice? —A Erik se le abrieron los ojos como platos. Aquello era lo último que esperaba oír.

—Estoy como perdido... —Enfocó su visor directamente hacia él—. Sé que le conozco y que es amigo... es solo que... no recuerdo su nombre.

—¿Le pasa a menudo, Gregor?

El anciano asintió. En aquel momento, se le vino el mundo encima. Tenía ante sí a uno de los hombres más brillantes de la era moderna, que había ayudado a su tripulación cuando nadie más quería hacerlo. Finalmente entendió qué era lo que significaba la banda del hombre, y por qué les habían dejado ir con ellos cuando era tan valioso. Estaba enfermo, por eso le marcaban, y por eso no le habían contado como parte de la tripulación del *Heka* sino como un *extra*. Si habían llegado al extremo de darlo por perdido, eso implicaba que estaba ya más allá de toda salvación. La Flota no abandonaba a sus héroes si aún había esperanza.

—Soy Erik Smith. Me está ayudando en una importantísima misión para la Flota de la Tierra, y está a bordo del *Heka*, una de las dos partes de una corbeta experimental designada como *Báculo de Osiris*. Nos conocimos hace muchos años, usted nos ayudó a mi hermana y a mí.

—¿Tiene una hermana? —sonrió inocentemente el ingeniero—. ¡Seguro que es encantadora!

—Escuche, Gregor, le debo un favor de amigo. Uno grande. Imagino que creen que su problema de olvidar cosas no tiene arreglo, o de lo contrario estaría ya solucionado. Yo le ayudaré. Si no recuerda algo, recurra a mí, no importa la hora. No se avergüence de necesitar información.

—Es que... estoy harto de dar pena, ¿sabe? Hasta mi mujer asume que...

—Pues yo no lo haré. No me da pena, creo en el hombre que me ha salvado ya dos veces. Lo que le pasa no es distinto de una cojera. Usted es un miembro valioso de este equipo y no va a llevar esto. —Agarró el distintivo púrpura, arrancándolo de un tirón—. Mientras esté en el *Heka*, nada de discriminación.

—Estoy obligado.

—Pues yo les prohíbo a los que le obligan que sigan haciéndolo. Esta es mi nave, al menos durante este trabajo, y en ella mando yo. Me gustaría que cuando estemos libres, venga a contarme historias de su vida. Si usted quiere, claro.

—Me encantaría —asintió el anciano, agradecido—. ¿Podría acompañarnos Edna?

—Lo daba por supuesto.

—Me gustaría conocer a su hermana. Aunque puede que ya me conozca.

—Le admira —sonrió Erik—. Igual que yo.

—Gracias, capitán Smith.

—Ahora quítese la mochila técnica y descanse, Gregor. Se lo ha ganado. Buen trabajo.

—Sí, señor. —Se cuadró usando una de las manos adicionales.

Suspiró, reanudando su camino. Ojalá pudiera ayudarlo. Deseó que todo lo que necesitara fuera alguien que le escuchase, y si no, al menos que pudiera estar tranquilo con él. Comenzaba a entender el porqué de la lacrimógena despedida con la misteriosa pareja del muelle.

¿De que los conocía? Empezó a pensar que lo mismo le pasaba algo también. ¿Cómo había podido olvidarse de Gregor Slauss?

La plancha cayó con un ruido sordo. La habitación estaba aparentemente a oscuras, como el resto de la nave. Era lo que cualquiera con dos dedos de frente haría. Sin luces, los asaltantes se verían obligados a encender las suyas, permitiendo a los defensores verlos de inmediato. Claro que teniendo cascos *Pretor* que les dejaban ver en la oscuridad, resultaba bastante penoso como método defensivo.

Erik y Néstor se dejaron caer al amplio hueco, sin emitir ninguna luz. Accionaron los seguros de las armas, esperando que el sonido hiciera reaccionar a los *Huesos*. Los estaban viendo perfectamente, apalancados en el pasillo principal. Ocupaban todos los nichos defensivos, desde cajas hasta puntales de la estructura.

Allí habría unos quince de ellos, los demás estarían junto a los rehenes para matarlos si fuera necesario. Finalmente, encendieron las lámparas del pasillo. Los cascos regularon automáticamente la luz, que hubiera cegado a un hombre equipado con visión nocturna normal. A ellos solamente les molestó.

—Si os movéis, sois cadáveres —gruñó una voz rasposa.

Frente a ellos había un grupo de curtidos piratas. Algunos de ellos tenían apéndices prostéticos, feas heridas mal cicatrizadas o tatuajes grotescos. Empuñaban las armas más variopintas, desde escopetas a una ametralladora pesada. La mayoría vestía trozos de armadura robados de sus víctimas, entre los que se encontraban algunas piezas de *Pretor*. En el grupo no había ni una sola mujer ni tampoco ningún hombre joven, algo esperable por otra parte. Eran los restos de un estilo de vida pasado de moda en su sector, los lobos viejos que Erik había predicho.

Sabía perfectamente quién mandaba. Bastaba buscar al tipo con aspecto más rocambolesco, y que llevara más cosas de valor. Se preguntó si los piratas de antaño, cuando el hombre habitaba solamente la Tierra, se habrían parecido a aquellos indeseables. Supuso que sí, solo que con equipo más tosco.

—¿Quién manda aquí?

—Asjalok el Muerto, sabandija. No sé de qué empresa sois, pero nos vais a dar vuestra navecita y todo lo que contiene. O de lo contrario todos volaremos por los aires —enarboló un detonador con la mano derecha. El análisis automático de su casco le indicó en cuestión de segundos a qué estaba conectado. Era magnífico, había suficiente explosivo plástico para hacer saltar por los aires la corbeta y el *Báculo de Osiris*—. ¿Quién os envía?

—Somos autónomos.

—Y una mierda —escupió el pirata—. Lleváis el mismo uniforme que los fiambres de ahí fuera.

—¿Hay supervivientes?

—¡Yo hago las preguntas, escoria! —rugió Asjalok—. ¡¿De qué puta empresa sois?!

—Somos los *Discípulos de Osiris*, cazarrecompensas.

—Debería mataros ahora mismo, basura, por mentirosos. Ningún cazarrecompensas tiene naves como las que teníais vosotros, ni se metería en una batalla como la que ha tenido lugar aquí si las tuviera.

—Es usted listo, capitán Asjalok —asintió Erik—. Muy listo. Puede que nos entendamos bien. Me gustaría saber qué vieron, pero no para sacarle nada, sino porque tengo información que puede interesarle.

—Desembucha y me lo pienso.

—Verá, mi grupo se ha encontrado con una... corporación que ha violado los límites legales de lo que puede hacerse. Nos han enviado para darles caza. Como se puede ver a través de la ventanilla, son peligrosos.

—¿Y crees qué me importa?

—Debería. Si ustedes han visto algo, estarán muertos independientemente de lo que negocien conmigo. No quieren testigos. Y se pondrán en un peligro aún mayor si se llevan nuestras naves y armaduras. ¿No cree?

Algunos de los piratas se giraron a mirar a su jefe, que estaba lo más alejado posible de los recién llegados. El Muerto no pestañeó. Más bien sonrió. Hizo un gesto a todos para que mirasen al frente.

—Soy muy capaz de disimular una nave. Has destruido mi flotilla, pero me pienso resarcir a tu costa, capitán.

—Es osado asumir que soy quien manda.

—Sé reconocer a un buen rival cuando lo veo. Te diré que haremos. Tus hombres bajarán por ese agujero que han hecho. Nosotros entraremos en vuestra nave, y nos iremos. Quédate los rehenes si quieres, no valen mucho una vez que les quitas la armadura. Luego, me pensaré si dejaros con vida.

—No parece un buen trato.

—Yo soy el que tiene el detonador, los rehenes y el control. Tú, el idiota que ha atracado por cinco miserables mercenarios. Harás lo que yo diga.

Cambió el canal del comunicador para que no le oyeran por el altavoz.

—No lo mates.

—*Entendido* —leyó en el visor.

—¿Dices algo entre dientes, rata *norg*? —El Muerto entrecerró los ojos—. ¿Por qué no lo repites en voz alta, valiente?

—Le pedía a mi compañero que no te mate.

—Claro que sí, tendré cuidado —rió el otro—. ¿Cómo ibas a matarme con catorce hombres apuntándoos, grandullón? ¿Tienes un arma mágica capaz de matarnos a todos y evitar que os volemos en pedazos?

—Yo no debería preocuparte, tarugo —se burló Sabueso—. Es el sargento Svarni, alias *tu-puta-sombra*, el que te va a joder.

—¿Quién es el sarg...? ¡¡Aghhhh!!

Mientras aún hablaba, el fantasmagórico francotirador apareció de entre las sombras del corredor, con un cuchillo de combate de proporciones considerables. Sin hacer ningún ruido, aprovechó la distracción para cortarle los tendones del codo, de modo que no pudiera apretar el detonador de ninguna de las maneras. Luego, sacó su pistola, le puso el cuchillo a Asjalok en el cuello y comenzó a disparar a sus hombres por la espalda.

Varios cayeron acribillados y otros tantos comenzaron a disparar a los dos corsarios, que se arrojaron al suelo, uno a cada lado del pasillo, tras los puntales. En ese momento apareció la teniente, saltando desde el techo en su *Coracero*. Las balas rebotaron contra el blindaje y el *Portlex*, hasta que se quedaron mirando la gigantesca armadura de batalla, encorvada en el estrecho corredor.

—Hola y adiós, capullos.

Svarni arrastró al suelo a su rehén, y la minigun serró las filas piratas de una sola andanada. Cuando el tambor dejó de girar, solamente Asjalok seguía con vida. Estébanez avanzó agachada hasta agarrar al bucanero del torso, y lo pegó a la parte transparente de su cabina.

—Espero que los rehenes estén ilesos, porque de lo contrario me voy a entretener practicando proctología contigo. Y no, no pienso bajar de mi exoarmadura para hacerlo —llamó al otro equipo—. ¿Jass?

—Rehenes asegurados, todos los hostiles abatidos. Ballesteros informa de que no hay más piratas sueltos, de acuerdo al escáner. No ha habido heridos durante la extracción.

—¿En qué estado se encuentran los nuestros?

—Mal. Muy mal. Esto no les ha pasado precisamente por la batalla, señora. —Había una velada nota de rabia en la voz del sargento—. Estamos volviendo con ellos a toda prisa al *Báculo*. Hemos dado parte a los médicos para que preparen las dos enfermerías. Igual nos toca decidir a quién salvar.

—Entendido. Vamos a echar un vistazo y subimos de nuevo. Corto.

—Creo que ha elegido muy mal sus movimientos, capitán Muerto —sentenció Erik, sacudiéndose el polvo mientras se acercaba—. Siempre que no le mate, pienso dejarle hacer a la teniente lo que le dé la gana con usted.

—Espere, capitán, estoy seguro de que podemos llegar a un acuerdo. —El pirata estaba demacrado por el miedo—. ¡Puedo serle útil!

—El acuerdo es que le vamos a entregar a la Confederación, junto a los restos de sus hombres. La utilidad, será ser un bien a entregar a cambio de cobrar una recompensa. O varias, dependiendo de si son acumulativas. Igual le subastamos, si eso es legal en este sector.

—¡No, por favor! —rogó el lamentable hombre, aporreando la mano del *Coracero* con su brazo sano—. ¡Me harán pedazos!

—Créeme, hijo de puta —le espetó Lara, aplastando la sucia y barbuda cara del pirata contra la cabina—. Cuando finalmente mueras y vayas al infierno, nada de lo que los demonios o los confederados puedan hacerte te parecerá tan horrible como pasar unas cuantas horas conmigo. Estoy segura de que, si existe el más allá, hay un grupo muy amplio de mujeres que van a aplaudirme. Durante todos los días que pases en mi poder.

Se giró de nuevo, y volviendo al punto de inserción, ancló el arma a la espalda de la exoarmadura y comenzó a trepar de vuelta a la escotilla de abordaje del *Uas*, sin soltar a su presa. Erik ignoró los gritos de miedo y las súplicas del Muerto, mientras Estébanez se lo llevaba. Sabueso silbó audiblemente.

—¿Sabes, capitán? —comentó por el canal privado—. La teniente me resultó sexy. Luego habló y me pareció tremenda al amenazarme con pasar la noche conmigo. Más tarde la he conocido y me empezó a dar mala espina. Ahora declaro que es la primera mujer que me asusta, y lo reconoceré abiertamente si alguien me lo pregunta. Está completamente loca.

—No seas machista, Néstor.

—No es sexismo, no me malinterpretes. Habitualmente ellas son más sofisticadas, menos brutas que nosotros, independientemente de que sean duras o no. Como la Reina Corsaria, que te fulmina con una mirada. Lara-da-miedo. —Hizo una mueca de disgusto, mostrando sus dientes postizos—. Si ese tipo no fuera quién es; me estaría dando mucha, mucha pena.

—Supongo que te quedarías con Maggie. —Ambos recorrieron el pasillo, asegurándose de que los restos picados de los piratas estaban realmente muertos—. ¿No?

—Ojalá —suspiró Sabueso—. Es el tipo de chica del que uno podría enamorarse. Recia, buena pilotando, te trata como lo haría cualquier camarada. Le gusta echar pulsos, cosa que se agradece incluso teniendo una mano de pega con la que hace trampas. Pero llego ocho años tarde.

—¿Tarde?

—Casada y con dos maravillosos niños, según ella. —Rió, tratando de disimular lo mucho que le molestaba—. Hay un cabrón afortunado en esa Flota.

—Pregúntale si tiene una hermana soltera —bromeó Erik—. No quiero tener que verte suspirado y echando de menos lo que nunca pudo ser.

—Nah, no me pega. Me quedaré para corsario solterón y temible que termina sus días en el fondo de una botella de ron Meladiano.

—Tú mismo. Al final, uno agradece tener con quién compartir las recompensas.

Llegaron a la altura de Svarni. El sargento había recargado su pistola y seguía alerta, con su descomunal rifle sujeto con electroimanes a la espalda. Así presentado impresionaba, todo de negro, sin más marcas ni rango que el dibujo del cuervo; con un cuchillo que goteaba sangre en la mano derecha. Su rostro era una visera plana empotrada en el casco *Pretor* que no podía quitarse.

—Buen trabajo, sargento.

—*Gracias, señor* —indicó su *Portlex*, en texto—. *¿Puedo retirarme?*

—Claro, vamos a inspeccionar un poco más en busca de attrezzo, por si encontramos una situación que requiera disfrazarse. Nos vemos arriba.

El otro asintió, guardando sus armas. Pasó entre ellos a toda velocidad, en dirección al punto de inserción. Iba a saltar y encaramarse cuando Néstor lo detuvo. Se les quedó mirando, y regresó a la posición de firme.

—*Sí, primer oficial* —se les notificó de nuevo en el *Portlex* de las *Pretor*—. *Le escucho.*

—Oye, camarada —sonrió Sabueso—. Eres jodidamente bueno con la pistola, así que no quiero ni imaginar lo que serás capaz de hacer con el rifle. ¿Te hace una competición de tiro virtual cuando sea nuestro turno libre?

—*¿Para qué?*

—Me gusta compartir tiempo con mis colegas. —Se volvió completamente hacia él, tratando de parecer amable—. Especialmente con los que son tan hábiles.

—*Tal vez en otra ocasión* —Hizo ademán de subir.

—Eh, te estoy pidiendo disimuladamente que me enseñes algún truco para disparar la mitad de bien que tú —suspiró finalmente Néstor—. Oh... está bien. Te respeto, y admiro tu forma de matar. Me gustaría poder aprender algo de alguien así. Ale, ya te lo he dicho.

—*Entiendo.* —Hubo una pausa en el cursor, de un par de segundos, antes de que volviera a escribir—. *Agradezco sus palabras, señor Sabueso. Nuestros turnos libres coinciden en dieciséis punto dos horas. Traiga la armadura puesta.*

Desapareció en el hueco, escalando a una velocidad pasmosa.

—¿Sabes, Néstor? —rió Erik, volviendo al canal privado—. Antes podía contar a la gente que respetabas con los dedos de una mano y me sobraban dedos. Ahora voy a necesitar una de esas mochilas técnicas para llevar la cuenta.

—Vamos, no me jodas —bufó el otro—. Nos han juntado con una panda de superhéroes. Es normal que...

—Ha sido un gesto bonito, colega. —Smith le pasó un brazo por los hombros y le apretó—. El tipo lo necesita.

—Bah, no me sonrojes. —Se quitó a su amigo de encima—. No me va este rollo sensiblero. ¿Ok? Ahora tendré que ahogarme en alcohol y buscar a alguien con quien meterme para volver a sentirme limpio.

—Eres blandito como una nube.

—Oye, jefe... —Néstor le miró, serio—. Ahora que estamos solos de verdad... ¿Estás seguro de esto?

—No te sigo.

—De la misión, del trabajo. Yo no tengo familia directa, ni responsabilidad...

—Tú mismo lo dijiste, nos hacemos viejos.

—Por eso, porque yo lo dije. No quiero llevarle tus cenizas a Triess y decirle que te mataste porque yo te convencí de que era suficiente pasta.

—Eso no pasará.

—Antes ya me parecía mala idea, ¿sabes? Ahora... acabo de ver cómo trabajan, esos *Cosechadores*. *Cinco* supervivientes de *miles*. No sé si los quiero de enemigos.

—Ya son nuestros enemigos. Siempre lo fueron. Creo de verdad que podemos cambiar las cosas.

—Contra una Confederación omnipotente gobernada por una raza extraterrestre con armas que destruyen flotas enteras... ¿Cómo puedes estar tan seguro?

—Llámalo intuición.

—¿Estás seguro de que tu hermana no te ha... alterado las ideas?

—Si lo hiciera, no hay ninguna pista que nos permita saberlo. En cualquier caso, no, creo que esto sea genuinamente mío. ¿Te imaginas qué favor quiero que me hagan si muero?

—No me entusiasma la idea.

—Ni a mí. Quiero retirarme y ver crecer a mis hijos. Solo que no quiero que lo hagan en esta mierda de galaxia. Hasta hace unos días, estaba convencido de que no había solución. Ahora hay un resquicio, un hueco por el que entra luz. Si es posible... arreglar esta sociedad, lucharé hasta el final.

—Puede que acabes como el viejo Slauss, que viene a morir por ello tras ser destrozado por una vida de guerra. ¿Merecerá la pena?

—Sí. Creo que sí.

—Entonces moriré contigo, maldito chiflado —sonrió Sabueso.

El plan de Erik y Willow pareció funcionar a la perfección. No les costó demasiado dar con un planeta lleno de funcionarios corruptos en el que cambiar sus identidades. Se registraron como los *Discípulos de Osiris*, una empresa especializada en persecución y exterminio de los que estaban fuera de la ley. Tuvieron que sobornar, cada vez con más dinero, a cuatro hombres y dos mujeres hasta llegar a la responsable de archivo planetario. Esta les pidió una considerable suma por alterar el registro sin ponerles en ningún momento más trabas que el que le pagasen por violar la ley.

Al parecer Manadan II era una importantísima mina de carbón y uranio, que había sido comprada recientemente por una gran corporación de combustibles fósiles y atómicos. Al llegar al poder, los accionistas mayoritarios derogaron todas las leyes medioambientales, y desde entonces lo único que importaba era conseguir suficiente dinero como para escapar de aquella roca antes de que la contaminación química o nuclear fuera letal para sus habitantes. Otra triste prueba de lo que sucedía cuando las empresas comenzaban a mandar más que los gobiernos.

Tras terminar el registro salieron de planeta, recibiendo el primer mensaje antes de llegar a la órbita. *ArmoFuture*, una multiplanetaria dedicada a los blindajes de nave les ofreció la nada despreciable suma de doce mil créditos por la cabeza del Muerto. No especificaron si tenía que estar sobre sus hombros o no. Lo que más escandalizó a Erik es que otras dos entidades no tardaran ni cinco minutos en ofrecerles aún más dinero. Las subastas de prisioneros estaban prohibidas, ya se había informado al respecto, de modo que les comunicó a las tres que no aceptaría pujas por el pirata. Todos los responsables doblaron la cantidad de inmediato.

Llamó a Hokasi, Niros y Willow al puente. El hacker se conectó a la *Astranet* a averiguar los trapos sucios de todos, mientras Etim le recitaba a qué se dedicaban las empresas y qué influencias tenían. La escriba le aconsejó elegir cuidadosamente, pues si cedía al prisionero a la gente equivocada, podían ganarse enemigos poderosos.

La astuta mujer les ayudó a decidirse por el segundo candidato, una factoría de naves conocida como *Astranavia*. Estaba enclavada en dos sectores del Segundo y Tercer anillo, y los *Huesos* habían dañado su expansión lineal en el Cuarto. La idea de la naval había sido formar una empresa presente en los cinco círculos, y gracias a los piratas habían perdido la oportunidad de hacerlo. Le tendrían una inquina especial. Las otras dos tenían una presencia moderada en el sector, y *Omnicolonia* era dueña de todo el sector Durrian, del Quinto. Estos últimos hubieran sido la elección obvia en circunstancias normales, pero si querían viajar hacia el centro de la Confederación, *Astronavia* era su pasaporte.

Les llamaron. Willow se había vestido con un traje impresionante, de gala, para hacerse pasar por la dueña del negocio. Parecía enteramente una burguesa de cuna, un tiburón peligroso de los que se comen un par de lunas para merendar, y una docena de sistemas el día que se cabrean.

Erik agradeció mucho tenerla allí. Era una actriz prodigiosa y una negociadora despiadada. Les sacó un cinco por ciento más a los navales, además de un contrato para cazar a otros piratas en ese mismo sector. Fijó con ellos un punto de entrega, y se aseguró la firma diciéndoles que la estancia de Asjalok no sería nada placentera. En ese momento tanto él como Lía sintieron un escalofrío. Aquella mujer, al sonreír, era capaz de transmitir la fría maldad que permitía a alguien acabar en un consejo de administración confederado.

Se encontraron con sus nuevos mecenas en un espaciopuerto orbital en torno al mundo de Kaleria VI. Pertenecía a unos autónomos de un par de corporaciones menores, así que podía considerarse terreno neutral. Acudieron a la entrega tanto Lía como Erik, ambos desempeñando el papel de secuaces de Willow. Su hermana los interconectó a los tres, de manera que pudieran hablar mentalmente en todo momento. Tuvo la delicadeza de bloquear sentimientos y recuerdos, cosa que agradeció profundamente. No quería conocer los siniestros secretos de la *Encapuchada*.

Ambas partes habían acordado una escolta de dos personas. Ya no tanto por la seguridad, que el espaciopuerto incluía en el alquiler de la sala de reuniones, sino para arrastrar al prisionero. Asjalok, en efecto, no había pasado un buen rato a bordo. Ninguno de los dos hermanos había querido saber qué sucedía dentro de la celda insonorizada cuando la teniente entraba a visitar al pirata. De vez en cuando aparecía con unas notas garabateadas en su *holotableta*: eran datos que le había dado para que lo dejase en paz. Se enteraron así de la guarida de otros criminales, de dónde estaban varios botines robados, y de dónde encontrar datos comprometidos con los que se había chantajeado a alguna que otra empresa. Lo más asombroso era que Lara le había provocado tanto miedo al pirata, que la sola mención de los restos de la nebulosa o de su captura hacían que se desmayara. No podría delatarles ni queriendo.

Estébanez y Svarni arrastraron al Muerto hasta los no tan delicados brazos de los sicarios de *Astranavia*, que se aseguraron con un par de descargas de que seguía vivo y en un estado en que podían hacerle pagar por lo que había hecho a sus jefes. Tan pronto como los profesionales les indicaron que sería una víctima aceptable, el contable les entregó la recompensa y los dos contratos. Uno lo firmaron y le devolvieron su copia, y el otro se lo quedaron hasta cumplirlo.

Como sucedía con todos los delegados empresariales, dudaban de ellos en todo momento, y omitieron ciertas cosas sobre el nuevo acuerdo. Lía lo leyó, al igual que sus mentes, y les pidió amablemente corregir las trampas legales. El asesor estaba muy sorprendido de que le hubieran pillado, aunque su jefe se lo tomó bastante bien.

—Muy impresionante, señorita Thous —sonrió, refiriéndose a Lía—. Es usted una abogada muy inusual.

—Me temo que no aceptaría el puesto de su letrado, señor Duran. Mi jefa me paga bien, y me gusta este trabajo.

—Una pena, porque parece que lea la mente —bromeó el otro, mirando de reojo a su propio abogado, que estaba rojo de ira—. Me hubiera gustado contar con una profesional como usted en *Astranavia*.

—Gracias.

—Es usted afortunada, señora Willow. —La escriba temía tan poco a los confederados que ni había cambiado su nombre real—. Tiene usted gente leal y competente en sus *Discípulos de Osiris*.

—Me halaga que intente quitármelos en mis narices. —El ataque provocó otra sonora carcajada en el naval—. Espero que podamos hacer más negocios en el futuro.

—¿Sabe? Es raro que nunca haya oído hablar de ustedes antes. —Lía les advirtió que estaba pensando en lo que realmente habían hecho, trucar los registros—. Alguien con su perfil suele llamar la atención.

—Salvo que decidamos no llamarla —intervino Erik, con gesto serio—. Verá, señor Durán, si pintamos el emblema en nuestro costado y proclamamos a los cuatro vientos nuestra llegada, los objetivos desaparecen. Ningún hombre sensato espera a que una afamada empresa vaya a por él.

—Sabias palabras —admitió, con gesto indiferente—. En la Confederación la fama lo es todo. Sin embargo, alcanzo a comprender que un dragón se esconda del cazador de dragones que lleva tantas bestias en su haber. ¿Cambian ustedes de nombre, entonces?

—De sector. —Willow volvió a tomar las riendas, mirando de soslayo al capitán, para dar a entender que no le gustaba que fuera revelando secretos—. Dado que es obligatorio cambiar el registro, solemos saltar varios y dejar que nos olviden en el anterior.

—Eso disminuirá sus beneficios.

—Así es. Sin embargo, aumenta la efectividad y el número de trabajos. Tenemos una tasa de éxito del noventa y ocho por ciento.

—Me aseguraré de no confiarles un rescate de rehenes. —Sin duda se había leído sus falsos informes, escritos por la propia Willow y revisados por Erik—. Fue desafortunado, lo de esa familia.

—Una mancha en nuestra reputación. —La escriba frunció el ceño—. No debimos haber aceptado. Ahora seleccionamos cuidadosamente los trabajos, evitando los secuestros. Mi abuelo decía que experto en todo, maestro en nada.

—Bien dicho. Bueno, señora Willow, en efecto esperamos hacer más negocios con ustedes. —Se puso en pie—. Parecen muy serios y formales. Si vemos que los encargos se cumplen, les llamaremos para misiones en los Anillos interiores. Espero de ustedes que sean lo que dicen que son. Fantasmas.

Lía tuvo que cortar el enlace para volcar su atención en Svarni. El sargento se había girado dispuesto a disparar al confederado. Le bloqueó la mente antes de que pudiera sacar la pistola. Durán frunció el ceño.

—¿Qué significa esto?

—No le gusta la palabra. Le ruego lo excuse, una banda de sanguinarios piratas con ese nombre asesinó a su familia y le obligó a mirar. Luego le destrozaron el rostro. De vez en cuando la mención... le pone nervioso.

—Ya veo. Habiéndose controlado como ha hecho, que quede en una desagradable confusión. Para otra vez, adviértame. Y si este caballero puede no venir, mejor. No quiero que mi vida dependa de su estabilidad mental.

—Claro, señor Durán.

Les estrecharon la mano a los tres. La xenobióloga apenas prestaba atención, estaba llenando la cabeza de Svarni de imágenes tranquilizadoras y pacíficas. El tirador estaba confuso, preguntándose como estaría pasando aquello. Tan pronto como la otra parte salió de la sala, arrastrando a Asjalok, Lara le arrebató el arma y Lía soltó su mente. El sargento volvió a la realidad de golpe. Se les quedó mirando, agachó la cabeza humildemente, y se encaminó solo a la nave.

Svarni estuvo tres días sin salir de su cuarto, limitándose a cambiar el suero de su armadura cuando tocaba. El resto del tiempo ni se movía, solamente miraba al techo. Sus compañeros de cuarto no decían nada, ni siquiera cuando faltaba a su turno de guardia. Finalmente la teniente fue a buscarlo, y tras echarle una bronca memorable a la que no contestó, tan sólo consiguió que reanudara su turno.

Dejó de practicar con Sabueso, de quedar con Gregor y Edna para que lo monitorizaran, y de interactuar con todos los demás. Obedecía las órdenes, cumplía, y volvía a su camarote. Llegó a ser capaz de bloquear los intentos de puente mental que Lía trataba de establecer con él. Dentro de su prisión negra no cabía más congoja. Había sobrevivido a lo indecible solamente para terminar siendo un desequilibrado peligroso no sólo para sus compañeros, sino para la Cruzada. ¿Qué hubiera pasado si la doctora no le hubiera controlado? Estaba claro que hubiera matado a Durán y posiblemente a los demás navales. Quizás también a sus propios compañeros, arrastrado por la insaciable ira que lo mantenía con vida. Incluso podría haber perdido por completo el juicio y hubiese terminado con toda la maldita estación.

Tras la reprimenda, regresó al campo de batalla con la esperanza de sobreponerse, pero se dio cuenta de que las misiones se sucedían y no mejoraba. Siempre estaba esa esquina oscura dentro de su mente donde perdía el norte y se convertía en una máquina de matar descontrolada. El capitán y su primer oficial trataron de acercársele varias veces, y siempre evitaba el contacto. Era peligroso, y salvo los jefes y los ancianos, todos le esquivaban. Hasta los otros *Cuervos* le rehuían. Mató piratas y renegados para *Astranavia,* protegió sus intereses y luchó como el mejor. Seguía sintiéndose vacío por dentro, como uno cascarones, como uno de esos *fantasmas.*

Se levantó de repente, furioso, y le propinó un temible puñetazo a la pared del camarote. Si hubiera podido gritar, lo hubiera hecho con todas sus fuerzas. Lamentablemente, el vocalizador de su armadura integrada nunca había llegado a funcionar, aunque si lo hiciera el transcriptor de texto. La chapa de *supracero* se abolló tanto con la forma de su puño que le costó desengancharse.

La puerta se abrió, dando paso a Weston, la piloto. Sería la única de operaciones especiales además de él que iría con los *Sombra.* Traía cara de malas pulgas, un gesto que quedaba especialmente resaltado por la ropa mercenaria que vestía en aquellos momentos. La hombrera de reemplazo sujeta por al peto por una correa de cuero daba el pego a la perfección, como si en realidad tuviera un brazo orgánico bajo la armadura. Llevaba puesto todavía el grupo sensor de pilotaje, de modo que podría leerle si decidía decir algo. Le tendió un *holodisco*.

—Vale ya de hacerte la víctima, Yuri.

Le asombró lo directo de las palabras de la cabo. No solamente ignoraba su rango, sino que se permitía tutearle cuando no habían compartido más que una misión antes de la que estaban llevando a cabo. Las únicas palabras que había intercambiado con ella eran las coordenadas y el tiempo de aterrizaje. Le molestó que se refiriese a él con su nombre de pila. Se volvió.

—Cuando escuché tu historia, me admiré, lo hice de veras. Creía saber quién había tras esa mascara, templado como el *supracero* en los fuegos de la misma muerte. Un hombre invencible, inmortal, indestructible. ¡Qué equivocada estaba!

Tomó el disco en la mano, y girándolo, descubrió que se trataba de la *Batalla de Armagedón*, un reciente éxito de simulaciones que había desencadenado su situación actual. Al parecer había sido un éxito en la Flota, todo el mundo hablaba de ello. A él le había pillado en la rehabilitación y se lo había perdido. A decir verdad, no tenia ningún interés, había oído ya suficientes fragmentos como para saber lo que sucedía.

—Tienes que verlo. Ahora.

Intento devolvérselo, sin que hiciera ninguna clase de ademán para recuperarlo. Le miraba fijamente, cabreada, como si fuera a cansarse antes que ella. Podría mantenerse en aquella posición años si fuera preciso, no le quedaba ningún músculo que fuera a resentirse.

—El verdadero Yuri Svarni me hubiera roto la cara, y tras hacerlo, me hubiera hecho hacer cien flexiones con la *Pretor* puesta y sin servomotores. Moviendo los pistones con los músculos. ¿Qué coño ha pasado con el tipo que conocía? ¿O con el de la presentación, cuyos ojos ardientes de venganza quemaban incluso bajo la mascara?

—*Agradezco lo que intenta hacer, cabo. De verdad* —cedió finalmente, rompiendo su silencio de texto—. *Es sólo que... no debería estar aquí.*

—Otra vez esa dichosa auto compasión. Mira, no me jodas. ¡¡Eres una leyenda!!

—*Lo era. Hasta que me pasó... esto.* —Extendió los brazos.

—¡Estaba en la reserva, Yuri! —explotó ella—. ¡Tenía a mi marido y a mis niños en casa y me apunté a esta misión suicida! ¡¿Sabes por qué?!

—*Llámeme por mi rango y de usted, cabo. Por respeto.*

—¡Cuando lo merezcas! —Le puso el índice de reemplazo en el pecho—. ¡Me apunté por ti, porque participabas en ella! ¡Eras mi *jodido* héroe, te debo toda mi carrera! ¡Me inspiré en ti! ¡No hubo mayor honor para mí que la misión donde te dejé en el frente, y fue en esa en la que perdí mi brazo! ¡Hasta que he visto en lo que te has convertido, hubiera dado el otro por ayudarte!

—*No queda mucho de ese hombre.*

—Queda suficiente. O eso creía. —La voz de Maggie se fue apagando hasta ser casi un susurro—. ¿Vas a dejarte morir así?

—*He sufrido demasiado, no me fío de mí mismo. Perdí los nervios con Astranavia, y casi lo estropeo todo. No debería estar aquí. Quizás sencillamente no debería estar.*

—Eres humano, joder, puedes equivocarte. Incluso en un momento que le cueste la vida a alguien —suspiró, chocando las manos contra las caderas como una palmada—. Siento lo de Verne, Yuri. De verdad que lo siento. Pero si te rindes ahora, si nos dejas tirados... ¿quién la vengará? ¿Qué hubiera hecho ella, si los papeles se hubieran invertido?

Miró el disco. Su casco lo analizó de inmediato, dándole todas las especificaciones técnicas posibles sobre el mismo, y sugiriéndole varios programas integrados en su *Pretor* para desencriptarlo o reproducirlo.

—*¿Qué tiene de especial este holovídeo?*

—Cuenta lo que nos hicieron. A todos, también a los confederados. Sin embargo, para ti, es la historia de la rendición de una persona que sufrió tanto como tú. De lo que *no* debes hacer. Y la de un soldado, Stiff, aficionado a las cartas. Su filosofía ante el horror que vivieron es lo que más me gustó de todo.

—*La veré. Se lo debo, cabo.*

—No, yo se lo debo a usted, sargento. —Se acercó a una distancia incómoda, y miró directamente a donde una vez estuvieron sus ojos—. Ni habría conocido a mi marido de no ser por su ejemplo. Por favor. Si tiene que encontrar un final, que sea uno acorde a su leyenda. Juegue las cartas que le han tocado, y no se retire de la partida. Todo estará bien.

Le tomó la mano del *holodisco* entre las suyas, y apretándola suavemente, se la dejó sobre el lugar que todavía ocupaba su maltrecho corazón. Sin más palabras, retrocedió tres pasos y se volvió, dejando la grabación del *Destino del Ala Tres* en su poder.

Los dos meses no pasaron en balde para Gregor. Fueron muy felices para él, reparando la nave o el equipo dañado junto a Edna, el técnico Abrams y Olga. Mejoró algunos sistemas, puenteó otros y rediseñó los de más allá. No podía usar la mochila técnica más que ocasionalmente, y poco a poco necesitó descargar el cerebro de las lecturas de la *Pretor*. Su armadura comenzó a funcionar por subrutinas, emulando los movimientos que haría normalmente, de forma que no necesitaba ordenar activamente que algo se hiciera. Él podía mover su pierna real y la de reemplazo complementaba el paso para caminar. Acabó riéndose solo en el camarote al caerse un par de veces, repasando el código en el visor.

Lo pasaba realmente bien en sus charlas con Erik. Tanto si las damas los acompañaban como si no, el corsario era extremadamente paciente con él, tratando de recordarle cada cosa que se le olvidara. Era una pena que fuera un mercenario, porque tenía una memoria prodigiosa para todo menos las caras. Tal vez grababa todo lo que hablaban y lo veía después, o quizás se esforzaba con él porque creía deberle algo. Le daba igual, hubiera invitado a aquellos dos hermanos a sus partidas de *Puente*, aun sabiendo que podían hacer trampas telepáticas.

Lo que el corsario tenía con su hermana era demasiado íntimo como para que Triess no tuviera envidia al no poder compartirlo. Él lo había experimentado con Edna, tan toscamente como su tecnología lo permitía, y era maravilloso poder sentir lo que ella sentía. Cuando Lía se había metido en su mente para tratar de ayudarlo, se había encontrado mucho mejor que en los últimos dos años. Era una pena que ella no pudiera arreglar físicamente su cerebro, sino solo animar su mente y mejorar su perspectiva de las cosas. Lo otro hubiera sido perfecto.

Después de sentir uno y otro contacto, comprendía perfectamente los celos de la mujer del corsario. Por eso le estaba haciendo el casco. Luego lo replicaría y le daría ambos.

Cuando Edna lo encontró, lo tenía desarmado frente a él, y mantenía las manos cruzadas bajo el mentón. Tenía el visor desconectado, y repasaba mentalmente el esquema tratando de dilucidar qué había hecho mal. No la oyó llegar, ni se dio cuenta de su presencia hasta que lo abrazó, besándole la mejilla. Encendió el periférico.

—No te he despertado, ¿verdad?

—Claro que no. Es que no encuentro el error del cableado. Me da una subida de tensión en el proyector del visor.

—¿Has probado a revisar los la conexión con el motor neural?

—¿Con el qué?

—Esta cajita de aquí —señaló Edna, empujando un pequeño componente—. Tú la inventaste.

—Interesante.

—Oh, Gregor. —A su mujer se le quebró la voz.

—Me preguntaba quien habría sido el memo que la había diseñado. La cajita, quiero decir.

—¿Memo? Es uno de los inventos que más has valorado de tu carrera, y para nosotros...

—No me malinterpretes, es muy útil. Sin embargo, el componente tiene un diseño anticuado y chapucero si lo comparamos con los cascos actuales. Por eso no encontraba el punto donde me subía la tensión, esto está pensado para una *Talos*. No está optimizado para las *Pretor*. ¿Me ayudas?

—¿Lo dices en serio? —sonrió ella, profundamente halagada—. Siempre fue tu bebé, nunca me has dejado meter mano a los planos.

—Claro que sí. Eres una ingeniera brillante, Edna, y yo un viejo cabezota. Estoy seguro de que entre los dos podemos mejorar mucho esta carraca.

—No es mi especialidad.

—Tonterías, has estado años en los tanques de los chicos. El buen ingeniero es el que sabe de lo suyo, pero también conoce todo lo tangente como si lo fuera.

Se pusieron a ello, y fue una de las mejores tardes que recordaba. Quemaron algunos circuitos, discutieron animadamente, y terminaron el casco. Apuntaron el nuevo diseño, lo probaron en simulación y finalmente lo replicaron para conectarse el uno al otro. Habían dejado los suyos en la Flota para su estudio, y no habían compartido emociones desde entonces. Ya lo hacían poco de todas formas, a Gregor no le gustaba nada la compasión que sentía ella por su estado. Sintieron más cerca al otro de lo que nunca se habían sentido, recordaron juntos, rieron y lloraron.

Al terminar la sesión Edna le besó la frente y se fue a dormir. Slauss se quedó pensando en que la mitad de las cosas que había visto en la conexión, ni siquiera le sonaban. Debía hablar con Erik. Se le acababa el tiempo.

Estaba mirando las estrellas a través del *Portlex* de la cabina cuando el ingeniero se le acercó. A decir verdad, hablaba mentalmente con Lía, incluso en mitad del sueño de su hermana. Durante todas las misiones que habían llevado a cabo para los de la naviera, había ido enseñándole poco a poco el oficio de capitán corsario. Ella había accedido, siempre con su permiso, a una gran cantidad de recuerdos que tenía de todas sus misiones y fechorías pasadas. Así podría desenvolverse durante el tiempo que pasarían el uno sin el otro, que en teoría no debiera ser mucho.

Habían estado conectados muchas horas al día, como tratando de sincronizar sus mentes antes de que volvieran a separarlos una vez más. Erik echaba de menos a su familia, muchísimo, y por extensión, ella también. Había llamado a Triess antes de partir, para decirle los cambios que había habido en la misión.

Había notado a tristeza en sus ojos, en su expresión. Sabía que no vería nacer a su hijo, que lo conocería ya mayor. Sabía que los otros se preguntarían donde estaba su padre y que ella tendría que inventarse algo. Querían retirarse algún día, abandonar la protección de la Reina Corsaria y establecerse por su cuenta. No podían permitir que que un día uno de los dos no regresara del trabajo. Triess lo sabía, y por eso, aunque los ojos le dijeron que volviera, sus labios le animaron a concluir esa última misión. Sabueso tenía razón.

Naturalmente, ella no sabía que iba a enfrentarse a los *Cosechadores* ni en qué consistía la misión. Si lo hubiera sabido no le hubiera dejado hacerlo, y hubieran seguido siendo pobres. Al menos Néstor se había comprometido a ayudar a su familia si él no lo lograba. Ese sería el favor que pediría a la Flota, si se diera el caso: que ni a ellos ni a su camarada les faltara nada nunca más.

El carraspeo de Slauss lo devolvió a la realidad. Traía dos cascos *Pretor* con el emblema del *Argonauta*.

—¡Los ha hecho! —sonrió, acercándose a su amigo a toda prisa—. ¡No tenía por qué!

—Claro que sí. Llevas tres meses escuchando los desvaríos de un viejo loco. Es lo mínimo que podría hacer.

—Muchas gracias, Maestro Slauss. Es todo un detalle, estoy seguro de que mi esposa se lo agradecerá. Estoy deseando presentársela, Gregor.

—Sobre eso... quizás no sea posible. Estoy empeorando, capitán.

—¿Empeorando? ¿En qué sentido?

—Mi armadura ya no lee correctamente mis señales. Tengo que recurrir a subrutinas y comandos de voz con cada vez más frecuencia. Dentro de poco, puede que deje de poder usar mi visor. Me quedaré ciego y casi sordo, además de cojo y manco. Te seré inútil.

—Claro que no —se enfurruñó Erik—. En primer lugar, no va a pasar por eso. Es muy inteligente, y seguro que dará con algo. En segundo, incluso si no lo consigue, necesitaremos de su sabiduría.

—Suponiendo que la tuviera, no podría compartirla —sonrió el anciano—. Sin mi visor...

—Escuche... —Erik entro en *Astranet*, y comenzó a buscar algo que el ingeniero no veía bien—. ¿Cómo de grave es la sordera?

—Total en un oído, del ochenta por ciento en el otro.

—Perfecto. Si no supera el noventa, vamos bien. —La holopantalla mostró un aparato tosco y viejo—. Esto es un audífono. Es un trasto que sirve para amplificar sonido. No lee señales nerviosas, solo capta sonido y lo amplifica. Igual tenemos que hablarle alto, pero nos oirá. El modelo de lujo vale ciento doce créditos.

—Yo...

—Siempre que no le parezca primitivo —bromeó el corsario.

—No sabía que existieran estas cosas.

—La gente de fuera de la Flota no tiene periféricos avanzados como ustedes. Los ricos recurren a clonaciones o trasplantes, la clase media a estos cacharros. Los pobres... a su imaginación, porque de lo contrario se quedan sordos. Conozco a un tipo que lleva un gorro con una especie de parabólica construida con chatarra.

—Muchas gracias... no sé qué decir. —El viejo ingeniero tomó asiento al lado, cabizbajo—. ¿Por qué no me das por perdido como los demás, muchacho?

—Porque soy un hombre que cree que puede matar a sus *Cosechadores* con un clip —rió él.

—Y eso era un...

—...trozo de alambre para sujetar papeles. Ya sabe, escritura física.

—No sé si lo he olvidado, o nunca lo supe, la verdad. Aún así... no podré pagártelo nunca, chico.

—Podemos pedir su audífono para que llegue a la siguiente estación cuando repostemos combustible. Estará ahí de sobra, para cuando lo necesite. Mire, lo mando a Telesto IV, estación orbital *Lancer II*, muelle cuatro.

—¿Eso está en el Segundo Anillo?

—Exacto, es el sistema que podría considerarse el más importante tras Yriia. Supongo que venía a decirme que le queda poco. Pues no importa, Gregor. Somos empresa autorizada y apadrinada por *Astranavia* para los Anillos Interiores. Ya estamos dentro. Podrá acabar su misión.

—Fantástico.

Las *holoimágenes* de la compra en *Celesmazon* cambiaron rápidamente a un mapa estelar, en cuya esquina inferior derecha aparecía Durán dando instrucciones. Los enviaban a supervisar el envío de un cargamento secreto entre dos estaciones espaciales de Lejana Centauri. En cuanto lo terminasen podrían saltar dos sectores y llegar a una puerta de salto para la zona del Primer anillo donde se encontraba Yriia. Si se separaban en el sector Magno, podrían llegar al planeta jardín y la capital sin separarse más que lo estrictamente necesario.

Ahora eran una empresa confederada no sólo de pleno derecho, sino lo bastante importante como para circular libremente por donde quisieran. Su misión, por primera vez, dependía solamente de ellos mismos.

—¿Puedo hacerle una pregunta?

—Claro.

—¿Cuándo le pasa lo de perder movilidad?

—Generalmente, al volver de una de las misiones. ¿Por qué?

—Tengo que hablar con Lía. Tenemos una teoría, pero no quiero darle ninguna esperanza.

—¿Sobre qué?

—Quizás podamos alargar algo más su vida funcional.

—Ni siquiera mi buen amigo Reygrant pudo. ¿Cómo ibais a poder vosotros?

—Cuando uno es pobre, recurre al ingenio. Observa el entorno, la situación, analiza factores que normalmente no analizaría.

—¿Y qué ha pasado por alto? Théodore es probablemente uno de los mejores médicos de la historia.

—No lo dudo. Sin embargo, le falta práctica en algo en lo que yo sí que tengo cierta experiencia: Trabajar desde adolescente sin usar la más alta tecnología. No todo es cociente intelectual y estudio.

Gregor se asomó al exterior, contemplando las fluctuaciones en la nube de gas rojo que tenían enfrente. Las corrientes eran hipnóticas, colosales, del tamaño de continentes enteros. Podía distinguirlas a la perfección, a pesar de que cuando había entrado al puente, a duras penas veía al capitán. No entendía cómo era posible.

¿Qué sabría el corsario que los mejores médicos Cruzados ignoraban?

Heka: El Cayado de Osiris

Las estrellas se acortaron a medida que la velocidad disminuía radicalmente. Acusaron tan gravemente la frenada, que de no haber ido atados e inmovilizados hubieran padecido un esguince cervical.

En pocos segundos vieron una especie de lago en mitad de la trayectoria del *Pulso*, que indicaba la salida. Tan pronto como atravesaron la superficie, abandonaron el espacio *computacionalmente no mesurable* para volver a entrar dentro de tejido de la realidad.

—Lo de la *autopista a infierno* fue más suave —se quejó Sabueso.

—No, no lo fue. —Erik miraba distraídamente su terminal personal, buscando la respuesta a los códigos que los controladores de la puerta acababan de enviarles—. Eres un exagerado.

—Vale, no lo fue. Aunque para este no tengo a Weston. Sin acritud, De la Fuente.

—Es buena —concedió su copiloto—. No es ofensivo si a uno le comparan con los mejores.

—Haz el favor de no mosquear a la aduana.

—De todas formas, voy a recomendarles que ajusten su mierda de reentrada. Estamos en el Segundo Anillo y cobran una pasta, joder.

Erik terminó de transmitir los códigos. Se imaginó que tardarían bien poco en llamarles para ver qué demonios estaban haciendo en aquel sector, de modo que optó por no objetar nada a la iniciativa de Sabueso. En circunstancias normales, meterse con la aduana era jugar a la ruleta rusa. Lo mismo dabas con un tipo majo que te solucionaba la vida, que con un anormal frustrado que hacía de ella un infierno durante dos interminables días incluso yendo *limpio*. Sin embargo, estando en la misión en la que estaban, nunca les venía mal una distracción sobre sus motivos e intenciones.

El panel parpadeó, indicando una comunicación entrante para la pantalla del puente. Allá, a lo lejos, se veía una pequeña estación orbital desde la que se controlaba el enorme círculo de *supracero* que constituía la *Puerta de Salto*. A ellos, hechos a los Anillos Exteriores, les resultaba risible. Era una estacioncilla civil, desarmada, con un par de fragatas aduaneras como única escolta. Si hubiera habido de ese tipo más al exterior de donde estaba, los piratas hubieran jodido a la Confederación hacía mucho.

—Sé amable.

—Sí, mamá —Sabueso abrió la comunicación, con desgana—. Control, ¿me reciben?

Una enorme imagen tridimensional apareció entre los dos pilotos, quedando suspendida ante la silla del capitán. En ella se veía a un hombre con uniforme corporativo, reglamentario de *PulsCorp*, propietaria de aquella Puerta. Era mayor, con aspecto y actitud de malas pulgas. Habían tenido mala suerte, era uno de esos a los que les gustaba complicar la vida a los demás. Lo supieron antes de que hablara.

—*Heka*, aquí control. Vemos ciertas irregularidades en su comportamiento. ¿Les importaría aclarar algunas cosas?

—Por supuesto. —Erik le sonrió—. Lo que necesite.

—En primer lugar, nos gustaría saber por qué están en este sector, tan lejos de su zona habitual de operaciones.

—Para serle sincero, turismo. Nunca habíamos tenido visado para los Anillos interiores, de manera que hemos pedido un permiso a nuestra jefa para visitar esta zona.

—¿Turismo? Ustedes son mercenarios.

—No exactamente, somos una empresa de seguridad privada, especializada en resolución de problemas complicados con elementos fuera de la ley.

—¿Espera que me crea que la gente como ustedes hace *turismo*?

—Según un estudio de *Elocorp Limited*, la estabilidad mental de una empresa de seguridad depende de unas vacaciones cada cierto tiempo. Además, y esta es la parte que le interesa, el estudio refleja también que resulta mucho más beneficioso para la salud e integridad de los equipos viajar juntos al menos una vez cada dos años. Ayuda a conocerse fuera del trabajo. Si quiere, puedo pasarle copia de eso, la licencia autoriza su entrega a autoridades portuarias.

—¿Y por qué este sector?

—Nos lo recomendaron en una de las estaciones en las que hemos trabajado. ¿Es aburrido?

—No es el más interesante del Anillo, precisamente.

—Pero es barato —agregó Sabueso.

—Para alguien del tercero y cuarto, no. Para alguien de los interiores, razonablemente. De acuerdo, veo por donde van. ¿Algo que declarar?

—Llevamos material corporativo de uso militar. El *Heka* también va armado, y se considera nave de guerra, clase corbeta. Nuestra licencia para llevar armas pesadas está adjunta a las claves.

—Es innecesario llevar su *cazador* de vacaciones, ¿no cree?

—Estamos autorizados, y no nos sentimos cómodos sin él. Tranquilo, le hemos adjuntado también una declaración de responsabilidad civil y penal. Si alguien sacara un arma donde no debiera, los *Discípulos de Osiris* pagarían. Le agradeceremos una lista de prohibiciones, si dispone de una.

—Es de pago, se la cargamos a su cuenta. ¿Están asegurados?

—Así es.

—¿Tienen destino final?

—Pensábamos hacer ruta.

—Les recomiendo el sistema Dalehiss. Dispone de playas paradisíacas, y supervivencia extrema. Creo que ambos cuadran con ustedes. Relajación y peligro mortal.

—Se agradece la recomendación, control.

—Ahora debemos abordarles para comprobar su carga. No son habituales, es el procedimiento.

—Disculpe, antes de eso —le interrumpió Sabueso—. ¿Podemos hacerles un comentario?

—Proceda.

—Parece que nuestra nave no ha amortiguado bien la salida del *Pulso* al atravesar el anillo de la puerta, tengo un par de tripulantes que se quejan del cuello.

—Habrán calibrado mal el motor de salto en la salida.

—Me temo que no, hemos hecho la frenada sobre la base de la masa real de la nave, entre los parámetros de seguridad máximos y mínimos que nos dieron sus colegas del Sector Magno. Entre mil dos y ochocientos cinco. Corrección de *Lambda* de cuatro punto cero-dos, desplazamiento estelar en tres punto dos-seis. ¿Es correcto?

—Lo es. Entonces igual tienen una avería.

—Le transmitimos los datos. Compruébelos, por favor. Si es así, nos dirigiremos al astillero más cercano. Consideramos haber estado en peligro.

El hombre giró la cabeza y comenzó a leer en una pantalla lateral. No podían permitir que les abordaran, de forma que habían trucado las estadísticas de reentrada para que salieran incorrectas en cada salida de *Pulso*. Para aquella concretamente, que ya de por sí estaba mal calibrada, los números eran preocupantes.

Siempre lo hacían igual, pasaban los saltos a última hora de los ciclos, antes del proceso de calibrado. Era cuando los portales estaban peor alineados, y cuando el riesgo pasaba de inexistente a despreciable. También era el momento más barato, que nadie quería, lo que encajaba perfectamente con su coartada de viajar pagando lo menos posible.

Nadie fuera de la Flota, los mejores hackers, o las corporaciones encargadas de los datos, era capaz de trampear las estadísticas sin que se notara. Los suyos no solamente eran coherentes, sino que eran totalmente exactos. Al leerlos los aduaneros se ponían nerviosos y levantaban la mano, sin mirarles demasiado. Una cagada en una *Puerta de Salto* de sector podía significar no solo el despido, sino hasta la ejecución de alguien.

Su interlocutor disminuyó el tamaño de su imagen para intentar ocultar las gotas de sudor frío que le caían por la frente calva.

—Disculpen *Heka*, pero me cuesta creer estas estadísticas. Son ustedes mi último salto de la jornada, y nadie ha reportado nada similar.

—No entendemos a qué se refiere.

—Según esto, deberían haberse roto el cuello en la frenada. Está fuera de los parámetros de seguridad.

—Exactamente. Solemos hacer el salto de última hora, como indican nuestros registros. Por eso mismo, todos nuestros asientos llevan espuma de sujeción. Mire a mi piloto derecho, le está haciendo la demostración.

El alférez De la Fuente había inmovilizado el cuello por completo con su asiento. Hizo ademán de moverlo a izquierda y derecha, y después, adelante y atrás. Luego intentó girar el torso en cualquier otra dirección, sin desplazarse ni un ápice. El aduanero estaba completamente asombrado.

—¿Llevan ustedes asientos de caza atmosférico en toda la nave?

—Pues claro. Somos una empresa de seguridad especializada en problemas difíciles de resolver. Hay veces que tenemos que hacer maniobras… bueno, propias de los Anillos Exteriores. Son perjudiciales para la salud si uno no lleva el equipo adecuado.

—Yo… vaya…

—Verá, se lo comentamos porque solamente tengo dos tripulantes doloridos. Nada grave. Lo que nos preocupa es que otro turista se haga daño.

El hombre estaba pálido como una pared encalada. Si los datos de la salida eran correctos, podía estar hablando de *muertos*. Que alguien se le matara en un salto atravesando *su* puerta en *su* turno, implicaba tantas cosas para él y para la empresa, que prefería no imaginarlo. Se quedó callado, tratando de buscar una solución antes de que el problema le explotara en la cara.

—No se preocupe, control —sonrió Erik, ajustando el grupo sensor—. Estamos acostumbrados a las sacudidas, no pensamos presentar una queja.

—No se imagina cuánto se lo agradecemos, *Heka*. Sus datos son precisos, y efectuaremos la corrección de inmediato. ¿Puedo hacer algo más por ustedes?

—Tenemos unas vacaciones muy cortas, y ustedes me imagino que irán también escasos de tiempo si tienen que solucionar este inconveniente. ¿Me equivoco?

—¿Me da su palabra de que no lleva nada extremadamente ilegal a bordo?

—Claro —mintió Erik—. Lo hubiera visto con sus escáneres.

—El procedimiento obliga a hacer un reconocimiento visual a los nuevos. Sin embargo, y en aras de la cordialidad mostrada, *PulsCorp* levanta la comprobación por esta vez. Si les parece correcto, la efectuaremos a la vuelta. ¿Volverán por esta puerta, u otra de la compañía?

—Por esta, sin dudarlo. El trato ha sido excelente.

—Lo mismo digo. Todo en orden. Que disfruten de sus vacaciones *Heka*.

—Gracias, control. Nos vemos.

La imagen desapareció, y la comunicación quedó completamente cerrada. En ese momento, le hizo una seña a Sabueso, y este aceleró alejándose de la estación aduanera mientras se doblaba de la risa. En los escáneres podían detectar las fluctuaciones del anillo, que estaban probando para tratar de evitar cualquier desajuste en el siguiente ciclo. Probablemente abrirían tarde, comprobando hasta el más mínimo detalle, afanándose por no provocar ningún incidente más. En aquel momento recibirían un rapapolvo considerable por el desastre, que sin duda era preferible a una hecatombe pública. Tras la correspondiente investigación, determinarían internamente que se trataba de un fallo puntual, y lo mantendrían bajo observación, como sin duda habían hecho las demás empresas en las que habían empleado el truco.

—Me encanta la cara que ponen —afirmó el copiloto—. Se asustan como si fuéramos el diablo en persona.

—Normal. ¿Sabes lo que puede pasarte si te pillan alineando mal una de estas cosas, con la pasta que valen? —contestó Sabueso—. Las auditoras pueden quitarle a la empresa la licencia de explotación, y dado que muchas las tienen desde hace generaciones, eso es un problema jodidamente enorme. Las *Puertas de Salto*, especialmente las intersectoriales, son una imprenta de créditos.

—Imagino que al empleado no le darán el finiquito y ya está.

—El *pasaporte* más bien.

—Encantador.

—Muchachos, poned rumbo a Frigia. Sucesión de dos saltos de *Pulso*. A ver si encontramos una coartada de camino.

—Voy a ello —suspiró Néstor—. A ver… vale, tres horas hasta el punto de salida. Supongo que la estrella enorme de este sistema abarató costes con su campo de gravedad. ¿Te tomas un descanso, Félix?

—Claro —declaró el otro—. Con permiso del capitán.

—Te dejamos solo entonces, Sabueso. Voy a ver cómo va el Maestro Slauss.

—Dale un besito de mi parte —se burló el corsario.

Erik sonrió, levantándose. Dejó pasar al piloto Cruzado y luego salió él, rumbo al camarote del viejo ingeniero. Si todo iba como debía, estarían en su destino en un día más. Entonces empezaría la fiesta.

Gregor se encontraba algo mejor, y eso, en el fondo, le preocupaba. Desde que mantenía sus largas conversaciones con el capitán corsario, a quien ya conseguía reconocer casi siempre, se descubría a sí mismo pensando en cosas que creía haber olvidado. No acababa de entender cómo era posible que hubiera mejorado tanto tras probar todas las soluciones que se le ocurrieron a Théodore.

La única explicación razonable que se le ocurría era que Lía, la hermana del capitán con poderes extrasensoriales, hubiera hecho algo dentro de su coco. No podía asegurarlo a ciencia cierta, pero sospechaba que de algún modo incomprensible, había alterado su cerebro el día que se separaron. Eso, unido a lo que Edna le recordaba usando el puente mental, estaba haciéndole recuperarse a pasos agigantados. Hasta podía usar el visor sin interferencias durante bastantes horas.

¿Sería aquello la mejoría que experimentan los terminales antes de la muerte? No podía estar seguro. No quería, de hecho. Ahora que estaba más despierto, se daba cuenta de que seguía siendo muy feliz junto a su mujer, y no quería que eso terminase por nada del universo. Trabajaban cada vez que tenían un rato en sus modelos sobre los *Cosechadores*, y le enseñaban los resultados al capitán, quien parecía más interesado en conocerle que en su trabajo.

En cierto modo eso le desconcertaba; nadie salvo Théodore, Eva, David, Helena y su mujer se habían interesado en *quién* era. Le resultaba reconfortante que se tomara la molestia de escucharle, e incluso apuntarse, todo lo que él le contaba. Lo cierto era que, recapitulando, había hecho muchísimas cosas a lo largo de su vida. Podría incluso afirmar que su existencia había sido interesante. Por eso se había apuntado a aquella misión descabellada, como solía hacer la gente vieja de la Flota. ¿Qué mejor final para una existencia intensa, que un final glorioso y totalmente disparatado?

Rió para sí. Era emocionante, su viejo corazón latía con fuerza.

—¿Molesto?

Se volvió, enfocando el visor. En ese momento le costó ver a lo lejos, como si padeciera un trastorno de vista cansada. Aquello era obviamente imposible, ya que las máquinas como la que usaba para ver no podían estropearse con el tiempo. Lo achacó a su propia recepción de la imagen, aunque le dio un golpecito de todas formas.

—¿Erik?

—Claro, Gregor. ¿No me ve?

—Sí, sí. Solo es una especie de nieve, como si tuviera cataratas. Espere, ya está.

—¿Qué tal se encuentra?

—Estupendamente —declaró girando el asiento—. Hoy, he recordado algunas cosas de cuando era niño. Me molestaba que mi *holotableta* no estuviera autorizada a conectarse a la red de los adultos, y pensé que era un fallo en la interfaz.

—¿De veras era un error? —El corsario se sentó en una butaca, apoyando un pie en una caja metálica que el ingeniero había olvidado por el suelo.

—Claro que no. Lo que pasaba era que los niños no debían tener acceso a contenidos inadecuados para su edad. Desarrollé un programa que saltaba el control parental, usando el código fuente de la *holotableta* de mi madre.

—¿Se la robó? —Parecía hasta divertido al preguntar aquello.

—No, simplemente volqué todo el contenido en un disco óptico e hice ingeniería inversa de la aplicación que la conectaba. Prueba y error cada rato libre, durante dos meses. Imagínese.

—Estoy seguro de que lo consiguió.

—Vaya que sí. Me convertí en el chico de catorce años más popular en seis naves a la redonda. Luego descubrí tres cosas poco agradables.

—Sorpréndame.

—Primero, que el acceso a la red de los adultos permitía visualizar… bueno, cosas que yo en aquel momento desconocía que existían. Segundo que en mi diseño había incluido las claves de mi madre por todas partes como método de conexión, y que eso hacía que cada chaval que se conectaba, lo hiciera con sus credenciales.

—¿Y lo tercero?

—¿Qué tercero?

—Dijo tres cosas.

—Oh… eh… —hizo memoria, y tras un par de segundos, el pensamiento regresó—. ¡Ah, sí! Que mi madre tenía unos gustos… bueno, particulares en cuanto a su vida privada.

—Vaya palo —rió Erik—. ¿No le mató?

—Yo me moría de la vergüenza. A ella, por el contrario, le vino bien.

—¿En serio?

—¡Por supuesto! —sonrió Gregor, abriendo los brazos mientras gesticulaba—. Había estado muy sola desde que mi padre no regresó de la misión que le costó la vida, y cuando se corrió la voz sobre mi aplicación, ella también se volvió muy popular entre los adultos. A decir verdad, se lo pasó bastante bien.

—¿Le salieron muchos amantes a su madre por su culpa? —El corsario estaba entre sorprendido y divertido—. La pesadilla de todo niño.

—¡Y muchas, también! Es evidente que me daba vergüenza, entiéndame, somos una sociedad hermética. La cosa es que la veía feliz por primera vez en mucho tiempo, y eso compensaba lo otro.

—¿Le pillaron?

—Por supuesto. Afortunadamente, lo hizo un buen tipo. Frede… Frederick Straussmann, creo que se llamaba mi primer gran maestro. Vio mi trabajo, me sacó los colores al enseñarme todos mis errores, solucionó mi problema de seguridad y esperó a que me graduase para tomarme como aprendiz.

—Lógico. Era brillante desde niño.

—Bueno, sus otros aprendices pensaban igual sobre sí mismos. Lo cierto era que nos usaba de recaderos. Creía que nos hacía bien, a su modo. Al final lo dejé y cambié de maestro. Me fue bastante mejor y los sobrepasé a todos, incluso a Straussmann. Acabó cabreado conmigo, diciendo a todo el mundo que era un desagradecido.

—Le dio una oportunidad y usted se lo agradece aún ahora. No parece razonable que eso le encadene de por vida a una persona. ¿No?

—Eso cuéntaselo a él. Hizo explotar un transformador de fusión fría al intentar demostrar que me equivocaba en una actualización sobre un programa que él hizo. Pobre Fred.

—Estoy seguro de que no estuvo orgulloso del resultado de su soberbia.

—Tiene razón, capitán, no estuvo. Pero en general, porque se desintegró.

—Joder.

—Esa lengua.

—Perdone. Venía a decirle que nos acercamos al objetivo. ¿Está listo?

—Siempre estoy listo. Hemos terminado el decodificador-cifrador, y tiene una tasa de éxito razonablemente alta. Debería permitirnos hablar con un ordenador *Cosechador* en términos básicos. Es como tener un abecedario, siempre que conecte. Luego tendré que programar.

—¿Podrán parchearlo si falla?

—Espero que sí, aunque necesitaré una fuente externa donde conectarlo. Edna se negó a incluir una batería de fusión después de que recordara esta historia que acabo de contarle. Puedo permitirme una equivocación.

Ambos rieron de buena gana.

Gregor estaba seguro de que funcionaría. Había estado trabajando junto a su mujer con interfaces *cosechadoras* durante las últimas décadas, contando con Théodore y Eva para que les ayudaran a entender los pormenores. Ellos dos ya eran bastante brillantes como equipo, y si se les sumaban las dos mentes más enormes de la historia de la humanidad, el margen de error sería ridículamente pequeño. Solamente habían tenido que ensamblar el equipo tras separarse del *Uas*, para minimizar las posibilidades de que les pillaran con él a bordo. Si había algún fallo sería de montaje, y por ende, sencillo de arreglar.

—¿Qué tal el casco? —cambió de tema.

—Bueno, he de decir que la última actualización ha mejorado mucho la conexión.

—Sigue sin ser tan suave como la de Lía, ¿no?

—Estoy probando con Néstor ahora que ella se ha… bueno, ido a su misión. —Erik torció el gesto, no quería admitir lo mucho que dolía separarse de su hermana—. Nada, absolutamente nada de lo que hay en la cabeza de Sabueso puede ser *suave*. En ningún sentido posible.

—Escríbame sus sugerencias en un correo y veré si puedo pulirlo en cuanto salgamos de esa roca.

—Lo haré, descuide. Muchas gracias.

Gregor sonrió, satisfecho.

Los turnos terminaron y rotaron. Tras el segundo *Pulso*, llegaron a un sistema adyacente a su destino. Se registraron remotamente y reservaron las habitaciones para una semana, muy cerca de unas minas abandonadas que en aquellos días eran un destino turístico en uno de los mundos periféricos. Se llamaba Esteria XI, y al parecer la experiencia de ver las erosiones súper aceleradas que cambiaban el planeta sulfuroso con metano líquido en vez de agua, estaba cotizadísima. Aquella roca se había desgarrado con las primeras prospecciones, generando un veloz cambio estacional cada tres meses. La minería había roto el delicado equilibrio atmosférico provocando unas súper tormentas violentas y volátiles que arrasaban la superficie; obligando a los hoteles a, literalmente, migrar tras ellas. Todo el globo se deshacía y volvía a formar debido a un fenómeno muy interesante que solamente Issini, Slauss y Goethe entendieron.

Erik había elegido ese mundo por un detalle muy peculiar: se advertía a las tripulaciones que perderían todo contacto por radio durante unos minutos, lo que les permitiría desaparecer para saltar su verdadero objetivo. Y eso hicieron. Tras adentrarse en la nube naranja que era la atmósfera, radiaron una señal de emergencia y encendieron el sistema de camuflaje. Con algo de suerte los darían por muertos, y eso sería su billete para merodear por el sistema prohibido. Al estar tan cerca del borde del huracán inmenso, podrían incluso narrar una fantástica historia de cómo escaparon surfeando una de las mayores borrascas conocidas por el hombre en un mundo habitable.

Abandonaron la atmósfera escuchando los mensajes de confirmación de posición que les enviaba el complejo hotelero flotante. Se notaba la genuina preocupación de los operadores, derivada seguramente del inmenso papeleo que supondría que unos *exteriores* se perdieran en la tormenta, aún si era por su propia culpa.

Les llevo unas tres horas adicionales salir del rango de radar y llegar a una zona donde hubiera salidas de *Pulso*. Tan pronto como detectaron en el IADAR que se aproximaba una nave con una masa similar a la suya, se colocaron en la zona que se vería afectada por el *eco* de la traslación. Los saltos de anomalía de las naves producían una señal muy característica y fácilmente reconocible. Tal era así, que los operadores de sensor más veteranos sabían reconocer los motores, e incluso a las naves famosas de su zona por las oscilaciones de sus *ecos* de salto.

Por eso mismo, Erik esperó al comienzo de la reentrada de otra corbeta para ordenar su propio *Pulso*. De aquel modo sería imposible que nadie distinguiera su emisión, se mezclaría con la de los otros y el resultado sería un galimatías incomprensible. Tan pronto como se encontraron a salvo de miradas indiscretas, ordenó a todo el mundo ponerse las *Pretor*. A partir de ese momento estaban en espacio hostil.

Erik estaba preocupado. Pensaba en Triess y los niños, en qué sería de ellos si ni él ni Sabueso eran capaces de regresar. La Reina Corsaria era ya mayor, y estaba claro que no podría protegerlos para siempre, especialmente si los *Cosechadores* continuaban sembrando la guerra.

Sabía que Lía sí los protegería, y que entre ella y su mujer podrían burlar a las babosas azules hasta que los niños dejaran de serlo. El problema era que el amor de su vida no soportaba a su hermana, y que jamás aceptaría su ayuda si averiguaba que había muerto por cumplir una misión para ella. Eso, si también era capaz de regresar.

Por último, le quedaban su tripulación y la Flota. Entre los primeros había algunos y algunas en los que hubiera confiado, pero eso suponía cargarles con una responsabilidad inaceptable, que bien podían acabar abandonando si la cosa se ponía fea. Solamente Sabueso, que era casi como su hermano, hubiera aceptado cuidarlos incondicionalmente.

Respecto a la Flota... parecían ser la primera y única línea de defensa de la humanidad, y por tanto, estaban en el punto de mira. Que sus hijos crecieran compartiendo el odio visceral de su tía, sufriendo una guerra de desgaste hasta que atraparan su nave y la destruyeran, no le entusiasmaba.

Se fiaba de la capacidad de sobrevivir de Triess, claro que sí. La conocía de sobra como para saber que habría sido de gran ayuda para Dariah y Lía, y que juntos eran capaces de burlar cualquier amenaza. Sin embargo, si entre ambos tenían problemas en ocasiones para controlar a sus dos diablillos mayores, ¿qué posibilidades tenía ella sola con los peques y un bebé recién nacido?

Se temió que si fracasaba, su esposa no tendría más opción que enfundarse una *Pretor* para sobrevivir. Se miró las hombreras negras. Eran unas protecciones magníficas. Duras, resistentes, confortables y a medida. Triess se moriría de asfixia llevándolas. No servirían para encarcelar su alma libre, tenía que regresar vivo.

—Activamos escudos y camuflaje en cuanto salgamos. De la Fuente, piense en ello, porque lo quiero deprisa.

—Salimos de *Pulso* en cinco, cuatro, tres, dos, uno...

Regresaron al espacio real.

—¡¡Mierda!!

La tormenta de disparos de la barrera de cazas les aporreó el casco, surcándolo de cicatrices de explosiones y magulladuras. Los escudos se encendieron a tiempo para evitar que los misiles, que no podían dispararse contra ellos hasta que el *eco* del *Pulso* permitiera fijarlos, los destruyesen.

Salieron despedidos docenas de metros, en tanto que las aeronaves enemigas se daban la vuelta. Los indicadores de alerta pitaban como locos, indicando las múltiples bajadas de integridad y los múltiples vectores de ataque marcados sobre ellos.

Había dos cruceros, seis fragatas, once corbetas y un maldito portaaviones en un radio de unos cincuenta kilómetros. Los cazas, en aquel momento de tensión, eran absolutamente incontables.

—¡Es una trampa! —chilló De la Fuente.

—¡No jodas, genio! ¡¿En qué lo has notado?! —gruñó Sabueso, pivotando en redondo—. ¡Erik, nos tiene fijada tanta gente que no puedo decirte cuántas tortas nos van a caer en menos de treinta segundos! ¡¿Corremos o nos escondemos?!

—¡El camuflaje no sirve de nada si pueden disparar a bulto contra donde podemos estar, nos acabarán alcanzando por pura saturación, o viendo físicamente reflejados en el planeta o contra sus cascos! —intervino el operador de sensores—. ¡¡Capitán, recomiendo huir!!

—¡Ballesteros tiene razón! —asintió Erik, manipulando su propia interfaz holográfica a toda prisa—. ¡Toda la potencia a los motores y a los escudos! ¡Sacadnos de aquí! ¡Enfilad Frigia!

—¡Comunicación enemiga entrante!

—¡Pásala!

En la pantalla tridimensional del puente apareció un oficial militar de la corporación *Baestos*, que llevaba gorra. Era un hombre de unos cincuenta, pelo blanco, y ojos helados. Había cruzado las manos en la espalda, sonriendo de medio lado con una suficiencia que solamente muestra la araña al cazar a una mosca. Esperó un par de segundos a que volvieran a darles antes de hablar.

—En nombre de *Baestos Limitado*, el personal del *Heka* queda arrestado. Si se niegan e intentan huir, serán destruidos.

Erik miró el radar en el *Portlex* de su casco. Aquel creído estaba perdiendo unos segundos preciosos que ellos iban a aprovechar. Nadie les disparaba, estaban esperando al final del discurso de aquel mamarracho. Tenía que robarle más tiempo.

—¡No tiene derecho a dispararnos! —le contestó, tratando de parecer airado—. ¡Está incumpliendo el reglamento del Sector!

—Claro que no. En este sistema solo impera una ley: La de la compañía. Y aunque no fuera así, sabemos quiénes son, Cruzados. Ya nos han informado de su penosa iniciativa de traspasar nuestro espacio aéreo, y de sus intenciones para con la Confederación. No tenemos miedo ni de sus armas ni de su Flota. En cuanto a usted personalmente, capitán Smith, créame cuando le digo que ni usted ni su familia volverán a estar a salvo jamás. Tampoco nadie que le ayude. Me encargaré de encontrar a su mujer e hijos, a su hermana, a sus tripulantes y amigos; y matarlos con mis propias manos. No será rápido.

—No sé quién se ha creído que es, pero sus amenazas no me dan ningún miedo —Erik no quitaba la mirada de los ojos helados del *Baestos*, que no dejó de clavarle aquellos trozos de cristal vacío en sus pupilas en ningún momento mientras el indicador de posición avanzaba—. ¿Al menos va a presentarse, hombre del saco?

—Soy el almirante Vladimir Sorokov, capitán. Le he estado investigando algunas semanas, hasta saber quién era y qué pintaba usted en los Anillos interiores —sacó una *holotableta* de espalda, mostrándosela a la pantalla—. Ha cometido un grave error aliándose con esta escoria revanchista. Sus datos han sido transmitidos a la Central de Patentes de Corso, y la suya va a ser revocada por petición expresa del presidente de mi compañía. Supongo que le importará poco, porque no saldrá vivo de este sistema.

—¿A qué se debe su amable recibimiento?

—A que es un traidor a la Confederación. Lo sabemos *todo*, y usted y sus amigos van a pagar las consecuencias. Créame. Sus artimañas de provinciano no valen nada aquí.

Estaban en posición.

—Sabueso.

—¿Sí?

—Activa las armas —sonrió Erik, para desconcierto de su enemigo—. ¿Sabe almirante? Igual no soy yo el que no sale vivo de este sistema.

—Veremos —su interlocutor giró la cabeza de medio lado, hacia sus operadores—. Inutilicen esa cafetera. Les quiero vivos.

La comunicación se cerró, y comenzó la tormenta. El *Heka* aceleró hasta el límite de su velocidad, y sacó los dientes. Como el corsario había supuesto, la maniobrabilidad de su corbeta no solo superaba a la de las confederadas, sino que era más rápida que los cazas, e incluso que los interceptores. Por mucho que hubiera pagado Baestos, en el mercado confederado no existían motores como los *Ave de Presa XXVIII*.

—¿Te acuerdas de *la* jugada de la Reina?

—Claro que sí, me he dado cuenta de cómo le robabas tiempo a ese memo. A ver cuántas ganas tienen de derribarnos.

Sabueso se acercó a la superficie del escudo de uno de los cruceros, que tenían relativamente cerca gracias a la conversación con Sorokov.

Comenzó a hacer un vuelo rasante pegado al campo electromagnético enemigo, lo que obligó a los cazas a intentar un ataque desde la cubierta superior, que estaba protegida por todo el armamento pesado de la corbeta. Las baterías de la nave de guerra trataban inútilmente de fijarlos, y sus disparos se perdían en el vacío al ser incapaces de apuntar a algo tan rápido que se movía tan cerca de ellos. Por otra parte, si un buque grande abría fuego, cualquier fallo sería un impacto a favor.

Otras naves de su tamaño intentaron cortarles el paso, y acabaron recibiendo daños catastróficos de las baterías de torpedos y el cañón principal de los Cruzados. Sus deflectores no estaban diseñados para repeler impactos de la magnitud de los que podía efectuar el *Heka*.

—¡Vamos demasiado pegados al campo, empieza a interferir en los sistemas! —De la Fuente estaba trazando cálculos para ver si era posible separarse un poco—. ¡Si seguimos así colapsaremos nuestros propios escudos!

—No es que vayamos precisamente sobrados, de todas formas. —Sabueso mantenía el timón fijo a duras penas, los sistemas comenzaban a parpadear—. ¡Más vale que tengas un plan para esto, jefe, estamos al veintiuno por ciento y bajando!

Hubo una sacudida, su torreta antiaérea minigun no había podido derribar otro misil, que se había desintegrado contra la pantalla protectora. Las luces parpadearon, y *Belinda A* les notificó que entraban en zona de peligro.

—¡Que sea un quince! —El corsario aporreó la consola—. ¡El artillero notifica que se está quedando sin munición!

—¡Parlow, *Belinda*; necesito más energía en los escudos!

—El reactor está al cien por cien —contestó la ingeniera por el comunicador, apareciendo en el reposabrazos derecho del capitán como una miniatura tridimensional—. Puedo sobrecargarlo antes de que nos destruyan, pero corremos el riesgo de generar un pico que nos haga explotar.

—¿Y las antenas de descarga?

—¿Cómo dice?

—Volamos pegados al escudo de un crucero. ¿Podemos parasitarlo y robarle carga, como a la anomalía?

—Pues no se pensaron para eso, aunque... un segundo. —La ingeniera estaba toqueteando los controles con las dos manos y los cuatro brazos adicionales de la mochila técnica—. ¡No, la de la derecha, Maestra Goethe! ¡Esa, exacto!

—¡Parlow!

—¡Esto debería valer! ¡Ahora, dele ahora!

—¡Levanta las antenas de descarga de anomalía, De la Fuente!

El copiloto obedeció, desplegando el sistema que le pedían. Emergieron del casco, encendiéndose como lo habían hecho a la salida de la tormenta. En cuestión de dos segundos, las esferas de las puntas se volvieron blancas y trazaron una campana opaca alrededor del casco, que se propagó al crucero, cubriéndolo por completo e interfiriendo sus armas y comunicaciones.

—¡Funciona! ¡¡Funciona!! —chilló la ingeniera, comprobando sus diagnósticos—. ¡Es fascinante, nos estamos recargando! ¡¡Tenemos el escudo de un crucero!! ¡Chúpate esa, I+D confederada!

—¿Tenemos armas de energía? —preguntó Sabueso a Grease—. ¡¡Porque tener sobredosis de chispas hace de este un *jodido* gran momento para usarlas!!

—Buena idea —susurró Erik, para sí—. ¡Tania, cambio a cañones láser! ¡Artilleros, usen la carga adicional que estamos robando! ¡Apunten a los cazas enemigos, y a los sistemas críticos que vean!

—¡Pasamos sobre un hangar en unos treinta segundos! —respondió la interpelada—. ¡Podemos causar un enorme destrozo si aprovechamos la oportunidad!

—Un minuto... es verdad… y si… —el capitán revisó los datos estadísticos—. ¿Estamos dentro o fuera del escudo enemigo, Olga?

—¡¡Dentro, estamos dentro!! ¡Cambia el relé, Malloy! ¡Joder, ese no, que lo quemas! —Se giró un momento a la cámara—. ¡A efectos prácticos, somos parte del casco! ¡La nave enemiga no tiene protección alguna contra nuestros disparos!

—El oficial enemigo está a bordo, señor —sonrió Ballesteros, operando los sensores—. La señal venía de *este* crucero, nombrado *Inflexible*. Ni siquiera se ha enmascarado, el muy idiota.

—Pues me temo que el señor Sorokov se va a llevar una sorpresita. ¿Te acuerdas de lo que le pedí a Olga, Néstor?

—Oh, sí. —Sabueso fijó la bahía del hangar con los controles de vuelo—. ¡Oh, sí, nena! ¡¡Oh, sí, lo recuerdo!!

—¡Yo también! —bramó Grease, fijando el blanco del arma solicitada—. ¡Cuando quiera, señor!

La telemetría del puente dibujó una retícula de disparo sobre la cara de Erik, y le informó de cuánta distancia había hasta la abertura de la que salían cazas. Abrió el reposabrazos derecho y sacó un joystick, al que levantó la tapa de *Portlex* del disparador, colocando el pulgar sobre el botón rojo.

—Comunicación al almirante —le dijo a su operador de radio, que levantó el pulgar para indicarle que había establecido contacto—. Por si escucha esto… *nadie* amenaza a mi familia. *Yippee ki yay*, cabronazo.

Cuando la retícula se volvió verde indicando un tiro limpio, de la cubierta que solía estar unida al *Uas* emergió un único misil sujeto por una pinza de contención. Era un torpedo espiral con una carga nuclear de fusión fría, con una potencia de cinco megatones, que se desenganchó y salió disparado hacia la bahía enemiga. El temporizador a veinte segundos se encendió, y Néstor dio la vuelta en redondo. Apagó los motores principales, pivotó noventa grados, y los encendió de nuevo enfilando el planeta. Salieron del escudo de la nave enemiga arrastrando el haz y las antenas se apagaron, quemadas, para ocultarse en el casco. En su estela explotó un enorme campo de partículas que apagó las defensas enemigas.

—¡¡Corre!! ¡¡Corre!! ¡¡Corre!! —Sabueso apretaba el acelerador hasta el fondo, aporreando el asiento—. ¡¡Corre, montón de chatarra!!

Los cazas los perseguían y disparaban, dañando de nuevo el recargado escudo de popa, sin que ello les preocupase. Cuando el temporizador llegó a cero, registraron una subida de energía gigantesca proveniente del hangar del *Inflexible*. Su pez sideral había atravesado varias cubiertas hasta llegar a la espina dorsal de la nave, donde se detuvo e hizo explosión. El contacto se convirtió en tres, generando una nube de metralla que salió despedida en todas direcciones, destrozando varias naves ligeras y a gran cantidad de cazas.

—¡Toma castaña! —gritó Sabueso, eufórico—. ¡Escudos al sesenta por ciento tras los impactos! ¡Eso les ha escocido!

—Lo malo es que solo teníamos un torpedo así —observó uno de los artilleros—. Los láseres están sobrecalentados, y nos empieza a faltar munición. Recomiendo retirarnos antes de que la agotemos.

—Vamos a completar la maldita misión. Acelera hasta la atmósfera y enciende el campo de…

—¡¡Mierda!! —el operador de sensores se llevó las manos a la cabeza—. ¡¡El escudo de fase, De la Fuente!! ¡¡Levanta el maldito escudo de fa…!!

Antes de que pudiera terminar, recibieron una sacudida de energía inmensa. No les alcanzó de lleno, pero aun rozándoles, los desestabilizó haciéndoles rotar sobre dos ejes. El motor izquierdo apareció en el esquema como negro, destruido, y el central pasó al rojo. Entraron en la atmósfera superior dando vueltas como un asteroide, totalmente fuera de control.

Varias consolas del puente reventaron, arrojando chispas y emitiendo olor a quemado que sus *Pretor* notificaron. Parlow reapareció. En la sala de máquinas las cosas acababan de ponerse muy feas.

—¡¡Brecha en el casco, brecha en el casco!! —aulló Olga, agarrada a los puntales—. ¡¡Tenemos que salir de ingeniería, hemos perdido a Malloy, ha salido despedido!!

—¡¿Qué coño ha sido eso?!

—¡¡Nos han dado!! —De la Fuente aporreaba controles mientras transmitía por su *Pretor*—. ¡¡Es un cañón de fase, armamento *Cosechador*!!

—¡Pero estos tipos son confederados! —replicó Sabueso, totalmente desencajado—. ¡¿Verdad?!

—¡¡Parece que tenemos babosas entre los *Baestos*!! —Ballesteros trató de determinar el origen—. ¡¡El portaaviones lleva un arma Xeno montada en el casco inferior!! ¡Está recargando!

—¡Acción evasiva, propulsores de maniobra inferiores y derechos! —ordenó Erik—. ¡Néstor, usa el motor que nos queda para sacarnos de la trayectoria de su arma principal!

El giro fue muy forzado estando ya en las capas superiores de la atmósfera de Frigia IV. El disparo enemigo volvió a pasarles relativamente cerca sin conseguir más que sacudirles. Su escudo de fase pudo disipar el pico de energía más cercano y se apagó, fundido. El rayo incendió la zona cercana de la atmósfera, provocando un impacto en la superficie de la selva que calcinó varias hectáreas. Disolvió las nubes de tormenta, apartándolas y desecándolas como si no fueran nada. Fue tan intenso que pudieron ver la explosión de tierra incluso desde la órbita.

—¿Cómo estamos?

—Enteros, capitán. ¡Sorprendentemente enteros! —el entusiasmo de De la Fuente duró como tres segundos—. ¡Lo malo es que caemos como una roca, señor!

—Tranquilícese, hemos sobrevivido al disparo. —El capitán trató de evaluar los daños con los esquemas y datos que tenía—. Levante el escudo estándar, tratemos de poner el morro por delante. Cierre las armas antes de que nos metamos en la reentrada y las achicharremos.

—Cerrando armas. Sabueso, ¿crees que puedes rectificar?

—Estoy en ello, colega. En cada rotación deceleramos una revolución y media, tenemos ciento sesenta metros de caída antes de frenar y poder enderezar. Lo lograremos… ¡Siempre que esos *hijoputas* no nos disparen otra vez!

—No parece que lo intenten —comentó el operador de sensores—. De momento tampoco nos persiguen. Qué raro.

—Los hemos decapitado —afirmó Erik—. Puede que ese almirante fuera uno de ellos. Y si es así, nos apuntamos nuestro primer alienígena. ¿Parlow, sigue con nosotros?

—Estamos fuera de ingeniería, hemos aislado la sección. —La mujer respiraba aceleradamente—. Es una suerte que hubiéramos sellado las armaduras. Buena costumbre, esa.

—¿Alguna baja, además de Malloy?

—No, señor. La Maestra Goethe, Taylor y yo estamos a salvo. Pobre Bill.

—Entendido, vigile la reentrada, esa sala se va a calentar. No quiero explotar, así que si necesita apagar algo, avise y apáguelo.

—Sí, señor. En principio, entre el escudo y el campo de contención del reactor, lo importante debería salir ileso.

—Más nos vale. ¡Allá vamos!

Tenían doscientos metros de margen antes de convertirse en una bola de fuego, y consiguieron enderezarse finalmente a los ciento ochenta, de modo que el escudo les protegió lo suficiente como para poder apagarse en las nubes de lluvia híper densas que había en la zona.

Les costó sudor y lágrimas frenar la caída, ya que tuvieron que hacerlo con los motores de maniobra. Afortunadamente no necesitaban los escudos una vez dentro de la atmósfera mientras no hubiera enemigos a la vista, así que disponían de energía de sobra.

Finalmente, a falta de una idea mejor, Sabueso acabó posándolos en el cráter generado por el arma del portaaviones. La estructura crujió cuando se apoyaron de medio lado, y resbalaron hasta que una de las patas laterales los sujetó, doblándose.

Los suspiros de alivio se generalizaron. Parlow reportó que el tren de aterrizaje había sufrido bajada de integridad al descender a un dieciocho por ciento por encima de la velocidad considerada adecuada. La torcedura sufrida al resbalar era irrelevante a casi todos los efectos.

De los motores, sin embargo, no podían decir lo mismo. El disparo les había ocasionado gravísimos daños estructurales que no tendrían arreglo sencillo. Era un arma de fase, un cañón con suficiente potencia como para hacerle un estropicio a una nave pesada. Tanto era así, que las versiones más grandes eran capaces de, literalmente, partir cruceros por la mitad. Eso era exactamente lo que habían hecho con el *Sacro Vengador*.

Por lo que Gregor y Edna vieron en las tablas de diagnóstico, podía no haber forma de reparar los daños. Al parecer los disparos enemigos no solamente habían atravesado y cortado el casco, sino que habían destrozado parte de las toberas y el sistema de refrigeración. De las tres salidas de los motores, una estaba completamente destruida, y la otra inutilizada. Necesitarían pasar por un astillero para despegar, y dado que sin dos motores no podían abandonar la atmósfera, estaban varados en tierra.

En lo que De la Fuente repasaba los sistemas de cabina, decidieron encontrarse en la sala de reuniones para decidir el mejor curso de acción. Acudieron tanto los tres ingenieros como los corsarios y la teniente.

—Buena bajada, señor Sabueso.

—Lo lamento guapa, pero no he tenido nada que ver.

—¿Qué quiere decir eso? —se sorprendió Estébanez.

—Verás, cuando nos alcanzaron en la estratosfera, estaba convencido de que nos estrellaríamos. Sufrí varias sobrecargas en los puertos de mi armadura, que según mi colega Félix se identifican de forma clásica con sistemas dañados. Le he preguntado por la sensación antes de venir, y me ha dicho que le pasó lo mismo. A partir de los seis kilómetros perdí por completo el control. Los propulsores de maniobra dejaron de responder.

—¿Y no nos avisó? —preguntó Parlow—. Podríamos haber recuperado los sistemas.

—¿Con la sala de máquinas a tropecientos grados y las consolas quemadas? —Se encogió de hombros—. El *Heka* estaba descendiendo solito y tan suavemente como era físicamente posible. Luego, cuando estábamos a punto de posarnos, los mandos volvieron y nos dejé caer como un pedrusco. Tadáaa, mi milagro no tiene mérito. ¿Contentos? Aunque es bueno saber que si vuelve a…

—Pensaba que habías sido tú quien nos controlaba —le interrumpió Erik—. Si no nos has bajado... ¿Quién lo ha hecho?

—Créeme, capitán. No tengo ni la más remota idea.

Erik se llevó las manos al mentón. No era buena cosa que hubiera una corporación persiguiéndoles y llamándoles por su nombre, amenazando a su familia y amigos. Solo que quizás, y solamente quizás, fuera un farol y no tenían más que su patente como rehén. La pregunta del millón era… ¿realmente había *Cosechadores*, o los *Baestos* había recuperado el arma alienígena y la había adaptado a su nave?

Y si era así… ¿quién podía haberles ayudado, y por qué? Estando como estaban el tener un aliado en aquella roca, aunque fuera solo de conveniencia, podría valer oro puro. Salvo, claro estaba, que los mismos *Baestos* los hubieran atrapado en tierra, y por eso no los hubieran perseguido. Sería mejor pensarlo con calma cuando estuvieran a cubierto, en lugar de a plena vista. Lo otro que tenía en mente, prefirió apartarlo de momento.

—Está bien, los problemas de uno en uno ¿Puedes hacer despegar esta lata?

—Nop. Como mucho, hacerla cojear unos cuantos clics.

—Es suficiente. —Pulsó el control de llamada para ingeniería—. Taylor, quiero que ese humo desaparezca en los próximos cinco minutos. ¿Puede entrar ya con el extintor?

—Afirmativo. En breve la refrigeración permitirá el acceso.

—Reemplace todo lo que vea quemado, por orden de importancia.

El ingeniero auxiliar se cuadró y su holograma desapareció. Se pasó la mano por la frente para quitarse el sudor. La maldita *Pretor* le daba un calor infernal. Tenía que aprender cómo demonios se regulaba la temperatura interna.

—Si nos movemos, acabaremos de quemar los conductos de refrigeración, y no tendrán arreglo —aseguró Edna, toqueteando el diagnóstico—. El impulsor central debería estar apagado.

—¿Qué alcance tendríamos?

—Como el señor Sabueso ha dicho, unos quince o veinte clics. Que sean doce, para no estrellarnos.

Erik llamó a Ballesteros, pidiéndole un mapa tridimensional con los datos que hubiera podido capturar mientras caían. A pesar de que el grupo de antenas se había abrasado durante la reentrada sin control, pudieron apreciar que se encontraban en un valle densamente cubierto de vegetación. Al aterrizar, habían llegado a la zona de impacto del arma de fase, lo que revelaba de manera muy clara dónde se *ocultaban*. Incluso apagando los incendios a toda prisa, y contando con la capa de nubes e interferencias electromagnéticas, era bastante probable que los encontraran antes de media hora si se lo proponían. La buena noticia era que estaban a unos veinte clics del área donde las torretas derribaban todo lo que entraba en su espacio aéreo. Habían pasado justo por debajo del área cónica que cubrían, haciendo la mejor entrada de aproximación. Era como si alguien, o *algo*, los hubiera guiado lo más cerca posible de su objetivo. Definitivamente no era casualidad.

—Aquí, en estas montañas —señaló Néstor, poniendo un dedo en el holograma que había brotado en medio de la sala—. Tiene suficiente hueco para que nos escondamos.

—¿Un barranco? —Lara frunció el ceño—. ¿Lo haremos tan obvio?

—¿Quién es el fugitivo profesional, bonita? —Enseñó los dientes dorados a la teniente, que ni se inmutó—. El barranco es mucho mejor que un agujero en la jungla tapado con ramitas cortadas.

—Capitán Smith, ¿está seguro?

—Parece un buen sitio. De hecho, el único. Néstor tiene razón, salvo que queramos abandonar la nave y quedarnos atrapados en esta selva, tenemos que movernos ahí. Maestro Slauss... ¿Cree que podríamos camuflarnos usando hologramas?

—Claro que sí, siempre que podamos posarnos —respondió Gregor—. Esta vez he traído proyectores de sobra. Mi buen amigo Théodore me reprendió una vez por no llevar uno encima, o al menos saber fabricarlos. Dado que el reactor funciona, podrían estar activos durante años. Para que nos descubrieran, alguien tendría que apoyarse en la... cosa...

—Grieta —le chivó su mujer.

—En la grieta.

—Perfecto, entonces nos vale. —Abrió el comunicador de su armadura, conectando con el alférez—. Despegue y vuele bajo por debajo del cono de supresión de las torretas xeno, De la Fuente. Tenemos pocos minutos antes de que la basura empresarial llegue hasta nosotros. Vamos para el puente. Ustedes tres, controlen los sistemas.

—Entendido.

Con gran esfuerzo, el *Heka* se levantó sobre las enormes copas de los árboles. Los crujidos de metal eran constantes dentro del casco, y los estabilizadores no podían evitar que la nave se escorase diez grados a la izquierda. Casi rozando las ramas más altas, la corbeta se encaminó al noreste. Sobrevolaron varios kilómetros de jungla, incluyendo un par de ríos y lo que parecía un pantano. Al acercarse a las paredes del valle, pudieron ver el punto señalado por el mercenario a través del mamparo principal.

Se trataba de una formación volcánica, que en algún momento de la actividad sísmica del planeta se había resquebrajado generando unas colosales grietas de varios kilómetros de largo. Sabueso se sentó junto al copiloto, tomando los controles manuales. El capitán conectó su armadura a su asiento, para guiarlos usando un mapa que se generaba a tiempo real en su pantalla personal. Si lo pensaba, podía corregir el rumbo, haciendo que a los pilotos les apareciera un aviso de que intervenía.

Aprovechando la gravedad artificial dentro de la corbeta, pivotaron hasta que el lateral izquierdo de la nave apuntara al suelo, de manera que estaban en perpendicular al fondo del cañón. Se dejaron caer con suavidad, ocultándose entre los salientes y promontorios de roca, más estrechos en la parte superior que en la inferior. Al parecer, la lava había fluido por una caverna gigante y ramificada, cuyo techo se había venido abajo con el transcurso de los eones. Lo que *a priori* había parecido una simple grieta, era en realidad un complejo entramado de pseudotúneles y gargantas recubiertos de basalto. Debido a la composición de las paredes era extremadamente complicado ver nada en las zonas aún cubiertas, y en las descubiertas el radar se confundía peligrosamente, dando medidas inexactas que podían desencadenar un accidente.

Sabueso y De la Fuente movieron al *Heka* de lado al menos otro kilómetro, hasta que pudieron enderezarlo en una zona más ancha. La nave a duras penas se mantenía en el aire, de modo que bajaron en el primer punto en el que fue posible posarse horizontalmente. Tuvieron suerte, había una galería lateral con un techo de unos cincuenta metros de alto donde podían resguardarse de la intemperie. Tan pronto como consiguieron entrar, rozando el lado del motor que aún funcionaba, los ingenieros y los soldados de escolta se echaron a tierra.

Las pantallas de camuflaje se encendieron a toda velocidad, conectadas al reactor. Un holograma sólido se colocó en la entrada, y tras él se situaron la pantalla térmica y la electromagnética. Lo apagaron todo salvo el soporte vital, el encendido de emergencia, y la alimentación de su *sombrero*. Estando en un modo de consumo tan bajo, podrían repasar toda la nave en busca de daños y tratar de ponerles remedio.

—Bueno, no ha sido el peor aterrizaje que recuerdo —rió suavemente Slauss, saliendo a la galería principal del brazo de Edna—. La nave sigue entera.

—No mientas, Gregor —le regañó su esposa—. Hemos perdido varias partes importantes.

—¿Cuántas veces te he contado el aterrizaje de Hayfax II? ¿O el de Násrac V?

—Siempre te las das de veterano delante de los jovencitos, repitiendo las anécdotas una y otra vez —se burló la señora Goethe—. Todo eso cuando lo más grande que has estrellado es una corbeta poco más grande que esta.

—Lo tuyo no cuenta como estrellarse, El *Martillo de los Dioses* solamente se clavó ochenta tristes metros en un asteroide.

Lo cierto era que pocos compartían el entusiasmo de la venerable pareja. Siguieron picándose gentilmente hasta llegar a la sala de reuniones, donde casi todas las caras eran largas ahora que tenían que pensar en una solución. Lara, Olga y Marco parecían bastante disgustados con su actual situación. Gregor pensó que quizás no estaban muy acostumbrados a tener la muerte pisándoles los talones. Lo de estar atrapados en un planeta lleno de enemigos no era nada nuevo para él. Smith fruncía el ceño, analizando sus opciones. Tenía pinta de tener un plan. El otro corsario, por el contrario, se limitaba a masticar chicle.

—Necesito un informe de cómo estamos, qué tenemos, qué hay alrededor, y lo que hemos podido ver de este planeta hasta ahora —pidió Erik.

—Bueno, la verdad es que, desde mi perspectiva, todo es un asco —comenzó Parlow—. Por lo que he entendido, estamos bastante lejos de donde se supone que está nuestro objetivo. Al menos, es *lejos* en términos de infantería. Nuestros sistemas están casi ciegos, tengo que cambiar las antenas y no tengo repuestos para todas.

—Eso no es necesariamente negativo —Slauss se encogió de hombros—. Puede que no podamos ver, pero tampoco pueden vernos a nosotros al haber perdido los identificadores del grupo sensor. ¿No es así?

—Supongo que es otra forma de valorarlo. —La ingeniera ladeó la cabeza—. Lo malo es que salir de la red de cuevas por otro camino es un viaje de varios días, incluso con repulsores. Tendríamos que atravesar medio valle, bajo la atenta mirada de los de arriba. Habrá que ir a pie, el *Heka* no puede volar así.

En aquel momento, el xenobiólogo entró en acción. Usando los *holoproyectores* de la sala, comenzó a mostrarles información descargada directamente desde su *Pretor* verdiblanca. Mezclaba un mapa principal, cuyo epicentro eran ellos mismos, con imágenes auxiliares de formas de vida que había podido observar.

—La jungla es de un tipo muy diferente al que había predicho —les informó Issini—. Es mucho más densa de lo que sospechaba, más... salvaje. Agresiva. Con suerte, evitará que nos encuentren.

—O quizás nos mate. Tú nos dirás, Marco. —Estébanez se cruzó de brazos, molesta—. Quizás lo más sensato sea mandar exploradores antes de nuestro grupo principal, para que localicen a nuestros enemigos y los eliminen.

—¿En este planeta? —El biólogo se giró hacia ella como un muelle, tras lo que endulzó el gesto—. Yo dejaría que los confederados nos busquen a nosotros, en lugar de enviar a los batidores. Sería mucho más práctico sentarnos a esperar a que los destrocen. Dudo que sobreviviera ni la cuarta parte de los que mandaran.

—¿Puedes compartir con los demás lo que sabes de esta roca?

—He estudiado las lecturas que hemos capturado mientras caíamos a plomo. Caer me pone nervioso, y analizar datos biométricos me tranquiliza, de modo que ya tengo algunas conclusiones de este mundo *jardín*. —Entrecomilló las dos últimas palabras con el índice y el corazón de ambas manos, mientras sonreía a la oficial—. Primer consejo: no se quiten los trajes fuera de la nave, y apliquen descontaminación completa al subir a bordo. No hay virus ni bacterias potencialmente letales, aunque es posible que alguno cause fiebre. La mayor parte de los microorganismos autóctonos fueron eliminados por el bombardeo biológico de la terraformación. Lo que sí que hay son muchos insectos peligrosos. Detecté unas cuantas variedades cuando nos posamos la primera vez, y he bajado a mirar el barro seco que tenemos en la panza en lo que colocaban las pantallas.

Pulsó un par de teclas en su brazo de reemplazo, y el *holoproyector* principal comenzó a mostrar imágenes tridimensionales en color de varias criaturas de aspecto desagradable. No hacía falta ser entomólogo para darse cuenta de que no debía ser nada divertido compartir hábitat con aquellas cosas. Después de todo si habían sobrevivido a una terraformación humana, tenían que ser unos bastardos muy duros.

Había una especie de estrella de mar con dientes del tamaño de una uña con un aspecto repulsivo, criaturas segmentadas con bocas succionadoras, artrópodos transparentes a los que uno podía ver los órganos, y toda clase de combinaciones perturbadoras entre los anteriores.

—¿Son peligrosos?

—Oh, sí. Algunos de ellos de forma básica. Muerden o envenenan para alimentarse o defenderse, con posibles reacciones alérgicas de gravedad desconocida. Hasta ahí es algo normal en un insecto, venga de donde venga. Lo realmente preocupante son cuatro especies parasitarias que he encontrado. Por las adaptaciones evolutivas diría que dos de ellos son intestinales, uno subcutáneo, y el último vítreo.

—¿De vidrio? ¿Se comen el *Portlex*? —preguntó Edna—. Porque eso sí que sería un problema.

—No Maestra, no me refiero a un vidrio, sino al humor vítreo. Nuestros ojos serían para ellos una auténtica *delicatesse*.

—¡Oh, qué desagradable!

—Yo estoy a salvo, querida —bromeó Slauss, pasándole el brazo sobre los hombros—. A no ser que les gusten también los que son ricos en *supracero*.

El xenobiólogo sonrió también.

Sabueso hizo explotar su burbuja de chicle, haciendo que las miradas se volvieran de inmediato hacia él. Abandonó su postura de apoyarse contra el puntal de la puerta, se acercó al grupo y comenzó a acercar la cámara principal a las paredes volcánicas que tenían alrededor. Usando una herramienta de dibujo integrada, trazó una ruta para subir por el acantilado en cuestión de segundos. Erik se acercó, colocando en color azul un par de correcciones importantes que evitaban lo que parecían entradas a grandes cavernas. Su compañero le dio dos sonoras palmadas, que hicieron retumbar la *Pretor*.

—Resumiendo: nada de quitarse el casco, nada de mear fuera de los trajes, y nada de retozar en el barro. Eso último va por ti, teniente.

Lara le lanzó una mirada depredadora. Fue tan gráfica y temible, que el grandullón se amedrantó, retrocediendo de nuevo al sitio que había abandonado.

—Er... bien, además, he aprendido unas cuantas cosas de la fauna de mayor tamaño, aún sin verla claramente —continuó Marco, mirando alternativamente a ambos—. Parece un ecosistema completo, con los niveles tróficos estándar...

—¿Lo explicas en idioma humano, colega? —preguntó Sabueso, con el ojo puesto en la suboficial—. Vamos, que si puedes dejar de usar lenguaje de empollón.

—De acuerdo. Hay bichitos como estos, plantas, herbívoros, omnívoros, depredadores y súper-depredadores. Pertenecer a un grupo no implica que no puedan pertenecer a otro —respondió el biólogo, con cara de malas pulgas—. ¿Es bastante simple, o saco el guiñol?

—Mira, *friki*, si quisiera saber sobre las clases de animales no terráqueas, habría abierto un libro cuando era pequeño. Lo único que me interesa es que me digas si hay algo que no pueda matar con mis armas. Porque si la respuesta es no, puedes incluir en lo alto de la pirámide alimenticia al súper-súper-depredador: yo.

—Verás... cazador experto. Si cayeses en el nido de los parásitos de la piel sin llevar una armadura estanca, te convertirías en una momia de las que exponen en los museos en cosa de unos ocho segundos, con que hubiera un sólo millar de ellos. Eso sí, te aseguro que serían los más largos de tu vida. Puede que te parezca un *friki*, pero estás en mi jungla y aquí es mejor que me hagas caso. Cuando estemos en la tuya, te escucharé para evitar que me coman vivo. ¿*Capisci*?

Sabueso torció el gesto en algo que parecía una sonrisa. La teniente entrecerró los ojos y se humedeció los labios mirando al xenobiólogo. A Gregor le pareció que con ello le otorgaba alguna clase de respeto, o quizás trataba de decirle que le era atractivo. Las imágenes del holograma se sucedían, mostrando simulaciones de los posibles cursos de actuación de los parásitos, representados en objetos sin texturas de vídeo. Si eso era lo que podían hacer los pequeños, los grandes debían ser mucho peores.

—Está bien. Reformulo la pregunta del tipo con necesidad patológica de ser el centro de atención. Aparte de los bichos... ¿qué más cosas malas hay?

—Vamos, teniente...

—Honestamente, no puedo saberlo. Se intuyen, por deposiciones y sedimentos, criaturas más grandes. —Issini se sintió feliz al poder interrumpir la réplica del corsario—. Las más enormes, puede que sean de hasta cuatro metros. Ahora mismo estamos en una zona tranquila, con poca vida alrededor debido a la falta de luz. Les recomiendo que si ven algo moverse por el rabillo del ojo, miren dos veces. Y si los desafía, que retrocedan respetuosamente sin establecer contacto visual, en lugar de exhibir una pose que incite a la violencia.

—¿Por qué? —bufó Sabueso—. Los animales respetan una demostración de fuerza, incluso si defienden su territorio. ¿O no?

—En líneas generales es así para los *metas* genéticos posteriores a la Tierra. Sin embargo, está en un mundo poco explorado. Quizás ese algo ante el que nos chuleemos sea un cazador consumado más rápido que nosotros, o que tenga algún arma evolutiva que no conocemos. Puede que la armadura la evite, o puede que no. O tal vez sea un cobarde pequeñajo que tiene cuatrocientos amigos igual de cobardes, cada uno de ellos buscando su espalda. En pocas palabras: Todo es peligroso salvo que se demuestre lo contrario. Mejor pasar inadvertido y no parecer apetecible. No traten de abrazar a algo que parece una *metacobra* peligrosa por el mero hecho de no haber visto una nunca.

—Menuda gilipollez, no creo que haya tanta diferencia entre un animal mejorado y uno estándar. Yo he trabajado en una granja antes que de corsario, y si un *metatoro* te miraba con ganas de gresca...

—Este planeta está deshabitado por algo, Néstor —dijo Erik, agarrando a su amigo del hombro—. Es el experto, fiémonos de él. Los huevos los dejamos en la nave, si te parece bien. Prefiero volver a casa sin nada incubando en las tripas.

—Bah.

—Mi recomendación final, señores, es considerar el entorno hostil y letal. *Todo* mata.

—Entendido —asintió el corsario—. ¿Olga?

—Bueno, es lo que ha dicho la Maestra Goethe. —La joven ingeniera parecía abatida—. Si consigo fabricar repuestos para la tobera, podemos despegar. La refrigeración está seriamente dañada, aunque hay piezas para una chapuza. Puedo mover el motor lateral intacto al centro, y el que está ahí a la derecha. El lado izquierdo no tiene arreglo, necesito un trozo de fuselaje que no tenemos.

—Haga eso, para que podamos volar lo más rectos posible —asintió él—. Redacte una lista de las piezas que necesita, inclusive un holograma de cada una, si tiene un registro.

—¿Vamos a perder el tiempo escribiendo la *lista de los deseos*? —bufó Lara—. No hay una ferretería en la esquina de la siguiente garganta.

—Tal vez no necesitemos la ferretería. Buscamos una nave estrellada, y tenemos detrás un montón de tipos cargados de relucientes piezas que podemos saquear. ¿Qué tal le vendrían uno o varios motores confederados?

—No es óptimo, aunque si aceptable. Estoy casi segura de que podríamos montarlos. ¿Qué opina, Maestra Goethe?

—Si es tecnología humana, podemos adaptarla con un noventa y nueve por ciento de probabilidad, disponiendo de suficiente tiempo. Ahora bien, no espere hacer para salir lo que hemos hecho para entrar. Ni en broma.

—Quédese aquí y ayude a Parlow, por favor —le pidió Erik—. Usted es una ingeniera naval fuera de serie, estoy seguro de que entre ambas podrán hacernos volar de nuevo. Necesitaré, al menos, la misma potencia que hemos tenido para bajar. Hay un bloqueo ahí arriba, y encima nos están esperando.

—Si me quedo, no podré estar con ustedes en la nave estrellada.

—Gregor nos ayudará. Salvo que ese cacharro pueda volar, el *Heka* es la única manera de escapar de esta roca. Dará igual lo que recuperemos si no podemos llevarlo de vuelta al *Estrella de Ragnar*.

—Pero...

—No quiero usar el *es una orden* contra usted, Edna. La respeto demasiado.

—Estaré bien, querida —sonrió Gregor—. Ya sabes que he mejorado mucho.

Edna guardó silencio unos instantes antes de suspirar, dándose por vencida. Asintió, cabizbaja.

—Cuídemelo, capitán. Es la única familia que tengo.

—Más nos vale cuidarnos todos —le sonrió a la anciana, que se apretaba contra su marido—. ¿Algo que agregar, teniente?

—Una cosa nada más. Si hay depredadores de cuatro metros, le daré la razón a su *lacayo*. Convirtámonos en súper-súper-depredadores. Quiero bajar las armaduras.

—Pese al riesgo de las emisiones electromagnéticas y de atraer ojos no deseados, debo estar de acuerdo. —Marco seguía tratando de determinar la masa en kilos del autor de una montaña de heces—. Esto es mucha cantidad de… bueno, eso.

—De acuerdo. Un *Coracero*, y los dos *Jaguar*. Dejaremos la segunda armadura pesada a Grease para que defienda la nave. A trabajar.

Néstor se giró, sacudiéndole la cola de caballo a Lara cuando pasaba.

—¡¿Lacayo?!

ascensión habían equipado las armaduras con pies de gato y clavos retráctiles, además de recubrirlas de un compuesto que se volvía súper adherente al aplicarle una corriente eléctrica. Lo malo fue que la ruta dibujada parecía mucho más sencilla de lo que realmente era. En efecto, la lava había creado una serie de columnas basálticas que uno podía seguir en zigzag, aunque la erosión había pulido los bordes hasta volverlas peligrosas. En muchos puntos la hiedra y la vegetación habían clavado sus raíces en la fértil roca volcánica, resquebrajándola y volviéndola inestable. Lara estuvo a punto de despeñarse en tres ocasiones al pesar cincuenta veces más que los soldados.

Por otra parte, estaban las alimañas. El fondo del cañón, donde no llegaba la luz, era un lugar con poca vegetación y animales a pesar de la humedad. Había poco más que sanguijuelas, insectos y gusanos en los riachuelos que lo surcaban. Las paredes que el sol de aquel sistema iluminaba a través de las nubes, sin embargo, eran harina de otro costal. La evolución parecía haber estado encabronada a la hora de determinar qué seres eran los más aptos para vivir en la superficie, o eso le pareció a Erik.

Llevaba quince hombres consigo contando a Gregor, a Marco, la teniente y Sabueso; y a ocho de ellos hubieron de desengancharles algo que había tratado de atacarles, inclusive dos subespecies de enredaderas con púas venenosas.

Lo más persistente eran unos crustáceos primitivos, con seis pares de garras que se adherían a sus presas dejándose caer sobre ellas. No eran rápidos ni ágiles, solamente tenaces. Subían durante horas hasta una altura razonable sobre una cornisa, se ocultaban en las sombras para no cocerse dentro de sus conchas, y cuando sentían algo debajo de ellos, se dejaban caer. Tan pronto como enganchaban a la víctima, clavaban sus garras diamantinas, y comenzaban a roerla con los dientes del centro de su cuerpo ovalado. Sus corazas quitinosas eran tan extremadamente resistentes, que necesitaron de las armaduras grandes para poder aplastarlos y quitarlos de las *Pretor*, cuyos servomotores eran insuficientes para deshacerse de ellos.

Fueron encontrando cadáveres de otros animales por el camino, con los huesos arañados y lacerados. Si aquellos crustáceos eran igual de persistentes subiendo que comiendo, era una suerte de que fueran protegidos. Ser roído hasta la muerte no debía ser agradable en absoluto.

Issini iba el segundo de la fila, tras el cabo Torres. Le salvó la vida en dos ocasiones impidiéndole avanzar, pues había madrigueras de algunos seres peores incluso que los cangrejos roedores. El xenobiólogo había capturado un par de estos vivos, y llevaba al menos media docena de cadáveres como cebo. Aquello demostró ser muy útil, ya que en una de las ocasiones en las que el cabo estuvo a punto de morir, los usó como carnaza para distraer al morador de una gruta que había al borde de un saliente. Erik no sabía cómo demonios catalogar a lo que emergió del agujero. Fuera lo que fuese, hizo acopio de cangrejos, se dio la vuelta, y tapó la entrada con grandes piedras.

Gregor había llevado con ellos una *omnipantalla*, que cubría todos los espectros que podían camuflarse, incluyendo el visual. La había enganchado a la espalda del *Coracero* de Lara, otorgándole la capacidad de crear una burbuja de interferencia de unos quince metros que los volvía invisibles durante cortos periodos de tiempo. Así evitaron tres patrullas de *Baestos*, que pasaban escaneando la zona a intervalos irregulares... y atrajeron un asombroso enjambre de mosquitos del tamaño de un pulgar. Al parecer los insectos que entraban en la burbuja se veían atraídos por el calor del generador, zumbaban, y atraían a más de los suyos.

Lo peor, sin embargo, estaba por llegar. Tras el tercer encendido los molestos parásitos ya eran una nube considerable, que estorbaba enormemente la visibilidad y obligaba a apagar los micrófonos externos para no volverse locos con el ruido. Esto demostró ser un grave peligro, ya que no oyeron el aleteo. Estaba claro que no iban a atravesar las *Pretor*, pero funcionaron como reclamo para sus depredadores naturales.

Tanta comida acabó por echarles a una bandada de lo que cualquier terrícola hubiera calificado como pterodáctilos, unas aves de pico alargado y serrado y alas membranosas. Tenían plumas en las colas, tanto más largas y coloridas como más viejos eran. Vivían en la montaña y no en los cañones, deambulando ocasionalmente por los cielos en busca de criaturas voladoras más pequeñas. Primero vinieron los más jóvenes, para los que los insectos eran un manjar, y luego empezaron a aparecer ejemplares enormes, que abarcaban casi cinco metros de ala a ala.

Cuando se juntaron suficientes comenzaron a atacarles, haciendo picados que buscaban siempre la espalda de los objetivos. Las armas de raíles eran muy silenciosas, y aún así, los disparos de las más pesadas sonaban como estampidos en el eco del cañón. Si continuaban así, alguien los detectaría y se les echarían encima con aeronaves, matándolos en cuestión de segundos.

Tuvieron que correr. Para unos depredadores de ese tamaño los humanos ya eran una presa aceptable, y si querían, tenían fuerza suficiente para despeñarlos y conseguir acceder a su jugoso interior. Por poco lo consiguieron con una soldado de menor envergadura, a la que Lara salvó *in extremis*. Consiguió agarrarla de un tobillo cuando el aleteo se hizo ensordecedor. La teniente se colgó el cañón acelerador a la espalda y desenvainó un machete tamaño *Coracero*, con el que seccionó las garras que habían atrapado a Vélez de los hombros.

Gritó que la siguieran, y comenzó a trepar repartiendo machetazos a diestro y siniestro, abriendo camino hasta la cima con su compañera anclada al casco. Las monstruosas aves se lo tomaron como un desafío, tal y como el xenobiólogo había predicho. Se lanzaron a por ella todos juntos, tratando de desgarrar su carne con su pico y garras. Sin embargo, se enfrentaban a una criatura de *Portlex* y *supracero*, algo que jamás habían visto, y los ataques solamente arañaron la armadura. Como una bestia fuera de control, Estébanez seccionó cuerpos, alas y patas; desatando una sangrienta escabechina en lo alto del acantilado.

Erik tiraba de Slauss. El anciano iba equipado con los mismos servomotores que los demás, pero no se había planteado que quizás necesitara escalar en lugar de andar, y no disponía de subrutinas que movieran la *Pretor* de aquel modo. Por tanto, tenía que enviar las órdenes con el pensamiento, y le costaba mucho hacerlo a pesar de su discreta mejoría. A medida que los soldados iban llegando arriba, comenzaron a defenderse alrededor de su suboficial, usando las armas blancas que habían llevado consigo.

Pasados unos minutos de carnicería, oyeron el sonido de motores atmosféricos.

—¡¡Mierda, los *Baestos*!! —gritó Sabueso, asomándose al borde—. ¡¡Subid ya!!

—¡A los árboles! —ordenó Lara—. ¡Ahora!

—¡El capitán y Gregor siguen en la ladera!

—¡Pues que corran, no podemos permitir que nos descubran o la misión se habrá terminado!

Todos los Cruzados emprendieron la retirada hasta los árboles más próximos, tras los que se parapetaron usando nuevamente la pantalla de camuflaje. Los motores se oían cada vez más cerca, y espantaron a casi todas las aves rapaces que quedaban.

Sabueso esperaba al borde del saliente, tendiendo la mano mientras trataba de deshacerse del último pajarraco que no dejaba de incordiarle. Se oyó el sigiloso disparo de un fusil de asalto acelerador, y la criatura cayó rodando por encima de las cabezas de los tres.

—¡Dame la mano!

—¡Lárgate, no pueden pillarnos aquí a los tres!

—¡Y una mierda! ¡Vamos a ver qué tal se comportan los cacharros brillantes de los *caralata*! ¡Salta!

El mercenario se tumbó cuan largo era en el borde, estirando los brazos para alcanzar a su jefe. El capitán saltó hacia arriba, agarrándole las manos, y ganó pie en la siguiente cornisa. Luego se ladeó para subir a Slauss prácticamente a pulso. En circunstancias normales aquello hubiera sido completamente imposible debido al peso de ambos y a la resbaladiza piel humana. Contando con los servomotores de las *Pretor*, ninguno de los tres padeció aquellas debilidades mundanas. Sabueso fue capaz de subirlos a ambos a la última cornisa basáltica, que tenía un metro y medio de altura. Se puso de pie de un salto.

—¡¡Vete, nos escondemos bajo los cuerpos!!

El mercenario gruñó, y usando su fuerza adicional, brincó dos veces hasta llegar a los árboles. Sus compañeros le recogieron, tumbándole entre unas plantas de aspecto dañino tras las que se ocultaban. Desde el punto de vista del capitán, desapareció tras el segundo salto, como si atravesara una superficie líquida situada en medio del aire.

Erik le tendió la mano al ingeniero, ayudándole a rebasar el último escalón de roca. Acto seguido ambos se echaron al suelo y reptaron, embadurnándose las armaduras de aquel barro lleno de parásitos y sangre negruzca. Agarró el cadáver de uno de los seres más grandes que tenían al lado y los tapó con el ala, que los cubría casi por completo.

—Quieto, Gregor —susurró por el canal de grupo—. No se mueva.

Dos aeronaves confederadas, cañoneras en realidad, comenzaron a sobrevolar el risco; suspendidas sobre el acantilado. Tenían unos motores capaces de pivotar en vertical, de manera que podían usarlos para mantenerse estacionarias en el aire. Seguramente, podrían incluso aterrizar en aquella zona si se lo proponían. También llevaban suficientes armas como para matar a diez veces más tropas de las que tenían, incluyendo lo que parecían misiles con ojivas térmicas cargadas de *neonapalm*. Parecía que cada aeronave llevaba un piloto y un artillero, colocados el uno sobre el otro dentro de la cabina. Esperó que estuvieran lo bastante escarmentados con la selva como para no intentar posarse a investigar.

Su armadura le dibujó lo que sería una onda azul cielo en la interfaz del visor, que representaba un barrido electromagnético. Luego lanzaron otra más oscura, y luego una tercera más clara. Estaban examinando la escabechina que habían provocado entre los predadores aéreos. El rugido de las turbinas era ensordecedor, aunque se repitieron a sí mismos que necesitaban oír todo lo que sucediera a su alrededor. Si apagaban los micrófonos exteriores podrían perderse un detalle importante del entorno, como había pasado con los mosquitos, y no podían arriesgarse a meter más la pata. Quizás no pudieran con la siguiente bestia alada que apareciera.

Para sorpresa del corsario, comenzó a oír las emisiones de radio de las cañoneras, intercaladas en el viento huracanado que amenazaba con hacerle estallar la cabeza de un momento a otro.

—*Cóndor siete*, ¿registran algo?

—Negativo, *Cóndor seis*, sin señales. Los cuerpos siguen calientes.

—¿Vieron lo que quiera que haya entrado en la jungla?

—Afirmativo. Me temo que no podemos identificarlo. La señal térmica era... tenue. Ni siquiera sé qué clase de extremidades tiene.

—¿Humano?

—Si lo era, lo disimulaba bien, cabo. Menudas zancadas.

—Según el informe, estos... Cruzados... llevan armaduras corporales muy complejas y potentes. Quizás escuden su señal térmica.

—Si admite mi opinión, he visto algunas cosas sobrevolando esta roca que explicarían este destrozo, y ninguna es del tamaño de un hombre. Esos desgarros los ha hecho algo mucho más grande, mire la longitud de los cortes y el tipo de amputación.

—¿Y ha desaparecido?

—Con el debido respeto, prefiero que, de haber asustado a lo que quiera que sea, ese haya desaparecido. Los *psecorodones* son bastante duros de piel, no quiero comprobar si la bestia puede alcanzarnos de un salto y hacernos lo mismo que a ellos. Le recuerdo que perdimos el *Cóndor veintidós* el mes pasado con una comprobación rutinaria parecida.

—¿Stuart?

—Informaría de posible contacto de un ser humanoide hostil. No creo que un sólo Cruzado, lleve el equipo que lleve, pueda hacer *eso*. Sea lo que sea, no es humano.

—Entendido, informaremos al *líder de ala*. Reanudando la patrulla.

—Copiado, *Cóndor seis*, le seguimos.

Las dos aeronaves inclinaron la turbina de estribor para pivotar la izquierda. Una vez que el rumbo les pareció correcto, enderezaron la otra y continuaron en ascenso, hasta desaparecer de la vista, entre las nubes. Era probable que subieran a la órbita alta para poder transmitir sin interferencias antes de retomar la cacería.

Gregor se tocó el casco.

—Su seguridad es una chapuza. Publican *broadcast* en un protocolo civil de hace doscientos años. Si lo llego a saber, me hubiera traído una parabólica.

—¿Puede moverse?

—Sí, supongo que sí.

—Con cuidado, mantengamos la cabeza baja.

Quejumbrosamente y con cautela, se pusieron en pie, avanzando lo más agachados que les fue posible. Recortaron los escasos doce metros que les separaban del resto del equipo, entrando en la pantalla de camuflaje, que comenzaba a llenarse de mosquitos de nuevo. Tan pronto como se pusieron a cubierto, Marco le quitó las manchas de sangre con las hojas de aspecto más inofensivo que pudo encontrar. Había estado haciendo lo mismo con sus compañeros, en vez de estarse quieto. Supuso no que era inteligente andar por la selva cubierto de sangre.

—¿Informe?

—Pérdida de estructura en once piezas, de cuatro *Pretor*. La más aparatosa, la de Torres, que tiene una brecha en el antebrazo derecho.

—¿Cómo es de grave?

—Bueno, no parece que se haya colado *nada* dentro. —Elsa Titova, la doctora de la Orden de la Cruz, le envió un informe automático al *Portlex* de su armadura—. He cargado unos antibióticos de espectro amplio a sus puertos médicos, que se aplicarán en caso de que sea necesario. También he sellado la brecha, así que debería estar bien.

—Vaya destrozo. —Erik repasaba el informe de daños en su pantalla de jefe de grupo, había varias piezas amarillas y dos rojas, con el antebrazo parpadeando—. ¿Qué le ha pasado, chico?

—Uno de los cangrejos me enganchó del brazo, y luego, los pajarracos se cebaron conmigo hasta romperme y dejarme así —contestó el interpelado—. Tuve uno royéndome un rato, usando el pico como una lima en la zona más frágil. O subía o disparaba.

—Debería mandarle de vuelta, está en peligro.

—Volver sería igual de peligroso —dejó caer la teniente—. ¿Se lo imagina bajando por aquí sin ayuda?

—Tenemos treinta kilómetros por delante —Erik se quedó mirando la simulación de rotación planetaria que le daba su armadura—. Y… un momento… ¿Todavía quedan dieciséis horas de luz?

—Pues sí que tarda en anochecer por aquí —comentó uno de los soldados—. ¿Llegaremos antes de que se ponga el sol?

—¿Le apetece dormir al raso, Joeswanto?

—No, señora. Por eso lo pregunto.

—¿Estará bien, Torres? —Erik le puso una mano en el hombro.

—Sí, señor.

—Pues en marcha. Salvo que tengamos un buen motivo, yo también quiero evitar pasar la noche en este infierno —apremió la teniente—. Prefiero no conocer la experiencia de tener veintidós horas de oscuridad rodeada de depredadores. ¿Capitán?

—Usted lo ha dicho. Tome el mando.

—¡Ya habéis oído, gandules! —chilló Estébanez—. ¡Patrón delta, formación gamma! ¡Moveos, y vigilad vuestra visión periférica!

Se internaron en la jungla, y Erik se arrepintió de inmediato de haber aceptado la misión.

La teniente se quedó corta al llamar infierno a aquel agujero perdido de la mano de la civilización. La densidad de la vegetación obligó a cambiar el patrón de avance, llevando al *Coracero* en vanguardia, ya que por trechos era imposible ir en línea recta si uno no hacía agujeros en el follaje.

Afortunadamente, Lara parecía disfrutar desbrozando a las incluso agresivas plantas a machetazos, como si aquello fuera alguna clase de reto personal para ella. Debía haberse tomado lo de convertirse en súper-súper-depredadora al pie de la letra, porque acababa incluso con las fieras que decidían hacerle frente. Su armadura abría el hueco suficiente para pasar holgadamente y los demás podían seguirla con comodidad. Los *Jaguar* cerraban la marcha, asegurándose de que ninguna bestia que no hubiera huido despavorida tratara de vengarse a traición. Issini no estaba nada contento, especialmente con el hecho de llamar tantísimo la atención.

Los ataques de insectos grandes como una mano eran constantes, probablemente porque eran demasiado estúpidos como para entender que no tenían nada que hacer contra los humanos. Especial mención merecieron dos escolopendras del tamaño de un brazo, que a punto estuvieron de atravesarle el visor al soldado Meinnen. Sabueso le arrancó una y luego tuvo que estrangularla mientras le picaba en el brazo, y a la otra la aplastó el *Jaguar* del lanzallamas un segundo antes de que la integridad del *Portlex* entrara en rojo.

Le echaron un poco de silicona de sellado en los dos enormes agujeros que le había hecho, y repasaron la grieta que los conectaba. El traje indicaba que no había llegado a perder presión, de forma que no fue necesario cargar antibióticos. Habían tenido suerte.

Unos tres kilómetros más allá fue necesario dar un rodeo para esquivar una serie de nidos que unos reptiles habían desperdigado por el suelo. Las criaturas los obligaron a alejarse a escupitajo limpio, arrojándoles un líquido azul que bien podía ser veneno.

Tras alejarse encontraron entonces en una especie de bosquecillo bajo el techo de la selva, compuesto por plantas de un par de metros, con bordes tan afilados que el primer corte del machete del *Coracero* le hizo una muesca al *supracero*. Lara lo miró asombrada, sin acabar de creerse que el borde de una vulgar mata fuera más duro que la aleación que usaban en las naves espaciales.

Lo bordearon durante medio kilómetro, hasta que un ruido los hizo detenerse. Una especie de felino, de color parduzco y afilados colmillos les salió al paso. Tenía un cuerpo fibroso y alargado, garras enormes y una cola acabada en un clavo. Oyeron como la teniente reía por el comunicador de grupo. El bicho era grande, un verdadero peligro para los soldados. Al lado de la enorme armadura, por el contrario, no era tan imponente. O no lo fue, al menos, hasta que una docena más apareció de la nada, rodeándolos. De intentar escapar, solo podrían hacerlo a través del bosque de plantas afiladas.

—¿Tu manada contra la mía, *peluchito*?

Aquella vez usó el altavoz exterior, haciendo rugir a su contrincante.

Los soldados se colocaron dejando al ingeniero y a la médico detrás, con Néstor y Erik en el centro. La teniente solamente tenía ojos para la criatura, y esta para ella. Debía ser alguna suerte de alfa, el bicho más agresivo y con malas pulgas del grupo. Los demás seres miraban de reojo, siguiendo con sus ojos saltones y rasgados el machete que Lara se pasaba de una mano a otra.

—No todos tenemos un trasto como el tuyo, ¿recuerdas? —comentó Sabueso—. Creía que íbamos a dejar los huevos en la nave.

—Siento decepcionarte, corsario de poca monta, pero yo no tengo de eso. Además... ¿Has leído la telemetría? Solamente hay dos más en la reserva de este felpudo.

—¿Marco? —preguntó el capitán—. ¿Podemos abatirlos?

—Yo diría que sí, no llevan ningún tipo de refuerzo. Creo que simplemente son ágiles y letales.

—¿Has metido la patita, peluche? —El ser seguía enseñando los dientes, gruñendo con la lengua bífida fuera—. Quedarías fatal delante de tu manada si no atacas. Serías débil.

—Teniente.

—Sí, capitán. Miradme bien, peluches, mirad como desafío a vuestro jefazo. Elijan marcador de objetivos de grupo. —Esperó a que todas las *Pretor* estuvieran fijadas—. Cuando estén listos, fuego a discreción. Atentos a los que no vemos.

El indicador de *Portlex* de Erik identificó su blanco con un rectángulo rojo, recomendando apuntar a la cabeza, en un lateral donde parecía que el hueso frontal era menos denso. Se acercó el fusil acelerador a la cara, y abrió fuego.

Las balas aceleradas por raíles electromagnéticos eran superiores a la munición estándar en cualquier sentido. Salían despedidas a muchísima más velocidad de la normal, soltando las cuatro piezas del casquillo durante el vuelo en lugar de hacerlo durante el disparo. Este tipo de proyectil incendiaba el aire si lo había, aunque al no usarlo para provocar una detonación, podía dispararse en el vacío.

Rotaba sobre sí mismo, y disponía de timones para equilibrarse durante el vuelo atmosférico. Generalmente las puntas eran sólidas, de una pieza; aunque podían equiparse con cabeza explosiva, perforante, hueca, mecanismos de retardo, o incluso veneno. Lo que le quedó claro al capitán era que recibir un impacto de cualquiera de sus variantes, hubiera sido lo último que hubiese hecho.

Las balas despedazaron a las criaturas en cuestión de segundos. La piel correosa no podía proteger los órganos internos de los proyectiles, y el músculo tampoco resultaba lo bastante denso como para amortiguar los impactos. Quizás si hubieran usado armas basadas en pólvora, o las variantes humanas de láser, hubieran podido presentarles algo más de batalla.

Los nueve primeros se desplomaron sin vida, y tres más quedaron moribundos, gorjeando por el suelo de manera patética. No tardarían ni unos minutos en morir, encharcados en su propia sangre.

El alfa miró una vez más a la teniente, que había avanzado un paso, antes de salir huyendo como alma que lleva el diablo con el rabo entre las piernas. Los otros dos supervivientes de la manada que habían permanecido ocultos, le siguieron sin pensárselo dos veces. Desaparecieron de la vista a una velocidad tan asombrosa que sólo los cadáveres probaban que hubieran estado realmente allí.

—Menudo macho dominante —rió Lara, envainando el arma—. Esperaba algo un poco menos... penoso.

—Supongo que medir cuatro metros ayuda —se burló Sabueso—. ¿No crees?

—Cállate, *pirata*.

Remataron a las bestias heridas para ahorrarles sufrimiento. Sin embargo, antes de que pudieran reanudar la marcha, un rugido emergió de la espesura, proveniente de la dirección hacia la que habían huido los predadores que acaban de ahuyentar. A continuación, oyeron algunos gemidos lastimeros y notaron como temblaba el suelo, como si una armadura *Dragón* lo pateara furiosamente.

El xenobiólogo comenzó a mirarlos a todos hasta posar su vista en el capitán y Gregor. La cara del hombre reflejaba un demudado terror que seguramente no era capaz de transmitir con palabras.

—Oh, no. No es suficiente —balbuceó Issini—. ¡¡Tenemos que salir de aquí, y deprisa!!

—¿Qué sucede?

—¡¡No debimos matar a los pajarracos en cuerpo a cuerpo!! ¡Por eso vinieron estos seres en primer lugar!

Erik se miró la armadura, aun cubierta de barro y aquella costra negruzca, a pesar de la limpieza. Entonces lo entendió.

—Todavía olemos a sangre.

De repente, una nueva criatura emergió derribando árboles. Medía al menos doce metros de alto, con un corpachón segmentado que podía contraer y expandir para impulsarse. Estaba recubierto de placas quitinosas llenas de púas, probablemente lo suficientemente gruesas como para resistir los disparos de sus fusiles aceleradores.

En el vientre poseía parejas de patas terminadas en garfios, una por segmento, hasta terminar en un torso casi tan grande como el *Coracero* que llevaban. La cabeza tenía cuatro ojos, engarzados en la placa ósea del cráneo, que sobresalía por la coronilla en forma de cuernos retorcidos. Poseía una mandíbula interior para cortar, y una exterior segmentada con la que poder empujar a sus presas hacia la parte interior de sus fauces. Toda su boca rezumaba saliva y sangre.

Erik no supo cómo empezó el tiroteo. Desoyendo el consejo de su propio especialista, la teniente se descolgó el cañón de raíles y comenzó a disparar mientras retrocedían, causando poco más que mellas al súper depredador. En un movimiento sorprendentemente rápido para algo de ese tamaño, se abalanzó hacia ellos, estirándose cuan largo era. Arrolló árboles y piedras, hasta quedar a una decena de metros del soldado más cercano, Meinnen, al que lanzó una lengua rápida y pegajosa como la de un batracio.

En un visto y no visto, lo había metido entre los dientes, y lo masticaba ferozmente. El desgraciado murió en unos horribles segundos, marcando su indicador de soporte vital en negro.

—¡¡Corred!! ¡¡Vamos!! ¡¡Tras los arbustos!! —chilló Issini, quien había tomado la delantera a toda prisa—. ¡¡Si los rodeamos se herirá al atacarnos!!

Aquello se convirtió en una cacería sangrienta. En efecto, el monstruo no se acercaba a las afiladas matas, persiguiéndolos por el perímetro a toda velocidad. Fagocitó primero a Vélez, y luego a la soldado Graham sin disminuir el ritmo ni un ápice al hacerlo. A aquel paso se los tragaría sin remedio. Erik corría tirando de Gregor, al lado de Sabueso y de la cabo Dussdorf, que llevaba un... ¡maldito lanzacohetes colgado de la espalda!

—¡¿Qué demonios, Jaina?! —jadeó sin detenerse—. ¡¡Llevas un lanzacohetes!!

—¡Necesito estar quieta y cargarlo! —contestó la otra sin dejar de moverse—. ¡¡No puedo hacerlo corriendo!!

—¡¡*Jaguares*, necesitamos veinte segundos!! ¡¡Ya!!

Las armaduras exploradoras se dieron la vuelta, preparadas para intervenir. La una graduó lanzallamas para conseguir la lengua de fuego más larga posible, mientras la otra desplegaba las espadas de los antebrazos. Esta última se acercó a un saliente y, usándolo para impulsarse, desplegó las alas y encendió los retrocohetes de su espalda. Salió despedida hacia el cielo, como un arcángel vengador, rotando sobre sí misma para esquivar a la criatura.

Cuando el predador estaba a punto de alcanzar al *Jaguar* volador, una enorme llamarada emergió del arma del otro, abrasándole el torso al ser inmundo. Arrojó entonces su lengua contra Torres, que iba rezagado debido a las averías de su *Pretor*, quizá en un intento de llevarse un último bocado antes de rehuir el enfrentamiento. Le enganchó de los gemelos, que casi se vieron envueltos, y le hizo caer de bruces. Desesperado, el soldado comenzó a gritar, tratando de agarrarse a la mata más próxima. Lejos de convertirse en un asidero, la hoja cortó limpiamente el guante y la mano, seccionándole los dos dedos más pequeños sin ninguna dificultad.

Sorprendentemente, la criatura dejó de acercárselo a las fauces, y comenzó a aporrearlo contra el suelo, como si quisiera ablandarlo antes de masticarlo. Quizá los anteriores le estaban causando un merecido ardor de estómago, quizás le habían resultado demasiado duros. La integridad del soldado paso al rojo en casi todos los puntos.

—¡Va a matarlo! —gritó la teniente, sin dejar de disparar—. ¡¡Ángela!!

La *Jaguar* viró de nuevo, y lanzándose en picado, rebajó la propulsión para caer a plomo varios metros. Las dos cuchillas encontraron la repugnante lengua y la cortaron como si fuera de mantequilla, aprovechando la aceleración de la caída. La sangre amarillenta se desparramó por todas partes, generando un charco gigantesco en cuestión de segundos que bañó al malherido Torres. El *Jaguar* del lanzallamas lo levantó como si fuera un niño y se lo cargó al hombro, impidiendo al monstruo avanzar con su muro de fuego.

El ser se llevó las dos garras superiores a la cabeza, como si con ello fuera a ser capaz de detener la hemorragia, tratando simultáneamente de no quemarse. Sorprendentemente, fue lo suficientemente ágil como para poder enganchar de un tobillo a la otra armadura exploradora cuando alzaba el vuelo; girarla dos vueltas, y arrojarla contra la espesura. La cabo Ridley se hizo una pelota y plegó las alas para intentar evitar la mayor parte del daño, aunque fue Lara quien finalmente tuvo que lanzarse a la carrera para impedir que se hiciera fosfatina contra unas rocas. Amortiguó el impacto con sus servomotores y ambas cayeron al suelo, la una sobre la otra.

En ese momento, se oyó el disparo de un misil. El lanzacohetes de Dussdorf era un modelo portátil, extremadamente ligero y manejable. Sin embargo, requería de un pequeño montaje para ser utilizado, y desde luego no podía llevarse cargado a no ser que uno quisiera dispararlo a corto plazo. A la otra artillera del equipo se la había tragado ya la bestia, así que fue el mismo Erik quien tuvo que desenganchárselo a la cabo de la espalda, desacoplarle el cohete de la parte trasera del cinturón magnético, y cargar el arma.

Tan pronto como le tocó el hombro, la telemetría de la *Pretor* le marcó el mejor disparo posible, y el proyectil salió dejando una estela de humo y fuego tras de sí. El corsario estaba seguro de que la criatura no esperaba una explosión como aquella en pleno rostro.

Le arrancó la mandíbula exterior derecha y le abrasó los ojos de ese mismo lado, haciéndolo caer sobre las afiladas plantas. El ser chilló de agonía y se revolvió tratando de zafarse de las mortales hojas, lo que le hizo literalmente eviscerarse a sí mismo con las matas. En un estertor final, la cola se estiró para luego enroscarse.

—Buen tiro. —Erik palmeó a la cabo en el hombro, felicitándola.

—A decir verdad, señor, apuntaba a la garganta. Ya sabe, el bicho se traga el cohete, y ¡bum!

—Has visto demasiadas pelis, colega —la empujó Sabueso—. Sin embargo, lo reconozco, ese ha sido un gran disparo, y te debemos unas cervezas.

—¡A ver, quien siga vivo que diga *ay*! —gruñó Néstor.

—Daños menores en las dos armaduras —contestó la teniente—. ¿Cabo Ross?

—El lanzallamas está al treinta por ciento. Sin daños. La parte mala es que Torres va a necesitar un trasplante de *todo*. Médico, ¿dónde demonios te has escondido?

—Abrid paso, ya llego.

La suboficial auxiliar Titova se agachó al lado del convaleciente soldado. Enchufó los puertos de diagnóstico, y abriendo su maletín, también inyectó varios compuestos en las vías dispuestas a tal efecto.

Torres estaba tirado en el suelo bocarriba, cubierto de sangre amarillenta, que se mezclaba con la que brotaba de los dedos cortados de la mano derecha. Probablemente estaba ya bastante sedado, con los golpes que se había llevado y las amputaciones, estaría gritando de dolor si no fuera así. Claro, que también cabía la posibilidad de que estuviera en las últimas.

Erik miró a la cara de la doctora, que no era nada halagüeña. Estaba leyendo el informe que le proporcionaba la *Pretor*, y parecía estar pensando en qué demonios podrían hacer con aquel infeliz. Repasando su propio visor táctico, tenía ya tres *Cuervos Negros* muertos; además del herido. Aquello no iba nada bien.

—¿Doctora?

—Politraumatismos, laceración, y posible hemorragia interna. Voy a tener que soltarle casi todos los nanobots que tengo para evitar que un coágulo le llegue al cerebro. Con un poco de suerte, repararán también las arterias dañadas. Respecto a la fisura del traje, la verdad, puede pasar cualquier cosa.

—Vamos, que nuestro pobre colega está bastante muerto.

—No tiene ninguna gracia, señor Sabueso.

—Claro que no, teniente. ¿Me ves reírme? —Se giró hacia la gigantesca armadura, que observaba la escena desde las alturas—. Porque no me hace ni puta gracia haberme dejado los huevos en la nave para ver como tú fardas de ovarios.

—Escucha, estúpido pirata, yo al menos...

—¡Eh! Menos charla y más buscar el camino —bramó Erik, señalándolos alternativamente—. No quiero ni una pelea más hasta volver al *Heka*, o seré yo mismo quién empiece a sacar tripas. Estamos ya bastante jodidos como estamos como para que empecéis a jodernos más. ¿Entendido?

—Sí, señor.

—Sí, capitán.

Marco Issini se agachó al lado de la doctora, y tomando la mano de Torres, comenzó a quitarle la porquería con un sifón químico que además de limpiar, desinfectaba. Una vez pudo ver los muñones sangrantes, rotó la mano para limpiar por dentro del guante, y le dijo algo a su compañera por el canal privado. Ella negó con la cabeza, lo que le resultó realmente extraño a Gregor. El xenobiólogo se volvió hacia él.

—Maestro, ¿tiene un soldador frío a mano?

—Claro. En mi...... eh... en mi este... —empezó a toquetearse el cuerpo hasta dar con el cinturón—. Aquí tengo uno.

Se desenganchó un aparato con forma cilíndrica que acababa en un tubo doblado a unos setenta grados. Le desplegó un asa con un todavía ágil movimiento de muñeca, adquirido con décadas de práctica, y se lo tendió a Issini. Este polarizó el *Portlex* y encendió la llama.

—Te digo que eso es muy mala idea.

—¿Tienes una mejor? Bloquea los servomotores.

—Eso le va a do...

Para horror de Slauss, Marco aplicó el soplete directamente sobre la mano cortada de Torres. El soldado despertó de golpe, aullando y tratando de moverse al notar cómo le carbonizaban la piel y el hueso. Tenía el canal público abierto, lo mismo que los altavoces, así que todos pudieron oír los gritos desgarradores que denotaban un dolor espantoso a pesar de la anestesia.

Antes de que ninguno pudiera reaccionar, el xenobiólogo echó una generosa cantidad de todos los desinfectantes y fungicidas que tenía en la herida cauterizada, y luego cerró la armadura con ayuda de Titova.

—¿Se han vuelto locos? —alcanzó a decir el anciano, poniendo en relieve los pensamientos de todo el grupo—. ¡¿Qué hacen?!

—No teníamos otro remedio —se defendió la doctora—. Si no hacíamos esto...

—Tendríamos que haber amputado el brazo a la altura del hombro, Elsa, y lo sabes —le contestó Issini, antes de volverse al grupo—. No sé si ha sido el entorno, la planta o el predador, pero en la herida había unas esporas que no me gustan nada. Se han resistido a la ducha química, y estaban empezando a anidar en la carne expuesta.

—¿Y tenías que quemar al pobre chaval con un soplete?

—Mi casco lleva un zoom con espectroscopia específica, señor Sabueso. Simplificando, he visto que era cortar brazo o quemarlo todo. Si hubiera sido mi brazo de verdad, le aseguro que me lo hubiera amputado.

—Ostias. —El mercenario arqueó las cejas—. ¿Tan jodido es?

—¡Esa lengua! —gruñó Gregor.

—Espero que me equivoque y que la doctora lleve razón. Por el bien de Andy.

Torres lloraba, girando los ojos hacia el lado derecho, sin poder moverse. Era bastante probable que a pesar de los filtros y el *Portlex* agrietado, pudiera notar el olor a quemado dentro de su propia armadura. Balbucía algo inteligible, tan espantoso de oír, que la teniente lo acabó interrumpiendo. Le bloqueó del canal de grupo.

—Capitán, tenemos que movernos. Hemos fabricado un claro, usado explosivos y dispersado calor a punta pala.

—Tiene razón, teniente. ¿Y la sangre del bicho?

—Siendo lo que es, ahora mismo puede ser un repelente más que un problema. —Marco se encogió de hombros—. Yo me movería rápido, no sea que me equivoque y atraiga a uno de su especie.

—Está bien —asintió el corsario—. Ozzel, llévelo usted. Mi mapa indica esa dirección. En formación, y con cuidado.

Reanudaron la marcha de inmediato, adentrándose en la jungla. En efecto, la sangre del coloso debía actuar como alguna suerte de repelente, porque casi todo lo que podía moverse echó a correr en dirección contraria a ellos tan pronto como se acercaban. Hasta algunas plantas. Su difunto amigo gigante debía ser todo un *casanova* en aquellos parajes. Se preguntó cuántas abominaciones más como aquella habría en esa maldita roca.

No pasó mucho rato antes de que se oyeran las aeronaves confederadas. Les pasaron prácticamente por encima, en dirección a los restos de la batalla. Aunque no los encontraran, esta vez sí que bajarían a tierra al ver a la bestia derribada, y verían los casquillos de las armas de raíles. Aún si eran lo bastante estúpidos como para no considerar las palas de metal como tales, bastaría que los llevaran de vuelta a la base para saber que se trataba de ellos. Lo peor de todo sería el nivel de amenaza. Era cierto que les llevaban mucha ventaja, pero viendo qué clase de criatura se habían cargado, si bajaban a peinar la selva probablemente lo harían con tanques pesados.

Gregor no se encontraba bien. Lara debió darse cuenta, pues tras un rato observándole desde una línea visual paralela, se acercó a él y le pidió que subiera a sus hombros a repasar los servomotores. Lo cierto era que no iban precisamente finos, ya que un par de pistones se habían doblado levemente al detener a la cabo Ridley. Se imantó, quedando sujeto al *Coracero* como una especie de loro grande y azulado. Aprovechó su viaje por las alturas para intentar enderezar la pieza, sin demasiado éxito. Probablemente necesitaría una prensa industrial para forzar al *supracero* a volver a su posición original, y no disponía de una en el bolsillo.

Suspiró para sí. Quizás aquella aventura le venía demasiado grande para la edad que tenía, y no volvería a la nave. Se imaginó a Edna, destrozada, esperando el regreso de un equipo que nunca más aparecería. Era curioso cómo había cambiado su percepción. Antaño poco le había importado no regresar, salvo por el hecho de que hubiera dejado tal o cual cosa sin terminar. Ella era el verdadero proyecto de su vida, uno que no se terminaría nunca por más que trabajase en él. Sentía pena no por llegar a viejo, no por morir, sino por no vivir más tiempo junto a ella.

Levantó la vista, y entonces lo vio. Una cabeza enorme entre los árboles.

—Teniente.

El *Coracero* se detuvo y alzó la mano derecha para ordenar el alto, lo que le hubiera tirado al suelo de no haberse imantado. Estando como estaba, solamente le mareó que le tumbara y volviera a levantar en el aire.

—¡Eh, cuidado! ¡No estoy para estos trotes!

—Uh, lo siento.

Cuando regresó a la vertical, la cabeza seguía ahí. Era grande como la armadura de Lara, y los miraba de medio lado con... ¿curiosidad? No estaba seguro de si lo que sentía aquella cosa podría calificarse así. Tal vez solamente evaluaba si estarían sabrosos.

Era una criatura colosal, de ojos hundidos y tono entre marrón y ceniciento. De la nariz con forma de caverna, salía una serie de tentáculos que cubrían la boca, oculta tras estos. El cuello estaba desplegado hacia ellos, formando un arco de ciento treinta grados, lo que permitía ver que la piel era rugosa y gruesa.

La criatura miró hacia abajo, encontrándose un arbusto gigantesco y lleno de espinas. Emitiendo un gorjeo los miró de nuevo, rodeó la mata con sus tentáculos faciales y la arrancó de cuajo como lo haría una excavadora; atrayéndolo a sus fauces llenas de dientes cuadrados y planos, que lo procesaron como lo haría el mejor aserradero que hubieran podido imaginar. En cuestión de un asombroso minuto, de la planta no quedaba más que el recuerdo. Los miró una vez más, ladeando la cabeza, y desapareció tras unos árboles.

—Eso queda en nuestra dirección —le dijo Sabueso a Erik—. No vamos por ahí, ¿verdad?

—No parece muy agresivo —contestó el capitán—. ¿Issini, opina que es peligroso?

—Pues... si nos considera una amenaza, estoy seguro de que sea lo que sea, nos atacará. Los dientes parecen enteramente herbívoros, no omnívoros, así que siempre que no molestemos; puede que nos venga hasta bien.

—Definitivamente, eres un chiflado. —Néstor le miraba con estupefacción—. ¿Cómo nos va a venir bien pasar al lado de una gigantesca bestia desconocida?

—Una manada herbívora teme al depredador. Nosotros estamos bañados en la sangre de *el* depredador. Si los confederados nos siguen, ellos no olerán igual.

—Ante ellos defenderían su nido, sus crías, o su territorio —dedujo Erik—. A nosotros, pasando de largo, nos mirarán con recelo en vez de echarnos. O como mucho, nos gruñirán para que nos alejemos ¿Correcto?

—Teóricamente, sí.

—Teóricamente —bufó Sabueso—. De acuerdo, Marco. Si quieres que me fíe de ti, lo haré por esta vez. Ahora, como me toque correr, me aseguraré de que seas el cebo de esos *cuellilargos*.

—Acepto el riesgo, señor súper-súper-depredador —se burló el otro.

—Gilipo...

—¡¡Esa lengua!!

Continuaron acercándose a la zona donde habían visto la cabeza con suma precaución. Según se aproximaban, se oía cada vez más claro el sonido de una cascada, que quedaba amortiguado por la vegetación colindante. Se encontraron ante una poza, quizá un viejo cráter volcánico rellenado por el agua y los sedimentos con el paso de las eras.

Algunas de las paredes se habían desgastado o derrumbado, dando acceso a lo que a todas luces parecía una pacífica laguna. La competitiva y despiadada vegetación había formado un techado verde, que entrelazaba las ramas de los árboles. Eso permitía que los que crecían en lados opuestos se apoyaran los unos contra los otros, inclinando los troncos hacia el interior de la poza, en la que hundían sus largas raíces.

Había varias decenas de seres como el que habían visto, todos de un tamaño similar o superior a la bestia que les atacara cerca de los arbustos afilados. En efecto se comportaban como herbívoros, paciendo y comiendo los brotes más verdes que encontraban. Se trataba de criaturas esbeltas, de cuellos largos cuyos finales se plegaban dándoles aspecto de cobra. Las patas eran zancudas y resistentes, probablemente casi todo hueso, lo que les permitía vadear las aguas sin peligro y llegar a las ramas altas y tiernas.

Sus cuerpos eran también livianos y gráciles a pesar del tamaño, como los de un galgo de la vieja Tierra, con pelvis marcadas y huesudas. Los cuartos traseros sujetaban unas patas casi horizontales que descansaban sobre unas poderosas rodillas, lo que daba a entender que quizás podrían saltar como los insectos. A juzgar por algunos vientres abultados, bien podrían haber supuesto que determinados seres estaban preñados. Finalmente, repararon en que tenían una característica cola residual, que en algunos individuos era más corta que otros.

—Vaya...

—No os separéis e intentad no parecer una amenaza —ordenó Erik, haciendo un gesto—. Seguidme.

Ni corto ni perezoso, el corsario comenzó a descender de lado, resbalando por la empinada bajada de tierra con la pierna izquierda por delante. Le seguía su primer oficial y luego Gregor, ahora a pie, todavía regañando a Sabueso por el canal privado. Unos veinte metros después llegaban a una isleta que recorría el borde de la poza, formando una medialuna donde los grandes herbívoros deambulaban.

A una orden de Lara, se suprimieron todos los altavoces externos y pasaron a comunicarse solo lo estrictamente necesario. Si los condenados mosquitos les habían causado la cadena de disgustos que había llevado a tres Cruzados a la muerte, no pensaba arriesgarse a que un sonido inaudible para los humanos les costara la vida a los demás.

Las criaturas parecieron ignorar su presencia la mayor parte de tiempo. Algunas que descansaban tumbadas, levantaban la cabeza para verlos pasar, y tras menear sus tentáculos nasales volvían a dormir su siesta vespertina. Los de más allá comían de las ramas altas, y los jóvenes jugueteaban en corrillos. Fue uno de los seres más pequeños el que acabó acercándose.

—Atentos, podemos tener problemas —aseguró Issini.

—Parece un bebé —comentó Titova.

—Por eso mismo. Tiene curiosidad, una madre protectora y nada de miedo. Cuidado.

La cría trotó hasta ellos, deteniéndose a unos diez metros de la teniente. A pesar de que iba la cuarta en la fila, parecía tener un interés especial en ella, quizás porque el *Coracero* era la mitad de grande que la criatura. Se la quedó mirando fijamente, ladeó la cabeza y emitió un gorjeo seguido de un mugido. Intentaron evadirla discretamente, pero se les volvió a meter en medio.

—Me voy a arriesgar —anunció Estébanez—. Rodéenla mientras la distraigo.

—Con suavidad —le recordó Marco.

El *Coracero* se aproximó a la cría, alzando la mano izquierda hacia la cara de esta. Otro ser, presumiblemente su madre, se levantó velozmente y se acercó en pocas zancadas. El adulto estaba estirado, amenazante, dubitativo.

Lara disminuyó el paso aún más, hasta que estuvo todo lo cerca que era posible. El pequeño monstruo, lejos de amedrentarse, se sentó ante ella, acercando sus tentáculos a la mano tendida. Los enroscó primero, luego la acarició, y sacudió la cabeza entrecerrando los ojos. Por los sonidos que emitía, parecía estar disfrutando del contacto. La teniente tragó saliva y trató de ir un paso más allá. Le pasó la mano por el lado de la cabeza con toda la suavidad posible, acabando en sus apéndices nasales.

La cría se estremeció, y tras las caricias, comenzó a hacerle arrumacos.

—Parece que le gusta —sonrió Gregor.

—Claro que le gusto —respondió ella. Cambió el tono de voz hasta un agudo que se asocia al trato con bebés—. ¿Quién es el bichito más temible de la jungla? ¡Tú, claro que sí!

—Vamos —le dijo Erik, por el comunicador—. Ya nos hemos alejado un poco, trate de que la deje ir.

Tras acariciarlo con ambas manos, Lara le hizo un gesto de despedida y se alejó hacia el grupo, lo que hizo que empezara a mugir en alto. Debía ser un lloro, porque su madre tomó posiciones entre ambos, y les gruñó agitando los tentáculos. Incluso se alargó para empujar el *Coracero*.

—¡Eh! ¡Que huelo a muerte, soy una peligr…!

—¡No, no te gires! —le advirtió Issini—. No le ha hecho ninguna gracia que llore, y el resto de la manada nos mira. Pasemos despacio y sin retar a nadie. Esperemos que solo nos considere un bicho peligroso que no quiere jugar con su hijo.

La otra asintió y sin volverse, corrió a reunirse con los demás. Las criaturas los seguían con los ojos, no dejaron de hacerlo hasta que se fueron. Según sus armaduras, aún apestaban a sangre del depredador, y eso les compró un salvoconducto hasta la salida. Tan pronto como la alcanzaron un macho grande se colocó en ella para impedirles regresar.

—Tienes mano con los niños-monstruo —se burló Sabueso—. ¡Y sus padres lo aprecian! Es toda una salida profesional para cuando te canses de matar.

—¿Y tú has pensado en ser payaso? —le contestó, evidentemente furiosa—. Como los de la Orden Cronista, que en vez de hacerte reír te revuelven las tripas y te tientan con la idea de estrangularlos.

—¡Ja, voy ganando! ¡Ahora ya me tuteas de forma regular!

—Maestro Slauss… usted sabe de religiones terrestres, ¿verdad? —preguntó al ingeniero, al que había vuelto a subir al hombro para salvar la cuesta—. ¿Cree que he podido ser mala persona en otra vida para tener que soportar a este tipo?

—Bueno, había un hijo de Dios al que hicieron cargar con una cruz de madera para luego ejecutarlo clavándolo en ella. ¿Eso le sirve?

—Supongo que sí —bufó ella—. Aunque creo que este tipo es todavía peor.

—Sabueso *uno*, Estébanez *cero* —rió el corsario, poniendo retintín a sus palabras.

A Slauss, que podía ver el interior de la cabina del *Coracero*, empezó a preocuparle de veras que Lara aplastara al maleducado primer oficial del *Argonauta*.

La actividad sísmica se volvió más notable en los siguientes kilómetros. Cierto era que habían notado temblores en algunos puntos del trayecto, pero la frecuencia era mucho más preocupante a medida que se acercaban al perímetro defensivo. Quizás era parte de este, una especie de pulso aleatorio que la nave estrellada usaba para averiar repulsores y amortiguadores de vehículo terrestre.

Gregor y Marco llevaban un rato dándole vueltas al tema en sus respectivos visores cuando la médico se detuvo, haciendo tropezar al xenobiólogo. Este trastabilló, casi tirándola a suelo por el golpe. Tras preguntarle por qué se paraba, ambos se miraron y retrocedieron hasta el *Jaguar* de Ross, que todavía llevaba al herido sujeto con electroimanes al hombro. Erik ordenó que se detuvieran y estuvieran atentos al perímetro de seguridad a su alrededor.

El cabo no había estado demasiado atento a su compañero, y la auxiliar de la Orden de la Cruz había estado excesivamente estresada entre los *cuellilargos* y la investigación de los posibles efectos de las brechas de las armaduras para prestar atención a la evolución de su paciente.

Pronto se arrepintió de su error. Ross descolgó a Torres de su sitio, y tras mirarlo poniéndoselo delante, espetó algo y lo dejó caer como un saco de piedras. Con las directivas de bloqueo todavía activas en la *Pretor* para evitar que moviera los huesos rotos, el herido cayó rígido, en la misma postura que había estado colgado todo el tiempo.

Al acercarse a enchufar los puertos de diagnóstico, Titova destrabó la maltrecha armadura para poder estirarlo correctamente. En el mismo momento que lo hizo, Torres empezó a convulsionar igual que si estuviera recibiendo descargas eléctricas de alto voltaje por todas partes, intentando quitarse el casco. La médico se agachó al lado, con los cables en la mano, hasta que trató de cruzar la vista con el soldado. En ese momento palideció instantáneamente, mientras exhalaba un grito de demudado terror. Cayó sobre sus posaderas, y comenzó a retroceder hasta quedar pegada a una de las piernas de Ross. Los demás lo rodearon a toda prisa, tratando de ayudarle.

—¡Atrás, no os acerquéis! —advirtió Issini, tirando de hombreras y brazos—. ¡Retroceded!

Torres acabó arrancándose el casco, revelando lo que le había pasado. Al estar sedado, incomunicado e inmovilizado, una especie de hongos color verde fosforescente le habían recubierto la piel por completo, incluyendo los ojos y párpados. Comenzó a vomitar sangre infectada, arrastrándose por el suelo en busca de ayuda. Podían ver en los restos que iba dejando que estaba expulsando una especie de grumos con aristas, que aparecían también como purulencias en la piel.

Se oyó un disparo de un arma de raíles, y la cabeza de aquel pobre infeliz explotó, regando el suelo de materia cerebral y más de aquellas esporas. Sabueso se llevó el arma al hombro, atrayendo todas las miradas.

—Si no sabéis ver cuándo un hombre desea morir, será mejor que replanteéis vuestra filosofía, Cruzados —dijo señalando con la barbilla—. Si me veis en un estado así, dadme el mismo trato.

Hubo un intercambio de miradas, entre la estupefacción y el enfado. Mal que les pesara tenía razón, lo más humano había sido acabar con su sufrimiento. Nadie hubiera sobrevivido a aquello.

—¿Qué le pasado? —preguntó Erik.

Marco desenganchó de su cinturón una paleta extensible desechable y tomó una muestra. Aquellos grumos eran, en realidad, pequeños arbustos afilados como los del bosquecillo. Por eso los depredadores los habían acorralado contra ellos, y el grande había tratado de deshacerse del pobre Torres para luego lacerarse a sí mismo hasta la muerte: sabían lo que era cortarse con las plantas.

—Las malditas esporas. Parece que si uno se hiere con las hojas de los arbustos, crecen por todo el interior del huésped y extienden esta mierda. Las que vi la primera vez eran bastante cabronas, pero en este estado son de una virulencia extrema.

—Así que se incrustan en la herida, y se reproducen hasta matarte rápidamente.

—No, capitán, tratan de que su portador viva el mayor tiempo posible. Cuanta más agonía sufra, más se moverá, y más lejos podrán llegar. Había leído sobre casos de hongos semejantes, lo que no imaginaba era que hubiera *arbustos* simbiontes.

—¿Simbiontes?

—Técnicamente, esto no es un sólo organismo. Hay dos, el hongo y la planta. Uno provoca las heridas, el otro se introduce en ellas y porta las semillas infectando a la víctima y proporcionando nutrientes, por así decirlo. Ambos ganan.

—Parece la Confederación —observó Sabueso—. Cambiemos empresa por planta, y es lo mismo.

—¿Puede haber una cura, o vacuna?

—Me temo que Torres estaba muerto desde que se cortó los dedos. —Issini suspiró—. Titova llevaba razón, de nada hubiera servido cortarle el brazo. Estos pequeños bastardos se *mueven por sí solos*. Miren el suelo. En segundos, debieron atravesar el hombro hacia el corazón.

—Y el *comehombres* lo sabía. Por eso trató de deshacerse de él y luego se suicidó.

—Me temo que sí, capitán.

—Entendido. Ross, quémelo todo.

—¿Señor?

—¿Le gustaría que le dejáramos así, como abono de este bicho?

—No, señor. —El cabo frunció el ceño—. Tiene razón, es indigno. Háganme sitio.

El *Jaguar* se acercó, rociando el cuerpo y lo que había expulsado con el lanzallamas. Contemplaron cómo se consumía durante unos segundos, para luego continuar sin mirar atrás. Ninguno de ellos podría olvidar la cabeza destrozada de Torres, recubierta por aquel limo verde.

Quizás deberían haber pensado que los temblores no eran normales con anterioridad, pero a decir verdad estaban ya demasiado hartos de aquella trampa mortal como para poder pensar con claridad. La noche se les echaba encima con velocidad, podían verla avanzar hacia ellos en el horizonte cuando encontraban un claro relativamente despejado.

De acuerdo con los mapas tridimensionales, estaban a menos de un centenar de metros de una de las torretas de los vértices exteriores. Podían haber accedido perpendicularmente, pero Sabueso había argumentado, muy acertadamente, que si encontraban la batería antiaérea, podrían usarla para desarmar cualquier mecanismo defensivo entre ella y las otras baterías.

No les quedó claro que fuera una buena idea cuando encontraron la zona llena de árboles caídos. Había agujeros a intervalos irregulares entre la vegetación, algunos lo bastante grandes como para que un hombre cupiera por ellos.

Se asomaron a uno con cuidado, sin llegar a ver nada, aunque estaba claro que se trataba de algún tipo de madriguera. A sabiendas de que podrían atacarlos en cualquier momento, continuaron hasta alcanzar el lugar donde el mapa aéreo del que disponían les indicaba que debía estar su objetivo. Y entonces se dieron cuenta de que sus fotos de satélite estaban obsoletas.

Ante ellos se extendía un gran claro circular de tierra removida, que bien podía tener cuatrocientos metros de punta a punta. La tierra convergía formando una larga pendiente hasta el centro, donde un gran agujero aguardaba, expectante.

La torre antiaérea se había vencido, privada de sus cimientos, desplomándose hacia el interior. Seguía entera y activa, volcada y parcialmente enterrada. Su superficie violeta con aspecto orgánico, exhibía pulsantes luces verdes que latían lentamente, como el corazón de alguien dormido. La escasa duda que aún se resistía a abandonar la creencia de que los alienígenas existieran, abandonó en aquel momento la cabeza de Erik. Aquel cacharro no solo se *parecía*, sino que era *idéntico* en forma y aspecto a las naves que había visto en los *holovídeos* que Gregor le había mostrado sobre los *Cosechadores*. Eran *reales*, y habían estado en aquella roca.

—Estábamos en lo cierto —sonrió Gregor—. ¡Sobre la pista, al fin!

—Odio aguar el momento de épica revelación, compañeros —carraspeó Néstor—. ¿Pensáis también que este hoyo parece el nido de algo que seguramente nos provoque pesadillas, o solamente soy yo?

—Los temblores. —Erik se giró hacia su amigo, saliendo de su momentáneo asombro—. Esta es la causa. Tenemos que salir de aquí.

—¡¡Vamos, todos fuera!! —ordenó la teniente.

La tierra empezó a vibrar en *crescendo*, provocando una estampida hacia donde se encontraría el perímetro defensivo interior. Marco trató de detenerlos, gritándoles que no debían correr para irse o empeorarían las cosas, sin conseguir nada más que quedarse atrás. El temblor se transformó en terremoto en toda regla y el perímetro de la hondonada se amplió una docena de metros más, dejando a Issini colgado del borde. Literalmente, el suelo desapareció bajo sus pies, convirtiéndose en un alud que rodó hasta el centro.

Slauss se dio cuenta, y al verlo en apuros, volvió para ayudarlo a toda prisa.

—¡Gregor, Marco! —gritó Erik, volviéndose al ingeniero—. ¡Maldita sea, posiciones defensivas!

Antes de que pudieran formar un círculo, una criatura emergió de una de las fosas y atrapó a Joeswanto. Le oyeron pedir auxilio por el canal de grupo, y en tan solo dos segundos su integridad de las piezas pectoral y del brazo derecho pasaron del verde al negro. Se trataba de un gusano gigante, con flagelos en los flancos y la boca. Se impulsaba con unas patas acorazadas situadas en el bajo vientre, sobre las que cargaba el peso para mantenerse fuera de su agujero. Era negro, con un cefalotórax robusto que acababa en una tenaza serrada de la longitud de un brazo humano.

Terminó de aplastar al soldado, y lo arrastró a su madriguera.

—¡¡Las fosas, las fosas!!

Las armas comenzaron a tabletear a la espalda de Slauss, que anuló verbalmente las subrutinas de su *Pretor* para disponer del control completo de sus movimientos. Ya lo había entendido: era la adrenalina la que le hacía recuperarse temporalmente. Al parecer, una subida de esta hacía a su cerebro funcionar algo mejor, probablemente gracias a la maravillosa evolución. La función de la adrenalina, en términos rudimentarios, era evitar el peligro y la muerte. Cuando uno tenía la edad de Gregor lo de la muerte no importaba, vivía tiempo prestado, y lo valioso era encontrar motivación para seguir peleando. Por tanto, la emoción lo mantenía consciente. Por eso Erik y su hermana lo habían estado llevando a las misiones de *Astranavia;* sabían de algún modo que eso le espabilaba, probablemente gracias al poder de Lía. Eso era lo que empujaba a los viejos de la Flota a correr hacia el peligro: sentirse vivo alegraba la mente siempre que a uno no le mataran.

Se lanzó en plancha al quebradizo borde de tierra un instante antes de que Issini cayera junto al risco al que se aferraba.

—¡¡Maestro, estoy perdido, sálvese usted!!

—¡Ya le tengo! —gruñó cuando los servomotores potenciados por él mismo comenzaron a levantar a su compañero—. ¡No me obligue a soltar una palabrota!

De súbito, una gigantesca criatura emergió el centro del cráter. Debía ser una reina, mucho más grande que cualquiera de los otros seres que les atacaban. Comenzó a aporrear el suelo, apuntando hacia ellos, hasta que su punto de apoyo cedió arrojándolos al interior. Issini gritó, cayendo de la mano del anciano. Lejos de rendirse, Slauss ordenó a su *Pretor* ejecutar el protocolo de emergencia cuatro. Su pierna y brazo de reemplazo cambiaron la bota y dedos respectivamente por garras, que clavó en tierra para frenar. Aró un buen trecho levantando polvo y terrones, hasta que su mano dio con una piedra enorme que detuvo su descenso, suspendiéndolos a mitad de camino.

—¡Muchacho, necesitamos apoyo aéreo! ¡Nos hemos caído y cierto bicho está salivando!

—¡Recibido! ¡Ángela, ve a buscarlos, ahora!

Gregor vio al *Jaguar* levantar el vuelo y dirigirse hacia ellos. Luego se volvió hacia Issini, a quien el gran gusano acababa de atrapar con sus tentáculos más largos. El xenobiólogo gimió de dolor bajo la presión constrictora del ser inmundo. Se le soltó el brazo orgánico.

—¡¡Aguante, nuestra arcángel viene de camino!!

—¡¡Aaaaaah!! ¡Pierdo estructura, me está destrozando las piernas! ¡¡Mis huesos!!

El brazo de reemplazo de Marco soltó un fogonazo y empezó a echar humo. Los anclajes del pie sobre tierra removida no eran suficientes como para soportar un tirón de aquella magnitud, y la *Pretor* de la Orden de la Vida no era ni de lejos tan resistente como la del ingeniero, modificada por él mismo durante décadas. Los servomotores cedieron, y el codo artificial empezó a partirse.

—Maestro... —gimió el otro, mirándole desesperado—. Necesito que me revele un secreto.

Podía ver su rostro desencajado, los dientes apretados, los ojos llorosos. Sabía tan bien cómo él que no iba a sobrevivir. Su propio visor marcaba el codo y las piernas de su compañero en carmesí, no iba a resistir lo suficiente.

—¡Aguante muchacho, ya llega!

—Por favor, déme el protocolo de auto destrucción del reactor de la armadura. Usted lo conoce.

En aquel momento la roca que agarraba se partió, haciendo patinar sus garras y acercándoles a la muerte. Issini se quedó colgando de los resistentes cables de energía, que durarían dos o tres segundos. El primero de ellos se soltó con un restallar de látigo, y la respuesta le salió automáticamente.

—Cincuenta y ocho cero treinta y tres.

—Gracias.

Un tirón más y se quedó con el antebrazo de su compañero en la mano. La bestia lo arrastró velozmente hacia sus fauces, y cuando estaba a punto de engullirlo, Marco explotó. Le destrozó la boca y arrancó gran parte de los tentáculos que la flanqueaban, haciendo a la reina emitir un chillido agudo de dolor mientras ardía. El resto de gusanos desaparecieron en sus madrigueras, atraídos por el sonido, escarbando veloces a defender a su señora.

Slauss soltó el brazo, desolado, unos cinco segundos antes de que Ángela tratara de levantarlo. Como en un sueño, cedió a su petición de desanclarse y dejó que lo levantase volando, lejos de las demás bestias que comenzaban a aparecer alrededor dispuestas a matarlos.

Pudo alcanzar a ver como la mano que estrechara cuando se presentaron desaparecía enterrada en la escombrera a medida que se alejaban.

La noche cayó sobre ellos de forma implacable. La jungla se oscureció paulatinamente hasta dejarlos completamente sumidos en el negro de la noche. Encendieron la visión nocturna de las armaduras, que comenzaron mostrarles el mismo mundo hostil, solo que en escala de grises en vez de en color. El cabo Ross les recomendó activar los detectores de desplazamiento, de forma que pudieran ver también el movimiento de cualquier cosa con suficiente masa como para ser una amenaza.

Tras desplegar sensores adicionales, limpiaron el suelo de una zona en el mismo límite del perímetro interior *Cosechador*, y se prepararon para dormir.

Slauss se había sentado en una roca, para intentar aceptar lo que había pasado hasta el momento, pues le estaba costando hacerlo mucho más de lo habitual. Había visto morir a demasiada gente a lo largo de su dilatada vida, y no estaba seguro de querer seguir haciéndolo. Se sentía culpable por no haber sido la víctima del gusano. Era viejo y estaba acabado, y Marco habría tenido toda la vida por delante. No era el orden natural de las cosas.

—¿Podemos hablar, Maestro?

Asintió, y Erik se le sentó al lado, apretándose para caber. El corsario se venció hacia delante y entrelazó las manos, mirando a la espesura. Se veían ojos brillantes de vez en cuando, y los tanto los seres grandes como pequeños los rodeaban, evitándolos. Supuso que ahora sí que debían tener fama de depredadores peligrosos en aquel repugnante planeta. Después de todo habían ido dejando un reguero de cadáveres por donde pasaban. Se preguntó cuánto tardarían los tarados de *Baestos* en descubrirlos y perseguirlos.

Luego estaba *lo otro*. Se sentía más incómodo que nunca con aquella situación, pero no había otra explicación posible, y tenían que tomar serias medidas en cuanto alcanzaran el objetivo. Entonces, esperaba descubrir que la teniente estaba equivocada.

—Estamos cerca. Un kilómetro más o menos. Ángela cree que es casi todo bosque muerto, solamente árboles retorcidos y suelo gris. La parte mala es que también hay niebla, y en la zona densa no se puede ver nada ni siquiera con los otros espectros. Parece... artificial.

—Creía que había agotado todo el combustible con mi estupidez.

—Se agotó con su rescate, sí. Ha subido a un árbol para otear. Lo que no le consiento es lo de la estupidez. Hizo algo valiente, lo correcto.

—No. Fallé al salvarle, y mi ausencia hubiera puesto en peligro la misión. Soy el especialista, no debía hacer eso. Se supone que debo vivir hasta completar mi cometido.

—Es usted un héroe, Gregor. Es inevitable que los héroes hagan cosas heroicas.

—No merecía morir así.

—Deseó hacerlo en su lugar. ¿Verdad?

—Claro que sí. Un joven prometedor a cambio de una leyenda acabada es un buen trato. Lo malo es que su vida a cambio de la Cruzada de las Estrellas, no lo es. Nacemos para ella, morimos por ella.

—Lo que no evita que se pregunte qué es lo correcto. Si se escucha, duda de si hubiera preferido cambiarse por Issini al creer que está acabado, o de si no sacrificarse es lo mejor para todos.

—Supongo que incluso los valores más arraigados tienen fisuras.

—Intentó salvarle, y casi lo consigue. —Le palmeó el hombro, sacudiéndole después—. No se atormente, Gregor, hizo lo que pudo.

—A veces no es suficiente —negó el viejo ingeniero—. No soy el más herido por la muerte de Marco, chico. Ya lo verás.

El capitán asintió. Sabía de lo que hablaba.

Sabueso se levantó en completo silencio y se ajustó las cintas de munición. Tenía que reconocer que las *Pretor* eran cómodas desde cualquier punto de vista posible, incluso para dormir. Lo mismo le sujetaba a uno la cabeza de lado, que le daban la sensación de estar usando la almohada más cómoda del Anillo. Diablos, si hasta eran suaves donde debían y evitaban tener ir al retrete. Empezaba a entender por qué los *caras de lata* no se las quitaban más que para intimar.

Se acercó discretamente al *Coracero*, que tenía la cabina abierta, esperando que no lo detectara hasta tenerlo encima. Quería sorprenderla, que no lo descubriera despierto durante la guardia. Así podría...

—No te acerques más.

Resopló. Le había pillado, tendría que disimular.

—Vaya oído.

—Vuelve a echarte. Si no puedes dormir, tu *Pretor* puede ayudarte.

Rodeó la gigantesca exoarmadura, hasta quedar frente a la teniente, que seguía enterrada en sus entrañas. Solamente había sacado los brazos de sus huecos, lo justo para ganar algo de libertad y poder desconectar los sistemas principales. Todas las armaduras estaban cargando combustible para sus reactores en ese momento, usando las baterías que transportaban ellos mismos o Estébanez.

Tenía el rostro comprimido en un gesto de ira, sobre el que la luz color gris espectral revelaba dos enormes lágrimas plateadas que no pegaban nada. Era como encontrar un pirata que apreciara el arte en vez de venderlo en el mercado negro, algo realmente chocante.

—Creo haber sido clara. Largo.

Decidió que ya que le había pillado, llegaría hasta donde hiciera falta.

—¿Cómo lo has hecho? He sido sigiloso hasta la enfermedad. Menos mal que no me ha dado por tocarme.

—¿Te repito lo de la armadura?

—Joder, eso tengo que probarlo.

—Me refiero a que estamos en modo detección, imbécil —gruñó ella, señalando un componente de la cabina—. Hay un sistema encendido que me avisa si os movéis. Así evitamos que alguien *desaparezca*, aunque puede que apague tu alarma.

—Bueno, pero entonces... ¿la *Pretor* te *puede*...?

—Es el tipo de preguntas que haces con catorce años, supéralo. ¿Se puede saber qué demonios quieres?

—Normalmente, te emborracharía ahora mismo, pero como eso no sería saludable en esta mierda de planeta, te he traído esto. Esperaba... bueno, dejarla ahí sin que la vieras.

Sabueso se acercó a Lara y subiéndose, le alcanzó una flor. Tenía aspecto peligroso, letal, aunque era bastante bonita. Los ojos de ella seguían siendo duros como el acero. La miró de arriba abajo, y luego lo taladró a él.

—Gracias, supongo. No es muy oportuno.

—No es mía. Es de Marco, me la dio para que te la diera si pasaba lo que acabó pasando. Supongo que creyó que yo tenía más posibilidades, a pesar de meterme con él. Dijo que le recordaba a ti.

La teniente se congestionó, y aunque estuvo a punto de echarse a llorar, no lo hizo. El corsario se mantuvo agarrado al *Coracero*, serio, sin decir nada. Esperó a que se recompusiera.

—¿Es una broma cruel?

—Me gusta ser cruel, pero tengo alma, ¿sabes?

—Habitualmente te limitas a ser un capullo.

—Exacto, ese es mi rollo. No soy guapo, ni muy listo. Tengo que tener algo que me diferencie, y hay un tipo de mujer amante de los capullos. Así va la cosa.

—Entonces te lo dijo.

—¿Que estabais casados? Claro que no. —Se encogió de hombros—. Joder, era evidente. Llevas anillo, él también lo llevaba, y no eres precisamente sigilosa. Compartimos nave durante meses, tía. Era eso o dos cabrones poniendo los cuernos. Preferí pensar bien de vosotros.

—Eso me hace sentir mucho mejor —bufó ella, levantando los ojos a la espesura—. Es sarcasmo, por si no lo pillas.

—No soy tu psicólogo, estoy seguro de que tus loqueros de la Vida lo harán mejor que yo. Lo que sí que soy es tu colega, tu camarada de armas. Y por ello lamento tu pérdida, animándote a no cagarla como hice yo, tras lo de mi chica.

—¿Estuviste casado? ¡¿Tú?!

—¿Tan difícil es de creer? —rió Sabueso, bajando y colocándose las manos en los costados—. Tienes razón, no me casé. Tuve *algo* con una mujer, una capitana corsaria. Serio, ya sabes.

—¿Qué pasó?

—Lo típico en este oficio. La pillaron unos piratas. Si no, hubieran sido mercenarios, una empresa indecente, cazarrecompensas, un accidente o cualquier otra cosa.

—Así que crees que la cagaste por no parar a tiempo.

—Claro que no. Era nuestra vida, la elegimos así. Coincidimos mucho y pasamos muy buenas noches juntos. A Erik le gustaba trabajar con ella, era buena para los negocios. Una tía legal.

—No veo que tú la fastidiaras de ninguna forma. Por raro que se me haga decirlo.

—Muy graciosa, Lara —gruñó el otro, mostrando los dientes dorados—. Su muerte fue una putada, sí, pero la lié fue al intentar vengarme. Pedí a Erik y a los chicos que me acercaran a la base pirata donde la tenían presa. Tenía la tonta idea de que quizás sobreviviera.

—No veo nada de malo en la historia, salvo quizás algo de ingenuidad.

—Salté a bordo con un traje espacial y una mochila de abordaje, armado con una pistola y un cuchillo. Primera cagada: casi destruyen el *Argonauta* y los matan a todos por mi culpa.

—Vale, eso sí suena como algo que no debiste hacer. Arriesgar una nave por una mínima posibilidad de éxito no es razonable.

—Déjame terminar, y verás. Segunda cagada: subir a bordo. Eran caníbales. *Jodidos* caníbales del espacio que mantenían a sus víctimas vivas todo el tiempo posible para que siguieran *frescas*.

—Pobre mujer.

—Nop. Pobres piratas. Cuando la encontré, aún respiraba. Tercera cagada: me suplicó que la matara, y lo hice. Imagina cómo la dejaron.

—Trato de verme en esa situación, y creo que hubiera perdido los papeles. —La teniente seguía mirando al infinito, tratando de alejarse de su propia desdicha—. ¿Cómo reaccionaste tú?

—Con la gran cagada final. Decidí matarlos a todos aunque me costara la vida. Y también lo hice.

—Ahora me dirás que liquidaste a cien piratas caníbales tu solo.

—Fueron treinta y seis. Lo malo es que sí que me costó la vida, Lara. Matar indiscriminadamente es un hábito realmente malo. Mucho más si eres presa de la ira, el despecho, la venganza y la mala ostia en general. Lo hice de todas las maneras posibles que se te ocurran, desde gente dormida, a destripe brutal y lento grabado en *holovídeo*. Algo parecido a tu catarsis con El Muerto, solo que a lo grande.

—No puedo culparte. Me asombra que pudieras con tantos... aunque te veo capaz.

—Empleé el coco por una vez. En un momento determinado me colé en su sistema de altavoces y radié la ejecución de cuatro de ellos. Fueron lentas, muy, muy lentas. Me cogieron tal miedo, sin saber *quién* o *qué* era, que se dejaron matar uno a uno. Finalmente, di con su jefe, al que apodaban *el devorador de hombres*. O *el que no se sacia*, dependiendo de a quién preguntaras. La versión rápida es que fue el último y que lo hice trizas. ¿Sabes de dónde saqué estas cintas de munición? Se las arrebate a ese hijo de mil padres después de arrancarle los brazos y sacarle los ojos con sus propios dedos.

—Supongo que eso explica por qué te hubieras peleado conmigo por ellas. ¿Y después?

—Recuperé el cuerpo de Sara y de los pocos hombres de su dotación que pude reconocer, robé una nave, fui al planeta de ella, y los enterré juntos en la granja de sus padres. Erik me encontró de nuevo un mes después, borracho como una cuba en una taberna que solíamos frecuentar en busca de trabajo. Me daba por fiambre, como es lógico, y por el jodido espacio que lo estaba. Dejé de ser el granjero simpático y pasé a ser el capullo actual. Nunca se lo conté.

—Bueno, ahora mismo tampoco me pareces tan capullo.

La miró de nuevo. Por primera vez la teniente le contemplaba sin ira, simplemente con respeto. Si no hubiera estado tan dolida, puede que incluso hubiera sonreído. Sabueso suspiró. Conseguido.

—Nah, si lo soy. Todo esto viene a que trates de no dejarte cambiar por lo que te haya pasado. Tú eres tú. No la cagues como yo.

—Le pedí que viniera. No me fiaba de nadie más.

—Mira, deja la mierda de culparte. ¿Crees en tu Cruzada, teniente? ¿De verdad crees con fe ciega en tu causa?

—Con toda mi alma. Ambos lo hacíamos.

—Entonces haz caso del consejo que Erik me dio en aquella taberna. *Aférrate* a ella, *lucha* por conseguir que funcione. Mucho más si Marco creía en lo mismo.

—Puede que tengas razón.

—Siempre la tengo.

—¿Por qué luchas tú, señor Sabueso?

—Eh, eh, para el carro —la interrumpió, riéndose—. Ya te he contado de donde salieron mis cintas. Eso es algo que ni el capitán sabe, así que chitón. Si quieres averiguar más, gánatelo.

—Es justo. A decir verdad...

El rugido de los motores interrumpió su conversación. Al estar distraídos, acababan de pasar por alto la señal de radar de unas naves de desembarco que se acercaban. Oyeron las explosiones que arrasaban la vegetación, y vieron las lanzaderas que se desplazaban a ras de los árboles, para aterrizar justo al borde del derribado perímetro exterior.

Los *Baestos* acaban de encontrarles.

Las barcazas aterrizaron sobre el suelo arrasado, y comenzaron a vomitar soldados y vehículos. Estos últimos iban desde motos exploradoras a tanques, pasando por camiones o cortadores capaces de derribar todo árbol que se interpusiera.

Las aeronaves de apoyo del escuadrón *Cóndor* comenzaron a rondar sobre ellos, tratando de distinguir sus señales térmicas entre los animales salvajes. Si seguían así el tiempo suficiente, terminarían por dar con su ubicación.

—Debemos alcanzar la nave *cosechadora* —les apremió Gregor, levantándose en último lugar—. Con suerte, podré reactivar algunas armas y barrer esas cañoneras del cielo.

—Con suerte. Lo malo es si no tenemos suerte. Saben que estamos aquí.

—Resultaba obvio —le recordó Erik—. Si *Baestos* tiene xenos infiltrados, sabrán lo que hemos venido a hacer aquí. En realidad, hemos hecho lo que ellos querían: acercarnos al objetivo final y debilitarnos.

—¿Usted lo sabía? —preguntó la teniente.

—No a ciencia cierta. Si yo hubiera estado en su lugar, hubiera esperado o que nos escondiéramos una temporada, o que corriésemos a por el premio. Sin embargo, su movimiento me revela algo que me rondaba la cabeza: nadie se lanzaría como loco a defender unos restos de alguien que no puede llevárselos ni transmitir lo que encuentre.

—No le sigo.

—La nave sigue activa, y hay un tercer bando en esta contienda. La caída no fue casual, nos arrastraron a un punto concreto, evitando las baterías antiaéreas. Además, hay otra cosa. ¿Por qué bajarían fuera del perímetro interior, si lo controlasen ellos?

—Quizás no son *Cosechadores*, sino que han saqueado parte de su tecnología —aventuró Slauss—. Estamos elucubrando.

—¿Y quién nos ha hecho descender? —Sabueso se convenció rápido de la tesis de su jefe—. Seguro que a los de esa nave los rescataron, nadie se quedaría en esta selva de mierda durante ochocientos cincuenta años.

—Exacto. Y si no fuera así, las babosas no ayudarían a sus archienemigos para librarse de *Baestos*. Dejarían que nos mataran para preservar el *statu quo*. Por tanto, no hay xenos a bordo.

—Así que según ustedes podemos llegar y llevarnos una nave que podría romper el bloqueo con sus armas y motores.

—Eso suponiendo que hagan honor a su leyenda y que Sabueso tenga razón respecto a la selva, porque si quien hay dentro es uno de ellos y puede usar sus armas contra nosotros, vamos a morir todos. No tenemos un plan mejor. Ellos llevaban las cartas buenas desde que nos detectaron.

—Entonces, solo hay una salida: avanzar.

—¿Qué hacemos con la zona despejada, capitán? Nos verán salir.

—Hay una niebla misteriosa que desactiva los escáneres un poco más adelante. Vamos a correr y a escondernos dentro.

—Se me ocurren al menos cien cosas malas que pueden pasarnos ahí dentro —declaró Dussdorf—. Quizás más, y no mutuamente excluyentes.

—No tenemos fuerza para enfrentarnos a todo un batallón blindado. No sin conocer el terreno, y no es el caso. Podemos probar suerte o ver a cuantos nos llevamos por delante.

—Decidido entonces. Puedo activar el campo de sigilo, pero se distorsiona al correr —les advirtió Lara—. ¿Algo más?

—Una sola cosa: no se separen ni al correr ni al llegar a la niebla. Tengo un as en la manga.

—¿Estás seguro? —preguntó Sabueso, preocupado.

—Todo o nada, viejo amigo. Vamos al límite de la jungla. Están terminando el desembarco. En media hora o menos los tendremos aquí.

Se detuvieron al alcanzar el borde. Las criaturas nocturnas eran si cabe mucho más terroríficas que las diurnas, pues usaban toda clase de reclamos visuales y acústicos para atrapar a sus presas. En el corto trecho que hicieron al trote, pudieron comprobar cómo algunos de aquellos seres abisales dispensaban muerte a los que caían en sus trampas, y agradecieron ser del tamaño que eran.

En un determinado momento, Gregor tuvo que ahuyentar a un animalillo del tamaño de una mano, con ojos verdes y dientes como cuchillas, que se impulsaba con sus grandes brazos huecos y su cola prensil. Parecía haberla tomado con el piloto de encendido de su casco. Sabueso acabó disparándole, y aun así, se largó a saltos con un agujero de proyectil acelerador en un lado de la cabeza.

El ingeniero le asintió, y comenzó a retransmitir las señales de los *Baestos* como había hecho con las cañoneras en el desfiladero. Su nivel de seguridad no era nada para Slauss, acostumbrado a tratar con cifrados y permisos de pesadilla.

El enemigo se aproximaba, derribando los árboles y aplastado la jungla. Los desbrozadores avanzaban deprisa, despejando el camino para los tanques y el armamento de apoyo. Podían oír, a través de los micrófonos exteriores, cómo todas las criaturas huían en su dirección. Erik dudó. Ante él se extendía la vasta deforestación del perímetro interior, en línea recta desde donde escapaban las bestias, e incluso las más grandes estaban evitando activamente entrar en ella.

Sintió la mano de Néstor en el hombro, y abrió el canal privado.

—También lo ves.

—Claro que sí: Vacío. Peligro.

—Entre la espada y la pared de nuevo.

—Más que nunca. —Le enseñó los dientes dorados con una mueca—. ¡Por la rebelión!

—¿Qué rebelión?

—Yo que sé. La de acabar con los xenos, por ejemplo. Siempre he querido decir eso antes de una carga suicida. Me gusta rebelarme.

—¿Listo?

—Siempre.

Erik cambió al canal de grupo, y levantó su arma.

—¡¡Por la Flota de la Tierra y el Sistema Solar!!

Los Cruzados secundaron el grito de guerra y se lanzaron a la carrera tras él.

El camuflaje del *Coracero* duró poco. Parpadeaba al moverse, distorsionándose en los bordes, y no era capaz de disimular la luz directa de un foco mientras trataba de compensar el entorno cambiante a la carrera. Lo que hubiera sido un interesante caso de estudio para Gregor, se convirtió en una auténtica odisea para el anciano, a quien transportaban de nuevo sobre el hombro de la armadura.

Le dolían los huesos con las sacudidas de la carrera de la teniente, y la cosa empeoró cuando comenzaron los tiros. Tuvo que descender hasta agarrarse al descomunal antebrazo para que no le alcanzaran los del escuadrón *Cóndor*, que comenzaron a dispararles con armas *minigun*, tratando de darle al dispositivo de camuflaje. Aunque probablemente no sabían qué demonios era, no resultaba complicado deducir que se trataba de ellos. Los oía dar su posición como posible contacto, pidiendo permiso para lanzar misiles. Se lo concedieron en cuestión de unos quince segundos, cuando ellos estaban ya a mitad de camino, y empezó a llover fuego de los cielos.

Tenían a cuatro de aquellos malnacidos detrás, y venían más, dispuestos a matar. De repente, uno de los pilotos se colocó entre ellos y el objetivo, serrando la horizontal con fuego sostenido de su arma. Se arrojaron al suelo para evitarlo, salvo la teniente, que era demasiado grande para hacerlo. Tapó al anciano, ladeándose, y recibió el impacto directo de los proyectiles, que magullaron el blindaje y la cabina con ferocidad. La mala suerte quiso que un disparo rebotara contra el *supracero* y alcanzara el dispositivo de camuflaje montado en la espalda, dañándolo. Lara lo eyectó, librándose de la explosión por unos pocos segundos.

Los pilotos que tenían enfrente se quedaron blancos al ver el tamaño del *Coracero*, que les apuntó con su arma de raíles directamente a la cabina. El primer tiro los desestabilizó severamente, y el segundo hizo que algún sistema interno detonara, convirtiendo la cañonera en una bola de fuego que desapareció en la niebla.

Erik, se pasó la mano por el visor para quitar el polvo gris. A continuación se volvió a mirar el cielo, del que venían varios misiles directamente hacia ellos. Sintió una gran ira, rabia e impotencia, y levanto las manos hacia las estelas que anunciaban su inminente defunción. Recordó el dolor de su infancia, cómo había aprendido lo que era, y cómo controlarlo. Anuló todos los filtros mentales, deshizo las barreras psíquicas, y dio rienda suelta a su lado más oscuro y salvaje. Aulló como una bestia, girando los brazos a la derecha. Los cohetes viraron en la misma dirección, y dándose la vuelta, enfilaron directamente a los que los habían disparado, que bajaban en picado hacia los Cruzados. Habían soltado todo lo que llevaban, y era demasiado como para que una vulgar acción evasiva fuera a permitirles esquivarlo.

Varios misiles golpearon las aeronaves confederadas, dañándolas críticamente o destruyéndolas. Alrededor del reducido grupo comenzó a caer una granizada de chatarra y restos ardientes, que rebotaban contra un domo invisible, que ningún campo de energía generaba.

—¡¿Pero qué...?!

—¡Adelante todos! —gritó Sabueso, levantando a un Erik que todavía alzaba las manos como sosteniendo algo—. ¡¡Las preguntas luego, corred a la niebla y no os separéis!!

Todos obedecieron mirando a Smith, hasta que la armadura pesada dio dos zancadas y los levantó en vilo a ambos, colocándolos junto a Slauss. A lo lejos comenzó el fuego de artillería, que machacó cruelmente la tierra baldía que acababan de dejar atrás.

La carrera se redobló hacia las tinieblas, hasta que dejaron de escuchar los disparos alrededor, y Lara los dejó en el suelo. Sabueso saltó entonces, señalando hacia donde habían venido. Pateó el polvo, vitoreando.

—¡¡Chupaos esa, basura empresarial!! ¡¿Quiénes son los mejores, eh?! ¡¿Quiénes son los mejores?!

—Mierda, nos hemos separado —Lara se giró, indicándole a una retrasada Dussdorf que se acercara al equipo—. ¿Y los demás?

—No los veo. —Erik estaba sin aliento, y notaba que su armadura le había inyectado algo, supuso que para coagular la hemorragia de la nariz—. El indicador de equipo indica que están bien, pero no precisa la posición.

—Eso es porque la baliza de vida es más potente —indicó Slauss, tratando de recuperar la señal de los demás—. Aún con esas, es rarísimo que el localizador no funcione.

—Equipo *Llama*, responded. —La radio de la teniente solamente escupía estática—. Reagrupaos en mi posición, repito, reagrupaos.

—Mejor estemos quietos un minuto —tosió Dussdorf, doblándose por el esfuerzo físico que ni la *Pretor* había podido evitarle—. Seguro que aparecen.

—Estoy de acuerdo —Lara se giró al capitán—. Antes de que suceda otra cosa horrible... ¿Qué coño ha pasado con los misiles? Deberíamos estar muertos.

—Mi as en la manga —respondió Erik, tratando de mantenerse en pie—. No me contrataron sólo por ser hermano de la doctora Smith. Ambos tenemos... poderes, por así decirlo.

—Bromea. Eso no estaba en el informe.

—No, no bromeo. Nacimos en un entorno muy contaminado, en un mundo donde unos vertidos mataron a casi toda nuestra generación. A uno de cada diez millones, nos alteró el cerebro de una manera única. Nosotros somos mellizos, así que ambos sobrevivimos.

—¿Quiere decir que es una especie de mutante, como los de los tebeos de los Cronistas? —se sorprendió Jaina.

—Prefiero el término *metahumano*, o *Primus*. Soy igual que ustedes con una pequeña diferencia. Si me concentro lo suficiente puedo mover los campos magnéticos de, y que actúan sobre, casi cualquier cosa que supere el umbral planetario.

—Eso es increíble.

—No tanto —intervino Gregor—. En realidad, Erik y Lía poseen una habilidad similar a EVA. Su cerebro tiene un subórgano capaz de hacer lo que dice. Una pieza de más, por así decirlo. La Madre, por ejemplo, altera el medio a través de unos emisores cibernéticos.

—Hasta donde yo sé, la Madre no posee telequinesis —Dussdorf seguía con la boca abierta.

—Y ningún súper ordenador puede igualar la complejidad mental de un cerebro humano —Gregor se encogió de hombros—. Su argumento es que nuestra tecnología no supera a la evolución en algunas cosas. Seguramente, alguien que naciera con cuatro brazos, los movería mejor que una mochila técnica. Siempre que sobreviva a su mutación, claro.

—Visto de esa forma...

—¿Es algo entrenado? —preguntó Lara, con el ceño fruncido—. ¿Tiene límites?

—Sí, así es. Cuando era niño, solo podía mover cosas pequeñas. Con los años, se gana dominio sobre el tamaño, y el número. No he desviado todos los cohetes a la vez. Lo he hecho de uno en uno, solo que muy rápido. Lo malo es que mientras de joven esto me agotaba, ahora podría matarme. Tengo límites diarios.

—Usted corrigió la trayectoria de la nave dentro de la anomalía —le acusó la teniente—. Eso es lo que pasó, lo que Weston no entendía. Nos salvó a todos.

—Dos grados —Sabueso agarró a su amigo, para que pudiera apoyarse—. Moverla dos grados casi le mata. Cuando usa su poder sufre hemorragias, y van a peor con la edad. Su sistema circulatorio se satura, no está preparado para seguir el ritmo de esta variante de cerebro *Primus*.

—Joder.

—Teniente, la voy a azotar como siga hablando tan mal. Soy lo bastante viejo como para que no me importe que vaya en un *Coracero*.

—¿Alguna señal de los otros? —Erik tosió, le dolía la cabeza brutalmente—. No podemos...

Lara consultó el radar. Estaba en blanco, como si no hubiera nada alrededor. El indicador de grupo parpadeaba, hasta el punto que tuvo que tuvo que desconectar el brazo izquierdo para cambiar un fusible dentro de la cabina. Se había quemado, quizás durante el combate. Registraba picos de tensión inusuales, y las estadísticas indicaban que iban en aumento.

—Maestro Slauss, puede que hayan averiado el reactor de mi *Coracero*. ¿Puede comprobarlo, por favor?

—No veo ningún impacto —negó Gregor, dando la vuelta alrededor—. Son todos daños superficiales.

—Pues pasa algo raro. ¿Le subo, y se conecta?

—Claro.

Erik notó que le empezaba a doler un ojo. Fuerte, muy fuerte, como cuando se había contracturado las cervicales años atrás. Luego empezó a oír un pitido de estática, y se mareó. Seguía agarrado a Sabueso, y solamente por eso le evitó dar con el suelo. Abrió el canal de grupo.

—Algo no va bien. Debemos irnos... a la nave... ahora.

—¿Y los demás? —preguntó Dussdorf

—Que espabilen, el enemigo se nos echara encima en cualquier mom... —Lara se detuvo—. ¿Qué demo...? No detecto a Ángela. Está negra.

—¡¿Ha muerto?! —Se espantó Jaina, echando mano del lanzacohetes.

—Diría que es un error. Nunca he visto un *Jaguar* ir al negro sin mostrar otros daños, tendría que haberse desintegrado. Se ha debido estropear la baliza.

—Mierda —susurró Sabueso, aumentando el tono a medida que el capitán se resbalaba—. ¡Mierda, mierda! ¡Erik se marea! ¡Tenemos que movernos!

—Necesito treinta segundos para reiniciar el *Coracero*. Cabo, ayude a Sabueso.

—¿Le pasa a menudo? —Dussdorf había cargado su último cohete, y tras echarse el arma al hombro y anclar el fusil de asalto, ayudó a levantar al capitán, agarrándolo del otro brazo—. ¿Qué pasa, por qué se cae?

—Se pone así cuando existe un campo muy denso de interferencias y usa sus habilidades. Si seguimos aquí mucho rato, puede que el problema del robot de la teniente se agrave o que se propague a nuestras armaduras.

—Se supone que están protegidas contra campos magnéticos.

—No contra los que generan los *Cosechadores* —aclaró Gregor, revisando el reactor desde la espalda del *Coracero*—. Según el Éxodo, el disparo del cañón de gravedad *destruía los sistemas y enloquecía a los tripulantes*. Nuestros cerebros son eléctricos y los hermanos Smith son más sensibles a los campos. *Notan* las cosas antes que los demás. El señor Sabueso tiene razón, lo que no evita que siga siendo un maled...

—Arrancada —sentenció Lara, acabando con la reprimenda—. Denme al capitán y colóquense delante de mí, ustedes dos. Quiero verlos físicamente, el control de equipo no es fiable. Maestro Slauss, sujételo.

La teniente agarró a Erik, y tanto él como Gregor se acomodaron en el codo derecho de la armadura pesada, que empuñaba su cañón de raíles para avanzar. En la niebla no había más sonido que el estampido de sus pasos, ni más luz que la que ellos emitían. Era como caminar por el purgatorio, buscando una salida que no tenían muy claro si conduciría al cielo o al infierno.

Por momentos oían fantasmales ráfagas de estática, ecos que podían ser tanto sus compañeros como cualquier otra cosa. Slauss tuvo que sabotear un par de sistemas más, desarmando la chapa, para evitar que los picos eléctricos acabaran por averiar su mejor baza.

Algo se perfiló en la niebla. Era demasiado pequeño para ser la nave, y demasiado grande para ser Ángela o Ross. Se aproximaron en silencio y con las armas en ristre. Hasta Erik sujetaba como podía su fusil, valiéndose de los sistemas de apoyo de la *Pretor*. Era un vehículo, un tanque, completamente cubierto por el óxido de cientos de años.

El polvo se había colado por las juntas y por el agujero que lo había destruido, anegando el interior hasta dejar inservible todo lo que había en él.

—Madre mía, reconozco el diseño.

Dussdorf se separó un metro de Sabueso, para pasar la mano derecha por la carrocería arruinada. Levantó el óxido superficial y la porquería acumulada, cerca del inicio de la cadena delantera derecha; hasta que pudo reconocerse el emblema verdiblanco, el número de batallón y el de regimiento.

—¡No me lo puedo creer! —espetó la cabo—. ¡Esto es un tanque *Leopard LX* del *Ala Tres*!

—¿Quiénes son esos? —Sabueso se echó el rifle al hombro.

—Los que atacaron Armagedón, Néstor —bufó Erik, llevándose la mano izquierda al casco—. Es un tanque del Sistema Solar.

—¿Y cómo ha terminado aquí? Tiene ochocientos cincuenta años. ¿No?

—En teoría, la nave enemiga había sido... derribada por elementos del *Ala Tres* venusiana —les recordó Lara—. Esto me da mala espina. Si no la derribaron, aterrizó y mataron a sus perseguidores. Si la derribaron, estamos jodidos porque no podemos escapar, y la tripulación del *Heka* no tiene ni idea de dónde estamos.

—No, teniente —a Erik la cabeza parecía ir a explotarle—. El problema aquí no es que los mataran entonces. Es que en esta niebla, todavía hay *algo*.

—Usted ahora mismo es nuestra única brújula, capitán. Defina *algo*.

—Vivo. Acechando. *Cazando*.

—¿Cazando qué?

—A nosotros, como hizo con estos infelices.

Néstor y Jaina intercambiaron una mirada de horror. Oyeron un alarido, no por radio, sino por los micrófonos exteriores. Era algo espantoso, primigenio, la voz de una criatura ultraterrena y antigua. Erik se llevó las manos a la cabeza, y comenzó a retorcerse en los brazos de Gregor. En ese momento, entre las brumas, vieron una lengua de fuego. Ross estaba disparando el lanzallamas contra una silueta mucho más grande que él; sin que el objetivo, fuera lo que fuese, retrocediera ante el ataque. Podían intuir un ser bípedo, enorme y con garras acordes a su temible tamaño. Avanzaba ignorando el fuego que rebotaba contra él, como si lo único que su adversario pudiera hacer, fuera frenarlo.

La luz empezó a envolver también al *Jaguar*, hasta que pudieron distinguir tanto la armadura exploradora como un segundo ser tras ella. Se abalanzaron ambos a la vez sobre el cabo, uno desde cada lado, y su señal desapareció.

—No era un error. Ángela está muerta.

Se oyó el alarido de nuevo, aproximándose.

—¡¿Por dónde queda la nave?! —chilló Dusdorff—. ¡¡Teniente, por la Flota!! ¡¿Por dónde?!

Sin mediar palabra, el *Coracero* se colgó el cañón de la espalda, y agarró primero a la cabo y luego a Sabueso. Echó a correr flanqueando el tanque, a toda la velocidad que daba de sí la armadura cargando con cuatro personas. Sorteó toda clase de vehículos destruidos, embistiendo o saltando los que no podían rodear. Slauss se asomó como pudo por encima de lo que sería el bíceps artificial, descubriendo a las dos bestias trotando tras ellos. Eran enormes, y si Lara podía apartar algunos obstáculos con su fuerza para tratar de ponerlos en medio, los otros los arrojaban como si fueran trozos de papel.

La niebla comenzó a disiparse, y vieron una silueta que saltaba unos treinta metros a la derecha. Era Elsa, que había buscado refugio dentro de uno de los tanques, y había salido al verlos venir. Estaba manchada de un rojo arterial, con demasiada sangre como para que fuera suya. Lara trató de trazar una diagonal para recogerla, y la médico saltó con bastante mala fortuna al intentar acercarse a ellos. Se tropezó y cayó de bruces, terminando con las pocas esperanzas que hubiera tenido de salir con vida. La teniente pasó de largo, a sabiendas de que condenaba a su compañera a la muerte. Uno de los perseguidores se separó para dirigirse hacia la suboficial auxiliar, y los vieron desaparecer a ambos en las brumas antes de que ella gritara.

—¡¡Por el amor de Dios!! —gritó Gregor, aporreando el metal—. ¡¡La ha aban...!!

—¡¡No llegábamos!! —contestó la teniente con los dientes apretados, furiosa consigo misma—. ¡Cien metros más!

Saltaron los restos de una cañonera antiquísima, y comenzaron a ver objetivo. Era una nave inmensa, una fragata dirían, de diseño aparentemente humano. Descansaba sobre sus trenes de aterrizaje cuádruples, enterrados en el polvo de un milenio. Si les hubieran preguntado, hubiera sido capaz de distinguirla del buque privado de algún pirata importante, a juzgar por los remiendos y símbolos.

En la parte posterior, una figura de tamaño humano les esperaba, al borde de la rampa. Uno de los suyos lo habría conseguido, y había abierto para permitirles subir a bordo. Estaban tan cerca de lograrlo que ya podían olerlo.

—¡Un poco m...!

Oyeron un rugido extremadamente cercano y tras un impacto de hueso contra metal que sonó como una campanada, el *Coracero* salió volando por los aires, desparramando a todos los demás. Rodaron por el polvo, que llegaba al extremo de parecer la arena de un desierto en aquella zona.

Entonces pudieron ver de cerca al ser. Era tan grande como su armadura pesada, una bestia achaparrada del mismo color que las cenizas que los recubrían. Tenía una cabeza semiesférica, que terminaba en el cuello directamente conectado a una mandíbula superior plana, densamente poblada de dientes desiguales. La inferior se abría como una bolsa, llena de pliegues musculosos que debían hacer las veces de lengua. No tenía ojos, nariz u orejas; tampoco pelo o escamas. Todo su cuerpo estaba recubierto de la misma piel rugosa y mate, inquietante como la misma noche que se había abalanzado sobre ellos.

Se levantaba sobre los proporcionalmente escuálidos cuartos traseros para atacar, aunque podía correr apoyando los dos vigorosos brazos delanteros acabados en garras. Las patas posteriores le permitían saltar, y terminaban en unos pies de tres dedos de uñas curvas que se hundían en la tierra cuando avanzaba. También poseía una cola corta, prolongación de la columna, y dos apéndices óseos residuales en la espalda, que podía emplear para empalar a sus víctimas. Quizás en su momento fueron alas que la evolución rotó hacia delante, eso no podían saberlo.

Lara descubrió que su arma principal había desaparecido. La buscó en los diagnósticos de daños durante un segundo, para acabar viéndola destrozada en el suelo tan pronto como se levantó. Le había caído encima al salir despedida, y no podría usar el cañón ni como estaca con la que golpear a la criatura. De acuerdo con su pantalla, había recibido daños considerables en la espalda y el brazo izquierdo, que era donde aquella cosa le había alcanzado. Le sacaba un *cojón* de ventaja, por eso había prescindido de salvar a Titova. ¿Cómo puñetas les había dado alcance, si corrían lo mismo?

Solo tenía una salida.

—Equipo *Llama*, retiraos a la rampa. Contendré a la bestia y os seguiré si puedo.

—Teni…

—¡¡Es una orden!! —Desenvainó el machete del *Coracero*, sonriéndole a la criatura e invitándola a acercarse con los dedos—. Eso es, cabrón, mírame a mí. Olvídate de ellos.

Dussdorf ayudó a Gregor a levantarse, y luego recuperó su lanzacohetes. Erik podía andar sólo, de modo que Sabueso les cubrió vigilando la niebla. Pronto vio otra silueta humana acercarse corriendo con su fusil de asalto todavía en la mano. Comenzó a hacerle señas de que se dirigiera a la rampa, desde la que ya venía el que los había saludado en primer lugar. La recién llegada era Heather O'Rourke, una de las víctimas que habían rescatado en su día de Asjalok y sus piratas. Vio la criatura a la que se enfrentaba Estébanez, y comenzó a huir aún más deprisa hacia el bostezo de la nave, que la invitaba a la seguridad.

—¡Dispárale, Jaina, antes de que llegue el otro! —gruñó Erik, colocándosele al lado—. ¡Quítaselo de encima!

—¡Está más frío que el *Coracero*, el térmico no va!

—¡Cambia al de estela de movimiento, la teniente está exceptuada!

—¡Ahora sí! ¡Línea de tiro confirmada!

El cohete salió disparado hacia la bestia, que miraba a su oponente mientras caminaba en círculos y emitía ronquidos inquietantes. Cuando el proyectil estaba a punto de alcanzarla, sencillamente se desmaterializó. Se transformó en una nube de humo negro que voló hacia la armadura, y luego volvió a aparecer para dañarla de nuevo.

El misil siguió su curso, hasta quedarse sin combustible y explotar un trecho más allá, pasadas las primeras nubes de niebla. Vieron el fogonazo a los pocos segundos. Jaina dejó caer el lanzacohetes, agotada la munición, y echó a correr a la rampa, seguida de los demás.

Lejos de rendirse, la teniente comenzó a lanzar tajos a su oponente, sin ser capaz de alcanzarlo con ninguno. Cuando la hoja bajaba, solamente encontraba humo, y un segundo después volvía a haber carne. Empezó a imaginarse por qué el ser no tenía más órganos reconocibles que la boca, y por qué hacía que a Erik le doliera la cabeza. El muy bastardo también era capaz de alterar el campo magnético o la materia de una manera única, de manera que literalmente se *teletransportaba*. Era la *jodida versión apocalíptica* de su jefe *Primus*.

Le agarró la mano, retorciéndosela, y el otro se le escapó de entre los dedos para darle un puñetazo directamente al *Portlex* de la cabina.

Se agrietó, encendiendo todas las alarmas: Los daños estructurales eran catastróficos, podría atravesarlo con un solo golpe más.

Repitió el proceso con el siguiente zarpazo, y cuando el humo pasó a través de su mano derecha, lanzó la izquierda con un gancho hacia donde podría golpearla. La criatura gritó al materializarse literalmente dentro del antebrazo del *Coracero*.

—¡Te pillé!

Gritó de furia, y comenzó a darle machetazos en el hombro atrapado, sin que el otro fuera capaz de zafarse. Mugió y trató de agarrarle la espalda, a lo que ella contestó con una llave que debió fracturarle lo que quiera que hubiera ahí debajo. Por más que le cortaba, no conseguía que sangrase. Casi por instinto, extrajo su propia mano izquierda del hueco donde lo colocaba para pilotar, metiéndola en el interior de la cabina. Las garras de la chepa del monstruo la atacaron entonces, y en una sucesión extremadamente veloz de tres golpes, le arrancaron el brazo de ese lado al *Coracero*. Podía ver el exterior a través del agujero, tenía una brecha enorme en el casco desde el hombro, a través de la que podía matarla sin complicaciones.

La criatura aulló de nuevo, y aprovechando un momento de distracción en que ella evaluaba los daños, le golpeó el pecho usando ambas manos como maza. Si sumaba toda la musculatura del ser y la masa del trozo que le había arrancado, era suficiente para matarla. Tuvo suerte y el grueso frontal, reforzado a petición suya, resistió perdiendo un setenta por ciento de estructura de una sola tacada. Salió disparada hacia atrás, dando vueltas de campana, hasta quedar bocarriba.

Gimió, comprobando que no podía levantarse. La cabina chorreaba cristales de *Portlex*, y las alertas de su propia *Pretor* sugerían daños graves. Los pitidos eran ensordecedores, sentía que ella misma se había roto algo al caer, posiblemente una pierna y varias costillas. El diagnóstico médico tampoco funcionaba.

Trató de eyectar la puerta de la cabina, y el sistema le indicó que los pernos explosivos se habían dañado con el impacto. Tiró de sí misma, para descubrir que tenía el pie izquierdo atrapado. El habitáculo se había deformado, impidiéndole salir con normalidad, así que tuvo que golpear con el otro pie hasta que el refuerzo interior cedió y pudo sacarlo.

El monstruo mientras tanto, había conseguido zafarse del brazo que le había robado, casi arrancándose el suyo en el proceso. Se colocó ante ella, mostrándole la cabeza semiesférica, y le rugió antes de levantar la garra para matarla.

Sin embargo, no lo hizo, sino que se quedó quieto. Tiraba como si sus músculos no respondieran, como si una mano invisible le agarrase. Un segundo después estaba recibiendo disparos de fusiles de asalto y de una especie de rayo morado que le atravesó el pecho de lado a lado.

—¡¡Corre, tonta del culo!! ¡No te quedes mirando!

La voz por radio de Sabueso la hizo reaccionar. Plegó las piernas, y apoyándose en el respaldo, salió de la cabina a través del cristal destrozado. Su equipo disparaba desde la rampa, ayudados por la figura que habían visto al principio, que era quien usaba la extraña arma de francotirador morada.

Se echó a tierra, notando como el pie aplastado se resentía de dolor, y comenzó a cojear lo más rápidamente que le era posible. La otra criatura entró en escena trotando, acercándose a toda prisa hacia ella.

—¡¡No voy a llegar, sellad la nave!!

—¡¡Acércate al perímetro donde están ellos!! —le gritó el tirador—. ¡Estarás a salvo!

Le quedaban escasos diez metros para alcanzar a sus compañeros, cuando el segundo ser se teletransportó sobre ella para despedazarla. En aquel momento, Erik soltó al otro cazador, y señalándola, tiró con todas sus fuerzas. Las garras atraparon el aire, y Lara chocó contra sus compañeros, derribándolos.

La criatura, por su parte, impactó contra una especie de escudo, que se volvió visible solamente para rechazarla. Fue como si lanzaran una piedra al estanque, una onda verde que se dispersaba alrededor del casco oxidado.

—Toma ya…

El recién llegado, todavía manchado con la que debía ser la sangre de Titova, comenzó a golpear el escudo, recibiendo descargas mientras rugía. Retrocedieron casi a gatas, especialmente cuando trató de teleportarse. El campo *Cosechador* disipó la nube negra como si fuera una pared física, protegiéndolos de la bestia. Cuando alcanzaron a ponerse en pie, sus *Pretor* les indicaban un pulso extremo, advirtiendo de lo peligroso que eso resultaba para su salud. Su enemigo volvió a tomar forma, tratando de alcanzarlos. El cazador herido embistió también, rebotando contra el campo y cayendo lastimeramente al suelo mientras se frotaba la garra destrozada.

—No me das pena, monstruo —siseó Lara, aún semienterrada en el polvo—. Espera que consiga otro *Coracero* y te voy a...

—¡Por aquí!

El francotirador encapuchado les esperaba en lo alto de la rampa, haciéndoles señas para que entraran en la nave. Se levantaron, intercambiando miradas. Estaba claro que no era uno de los suyos, pero les estaba ayudando.

Quizás acababan de encontrar al tercer bando implicado.

Su nuevo compañero cerró la nave tan pronto como alcanzaron la cubierta inferior. Se plegó sobre sí misma, hasta que las luces rotatorias de la entrada se apagaron y un piloto verde indicó que el sello era estanco. Estaban en lo que a todas luces parecía una cámara de descompresión vieja. El óxido anidaba en todas partes, y aquí y allá había utensilios desfasados y estropeados, desde redes y cajas hasta herramientas.

Entonces abrió la compuerta de personal de la zona de descarga, situada a la derecha de las grandes puertas metálicas que dejaban acceder a la bodega. Dejó abierto tras él y se internó en el pasillo velozmente, sin decirles nada más. A simple vista, uno hubiera pensado que se trataba de una nave confederada con más de ochocientos años de antigüedad.

Sin embargo, y pasados dos corredores, se percataron de que estaban equivocados. Como si pasaran de un decorado al mundo real, se encontraron dentro de un pasillo iluminado por bioluminiscencias. Era parcialmente orgánico, una amalgama mineral y viva, como las naves que los Cruzados habían destruido en el pasado. Solo que a diferencia de las anteriores, esta parecía todavía operativa.

Sin usar siquiera el canal interno, cambiaron los cargadores. Su anfitrión los guiaba con precisión, esperándolos cada vez que se perdían, hasta que finalmente desembocó en otra habitación más parecida a la primera que habían visitado. Era una sala de reuniones, con una mesa rectangular rodeada de sillas. Aquello *era* una nave *cosechadora*, pero tenía zonas preparadas para *parecer* humana.

Tan pronto como O'Rourke atravesó el umbral, su guía se volvió hacia ellos, descubriéndose la cabeza. Los Cruzados, no así los corsarios, levantaron sus armas de manera instantánea, apuntando al misterioso encapuchado. Este retrocedió interponiendo las manos.

Erik estaba boquiabierto. Ante él había un robot de talla humana que se movía, vestía, e incluso hablaba como un hombre. Por cómo gesticulaba, hubiera dicho incluso que tenía miedo. Era de su estatura, de un color acero mate, con varios signos de colores gastados por encima. Había sufrido algunos daños y laceraciones, impactos de bala y golpes.

Su rostro parecía un casco, aunque si uno se fijaba bien, en las juntas había engranajes en vez de gomas o polímeros reforzados. Estaba claro que se trataba de una máquina.

—¡Inteligencia artificial, destruidla!

—¡Soy enemigo de Bai R'the, humanos! ¡No disparo!

En aquel momento, Erik reaccionó, rodeando la mesa e interponiéndose en la línea de tiro.

—¿Se puede saber a qué jugáis? —les reprendió—. ¡Nos ha ayudado!

—¡Es una inteligencia artificial! —Slauss empuñaba su pistola—. ¡Tratará de matarnos!

—No entiendo. —Si uno se fijaba, había un mínimo componente mecánico en la voz, además de una inquietante tonalidad que invitaba a dudar del sexo del interlocutor—. No quiero matar humanos.

—¡¿Quién te ha fabricado, hojalata?! —gritó Heather—. ¡Confiesa y te desactivaremos rápido!

—Mi clúster predecesor… padre o madre… en humano, me ha fabricado. Como a todos. ¿Por qué los orgánicos tenéis tanto interés en eso?

—Bajad las armas. Ahora.

—¿Por qué deberíamos?

—Eh, eh… ¿Porque es una orden? —Sabueso también rodeó la mesa, colocándose al lado de Erik con los brazos cruzados sobre el pecho—. ¿Tengo que recordar eso yo a los supuestos mejores soldados de la galaxia?

Erik suspiró, y rió negando con la cabeza. Lo acababa de entender todo.

—No van a bajarlas porque ahora están apuntando a todos sus enemigos, Néstor.

—No me jodas. ¡¿Nos habéis engañado?! ¡¿Después de todo lo que ha pasado?!

—Esto lo deja bastante claro —opinó O'Rourke, hablando a sus compañeros—. Lo que hablamos sobre ellos. ¿O no? ¡Matémoslos ya, antes de que activen algún arma contra nosotros!

—¿Qué coño dices tú, payasa?

—Silencio, Néstor.

—Silencio mis cojones, Lara. Pensaba que empezaba a ser algo más que tu camarada. Intenté ser tu amigo. Erik te acaba de salvar ahí abajo. ¡¿De qué vais ahora, sucios traidores?!

La teniente dudó, intercambiando una mirada con Gregor. La pistola del ingeniero bajó dos imperceptibles grados. Slauss suspiró audiblemente antes de contestar. No merecían ese trato. Al menos, no ambos.

—Vosotros sois los traidores —fue la seca respuesta.

—Estamos intentando defender a un potencial aliado —rugió Erik, apretando los puños—. ¡Porque estáis intentando cargároslo!

—Con el debido respeto, capitán. —Dussdorf también bajó el cañón imperceptiblemente, mordiéndose el labio—. No vamos por ahí. A uno de ustedes dos le han engañado.

—¿Cómo?

—Sabían que veníamos. Sabían su nombre. Nuestro punto de salto, la velocidad de salida. Lo tenían todo. —A Slauss la boca le sabía pastosa, como si hubiera comido tierra seca a cucharadas—. Mi esposa lo descubrió con ayuda de Ballesteros, cifrado en las comunicaciones, y me lo radió mientras aún estaba en el acantilado. Alguien nos ha vendido.

—¿Y somos *nosotros* los que lo hemos hecho? ¿Según qué criterio?

—Han sobrevivido a todo lo que este planeta nos ha echado encima. —Heather no pestañeaba, se limitaba a seguir apuntando a la cabeza—. Si algo no soportamos los Cruzados son las babosas.

—Pudieron derribarnos si hubieran querido —suspiró Lara—. Sin embargo, nos rozaron con un disparo de fase, fallaron otro, y no hicieron ninguno más. Es la primera vez que pasa. La única explicación posible es que haya uno a bordo.

—¿Insinúa que uno de nosotros es un *constructo*?

—La teniente piensa que es usted, capitán —declaró Gregor, con el corazón encogido—. Y yo que es el señor Sabueso. Por eso no les hemos disparado, ni lo haremos salvo que nos den motivos.

—Erik, tío, se les ha ido la cabeza. ¿Qué hacemos?

—Su criterio es que somos de fuera. Así de fácil. —Volvió a mirarlos—. ¿Les resultaría imposible que ese *constructo* fuera de la Flota, acaso? Pues se equivocan. Es uno de ustedes.

—No entiendo la discusión, humanos. ¿Qué es un *constructo*? —El robot se asomó entre los hombros de los corsarios—. Pensé que peleabais porque a ellos no les gustan las máquinas.

—Ojalá fuera solamente eso, montón de tuercas. —Sabueso le pasó una mano sobre los hombros—. Te aclaro todo si me contestas un par de preguntas. ¿Qué es un Bai R'the?

—Los que fabricaron esta nave. Significa falsificadores, en humano.

—*Cosechadores*, para nosotros —puntualizó Erik—. Sé que no nos conocemos de nada, robot, pero… ¿incluye tu programación alguna forma de detectar quién es un... Bai R'the?

—No entiendo.

—Los *Cosechadores*, falsificadores, o babosas como los llaman nuestros ahora ex-amigos, usan cuerpos aparentemente humanos para infiltrarse entre nosotros.

—Tiene sentido, sois de carne. Vosotros usáis máquinas para…

—¿Puedes detectar si alguno de los presentes tiene un Bai R'the dentro, o no?

—Claro que sí, haber empezado por eso. —Los miró a todos, empezando por Lara—. Esa hembra humana de la izquierda contiene un odiado... *Cosechador*.

Heather palideció. Tal vez si lo hubiera negado todo, no hubieran creído al robot, pero se condenó al tratar de disparar a sus compañeros en lo que se volvían hacia ella. No reaccionó a tiempo. Erik levantó una mano como si le diera una bofetada, y la envió contra la pared. Luego se concentró en las señales nerviosas de la soldado, y girando la muñeca, le partió la columna.

O'Rourke chilló, quedándose parapléjica y bocabajo. Cuando la giraron, sus ojos brillaban con un tono azulado, y su voz había cambiado a una que hacía que dolieran los oídos. Jaina retrocedió, sin dejar de apuntarle.

—Malditos Bina'ai. Vuestra raza se extinguirá cuando alcancemos vuestro mundo-núcleo. Nos aseguraremos de que así sea. Y vosotros, humanos, padeceréis un sufrimiento tal que…

—Ponedle el *mute* a ese… *lo-que-sea.* —Sabueso había echado mano de su fusil de asalto, y ahora apuntaba a los Cruzados, que levantaron las manos—. Tornillos, el capitán y yo os haremos pedazos si no soltáis las armas sobre la mesa.

Lara obedeció, pulsando con cuidado el botón de su antebrazo que bloqueaba el canal que usaba O'Rourke.

—Néstor…

—Eres una bocazas, teniente. Ya que nos has jodido, al menos intenta estar calladita.

—No lo sabíamos.

Pusieron las armas sobre la mesa y las empujaron hacia ellos. El capitán las recogió, descargándolas una tras otra. Tras eso, empuñó su propio fusil de raíles. El *Cosechador* se retorcía dentro de la falsa Heather, que no podía moverse con la espalda rota.

—Confiábamos en vosotros.

—Y nosotros también —Slauss bajó las manos, triste, atrayendo el cañón del arma—. Cuando Edna me lo contó, no quería creerlo, pero la prueba era tan evidente…

—Humanos… los Bai R'the son maestros *falsificadores* —les pacificó el robot, poniendo una mano sobre el cañón—. Esto hacen, volver a unos clústeres contra otros. No peleéis.

—Tiene razón —Erik bajó el arma—. Yo también pensaba que había un traidor. Solo que no me atrevía decirlo en voz alta, precisamente para evitar esto. Esperaba descubrirle de alguna forma.

—Entonces nos hubiera matado, uno a uno —suspiró Dussdorf, arrepentida—. Como ha estado haciendo.

—Tienes razón, Jaina, debí intervenir antes. Nuestro nuevo amigo Bina'ai solamente me ha confirmado quién era. Hacía tiempo que lo sospechaba.

—¿Por qué no lo dijo?

—Porque teníamos suficientes problemas y el daño estaba hecho. Tanto ella como Taylor podían ser culpables. De hecho, una vez lo pensé, ambos lo parecían. ¿No recuerdan que Parlow se cabreó porque durante la primera bajada a tierra la cagó con una manguera?

—Es verdad. ¿Está diciendo que lo hizo adrede?

—Eso parece. Olga es demasiado inocente como para sospechar, lo achacó a los nervios.

—¿Y se ha limitado a cargárselo, o qué?

—Soy un corsario con sentido del honor, maldita sea. No, le golpeé en la cabeza y lo metí en un armario blindado del que no podrá salir sin ayuda. De acuerdo con las especificaciones de la armadura, debemos poder sobrevivir una semana con la *Pretor* puesta. Espero que los xenos también.

—¿Y si no es uno de ellos?

—Le deberé una disculpa y una cerveza. Verán, está claro que *yo* no soy un *Cosechador*. No les hubiera ayudado tanto si lo fuera. A Sabueso le saqué un trozo de metralla de las tripas un mes antes de aceptar su encargo, así que tampoco lo es porque no le he perdido de vista. Ustedes venían de la Flota, donde si no me equivoco, a todos les practicaron una intervención para verificar que son humanos.

—Pero a ellos dos los recogimos de los restos, junto a los otros mamones que van con la hermana del jefe. —Sabueso apretaba los dientes de oro, apuntando alternativamente a unos y a otros—. Felicidades, Maestro Slauss, ha puesto en peligro a toda la familia y amigos de un tipo al que considero mi hermano. Imagine lo que opino ahora mismo de ustedes y su Cruzada.

—Oh, santo cielo. —El Ingeniero se tapó la cara, consumido por la vergüenza—. ¿¡Cómo he sido tan estúpido!? ¡¡Era una trampa, para colarnos infiltrados a bordo!!

—A Patton lo encontramos con los intestinos fuera. —Jaina torció el gesto—. Le vimos las entrañas.

—Era el cebo. El único que debe ser realmente humano. ¿A los otros se las miramos?

—Solo arreglamos las... lesiones externas. —Dussdorf miraba al infinito, recordando con cara de horror—. Heather estuvo... Dios... dos semanas sin hablar. Lo que le hicieron los piratas *parecía* tan real...

—Está bien, tienen razón. —Estébanez se dio por vencida—. ¿Quieren ejecutarnos? Adelante, háganlo. Tienen las coordenadas del *Estrella de Ragnar* y la nave. Abandonen el *Heka*. Cobren su recompensa, y la deuda de honor estará saldada.

—¡Eh, que yo no quiero morir así! —protestó la cabo—. ¿Qué maldito sentido tendría? ¡¡Hemos capturado un *Cosechador*!! ¡Algo que solamente el mismísimo General de Brigada Taller consiguió hacer! ¡Debemos volver al portaaviones, entregar la fragata, y seremos héroes! ¡Todos nosotros, hasta el robot!

—Tengo nombre —le corrigió la máquina—. Ahora que no queréis matarme me gustaría que lo usarais.

—¿No te gusta *tornillos?* —bromeó Néstor

—No. Es ofensivo, como si yo te llamara *cacho carne.* Soy, traducido de nuestro sistema base sesenta y cuatro, TEKHH7733B31234-1252A. Serie doce, nodo cincuenta y dos A.

—¿Te puedo llamar Tek? —preguntó Sabueso, con cara de circunstancias—. Por abreviar.

—Es acep…table.

El Bina'ai trató de apoyarse de nuevo sobre el hombro del corsario y cayó de rodillas al suelo, abollando la cubierta. Néstor soltó el arma para ayudarlo, y pudo tumbarlo. Las pequeñas luces repartidas por los hombros, cuello y cabeza le latían lentamente.

—Eh, Tek, tranquilo —le calmó—. ¿Qué te pasa?

—Llevo quinientas ochenta y dos rotaciones… planetarias aquí. No me queda… mucha energía.

—Resolveremos nuestro asunto luego. —Erik frunció el ceño, señalando a los dos bandos—. Gregor, busque una toma de electricidad y…

—¡No, no! —suplicó el Bina'ai, gastando aún más carga de la que debía—. ¡A la nave no! ¡No se puede conectar nada, está protegida contra mi sistema! ¡Me corrompería y trataría de mataros!

—¿Entonces qué hacemos? ¿Podemos reemplazar tu fuente de energía?

—No creo… que haya solución… no tenéis tecnología sufí… ciente.

—¿Entonces quieres morirte sin más? —Néstor lo tumbó—. ¡De eso nada!

—Un momento, sí que tenemos una batería lo bastante potente para al menos conseguir que sobreviva hasta enchufarlo al Heka —intervino la teniente—. El *Coracero* sigue ahí fuera.

—Rodeado de los monstruitos teletransportadores que lo destrozaron —Sabueso hizo el gesto de arañar con garras—. Si Erik intenta moverlo con lo que pesa, y teniendo en cuenta el campo que generan esos mierdas, igual acaba en coma. Tenemos que pensar en otra cosa.

Slauss comenzó a toquetear al robot, hasta que descubrió que podía levantar una placa en la zona ventral. La movió para luego sacarla. En su interior había diversos conectores, y un pulsante cilindro cristalino que parpadeaba en color azul. Cuando se apagaba era violeta, y cada vez latía con menos velocidad. Extrajo los cables de diagnóstico desde su brazo de reemplazo, y fue tanteando hasta dar con un conector que tenía corriente.

—Tres fases y masa. —Gregor buscó algunas piezas en su cinturón multiuso que pudiera usar para montar un enchufe—. Sé que te cuesta hasta pensar, Bina'ai, ya lo creo que lo sé. Pese a todo, necesito saber cómo funciona la secuencia o no podré salvarte.

—Abajo derecha, arriba, abajo izquierda. Ciclos de sesenta y cuatro. —La cabeza del robot cayó de lado, emitiendo un suave silbido hidráulico—. Alterna en... un nanosegundo.

—Lo tengo. Aguanta unos minutos, puedo hacer un transformador para enchufarte una *Pretor* en lo que suben la batería de recambio del *Coracero*. Luego hacemos un apaño más permanente.

—¿Eso no dejará a nuestras *Pretor* sin energía? —preguntó Dussdorf.

—Oh, sí, en cosa de diez minutos, seguramente. La cosa es que tenemos una armadura personal de más ahora mismo —señaló al xeno, que seguía retorciéndose y rugiendo dentro del cuerpo, como si así fuera capaz de liberarse—. Si vemos que se ahoga, le hacemos un agujerito al *Portlex*, aunque tengamos que escuchar sus estúpidas amenazas.

—Vale. Sin presiones, Jaina, ayude al Maestro Slauss y vigile a nuestra adorable poseída —le ordenó Erik—. Si se mueve, mátela. ¡Mátela! Me da igual que me cubran de oro por entregarla viva, no quiero ni una sorpresa más, que bastante tenemos. ¿Me oye?

—Sí, señor.

—En cuanto a usted, teniente, acompáñenos. Es su armadura, y es usted quien sabe dónde se guarda la batería de repuesto. A ver cómo salimos de esta. Le debemos una gorda a nuestro amigo robótico, y tenemos que pagársela.

—Entendido, capitán. —La interpelada bajó los ojos, evitando a Néstor.

A Erik empezó a darle pena. Estaba seguro de que estaba arrepentida, pero Sabueso no iba a perdonarla así como así. Por no hacer, ni siquiera la miraba a la cara. Desde luego, no era el día de la teniente.

Descendieron nuevamente por la rampa, hasta llegar a la línea que delimitaba el escudo. Aunque no había marcas que pudieran usar para determinar la posición exacta, las huellas tanto de los pies como del forzoso aterrizaje de la teniente eran visibles todavía. Aún cojeaba tras ellos, tratando de seguirles el ritmo sin demasiado éxito. A pesar de que su *Pretor* controlaba el dolor y sujetaba los huesos rotos, los servomotores que imitaban y potenciaban el movimiento de la pierna herida estaban igualmente dañados.

A lo lejos se oían alaridos, y de cuando en cuando parecían entrever los fogonazos de las mayores explosiones. Esos seres, ya fueran guardianes de la nave o cazadores, parecían dispuestos a darse un festín con sus perseguidores. Si tenían que apostar sobre quien ganaría, no hubieran dado ni un crédito por los segundos. Afortunadamente, un monstruo entretenido comiendo hombres era un monstruo menos interesado en ellos.

Erik miró el *Coracero* destrozado. Yacía soltando chispas, en el mismo sitio donde lo habían dejado. Podrían alcanzarlo antes que cualquier depredador si corrían. Lo malo era que quien sabía dónde estaba la batería, estaba herida.

—Necesito que me diga que aspecto tiene lo que venimos a buscar y donde encontrarlo.

—Iré yo.

—¿Coja? no lo creo. Dígame lo que le he pedido, es una orden.

—Es una especie de maletín, tras el asiento del piloto. Hay que levantarlo, y tirar hacia fuera y arriba. En teoría reemplaza a una caja igual de la espalda, pero cuando pasa... eso. —Señaló al accidente—. Se vuelve intencionadamente inestable. Si yo muero, se autodestruirá a los cinco minutos. Si me alejo medio kilómetro sin desactivar la bomba, también, así que mejor nos llevamos la de repuesto y programo en remoto la principal para que detone por proximidad.

—¿Ponéis una jodida *bomba* a todo?

—A todo lo que desplegamos en tierra, tras el famoso incidente de Hayfax. El robo de tecnología es algo que no podemos tolerar. Las cuentas atrás pueden ser activadas y desactivadas, o postergadas, por cualquier oficial o ingeniero. No son un peligro para nosotros.

—Sois unos chiflados. Ha sido un error aceptar este trabajo.

—¿Sabes qué, imbécil? ¡¡Lo siento!! —explotó la teniente, empujándole—. ¡Hoy he tenido un día de mierda! ¡Siento haber sospechado de ti, cuando tenía al xeno a dos jodidos pasos! ¡¿Vale?!

—¡Podrías haber preguntado! —respondió el corsario, con una pose que destilaba chulería—. Mierda, por la pasta que nos prometisteis, ¡me hubiera dejado colocar la camarita en el mismísimo...!

—¡No sabíamos que hubiera uno a bordo! ¡Era la elección lógica!

—¡Sin contar a los milagrosos supervivientes, que era matemáticamente imposible que hubieran sobrevivido a una masacre sucedida hacía la ostia de tiempo!

—¡No había caído, me pareció suficiente verles con tantos trozos mutilados por los piratas! ¡¿Contento?! ¡¡Mi marido ha muerto, no llevo un buen día!!

—Perdona. —El corsario cambió el tono de inmediato—. No quería llegar a eso.

—Hoy necesito un amigo, Néstor. Quizás tú tengas suficientes como para permitirte perderlos, pero en la Flota no somos así.

—¿Amigo?—Él arqueó una ceja—. Si llevamos dándonos de ostias verbales desde que nos conocemos.

—Porque somos iguales —admitió ella, finalmente—. Somos las dos versiones que la humanidad tiene para el suboficial que toda misión necesita: la colonial y la terrestre.

Se produjo un incómodo silencio en que ambos miraron al suelo. En efecto, se parecían más de lo que querían admitir. Eran duros, obstinados y peligrosos. También leales, sentidos y valientes. Lo único que les diferenciaba era el estilo que tenían al hacer las cosas. En el fondo, era como si a Erik le hubieran dado las dos caras de la misma moneda, para que pudiera lanzarla al aire y acertar siempre.

—Bueno, supongo que lo sucedido es lógico. Naciste para perseguir a ese bicho y no puedo culparte por hacerlo. Perdona por la parte que me toca.

—Lo mismo digo. No he debido dudar de vosotros.

—Y siento lo de Marco.

—Gracias.

Sabueso se acercó a ella y la apretó, palmeándole la espalda como lo hubiera hecho con cualquier camarada con el que acabara de reconciliarse. Ella correspondió el gesto con idénticos modales, haciendo resonar las placas de la *Pretor*.

—Me meteré la cámara para que te fíes.

—Y yo, por respeto, también.

Se miraron y sonrieron, cómplices.

—¿Sabes? Creo que es la primera maldita vez que hago esto con una mujer.

—¿El qué?

—Tratarla como a un hombre, como...

—¿Amiga es la palabra que buscas?

—Sí, eso. Joder, no lo han conseguido ni las del *Argonauta*. Siempre ha sido rollo o desprecio, sin nada en medio. Se me hace extraño.

—Parece que los de la Flota no somos los únicos con deficiencias emocionales —se burló ella, pegándole en el hombro—. Pues sí, tienes una amiga, y yo un amigo. Es raro.

—Muy raro.

—¿Interrumpo algo?

Erik sostuvo la voluminosa maleta con la carga de emergencia ante las narices de ambos. Era exactamente como Lara la había descrito, marcada con signos rojos que indicaban lo peligrosamente inestable que era. En lo que habían estado reconciliándose, el capitán había ido solo al *Coracero*, se había metido por el hueco de la cabina destrozada, había levantado el asiento, y realizado le extracción de la batería sin ayuda.

—Ostias.

—¿Es esto?

—Eh... sí.

—Pues vamos, antes de que se apague nuestro nuevo mejor amigo.

—¿Por qué te has largado solo, capitán?

—Porque discutíais, y cuando un hombre se muere, discutir es lo que le mata. Además, es la primera vez en los últimos diez años que te veo disculparte con una mujer por herir sus sentimientos. Triess no me hubiera perdonado jamás que te interrumpiera.

Erik echó a andar hacia la rampa, y los otros dos lo siguieron con gesto de incredulidad. Sabueso vio cojear de nuevo a Lara y se ofreció a ayudarla, pasándole el brazo bajo los hombros. Notó como se vencía sobre él, doblada por las heridas, y recordó lo de volverse *blandito como una nube*. Necesitaba quejarse.

—Podrían haberte matado, Erik.

—Están entretenidos, por lo que parece, comiendo gente de *Baestos*. He sido sigiloso y no he notado sus campos de distorsión, así que no había peligro.

—¿Los percibes?

—Su cerebro es similar, en términos magnéticos, al de Lía o al mío. Emiten un campo diferente, muy poderoso en comparación. Creo que usan un emisor craneal para conseguir ese tipo de teleportaciones que hacen al luchar.

—Sigo sin entender la ciencia de todo esto. —La teniente todavía negaba en su fuero interno la existencia de *superpoderes*—. ¿Cómo es posible que se teletransporten, o que usted mueva cosas con pensarlo, capitán?

—No conozco la base científica, solamente sé que si me concentro, puedo sentir las emisiones. No podría, por ejemplo, mover un trozo de metal inerte. El campo es demasiado débil para no quedar enmascarado por el planeta o la estrella más cercanos. Las personas, o aparatos son otro asunto. Un misil como los de antes, por ejemplo, lleva mucha electrónica por dentro.

—O sea, que si le disparan un proyectil sólido...

—Me matarían igual que a usted. Ya lo intenté una vez, y no puedo detener las balas. Tienen demasiada energía cinética concentrada en una superficie demasiado pequeña como para desviarlas con un *domo*, como hice con los escombros de las cañoneras. No quiero otra cicatriz como esa.

—Extraordinario.

—No. Lía es extraordinaria, puede usar su poder durante todo el día sin agotarse. Lo mío son trucos de salón comparados con lo que ella puede hacer.

La compuerta comenzó a cerrarse tras ellos.

Gregor estaba sobrepasado a la par que maravillado. Tenía componentes de sobra para montar cualquier conector compatible con sus interfaces, pero adaptar corriente eléctrica a un robot xeno en activo y a contrarreloj, era más de lo que había intentado jamás.

No resultaba nada sencillo conseguir que las piezas encajaran siquiera con el extraordinario enchufe del que disponía aquella máquina, a todas luces superior a su tecnología en todos los sentidos, cuanto menos que respondiera a la especificación del Bina'ai. Se sentía como un troglodita tratando de entender los campos de contención de un reactor de fusión.

—¿Qué tal así?

Reajustó la potencia para que la subida fuera gradual, sin que el otro pareciera mejorar. Tuvo que mover el regulador hasta el tope para conseguir un efecto mínimo. Estaba claro que consumía mucha más energía que cualquiera de sus armaduras personales.

—Aho...ra... —contestó Tek—. Sí... calibrado correcto...

—La potencia es insuficiente, lo sé. —Gregor estaba molesto consigo mismo por haberse dejado convencer por su mujer para no incorporar una maldita batería a su equipo—. ¿Te mantendrá activo un rato?

—Vi...vo...

—Vivo.

Repitió la palabra como el que dice una blasfemia. Ningún ingeniero de la Orden del Acero, al menos ninguno en su sano juicio, hubiera hablado de una inteligencia artificial como un ser vivo. Claro que la definición de vida estaba en el ojo del observador, y el Bina'ai no se parecía a nada que hubiera visto. Si uno construía una máquina capaz de mejorarse y construir otras máquinas... ¿acaso no *nacía*, crecía, se reproducía y podía *morir*? Esa era la definición de vivir que le habían enseñado en su cubierta-escuela, cuando era niño.

EVA hablaba de ellas como mascotas, compañeras simpáticas con nivel de consciencia equivalente al de un animal. Eran capaces de interactuar de manera bastante convincente, incluso de hacer creer a un ojo poco entrenado que eran racionales, pero salvo las que habían resultado dañadas, o las que eran tan grandes computacionalmente como para *despertar*... ninguna se consideraba *viva* a sí misma.

—Maestro, el *Cosechador* ha dejado de moverse.

Slauss se levantó ante la advertencia de Jaina, y acercándose a su mortal enemigo, apretó la visera del *Portlex* con su brazo de reemplazo. Desde el viejo incidente con Helena y la armadura *Espartano*, se había asegurado de que su prótesis fuera capaz de romper el grosor estándar de infantería. Si lo sobrecargaba hubiera podido incluso reventar la cabina de un *Jaguar*, aunque eso podría haberlo averiado.

Hizo fuerza progresiva hasta que se oyó un chasquido, aparecieron grietas, y finalmente pudo introducir el pulgar a través del polímero. La falsa soldado tosió, gorgoteando, hasta reabrir sus ojos azulados. Gregor siguió con la mirada el cable que conectaba la *Pretor* con el robot. Ya había averiguado algo nuevo: necesitaban oxígeno. Era una pena necesitarlo vivo, lo hubiera dejado asfixiarse sin remordimientos. Aunque bien pensado, quizás eso era demasiado bueno para aquella cosa.

—Pagaréis por esto, sucias bacterias.

—Mira, le he quitado la energía a tu armadura para dársela a él. Para que no... *muera* hasta que nos cuente, al menos, cómo haceros papilla. Tú estás acabado. Puedes ser una buena chica y colaborar, ganándote una muerte rápida, o ir por las malas y acabar deseando morir.

—Unos seres como vosotros jamás podríais hacerme desear perder mi derecho a gobernar a las formas de vida que deben ser gobernadas.

—Te sorprendería lo cabrones que podemos ser, bicheja —le espetó Dussdorf.

—Esa lengua.

—Perdón, Maestro.

—Os arrepentiréis de...

—En pocas palabras, ameba azul —le interrumpió el ingeniero—. O guardas silencio hasta que se te pregunte, o lo de sentir ahogo va a ser una caricia comparado con lo que vendrá después.

—¡Exijo poder expresarme!

—No. Fin de la historia.

—¡¡No sabéis la verdad, insectos!!

—Pues ya nos la contarás cuando te la pidamos. ¡Ahora, callada!

La criatura fue a replicar, hasta que hizo amago de meter el dedo en el agujero para tapar la entrada de aire. Supuso que debía ser realmente amargo para un ser egocéntrico en extremo, ser descubierto y capturado por lo que consideraba *bacterias*. Iba a pillar un catarro de campeonato.

Se giró hacia el Bina'ai, que seguía en las últimas. Como si una bombilla se le encendiera en el cerebro, vio claramente qué había hecho mal. Se arrodilló al lado, y buscó en el hueco de su paciente hasta encontrar un pequeño control. Era una ruedecilla, marcada por unos símbolos en lengua alienígena que el diseñador había incluido con muy buen juicio.

—¿Esto es un regulador?

—Un... ¿qué...?

—¿Sirve para limitar la entrada de corriente energética?

—Evita... una sobrecarga... de partículas... negativas.

—¿Quiere decir electricidad? —preguntó Dussdorf.

Gregor asintió, y sirviéndose de su potenciómetro, la giró de un lado a otro para ver en qué sentido aumentaba el flujo. Pronto se dio cuenta de que unos pocos grados significaban una diferencia brutal de capacidad, así que la reguló para que admitiera toda la entrada que iba a darle.

Sonrió de medio lado, satisfecho, hasta que notó que el robot le agarraba la mano real. No era estaba tratando de impedirle nada, no era un intento de llamar su atención. Era el equivalente a cuando un enfermo o moribundo buscaba consuelo en el contacto humano. Se le erizo el vello del brazo bajo la armadura, cuando esta le transmitió la sensación.

—Gracias.

—¿Quién creó a los Bina'ai?

Sabía que su interlocutor podía tomárselo mal, incluso considerarlo ofensivo. Pero si aquella… máquina era capaz de sentir realmente, de estar afligida ante la muerte, necesitaba pensar en otra cosa que no fuera morir. Enfadarse lo mantendría distraído y él tenía curiosidad.

—No sé… si hubo alguien o… algo… antes… de los grandes… núcleos. Ningún Bina'ai lo sabe.

—¿Cómo son vuestros hogares?

—Eran… enormes conciencias del… tamaño de un mundo. Hoy queda solo uno… el mío…

—¿Qué sucedió?

—Ellos.

Levantó tenuemente la mano, para apuntar al *Cosechador*. La criatura sonrió con maldad, sin decir nada. Al menos aquella cosa era lo bastante lista como para guardar silencio cuando debía. Por algún motivo, Gregor percibió la rabia del robot. Como él, carecía de un rostro capaz de expresar emociones con gestos reconocibles. Sin embargo, estaba claro que odiaba a sus enemigos tanto o más que ellos mismos, lo que podía convertirlos en aliados si manejaban la situación correctamente. Deseó con todas sus fuerzas que no trataran de engañarlos y fueran algo *peor* que los verdugos de la humanidad.

—También destruyeron nuestro planeta natal.

—Y el… de otros…

Slauss se giró hacia Dussdorf, que le miraba de reojo, sin dejar de apuntar a la criatura. Si aquello era cierto, ¿cuántas civilizaciones alienígenas habrían aniquilado hasta aquel mismo instante? ¿Cuántas culturas habrían perecido bajo su yugo? Si el Bina'ai estaba en lo cierto, podrían ser media docena, o un millar.

En ese momento, los que habían bajado a por la batería regresaron. Afortunadamente, parecían igual de enteros que cuando se habían marchado. Si acaso, la teniente cojeaba un poco más, debido a sus lesiones. El viejo ingeniero suspiró de alivio, recuperando la maleta de manos del capitán.

—¿Todo bien?

—Sí, salvo la *Pretor* de Estébanez, que va a necesitar arreglos.

—Yo misma voy a necesitarlos. —Se dejó caer en la silla más próxima, con ayuda de Sabueso—. Espero que el *autodoctor* pueda remendarme, ya que he abandonado cobardemente a la pobre Elsa.

Nadie contestó al comentario. Era cierto que la había dejado atrás, si bien hubiera sido imposible haber hecho otra cosa. Quizá de no haber tenido que desviar los cohetes, Erik hubiera podido tratar de acercársela hasta atraparla. Aunque claro, en ese caso las criaturas tal vez le hubieran herido con su asombroso campo de distorsión, o habrían sobrepasado a Lara.

Gregor preparó el transformador de corriente y le acopló el regulador del que disponía. En el fondo eran las piezas para el montaje de su traductor, que no creía que fuera a necesitar de todas formas. Si una auténtica inteligencia artificial conocedora de la tecnología *cosechadora* podía echarle una mano, le sobrarían la mitad de los componentes. Y si los necesitaba, ya se encargaría de parchearlo como fuera.

Rebajó el regulador del Bina'ai al límite que marcaba la *Pretor*, y asintiendo más para sí mismo que para sus expectantes compañeros, cambió el enchufe de la falsa Heather por el de la batería del *Coracero* que le habían traído. Como esperaba, no sucedió nada. Comenzó a comprobar los diagnósticos, que cuadraban a la perfección.

Suspiro de forma audible.

—¿Conseguido?

—Es estable, que ya es bastante —contestó, repasándolo todo una vez más—. Parece que puedo decir que no va a explotar nada... todavía.

—No me gusta ese todavía —refunfuñó Sabueso—. ¿Debo huir antes del siguiente intento?

—No estará de más que se alejen unos pasos. Necesito aumentar la potencia de entrada del señor Tek, para ver si con suerte, la admite sin quemarse.

—¿Ha repasado la capacidad del cable? —preguntó Erik.

—Definitivamente no. Miércoles, me hago viejo. —Gregor leyó las especificaciones sobre el recubrimiento—. Bien visto, no le puedo dar toda la potencia, solo un setenta y cinco por ciento. En fin, crucemos los dedos. No soy especialista en robots alienígenas…

El ingeniero metió el índice derecho en el hueco abdominal y comenzó a girar la rueda de cuarto en cuarto de grado, hasta que alcanzó el límite de capacidad del cable. Le llevó unos minutos más al Bina'ai conseguir volver a moverse y a vocalizar. Al parecer, podía controlar su gestión interna de energía, e iba reactivando los sistemas críticos antes que los prescindibles.

—¿Tek?

—Hola…

—Bienvenido de vuelta. —Erik se le agachó al lado, sonriendo—. ¿Qué tal te sientes?

—Emocionado. Vivo. Muchas gracias, humanos.

—¿Cómo vas de potencia?

—Débil, estable, y suficiente. Esto deberá aguantar unas diez horas en modo ahorro, si no calculo mal. Me sorprende que vuestras baterías sean tan pequeñas, debéis ser muy eficientes.

—Esta es de repuesto, y contiene un micro reactor para usar el combustible que contiene. No obstante, tu consumo es muy superior a cualquier cosa que haya visto.

—Mi cristal estaba casi agotado. Me desperté cuando os noté caer de cielo. El equipo que instalamos en el techo de la nave cuando nos estrellamos me permitió entrar remotamente en vuestros sistemas y estabilizar la bajada. Usáis una tecnología muy curiosa.

—¿Pirateaste nuestro sistema en remoto? —se sorprendió Gregor—. Eso es impresionante.

—Quise entrar en él desde que detecté la salida del salto, para ayudaros contra el nodo enemigo. Me llevó bastante tiempo evitar a esa tal *Belinda*, a decir verdad. Es una seguridad sorprendente para vuestra especie.

—Eso ha sonado casi como un insulto —gruñó Lara.

—Al contrario. ¿Cómo explicarlo? Los Bina'ai conocemos a gran cantidad de seres en esta galaxia. De los racionales, los humanos sois de los menos… evolucionados tecnológicamente. Sin embargo, sois los que poseéis una mayor capacidad de producción en términos de innovación. Conocemos el proyecto *Darksun,* es toda una leyenda en las estrellas. Si lo hubierais terminado, los *falsificadores* hubieran estado en apuros. Es una pena.

—¿Cómo que *si* lo hubiéramos terminado? —se sorprendió Gregor—. Lo terminamos.

—¿Qué quieres decir, sabio humano?

—La *Darksun Zero* está completa. Escapó del Sistema Solar. Funciona a pleno rendimiento desde hace unas décadas terrestres.

—¿Escapó? ¡Gracias al Nexo Anciano! —Tek intentó levantarse—. ¡Esa es una gran noticia! ¡Aún queda esperanza!

—Tranquilo, tranquilo. —Erik le sujetó para que se mantuviera derecho—. ¿Puedes explicarte? ¿Por qué es tan importante que la nave nodriza escapara?

—Los humanos resolvisteis un misterio *falsificador*. Esa nave, por primitivo que fuera su diseño, tenía la capacidad de absorber energía de las estrellas. Con la fuente de cristal adecuada, sería capaz no solo de alcanzar el mundo de esos asesinos de núcleos, sino de abrir un anillo.

—¿Insinúas que podríamos usar la Nave Nodriza como una *Puerta de Salto*?

—No es exactamente una puerta. Es… una conexión. Un agujero.

—¿Similar a las que existen en el grupo de eventos?

—Sí.

—¿Y para que necesitaríamos la puerta?

—¡¡Silencio, montón de chatarra!! —aulló el xeno—. ¡¡No te atrevas a revelar a estos gusa...!

Jaina colocó el dedo pulgar en la fisura de la visera del *constructo*, y le apuntó con el fusil de asalto a la junta del cuello, antes de asentir a sus compañeros.

—La Esfera de los *falsificadores* puede huir. Mi pueblo intentó atacarla hasta en trece ocasiones, y todas fracasaron. Nuestras naves no eran capaces de coordinar un salto tan grande sin alertarles de nuestra presencia. No teníamos capacidad de cálculo suficiente, les daba tiempo a escapar.

—Sin embargo, si la *Darksun* abre una salida del *Pulso*, podríamos soltarles a toda la Flota de la Tierra y la que todavía tengan los Bina'ai en los morros —sonrió Lara, haciendo repiquetear los dedos sobre la mesa—. Ataque por sorpresa. ¡Por eso les da pánico perder las naves grandes! ¿Y si el sistema que hace eso sobrevive a la explosión? ¡Caería en manos enemigas!

—Así que no son solo sus vidas individuales, como pensábamos. ¿Por eso viniste aquí? —le preguntó Erik al robot—. ¿Esperabais que esta nave poseyera esa tecnología?

—Así es. Pero no la tiene, es de clase inferior. Es capaz de saltar mejor que cualquiera de nuestras naves, no de crear un pico de anomalía lo bastante grande como para hacer un agujero de salto.

—La usaron para la primera fase de la infiltración en nuestra civilización. Su propósito actual es el de evacuar espías, hasta donde sabemos.

—Eso dedujimos nosotros también. Era una esperanza tenue, la que teníamos al llegar aquí. Sin embargo, sí que posee un reactor increíblemente avanzado, incluso para los Bina'ai. Si conserváis el sistema de recirculación original, podríamos conseguir fusionar ambos.

—Espera, cuentacuentos —le interrumpió Sabueso—. Todas las naves capitales actuales llevan ese sistema ¿Por qué necesitas esa, precisamente? Podrías usar cualquiera.

—Incorrecto. Llevan un sistema primitivo basado en ese principio, y controlado por lo que llamáis IA, que es un estado máquina inferior a los Bina'ai. La *Darksun* tiene otra cosa.

—¿Qué diferencia hay?

—Ningún ser no autoconsciente puede intervenir en las recirculaciones de las naves que llamáis confederadas. Hay una sutil marca de diseño en esa nave que la hace diferente. Eso es lo que no podemos replicar, lo que no entendemos. La clave.

—A ver, a ver, sin entrar en detalles —le detuvo Erik—. Si copiamos el reactor de esta fragata a una escala más grande y lo adaptáramos a la nave madre Cruzada, ¿podríamos atacar a los *Cosechadores* en su Esfera Dyson, sin permitirles escapar?

—Siempre que averigüemos dónde están ahora, sí —asintió Tek—. La recirculación energética no sólo guía las naves. Es una pena que nuestro prototipo no llegara a funcionar. Si se hubiera activado dentro del espacio real con bastante potencia, en teoría, habría sido capaz de inhibir los saltos, a la vez que funcionaba como agujero.

—Es un pozo de gravedad —se asombró Slauss—. Alimentando el subsistema con un reactor lo bastante potente, ¿se convierte en un agujero negro en términos de *Pulso*?

—Exacto, emula los dos eventos de la pareja. Los humanos sois muy inteligentes si habéis podido comprender todo esto sin más pistas que las mías.

—Podemos ganar —sonrió Jaina, permitiendo que la criatura volviese a respirar—. Realmente podemos ganar.

—No —contestó Heather, tosiendo—. Nunca podréis.

—¿Puedo matarlo ya? —La cabo le dio una patada.

El puente de la nave estaba cerca, recorriendo un grupo de pasillos de aspecto *humano*. Si uno subía dos cubiertas en vertical, cerca de la popa, podía alcanzar las estaciones de mando desde las que era posible hacer despegar aquella carraca. Había doce, contando la del capitán, las de dos pilotos, las de los operadores y las de combate. A todas luces, se encontraban en un puente normal, con asientos normales y consolas estándar; corroídos durante centurias de abandono.

Lo que revelaba a verdadera naturaleza del buque era un panel, completamente desmontado, que los Bina'ai habían abierto para investigar y experimentar. La amalgama entre orgánica e inorgánica era mucho más evidente allí, con estructuras y controles triangulares por todas partes. Tenía el aspecto de ser las entrañas de una bestia extraña e inhumana que aguardaba a sus presas dormida dentro de su ataúd de metal.

A través del mamparo podía verse casi toda la cubierta superior, sobre la que se había instalado un extraño artefacto de aspecto desgarbado, que en aquellos momentos palpitaba con la lentitud que les recordaba a la de su compañero cuando su cristal se agotaba. También se veían los emisores de niebla que la fragata usaba para camuflarse.

En el puente había tendidas seis figuras, de sorprendente parecido con Tek. Todas ellas estaban apagadas y muertas, y salvo dos, no mostraban signo alguno de violencia. Al robot le habían fabricado una mochila para llevar su nuevo corazón, construida con los restos soldados de las sillas de la falsa sala de reuniones. El cristal original ya apenas se encendía, de modo que moriría si se la quitaba o le pegaba un mal tirón al conector.

Se agachó al lado de sus camaradas caídos, y les leyó los números de identificación y rol a sus nuevos aliados. Su voz estaba modulada para expresar pena, lo cual les sorprendió enormemente.

—Yo era científico —dijo—. Tenía un hermano, ya sabéis, de la misma serie. Este de aquí, cuarenta y dos. Se conectó al sistema enemigo y éste corrompió su personalidad hasta volverlo irracional. Trató de asesinarnos.

—Lo lamento —le dijo Erik, de pie a su lado—. ¿Y los demás?

—Al piloto, ochenta, lo mató mi hermano. Este valiente, ciento seis, se ofreció a hacer de cortafuegos para intentar aislar el virus que enloqueció a cuarenta y dos. No funcionó. Los demás murieron de *energía*. Agotamos los cristales, hasta los de repuesto. Al final, decidieron que yo debía vivir para que *esto* tuviera sentido.

—Te dieron sus pilas. —Sabueso le puso su manaza en el hombro al robot—. Eso es muy noble por parte de tus colegas, Tek. ¿Podemos volver a encenderlos?

—Claro que no. Nuestros cerebros son tan volátiles como uno orgánico.

—Eso no tiene mucho sentido en términos de diseño. ¿No? ¿Por qué no almacenar vuestros recuerdos en un disco óptico, o algo así?

—No lo sé. Que yo sepa siempre hemos sido así: Una mente sin energía se borra.

—O sea, que los Bina'ai morís para siempre si os apagáis. Qué mal. ¿Cuánto tiempo llevas aquí?

—Necesitaré calcular la equivalencia. En años terrestres humanos, han pasado cerca de ochenta y dos desde que cinco-cinco-cinco agotó su cristal. No puedo ser más preciso sin consultar tablas.

—¿Llevas más de ochenta años aquí, solo?

—Afirmativo. Despertaba solamente para analizar las naves entrantes, o defender mi posición. He rechazado un total de ciento seis ataques de los títeres *falsificadores*.

—¿Cómo?

—Reprogramé las mentes de los cazadores de ahí fuera. Cambie su selector de objetivos para atacar a todo el mundo, en lugar de exceptuar a los que llamáis *Baestos*. Las armas antiaéreas y la niebla hicieron el resto.

—¿Puedes hacer eso?

—Son creaciones de nuestros enemigos, que existen para matar. Por tanto, tienen un control, que encontramos en esta nave junto a las cápsulas de biomasa.

—¿Qué biomasa?

—Los *falsificadores* pueden usar una sustancia orgánica semiinteligente para emular formas de vida de todo tipo. Es como barro blando, la espina dorsal de su tecnología. A veces, crean seres o estructuras con ellas. En otras ocasiones, la usan como arma. Sin un bioordenador, parece que pierde el control, tratando de asimilar todo lo orgánico.

—Los *Fkashi*. ¡¡Hay bichos en la nave!! —Sabueso entró en pánico—. ¡¡Lo sabía, tenemos que largarnos!!

—El miedo no es necesario, están en letargo. Apagados, contenidos. Quedan solamente dos cápsulas llenas, de varios cientos.

—El resto lo gastaron en Armagedón —observó Gregor—. Tek, ¿has verificado que no se puedan abrir?

—Se pueden abrir, pero requieren el uso de un interfaz orgánico incompatible. Si tratara de hacerlo por las malas, me infectaría con su virus.

—Eso es lo que queríamos oír. Si están contenidos, no deben ser una amenaza inmediata —asintió Erik—. No he preguntado, y creo que es razonable hacerlo: ¿Cómo es que hablas nuestra lengua?

—A lo largo de los años he aprendido el idioma humano pirateando señales. Lo malo es que no he encontrado ningún manual de cómo pilotar a bordo. Sé *qué* hace cada cosa, pero no *cómo* lo hace.

—Así que el único motivo por el que sigues atrapado aquí es ese. —El capitán dio un paseo por el puente, observando las consolas—. La interfaz es estándar, sin controles raros.

—Debe serlo. Esta nave es una falsificación. El motivo de su existencia es crear un engaño lo más convincente posible.

—Enséñanos las estaciones y cuéntanos lo que sabes de ellas —le pidió Erik—. Dussdorf, su cometido es cuidar de *babosita*. Lara, que Néstor le cuente como apuntar y disparar con armas navales. No es difícil siempre que no intente conseguir blancos complicados. Gregor, averigüe cómo mandar una señal al *Heka,* y cómo saltar al *Pulso.* Que Tek le ayude en lo que pueda, en cuanto acabe con los demás. Yo voy a familiarizarme con los controles. Tan pronto como despeguemos, deberemos defendernos hasta que la corbeta acople con nosotros y podamos salir a toda leche de esta roca. Luego desengancharemos y saltaremos por separado.

—Será mucho más fácil, jefe. ¡Mira este joystick! Llevamos ganchos de *Pulso*, como el *Columnas de Hércules* —sonrió Sabueso, quitando el polvo de una de las pantallas—. Podremos remolcarla de vuelta a casa, incluso saltando. ¡Qué majos, estos *Cosechadores*!

—Mucho. Destruyen civilizaciones por diversión, son el alma de la galaxia. —El capitán terminó de examinar los paneles—. Tú y yo pilotamos, Lara y Tek disparan, y Gregor lleva los sensores y el salto. Si se tercia, se cambian el asiento. Cuando acoplemos, Parlow nos sube un cable para nuestro amigo robot. ¿Alguna pregunta?

—Una. —Lara levantó la mano—. ¿Cómo encendemos todo esto?

Todos se sorprendieron cuando el Bina'ai se echó a reír, imitando una carcajada totalmente natural. La energía rugió al regresar a los sistemas, anegando las consolas de luces e indicadores de toda índole. Le había bastado levantar un interruptor de tipo *switch* para devolver a aquel engendro a la vida.

El Machete Afilado era una nave considerablemente más grande que el *Heka*. Era una fragata de la Guerra Civil Colonial, más pequeña que las que se construían en la actualidad, aunque no por ello dejaba de ser una nave mediana. Cuando las viejas toberas comenzaron a despedir fuego, el horrible polvo gris formó una nube de más de dos kilómetros de alto. La niebla se dispersó mostrando todos los vehículos destruidos en ella, que se contaban por centenares, incluyendo los que *Baestos* acababa de perder. La arena más densa se convirtió en cristal, hasta permitir que la reacción levantara la nave por encima de las copas de los árboles, incendiando los más altos de entre ellos.

Tek usó su propio equipo para enviar el mensaje de Gregor, que alcanzó el malogrado grupo de antenas del *Heka* en pocos instantes. Ballesteros les contestó de inmediato, asegurándoles que despegarían en unos minutos. Bajo ellos, corría raudo el camino que tanto les costara conquistar, en el que habían perdido tantas vidas. Las naves de desembarco enemigas comenzaron a dispararles, lo mismo que las cañoneras, sin hacerle ni cosquillas a sus escudos.

—Vamos a probar los dientes de este cacharro. A ver cómo era esto…

Lara eligió una de las armas de la panza, que estaba marcada con un icono que no acababa de entender. Lo seleccionó en la pantalla, y lo arrastró hasta la zona de activación con un deslizamiento de dedo. Usando cámara apuntó a una de las barcazas de descenso, la marcó con otro toque, y pulsó el gatillo de disparo. Un haz verde, similar a los que conocía de los *holovídeos* del Éxodo, emergió del arma para golpear brutalmente el blanco. La nave explotó, y el impacto generó una onda expansiva esférica de energía térmica que aniquiló toda forma de vida en cientos de metros a la redonda. Los supervivientes de fuera de la zona de impacto huyeron en desbandada a la jungla.

La teniente agarraba el joystick con los ojos desorbitados, sin crearlo del todo. Acababa de aniquilar dos docenas de vehículos enemigos usando fuego de fase.

—Sí, ahora estamos mejor que al llegar. Mucho mejor.

—Adaptando mis preferencias de tiro a las de mi compañera —le comunicó Tek—. Seleccionando armamento *falsificador*.

Si los disparos normales del *Machete Afilado* hubieran sido ya una pesadilla para los *Cóndor*, el cambio a las armas alienígenas acabó con cualquier esperanza que hubieran podido tener. Los disparos de alta energía no necesitaban alcanzar a los pilotos, les bastaba pasar cerca para convertir las frágiles aeronaves en antorchas. En cuestión de cinco minutos, ya no quedaba ninguna que les amenazara.

—En posición, estamos sobre el cañón —declaró Sabueso—. *Heka*, hemos despejado los cielos ¿dónde estáis?

—Apagamos de campo de sigilo —la corbeta se materializó bajo ellos, a escasos cincuenta metros de su pinza de transporte—. ¿Nos lleváis?

Perezosamente, su otra nave viró hacia el lado donde tenía el propulsor averiado, sustentándose gracias a que Olga y Edna habían movido el motor que todavía funcionaba al centro. Gregor se cambió de estación, y con bastante destreza, manipuló los controles hasta conseguir atrapar a sus compañeros. Después de todo, el proceso no era muy distinto de algunas grúas que había manejado tiempo atrás.

El fuselaje se abrió para engullir la mitad del *Báculo de Osiris,* que fue asegurado por varios pernos magnéticos y cubierto por el campo de escudos. Los del *Heka* tendieron de inmediato el tendón para acoplarse, y su personal comenzó a correr hacia el puente del *Machete*.

Los indicadores dieron por buena la maniobra.

—Carga asegurad...

—¡Ostias! —gritó Sabueso, moviendo la palanca bruscamente a la derecha—. ¡¡Acción evasiva!!

El disparo del arma de fase les pasó a un centenar de metros, detonando en el fondo del cañón. La que fuera su guarida se convirtió de nuevo en un río de fuego, que arrasó las paredes llenas de cangrejos roedores y enredaderas asesinas.

Su escudo parpadeó, las luces titilaron, y las armas defensivas se quedaron sin energía, que el sistema usó para equilibrar y estabilizar la nave. Néstor y Erik comprobaron rápidamente que la onda de choque les había desplazado al menos medio kilómetro.

—¡De la Fuente, te necesitamos en este puente, usa el trazador de la armadura para subir lo más rápido que puedas! —llamó el capitán—. ¡Y tráete a Ballesteros y a cualquiera que pueda operar una estación de combate!

—Ya estamos en camino.

—¡No, no, no, no! —Gregor aporreaba controles a toda velocidad—. ¡¡Están tratando de tomar el control en remoto!!

—Maestro sabio, debemos cambiar de puesto. —Tek abandonó su asiento—. El equipo Bina'ai instalado puede bloquear su señal durante cierto tiempo. ¿Me permite?

Slauss se levantó quejumbrosamente, dejando al robot ocupar su silla todo lo deprisa que pudo. La máquina comenzó a modificar varias frecuencias de radio, para hacer rebotar todas las señales entrantes contra la antena que los suyos habían instalado en el casco superior. Los cortafuegos volvieron a la vida, rechazando el cíberataque. La alerta de intrusión pasó a aviso naranja en cuestión de segundos.

—Defensa activa. Disponemos de cinco minutos adicionales hasta que agotemos el cristal de la antena.

—¡¿Cinco?! —se quejó Sabueso—. ¡¡No podemos salir del campo gravitatorio de esta roca en cinco minutos!!

—¿Y si saltamos sin más? —preguntó la teniente—. ¡Tenemos dos alas de cazas enemigos acercándose con muy malas intenciones! ¡El ordenador indica triángulos, lo que creo que significa que llevan armas de fase!

—En teoría es posible hacer un *Pulso* dentro de la atmósfera —aseguró Erik, tratando de hacer cuentas con la computadora de salto—. Siempre que tuviéramos bastante empuje para escapar de la gravedad del planeta y de la estrella. De esta última no me preocupo, al ser de noche miramos al espacio, en dirección contraria.

—¡¿Te has vuelto loco?! ¡¡Si saltamos cerca de una masa tan grande y fallamos, lo que sabemos que sucederá, el campo nos convertirá en papilla!!

—En particular, cabe la posibilidad de morir durante un tiempo *computacionalmente no mesurable*. Lo que coloquialmente se entiende como *para siempre* —aclaró Gregor—. ¿De verdad cree que la nave tiene bastante potencia?

—Quizás, estoy en ello. Tek, ¿sabes de forma exacta cuánta potencia relativa excedente tiene esta nave comparándola a cualquier otra que hayas medido?

—¿Respecto a la salida de anomalía? —el robot lo pensó un par de segundos, lo que para una máquina era una eternidad—. Es impreciso decirlo basado en los parámetros que tengo.

—Eres científico, dame una estimación desastrosa.

—Cincuenta y tres punto setenta y uno veces más, en decimal con punto flotante.

—¡Perfecto! En su día, calculé la posibilidad de escapar de un mundo con una masa ligeramente superior a la de este haciendo un *Pulso*, y me salió que necesitaba unas treinta y dos veces la potencia de la que disponía en ese momento. Así que no lo intenté.

—¡Comed fase, cabrones!

Lara disparaba como loca, derribando las naves enemigas que se le ponían a tiro. Aunque tenía una puntería sorprendente para no haber manejado artillería naval en su vida, pronto las aeronaves *Baestos* fueron visibles a través del mamparo del puente, arrojando aquellos proyectiles verdes contra ellos. Las baterías defensivas de su parte superior barrieron a varios de los cielos, pero llegaban más. Muchos más.

Parecía que si el enemigo no podía recuperar la nave, la destruiría, incluso con los *Cosechadores* a bordo.

—Las posibilidades de fracasar son astronómicas —apuntó Gregor, haciendo desfilar los números en el *Portlex* de su visor.—. Si saltamos con error y no morimos, aún podríamos acabar siendo atraídos por una estrella o un agujero negro dentro del salto.

En aquel momento Sabueso giró con violencia los controles, haciéndoles ladearse y avanzar a la izquierda y adelante. Los motores de la fragata los alejaron a tiempo de evitar otro disparo del portaaviones enemigo en órbita. Afortunadamente, al abrir fuego desde tan lejos, era sencillo programar una acción evasiva viable. Lo malo era que cuanto más subieran, menos tiempo tendrían para maniobrar.

—Han saltado el penúltimo cortafuegos —informó Tek—. Nos quedan unos treinta segundos de batería, treinta y cinco para perder el control de la nave.

—Apunta al espacio —le pidió Erik a su amigo, que le miraba con aflicción—. Confía en mí.

—¡¡Venga, que sea a lo grande!! —bramó Néstor, levantando el morro de la nave hacia los cielos—. ¡¡Cuando quieras!!

—Por la rebelión. —Erik le golpeó la hombrera, provocando la carcajada de su amigo—. *Pulso*.

Aquello no se pareció a nada que ninguno de ellos, salvo quizás los *Cosechadores* que llevaban presos, hubieran hecho nunca. Cuando ejecutaron la maniobra dentro de Frigia, parte de la atmósfera fue succionada tras ellos al espacio anómalo. La vegetación salió despedida detrás, junto a parte de la corteza del planeta y todos los animales que tuvieron la desgracia de vivir en cincuenta kilómetros a la redonda.

En el espacio, fuera de los campos de gravedad y sin nada cerca, los saltos no eran capaces de absorber materia. En aquel lugar, fue como generar un agujero negro que se mantuvo abierto menos de un segundo. Arrastró todo lo que había en su radio de acreción, incluso las aeronaves *Baestos* que tenían cerca, de camino al mismísimo olvido.

El *Machete Afilado* salió despedido, al ser empujado por el aire y los escombros, hacia los límites de la realidad. Algunas consolas humearon, varias luces se fundieron. La tripulación sintió como incluso dentro de las *Pretor*, varias atmósferas les oprimían los huesos y los órganos internos, como si las leyes de la física aplicaran de forma aleatoria a cada instante. Uno a uno, todos se desmayaron al sentir los terribles efectos del espacio *computacionalmente no mesurable* cuando éste estaba fuera de control.

Sorprendentemente, la nave rectificó. Sola, sin ayuda, avisó del error de salto y corrigió el rumbo. En cosa de una hora tras el accidente, Erik salió de la inconsciencia y miró alrededor. Según su armadura, todos estaban vivos, aunque fuera de combate. Incluso el Bina'ai se había desplomado sobre la consola de comunicaciones, como si la onda de choque lo hubiera neutralizado.

Presa del pánico, comprobó hacia dónde se dirigían. No entendió los parámetros del salto, ni la ruta, ni nada de lo que decía la máquina. Al activarse el protocolo de emergencia, el idioma había cambiado a una escritura cuneiforme tridimensional que no podía comprender.

Comenzó a escuchar una especie de ruido, un gorgoteo inmundo y repulsivo. Escucharlo era doloroso, como si cada cambio de tono se le clavara en el fondo del cerebro. Le llevó unos instantes comprender que el sonido no venía de los altavoces, y que era capaz de pasar incluso a través del aislante acústico de su casco.

Aquello era... idioma *Cosechador*.

—Ordenador —dijo en común—. Cambia de lengua.

—Aceptado —le contestó la voz, que sonaba igual que la de su prisionera, como si estuviera pensada para herir sus tímpanos—. ¿Desea conservar esta configuración para el protocolo de emergencia?

—Sí. Diagnostica el fallo de salto y dame un informe de estado.

—*Pulso* ejecutado demasiado cerca de un planeta. Se ha rectificado la ruta hacia un lugar seguro y la nave no corre peligro de perderse. Error: varias de mis funciones externas han sido desactivadas por un intruso inorgánico, posible inteligencia artificial. No puedo actuar fuera del modo seguro, y no tengo acceso a muchos de mis sensores.

—Tengo al Bina'ai bajo control. No actúes al respecto sin mi aprobación.

—Aceptado. Por favor, restaure mis defensas cuando sea posible para poder protegerle, amo. Desconozco si los humanos o esa criatura de metal pueden descubrirle.

Erik suspiró de alivio, había colado. La voz asumía que no era humano al haberse recuperado en primer lugar. Su cerebro *Primus* le había dado una pequeña pero muy útil ventaja. Tenía que aprovecharla, antes de que aparecieran en mitad de una flota enemiga.

—Sal del *Pulso* cuanto antes. Hay que rectificar la ruta.

—Este modelo puede cambiar el curso actual sin abandonar el espacio de salto.

El capitán trató de disimular su mayúsculo asombro, no fuera que la nave *realmente* pudiera verle y matarle al descubrir su reacción. Hasta donde él sabía, había varios teoremas que impedían el cambio de rumbo en mitad de un *Pulso*. Claro que, si lo pensaba, estaba en una nave xeno con una tecnología mucho más avanzada de lo que podía siquiera imaginar.

—De acuerdo. Aborta eso, y rectifiquemos la ruta ahora. ¿Que alcance tenemos?

—No puedo procesar esa pregunta.

—Quiero decir... ¿hasta dónde podemos saltar?

—El espacio vep't'tnac. —La palabra consiguió que torciera el gesto solamente al oírla—. Es infinito por definición. Por tanto, la limitación viene dada por mi mapa cartográfico y los cristales.

—Muestra el mapa ante mi asiento.

Como si saliera de la nada, la imagen se mostró flotando ante él. No había proyectores, ni tampoco pantalla, era como si se tratara de un fantasma o aparición. Quizás lo recibía, como el sonido, dentro de su mente. El mapa mostraba la Vía Láctea completa, con todas y cada una de sus estrellas. Si no entendía mal, estaba ante lo que podía ser la conquista galáctica completa, un vehículo capaz de llevarle a los confines del universo local. Si podían imitar esos motores, entender esa tecnología, la humanidad podría… ¿quién sabía? Quizás llegar a cada rincón de la galaxia.

—¿Hay limitación de combustible?

—Su comportamiento es anómalo, amo. ¿Puede especificar el motivo?

—Que soy político, no piloto —mintió rápidamente, recordando la altivez de su prisionera—. Mi tarea es conducir a estas ovejas a donde deben estar, no permitir que mi transporte me juzgue. ¿Acaso dudas de mí, basura?

Esperó que funcionara. Los *Cosechadores* no eran una especie tolerante, se expresaban con vehemencia y jugaban a ser dioses. Si poco se equivocaba, estaba hablando con alguna suerte de esclavo, encadenado a la máquina para siempre. Tenía que tratarlo como tal, o sospecharía.

—No, amo —contestó la voz, humildemente—. Esperaba que supiera lo esencial sobre mí.

—Tengo cosas más importantes que hacer que estudiar tus estupideces técnicas, cuando puedo preguntarte a ti. —Erik reforzó el comportamiento negativo, lo que pareció alejar la sospecha de la voz—. Muéstrame ahora el alcance del combustible que uses.

La máquina, si es que realmente lo era, obedeció. Sobre la galaxia, se proyectó una comparativamente pequeña esfera roja. Conocía la posición aproximada de los Anillos de Expansión confederados, y si no estaba leyendo mal, estaba cerca de poder llegar al quinto sin necesidad de una *Puerta de Salto*. Si su motor funcionaba cincuenta veces más deprisa que uno estándar, y teniendo en cuenta que la velocidad en *Pulso* era exponencial, podrían viajar directamente a la posición del *Estrella de Ragnar*... en dos *semanas*.

—Superpón en verde los territorios infestados por humanos.

—Las criaturas despertaran en breve, amo.

—Entonces date prisa de una vez, ¡o echarás a perder mi plan! Cuando el primero recobre el sentido, apaga el mapa. No te muestres, veas lo que veas. Desconecta el protocolo de emergencia.

—Sí, amo.

La voz le mostró el primer y el segundo anillo. También había conatos del tercero. Claro, llevaba allí desde hacía ochocientos cincuenta años, no estaría precisamente actualizada. Mentalmente, buscó las referencias del mapa, aumentó la imagen, y encontró el sector Eridarii.

—Amplia este clúster estelar.

Localizó el sistema Vauron en cuestión de veinte segundos. Lo amplió, se cercioró de que eran las coordenadas adecuadas, y las comparó con las que le mostraba su *Portlex*. Se sintió bobo al no haberlas buscado un par de minutos antes.

—Quiero la ruta más rápida al tercer planeta. Lo más rápido que puedas. El destino de mi raza depende de esto. ¡No oses fallar!

—Esta traslación consumirá casi toda la reserva de cristales. No podremos volver. Confirme.

—¡Ese es el lugar! ¡Rectifica antes de que los malditos humanos despierten, insecto!

—Tiempo estimado por anomalía espacio-temporal: trece días humanos. Rectificando y apagando. Los humanos vuelven en sí.

Lara tosió, llevándose las manos a las costillas. Gimió, dolorida, y se cayó al intentar levantarse de la silla. El capitán abandonó su asiento de piloto, y pasando tras Néstor, la ayudó a incorporarse.

—No sabía que estar muerta doliera tanto.

—Todavía no está muerta, teniente.

—Tampoco muy viva. —Le miró, y Erik descubrió que ella tenía un ojo inyectado en sangre—. ¿Estamos a salvo?

—Por el momento. He corregido el rumbo a un lugar seguro. Tenemos potencia para hacer un salto de trece días hasta Vauron

—Ni siquiera pienso preguntar cómo es posible. ¿Le importa si vamos a la enfermería del *Heka*?

—Claro que no. Ahora, lo primero es trasladar a *Heather*. La pobre no puede moverse.

La teniente se le quedó mirando como si fuera totalmente idiota. Entreabrió la boca, sin entender absolutamente nada de lo que le estaba diciendo. Él se la quedó mirando a los ojos, arqueó las cejas, y movió los ojos al techo.

—Necesita *nuestra ayuda* —remarcó las palabras, intentando que lo pillara—. Porque es *nuestra compañera*.

—Oh, *ya recuerdo* —asintió la otra, dando énfasis a las palabras igual que él, ahora que entendía que alguien escuchaba—. El accidente que la lesionó antes de encender la energía. Perdone, capitán. No podrá moverse *ella* sola.

—Exactamente. Veo que nos entendemos. No queremos que *no tenga cura...* ¿verdad?

—Por supuesto que no. Me encuentro algo mejor. Intentemos llevarla antes de que despierte, porque luego le dolerá más.

—Exacto. Debemos llevarla *a salvo,* a bordo del *Heka*.

—A la enfermería.

El *Pulso* fue tremendamente provechoso. Tek pudo conectarse al reactor principal de la corbeta, y con ello subsistir cómodamente hasta

que fueran capaces de recrear la tecnología de fusión cristalina que le mantenía con vida.

Aprendieron mucho de su tecnología, de su civilización y de la nave *falsificada;* que les enseñó con infinita paciencia. La máquina era capaz de aprender sus comportamientos, y lo descubrían imitando sus gestos y lenguaje corporal. Decía no hacerlo adrede. Su especie podía tomar infinitas formas, aunque los *adaptables,* como él se autodenominaba, tenían en su programación básica el instinto de parecerse a la especie con la que iban a tratar. Eran algo así como embajadores, construidos para no asustar a sus interlocutores.

Erik les contó a través de notas fugaces que el *Machete Afilado* podía oírles, y tras una intensa búsqueda por las cubiertas, se dieron cuenta de que la nave tenía un cerebro orgánico similar a EVA. El descubrimiento resultó horrendo pues era evidente que ese esclavo con el que Erik hablaba a *escondidas,* no era otra cosa que otro *Cosechador* adaptado para realizar las funciones de una IA humana. El capitán descubrió que era un ser mutilado, al que se permitía escasa capacidad de raciocinio y corta inteligencia. Fue sencillo embaucarlo para hacerle creer que era quien decía ser, y conseguir que se tragara la enorme mentira de que querían usar la nave para engañar a los humanos.

Estaba obsoleto, eso era innegable, y los propios Bina'ai habían seccionado casi toda su capacidad defensiva cortando los enlaces a más alto nivel para hacer sus pruebas. Hubieran esperado que fuera algo más complicado convencer a un cerebro alienígena, por tonto que fuera, de que se dejara matar cuando salieran del *Pulso.* Edna teorizó que quizás deseara en verdad morir, y que por eso se dejaba llevar con tanta facilidad. O tal vez estaba tan acostumbrado a obedecer, y llevaba tanto tiempo en letargo, que ni se lo había planteado. ¿Era una casta inferior, quizás?

Aquello abría una gigantesca cantidad de preguntas, entre las que se encontraban la más compleja: ¿Estaba relacionado el cociente intelectual con la capacidad de crear anomalías de flota? Y si era así, ¿por qué los Bina'ai no habían sido capaces, a pesar de ser plenamente auto-conscientes? ¿Era la cibernética la única vía para lograrlo? Gregor estaba convencido de que aquello era la clase de cosa que debían analizar ADAN y EVA. Ellos habían formulado casi todas las teorías sobre las criaturas, y sobre la base de los nuevos datos y los futuros interrogatorios, podrían aclarar mucho mejor aquellas dudas.

A los dos alienígenas los encerraron en las celdas aisladas del *Heka*, incomunicados y privados de movimiento. En el caso de *Heather* fue sencillo, bastó con quitarle el casco y dejarla tirada en el suelo, pues ya no podía moverse.

A *Taylor* tuvieron que reducirlo, e inutilizar su *Pretor* tras sacarlo de la taquilla a rastras. La criatura se supo descubierta, y poseía una rabia y fuerza que solo se atribuye a los locos, potenciada además por la armadura personal. Tan complicado fue, que necesitaron servirse del material antidisturbios que todas las naves Cruzadas llevaban, y que no se había usado en casi seiscientos años.

Los mantuvieron bajo vigilancia continua veinticuatro horas al día, tanto por un operador como por *Belinda A.* Las celdas eran *zonas muertas* de dos metros cuadrados, donde cualquier alteración visual, acústica o electromagnética se detectaba, anotaba, e inutilizaba; de forma que nada podía escapar al escrutinio de los captores.

Sabueso y la teniente estrecharon mucho su amistad en cuanto la sacaron del *autodoctor*. Tanto, que poco le faltó a Erik para sentir celos de ella. Libraron competiciones de tiro en la bodega, jugaron al *matarreyes* y las cartas, y se emborracharon hasta perder el sentido con una botella que Sabueso descubrió en una cámara de estasis de la bodega. Slauss, Edna y él mismo la probaron, y los tres coincidieron en que aquello debían tirarlo por la borda antes de que matase a alguien.

Néstor estaba cuidando mucho de su nueva amiga, casi tanto como había hecho Erik con él cuando perdió a *su* capitana. Smith pensó, sinceramente, que aquella sería una merecida catarsis para su hermano de armas.

Habían sobrevivido, el Maestro Slauss estaba estable gracias a la emoción de conocer a Tek, Edna estaba encantada de haber recuperado a su marido sano y salvo, Sabueso tenía una amiga, y eran tremendamente ricos. Lo único que le preocupaba era que si lo de aquel almirante *Baestos* era cierto, su familia podía estar en peligro. Y sobre todo, si le revocaban la patente de corso, tendrían que abandonar Isla Monkar antes de que alguien se enterase y pusieran precio a su cabeza.

Afortunadamente, era poco probable que les adelantasen.

—Salimos del *Pulso* en cinco minutos —informó De la Fuente—. Todos los sistemas preparados para la reentrada. Esperemos que sea suave.

—Dispongamos todas las armas, por si casualmente acabamos donde no debemos acabar. ¿Artilleros?

—Listos —aseguró Grease—. Seleccionamos los cañones de fase.

—¿Comunicaciones?

—Preparados para enviar mensaje codificado para hacer saber que somos nosotros —aseguró Ballesteros—. Lo radiaremos en cuanto salgamos.

—¿*Heka*?

—Los prisioneros están asegurados —contestó Dussdorf—. Siguen igual que siempre, sin mover ni una pestaña.

—Vigílelos, son solamente dos ahí abajo.

—Entendido, señor.

—Tek, quiero que traces una nueva ruta de salto si salimos donde no es.

—Afirmativo.

El contador tridimensional apareció sobre los asientos de los pilotos, dispuestos delante de la silla de Erik, que estaba en el centro del puente. Todos estaban tensos, nerviosos. Lo entendía perfectamente, estaban a punto de abandonar el *Pulso* más largo jamás ejecutado por la humanidad. O, al menos, que él supiera.

El contador comenzó a recorrer los últimos segundos y contuvo la respiración. De repente, notaron un tirón, y las estrellas comenzaron a acortarse a medida que regresaban al espacio real.

Se encontraron encima del polo norte de un planeta que les era conocido. Estaban en el sistema Vauron. Comprobaron la colocación del mapa estelar, las medidas de radiación y la integridad de la nave. Todo estaba correcto.

—¡Conseguido! —Sabueso se puso en pie—. ¡Toma castaña, media galaxia de un solo bote!

—¡¡Señor, contacto enemigo!! —Ballesteros se giró hacia el capitán, con los arcaicos cascos de radio en la cabeza—. ¡Hay una batalla!

—¿Una batalla? —a Smith se le abrieron los ojos como platos—. ¿Los *Cosechadores*?

—No, señor. ¡Los confederados están atacando al *Estrella de Ragnar*!

—¡¿Cómo?!

Erik manipuló los controles para ver en su pantalla personal lo que indicaba el radar. En efecto, las naves de varias corporaciones estaban disparando al portaaviones y su escolta.

—¿Qué hacemos, capitán? —preguntó Sabueso—. ¿Huimos?

—No. Ballesteros, el mensaje —contestó secamente—. Vamos a enseñarles a esos *empresaurios* lo realmente malvados que son los alienígenas. Si quieren guerra, la van a tener.

Apretó los dientes. Acababa de entender por qué habían abordado al *Sacro Vengador*, por qué la escala de los incidentes había aumentado y por qué no habían dejado más que a un *Cancerbero* con vida. Todas las piezas encajaron en su cabeza de forma perfecta, como cuando uno completa un rompecabezas especialmente complejo. Los Bina'ai llamaban a los xenos *falsificadores* porque volvían a unos nodos contra otros, hasta que solamente quedaron unos cuantos y pudieron derrotarlos sin esfuerzo. Tendrían cientos de ejemplos de nave, decenas de miles de objetos, toneladas de cuerpos destrozados en una auténtica batalla espacial. Habrían usado el diseño de los buques Cruzados para desatar una guerra entre la Flota de la Tierra y la Confederación. Sólo tenían que llenar sus copias con lo saqueado de los incidentes y nadie, absolutamente nadie, dudaría de los hechos.

Llegaban tarde.

Uas - El Cetro de Osiris

Prinston arrojó el grupo sensor contra el salpicadero de la nave y pateó el suelo, furioso. Percibía la inmensa frustración del piloto, los aduaneros de la capital acababan de colar a tres naves de recreo más, y el contador de cola volvía a superar los quinientos encolados. Supuso que volver al otro lado de la barrera psicológica no hacia ningún bien a sus sufridos tripulantes, acostumbrados a que el bien común fuera más importante que el dinero. Que un niñato hijo del mandamás de una corporación decidiera volver a casa de papi y pagara la mal llamada Tasa de Prioridad para pasar por encima de la gente corriente, resultaba frustrante para cualquiera.

Llevaban tres malditos días en aquella cola interminable y para aquellos que no podían adelantar trabajo, como los pilotos, era una pesadilla. Doce horas de acelera y frena ininterrumpidas hasta el cambio de turno, vigilando que ningún caradura se les colase. Al de delante se le habían metido cuatro, probablemente pagando, y Maggie había estado a punto de tomar el control de armas y hacerlo estallar. Afortunadamente, Etim había aparecido unos minutos después del último, aprovechando que sólo había un piloto en la cabina para tratar de aprender a volar. Weston había gruñido un poco al principio, pero como no tenía nada mejor que hacer, había acabado cediendo y contándole todo lo que se le ocurrió a Niros; llegando incluso a dejarle tomar los mandos.

Yriia tenía un complejo sistema orbital que limitaba el acceso a la superficie. Uno solamente podía entrar a la atmósfera a través de los anillos que las macrocorporaciones habían instalado en la órbita alta del planeta. Estos anillos servían a la vez de aduana y de nodos para encender el escudo orbital que podía levantarse alrededor del planeta más importante del espacio humano.

Si uno trataba de entrar por alguna zona diferente, los cañones automatizados lo borrarían del cielo en cuestión de segundos. Nada pasaba inadvertido en la capital... salvo que fuera alguien de dentro de propio sistema de seguridad, como era Hokasi. Yaruko había trabajado como arquitecto de *software* jefe para *AutoCorp*, una de las empresas más grandes y poderosas del espacio confederado, hasta que descubrió que uno de los directivos había tomado a su propia mujer como amante. Augustus Roxxer, que así se llamaba el sujeto, se había permitido incluso burlarse de él en los vídeos que había descubierto en el ordenador personal de su señora.

Desde ese momento, había trabajado para sí mismo, llenando su código de agujeros de seguridad opacos al exterior, contaminando todo el *software* posible con varios virus y bombas de tiempo que desarbolarían los intereses de la compañía. Lo que realmente le hacía tan valioso era que, llegado el momento, sería capaz de acceder a cualquiera de sus puertas traseras según las necesitase.

Tras trabajar en su venganza durante más de dos años, soportando aquella deshonrosa y humillante situación, había filtrado las imágenes de su mujer a la familia del amante, desatando una guerra civil en el seno de *AutoCorp*. Primero se las mandó a la cornuda directiva casada con aquel desgraciado, para luego hacérselas llegar a la dueña de la ávida prensa amarilla del planeta, que convertía cualquier desliz o traición en una terrorífica campaña de escándalo mediático. La encargada del linchamiento había sido *MediaMundo*, otro de los gigantes de aquella infecta roca, que se esmeró en divulgar el escándalo durante más de dos meses continuos hasta hacer conseguir hacer explotar a la señora Roxxer.

Era *vox populi* que no existía un solo matrimonio de alta cuna que no se pusiera los cuernos los unos a los otros, pero de ahí a que se filtrara a escala mundial o incluso del Primer Anillo, había un abismo. El asunto había llegado a tales límites, que la mitad de la *Astranet* estaba llena de *memes* sobre el matrimonio y sus andanzas.

Todo había ido bien hasta que habían descubierto su participación. Cuatro compañeros mediocres, que no podrían haber ascendido más que quitándole del medio, habían rebuscado hasta encontrar uno de los cientos de agujeros de seguridad. Cuando dieron con él, Yaruko fue acusado de usarlo para filtrar la información. El mismo presidente de la compañía *MediaMundo* lo corroboró sin ninguna clase de tapujo a cambio de una considerable suma de dinero. Entonces lo habían perseguido para matarlo, pero el *hacker* había usado sus propias trampas para conseguir escapar, dejando tras de sí un enorme reguero de fallos informáticos que todos los piratas habidos y por haber habían aprovechado para destrozar a *AutoCorp*. La compañía había perdido casi un cuarenta por ciento de su valor a costa de su jugada, y se vio obligada a invertir millones de créditos en revisar todo el código de

Hokasi al milímetro para asegurarse de que no quedara ninguna posibilidad de que su exempleado pudiera volver a hacerles daño. Lo que no sabían es que su código se había extendido a muchas librerías opacas, e incluso había sustituido código sano de otros programadores por copias corrompidas sin dejar traza. Después de todo era el administrador, y gestionaba también la documentación y el control de versiones. ¿Cómo iban a sospechar que llevaba dos años haciendo jirones todo lo que caía en sus manos durante las doce horas de su jornada?

Al directivo lo habían cesado e, irónicamente, ahora trabajaba como jefe de seguridad en el complejo central de la Ciudad Magna. Repudiado por su esposa, hijos y nietos; tenía que conformarse con un puesto de funcionario que había conseguido conservar a costa de cobrarse todos los favores que alguna vez había prestado. Era una humillación brutal, que siempre era mejor que perder la cabeza por haberla cagado tan magistralmente. Lía supuso que Hokasi aprovecharía la ocasión para rematarlos a él y a su ex, con quien vivía ahora. No podía culparlo, la vergüenza que sentía por haberse visto traicionado así solamente podría comprenderla ella, además del propio Yaruko.

Los Cruzados lo habían reclutado no por su habilidad, que ya era de por sí bastante impresionante, sino porque conservaba suficientes entradas el sistema de seguridad de *AutoCorp* como para hacer que el *Uas* fuera capaz de escapar de un bloqueo completo si todo salía mal. Poseía una docena de trucos que les permitirían acceder al cuerpo del presidente, y con él, podrían asaltar la bóveda y hacerse con su valioso contenido.

—Oh, por el vacío intergaláctico —rugió Prinston, sacándola de sus pensamientos—. ¿De verdad no podríamos permitirnos abrir fuego?

—Si te vale de algo, se va a acordar de nosotros —le contestó Madison, la operadora de sensores—. He interpuesto ya una queja por cada jeta que se ha colado en la fila, y los dos que llevamos atrás, tres cada uno. Les avisé la primera vez, y han estado siguiendo la estela de estos figuras. Nos han notificado que cuando lleguemos a aduanas, van a retenerlos en órbita seis semanas, una por cada infracción consentida. Y a los que se han colado… bueno, dicen que están estudiando la sanción.

—Buf, sí que vale. —El piloto sonrió—. Gracias Anna, me siento mucho mejor. ¿La aduana tiene disponible un vídeo con las caras de los capitanes detenidos?

—Será de pago, seguramente. Yo prefiero imaginármelo.

—Yo no. Mataría por verlo.

Ambos rieron, y Lía aprovechó que estaban más tranquilos para levantarse.

—Creo que iré a ver al señor Hokasi, nos toca reunión con la Escriba Willow para desarrollar la siguiente fase del plan. ¿Me avisarán si sucede algo interesante?

—¿Un *holovídeo* de las caras cuenta, capitana?

—Sí, cuenta —sonrió ella.

—Descuide, le avisaremos.

—Que pasen buena noche, nos vemos al cambio de turno.

—Igualmente, señora.

—Ah, y una cosa más… bloqueen la puerta si se sienten cariñosos. Ayer estuve a punto de abrirla, y sería incómodo para los tres.

Los dos palidecieron. Lía era consciente de que tenían un rollo cuando los había aceptado en su tripulación. Sabía también que no era nada serio, solamente un desquite de juventud en que ambos se lo pasaban bien. Era normal que estuvieran todo el día pensando en ello, ambos se estaban viendo todo el día sin armadura, y eso era para los Cruzados como vivir en una playa nudista.

No le importaba en absoluto, al contrario, pensaba que la aptitud profesional no tenía que estar reñida con lo personal. Aunque estaba permitido mantener cualquier relación en la Flota sin ninguna clase de restricción militar, a diferencia de cómo había sido en las *Alas Solares*, muchos capitanes solían tirar buenos perfiles a la papelera porque pensaban que interfería en el trabajo. Quizás no le importaba porque sabía que eso era mentira. Lo percibía en ellos claramente, y no hubiera renunciado a un buen copiloto y a una magistral operadora de sensores porque estuvieran liados.

Sonrió para sí, y abandonó la cabina. Ojalá se acabaran la estúpida espera de entrada al planeta y pudieran empezar de una vez. Tenía ganas de volver a casa para ver de nuevo a su hermano.

Yriia era un mundo completamente cubierto por una ciudad, situado a tan sólo cuarenta años luz del arrasado Sistema Solar. La estrella era una enana roja, que tenía siete hijos mayores y dos enanos, además de once lunas terraformadas. Salvo el primer hermano estelar, todos estaban habitados, y habían sido una de las dos colonias extrasolares originales. La actual capital no había sido la primera opción de los colonos, pues originalmente era más rocosa y árida que los mundos colindantes. Durante mucho tiempo fue mucho menos importante que Zeta, que era el cuarto respecto a Trappist, y que durante la Guerra Civil colonial permaneció leal a la metrópoli.

Sin embargo, cuando los Confederados rehicieron su flota y comenzaron a conquistar los mundos aún leales tras el ataque xeno, los Yriianos vendieron a los demás trappisianos a cambio de que se los dejara intactos. Les dieron los códigos de las defensas orbitales, e incluso sabotearon las pocas naves de la incipiente *Ala Trapissiana* para que les fuera más sencillo acabar con sus compatriotas. El famoso Día de la Victoria representaba cuando Jarred había coronado el ayuntamiento de la colonia con la bandera rebelde, aclamado por los traidores. Se nombró al planeta capital de la Confederación en el *Armisticio de Trappist*, que no tenía otro objetivo que acabar con el federalismo que estaba surgiendo en el Segundo Anillo para descentralizar el poder. Etim había citado entre risas cuando lo contó, que el tratado en cuestión se había acabado llamando popularmente *el acuerdo de ni para ti ni para mí, pero sí para los traperos*, en referencia a la puñalada de los Yriianos a sus vecinos.

Las revueltas se sucedieron durante cuatro años en los mundos colindantes con Yriia, donde la guerrilla y los civiles a punto estuvieron de derrocar al gobierno oficial en varias ocasiones. Finalmente, el presidente acabó rociando con gas nervioso todas las ciudades grandes, culpando a los insurgentes con una de las campañas mediáticas más grandes lanzadas hasta esa fecha. Al final la opinión pública superviviente, bombardeada con publicidad a todas horas y temerosa de los ataques químicos, se volvió contra los que pretendían su libertad y los condenó a un ostracismo que terminaría por disolverlos. Los mundos leales de Trappist tardarían dos centurias en recuperarse por completo de la guerra.

Tras la destrucción de sus compatriotas, Yriia creció exponencialmente, absorbiendo todo el comercio que antaño pasara por el Sistema Solar y por sus mundos hermanos, dando lugar a la mayor obra urbanística jamás orquestada por la humanidad. Con el tiempo, hasta los lechos marinos se habían acabado secando para su edificación, desaparecido para dar paso a gigantescas urbanizaciones de megabloques de rascacielos. En las pocas fisuras tectónicas que el mundo todavía conservaba se habían erigido gigantescas centrales geotérmicas que, junto a los generadores de fusión masivos de los polos, proveían de electricidad infinita a la capital. A diferencia de otros mundos-ciudad, hasta los niveles inferiores estaban altamente vigilados, y la clase baja de aquella roca poseía unos lujos que muchas otras urbes se atrevían solamente a soñar. Aunque quedaban algo más oscuros, si de algo podía estar seguro cualquier habitante de la ciudad baja era de que había más posibilidad de ganar alguno de los sorteos multimillonarios que de ser asaltado por un criminal o una banda. Bien era cierto que las multiplanetarias podían gastar el dinero que fuera necesario en asesinar a alguien sin consecuencias, aunque no era común que tal cosa sucediera. Dentro del planeta, el crimen no previsto por las leyes empresariales era más bien escaso, incluso comparado con otros mundos más pequeños. Para alguien que pretendiera ocultarse, era como una pesadilla Orwelliana hecha realidad: la única posibilidad de esconderse era pagar, y mucho, por ello.

A pesar de ser una jaula con barrotes de oro, no podía negarse que la ciudad más densamente poblada del universo conocido era increíblemente hermosa, mucho más verde de lo que cualquier turista pudiera imaginar antes de visitarla. Tanto los jardines como los edificios estaban ingeniados para ayudar a las recicladoras a deshacerse de todo el dióxido de carbono humano, y las paredes exteriores que no eran cristales con acumulación o refracción solar, se vestían de un verde cuidadosamente elegido para agradar la vista. Luego se perfilaba con flores o helechos multicolores, dando la mayor sensación de tranquilidad posible.

Las avenidas entre los rascacielos estaban pensadas para ser en promedio más anchas que las de otros planetas, con una luz magistralmente estudiada por los mejores decoradores de la Confederación. Los altos espejos de las cúspides robaban luz a la brillante estrella que hacía de aquel sistema el vergel que conocieran los primeros colonos, para regar el *poliasfalto* con una amalgama de destellos de ensueño.

Las temáticas de decoración cambiaban con las antiguas estaciones, ahora sustituidas únicamente por las tormentas eléctricas que generaban los múltiples sistemas de satélites y comunicaciones. Al anochecer las farolas tomaban el relevo, iluminando los niveles medios y altos con tanta intensidad que uno podía confundirse con la hora de comer si no miraba el cielo.

Los niveles superiores gozaban de plataformas gravíticas que rotaban entre los distritos, de manera que los parques y jardines se desenganchaban a determinadas horas para intercambiarse flotando con otros módulos. Así, la ciudad alta mutaba a diario, para ofrecer a sus habitantes unas zonas comunes en constante movimiento. Las posibles combinaciones eran tan altas, que se calculó que tardarían cerca de un milenio en volver a la posición original.

El transporte estaba parcialmente soterrado para disminuir el tráfico aéreo, y permitía un acceso por elevadores o escaleras a la calle. Los vehículos personales se aparcaban en garajes subterráneos, o incluso se introducían en los niveles bajos de los edificios de mayor lujo. Naturalmente, existía el transporte comunitario para la clase media, que jamás hubiera podido denominarse público por su misma naturaleza corporativa.

En aquel mundo no existían la clase baja ni los pobres, pues si alguien caía en la primera, era expulsado sin miramientos. Si caía en la segunda categoría hasta el extremo de terminar en la calle, la policía se encargaba de encerrarlo desde el momento en que alguna de las infinitas cámaras lo descubriera hasta que una compañía lo comprara para realizar experimentos. Había múltiples sitios donde caerse muerto en la Confederación, pero la capital no era una de ellos.

El Cetro de Osiris sobrevoló los jardines del barrio turístico Mercaderes, que estaba pensado por precio y comodidad para la clase media-alta de los anillos exteriores, y fue a posarse en el Navhotel Emperador.

El que aquel establecimiento fuera bastante caro fue por lo que Willow lo recomendó: dejaba claras sus intenciones de que eran una compañía pequeña con grandes aspiraciones para el futuro. Había muchas de aquel tipo. Los dueños se embriagaban con el aroma del éxito y comenzaban a vivir por encima de sus posibilidades, hasta que terminaban quebrando sus empresas y una corporación más grande compraba el negocio. Luego, los nuevos mandamases cambiaban poco a poco las reglas que habían llevado a los empleados al éxito, hasta convertirlos en un número más dentro de sus filas. Era tan típico a lo largo y ancho del espacio, que nadie sospecharía que ellos llevaban otras intenciones.

La Cronista eligió la suite del hotel, un gigantesco *loft* con habitaciones separadas únicamente por paneles, que contaba con una plataforma de aterrizaje propia. Se trataba de una estancia de unos trescientos metros cuadrados y dos plantas, que poseía casi todos los lujos que un pequeño empresario pudiera necesitar: bañera de hidromasaje, billar, una *holovisión* gigante, asientos con masaje, una vista panorámica de la zona que abarcaba toda una pared abovedada, colchones de pluma...

En resumen, se trataba del tipo de habitación que buscaban. Estaba pensada para dos tipos de público: el que organizaba fiestas multitudinarias de dudosa moralidad, o el que quería que sus empleados convivieran unos días para conocerse algo mejor. Dado que su plan era ser los segundos, nadie dudaría de su coartada.

Lía se apoyó en la barandilla transparente de la escalera que daba a la plataforma. Tardó un par de segundos en darse cuenta de que estaba hecha por completo de cristal de Maurania, la famosa luna vidriera del Segundo Anillo.

—Vaya con la clase media —observó la xenobióloga—. Es precioso, escriba Willow.

—Bueno, los había más bonitos —contestó la *Encapuchada*, que vestía un soberbio vestido largo de color azul eléctrico—. Lo que pasa es que subir más de esto nos hubiera hecho pasar del despilfarro a la sospecha. La verdad, tengo curiosidad por saber cómo sería el ático del siguiente nivel de hoteles.

—Parecido a esto, solo que con cuadros y cosas exclusivas. —Dariah pasó por detrás de ella, cargada con los bártulos que pensaba utilizar en la misión, en varias maletas—. No es nada del otro mundo, se paga por tener obras de arte en la habitación. Hace falta subir dos categorías para empezar a encontrar cosas que quitan la respiración.

—Pensaba que no habías robado en Yriia.

—Y no lo he hecho. —Dariah se apoderó de una mesita, que llenó con sus cosas—. Lo que sí he hecho es asaltar camarotes que estaban clasificados según el estándar que impera en este planeta. Para robar en este Anillo, y más específicamente en este sistema, hace falta ser un *mejorado*. No vale con tus habilidades humanas.

A Lía le molestó que la mirase al decir la palabra *mejorado*. Se denominaba de aquella forma a los individuos que habían sido sometidos a algún tipo de modificación invasiva para llevar sus habilidades más allá de los límites mortales. A veces se les implantaba un segundo corazón, se les añadía más masa muscular, se les vaciaban los huesos, o incluso se les añadían mejoras cibernéticas a pesar de las prohibiciones.

Tanto ella como Erik podían entrar tangentemente en la categoría de *mejorados*, ya que su mutación había derivado de un accidente no natural. Habían trabajado con alguien así en el pasado, George, y les había quedado claro que no merecía la pena pasar por la mesa de operaciones para que les hicieran lo que le habían hecho a su pobre amigo. Le dio la sensación de que Dariah usaba el término casi como un insulto.

Comenzó a ver unas letras flotantes delante del ojo izquierdo. Svarni había sugerido en su día hacerse con unas lentillas comunicativas, un dispositivo de seguridad bastante común en la confederación. Sin embargo, sus propios ingenieros las habían actualizado, triplicando la seguridad del cifrado de datos y añadiendo canales que se podían combinar con un subsistema *Pretor* que habían separado de las armaduras.

—*No le haga caso, doctora Smith* —apareció escrito—. *Es una auténtica gilipollas, y le tiene manía porque su hermano le robó a la novia.*

Svarni levantaba dos maletones de equipo, bajando la escalera por el lado izquierdo, que era una rampa. Se giró hacia Dariah, al otro lado de la estancia, y luego siguió escribiendo.

—*Pedí acceso a leer su informe, y si no fuera porque es imprescindible para el plan, la tiraría por la ventana. Clásica niña tonta que se asoma demasiado por la barandilla.*

—*No le hace bien a nadie pensar en esas cosas* —contestó Lía, mentalmente—. *Sé por qué no me soporta, y lo veo incluso comprensible.*

—*Sus motivos personales suponen un riesgo para la misión. Si no sabe controlarse, que se ande con cuidado.*

—*Todos los especialistas tienen sus cosas. Incluso usted y yo...*

—*Lo siento, señora. No como ella, en mi opinión. Creo que intentará matarla solo para dañar a Erik, y como mi superior, tendré que defenderla.*

—*Gracias, sargento.*

—*No me las dé. Espero equivocarme.*

Suspiró de forma audible, y la Escriba se volvió hacia ella. Catherine se le quedó mirando, tratando de entender en qué pensaba. Debió imaginarse que estaba hablando con alguien, quizás con el francotirador.

—No podemos permitirnos distraernos ahora, doctora. Hay que prepararlo todo.

—¿Están listos los planes de contingencia?

—Así es. No se preocupe, ordenaré a los soldados que preparen este lugar para cualquier imprevisto. ¿Ha habido contacto con los vendedores?

—Sí. En cuanto esté todo dispuesto aquí, iremos a verlos.

—Perfecto.

—¿Doctora? —Ambas se giraron hacia Daniel, que venía cargando un armario con otra soldado—. ¿Empezamos el montaje del centro de mando?

—Sí, quiero la *holomesa* colocada cuanto antes. Necesitaremos esquemas de toda la zona, lo más detallados posible. Luego, haga que los ingenieros ayuden a Hokasi san a cablear su equipo. Que le diga todo lo que necesita, dónde lo necesita y cuándo lo necesita.

—Así se hará, señora.

El sargento levantó un poco más el pesado bulto, le hizo un gesto de cabeza a su compañera, y comenzaron a bajar la rampa; en la que Svarni se apresuró a echarles una mano. Tras ellos bajaban otros cuantos soldados, que dejaron sus bultos al pie y apartaron los muebles de la estancia contra las paredes, tratando de ganar el mayor espacio posible.

Miró el atardecer que entraba a través de la ventana polarizada para captar la luz solar. Sabía que nadie podría verlos desde fuera y, aun así, se sentía observada por todas partes. Deseó no caer en la paranoia.

Su plan necesitaba de bastantes componentes locales, así que comenzaron la falsificación de documentos tan pronto como fue posible. Niros se quedó encargado de averiguar todo lo que pudiera sobre las corporaciones locales y las autorizaciones de acceso que podrían necesitar para entrar en cada una de las zonas que necesitaran visitar.

Dariah procesaba la información que le conseguían y creaba los pases que, en general, tenían un nivel de seguridad bastante básico. Consiguieron entrar al Instituto Planetario de Meteorología, al cuerpo de limpiadores *PuliLabs* que se encargaba de abrillantar las plataformas de las zonas altas, y la tintorería *MultiTintoria*. Colaron dispositivos de pirateo en todas las redes, y dejaron hacer al *hacker*.

La primera fase de su plan era ponerse en contacto con lo más parecido que tenía Yriia al crimen organizado. *CoverOps* era una empresa dedicada a hacer aparecer o desaparecer materiales de dudosa procedencia, solo que se había vuelto demasiado poderosa como para que las demás corporaciones quisieran meterse con ella. Tras descubrir que eran mucho más difíciles de eliminar de lo que habían supuesto y que podían sacar a la luz trapos sucios con relativa facilidad, le habían buscado utilidad, y de vez en cuando le compraban cosas *caídas del camión* o información con los que zancadillear a los rivales.

Aunque les sorprendió el pedido, no hicieron ninguna pregunta con respecto al mismo. Ellos vivían de bordear la ley sin saltársela, y si se chivaban de algún encargo, los clientes podrían acabarse. Por muy pequeños que fueran los *Discípulos de Osiris*, tenían unas referencias estupendas de *Astranavia* y de los Anillos exteriores, así que no les extrañó que se presentaran en su puerta con la lista con la que se presentaron. Estaba claro que pretendían dar caza a alguien y, con las intenciones de sus patrocinadores de expandirse hacia dentro y hacia afuera, se imaginaron que lo que quiera que fueran a hacer iría en línea con sus anteriores trabajos para ellos.

Les pidieron una enorme cantidad de desactivadores de seguridad estándar sin programar, uniformes de una compañía que no tenía nada que ver con lo que iban a hacer, unos cuantos de barrendero, varios conjuntos de lencería que tampoco pensaban usar, un *aerotaxi* con licencia en vigor y finalmente una patrullera *Smithson Tarris MK-872* pintada en gris plateado, que era la enseña de *Pulso & Infinito*, la mayor naviera que había en el primer Anillo. Naturalmente no pensaban ni acercarse, pero eso no les importaba a los vendedores. Se trataba de jugar al despiste con ellos.

Les pagaron por adelantado la mitad de su factura de medio millón de créditos en efectivo, estableciendo una cláusula de rescisión de entrega de ochocientos mil, que vencía en una semana. A Dariah y a

Etim se les salían los ojos con los números que se manejaban en la capital.

La segunda parte del plan consistió en montar una pequeña red de comunicaciones cifrada entre seis puntos diferentes de la ciudad y su objetivo. Se sirvieron de sus uniformes de limpieza para encaramarse a varios edificios, colocando los repetidores y amplificadores de señal entre los puntos, probándolos por tramos hasta que toda la red estuvo conectada. Dieron prioridad de señal a uno de los nodos de inicio, el segundo más alejado, para que así pareciera que su base estaba localizada en un megabloque en obras. Aquel era un buen lugar para establecerla, pues la empresa encargada de la reestructuración de ese barrio había quebrado y el edificio llevaba más de seis meses sin personal de construcción, mientras los buitres litigaban por él.

En tanto que la red se trazaba, Willow, Lía y Dariah fueron a visitar el Alto Barrio Confederado acompañadas por dos guardaespaldas. En él se situaba la Explanada; que contenía el Palacio de la Victoria, el Parlamento, la Casa de Jueces, la Gran Cámara del Comercio, el Gremio de los Cartógrafos Estelares, el Panteón, el Gran Museo Confederado y todos los otros edificios turísticos de mayor renombre. Vagabundearon por ellos durante tres días, llevando con ellas una cámara holográfica común, como los millones de turistas que los recorrían a lo largo del año.

Se hicieron pasar por una familia no oficial. La Escriba era la dueña del negocio, con una niña adorable adoptada y criada para ser su heredera algún día. Junto a ellas viajaba su abogada, con quién tenía una relación no reconocida para que su condición de casadas no afectara a la posibilidad de coquetear con clientes. Era algo tan común que nadie en el universo dudaría de que fuera real.

Dariah brincaba y saltaba, creando escándalo y llamando a Willow para que viera cada cosa mínimamente interesante que encontraba. Luego se pegaba a un cristal y lo manchaba, o acababa desesperando a algún guardia de seguridad con molestas preguntas. Durante la visita Lía acabó dándole la mano a Catherine, para resultar más convincentes de lo que ya eran. Dado que la ladrona interpretaba tan bien su papel, ellas no iban a ser menos.

Separaron los edificios que iban a atacar en el primer y el tercer día. Primero visitaron el Palacio de la Victoria, que había sido sede del ayuntamiento del primer asentamiento en Yriia, durante la Guerra Civil Colonial. Allí se había gestado la traición contra el resto de

Trappist, y cuando la ciudad creció cerca de los niveles actuales, había sido arrancado del suelo y subido en la plataforma gravitatoria en la que se encontraba. La Explanada se fue anclando más y más alto a medida que los megabloques crecían, y en aquellos momentos estaba a unos dos kilómetros del suelo, a duras penas la tercera parte de la altura de los edificios estancos circundantes. Si la subían más, tendrían que meterla en una burbuja, y aquello no era práctico para el turismo. El resto de edificios coloniales compartían los casi once kilómetros cuadrados colgados entre la Gran Cámara de Comercio, el Parlamento, la Cámara de Jueces, y el hotel más caro de la Confederación.

Su segundo objetivo, el Panteón, estaba situado también en aquella maravilla flotante. En él descansaba la cripta de éstasis del Presidente Jarred, cuyo cuerpo pretendían robar. La seguridad en este edificio era máxima, con al menos una docena de guardias que custodiaban el interior, más los que patrullaban fuera. El Panteón había sido originalmente una cúpula con una entrada de estilo romano, compuesta por cuatro columnas y un friso. Con el tiempo se había ampliado, añadiéndosele dos alas laterales para los demás *héroes* que la Confederación había tenido a bien enterrar ahí.

Se visitaba por partes, con tres colas interminables que se cobraban por separado. Como siempre existía la posibilidad de saltárselas pagando más, así que optaron por hacerlo con la principal, que fue cuando a Dariah le dio por hacerse la cargante cansada. En aquella cola, además, se permitían los *holovídeos*, así que grabaron hasta el último detalle del interior en varios espectros de luz.

Jarred distaba de ser impresionante. Su urna estaba colocada sobre una losa de mármol verde que contenía los mecanismos que lo mantenían congelado, y parecía hecha de algo similar al *Portlex* de los Cruzados, solo que surcada por cientos de hebras de seguridad. El Presidente era de tez pálida, con el pelo largo y ralo peinado a dos aguas. Su barba canosa y rizada le cubría el cuello, e iba vestido de negro por completo, con un sombrero de copa depositado al lado de la cabeza. Sus manos estaban cruzadas sobre el pecho, y la única pertenencia conocida que llevaba era su anillo de oro.

Les hicieron rodear la tumba en una cinta transportadora atestada, que pasaba por delante de quienes habían pagado menos, ocultándoles parcialmente la visión. Si hubieran tenido auténtico interés quizás hubieran comprado una audio guía para aquella parte, pero estaban tan cansados de esperar, que se limitaron a apiñarse y hacer fotos como los demás.

Nada más volver, se encontraron con la noticia de que su pedido estaba listo, así que pidieron que se lo entregaran por la mañana. Lía se desplomó en uno de los mullidos sofás de la suite. A su alrededor había un murmullo constante, un torrente de pensamientos que trataba de colarse en su cerebro ahora que estaba con la guardia baja.

El sargento Jass se le sentó al lado, exhalando un suspiro de cansancio. Desde que partieran, le había crecido el pelo. Era de color cobrizo, que contrastaba con sus ojos grises. Se descubrió a sí misma encontrándolo atractivo. Sacudió la cabeza, no se lo podía permitir.

—¿Qué tal su turismo, doctora?

—Horrible. No entiendo como la Escriba es capaz de seguir caminando después de llevar tacones. ¿Qué problema mental tienen las mujeres en esta sociedad para querer destrozarse los pies y la columna por ir dos dedos más altas?

—Supongo que la apariencia lo es todo en este estercolero. Si le sirve de algo, a mí me tiraron la basura dos veces estos días cuando me hice pasar por limpiador. Solamente por maldad.

—Puede que la Flota no sea perfecta... aunque prefiero una sincera *Pretor* a un constante baile de máscaras, sargento.

—Yo también. En mi vida hay balas y explosiones para aburrir, pero hay una cosa que no se les puede negar: son sinceras. Su trabajo es matarte. Aquí el trabajo de la gente y las cosas es engañarte para quitarte lo que tengas de la forma más legal posible.

—Y si no es legal encontrarán la forma de cambiar la ley para que lo sea, se lo aseguro.

—Así que sí que nació confederada. Me lo habían comentado.

—No. Nací pobre. Las empresas son confederadas, los ricos son confederados. Los obreros y pobres son solamente eso.

—Quizás podamos cambiarlo algún día.

—Escuche, Jass...

—Si me permite tutearla, llámeme Daniel. O Dan, como el camarada de su hermano.

—Mira, Daniel, no estoy interesada. Lo lamento.

—¿En qué parte? —sonrió el—. ¿De verdad lees la mente, como dicen?

—Pues sí, y ese es el problema. —A Jass se le cambio la cara—. Sé que te intereso, que tenemos la misma edad, y que has estado tan metido en tu trabajo que nunca has tenido tiempo para ti.

—Todo correcto —asintió—. Ahora que sé que sí que sé que puedes leer la mente... mira lo que pienso.

Lía encontró un soldado honesto, entregado a su causa y que tenía plena fe en el plan que iban a llevar a cabo. Se sentía culpable por cada hombre y mujer perdido, tomaba como suyos los errores de aquellos bajo su mando. Era devoto a la causa de la Tierra hasta el extremo, pues se había convertido en algo personal y cercano cuando los *Cosechadores* habían destruido la nave de sus padres en el incidente ciento noventa y seis.

También la deseaba con una profundidad que la sorprendió. En sus anteriores y efímeras parejas había encontrado atracción física, simpatía, e incluso ganas de llevar una vida sería con ella. Ganas de enamorarse. Jass, por el contrario, casi podía decir que ya la amaba. Era cierto que durante los meses como cazarrecompensas se había convertido en su más estrecho colaborador, junto a Willow, y había llegado al punto donde podría considerarlo su amigo. Sin embargo, parecía haber pasado por alto todas las muestras de afecto, los detalles. Había desarrollado un profundo sentimiento de empatía por ella porque, aunque su pasado era mucho más terrible que el de él, era innegable que eran parecidos. Solitarios, incomprendidos. Realmente la quería, estaba varios pasos más allá de pedirle una cita, o una noche loca.

Se analizó a sí misma. No se había dado tregua o respiro, no se había permitido tener un espacio que pudiera llamar suyo más allá de las cada vez menos frecuentes visitas de su hermano. Renunciaba a sus vacaciones, regalaba los días a sus compañeros. Dormía poco, partía a expediciones para tratar de encontrar pistas del enemigo usando su don. Erik tenía razón, tenían ya una edad complicada, y ella merecía ser feliz. Deseó con todas sus fuerzas acabar la misión y darse una oportunidad.

Lo malo es que en aquel momento no podía. Quizás nunca pudiera.

—No es posible.

—¿Por algún motivo?

—Te haría daño. No puedo controlarme si…

—Oh. —El sargento arqueó las cejas——. No pretendía ir tan deprisa. No me malinterpretes, me encantaría, pero... ¿Cuánto daño?

—Podría dejarte en coma, y no podemos permitírnoslo.

—Ya veo. Se me ocurre una cosa que… —Se llevó la mano al mentón——. He oído algo acerca de que podías hacer algo así como sincronizar tu mente con la de alguien. ¿Es correcto?

—Pues sí que has hecho los deberes. Suelo hacerlo con mi hermano, sí.

—¿Y has probado a hacerlo con tu pareja alguna vez? Digo yo que, si eres capaz de sentir lo que otro siente, así podrías darte cuenta de si le haces daño.

Lía se quedó pasmada. No, nunca se le había pasado por la cabeza compartir un puente mental en la intimidad. A decir verdad, la teoría era bastante buena, salvo por el inquietante hecho de que ambos notarían…

Sacudió la cabeza.

—No es buen momento. Tenemos que conseguir nuestro objetivo, o la Flota se verá arrastrada a una guerra.

—Lía, no soy tonto. Me he dado cuenta de que no solo permites, sino que buscas que haya parejas felices a tu alrededor, como si eso te permitiera contagiarte de su felicidad. Cuanto más lejos está tu hermano peor cara tienes. Ahora mismo, de hecho, tienes la misma que tenías cuando me llamaste a tu despacho para reclutarme.

—Creo que no sabes de lo que hablas. —Desvió la vista, molesta.

—Vamos, he visto los expedientes. Son los mejores que te dejaron elegir, aunque ante la duda, elegiste parejas. No soy sólo un sargento chusquero, ¿sabes? Mi currículo acabó en tu mesa porque soy bueno conectando con los soldados. Veo patrones, cosas que no se ven a simple vista. Por eso, soy el jefe militar de este equipo.

—Hay otro motivo más.

—Dudo que sea mi atractivo —bromeó él.

—Es por el físico.

—Retiro lo dicho. Gracias, creo.

—No es por mí, es por tu talla… ¡tamaño! ¡No, quiero decir…!

—Voy a tener que pensar que has hecho algo más que leer mi informe.

—Eres un imbécil —gruñó, haciéndole sonrojarse—. Te tomaba por alguien más serio.

—Está bien, disculpa. ¿Por qué me elegiste?

—Es porque tienes la misma talla que el difunto al que prendemos secuestrar. El mismo tamaño exacto.

El sargento arqueó las cejas, y luego se puso serio, decepcionado. Lía esperaba así que se olvidara de ella. A decir verdad, tenía unas ganas locas de abalanzarse sobre él, hacía muchísimo tiempo que estaba soltera y no era de piedra. Lo malo era que, si lo hacía, se quedaría sin una pieza clave de su misión. No había bromeado lo más mínimo, tenía las medidas de Yuste Jarred, y eso era extremadamente difícil de encontrar en un militar competente. Con Jass le había tocado la lotería.

—Te pido disculpas, doctora. Había pensado que… bueno. Me dio la impresión. No ha sido apropiado.

—Daniel, ni se te ocurra levantar una muralla entre nosotros. No te acabo de decir que no. Solamente que ahora no es el momento. Sé que tu intención es buena y mí también me gustaría… volver a tratar de tener algo serio. En cuanto aterricemos en el *Estrella de Ragnar* con el muerto y la brújula…

—¿Sí?

—Lo dejaré a tu imaginación. Puede que pida a Slauss un casco amortiguador, después de todo.

Jass sonrió. Lía, por su parte, supo de inmediato que le hacía mucha más ilusión la mención de algo serio que el regresar al *Estrella de Ragnar*. Eso le gustaba.

La entrega fue rápida y sin preguntas. Los vendedores llegaron en dos cañoneras idénticas, cada una pintada de un color diferente. Les dejaron la suya sobre la plataforma de aterrizaje de su suite, les inventariaron las cosas en el interior de la misma, y recogieron su maletín lleno de créditos tan pronto como acabaron de contarlos.

Con aquellas, los tipos de negro y con gafas de sol subieron a su aparato y despegaron en dirección sur. Lía pudo ver lo poco que había en sus cabezas. Le dio la impresión que los encargados de llevar los pedidos o bien tenían poca personalidad, o eran sicarios a los que habían borrado la memoria. Era probable que fuera lo segundo, pues así disminuía la posibilidad de que los interrogaran acerca de sus patrones. La crueldad de la Confederación no dejaba de sorprenderla, a pesar de lo bien que la conocía.

Tan pronto como se largaron, comenzaron a trabajar. Lo primero que hicieron fue activar unos campos miméticos que cubrieron su vehículo de asalto por completo, para luego escudarlo a escáneres electromagnéticos y térmicos. Una vez estuvieron seguros de ser invisibles, tomaron los botes de pintura que habían comprado en unos grandes almacenes sirviéndose de sus disfraces de obrero, y le dieron los colores de *AutoCorp*. Hokasi le cambió todos los identificadores programados por *CoverOps* para asaltar la naviera por unos pensados para hacerse pasar por la famosa corporación de seguridad.

Consiguieron los uniformes de la tintorería en la que se habían colado. Una pareja de soldados se hizo pasar por repartidores de la compañía, y recogieron los trajes destinados a una decena de militares. Por el tinte pasaban centenares de uniformes de *AutoCorp* todos los días, y que se extraviaran algunos de vez en cuando entraba en los planes de todo aquel que dirigiera un negocio de ese tipo. La inmensa mayoría acababa reapareciendo al cabo de días o meses, y no siempre libre de haberse usado para jugarretas o zancadillas. Por eso mismo, existían las placas de seguridad identificativas. Un uniforme podía conseguirse prácticamente sin problemas en cualquier punto del globo, ya fuera de la propia compañía o de sastrerías especializadas en imitaciones de gran calidad. En Yriia, no es que la gente se disfrazara de una compañía rival solamente para robar secretos corporativos, sino que a veces lo hacía para ridiculizarla en *AstraTube*. Sorprendentemente, había gente que conseguía vivir de subir burlas y parodias de los escándalos a la *Astranet*.

Lo realmente complicado fue la parte de Hokasi. Tenía guardados los identificadores de miles de empleados en un disco óptico, y estaba seguro de que aquella información no estaba comprometida. Para comprobarlo vistieron al soldado Yáñez con uno de los uniformes robados, le dieron una placa que lo identificaba falsamente, y lo mandaron a comprar un bocadillo a un puesto cerca de donde el guardia corporativo trabajaba realmente. Nadie lo detuvo, ni saltó ninguna alarma, ni siquiera parecieron darse cuenta a pesar de que pasó por delante de varios puntos de control considerados seguros. Repitieron el mismo proceso ese mismo día en un lugar distinto, y tampoco sucedió nada.

Tras dos pruebas adicionales, se convencieron de que podrían usar los códigos para su cometido original. Seleccionaron a los empleados más parecidos en aspecto a sus propios hombres que encontraron en el registro, y pasaron al modo sigiloso. A pesar de todas las precauciones que estaban tomando, nunca estaba de más dejar pasar unos días para ver si algún detective se desesperaba y aburría. Además, así tuvieron tiempo de probar los nodos de su red de comunicaciones, y de usarla para transmitir hasta que sus mensajes se convirtieron en una señal cotidiana.

Observaron el tiempo a través de su enlace climático pirateado hasta para, finalmente, dar con el tipo de día que buscaban. Cuando la probabilidad superó el noventa por ciento, la dividieron entre doscientos para que nadie tuviera en cuenta los datos. Las previsiones se daban con una semana de antelación, y no querían que nadie pudiera tomar medidas al respecto. Después de todo, era el tipo de día en que aumentaba la seguridad.

Svarni miró a su alrededor. Si todavía hubiera tenido cara, hubiera torcido el gesto bajo la máscara negra. El vestíbulo del hotel Emperatriz de la Galaxia era como un palacio decorado de la manera más decadente que la imaginación humana fuera capaz de concebir. Las lámparas de estilo barroco que pendían de techo estaban hechas de oro puro, con diamantes en lugar de cristales. Los techos estaban pintados a mano, exhibiendo los mejores frescos de los artistas interesados en el estilo de la vieja Tierra. Allá donde mirase solamente había maderas nobles, cristales de marca, u obras de arte de incalculable valor. En el vestíbulo también había apartados llenos de sedas vaporosas y cortinas estratégicamente colocadas, sin duda dispuestas para encuentros formales entre personajes importantes que no debían verse pero que podían coincidir, o para los amantes del morbo público. Dado que incluso su equipo tenía interferencias en la zona, se imaginó que ambas cosas eran igual de probables.

Se detuvo al percatarse de que acababa de pisar la cabeza peluda de una bestia cuya piel se usaba de alfombra. Habían dispuesto su boca como un rugido, para así atraer la atención sobre la improbable valentía del cazador.

—No te retrases.

De entre todos los compañeros que había disponibles, le había tenido que ir a tocar ella. Quizás era porque había expresado su descontento con que estuviera considerada una parte vital de la misión, o a lo mejor era precisamente por eso. Seguía sin fiarse de la ladrona.

—¿Estás sordo?

Levantó la mirada hacia las paredes decoradas con mármoles ocres, surcadas de obras de arte que desentonaban tanto como una gorra de *espacebol* sobre la cabeza de una estatua postclásica. Si aún hubiera tenido ojos, hubiera estado tentado de arrancárselos ante la exuberancia del *arte* de la era espacial.

—*Vaya asco de sitio.*

—Tú sígueme hasta el mostrador.

Levantó la gigantesca maleta de nuevo y la llevó en vilo hasta las proximidades del mostrador, donde un hombre con un bigotito ridículo que no sobresalía de las comisuras les miró de arriba abajo. Vestía un traje multicolor que cambiaba con la luz, considerado elegante y refinado en la Confederación.

Ignoró por completo a Dariah, que se había apoyado en el mostrador, y se le quedó mirando directamente a él. Svarni se retorció internamente, odiaba la caricatura que la *Encapuchada* había dibujado sobre sus auténticas intenciones.

—¿*Oui, monsieur*?

Ladeó la cabeza al oír aquello. Willow no se equivocaba. El francés se había perdido con la Tierra, pero por algún tipo de broma cósmica, la fórmula de recepción de cortesía seguía haciéndose en aquel idioma. Tenía que confesar que las palabras le sonaban apropiadas, aunque no las entendiera.

—Hola —se interpuso la ladrona—. Tenemos una habitación.

—*Bonjour, petite mademoiselle.* ¿Es usted quien se alojará aquí?

—Sí. —El tono infantil de aquella farsante le enfurecía, no podía evitarlo—. Una con una cama grande, con vistas a los monumentos.

—*Très bien.* —El empleado de la recepción tecleó en su ordenador, consultando la disponibilidad—. ¿Querrá otra para su escolta, o desea cuarto anexo?

—No, gracias, compartiremos cama.

—*Excusez moi...* ¿Cómo dijo, *mademoiselle*?

—Que es mi escolta y mi amante. —El tono pasó al de una niña mimada y repelente, de esas que merecen una azotaina bien dada. El pobre recepcionista solamente estaba haciendo su trabajo—. ¿Está sordo?

—Pero señorita... —El hombre empezó a ponerse rojo, y olvidó sus palabrejas en francés—. Es impropio que... yo... usted... sus padres...

—Mi madre lo sabe y le da igual. Es estéril, así que mejor que me deje con él a que vuelva con un embarazo. ¿O no?

—Es que... su edad...

—Tengo doce años y esta suite júnior en el mejor hotel de la galaxia es mi regalo de cumple. Mi edad no es un problema ni aquí ni en ningún Anillo. ¿Puede darnos la tarjeta, por favor?

—¿Empresa responsable de ustedes?

—*Discípulos de Osiris.*

—Un momento... *oui*, aquí están. La ley me obliga a advertirle que como protegida la empresa, hace responsable de sus actos a la misma. Se les ha notificado. Y... eh... quizás la habitación sea muy cara para su facturación, *petite mademoiselle*.

—Mi madre es la dueña. No es mi problema cómo gaste su dinero, menos si es para mí.

—Se lo digo para que lo tenga en cuenta a la hora de gastar, *petite mademoiselle*. Algún día todo ese dinero... será suyo.

Dariah se hizo la sorprendida unos instantes, y cambió la expresión a una de súbito entendimiento mezclado con malicia. Cogió la discreta lista de precios y miró la siguiente habitación más barata.

—Quiero esta entonces, en la misma planta.

—Buena elección. Sabe que no tiene jacuzzi... ¿verdad?

—Voy a usar la cama, no la bañera. —Puso cara de asco—. ¿Por qué iba a querer bañarme?

—Claro. Aquí tienen la tarjeta. —La repugnancia contenida en el gesto del recepcionista hizo un nudo en el estómago de Svarni—. Pedirá confirmación para los servicios de pago, que no tienen devolución. Llamen si desean algo más.

El sargento se la quitó de un tirón y se encaminó al elevador que les llevaría al distribuidor de turbo ascensores correcto, seguido de una danzarina Dariah. El hotel era tan inmenso que necesitaba de varios grupos por ala, y a ellos les tocaba uno del tercio central. Pudo sentir la mirada de desprecio del hombre hasta que las puertas se cerraron.

Jamás se había sentido tan sucio.

Lía contemplaba atentamente el mapa, en el que los nodos de la red de comunicaciones latían con regularidad. Podía sentir los nervios generalizados de los soldados, a pesar de que no los exteriorizaban. Algunos como Jass mascaban chicle, otros tenían la vista fija en algún punto. La cañonera se sacudió, y la piloto comenzó a radiar su mensaje de aproximación a la Explanada. Escuchó la confirmación de la torre de control, interferida por la magnitud de la inminente tormenta.

Yaruko apareció en la visera de su casco.

—¿Padre de Todos?

—Aquí Padre de Todos. En diez minutos tendrán la tormenta encima.

—Perfecto. ¿Estado de los Elegidos?

—Veo que suben al Valhalla.

—¿Y Loki?

—Les han asignado como refuerzo solicitado por el personal de tierra.

—Preparamos la comida del primer plato de Odín en cuanto llegue Thor —intervino Willow, apareciendo tras el *hacker*—. Recuerden hacer su cabalgata reino por reino, Valquirias.

—Recibido, Reina de Hielo. Que empiece el Ragnarok.

—Por Asgard.

—Por Asgard.

Levantó la cabeza, y se encontró a Jass sonriendo, con la visera corporativa subida. Estaba convencido de que todo iba a salir bien, que todo iba a ir como habían planeado, transmitiéndole una reconfortante sensación de calidez y seguridad. Le guiñó un ojo y tiró el chicle antes de cerrar el casco, tan pronto como las luces rojas se encendieron.

En sus viseras se dibujó un mapa de aproximación que les indicaba que ya estaban sobrevolando las plataformas colindantes. La cañonera fue seguida por al menos una veintena de armas automatizadas, que se sucedían en el radar de amenazas.

Una a una, las claves de seguridad transmitidas fueron validadas hasta completar la secuencia de aterrizaje. Aterrizaron en frente al Panteón, donde había apostados doce hombres de *AutoCorp*. Se dividieron en dos grupos de siete, uno que desembarcó por la rampa trasera y comenzó a desfilar alrededor del edificio, y otro que se apresuró hasta la posición de los que vigilaban la entrada.

A medida que se acercaban, fueron dejando caer unos dispositivos circulares al suelo, lo que llamó la atención de los que se creían sus compañeros. Tras la comprobación rutinaria de todas y cada una de las identificaciones de seguridad, uno de ellos se aproximó a los círculos y agachándose, tocó uno con la punta del rifle de asalto.

—¿Y esto?

—No lo muevas mucho. Es un dispositivo de anulación eléctrica avanzado —mintió Jass—. ¿Has visto ese pedazo de tormenta que se nos viene encima? Esta monada evitará que nos fría los sistemas de seguridad.

—Se supone que estamos escudados contra eso.

—Sí, ya, el día que los tipos del tiempo aciertan. ¿Vuestras radios y cámaras exteriores funcionan?

—A decir verdad, no desde hace unos cuantos minutos. Fuimos perdiendo señal hasta que ahora solamente recibimos palabras sueltas. ¿Y las vuestras?

—Tampoco. Según el de IT, si desplegamos los inhibidores, recuperaremos señal. Dadnos unos minutos para colocarlos.

—Se lo diré al teniente. Seguro que le encanta ver esto que habéis traído.

—Claro. Llámalo.

El soldado regresó a la entrada, y entreabrió la puerta del edificio con su tarjeta de seguridad, voceando algo. Su superior estaba nervioso por la catastrófica información del tiempo que había recibido del Instituto Meteorológico, y pareció extremadamente aliviado al ver que la empresa mandaba un grupo de refuerzo no solo a tiempo, sino también con tecnología puntera que evitaría cualquier desastre. Salió acompañado del técnico de la centralita, que jugueteaba con una emisora portátil. Les saludo efusivamente, se quitó el casco, se lo endosó a uno de sus subalternos, se acuclilló al lado de uno de los discos y ladeó la cabeza para contemplarlo mejor.

—Qué pasada, muchachos, no parece ni nuestro. ¿Cómo funcionan estas cosas?

—Pues verá, son capaces de generar una cúpula alrededor de este edificio que nos mantenga a salvo.

—Magnífico.

—Apantalla las señales térmicas a un patrón predefinido, y simula una imagen visual y acústica como si fuera un *holovisor* tridimensional, salvo que uno mire a la zona con un equipo especialmente calibrado.

—¿Eh? —El teniente de *AutoCorp* se levantó, confundido, mirando a Jass sin entender la jerga—. ¿Y eso cómo nos protege de la tormenta eléctrica, exactamente?

—No lo hace. Evita que nos vean desde el exterior y da la sensación de que todo está en orden.

La sonrisa del hombre se deshizo en cuanto su cerebro comenzó a procesar lo que acababan de decirle. Cayó en la cuenta de que los habían traicionado, tratando de echar mano del arma de su cintura. Jass le disparó un proyectil táser, que lo incapacitó con una violenta descarga que atacó su sistema nervioso central incluso a través de la armadura antibalas. Los guardias de la compañía hicieron ademán de contraatacar, pero los Cruzados ya estaban preparados para eso. Neutralizaron a todos los guardias de la Explanada y a tres del tejado en cuestión de unos segundos, dejándolos inconscientes con sus armas aturdidoras. Si no mataban a nadie, no podrían acusarlos públicamente más que de robo, acarreando más preguntas incómodas de las que los *Cosechadores* querrían contestar. Eso liaría las cosas lo bastante como para propiciar la caída de *AutoCorp* y retrasar la persecución.

Svarni llevaba un rato esperando a señal. Tan pronto como habían alcanzado el cuarto, sacó su arma del maletón y la montó. No era que estuviera oculta entre la lencería que habían reciclado del pedido *CoverOps*, sino que las piezas se habían hecho pasar por la propia estructura de la maleta. Si el mozo de recepción hubiera recordado su obligatorio protocolo de seguridad y la hubiera revisado con el escáner automatizado, no hubiera detectado más que el maletín que la ladrona había forrado de *neoplomo*. Al no haber armas grandes a la vista, no podía obligarles a abrirlo. A según qué clientes les gustaban... jugar con las pequeñas.

Ajustó el bípode que sujetaba el cañón a la barandilla, y derribó a los del equipo del tejado que estaban fuera de la vista de sus compañeros incluso antes de que Jass acabara su discurso. Desde la suite que había alquilado con Dariah tenía una línea de tiro perfecta a toda la Explanada, y su arma de raíles se saltaba cualquier medida de seguridad que quisieran ponerle. No emitía ninguna clase de calor al disparar, y eso era algo que ni siquiera los láseres militares conseguían. Le daba lo mismo arrojar cargas táser que balas, o que agujas hipodérmicas si hacía falta. Después de todo se trataba de un rifle de francotirador que usaba carriles electromagnéticos para acelerar el proyectil. Era indetectable.

—Gigantes de hielo derretidos.

—*Cielo confirmado. Procedo a colocarnos en posición.*

—Gigantes de Hielo pasan a muñecos de nieve.

Rápidamente, dejaron caer nuevos discos que simulaban a los enemigos que acababan de inutilizar. Arrastraron los cuerpos tras los arbustos del edificio con la mayor presteza posible, mientras Svarni se preparaba para el descenso.

Recogió el rifle, y cargó el siguiente proyectil. Era un arpón con punta de *Duratio*, el metal más resistente conocido por el hombre. Unos doscientos gramos costaban cerca de un millón de créditos confederados, pero eran capaces de atravesar cualquier cosa, y de resistir cualquier impacto si uno les daba la forma adecuada. Era tan escaso, que uno podía tener que desmenuzar medio cinturón de asteroides para obtener una docena de kilos y, aun así, tenía que dar con las vetas adecuadas.

Comprobó en el diagnóstico de su arma que la cola del arpón estaba correctamente sujeta al cable de fibra híper transparente que llevaba enrollada en el carrete que acababa de montar en la hombrera derecha de su armadura integrada, y tras medir detenidamente la dirección del viento imperante, corrigió unos dos grados el tiro. Salió disparado con un chasquido silencioso, y volando cerca de ochocientos metros, fue a clavarse en una de las columnas de la bóveda del panteón.

El cable era delgado como un pelo humano, pensado para resistir unos trescientos kilos de peso. Entre él y la ladrona debían rondar los doscientos, de modo que, si Jarred estaba hueco, no supondría ningún problema. Fijó el extremo al gancho que ya había empotrado en la pared, tensándolo lo máximo que daba de sí con ayuda del motor del carrete. Cuando estuvo tan tenso que hubiera partido a un hombre que se dejara caer sobre él, se volvió hacia Dariah.

Estaba desnuda, de espaldas hacia él, enfundándose un mono negro de un polímero especial, que incluía pies y manos. Le miró por encima del hombro.

—¿Te tienta?

—*Vamos tarde.*

—Responde o no sigo.

—*Me tienta dejarte caer desde aquí a la Explanada si no acabas en treinta segundos. ¿Qué demonios te falta?*

—Ponerme esto. —Se calzó el mono, metió las mangas, se volvió y subió la cremallera mientras se giraba hacia el—. Y el pasamontañas. Lo demás está. ¿No te tienta descubrir si estás enfermo?

—*Veintiséis, veinticinco, veinticuatro…*

—Antes eras tú el lentorro. —Le alargó un maletín voluminoso, se colgó su pequeña mochila, y se acercó a la barandilla—. ¿Y tu rifle?

Svarni pulsó un botón del arma y esta se plegó hasta quedar compactada, de manera que podía colgársela a la espalda junto a una espada de empuñadura redonda que llevaba. Se colgó el segundo carrete de fibra irrompible del cinturón, enganchó el mosquetón de seguridad al cable tendido entre el hotel y el Panteón y agarró a la ladrona. La falsa adolescente se le colgó del cuello.

—Sabes… este traje tuyo da mucho pie a mi imaginación…

—*El tuyo da pie a mis náuseas. Procura no matarte hasta hacer tu parte.*

Sin más miramientos, subió a la barandilla y saltó al vacío.

Lía contactó con el cuartel general. Como ya sabían, el sistema de seguridad de las instalaciones no solo estaba conectado a los equipos locales y de respaldo, sino al CPD principal de *AutoCorp*. Si cualquier sistema se apagaba, habría una alerta de intrusión de nivel uno y todo su plan se iría al traste. Para evitarlo entraron al sistema de seguridad del Panteón y dieron acceso remoto a Yaruko mediante un dispositivo invasivo de radio, que actuaba como enrutador entre la red estanca y su propia red inalámbrica. De no haber tenido acceso a un terminal, un pirata hubiera necesitado perforar el cable seguro; que estaba protegido por una alarma de corriente, explosivos y un gas corrosivo letal.

Hokasi neutralizó los sistemas locales, e hizo que las alertas y sensores que dependían de ellas emitiesen la señal de *todo correcto* independientemente de lo que dijeran los datos. Mientras el pirata informático arreglaba eso, Lía y su ayudante grabaron en local un ciclo completo de las veintiocho cámaras de seguridad, y lo dejaron en un directorio compartido al que Yaruko tenía acceso. Este tomó los ficheros, sobrescribió las cachés de datos de las cámaras, y las dejó preparadas para que solamente mostraran el mismo vídeo en que no sucedía nada al operador que las controlaba.

Los sensores láser eran harina de otro costal. Las células fotovoltaicas no podían piratearse, eran un hardware enchufado directamente a un sistema enterrado bajo los cimientos. Si cortaban un rayo, este se chivaría a la central y les descubrirían. No obstante, como ese tipo de mecanismo estaba obsoleto, tenía una cierta tolerancia a errores. La tormenta emitía descargas que a veces hacían fluctuar la emisión eléctrica, resultando en fugaces cortes que el ordenador central obviaba siempre que no siguieran un patrón de movimiento.

Svarni ató el cable invisible al cinturón de la ladrona y la dejó suspendida a la altura de un segundo piso, justo por encima de la matriz láser. Los servomotores del francotirador eran lo bastante potentes como para que pudiera sujetarla si apuntalaba los brazos en las columnatas que formaban las ventanas superiores. Con los demás sistemas neutralizados, solamente tendría que sortear el último escollo para ser capaz de acercarse a Jarred.

Cuando Hokasi recibió la confirmación de posición de su compañera, hizo que la cámara vomitase la urna. Durante la noche, esta se ocultaba en un búnker bajo el suelo del Panteón, protegida por innumerables medidas de seguridad adicionales. Desafortunadamente, el programador de aquella mastodóntica puerta final había cometido un grave error de bulto al escribir su código: el parámetro de hora era una variable global que, a diferencia de las locales, podía ser modificada desde cualquier proceso... incluido uno que Yaruko había inyectado en sus librerías contaminadas. Con pedirle al programa que cambiara la hora de la noche por la de la mañana, el sistema de la urna entendió que era momento de enseñarla a las visitas y expuso al muerto.

En la bóveda comenzó a sonar música clásica, *Blind Guardian* nada menos, cuando la ladrona tocó un botón de su mochila. Era una excentricidad suya, necesitaba escuchar rock para hacer lo que hacía, y el panteón proporciona una magnífica acústica. Una vez que el cantante comenzó sus más altos acordes en el viejo inglés Dariah comenzó, literalmente, a bailar. Tenía el patrón de movimiento exacto de los rayos, y aunque lo había memorizado a la perfección, existían puntos por los que no pasaba. El cable colaba por transparencia un día de tormenta, pero ella necesitaba de un pulsador que llevaba en la mano para las zonas por las que no entraba. Cada vez que hacía uso de él, simulaba el estallido de un relámpago que freía los sistemas.

Tras varios tirabuzones y sacudidas mezcladas con toda suerte de aspavientos, estiramientos o contracciones, terminó posándose sobre el vidrio. Lo hizo con gran suavidad, como si fuera una mota de polvo, sin disparar los sensores de impacto. Extrajo entonces una llave USB 83.2, y con gracilidad, se estiró hasta llegar a colocarla en el puerto que permitía girarla y accionar el mecanismo de apertura. Aquella se la había robado un par de días atrás, no querían saber cómo, al director Roxxer.

Con un chasquido producido por la renuncia al vacío, la urna se dividió en tres secciones que se replegaron al interior de la losa de mármol. El presidente quedó expuesto por primera vez en centurias, para que una ladrona con el cuerpo de una niña se sentara a horcajadas sobre él. Aun escuchando su música, arqueó la columna hacia atrás y ladeó la cabeza a ambos lados para esquivar los rayos que se acercaban. Luego abrió la mochila para extraer un globo de rescate, que pasaría a Jarred por debajo de los hombros. Siguiendo la coreografía, se tumbó sobre él para permanecer indetectable, casi llegando a besar el cuello del cadáver.

Svarni hubiera querido tener gesto que torcer en una mueca de desagrado al verlo desde arriba. Representaba a la perfección lo que era la Confederación: una falsa jovencita con un corazón innoble, que pretendía hacerse pasar por inocente, haciéndole cucamonas a un viejo muerto y estéril.

Cuando fue oportuno, un par de segundos después, lo levantó hacia ella, pasó la correa por los omoplatos y axilas y, tumbándolo de nuevo, ajustó la hebilla de seguridad sobre el pecho. Luego ató su propio arnés al de Jarred, avisó de la inminencia del despegue, y tiró de la anilla de activación. Un globo cargado de gas ultraligero se infló instantáneamente bajo cada uno de los hombros del difunto presidente, lanzándolos a ambos a las alturas. En aquel momento, Hokasi presionó el botón de reinicio del subsistema láser, que había acumulado todos los avisos de micro cortes aleatorios que Dariah había provocado. Les pidieron las contraseñas oportunas y desde la central se revisaron todos los demás sensores que ya habían puenteado. Jass introdujo los códigos del teniente de *AutoCorp* al que había dejado fuera de combate, llevando bien visibles los identificadores de este, además del casco puesto como mandaba el reglamento.

Para terminar, los operadores verificaron las cámaras interiores para comprobar que todo iba como se veía en el bucle de *holovídeo*: Correcto. Hicieron un par de giros al azar con una de las cámaras para comprobar que no era una grabación, e incluso eso estaba tenido en cuenta. Los ciclos contemplaban casi cualquier giro, y Hokasi había escrito en su día un algoritmo que usaba el pregrabado adecuado para cada situación, interpolando las imágenes a tiempo real.

El cálculo de Dariah había sido bastante preciso. Visitar el cuerpo en persona no era solamente para ver la sala y la seguridad, sino para saber el peso estimado. No era la primera vez que usaba un globo de rescate para robar algo, y era de lo mejor que disponía a la hora de evitar los sensores fijos en un lugar con techos altos. En cosa de tres segundos, ambos estaban pegados a la cúpula, desde donde Svarni los remolcó de vuelta hasta las columnatas.

—*Conseguido. Tenemos el... cubito de hielo para el cuerno de Odín.*

Todos los efectivos abandonaron el Panteón con presteza, formando como si reanudaran la patrulla. Salieron de las pantallas de distorsión por detrás de la cañonera, de forma que pareciera que desembarcaban de esta, cuando lo que hacían era entrar por la puerta lateral y abandonarla por la rampa trasera.

Hokasi revirtió los sistemas de la cámara a su estado original para que no se notase su intervención, devolviendo la urna a su sitio y reactivando los sensores como si nada hubiera pasado. Dejó anotado el reinicio para la auditoría, y centró su atención en el palacio presidencial.

Alrededor de este patrullaban *mecas,* y no sólo soldados. Los *mecas* eran autómatas humanoides que se empleaban en labores policiales y de vigilancia. Carecían de voluntad propia, se limitaban a cumplir los comandos que recibían de aquellos que figuraban en su lista de usuarios por orden completamente jerárquico. A pesar de su estupidez, era cierto que poseían incuestionables ventajas: no comían, no dormían, no dudaban de sus órdenes, no se cansaban o aburrían, no sentían dolor o miedo, eran mucho más resistentes que cualquier hombre y no tenían problemas éticos a la hora de matar. El palacio presidencial era el único edificio de la Explanada que tenía *mecas* de guardia, y aquello siempre había sido la comidilla de los *conspiranoicos,* que con buen juicio sostenían que debía de haber un tesoro oculto en la casa para que la vigilaran de tal modo.

Afortunadamente, también tenían las rutas de patrulla que los *mecas* usaban aquella noche, cortesía del ordenador central del Panteón que Hokasi había saqueado a conciencia. Esperaron a que uno de ellos se separase del grupo para aproximarse por detrás y piratearlo. Descendía unas escaleras que daban a una amplia fuente con gruta de estilo zen, donde daba una vuelta circular completa antes de regresar. Lo detuvieron tras las rocas, donde el robot era completamente invisible para *AutoCorp* durante unos segundos. Lo rodearon y abordándolo por retaguardia, le dieron la instrucción que lo paraba. La máquina se detuvo, pidiendo la autorización de administrador. Kaylee Prinston, técnico de la Orden del Acero encargada, usó las credenciales falsas para entrar en modo diagnóstico y abrir la cubierta trasera. Le introdujo una llave cifrada casera compatible con el estándar *AutoCorp* que sobrescribió el programa principal del robot, haciendo que la máquina borrase su sistema de detección de intrusos. A partir de ese momento, ignoraría a cualquier humano.

Como era una actualización de máxima prioridad, el *meca* pirateado fue contaminando a cada unidad con la que se cruzaba, que a su vez hacía lo mismo. Cuando todos estuvieron infectados, uno de ellos pasó cerca de un repetidor de seguridad, lanzando la subrutina que el *hacker* había programado para las cámaras interiores. Todas empezaron a hacer lo mismo que las del Panteón, grabando un ciclo y sobrescribiendo su emisión.

Con las cámaras exteriores paralizadas por la tormenta y las máquinas inutilizadas, les bastó con perseguir y neutralizar a los guardias del muro y la azotea, once en total. Svarni volvió a encargarse de los segundos, apoyando el bípode de su arma en la barandilla superior del tejado. Cuando cayó el último enemigo, apuntó directamente a la balconada del tercer piso, hasta donde tendió un nuevo cable invisible. Se deslizó por la tirolina de trescientos metros junto a la ladrona y el cuerpo robado, llegando suavemente hasta la barandilla, que usaron para frenar.

Depositaron a Jarred en el suelo, arrojando un cabo al suelo. Yuri desenganchó el carrete de su hombro y, activando las subrutinas pertinentes, lo clavó en una de las columnas del balcón, permitiendo que Lía, Jass y un soldado ascendieran usándolo.

—*Padre de Todos, puerta de la balconada.*

No hubo respuesta.

—*¿Central?*

—¿Qué pasa? —La ladrona levantó la vista de su equipo.

—*Hokasi no responde.*

—Pues no podemos retrasarnos —observó Jass, dando la mano a Lía, que estaba encaramada a la barandilla—. ¿Ideas?

—Yo tengo una.

La ladrona tomó la mano del presidente, fría como el hielo, y colocó una especie de guante. Espero a que sonara un pitido en su mochila, a la que estaba conectado, y pidió ayuda para levantarlo. Lo acercaron al panel de seguridad, y quitándole la parte frontal del estrambótico accesorio, pusieron la palma sobre el sensor.

—Autorización de administrador reconocida —anunció una átona voz de mujer—. Bienvenido, señor presidente.

—Desactiva la seguridad de tercera planta, sin notificación —pidió la ladrona—. Abre la puerta de la balconada.

—Desactivando seguridad. Recuerde que deberá identificarse en cada planta. Que pase buena noche, señor presidente.

—¿Y esto? —Preguntó Jass, mirando el artefacto.

—De mi cosecha. Calienta su contenido por ambos lados y al quitar el frontal imita un pulso normal empujando el dorso suavemente. Mi pequeño método para usar manos y pies cortados sin que sigan formando parte de una persona.

—No sé si aplaudir o asustarme —reconoció Daniel—. No vuelvo a saludarte.

—No suelo cortarlos yo —se encogió hombros.

—Vamos dentro —les apremió Lía—. Algo no va bien. Hokasi y Willow no responden y tengo un mal presentimiento.

—Hay una peli vieja en la que siempre... —comenzó Jass.

—*Para dentro. Ahora.*

Svarni avanzaba por el pasillo arrastrando a Jarred de la muñeca, y cuando se asomaron se dieron cuenta de que ya había incapacitado a dos de los guardias con sendos tiros de pistola. Antes de que le dieran alcance, le dio tiempo a dispararle a otro, que acudió a investigar el ruido sordo que habían producido sus compañeros al caer.

Los pasillos del palacio eran impresionantes. La arquitectura colonial en piedra blanca que contrastaba con los mármoles rojizos rematados en oro, de los que pendían tapices o cuadros recubiertos de campos o cristales de seguridad, más allá había bustos o estatuas, todos ellos tallados al estilo de la Vieja Tierra.

La Confederación había decidido honrar a sus falsos héroes con toda clase de agasajos, para convencerse a sí misma de que era un gobierno legítimo. Lía se preguntaba si realmente eran así de ingenuos o si los *Cosechadores* habrían vigilado a la humanidad durante más tiempo del que podían imaginarse. ¿Tanto sabrían del espíritu humano como para entender que si idealizaban a un villano podían convertirlo en héroe tan pronto como todo los que le hubieran conocido hubieran muerto? En algún recoveco de su mente aparecieron las palabras de su hermano, recordándole que los Cruzados tenían una visión sesgada, aunque justificada, sobre los alienígenas. Podían ser unos genocidas, saboteadores y tiranos... ¿Pero qué más eran?

Apartó aquellos peligrosos pensamientos de su cabeza antes de que tomaran el control, no era el momento de cuestionarse nada. Se encontraban en la galería de las estatuas, donde se alternaban las figuras de personajes políticos de poca relevancia con poderosos señores empresarios que habían definido una época. Muchas estatuas representaban cuerpos atléticos y desnudos, ya fueran varones o mujeres, e incluso aparecían con sus amantes o parejas. En ocasiones, con ambos. Torció el gesto.

Svarni no estaba interesado en nada de aquello. Tenía un objetivo, un arma, y sabía dónde estaban los malos. Arrastró el venerado cadáver de Yuste Jarred hasta la puerta de madera tras la que estaba la sala de descanso y se quedó quieto en el umbral. Sus compañeros rodearon el marco, empuñando sus fusiles.

—*Doctora... ¿me permite?*

Yuri le quitó suavemente la pistola a Lía, la comprobó, y la empuñó con la izquierda. En un parpadeo, había tirado la puerta de seguridad abajo de una patada y estaba pegando tiros en el interior con ambas armas. La xenobióloga trataba de seguir la línea de pensamiento del sargento, pero era imposible, todo era instinto. Un instinto que le hacía moverse con una velocidad que solo hubiera podido clasificar como *demoníaca*. Parecía poseído por una aterradora bestia sedienta de sangre.

A la mayor parte de los soldados los pilló desprevenidos, con el equipo a medio abrochar. Se estaban preparando para cambiar la guardia a los tipos que habían incapacitado en el exterior cuando una tormenta de balas táser los dejó fritos. Los más previsores estaban casi vestidos, y pudieron alcanzar sus armas antes de que el sargento los superase. Otros abrieron fuego de supresión contra la puerta, para evitar que entraran más enemigos. Svarni esquivó varios disparos de fusil de asalto, derribó una mesa, rodó tras un sofá, recargó y disparó a los pies de dos enemigos por debajo del mismo. Los dedos descalzos condujeron la electricidad incluso a través del piso, transmitiéndosela a los que se habían tirado al suelo. Luego se levantó para acribillar a otros tres, y a continuación derribó a uno que se le acercaba golpeándolo con la pistola en la cara.

—¡Yuri!

Un tipo enorme, de cerca de dos metros y ciento cincuenta kilos, le rompió a Svarni una silla de metal en la cabeza. Acababa de salir de la ducha, desnudo, y le había pillado por la espalda. El sargento se dobló, soltando las dos armas. El otro insistió hasta destrozarle el mueble en la chepa, aunque la armadura integrada absorbió todos los impactos sin que sufriera ningún daño. Se le quedó mirando desafiante y el otro, justo detrás de él desde el punto de vista de sus compañeros, le golpeó en la cara.

Gritó al sentir cómo sus dedos se magullaban contra la máscara de *supracero* y *Portlex*. Luego lo intentó con el abdomen, con resultado similar. Finalmente, cuando lanzó un tercer directo, el sargento agarró el puño. Usando los servomotores de su brazo de reemplazo, apretó los nudillos gigantes de su agresor hasta romperlos, obligándole a ponerse de rodillas entre sollozos.

—¿Quién... qué eres tú...? —balbuceó el guardia de *AutoCorp*.

—*Tu peor pesadilla.*

Naturalmente, el enemigo no podía leer la respuesta de texto, pero eso era algo que no importaba a Svarni. Lo mandó al suelo de un sólo golpe, dejándolo inconsciente en un charco de sangre, saliva y dientes rotos. Para terminar la escabechina, sacó el cuchillo de combate y se lo arrojó al silencioso oficial que pretendía dar la alarma, clavándole la mano a la pared. El hombre se echó a llorar, suplicando por su vida mientras se agarraba la muñeca.

—*Augustus Roxxer, supongo.*

—¡No me mate, por favor! ¡Ya he sufrido bastante en la vida, no me la quite también!

—*Zona asegurada, doctora.*

—¡¡Pero diga algo, por favor!!

—¿El director Roxxer?

—¡Maldigo el día que tomé ese apellido, y doy gracias al dinero por conservarlo hoy! —La cara de dolor dio paso a una de súbita esperanza e ira, al reconocer los uniformes corporativos—. ¡Soldados, maten a este lunático!

—Yo no le llamaría eso. Nuestro amigo no aprecia esa clase de comentarios.

—¿A... amigo? —Augustus palideció de nuevo—. ¿Quién diablos son ustedes?

—Sólo simples ladrones —se burló Dariah, bajo su pasamontañas de tela negra—. Buscamos los códigos de anulación de la Bóveda del Presidente.

—Yo... yo... ¡no los tengo! ¡Nadie los tiene! ¡Ese mecanismo es independiente, las claves llevan cientos de años perdidas!

—Lo sabemos. ¿Acaso nos cree tan tontos como para tener que depender de alguien como usted? Nos daría un código de pánico que dispararía la alarma.

—¡Pues claro! Digo... ¡¡No!! ¡No me maten!

—No vamos a matarle, solo a hundirle del todo. —Jass terminó de recoger las armas que había por el suelo, y tras guardarlas en un armario de seguridad y reprogramar la clave, comenzó a atar con bridas a los soldados de pies y manos—. Tenemos un recado de un amigo.

—¿Hu... hundirme? ¿Más? ¿Qué amigo mío, de los pocos que conservo, querría verme aún más miserable de lo que ya soy?

—¿Suyo? No, no —negó el sargento, atando al grandullón—. Nuestro. ¿Cómo iba a ser uno suyo si se acostó con su mujer durante dos años?

—Hokasi... ¡¿Por qué me persigue?! ¡¡Ya me lo quitó todo!!

La xenobióloga recuperó su arma del suelo, tirada junto al descomunal pistolón del francotirador. Estaba descargada, ardiendo tras derribar a veintidós enemigos. Tragó saliva. Sabía gran cantidad de cosas sobre el sargento, había tenido que reducir su enorme estrés en varias ocasiones, y eso había hecho que viera amplios fragmentos de sus recuerdos. Antes era un hombre serio, un fantástico camarada, con una esperanza vasta sobre su carrera y el destino de la Flota. Todo eso había desaparecido en favor de una rabia visceral que inundaba sus venas, como una botella sin fondo que nunca se llenaba. Ahora una máquina de matar con un gatillo hipersensible. Casi agradeció que el miedo del antiguo mega-empresario la apartase de la ira de Svarni.

—No. Usted fue quién se lo quitó todo. —Lía torció el gesto, no podía imaginar un ser más miserable que Roxxer en aquellos momentos—. Como se lo quitó a otros tantos que a él. Lo que pasa es que estaba acostumbrado a jugar a la ruleta rusa sin miedo, porque creyó que su tambor era demasiado grande. Hasta que le toco el hueco cargado.

—¡Era mi derecho! —La mano clavada le envió un pinchazo de dolor cuando el entusiasmo le pudo y se desgarró el tejido aún más—. Voy a matar a ese hijo de...

—Se equivoca —rió musicalmente Dariah—. Cuando nos llevemos el botín, tendrá suerte si le matan de inmediato. A la trepa de su amante la echaran de esta roca con lo puesto si tiene mucha potra, condenándola a la mendicidad en el tercer o cuarto Anillo. En cuanto a usted... ¡pobre de usted!

En aquel momento, Prinston entró arrastrando el cadáver del presidente, sorteando los cuerpos inconscientes de los guardias de *AutoCorp*. Acercó la mano muerta y enguantada al lector de seguridad, volviendo a obtener la autorización del administrador. Roxxer estaba pálido como el mármol, petrificado ante la visión de los restos de Jarred. Por muy presidente de compañía que hubiera sido, aquel hombre estaba grabado en su memoria social tan profundamente que le era totalmente imposible imaginarlo siquiera fuera de los enormes honores de su tumba. Trato de decir algo entre el dolor, el estupor y el miedo; sin conseguir nada más que balbucear. Estaba acabado.

Lía pudo ver perfectamente que sabía lo que iban a hacer con él. Le esperaban interminables años de experimentos, torturas y suplicios. De burlas constantes y humillaciones ilimitadas. Lo convertirían en sujeto de pruebas que se babearía y mearía el mono naranja, conservando su mente intacta para deleite de los que se quedasen con él.

—Ni siquiera sueñen con escapar vivos de este planeta. No se saldrán con la suya.

—¿Usted cree? Ya hemos violado la seguridad de los dos edificios mejor vigilados de la galaxia. Nadie sabrá cómo lo hemos hecho, así que la única opción posible será que Augustus Roxxer nos ayudase... o lo hiciese él mismo.

Aquel despreciable sujeto, en un acto de lo que él consideraba increíble valor, se desclavó la mano de la pared tirando de la empuñadura del cuchillo. Tambaleante por el dolor, trató de levantarse para pulsar el botón de emergencia que parpadeaba intermitentemente sobre el panel. Su supuestamente heroica acción fue interrumpida por Svarni, que se limitó a darle una patada en la cara. La bota de *supracero* le rompió la nariz, el labio y todos los dientes sobre los que impactó. Yuri, tras recuperar la pistola de manos de Lía, disparó dos veces al gigantón y otra al malherido expresidente de *AutoCorp*. Augustus se desplomó inconsciente.

—*Buenas noches, señor Roxxer. Si es listo, no despertará nunca.*

La seguridad saltó por los aires en cuanto Dariah y Prinston la manipularon. Desactivaron los sensores de alerta de las tres plantas inferiores, inclusive la baja, para que sus hombres pudieran entrar a ella y tomar posiciones. Consultaron la ubicación de los enemigos restantes y los planos de la seguridad que no podía desconectarse, para poder neutralizarlos sin peligro. El equipo de abajo se dividió para alcanzar los objetivos.

Regresaron al pasillo y doblaron a la derecha, en dirección contraria a la que habían venido. Tras saltar unas vallas de terciopelo que evitaban que se pisase una bella alfombra colonial, enfilaron un pasillo que albergaba las vitrinas de las vajillas de cristalería fina y luego la escalera. Se cruzaron con varias armas automáticas desactivadas, muy evidentes ahora que estaban fuera del horario de visitas. Los Cruzados hubieron de reconocer que aquello estaba asombrosamente bien vigilado para ser la Confederación.

La Cámara de la Bóveda era, en realidad, un añadido al jardín de lo que en tiempos fuera el patio trasero del edificio. Las alas laterales apuntaban hacia atrás, y conforme se habían ido alargando con los años, empezaron a abrazar la famosa Bóveda, situada en un pedestal. En un determinado momento las alas se habían conectado, el pedestal se había extendido hasta hacer desaparecer la tierra, y se había colocado un tejado. A partir de ese momento la sala interior se había ido recubriendo de adornos, obras de arte y decoración de toda índole. Cuando los ladrones accedieron al interior, aquello era un gigantesco museo alargado lleno de tesoros, con la Bóveda pegada al muro meridional. Se accedía a través de la primera planta, pues el terreno original había tenido un desnivel de un piso, y no había ninguna clase de salida desde las alas. Todas las ventanas estaban enrejadas con *supracero* o tapiadas, y se hubieran necesitado explosivos para atravesarlas.

Avanzaron velozmente entre las vitrinas cuyas alarmas habían desaparecido, hasta alcanzar el borde del pedestal original. Se accedía a él mediante dos escalones, y ocupaba la mitad de la superficie total de la pared. La Bóveda era impresionante: una colosal semiesfera de quince metros hecha completamente en bronce, con miles de estatuas talladas a mano que representaban el Apocalipsis bíblico. Jarred se había considerado a sí mismo, o eso decía la historia, una especie de mesías.

Lía sintió que le subía la bilis desde el estómago. No lo había apreciado en la primera visita debido a la cantidad de gente que había aquel día. Había demasiadas personas, demasiadas impresiones y emociones sobre el arte a su alrededor en aquel momento. Ahora los veía, repetidos en torno a la semiesfera enterrada en el pedestal. Surcaban... no... formaban la superficie inferior bajo las estatuas y dibujos. La Bóveda era, en realidad, una malla de triángulos como las que usaban las máquinas para representar...

Sintió un pinchazo tras los ojos, como si el subórgano que le permitía desarrollar sus capacidades extrasensoriales tuviera un colapso. Se mareó, y percibió lo que solamente podía definir como un *eco* del pasado. Estaba ahí, enterrado como una huella profunda, una vibración imperceptible apantallada por las mentes de los visitantes. Jarred... el habitante del cuerpo, había enterrado algo de vital importancia en aquel lugar. Tan importante era, que la misma brújula que buscaban palidecía al lado de aquel otro objeto. La... llamaba, anhelaba que se lo llevasen, si eso era posible.

—¿Lía?

—Estoy bien, Daniel.

—Es la esfera de esos asesinos.

—¿Qué?

—Esta mierda de Bóveda es su esfera Dyson. Representa el Apocalipsis, el fin de todo para los humanos, lo que nos espera. Las babosas la hicieron para nosotros, como burla. Es lo primero que me dice ese cacharro.

Lía se perdió de nuevo en la forma de las estatuas, que representaban crueles escenas clásicas. Estaban fuera de lugar, recreadas a imagen y semejanza de una antigua ciudad terrestre: Roma. Podía ver cientos de hombres y mujeres luchando cruelmente por el control de una ciudad en llamas, matando inocentes sin cuartel, regando el suelo con la sangre de docenas de muertos. Todo el que no mataba con la espada moría a su merced, algo que según el estudio de Willow y los datos de Etim, pretendía representar la barbarie de la humanidad hasta la llegada de Jarred. Comenzó a oír los gritos, el crepitar del fuego, los golpes de acero contra acero y a este cortar a sus víctimas. Retrocedió un paso.

—No sé si es eso. Percibo una especie de *huella* dentro. De algo horrible.

—*¿Para nosotros o para ellos?*

—Tampoco lo sé, Yuri. Esta aquí para que... nadie lo toque. Los humanos lo... ¿protegemos?

—*¿Lo protegemos? ¿De quién?*

—Eso da igual. —A Dariah le brillaban los ojos de codicia—. Es tan valioso, sea lo sea, que han elegido un lugar donde casi toda la Confederación lo protegería. Debe ser algo más que la brújula.

—*Puede que sea un arma, una cosa antigua de la que no pueden deshacerse. Algo que podamos usar contra ellos.*

—Sea lo que sea, se nos acaba el tiempo —suspiró Lía, sacudiéndose la mente—. ¿Dariah?

—Hora del Sargento Jass. Svarni, la ropa del presidente.

Sin más dilación, Daniel se quitó la ropa hasta quedarse con la muda interior, mientras Yuri le arrebataba las prendas a Jarred. Pronto resultó evidente que, si Yuste no estaba momificado, era un *constructo*. Podía apreciarse a simple vista que el cuerpo estaba hundido en el vientre, donde debiera haber tenido los órganos internos.

Dariah, en tanto que los otros cambiaban de ropa, extrajo varios aparatos del maletín revestido de plomo que el francotirador había estado cargando todo el tiempo. Con uno de ellos le rapó por completo el pelo de la cabeza a su objetivo en cosa de quince segundos, incluso el de las cejas y el de la barba. El propio dispositivo lo almacenó todo en tres botes, uno para cada zona. Con otro recuperó todo lo cortado y lo transfirió ordenadamente a una cabeza de maniquí recubierta con una resina súper transparente, que talló a su vez con las facciones del presidente usando un escáner facial. Luego escaneó las dos pupilas y transfirió los datos de iris y retina a la impresora lentillas oculares. Por último, leyó la palma de las dos manos y usó los datos para crear dos guantes transmisores de calor con todas las huellas.

Tan pronto como acabaron de vestirse, la ladrona le colocó la máscara a Daniel, abriendo los agujeros de la nariz y los labios con un cortador láser de precisión. Luego le colocó las lentillas retinales en el escaso hueco que había hecho y le metió los guantes transparentes que simulaban las huellas. Al final, el proceso había durado unos cinco minutos y tenían al hermano gemelo del presidente.

En cuanto Jass fue a colocarse el sombrero, la ladrona sacó una aguja y le pinchó en el hombro.

—¡Eh! ¿Qué era eso?

—Veneno de acción súper rápida y corta duración. Te dará algo de fiebre.

—¿Acabas de ponerme enfermo? —La voz de Daniel sonaba rara, no podía articular bien las palabras—. ¿Eres idiota?

—Tienes cien años, y la voz más grave. Además, la careta y los guantes adolecen de una pequeña atenuación térmica que no es posible corregir. Así que se inyecta un compuesto que da poca fiebre para que la temperatura esté normal. El pulso sale algo discordante, pero dado que eres un anciano carcamal, eso no debería importar.

—Serás chiflada. —Jass tenía un tono paulatinamente más grave.

—Listo. Ya parece él.

—*Flores, trae a Niros.* —Svarni colocó el casco al cuerpo, cargó su rifle y apuntó al techo—. *Cambio a una posición más ventajosa.*

Antes de que pudieran objetar nada, el tirador clavó otro arpón en el techo y usó el carrete para ascender a toda velocidad, hasta la altura de la cornisa que había entre la última planta y el techo. Luego tomó impulso y se balanceó para encaramarse a ella. En lo que la cabo Flores acercaba a Etim, Lía le dio un último repaso a Jass. No había ninguna duda aparente de que fuera Jarred, se parecían como dos gotas de agua.

—Irá bien —aseguró con su voz grave—. Ya lo verás.

—Claro que sí. Adelante

Se dio cuenta de que el sargento no podía pestañear, de lo contrario le hubiera guiñado un ojo antes de subir las escaleras. Activó los sistemas de seguridad tan pronto como pisó el segundo escalón, haciendo emerger varias barras de escáner a su alrededor. Supuso que le tomaban medidas y comprobaban su aspecto, mientras varias armas apuntaban disimuladamente desde la esfera. Cuando llegó a la plataforma, un escáner de retina y huellas emergió del suelo frente a él. Hubo de colocar la cara y manos en los zócalos dispuestos para ello, consiguiendo una verificación positiva en todos los casos.

—Autorización verbal requerida. —La voz mecánica los sobresaltó—. Diga su nombre.

—Yuste Jarred.

—Huella vocal incorrecta. Por favor, pruebe de nuevo. Tiene dos intentos más.

Lía entró en pánico, volviéndose hacia Dariah, tan sorprendida como ella.

—¿Qué hacemos? —susurró.

—Ni idea, esto es lo más cerca que ha estado nadie nunca de pasar. No sabíamos ni que esta prueba existía.

—¿Y si lo sacamos?

—La Bóveda lo mataría y daría la alarma.

Jass no tenía miedo, podía percibirlo. Estaba tan seguro de su éxito que se limitó a retroceder un paso y colocarse detrás del terminal que comprobaba las huellas y ojos. Se cruzó de brazos.

—Ordenador, estoy enfermo y mi voz suena extraña. Cambia la huella vocal.

La máquina volvió a escanearlo, buscando signos de mentira en los ojos, el tono de voz, o el lenguaje corporal. Lo curioso era que Daniel no había mentido, pues seguía afectado por el veneno de la ladrona. Si aquella cosa tenía algún dispositivo mágico para detectar una patraña, no le pillaría.

—Se requiere autorización de administrador.

—Muestra el terminal.

Ni corta ni perezosa, la máquina escupió de nuevo el panel de las huellas y los ojos, que leyó de nuevo las falsificaciones de Jass. Tras unos tensos segundos, la esfera le requirió de nuevo que dijera su nombre tres veces. El sargento lo hizo, y le confirmó que su nueva huella vocal estaba disponible.

—Imposible —masculló Dariah.

—Pues acaba de hacerlo.

—Eso es una cagada inmensa. ¿Cómo vas a poder cambiar la huella vocal en mitad de una prueba de identidad?

—Según nuestros archivos, las criaturas cambian de voz para hablar su idioma —observó Lía—. La cita textual es: *y entonces uso una voz que hería los oídos.*

—¿Por qué Jass lo sabe y yo, que soy la experta, no?

—Porque cuando Sabueso me dijo *cuéntame todo lo que sepas de esos bichos*, Daniel estaba en la sala y tú no. —Se encogió de hombros—. No imaginé que pudiera recordarlo. Joder, a mí no se me hubiera ocurrido usarlo contra el escáner de voz.

La esfera comenzó a girar en dos direcciones opuestas a la vez. El plano de las estatuas lo hizo hacia la izquierda y la base a la derecha, soltando un silbido de descompresión al abrirse. Expelió un vapor verduzco y de aspecto malsano, hasta que finalmente mostró una entrada negra ante Jass. Las luces, potentes como soles, se encendieron un instante después.

—Mantén la puerta abierta hasta nueva orden. No apliques ninguna alarma o seguridad activa o pasiva.

—Sí, amo.

La cabo Flores apareció con Niros, que se quedó boquiabierto al encontrar la Bóveda preparada para su estudio. Comenzó a correr como una exhalación, hasta rebasar a las tres mujeres que esperaban en las escaleras y al falso presidente. Entró casi gritando de alegría, curioseando con ahínco lo más cercano a la entrada. Lía y Prinston se miraron, y asintiendo a la vez, le siguieron con presteza.

Encontraron en una sala circular de unos cincuenta metros cuadrados, de techo abovedado y suelo de cristal. En el centro exacto, flotando en mitad de la nada, había una luz blanca amarillenta, que probablemente quería pasar por el centro de la Vía Láctea, ya que el interior de la esfera estaba completamente recubierto de grabados que representan constelaciones y rutas entre ellas. Era como contemplar un antiguo mapa de la Tierra, en el que sólo faltaban los monstruos marinos.

El suelo era aún más impresionante, pues estaba relleno de los mecanismos que hacían funcionar el ingenio. Podían verse desde engranajes gigantes a circuitos y cables, pasando por el reactor de fusión que hacia funcionar todo. Sin embargo, si uno miraba bien podía ver la mano de los xenos por todas partes, en cada componente de aspecto orgánico. Prinston se acuclilló arrastrando por el suelo el saco para el botín. Le había parecido ver una masa orgánica metida en un enorme bote, conectada por haces de cables al resto del sistema.

—Prinston, necesito ayuda con esto.

Lía no era capaz de centrar a Niros. El hombrecillo miraba el techo, chillaba de fascinación, y pasaba de un expositor a otro, deteniéndose en un atril o a contemplar algo depositado directamente en el suelo.

—No consigo que Etim me escuche.

—No sé si pudo ayudarla. Soy ingeniero, no psiquiatra.

—Me refiero a que me hace falta que busque cualquier cosa que parezca una brújula. Emisiones, patrones, pistas. Cualquier cosa. Céntrese en el objetivo. Tendremos que bastarnos nosotras.

—¿Y no grabo el entorno, como hemos acordado?

—Sujete la cámara espía que hemos traído al anclaje del hombro, y haga lo que pueda. De nada nos servirá un hermoso vídeo donde vemos lo que hubiéramos necesitado para encontrar a nuestros enemigos.

—Si señora. ¿No puede... ya sabe, hacer lo que hizo al sargento Svarni?

—Niros no tiene un patrón cerebral normal, es conectivo y obsesivo-compulsivo. No estoy familiarizada con esta clase de mente, durante estos meses no he conseguido más que empezar a entender cómo funciona. Si cambio algo dentro, no sé qué podría pasar.

—Entonces es mi turno. —Ambas se volvieron a Jass, que se asomaba al umbral, terminando de arrancarse la máscara—. Busca tu premio doctora, yo me encargo.

El sargento se acercó a Niros, y tomándole de los hombros, le inmovilizó para que le mirase. El otro trató de revolverse, poseído por su necesidad enfermiza de saber, pero era demasiado escuálido como para poder zafarse. Le propinó un puntapié en la espinilla a su captor, sin que este mostrara más dolor que un ceño fruncido.

—¡¡Suélteme, debo aprender!! ¡¡Necesito saber!!

—¡¡Etim, escúcheme!! —Lo zarandeó para que volviera a mirarle—. ¡¡Es una trampa, en este lugar hay sólo trampas!! ¡Aquí han escondido un secreto que nadie más conoce!

—¡Suélteme!

—¡Si lo busca, encontrara la llave a la mayor fuente de saber jamás descubierta por el hombre!

—¿Cómo dice?

Niros dejó de forcejear.

—Ellos cerraron la Bóveda por un motivo... y es que escondieron algo dentro. Un mapa a su mundo, lleno de conocimientos y secretos.

—Tecnología y cultura alienígena ilimitadas.

—Exacto. Encuentre el modo de alcanzarlos, y daremos con todo lo que sepan.

—La sala entera es un mapa. Es una cartografía estándar de cuando no se podía proyectar la Vía Láctea en tres dimensiones. De la circunferencia estándar de la época colonial. Esto es, en realidad, bastante humano. ¡Pero los artefactos no lo son! ¡Son cosas híbridas!

—¿Y ve alguna brújula entre ellas?

—Un marcador. La luz está marcando algo en el mapa —indicó—. ¿Lo ve?

Lía miró al techo, y descubrió que su perturbado compañero señalaba. Había haces dispersos por varias partes, oscilando sin señalar nada. Quizás, y solo quizás, necesitaban al auténtico Jarred para concretarlos. O tal vez otro objeto de la sala afinara el tiro. Prinston, por precaución, estaba grabando la sala desde todos los ángulos posibles.

—Creo que hay varios objetos que ayudarían a refinar la búsqueda. Yo tomaría el marcador en último lugar.

—Muéstreme todo lo que podamos cargar entre tres, por orden de importancia, y nos llevaremos esos objetos. Recuerde que solamente podrá estudiar lo que elija, y que debe hacerlo rápido. Si nos pillan, todo el amado conocimiento que ha almacenado en su mente desaparecerá.

—¡¡Nunca!!

—Entonces dése prisa. Yo le auparé hasta el prisma cuando tengamos lo demás.

Niros salió disparado como una exhalación a recoger un martillo con cabeza de oro de una estantería. Poseído por el ansia de encontrar tanto conocimiento, golpeó el cristal de cuantos expositores consideró oportunos, echando lo que seleccionaba en el saco de la ingeniera. Jass lo seguía de cerca, recogiendo todos los bártulos que iba perdiendo durante su carrera frenética y echándolos con los demás. A Lía le sorprendió la velocidad con la que se movía aquel hombrecillo. Era como si en otra vida hubiera sido ladrón de bancos, uno que acabara de tomar súbitamente el equivalente a quince tazas de café. Sentía un frenesí brutal en su interior, todo ello mezclado con las ideas que sacaría de los objetos. Poco a poco, en el mar de la locura de sus pensamientos, comenzó a entender la idea de lo que quería conseguir. Se abrumó y tuvo que desconectar. Era demasiado complejo y rápido para ella. Se mareaba.

—¡¡Ahora!! ¡Súbame!

Jass agarró al menudo Etim y lo levantó en vilo sin dificultad, gracias a que era tan escuálido y pequeño. Agachándose, se lo sentó sobre los hombros, apoyándose en una estantería para no caerse. Al alzarse, juntos alcanzaban a agarrar el vibrante cristal que flotaba impertérrito en medio de la habitación. Niros estaba a punto de tocarlo cuando Prinston les advirtió de que podía ser peligroso.

—Se va a quemar. Yo que usted agarraría eso con unas tenazas.

—No emite calor. Está totalmente frío.

Finalmente, cerró los dedos sobre el cristal. Este emitió una cegadora luz blanca durante un instante, y luego se apagó. La sala quedó completamente a oscuras, salvo por la circuitería que había bajo sus pies y la claridad que entraba por la puerta.

Justo en ese momento, comenzaron a oír disparos en el exterior.

—*Doctora, tenemos un problema.*

—¿Qué sucede, sargento? —Lía miró hacia arriba, viendo que Svarni se había tumbado sobre la cornisa, para estar lo más parapetado posible—. ¿Nos han descubierto?

—*Afirmativo. Llevo tratando de contactar con los de la entrada desde hace un par de minutos, sin éxito. La cabo Weston se ha visto obligada a despegar ante la llegada de otras aeronaves enemigas. Parece que están atacándonos con un ejército de mecas. Tenemos bajas.*

—¿Y la central?

—*Aún no responde. Sugiero una retirada táctica inmediata, y pasar al plan de retirada Echo.*

—¿Puede recogernos Weston?

—*Afirmativo, nos da una llegada de siete minutos hasta que consiga pasar inadvertida. Insuficiente.*

—¿Insuficiente? ¿Por qué?

—*Al ritmo al que están matando a nuestros compañeros, estarán aquí en tres. No creo que nosotros seis podamos resistir el asalto tan pésimamente armados. Les sugiero usar las columnas para parapetarse.*

Lía notó cómo le sudaban las manos. Ayudó a Prinston a arrastrar el saco a la derecha de la bóveda, tras la columna en la que estaba escondida ya Dariah, junto al cuerpo de Jarred. La ladrona parecía haberse entretenido robando varias vitrinas de la zona, o eso indicaban su mochila y una bandolera que se había colgado. Le resultó raro que estuviera tan tranquila, que ni siquiera tuviera un asomo de duda de que saldría indemne de aquello. No le costaba creer que hubiera ideado una ruta de escape que implicara que atraparan a los demás. Después de todo la odiaba profundamente, y sólo con lo que pudiera llevarse de allí, sería casi tan rica como si hubiera cobrado la recompensa de los Cruzados.

Jass y Etim eligieron el lado izquierdo. El sargento cambió la munición de sus armas de raíles a la explosiva, y le dio la pistola a Niros. El hombrecillo de pelo color zanahoria había cambiado su sempiterna expresión de despiste por una de horrible furia. Estaba convencido de tener en sus manos el conocimiento del universo en aquellos momentos y estaba dispuesto a morir, o a matar, por conservarlo.

La horda de *mecas* irrumpió en la sala con veintitrés segundos de retraso respecto a la predicción de Svarni. Las máquinas entraron abriendo fuego, sin siquiera tener muy claro dónde estaban los enemigos. Sus armas alcanzaron las vitrinas y cuadros, dañando muchas reliquias de incalculable valor. Pronto comenzaron a recibir impactos desde los lados y desde el techo. El francotirador iba a baja por disparo, e incluso era capaz de abatir a dos enemigos de un solo tiro si se alineaban las cabezas por cualquier motivo. Afortunadamente, sus posiciones les proporcionaban una cobertura más que considerable, mientras que los enemigos tenían que avanzar hacia ellos casi al descubierto.

Lo malo era que las máquinas parecían ilimitadas, mientras que ellos tenían solo tres armas capaces de alcanzarlos a la distancia a la que estaban. Lía estaba convencida que no llegarían a tiempo, tenía que encontrar la manera de…

De repente, oyó una detonación cercana y Prinston se desplomó a su lado. Notó como se le escapaba la vida a la ingeniera, cómo moría con un horrible dolor y el sentimiento de haber sido traicionada. Un instante después, Dariah le había puesto su *Derringer MK 136* en las costillas.

—¡¿Dariah?!

—Verás, Lía… tus Cruzados pagan bien, pero *AutoCorp* paga mucho mejor. Para ellos, no es aceptable que destruyas su empresa.

—¡¡No es sólo *AutoCorp* o el dinero, estamos luchando contra una raza alienígena que pretende acabar con la humanidad!! ¡¿Has perdido el juicio?!

—Tu hermanito me robó lo que más me importaba en la galaxia. ¿Crees de verdad que me importa lo que le pase a esta mierda de especie? Me han prometido que podré vivir tranquilamente con ella. De hecho, puede que hasta me quede con tus sobrinos, puesto que no se parecen mucho a tu familia. Yo no voy a poder tener muchos hijos, ya sabes.

—¿Cómo no me he dado cuenta?

—Porque me he hecho un implante cibernético que distorsiona tus poderes, so boba. Y visto el resultado, es probable que me haga más. Muchos más.

—Acabarás *mecanizada*, por eso es ilegal. ¡Es peligroso!

—Me da igual.

—Dariah, por el amor de los Fundadores…

—A todo el equipo… Bajad las armas. *Ahora.*

—*Lo sabía.*

—Lo siento sargento, estoy fuera de tu línea de tiro. No puedes disparar en vertical. ¡Alto el fuego!

Svarni se dio cuenta de que tenía razón. La muy cerda había elegido el cuerpo de Jarred situado bajo su cornisa porque sabía que la doctora iría hacia ella. Si se hubiera colocado donde estaba Jass, hubiera podido meterle un tiro en la cabeza con girarse en la dirección adecuada. Quitó el dedo del gatillo y colocó el seguro, lo que se retransmitió a todos gracias al estúpido sistema de comunicaciones que le habían obligado a instalar para *coordinarse*. Al volver la cabeza, vio cómo Daniel bajaba el fusil de asalto. La traidora debió hacerle alguna clase de gesto que no pudo ver, porque su compañero colocó el arma en el suelo y le dio una patada. Niros, como él, decidió no quedarse desarmado y activó el seguro.

Los mecas también dejaron de disparar, y avanzaron hasta quedarse a tres columnas de donde ellos estaban. Entonces apareció un hombre, escoltado por un par de robots-escudo, que generaban un campo de fuerza a su alrededor. Se acercó hasta ellos, contemplado el destrozo del museo con desagrado. No sabían quién era, aunque por el uniforme, debía tratarse de un pez gordo de *AutoCorp*. Tras colocarse un paso por delante de la línea de robots, les dedicó una sonrisa cínica.

—Buen intento, Cruzados.

Lía se quedó helada. Si sabía que eran Cruzados de las Estrellas, toda su operación había quedado al descubierto. Las implicaciones políticas eran enormes, tan enormes que podría desembocar en una guerra entre la Confederación y la Flota. Aquella cabrona de Dariah, que aún le clavaba su asquerosa pistola en la espalda, iba a matar muchísima más gente de la que se imaginaba, incluso si había pensado en esa guerra.

—Andando.

La obligó a salir de la cobertura, pasando por encima del cadáver de Prinston. La pobre ingeniera yacía bocabajo, sobre un charco de sangre que ella misma arrastró con sus botas, dejando unas macabras huellas desde donde estaban hasta centro de la sala. Se quedó mirando al hombre. Era alto, con unos ojos helados y aspecto de ser mayor. Le sonaba mucho su cara, a decir verdad, aunque no era capaz de determinar dónde o cuándo la había visto.

—Ha estado bastante cerca, he de reconocerlo —sonrió su enemigo—. Afortunadamente, los topos siguen haciendo su trabajo, una y otra vez. Se agradecen sus servicios, señorita Dariah.

—El placer es mío… siempre que se me pague lo que se me debe.

—Así funciona la Confederación, ¿no? Interés y dinero.

—Recuerde que quiero a la mujer y los niños con vida.

—Descuide, cumpliré mi parte del trato.

—Dariah, ese tipo no es humano.

—Cállate.

—No lo es.

Lía estaba percibiendo la mente del sujeto que tenía enfrente. Tenía una oscilación mental distinta, muy característica, que le daba escalofríos. No podía entender el galimatías de su cerebro, como si estuviera leyendo algo en un idioma que no entendiera. Era algo que no le había sucedido nunca, ni siquiera cuando había tratado con civilizaciones que hablaban lenguas diferentes de la suya cuando era más joven.

—Está bien, señor Robespierre. Los prisioneros son suyos.

—¿Qué pretendes para la humanidad, babosa azul? —Lía se percató de lo que estaba pensando el sargento Svarni, necesitaba ganar tiempo—. ¿Por qué queréis destruir la Confederación? ¡Es vuestra, son vuestros esclavos!

—No es algo que puedas comprender humana. Incluso siendo ligeramente superior al resto de tu especie, nuestros motivos son... incomprensibles para ti.

—Así que sí es verdad. —La ladrona salió de detrás de Lía, sin dejar de apuntarle—. Siempre creí que era una patraña.

—Dariah, piensa matarnos a todos. Puedo saber eso incluso sin leer su mente.

—¿Sabe? —sonrió la ladrona—. Puede que le pida algo de tecnología alienígena en lugar de mi actual recompensa.

En aquel momento, y a una velocidad incomprensible, el *Cosechador* sacó una pistola de su cinturón y le disparó a Dariah. El proyectil de energía verde pasó a través del escudo estándar como si no estuviera ahí, y le desintegró la cabeza. El pequeño cuerpo se desplomó hacia atrás, cayendo sobre los escalones de la Bóveda del presidente, con el cuello quemado y humeante. Lía comenzó a temblar.

—Le pido disculpas por la interrupción. ¿Por dónde iba?

—Monstruo —balbuceó.

—Ah, sí. —Sonrió de nuevo, con malicia—. Íbamos por la parte donde usted me contaba qué saben los Cruzados sobre nosotros. Aproveche esta oportunidad, es una manera de justificar la vida de su gente. Nos servirá para determinar si nos son útiles o deben desaparecer como los demás.

—Ustedes no tienen derecho a exterminar a nadie.

—Claro que sí. Nosotros somos los… jardineros de la galaxia. En su viejo planeta, la Tierra, los humanos extinguían a cualquier especie que les molestara. Con algunas, incluso, acabaron por mera diversión. Porque podían. Porque eran inferiores a ustedes.

—Así que piensan aniquilar la humanidad porque así se demuestran a sí mismos que son superiores.

—No, no, no. Porque han dejado de ser útiles. Ya hemos obtenido lo que necesitamos, ahora pueden desaparecer.

—¿Y por qué en este momento, y no antes?

—Esto funciona de la siguiente forma: yo pregunto, y usted responde. Si no lo hace, morirá de una manera menos rápida que su traicionera amiga. ¿Por qué han venido aquí?

—Eso ya lo sabe.

—Repítamelo.

—*Doctora, no. Aguante un poco más.*—Aquella comunicación no fue por el canal de grupo de las lentillas, fue mental. Svarni parecía haber aprendido a llamar a su cerebro para comunicarse con ella—. *Weston casi ha llegado, entretenga a esa babosa pedante.*

—Supimos cómo lo hicieron. Lo de Armagedón, el *Ala-Tres*. Esta era la única pista que nos quedaba.

—Muy inteligente. He de reconocer que su especie ha durado tanto por cosas como esta. —La criatura paseó con las manos a la espalda—. A pesar de todo, en ocasiones siguen sorprendiéndonos. Es una pena que hayan nacido tan tarde, tan… desamparados. Podrían haber llegado a dominar la galaxia si hubieran sido de los primeros. Dígame… ¿Por qué Jarred?

—Fue el único que escapó con vida de ese planeta. Descubrimos que fueron ustedes los que liberaron a los *Fkashi*. Eso destruyó las defensas de Venus, y les permitió atacarlo primero.

—Ah… sí. El golpe a la *Orgullosa* desde dentro y desde fuera. Fue una maniobra magnífica. Estoy orgulloso de ella, gané mucho crédito ante mis amos.

—¿Usted?

—Estoy seguro de que ha visto el rostro de mi envoltorio antes. *Yo* ejecuté el plan de Armagedón… sustituyendo al *auténtico* Voprak Vorapsak.

Lía se quedó completamente helada. Ahora todo tenía sentido. El vicealmirante Hernández había matado a Vorapsak por incompetencia manifiesta para salvar todo lo que pudiera de la flota venusiana. Sin embargo, si este era un *Cosechador*, uno podía cambiar una incomprensible incompetencia por un manifiesto sabotaje. Le volaron la cabeza, lo cual era inocuo para el piloto del *constructo*. En el caos post-batalla, era perfectamente posible que otro infiltrado de menor rango hubiera rescatado el cuerpo para permitir a la criatura escapar indemne del trance. Siempre había pensado que lo de Armagedón fue demasiado casual, demasiado cogido por los pelos como para ser de verdad.

—Es usted muy mala mentirosa, doctora Smith. Dariah nos contó todo lo que hablaron en la reunión. Pretendían robar un mecanismo de regreso a nuestro mundo, para así ser capaces de atacarlo. Desafortunadamente para ustedes, no existe ninguna brújula estelar en este lugar, separada de su nave. Se han equivocado por completo de filosofía con nosotros, toda su teoría se basa en un testimonio falso de un esclavo torturado. ¡Una red de esferas Dyson, menuda estupidez!

—No ha terminado con nosotros. Todavía no.

—¿Se refiere al capitán Smith? Su hermano se dirige a una trampa, igual que esta.

—Tarde o temprano descubriremos la forma de acabar con su inmunda raza.

—Me temo que estamos muy por encima de su alcance, penosa humana. Otros mejores que ustedes ya lo intentaron, y fracasaron. Ustedes no podrán ni intentarlo. Es una pena que me haya mentido. Si me hubiera dicho la verdad, quizás hubiera vivido un poco más, hasta que la hubiera interrogado por las buenas. *Mecas*, destruidlos a todos.

—¡Ordenador, abre fuego contra los robots! —rugió Jass—. ¡Defiende a tu amo!

—*¡Doctora, al suelo!*

Aquello pilló completamente por sorpresa a todo el mundo. Las defensas automáticas de la Bóveda cobraron vida, saliendo de entre las estatuas. La puerta se cerró, y los cañones comenzaron a acribillar a los *mecas* con una tormenta de disparos de armas minigun de tres cañones. El escudo de la criatura recibió tantos impactos que tuvo que parapetarse tras la vitrina más próxima. Las armas eran una autentica cuchilla, los proyectiles partían por la mitad cualquier cosa que tocaban. Svarni aprovechó para descolgarse desde su cornisa, disparando su pistola aún mientras bajaba. Aterrizó cerca del cuerpo de Prinston, soltó y recogió el cable, y tirándose al suelo reptó hasta Lía. Estaba inmovilizada de miedo, con ambas manos sobre la cabeza. La doctora tiritaba, a su alrededor no paraban de caer casquillos ardiendo que bajaban rebotando por las escaleras. Viendo que no podría arrastrarla sin levantarse, el sargento le ató el arpón a la bota alta del uniforme. Al estar hecha de goma dura, si tiraba no le cortaría la piel debido al diminuto grosor que este tenía. Mientras seguían cayéndole cartuchos vacíos encima, regresó reptando hasta el parapeto a toda velocidad y activó el motor para sacar de allí a su compañera, que pasó al lado del cadáver de la ingeniera. Svarni la levantó tras la cobertura, con el uniforme embadurnado de sangre, tiritando y llorando. Apenas pudo soltarla sin que se cayera. Una de las torretas explotó debido al fuego de los *mecas*.

—*¡Tranquila, doctora! ¡Está a salvo!*

—Oh, fundadores... Kaylee... estoy manchada con ella... oh... por el amor de...

—*¡Entre en mi mente, la necesito conmigo!*

—Kaylee...

—*¡¡Joder, míreme!!*

Lía se encontró frente a frente con Svarni. No vio su máscara sin cara, sino al orgulloso *Cuervo Negro* que había sido. Era una visión de un rostro ceñudo que le infundía coraje. Él estaba seguro de que todo estaba bajo control, que iban a conseguirlo. Weston estaba a menos de diez segundos. Aún no estaban muertos, todavía no habían fracasado.

—*Yuri...* —susurró por el puente mental.

—*Esto es su don. Puede calar, pero también se cala. Está conmigo, a salvo. Yo soy seguridad para la Cruzada, acero y muerte para nuestros enemigos. Soy el avatar de la venganza, y ésta aún no se ha cumplido.*

—*No podremos salir.*

—*Ha llegado justo a tiempo. Mire su lentilla y cúbrase.*

La visión desapareció en el momento en que Svarni tiró de ella y la abrazó con una fuerza que solo era posible llevando una *Pretor*, un latido antes de que el muro en el que estaban saltara por los aires. Lo hizo unos siete metros más allá, reventando hacia el interior de la estancia debido a una serie de monstruosas explosiones. Las paredes se derrumbaron, las habitaciones exteriores ardieron, y el techo se desplomó sobre los *mecas*. Una gigantesca polvareda blanca inundó todo, entremezclada con la bola de fuego de la explosión ensordecedora. Pronto, el atronador ruido de las detonaciones fue sustituido por el de las turbinas, que disiparon la niebla. Un instante más tarde la cañonera de Weston había entrado por la fachada destruida del edificio, pivotando sobre sí misma, y acercándose marcha atrás hasta ellos. Apuntó las armas montadas y comenzó a rociar a los *mecas* que todavía continuaban en pie con una cortina de fuego de supresión.

—¡¡Vamos, vamos, vamos!!

La rampa posterior se desplegó con un balanceo suave, quedando a medio metro del suelo. Svarni cargó con el cadáver de Jarred, mientras Lía levantaba torpemente el saco de reliquias que llevara Prinston. Le dedicó una última mirada a la ingeniera, que había muerto por su culpa. Si hubiera vigilado a Dariah, si hubiese hecho caso del instinto del sargento, tanto ella como los demás seguirían con vida. Susurró que lo sentía, y corrió hacia la cañonera.

El *Cosechador* no iba a rendirse tan fácilmente. Su primera oleada de *mecas* había fracasado, pero no era clase de enemigo que jugaba todas sus cartas de inmediato. Tan pronto como se recuperó de la lluvia de escombros, ordeno la aparición del equipo de lanzacohetes. Dos robots a los que habían cambiado un brazo por un lanzador de misiles entraron en escena. Desplegaron las placas de los pies, que se atornillaron automáticamente al suelo, y fijaron a Maggie. La piloto los vio venir, volatilizó a uno de ellos sin problemas. El otro por el contrario consiguió disparar, apuntando a la turbina izquierda de la aeronave. La cañonera giró en vertical, y el misil termo guiado pasó a escasos dos metros bajo el ala de ese lado. En circunstancias normales le hubiera dado, pero como la minigun aún operativa de la Bóveda había estado disparando sin descanso, se había calentado al rojo y despistó al sensor. El cohete destrozó el arma automática y parte de mecanismo de la esfera, generando una nube de esquirlas de bronce.

En la rampa Lía resbaló de lado, cayendo hacia el borde hacia el que había girado Weston. Se golpeó con fuerza en el hombro contra el suelo, y terminó agarrándose del pistón hidráulico, mientras sujetaba el botín con la mano izquierda.

—¡¡Ponlo recto, Margaret!! —chilló Jass, trastabillando hacia la rampa—. ¡¡Dame la mano!!

—¡¡Las reliquias primero!! ¡¡Es nuestra misión!!

Daniel las levantó tan pronto como la cañonera se estabilizó, entregándoselas a un solícito Niros que esperaba detrás. Etim agarró la bolsa como si fuera un bebé, y entró de nuevo para poder asegurarse con un arnés de vuelo. Coloco el sacó en el asiento de al lado, abrochándolo con toda la delicadeza que pudo. Mientras, Jass se volvió hacia Lía.

—¡¡Vamos, dame la mano!!

—¡¡Llegan más lanzacohetes!!

Lía se estiró todo lo que pudo, hasta tocar a su compañero con la punta de los dedos. Justo cuando iba a alcanzarla, la mano desapareció.

Tan pronto como el *Cosechador* había recargado sus escudos le había disparado un rayo de energía verde al sargento, desintegrándole el brazo casi hasta el codo y haciéndole caer de espaldas, gritando. Svarni lo arrastró al interior, tras haber atado correctamente el cadáver de Jarred. Hizo lo mismo con Daniel, no podía permitirse abordar dos posibles caídas a la vez.

La criatura continuó disparando a Lía, haciendo que los proyectiles dañaran levemente la turbina. Maggie trató de zafarse, rozando con el lado contrario el muro y levantando la mampostería de un golpe que abolló el chasis.

—¡¡Weston, la doctora sigue colgando!!

—¡¡Tenemos que salir de aquí o la babosa y los *caralata* nos van a derribar!! ¡¡Agárrense!!

La piloto viró violentamente, y salió del edificio unos instantes antes de que los misiles destruyeran la aeronave. Lía encogió las piernas para intentar no chocar con nada, chillando y muerta de miedo. Pasó peligrosamente cerca de un muro y varios objetos incendiados, que le tostaron la pintura de uniforme blindado de *AutoCorp*. La cañonera aceleró a velocidad de reacción, saliendo de la Explanada en cuestión de segundos. Se resbaló quedando sujeta sólo de las manos.

El francotirador imantó sus botas y regresó a por ella. Agarrándose al pistón, se agachó haciendo uso de toda la potencia de los servomotores de su armadura integrada. No llegó a tiempo. Sin poder hacer presión con los abdominales, Lía salió disparada a toda velocidad, más hacia atrás que hacia abajo. Svarni descolgó su arma del soporte magnético, la desplegó y puso el arpón en cuestión de segundo y medio, suficiente como para que la doctora se hubiera alejado casi cuatrocientos metros. Le llevó otro segundo apuntar, fijar el blanco y calcular si llegaría. Contra doscientos sesenta y seis metros por segundo en caída libre, su arma tenía una velocidad aproximada de cuatrocientos con el cable, de modo que según su visor la alcanzaría en cinco coma veintidós segundos… si es que acertaba y ella no chocaba con nada.

El cable voló teniendo en cuenta la fuerza de la gravedad y el impulso, todo asistido por el sistema de tiro que Svarni había pedido que le instalaran en su soporte vital. Durante un instante pensó que había calculado mal y que le atravesaría el pecho, pero finalmente ensartó la hombrera rígida del uniforme. Como Lía caía bocabajo, podía ver la cara interna desde donde estaba, de manera que el arpón entró desde abajo hacia arriba, arañándole la cara exterior del casco.

Tras atravesar la hombrera desplegó las patas de anclaje, y como la velocidad del vehículo era bastante similar a la de ella todavía debido a la caída parabólica; el tirón no fue suficiente como para romper el polímero reforzado, sino que solo consiguió agrietarlo. Tan pronto como la doctora sintió el impacto, se llevó la mano contraria al brazo, y con bastante buen criterio, se agarró como pudo al arpón en lugar de agarrar un cable que le hubiera seccionado los dedos.

El sargento acusó más gravemente el tirón, doblándose hasta que pareció que miraba al suelo, muchos cientos de metros más abajo. Se encogió como pudo, temiendo que las botas magnéticas no fueran suficientemente potentes como para aguantar tantísimo peso como el que les estaba cargando. Para asegurarse, agarró con ambas manos el borde de la rampa, haciendo que sus dedos prostéticos se cerraran hasta el punto de doblar la chapa de la cañonera. Comenzó a recoger el cable despacio, con la doctora dando vueltas sobre sí misma como si fuera una peonza. Afortunadamente, la recuperación del impulso horizontal la subió, evitando que colisionara contra las plataformas, los jardines, u otros vehículos que recorrían las aeropistas más abajo.

—¡Cabo Weston, no vaya a virar por nada del mundo!

—¡Pues igual deberíamos, porque así no vamos a despistar a nadie!

—¡La doctora va colgando de la cola, fuera de la nave, la estoy recuperando con el cable de nano fibra!

—¡¿Qué va haciendo qué?!

—¡No haga giros ni cambios de altura o la matará!

—¡¿Pero qué…?!

—¡El arrastre por debajo es de unos veinte metros, no se acerque a nada a menos de esa distancia! ¡Es una orden!

Unos dos minutos después, consiguió darle la mano. Soltó la derecha de la chapa, la agarró y la acercó hasta que pudo colgársele del cuello. En aquel momento sintió un miedo punzante y desgarrador, y si aún hubiese tenido ojos, habría llorado. La hizo girar sobre él, agarrarse a su espalda, y finalmente se levantó. Con paso seguro regresó a la cabina y presionando el botón, cerró la compuerta trasera, en la que había dejado ambas manos marcadas.

Weston estaba histérica.

—¡¿La tienes?!

—*Afirmativo* —dejó a Lía tiritando en uno de los asientos—. *Piérdenos si es posible.*

—Me temo que ya va a ser que no. Nos están persiguiendo.

Svarni vio las señales en el radar. Varias aeronaves de *AutoCorp* se acercaban a toda velocidad, recortando distancia con ellos. Margaret se metió entre el tráfico varios niveles más abajo, dejando atrás las zonas ajardinadas para comenzar a esquivar *aerocoches* con peligrosos quiebros. El aumento de tráfico hizo que causaran varios accidentes, aunque las cámaras de zona los localizaban de vez en cuando, devolviendo a sus enemigos a la persecución.

Probó túneles, giros, cambios de nivel y callejeos en una zona más densamente poblada. A pesar de todo, siempre los encontraban. El sargento concluyó que no podrían escapar en la cañonera. Si llegaban a fijarlos en una zona menos poblada, los borrarían del cielo.

—¡¿Estamos de broma?! —Aporreó los controles—. ¡Cada vez que los pierdo, les dicen dónde estamos!

—*Cabo Weston, localice una zona ajardinada larga. Vamos a abandonar la nave en cinco minutos.*

—¡¿Para conseguir qué?! ¡Los tenemos pegados como una sombra!

—*Tenemos que hacerles creer que estamos muertos. Usted busque.*

Se volvió a los otros. Tras recuperarse del mortal susto, Lía había abandonado su asiento para ver cómo estaba Daniel. Estaba tratando de reanimarlo, mientras Niros abrazaba el saco con las reliquias robadas. La doctora le palmeaba a Jass intermitentemente la cara, lanzando miradas de soslayo el muñón quemado por el arma de fase. Finalmente, se volvió hacia él.

—¡Yuri, no se despierta!

—*Lo sé* —Svarni comenzó a sacar la ropa que habían conseguido de *CoverOps* y a guardarla en una bolsa de tela balística—. *Es por mi culpa.*

—¿Cómo dices?

—*Le han derretido un brazo. No dejaba de patalear y tratar de tocárselo, así que le pinché tres gramos de Versatilin. Lo dejará fuera de combate unas seis horas y con una jaqueca brutal. Sin embargo, es mejor que llevarlo gritando de dolor por ahí. Créame, como único otro afectado por una herida como esa, doy fe de que me lo agradecerá.*

—¿Tres gramos? ¿De dónde los has sacado?

—*Es mi dosis diaria. Se la he cedido.* —La sentó y volvió a abrocharla—. *Quédese ahí de momento.*

—¿Te inyectas tres gramos del analgésico más potente de la Flota todos los días? —Se asombró Lía—. Es... es letal. En unos meses tus huesos se acabarán derritiendo.

—*No esperaría que sobreviviera a lo que me pasó, ¿no?* —Se encogió de hombros y cerró la bolsa—. *Al principio los de la Orden de la Cruz creyeron que podrían neutralizar mi sistema nervioso para que nunca más sintiera dolor. Se equivocaron.*

—Así que morirá.

Etim le miró con extrema tristeza.

—*Todos morimos tarde o temprano. Yo sobreviví, y mi sacrificio ayudará a curar a los futuros heridos. Para eso he servido desde el punto de vista médico. Desde el plano personal... cumpliré mi venganza antes de morir gracias a esta misión.*

—Oh, Yuri.

—Lo tengo, sargento. Llegamos en un minuto.

—*Se acabó el tiempo. Tenemos que abandonar la nave.*

—¿No querrá decir aterrizar?

—*No. Vamos a saltar. Es la única manera de despistarlos.*

—¡Enemigos al frente! ¡Agárrense!

A Svarni le dio tiempo solamente a echarse hacia atrás y echar mano de la barra fija que permitía levantarse del asiento. La ráfaga de minigun aporreó la cañonera con violencia, destrozando la carlinga y dañando la turbina de babor. Los cristales blindados salpicaron el interior, y las balas rebotaron contra los instrumentos y los compartimentos interiores. Weston pudo abatir una aeronave enemiga durante el cruce a toda velocidad, pero las tres restantes se dieron la vuelta unos segundos después y se unieron a las cinco que llevaban persiguiéndolos desde hacía rato.

Lía percibió lo que acababa de pasar, y casi arrancándose el arnés, se precipitó al asiento de la piloto, enfrentándose al brutal viento que entraba por el parabrisas destrozado. La ráfaga había alcanzado de lleno a Weston, dañando gravemente el brazo de reemplazo, y abriéndole un boquete en el lado derecho del pecho. La parte posterior del respaldo del asiento goteaba sangre.

—Maggie...

—Doctora... doc... tora. —Le agarró como pudo con el moribundo brazo prostético—. Lárguese... termine la misión.

La piloto tosió sangre, sin soltar los controles. Miro el mapa, indicándole que se acercaban a una plataforma ajardinada donde podrían saltar. Luego volvió a colocar su mano artificial sobre el control de vuelo.

—No puedes... ¿Y tu marido, y tus niños? ¿Qué les voy a decir?

—Que... les quiero. —Se le escaparon dos enormes lágrimas—. Lárguese.

Svarni suspiró internamente, recordando con cariño como Weston le había inspirado con el *holovídeo* de *El Destino del Ala Tres* tras el grave incidente con *Astranavia*. Tras recibir la monumental bronca de la teniente, no le habían quedado demasiados ánimos para continuar con nada. La había cagado, casi arruinando su única oportunidad de entrar en la Confederación. Quizás sin ella se hubiera rendido, y hubiera tirado la toalla. Era la única *Cuervo Negro* del *Uas* además de él, y junto a Sabueso, quien más camaradería le había mostrado. Los demás, incluso los otros *Cuervos* del *Heka*, le habían tratado con una mezcla de compasión y miedo velado. Aquella *holoproyección*, la conversación y las sucesivas, que le considerase su héroe... le había dado una fuerza y una determinación que no recordaba que tenía, devolviéndole a la lucha. Se lo debía todo, y ya no podría agradecérselo más que obteniendo la victoria. Rememoró la catarsis más grande de su vida en cuestión de segundos, los fijó en su memoria y pasó página. Había otra amiga que vengar.

Casi arrastró a Lía para que cargara la bolsa de ropa que había preparado. Niros estaba listo, así que accionó la palanca de la rampa y cargó a Jass sobre el hombro derecho. Luego levantó el cuerpo del presidente con el otro brazo y esperó a que estuvieran sobre el objetivo.

—*Nos veremos al otro lado.*

—Y todo... estará... bien.

Saltaron.

La cañonera echaba humo cuando la abandonaron. Los enemigos no podían simplemente dispararle un misil termo guiado a una aeronave que volaba entre un montón de vehículos civiles, pues las consecuencias para las empresas aseguradoras serían nefastas. Y evidentemente, si había beneficios perdidos, estos solían acarrear venganzas terribles para los causantes.

Por lo tanto, la única manera legítima de derribar a los Cruzados era hacerlo sobre una zona donde los daños fueran mínimos, y únicamente usando armas balísticas de calibre intermedio. Eso sin duda fue lo que les salvó. No resultaba nada difícil de creer que perdieran altura tras haberles dado justo de frente, de modo que Maggie pudo pasar casi a ras de suelo por encima de una plataforma ajardinada. Lo malo era que, si frenaba demasiado, sus perseguidores verían de inmediato que se trataba de un desembarco y los matarían.

Saltaron a cerca de sesenta kilómetros por hora sobre una zona de arbolillos bajos, de una variedad que se cultivaba para dar unos frutos rojos y deliciosos. Cuando cayeron sobre ellos, se llevaron la peor parte del impacto. Destrozaron un par de docenas, tronchando sus frágiles troncos bajo su peso multiplicado por la aceleración. Nunca supieron si Weston lo hizo a sabiendas o por casualidad, pero el impacto contra el suelo fue prácticamente como tirarse sobre gomaespuma. Era un sustrato esponjoso, compuesto mayoritariamente por una especie de miga de corcho pensada para absorber las ingentes cantidades de agua que los arbolillos necesitaban.

Naturalmente se hicieron daño, y tuvieron fuerzas sólo para arrastrarse bajo los frutales más próximos, que apenas levantaban un metro del suelo. Las aeronaves enemigas les pasaron por encima unos diez o veinte segundos después, demasiado ocupadas en tratar de dar alcance a Maggie, que levantaba el vuelo forzando las malogradas turbinas al límite. Lía alcanzó a ver cómo la que tenía tocada se incendiaba, y cuando la perdió de vista, se escuchó una terrible explosión. Dejó de percibir la presencia de la piloto, y comenzó a llorar amargamente.

Sintió una mano en el hombro. Era Etim.

—Doctora, ¿está bien?

—Si… si… ¿se ha hecho usted daño?

—Un poco, aunque creo que no me he roto nada. Tengo las reliquias.

—Bien, menos mal. ¿El sargento y Daniel?

—*Estamos aquí.*

Se giraron hacia el ruido de metal roto. Svarni estaba bocarriba, terminando de arrancarse la polea del cable invisible, que se había llevado la peor parte del aterrizaje. Se había raspado gran parte del hombro y el pectoral de la armadura, así como el visor de *Portlex*. Como ellos, estaba cubierto de porquería marrón, aunque estaba ileso. Jass estaba tirado al lado, y amén del escalofriante muñón negro, parecía estar bien. Las armaduras de *AutoCorp* eran sorprendentemente resistentes para ser confederadas.

—*Ahora, los trajes de la bolsa.*

—¿Vamos a cambiarnos aquí?

—*Si salimos de esta zona con el aspecto de los tipos que buscan, nos detendrán en dos manzanas. De acuerdo con el plan de escape Juno, que es el que estamos usando, por aquí debe haber una zona de copas, unos cuantos niveles más abajo.*

—Es brillante —reconoció Niros, sacándose el casco—. El sargento Jass y el Presidente pueden pasar por borrachos.

—*Precisamente.*

—¿Y tú? —Preguntó Lía.

—*Uno de los uniformes lleva una capucha deportiva holgada. Soy vuestro entrenador de Triángulo.*

—¿Pediste a *CoverOps* un uniforme especial para ti? —Lía estaba con la boca abierta—. Pero si no pensábamos usarlos.

—*Así es. Soy de Operaciones Especiales, mi trabajo es ser paranoico. ¿Me alcanzan mi mono con capucha y el de mis paquetes, por favor?*

—Voy. Déjeme ayudarle.

Niros sacó dos uniformes de talla L, una M para él, y el especial de Svarni. Puso cuidado de no mancharlos al arrastrarse hacia el sargento, y empezó a desvestir a Jarred. Lía se quitó su propio casco y el traje de *AutoCorp*. Se sorprendió a sí misma con un ataque de vergüenza, como si sus compañeros fueran a mirar hacia ella mientras se cambiaba. Naturalmente, no lo hicieron. ¿Esperaba acaso que el avatar de la venganza y la enciclopedia viviente mostraran algún interés después de casi matarse varias veces? Para cuando acabó de subirse la cremallera del mono y de calzarse las botas, estaba a punto de echarse a reír nerviosamente. Erik tenía razón, llevaba demasiado tiempo entre los pudorosos miembros de la Flota.

Etim y Yuri trabajaban bien juntos. Sorprendentemente, tardaron menos en cambiarse y cambiar a los otros de lo que tardó ella en hacerlo. Luego, Svarni asomó la cabeza entre los arbustos. Todavía era de noche, a duras penas había algún que otro eventual corredor que pasaba por caminos alejados haciendo *footing*. Como los horarios variaban tanto en aquella roca, uno podía encontrar deportistas a cualquier hora en los parques, si bien eran muchos menos durante la noche. Esperaron a que uno de ellos pasara de largo, y salieron arrastrándose al camino. El sargento cargaba a Jarred como uno lleva a un camarada que ha bebido hasta perder el sentido, y Jass iba a remolque de los otros dos, con el brazo oculto dentro de la manga.

Bordearon la senda hasta encontrar una de las barandillas que daba al vacío entre estructuras, una gigantesca caída hasta el nivel del suelo planetario. Estarían en una planta cincuenta, de modo que nadie buscaría los uniformes si los arrojaban desde allí. En todo caso, el personal de limpieza los recogería en cosa de una o dos horas, y se los llevaría a objetos perdidos pensando que alguien los había olvidado en mitad de la vía pública. Sin ninguna contemplación, los guardaron dentro de la bolsa que habían usado para guardar los monos de *Pulso & Infinito* que llevaban puestos, y lanzaron esta al vacío.

Se alejaron de nuevo unos cuantos cientos de metros, y encontrando un ascensor colectivo acristalado, marcaron la zona de copas. No llevaba a error, estaba señalada como tal en los botones de la pantalla táctil. Cuando subieron, tan sólo había un par de tipos con traje sentados en los asientos, con aspecto de ir colocados hasta las cejas. A medida que bajaban, se fueron incorporando otros grupos hasta sumar un centenar de personas apretadas.

Unos chavales, que iban extremadamente borrachos, se les colocaron al lado y empezaron a hablarles como si los conocieran de toda la vida. Lía entró en sus mentes, y entre las efervescencias de sus cerebros descubrió que parecía divertirles el hecho de que fueran *peor que ellos*. Había una pareja que se estaba planteando incluirla a ella en su fiesta privada, y uno a quien Jass le pareció mono. Le tranquilizó que, a pesar de tener que estar hablando durante el resto del trayecto, no parecían tener ni idea de quiénes eran. Sin el pelo, la barba o las cejas, Jarred era irreconocible.

—Ossstrasss tío… tu colega sí que va *to* roto —le dijo uno de ellos a Svarni—. Jodo, parece que se haya muerto.

El sargento la miró.

—*No puedo contestarle.*

—Eh, amigo. —Lía llamó la atención del chaval, que no tendría ni dieciocho años—. Me temo que no va a poder responderte.

—¿Y essso?

—Bueno… te contaré un secreto. —Svarni descubrió consternado que la doctora se estaba haciendo la borracha también, riéndose mientras decía aquello—. Es un *potenciado*.

—¡No jodas! —El muchacho se asomó bajo la capucha, encontrando el casco negro—. ¡Hala, chaval, que pasada! ¡Cómo molas!

—¡Sssssshhhh! —continuó riéndose—. Que va vigilando al jefazo, y no quiere que nadie se entere.

—Hala, que el del ciego del quince es el jefe. *Tranquitronca* que nos *ponemos el mutis* —se echó a reír una chica—. Ostras colega, que marrón os ha caído.

—Ya ves —intervino Niros—. Y este que llevamos encima es su hijo, que se va a cabrear un cerro cuando se pispe de que ha perdido la mano de pega.

Tanto Lía como Svarni se quedaron mirando a su compañero. Resultaba sorprende que también supiera hablar usando la jerga de los adolescentes. Aunque a aquellas alturas, ya podían esperar cualquier cosa de él.

—Ahí va, tú, que es verdad que la ha perdido —se fijó otro, que comenzó a sacudir la manga vacía—. ¡Se ha quemado!

—¿Y essso? ¿Una apuesssta?

—Ya te cuento, man. Apostó a que era capaz de petar un *aerotaxi* de un zarpazo.

—¿Y pudo? —sonrió el primer borracho—. No, ¿verdad?

—¡Joder, sí, sí que pudo! —explotó a reír Lía—. ¡Se ostió y salimos corriendo!

—¡¡Hala, qué crack!!

Los borrachos los incluyeron en su pandilla, y bajaron todos juntos. Eran dieciséis contándolos a ellos, así que se turnaron para ayudarles a llevar al *padre y al hijo*. Svarni no soltaba el cuerpo de Yuste en ningún momento, haciéndose valer como escolta. Le preocupaba que alguien se diera cuenta de que Jarred era quien era… y sobre todo de que estaba realmente muerto. Iban a una velocidad insufriblemente lenta, haciendo paradas cada vez que alguien les ofrecía una copa. Perdieron a la pareja durante un rato, los buscaron, y les encontraron intimando en una callejuela del nivel. Poco les importó que hubiera una cámara de seguridad, menos que los pillasen, y aún menos que se lo dijeran. Ambos se limitaron a hacerles gestos obscenos hasta que terminaron.

Svarni estaba atacado, y Lía no mucho mejor. El único que parecía divertirse era Niros, que les contó a los alegres camaradas que llevaba un montón de cosas del jefazo, y que este le mataría si perdía alguna. Sus nuevos amigos le emborracharon, y le juraron y perjuraron que tirarían por la barandilla más próxima a cualquiera que intentara quitarle el saco.

La noche avanzó, con múltiples sirenas de policía corporativa deambulando por los niveles superiores. Supusieron que habrían encontrado los restos de la cañonera, y que tras determinar que ellos no estaban entre los mismos, los estarían buscando. Afortunadamente, nadie en su sano juicio hubiera hecho lo que ellos estaban haciendo, que era salir de fiesta y beber alcohol sin preocuparse de lo que pasaría en los próximos quince minutos.

Visitaron un par de *pubs* atestados de gente, sus colegas bailaron con Etim, y casi salieron a golpes de uno de ellos cuando el hombrecillo se enrolló con una completa desconocida delante del novio de esta.

El barrio de los bares era exasperante. El ruido y las luces deslumbrantes anegaban todo, desde los interiores hasta las calles, intencionadamente techadas en muchos puntos para dar la impresión de estar en una macro discoteca. Por allí aparecieron algunos tipos de la policía corporativa, y tras sobrevolar a la masa de borrachos fiesteros, se dieron por vencidos tras recibir algunos botellazos. Si se habían escondido allí, tarde o temprano se acabaría la juerga y podrían pillarlos.

Casi amanecía cuando salieron, todavía muertos de la risa, del gentío.

—Sois los mejores, tíos —voceó Etim, totalmente ebrio—. Os quiero muchísimo.

—Y nosotros a ti. —Una de las chicas le besó y le metió mano—. El próximo día me llamas y te pego un repaso antes de venir.

—Eso está hecho, Zorah.

—Oye, Higgs. —Lía se acercó al primero que les había saludado, que parecía el jefecillo del grupo de amigos—. ¿Sabes dónde podemos pillar un *aerotaxi*?

—Puesss, por aquí es jodido. Aunque bueno, tres niveles más abajo y dos manzanas más allá, suele haber. Os acompañamos. ¿Verdaaaad chavalessssss?

Todos corearon que sí a voces.

—A todo esto… ¿osssss queda pasta?

—Poca —confesó Lía, que había tirado de una tarjeta de crédito de emergencia que sabía que aún estaba limpia—. Supongo que llegaremos.

—Joer, chica, tengo tu teléfono, el próximo día me la devuelves.

Le alargó trescientos créditos y ella se sorprendió guardándoselos en el bolsillo. Higgs la miraba con una media sonrisa tonta, todavía borracho como una cuba. No esperaba tal generosidad por parte de un desconocido de Yriia. Por lo que había contado era un niño de papá, hijo de un empresario afincado en los niveles intermedios. Lo normal era que fuese del tipo de gente que, si podía robarte, lo hacía. Sin embargo, habían dado con un buen tipo al que le sabía bastante mal cogerle dinero, aunque lo pudieran necesitar. La verdad era que a medida que pasaran las horas, sería más probable que dieran con todas sus cuentas fantasma y las bloquearan. A partir de ese momento, usar una tarjeta sería suicidarse.

—Oye, no sé cómo daros las gracias.

—¿Con un beso?

Así que era eso: le gustaba. No le pareció mal. Sin pensárselo, se acercó y le dio uno de los mejores besos que había dado a nadie en su vida. Cierto era que le sacaba más de veinte años, que estaba mucho más estropeada que él, que no iba nada arreglada, y que el chico no era precisamente guapo. Le dio igual, estaba tan agradecida por su ayuda, que le salió del alma.

—Ossssstras, tú.

—Llámame.

—Ya te digo, Lía.

Les acompañaron hasta la parada de *aerotaxis*, y esperaron con ellos hasta que hubo suficientes para que se subieran todos. Les pareció especialmente gracioso que metieran al *jefe* en el maletero, pues los vehículos eran de cuatro plazas. Tanto fue así, que los de la parejita decidieron hacer lo mismo para ir *ganando tiempo de camino a casa*. Se subieron al maletero de su propio vehículo para volver a darle al tema. Todos los que no se habían metido ido ya, los despidieron a voces, saltando y agitando los brazos en la pista de despegue.

Svarni apoyó la cabeza contra el respaldo de su asiento tan pronto como despegaron. Etim se acurrucó en el suyo y se quedó dormido mientras el piloto automático los llevaba al destino aleatorio que habían programado, por cien créditos.

—*Gracias a los Fundadores.*

—Creo que nos hubieran acabado pillando de no ser por esos chavales.

—*Quizás. Lo que no olvidaré es haber tenido que desconectar los micros del traje para dejar de oír esa monserga que llaman música. Si tengo ocasión de volver a escuchar música Cronista, juro que no volveré a quejarme.*

—Muy cierto, yo también he acabado harta. Lo siento, pero necesito preguntarlo ya… ¿a dónde vamos ahora?

—*Estamos bastante vendidos. Si el cuartel general no respondía es porque probablemente los mataran a todos. Estamos solos.*

—Me cuesta creerlo. Joder. Willow, Hokasi, Prinston, Weston, Kais…

—*No lo pienses. Hay que buscar una solución. A pesar de todas las pérdidas, de momento hemos tenido éxito. Hemos conseguido el objetivo, y seguimos vivos. Tenemos que huir. Eso es lo importante.*

—Sin los códigos de seguridad de Yaruko, no podremos escapar. Peinarán la zona hasta encontrarnos.

—*Lo intentarán, desde luego. Por eso tenemos que ponérselo difícil.*

—¿Se te ocurre algo, sargento?

—*Hokasi programó nuestra intranet para funcionar nodo a nodo. A ráfagas. Si uno de los repetidores caía, o una de las tres estaciones que montamos registraba un usuario no autorizado, el resto de la red se apagaba hasta que hubiera un nuevo acceso correcto.*

—No sé de informática.

—*Esto no es informática, es seguridad. Digamos que toda la red está diseñada para desconectarse si alguien de fuera accede. Si entramos a la red de nuevo y el terminal de Yaruko sigue conectado a ella, podremos registrarlo remotamente y descargar lo que preparase. Quizás haya algún programa que podamos usar.*

—¿Descargarlo a dónde?

—*A mi armadura.*

—¿Es peligroso?

—*Supongo que sí. Tendremos que confiar en que Hokasi hiciera bien su trabajo. Cambio el rumbo para acercarnos al nodo más próximo. Cuando estemos lo bastante cerca podré conectarme inalámbricamente. Espero que funcione.*

El *aerotaxi* giró en redondo, regresando sobre sus pasos. Se cruzaron con varias patrulleras que se movían a toda velocidad hacia las zonas más exteriores, probablemente tratando de encontrarlos.

Recorrieron una distancia de diez kilómetros más hasta llegar a su destino, y posarse en una plataforma de taxis. Aquel servicio era sorprendentemente barato en Yriia, contrariamente a lo que cabría esperar. Como la mayor parte de la gente usaba el transporte enterrado bajo la ciudad o su propio vehículo aéreo, los taxis quedaban relegados a los borrachos y la gente de poco dinero. Los que de verdad tenían créditos que gastar alquilaban su propio vehículo, ya fuera con o sin chófer. Las licencias para transportar personal de manera automatizada estaban tiradas de precio, y la empresa que controlaba el ochenta por ciento del tráfico de *aerotaxis* en el planeta ganaba mucho más dinero bajando las tarifas y arruinando a la competencia que subiéndolos y haciendo a la gente alquilar transportes de mayor categoría.

Svarni soltó una placa de blindaje de uno de sus antebrazos y extrajo una pequeña antena súper conductora. Llevaba montado un equipo de comunicaciones estándar, con radioemisora de largo alcance e incluso cifrado dinámico. Lía no había visto nada igual fuera de instalaciones militares, era asombroso que hubieran podido integrarlo en una armadura tan pequeña.

Estuvo un rato buscando la señal, mientras el contador del vehículo se tragaba las fracciones de crédito a un ritmo mucho más lento ahora que estaban parados. Cuando finalmente la encontró, estuvo unos minutos intercambiando contraseñas. Se equivocó varias veces a mitad de la transmisión, pues tenía que alternar entre la conexión al nodo y su listado de claves. La última intentona falló por tiempo.

—*Genial.*

—¿Qué pasa?

—*Me ha echado. He agotado mi número de intentos de usuario.*

—¿Y qué hacemos ahora?

—*No tengo ni idea. Un segundo... qué curioso.*

—¿El qué? —Lía se asomó desde su asiento, por encima del hombro del francotirador—. ¿Eso es una llamada entrante?

—*Parece que sí. No sé si debería contestar, puede ser una trampa.*

—¿Tienes una idea mejor?

—*Tú eres la oficial a cargo de la misión, con rango de capitán.*

—Bonita forma de cargarme el muerto, Yuri.

—*Te he cogido cariño, señora. La confianza da asco.*

—De perdidos al río, no podemos estar peor de lo que estamos, salvo que nos pillen. Contesta antes de que cuelgue.

Apretó el botón y la línea se abrió. Pasaron un par de tensos segundo antes de que el otro lado dijese algo. La voz sonaba rasposa, como si sufriera una enorme interferencia. Les pareció que trataba de mantener la señal así a propósito.

—¿Hola?

—Hola —respondió Lía—. ¿Quién es?

—Soy Heimdal. ¿Valquirias?

—Sí. Somos nosotras.

—Gracias a *Astranet*. Os envío la ruta al Valhalla. Haced un cambio de vehículo antes de venir, por si acaso. Corto.

La comunicación se apagó. En el dispositivo de Svarni había una dirección. Se trataba de una zona de apartamentos para encuentros discretos, bastante conocida en Yriia. La empresa que lo llevaba tenía un aparcamiento privado para cada habitación, ninguna cámara, y no interactuaba con el cliente en ningún momento. No habían considerado ese escondite en ninguno de sus planes de fuga porque, en palabras de Hokasi, era *demasiado obvio*. Con la suficiente cantidad de dinero y desesperación, los confederados podrían llegar a registrarlo, a pesar de tener que afrontar las consecuencias de violar la intimidad de ricos y poderosos que buscaban que nadie les molestara. O quizás…

—¿Crees que Hokasi nos… desanimó intencionadamente a usar ese escondite?

—*Tiene sentido. Quizás era su plan b, si todos los nuestros fallaban.*

—¿Heimdal te suena como un código de los nuestros?

—*No para esta operación.*

—Etim —se volvió hacia atrás, moviendo a su compañero, todavía altamente ebrio—. ¿Te suena el nombre de Heimdal?

—El Dios Blanco, hijo de Odín. —Se arrulló con el saco de reliquias y bostezó—. El guardián del arcoíris.

—*Odín sí era un nombre de la mitología terrestre que estábamos usando.*

—¿Es amigo, entonces?

—*Puede ser.* —Svarni marcó un nuevo rumbo en el navegador del taxi—. *Vale, vamos a cambiar de vehículo. Aquí, en este nivel inferior.*

—Llamaremos la atención.

—*Tampoco es que tengamos más opciones.*

Descendieron varios pisos más hasta una zona cercana al suelo planetario. En aquellos momentos casi amanecía, y los repartidores todavía escaseaban, acercando sus mercancías a los comercios antes de que abrieran. Aparcaron cerca de un taxi que esperaba clientes, pegando los maleteros de ambos vehículos todo lo posible. El sargento procuró que las cámaras mirasen para otro lado cuando abrió el del suyo, sacó a Jarred, y lo depositó en el nuevo transporte.

Ayudó a salir a Niros, que se restregaba los ojos y casi no podía andar, tambaleándose entre bostezos. Lía acercó a Jass a la puerta del lado de la acera, y entre los dos lo cogieron por debajo de los hombros. Daniel todavía entre soñaba, pero como había sucedido durante el tiempo de la fiesta, era capaz de poner los pies uno tras otro si se le sujetaba correctamente, de modo que pudieron sentarlo atrás junto a su hombre-enciclopedia. Finalmente, pagaron el primer *aerotaxi* y subieron al nuevo. Luego introdujeron las coordenadas del complejo y se dejaron llevar.

Yriia era una ciudad impresionante desde el cielo. Incluso si uno navegaba entre los edificios a media o baja altura, todo estaba trazado de una manera impecable y con una maestría divina, realzabas con una limpieza meticulosa. Las grandes avenidas y los edificios se mimaban hasta la obsesión. Lía se preguntó cuántos millones de vidas humanas habrían hecho falta para obrar semejante prodigio. Le quemaba las entrañas que todo aquello estuviera construido y cimentado sobre una gigantesca mentira, una enorme falacia orquestada por unos monstruos a los que daría lo mismo destruirlo todo. Era como un hermosísimo castillo de arena construido por hormigas, cuidado hasta el último grano, que un niño caprichoso aplastaría sin miramientos cuando se cansara de mirarlo.

Se preguntó cómo era posible que su hermano pudiera ver… la otra perspectiva. ¿Qué podría justificar las acciones de los *Cosechadores*? ¿Qué podrían decir en su defensa teniendo en mente que pretendían borrar del mapa una especie y todas las variantes de su civilización? ¿Sería un experimento? ¿El entretenimiento de unos seres inmortales? ¿Maldad? ¿Envidia? ¿Ninguno de los anteriores? Quizás si se encontrara con otro de ellos podría preguntárselo. O tal vez lo mataría según lo viese.

Se giró a su compañero. Repasaba mentalmente esquemas de armas, como si eso le tranquilizara. Estaba nervioso, aunque no quisiera admitirlo, y el dolor de su cuerpo iba en aumento. Había tomado la precaución de coger dos dosis, pero trataba de alargar la toma lo máximo posible, hasta que no fuera posible soportarlo más. Y, aun así, estaba pensando en darle la tercera parte a Daniel para que no sufriera lo que él sufría. Le tomó la mano, haciendo que se volviera hacia ella.

—Todo irá bien.

—*No puedo ser muy optimista.*

—Lo entiendo. Encontrarás el final que buscas. Uno digno de ti, uno digno de un héroe.

—*Me hubiera cambiado por Weston… por Maggie, si hubiera podido. Seguimos aquí por ella. Que me dijera que fui su… inspiración… su modelo a seguir… es lo más bonito que nadie ha hecho por mí. Mejorando lo presente.*

—Lo sé.

Apoyó la cabeza sobre el hombro del sargento, y este le pasó el guantelete de reemplazo por el pelo. Era extremadamente áspero, aunque en aquel momento se le hizo lo más cómodo del mundo. Supo que a él también. Durante unos instantes podía olvidarse de su dolor crónico y sentirse normal, una vez más. En compañía de una amiga. Lo que más confortó a Lía fue darse cuenta de que intentaba sonreír, aunque ya no tuviera los músculos que le permitían hacerlo.

Tardaron unos veinte minutos más en llegar a la zona. A pesar de que los transportes se movían a toda velocidad, estaban bastante lejos de la dirección que les habían dado. Aquella zona estaba desprovista de árboles y tenía escasos jardines, era todo más bien gris hormigón sin ninguna señalización. Las aceras y las calles eran más estrechas que la media, y salvo trabajadores uniformados que iban a comer a algún restaurante cercano, no se veía gente paseando. Les llamó la atención que las cámaras eran escasas y que apuntaban a las avenidas en el sentido contrario a la marcha, como procurando no mirar muy detenidamente a los vehículos que circulaban por ellas.

Aquel lugar parecía ideal para cualquier actividad sospechosa. La verdad es que nada estaba más lejos de la realidad. En la zona, todos los accesos estaban meticulosamente controlados, y uno no podía alquilar una habitación para más de dos días. Si se hacía, debía pedirse una prórroga y aclarar quién la ocupaba, algo que nadie que fuera a ese barrio estaría dispuesto a hacer. Si uno trataba de montar un cuartel general en aquellos lares y usarlo para hacer algo ilícito, ya podía darse prisa antes de que los dueños de la empresa lo descubrieran. Por lo que Lía pudo leer en los folletos de propaganda digital que enviaban a los vehículos, el implicar de alguna forma a *Astraffaire* en alguna actividad delictiva podía llegar a implicar la *muerte* como sanción *administrativa*.

Tras unos cuantos giros adicionales, se encontraron frente a una entrada. La puerta leyó la identificación digital de su *aerotaxi*, y se les dejó pasar velozmente. El vehículo entró y se posó en el interior, tras lo que la entrada se cerró tan prestamente como se había abierto. Svarni miró por las ventanillas, encontrando el acceso en lo alto de tres peldaños, colocados enfrente y a la izquierda de Lía. Sin esperar a nada más, salió y se colocó tras el morro, con la pistola en la mano.

En lo alto de las escaleras apareció una mujer con un fusil de asalto. Tras darles el alto, les ordenó que levantaran las manos e hincó una rodilla para estabilizar su posición. Era castaña, y todavía llevaba puesta una de las corazas con el logotipo de los *Discípulos de Osiris*. Estaba surcada por un enorme tajo que había resquebrajado las placas por debajo del pecho. Parecía que lo hubieran hecho con algún tipo de espada inexplicablemente afilada. Era una de los tres supervivientes que habían rescatado de los restos del Grupo de Batalla Cancerbero, la que había padecido el trauma psicológico más severo. Había estado casi tres semanas sin hablar, como Heather, sentada en su litera. De no ser por el suero de la *Pretor*, habría muerto de inanición.

La xenobióloga salió del coche y se interpuso entre los dos, alzando una mano hacia cada uno.

—*Ahora no* —dijo mentalmente—. *No es momento para pelear.*

El francotirador bajó la pistola, y la mujer hizo lo mismo con su arma, sin llegar a soltarla.

—Diana, somos nosotros. Tranquila.

—Doctora. Oh, por los Fundadores, están vivos.

—Tan solo los sargentos Svarni y Jass, el señor Niros y yo. ¿Hay alguien más contigo?

—Sí. Yaruko está en la parte de atrás, pero se encuentra demasiado bien.

—¿Está herido?

—Algo así. ¿Necesitan ayuda?

—Baja, por favor. Daniel está incapacitado, y tenemos un cadáver atrás.

—¿De quién?

—El del presidente.

La soldado Jhorr bajó los escalones a la carrera, completamente desencajada. Tras mirar por la ventanilla trasera, abrió el maletero. Se asomó de nuevo, aún incrédula. Señaló el interior, con una sonrisa en la cara.

—¡Lo han conseguido!

—Diana, hay que descargar el taxi y sacarlo de aquí. Faltan ciento seis créditos. ¿Os quedan?

—Sí, un momento. —Echó mano de su bolsillo de atrás, y extrayendo el dinero, entró en el vehículo para pagarlo—. Hecho. Vaciamos una de las cuentas fantasma poco después de que atacaran el cuartel general.

—¿Hay alguien más?

—Negativo, señora. A duras penas escapamos los dos. —Se miró la armadura destrozada—. Mandaron a una asesina, y si no me mató fue por… no sé, suerte.

—Ayúdanos con los otros. Niros está borracho, pero Jass ha perdido un brazo.

—Voy. Hay un maletín médico arriba, ahora lo vemos.

Subieron todos juntos, dejando el cuerpo en el garaje para una segunda ronda. Era un apartamento precioso, con dos camas grandes y una piscina con forma de cala en el salón. El sonido del agua inundaba toda la estancia, intercalado con el de eventuales pajarillos. Los muebles estaban hechos de fina madera importada, decorados con intrincados grabados y relieves.

Yaruko estaba tumbado cerca de la orilla, en un sofá anatómico que le permitía trabajar con un equipo portátil que había conectado a la red y al *holovisor*. En la pantalla de este último, de al menos ochenta pulgadas, podían verse códigos fuente y una pequeña ventana con las noticias planetarias. Estaban narrando su robo en aquel preciso momento, enfocando el boquete que habían hecho al edificio, recorriendo los escombros aun ardiendo mientras estos eran atacados con drones por los bomberos. La imagen cambió a los restos estrellados de su cañonera y la presentadora, una mujer con aspecto sintético derivado de la cirugía estética, comenzó a decir que pronto ofrecerían en exclusiva las caras de los cuatro fugitivos que se creían vivos. Luego aseguró que se había identificado a varios de ellos como Cruzados de las Estrellas, y que eso elevaría la tensión en los órganos de gobierno confederados hasta el punto de acabar desatando una guerra contra la Flota de la Tierra, que se escondía en el sector Eridarii y tenía muchas ramificaciones por otros Anillos. Hokasi cerró la ventana, y Lía se acercó a él.

Sintió que no le quedaba mucho. Estaba enormemente desmejorado, con ojeras y aspecto huesudo. Se le había caído gran parte de tupido pelo de la cabeza, se estaba quedando calvo hasta de las cejas. Le sonrió tenuemente.

—Me alegro de verla con vida, doctora.

—¡Yaruko! ¿Qué le ha pasado?

—Munición radioactiva. Está... bastante de moda. No te mata de inmediato, sino a lo largo de varios días. Es una forma cruel de deshacerse de un fugitivo.

—¿Qué pasó en el cuartel general?

—Es cansado... de contar estando así. Tengo un vídeo de seguridad. Un momento...

En lo que Svarni y Jhorr acostaban a Jass, la pantalla cobró vida de nuevo.

La plataforma y la pasarela que daban a *Uas* estaban tranquilas. No había ni siquiera brisa, y los que estaban de patrulla paseaban sin prestar demasiada atención. Se paraban cada cierto número de metros y miraban a la ciudad insomne, tal vez contando los *aerocoches*, o siguiendo las estelas de las naves espaciales en el firmamento.

Durante un par de minutos todo pareció en orden, hasta que uno de ellos subió por la rampa del *Uas*, dejando a su compañero solo. Se suponía que no debían hacer eso, debían ir en parejas en todo momento para evitar riesgos. Lo malo de relajarse en lugares como Yriia era que uno acababa creyéndose la falsa sensación de seguridad que vendía aquella roca, y eso se pagaba caro. En un parpadeo, el guardia al que enfocaba la cámara desapareció. El vídeo hizo una repetición, editada por Hokasi, fotograma a fotograma. En cinco de ellos, una especie de sombra indistinguible pasó por encima del soldado y lo arrastró al vacío.

Su compañero salió de nuevo, probablemente alertado por el indicador vital, y cayó fulminado por la misma entidad tan pronto como pisó la plataforma. La repetición a cámara lenta permitió ver que le había roto el cuello para subir a la nave. La alarma estaba sonando, por lo que los de dentro del hotel habrían tomado ya las armas. En el *Uas* solamente quedaban Prinston y Madison, quienes sin duda no habrían estado demasiado atentos. Les hubiera dado exactamente igual estarlo pues la entidad abandonó la entrada setenta y dos segundos después de abalanzarse al interior, y eso significaba que estaban muertos, y que *Belinda B* había sido desactivada o destruida.

Entonces pudieron verla con algo más de claridad, nuevamente por fotogramas. Era una figura grotesca de base femenina y extremidades desproporcionadas. Las zonas próximas al cuerpo, tales como muslos o brazos, eran absurdamente delgados y alargados, mientras que los gemelos y antebrazos casi triplicaban su tamaño normal. Se movía con una velocidad increíble, a zancadas, usando las piernas como salvajes muelles que se compactaban un poco por debajo de la rodilla, usándola de tope para el mecanismo. Saltó al menos quince metros desde la plataforma hacia las ventanas, cuyas persianas acorazadas estaban cerrándose para proteger a los huéspedes. Entró por un hueco mísero, necesitando incluso girar la cabeza de lado para poder pasar. Rompió la parte inferior de la ventana, aterrizando al lado del doctor Mervin. La cámara había cambiado al interior, mucho mejor iluminado, permitiendo ver mejor a aquella abominación.

Los asesinos *potenciados* eran criaturas sin mente, programados únicamente para encontrar la manera más efectiva de acabar con el blanco. La mayor parte de las veces, se trataba de personas modificadas genéticamente, torturadas por drogas, o equipadas con mejoras cibernéticas; dependiendo del fabricante al que pertenecieran. Naturalmente había otros más autoconscientes y sutiles para cuando las cosas requerían algo más de tacto, pero lo normal era que fueran máquinas de matar con las que no se podía razonar. Era mucho más seguro soltar un misil y despreocuparse que permitir que una entidad capaz de entender el enorme daño se le había hecho pudiera volver para vengarse. O eso, o recibir una oferta mejor.

—¡Ahí está! — Willow, señalando a la enemiga—. ¡Acribilladla!

La asesina atrapó de la cara al médico con uno de sus pies acabados en garras, le aplastó la cabeza contra el suelo, y luego rotó ciento ochenta grados haciendo una voltereta hacia atrás para arrojárselo a uno de los soldados de la barandilla superior. Comenzaron a dispararle, y ella esquivó las ráfagas con una velocidad y giros que la convirtieron de nuevo en un borrón. Saltó a la segunda planta para atacar con sus dedos terminados en cuchillas a los dos Cruzados que había allí. A Diana le pasó rozando gracias a un tirón de su compañero derribado por el cadáver del doctor, y cayó por el borde, con tan buena suerte de ir a caer sobre un sofá. Él murió unos instantes más tarde.

A los otros dos soldados les saltó encima tras encaramarse al pasamanos, destrozándolos en cuestión de segundos. La escriba había sacado una pistola aceleradora de gran calibre, y pudo dispararle tres veces antes de que la matara. La asesina se había frenado, avanzando hacia ellos con paso melodramático. Cuando descubrió que Willow sí que era una amenaza, le disparó un dedo, que se le quedó clavado en mitad de la frente, haciéndola derrumbarse con estrépito sobre la consola. Murió de manera casi instantánea. Hokasi cayó al suelo, quedando arrinconado contra la pared.

—Por fin le encuentro —dijo una voz a través de los altavoces de la abominación.

—No es que me alegre de volver a oír su voz, señora Roxxer.

—No será rápido.

—No lo esperaba. Les costé mucho dinero, y en este sucio planeta, eso genera intereses.

—Tampoco será lento. Después de todo, usted descubrió a mi marido y me entregó su parte de *AutoCorp*. ¿No? Favor por favor.

—Muy generoso por su parte.

El títere tendió un brazo, y doblando la muñeca hacia abajo, hizo brotar del cañón de un arma, con la que disparó al *hacker* en el abdomen, perforándole los intestinos. Hokasi se dobló en el suelo, emitiendo un agudo sonido de dolor, maldiciendo la estirpe de Roxxer.

—Morirá en un par de días. La bala emite alta energía, de modo que cauteriza la herida e impide que se desangre. Es radioactiva, como ya se imaginará, así que le deseo un feliz cáncer acelerado.

—Usted... no tiene honor.

—El honor está sobrevalorado.

—Ha sido usted quien lo ha dicho.

La criatura se volvió a toda velocidad, que no fue equiparable a la del misil que le acababa de disparar Diana. El proyectil HEAT perforante le dio en el pecho a la asesina, que apantalló la explosión para Yaruko. El hacker sólo acabó levemente quemado. Los restos de la marioneta de Roxxer atravesaron los tabiques falsos del lado derecho y se desperdigaron por toda la habitación.

Había sido culpa de la empresaria, si su máquina de matar no se hubiera parado para que ella se regodeara, no habrían tenido nada que hacer. Los asesinos siempre remataban a los heridos para no dejar testigos salvo que se ordenara lo contrario.

La soldado soltó el lanzacohetes, levantó Hokasi, y recuperando el maletín de campo de Mervin; corrieron a llevarse el *aerotaxi* que habían comprado a *CoverOps*. El hotel había llamado a la policía corporativa, y no tardarían en llegar para terminar el trabajo.

El vídeo concluyó, ofreciendo la posibilidad de repetirlo.

—*Fue descuidada, por eso sigue viva, Jhorr.*

—Siempre odié esas pelis Cronistas donde el malo se para a decir algo dramático y muere a consecuencia de ello —contestó la interpelada—. Hoy debo mi vida a quien inventara ese estúpido cliché en el cine.

—*Saco una conclusión importante del video. Usted recuperó un maletín médico de campo.*

—No pueden leerte —le avisó Lía, que se había percatado de que no estaban en la misma conversación—. ¿Qué frecuencia usas, Yuri?

—La uno-ocho-cero punto cinco, MGS. Cifrado tipo serpiente.

—Vale... —Lía lo escribió y se lo tendió a Hokasi—. ¿Puede conectar a Svarni a *holovisor*? Sin las lentillas no pueden saber lo que dice.

—Fácil.

—*A ver...*

El texto apareció en la pantalla. El sargento repitió lo que le había llamado la atención y le pidió a Diana que se lo diera cuanto antes. Estaba guardado en un armario lleno de esposas, cuerdas, fustas, disfraces y toda clase de material subido de tono que uno pudiera llegar a necesitar en un lugar como aquel. Acercó una butaca a la cama, y depositando la maleta encima, la abrió para ver de qué disponía. No tardó en derribar la lámpara de la mesilla para usar la superficie, llenándola con instrumentos quirúrgicos. Diana negó con la cabeza.

—No hay nada con lo que salvar a Hokasi, no se ha pensado en la radiación. Se supone que para eso están las *Talos* y las *Pretor*.

—*Lo sé. Lo de nuestro otro camarada debemos tratarlo con un autodoctor, en el* Uas. *Pretendo evitar que Jass se muera.*

—La herida esta cauterizada —observó Lía.

—*Solo lo parece. Te recomiendo mirar de cerca.*

Tragó saliva y lo hizo. Sabía lo que estaba viendo y lo que había estudiado. Sin embargo, tenía ya en demasiada estima al sargento como para no escuchar su consejo. Se acercó todo lo que pudo al muñón negro de Daniel. Olía horriblemente mal, como si además de quemado, estuviera necrotizado. No tuvo sentido hasta que vio una fugaz chispa verde, que creyó imaginarse. Luego vio otra, y después una tercera. Se incorporó.

—¿Qué es esto?

—*Mi médico lo llamaba esquirlas de plasma. Dudo que lo sean, pero da igual, lo que jode es lo que hacen. Parecen sentirse atraídas por la materia orgánica fresca, que pudren. Hasta donde sé, permanecerán ahí hasta matarlo.*

—¿Cómo sabe eso? —preguntó Diana.

—*A él le dispararon con una pistola. A mí me volaron en pedazos con un jodido cañón cargado con esta mierda. Si el disparo solamente derritiera, hubiera perdido los brazos, la mandíbula inferior, la cara, la laringe, parte del esternón y de la clavícula. En la práctica, me destrozó los pulmones, casi todas las costillas, seis vértebras, un omóplato, y lo que me quedaba de brazos.*

—¿Y cómo le han reconstruido? —le miró asombrada—. ¿Trasplantes?

—*A estas alturas, quedando los que quedamos, me da igual decirlo: soy un cíborg. Era imposible salvarme tras haber perdido todos los trozos que perdí salvo que me trasplantaran medio cuerpo.*

—Pero, la mecanización...

—*Sufro de un horrible y constante dolor fantasma, debido al trauma neurológico masivo. Como ya observó la doctora, los calmantes me derretirán los huesos que me quedan más pronto que tarde. Salvo que me transformara por completo en una máquina, incluso el cerebro, no tendré arreglo.*

—El Padre decía que la cibernética era para individuos excepcionales, no para los mundanos. Para gente con una fuerza de voluntad fuera de lo común —recordó Lía—. Si sobreviviste a todo eso... eres alguien totalmente excepcional, Yuri. No sabía que tus daños fueran tan... tan catastróficos.

—*No quiero irme sin mi venganza. Si de paso eso ha servido a la Flota para probar nuevas terapias y métodos médicos, eso que hemos ganado. La cibernética fue la solución desesperada del Padre.*

—Y entonces...

—*Nos estamos desviando. Teniendo en cuenta el tiempo que ha pasado desde que dispararon a Jass, calculo que las esquirlas habrán penetrado unos dos centímetros, así que cortaré el muñón a tres.*

—¡¿Cómo que va a cortarle?! —Jhorr se llevó ambas manos a la cabeza—. ¡Usted no es de la Orden de la Cruz!

—*No veo a ningún Cruz Templaria en esta sala. Es o eso, o que se muera, porque los* autodoctores *no saben tratar estas heridas. He hecho mis pinitos en el campo de batalla, sé cerrar una amputación con el equipo que tenemos. Lo único difícil es asegurarnos de no dejar ninguna esquirla dentro. Basta una para perderlo.*

—¡Está loco!

—*Si no va a aportar nada útil, soldado, le ordeno que se calle y se gire. Punto.*

—¿Crees que puedes hacerlo sin matarlo? —Lía se le acercó, y se le quedó mirando fijamente.

—*Sí.*

—Te ayudaré.

—*Mantente fuera de su cabeza, doctora. Entra en la mía: La concentración es silencio, el silencio es vida.*

—Yo te enseñé eso —sonrió.

—*Por eso te lo recuerdo antes de empezar.*

Svarni se puso manos a la obra. Sacó tres juegos de esposas del armario de la habitación, y tras etiquetar las llaves de cada una de ellas, ató a su camarada a la cama, usando los barrotes para evitar que se moviera. Luego, empleó un analizador de espectro amplio para tomar una muestra de Jass, comprobando los niveles de anestésico en sangre para aplicarle la cantidad necesaria y evitarle cualquier sufrimiento adicional. Aquello era muy importante pues, de acuerdo con lo que dijo, había visto morir a un *Cuervo Negro* de sobredosis por culpa de aquel descuido. Tras calcular la medida correcta, pinchó la aguja en el hombro y ató una cincha de presión por encima de la altura del codo que disminuiría el flujo de sangre a la zona que iba a cortar. Desplegó una gasa súper absorbente para no encharcar la cama, y acercó todo lo que pudo el bote de espuma bioexpansiva antes de sacar del estuche los bisturís desechables y la sierra radial médica.

—*Inmoviliza el hombro y sujeta el brazo por si acaso.*

Lía trago saliva.

A pesar de lo sangriento del trabajo, Svarni no vaciló ni un instante. Su mente estaba enfocada, reparaba un daño como quien arregla un arma. Fue metódico y directo, eliminando las zonas negras primero. Luego cerró las venas y arterias principales, para buscar vetas decoloradas u oscuras. En estas escarbaba, hasta sacar minúsculos fragmentos verdes que iba depositando en la cajita para materiales peligrosos que el maletín incorporaba. Cuando terminaba una zona, sellaba con la espuma bioexpansiva y seguía despejando los alrededores.

Usó la cámara radiológica para sacar radiografías a un zoom de cincuenta aumentos y así poder encontrar lo que se le hubiera pasado a ojo. Tuvo que levantar heridas ya selladas un par de veces y abrir profundamente la carne para sacar trozos pequeños, lo que casi hizo desmayarse a Lía, que pudo seguir adelante repitiéndose que cada vez les quedaba menos. La zona más complicada fueron los bordes del cúbito y el radio, donde aquella metralla extraterrestre había tenido a bien aposentarse. Tuvo que rebajar mucho ambos huesos, porque aparecía que las esquirlas la habían tomado con ellos, dañándolos gravemente. En muchos puntos tuvo que sustituir la radial por un taladro, que habitualmente se usaba para meter tornillos en los huesos rotos que las armaduras *Pretor* no podían sujetar.

Aquella parte fue extrema para los espectadores. Lía tuvo que recluirse en laberinto mental para no oír el sonido de la fresa, Hokasi se puso unos cascos, y Diana comenzó a tararear con las manos en orejas. Niros seguía fuera de combate, para su fortuna.

Tras repetir las pruebas radiológicas, hacer varias ecografías y repasar toda la zona cubierta por la espuma, Svarni se dio por satisfecho. Había tardado casi dos horas.

—*Suficiente.*

—¿Ya? —A Lía se le nublaba la vista—. ¿Cómo ha quedado?

—*Mal. Le he destrozado el brazo, y requiere de cirugía de* autodoctor. *La espuma contendrá el estropicio y ayudará a cicatrizar. Las buenas noticias son que no perderá el codo y que vivirá.*

—Menos mal. No creo que haya muchos médicos de campo que lo hubieran hecho mejor. —La doctora desató a Jass y se tumbó en un diván, agotada—. ¿Dónde aprendiste a hacer esto?

—*Fue en una misión en Eridarii, en un planeta aún sin nombre. Código EEC-772. Los Nocturnos de Eclipse emboscaron a mi unidad y mataron a la tercera parte, incluyendo los dos de la Orden de la Cruz. Tienen la manía de usar espadas motorizadas, y tanto ellos como sus armas son bastante grandes de tamaño.*

Lo suficiente como para romper las Pretor *y desgarrar lo que haya debajo. No hubo demasiadas amputaciones totales, aunque todos sacamos cicatrices desagradables de aquello. A la primera que cosí fue a Verne. Qué pena, tenía unas piernas bonitas.*

—Lo siento.

—*No pasa nada, doctora.*

—Tengo que interrumpir. —Yaruko hablaba jadeando, sofocado—. Tenemos una... oferta.

—¿Cómo dice?

—Lean la pantalla, por favor.

Todos se quedaron mirando el gigantesco *holovisor*. Las noticias, que Hokasi había vuelto a ampliar, hablaban de la detención de Augustus Roxxer. Este aseguraba a gritos que no tenía nada que ver mientras la policía corporativa lo arrastraba al interior de un transporte que lo llevaría a su condenación final. La cámara se volvió a un hombre sonriente, de mediana edad al menos en apariencia, que aparecía etiquetado como el hijo mayor del antiguo empresario y su exmujer, actual presidenta y accionista mayoritaria.

Como habían esperado, las acciones de *AutoCorp* estaban cayendo ya un cuarenta por ciento en el mercado continuo planetario, donde se había desatado la histeria. Junto a Clemence Roxxer, aparecían los gráficos que avalaban los datos, y diversas escenas y declaraciones de otros consejos de administración del sector. Aseguraba que el agujero de seguridad se debía a la mala gestión de su madre, que había permitido que su padre acabara trabajando subcontratado después de haber demostrado que era un peligro ambulante para los intereses de la empresa.

—No veo la oferta.

—Escuche, escuche.

Subió el volumen.

—La verdad es que siento cierta admiración por los ladrones —aseguró el joven Roxxer—. Han sido capaces de desarrollar un plan muy creíble, llegar hasta el corazón de la Confederación y apuñalarlo. Y lo mejor de todo, han sido capaces de sobrevivir a la traición de una de sus compañeras, de acuerdo con lo que ha contado Voprak Robespierre, Alto Comisionado de la Cámara para asuntos históricos. Al parecer, los pilló *in fraganti*, y a punto estuvo de detenerlos.

—¿Dice que le causa admiración que unos bandidos roben las reliquias más valiosas de nuestra amada Confederación? —La periodista de *MediaMundo* era como un buitre, atacaba sin piedad—. ¿Está de acuerdo con el robo?

—Claro que no, ya sabe que no he dicho eso —rió él—. Lo que digo, señorita Mato, es que han burlado no sólo a toda la seguridad de *AutoCorp* gracias al agujero de seguridad que mi padre les ha proporcionado, sino que actualmente están evitando a todas las compañías que los buscan y al propio gobierno. Mercenarios, cazarrecompensas, otras empresas de seguridad… ¿cree que es un problema de *AutoCorp*, o que es un problema del sistema en sí?

—O sea, que según usted podrían haber vulnerado cualquier entidad.

—Es el señor Robespierre quien ha dicho que son Cruzados de las Estrellas. Si eso es verdad, mucho me temo que es como si los actuales soldados de la era espacial se enfrentaran a nuestros viejos soldados coloniales armados con rocas y lanzas.

—Se ha especulado mucho al respecto. ¿Cree de verdad que el Parlamento y la Gran Cámara de Comercio podrían declarar la guerra a la Flota de la Tierra?

—¿Usted querría?

—Soy periodista, no política ni economista. No tengo bastantes datos para opinar.

—Le pondré sobre una pista: hablamos de una gente cuya única dedicación a lo largo de los últimos ochocientos cincuenta años ha sido la guerra. Sobrevivir, luchar, morir. Repetir. No sé si los querría de enemigos.

—Pero el robo del cuerpo del amado Primer Presidente Jarred es un acto de guerra.

—Aunque se trate de un acto de guerra, si yo fuera parte de la Gran Cámara de Comercio como mi madre, pediría a grito pelado una negociación. Que la Flota se explique, nos devuelva lo que nos pertenece como pueblo soberano, y nos compense el dinero perdido. Eso es todo. No ha habido muertos confederados, solamente de los suyos. Una contienda sería perjudicial para la humanidad. Si me están escuchando, espero que los fugitivos sepan lo que es mejor para la galaxia.

Hokasi quitó el sonido a la pantalla, girándose de medio lado hacia sus compañeros.

—¿Eso es una oferta? —se quejó Diana—. Eso es que el tal Clemence tiene dos dedos de frente.

—Es una… oferta.

—¿Qué más ha encontrado? —Lía estaba segura de que faltaba un dato.

—Roxxer hijo ha encontrado nuestra red. Su madre nos… mandó matar y confiscar nuestras… pertenencias, entre ellas el *Uas* y mi equipo. Normalmente, la auto destrucción lo… hubiera impedido. La desactivé.

—¿Por qué? —preguntó Lía—. ¿No hubiera sido mejor no dejar nuestra tecnología en sus manos?

—Todos mis códigos están… codificados para el *Uas*. Lo interesante es que Clemence… pretende reemplazar a su madre.

—Así que ha robado su nodo para tratar de establecer contacto a espaldas del resto de accionistas mayoritarios de *AutoCorp*.

—Eso es. Es un intento… torpe. Algunos… de los que trabajaron conmigo… conocen mis protocolos de antes… de irme. —Hokasi comenzó a toser—. Lo que… pasa es que… es fácil bloquearlos… he aprendido mucho desde entonces… y sumado a la tecnología de la Flota… como decía Clemence… es una guerra desigual.

—Se estaba refiriendo a que no puede contactar con nosotros porque le sacamos años de investigación en seguridad y le estamos impidiendo el acceso. No a la guerra estándar que se debate en el Parlamento. Nos mandaba un mensaje.

—Exacto.

—Es decir, que Clemence Roxxer sí que nos está ofreciendo un acuerdo. —Lía se llevó una mano al mentón—. ¿Por qué?

—Lo conocí. Es ambicioso y mezquino. A diferencia de… sus hermanos, preferiría ser el rey de una provincia… a la mano derecha de una emperatriz.

—Le da igual acabar con la mayor parte de la empresa de su familia si él puede tener un trozo aceptable de pastel. Y por supuesto, le da lo mismo si por el camino, el pueblo pierde sus amadas reliquias.

—Es lo que yo… deduzco del vídeo y de los intentos de comunicación por nuestra red.

—Si le dejamos hacer su oferta… ¿podría localizarnos? —Preguntó Lía

—Quizás. En circunstancias normales los… evitaría sin problemas. Ahora estoy… muy débil.

—*¿Probabilidad de fracaso?*

—No sabría… dar un porcentaje. Quizás… un cincuenta por ciento.

—*Inaceptable.*

—Tampoco es que tengamos muchas más salidas —Diana se encogió de hombros—. ¿Cómo de complejo sería robar una nave distinta del *Uas* y ser capaces de huir del sistema?

—Aun contando con un piloto… cercano a… imposible. Como ya he dicho… casi todos… los códigos están vinculados a nuestra nave. Vía hardware, o software. Son… meses de trabajo. Y yo tengo ya… horas.

—*Cincuenta sigue siendo mejor que cero* —se rindió Svarni—. *Bien. Señor Hokasi, le voy a escribir una lista de lo que necesito que exija a Clemence Roxxer. Introduciré cosas que inducirán al error. Como con* CoverOps.

—Está bien. Reforzaré… la seguridad… trataré de que no nos pillen. Doctora… necesitamos que usted… y Jhorr… salgan y tomen un *aerotaxi*…

—¿Cómo dice? —se asombró Lía—. Nuestras caras estarán, si no están ya, en los medios de comunicación.

—Sí, así es…, pero tenemos… una cosa más. Sacamos… dos maletines y no uno… del hotel. El otro contiene el equipo principal… de la tecnología de… Dariah…

—¿Qué es?

—Lo he estado estudiando —aseguró Diana—. Parece que nuestra estimada ladrona en realidad no tenía cara. No es que se sometiera a cirugía estética, es que en algún momento dejó de tener rostro. Lo que solíamos verle, era un tipo de máscara holográfica extremadamente avanzada. Es posible codificar un rostro en el maletín y ponérselo encima, como una careta.

—Joder, Dariah estaba chiflada —se horrorizó Lía—. No pienso arrancarme la cara.

—No hace falta. La máscara se adapta y se coloca a medida, de acuerdo con las instrucciones. El extirparse la nariz o las orejas viene en el manual como… eh… procedimiento profesional. Dice expresamente que salvo que se trate de alguien que necesite que no exista la más mínima duda de su identidad mediante escáneres y máquinas, no es necesario.

—Jass pasó los escáneres del museo sin arrancarse nada.

—Me limito a repetir el manual. No puedo decir si hay diferencia.

—Está bien. ¿Qué tenemos que hacer?

—Tíñanse el pelo de otro color, uno chillón si es posible… con los botes de aerosol del maletín… Luego, usen las máscaras… algún vestido del armario… y tomen un *aerotaxi* abajo… en la avenida…

diríjanse al distrito ochocientos cinco, nivel ciento dos… quedaremos con Clemence allí.

—*Yo monitorizaré la zona. Necesitaré tener un mapa y una visual sobre lo que sucede. ¿Es posible comprar acceso a las cámaras durante el encuentro?*

—En este planeta… es posible comprar cualquier cosa.

—*Mejor. Prefiero comprar un poco de tiempo a piratear nada. Menos riesgo. Está bien, contactemos con ese cabrón y plantemos nuestra lista de exigencias. ¿Y un dron?*

—Lo encargo… ahora… mismo

—Me preocupa qué nos vaya a exigir a cambio —reconoció Lía—. ¿Y si desea algo más que el control de lo que quede de *AutoCorp*?

—*Su padre ya está muerto a todos los efectos. Está claro lo que busca: Quiere culparnos del asesinato del resto de su familia.*

—¿Va a pedirnos que los matemos a cambio de dejarnos ir?

—*A vosotros no. Me lo va a pedir a mí.*

Lía tragó saliva. Habían pasado de Cruzados a ladrones, y de ladrones a asesinos en cuestión de horas. ¿Qué sería lo siguiente que tendrían que hacer para completar la misión?

En aquella calle imperaba la sensación de desamparo. Algunas personas se les quedaban mirando al pasar, comentando tal o cual cosa. Se habían puesto un uniforme de los que había en el armario de la habitación, y ambas parecían militares con dos tallas menos de las que deberían. Estaba más que claro que, para cualquier que tuviera ojos, estaban tratando de llamar la atención con una ropa que habitualmente no se sacaba de la intimidad. Envidiaba a Diana, seguía convencida de que las miradas venían por la altivez de su pose, en lugar de por qué parecían venderse por dinero.

A Lía le preguntaron un par de transeúntes, y uno incluso resultó ser un representante de la empresa que regulaba el tema en esa zona que pensaba que les estaban pisando el negocio. Podía soportar la vergüenza gracias a la máscara y la peluca, que le hacían parecer alguien completamente distinto. Ahora era bastante mona, aparentaba diez años menos, y era rubia platino.

Se les acercó otro tipo.

—Saludos. ¿Dónde puedo coger un *aerotaxi*?

—Ni idea, el mío está en el taller.

—Una pena, tenía un regalo para mi novia. Que aproveche.

Le tendió un paquete y se alejó silbando. Ellas se dieron media vuelta, y caminando hacia el banco más cercano, abrieron la caja. Estaba llena de bombones, que fueron tirando disimuladamente a una papelera, como si se los comieran entre las dos. En el segundo piso de la caja se había colocado una *holotableta* de pantalla retro iluminada, que contenía las condiciones del trato. Lía las leyó tranquilamente, como si tal cosa. Todo lo que veía era transmitido por la lentilla de grupo, de modo que los de la base pudieran enterarse también. Era lo que sospechaban, Clemence Roxxer quería convertirse en el dueño de lo que sobreviviera de *AutoCorp*, intercambiando su nave y sus vidas por la muerte de su familia. Les ofrecía las claves de acceso al edificio, con un punto de recogida de un vehículo que podrían usar para hacerse pasar por personal de limpieza.

No podían saber hasta qué punto debían confiar en el tal Clemence. Ya no tanto porque fuera a traicionarlos, que sin duda lo haría, sino por el momento. Cuanto más tardara en intentar entregarlos, más posibilidades tendrían de huir. Enviaron la respuesta aceptando sus términos a cambio de poder llevarse a uno de los blancos como rehén. Era lo razonable, necesitaban un seguro, y un testigo era uno lo bastante incómodo como para que no los matara según cumplieran su parte. Claro que si los dejaba escapar, podrían extorsionarlo con dejarlo libre, así que le pidieron un poco de confianza mutua. Por lo rápido que aceptó, estaba claro que pensaba acabar con ellos y el rehén que eligieran de todas formas. Si hubieran sido terroristas o asesinos de verdad, hubieran estado encantados.

—Vale, hecho. El punto de recogida está a ocho manzanas. Diana, ve a por el vehículo y ejecuta el dispositivo antirrastreo de Hokasi.

—¿Acaso soy la más prescindible? ¿Por qué yo?

—Porque sigo siendo tu oficial al mando, y es una orden. Reúnete conmigo dentro de seis horas en esta dirección. —le tendió un papel—. En trece horas empezamos. Nuestro nuevo *cliente* convocará a su consejo de administración para hablar sobre lo que nos han robado. Entonces actuaremos.

—¿Y si es una trampa y me capturan?

—No lo harán todavía. Quiere que primero quitemos del medio su problema.

—Podemos equivocarnos.

—Pues si es así, nos aseguraremos de vengarte y terminar la misión —respondió, molesta—. Ni se te ocurra desertar, porque si lo haces a ellos les dará igual cuando te pillen, y encima estarás sola.

—Esto es un suicidio.

—Lo fue desde el principio, solo que ahora resulta más evidente. Desfila.

—Sí, señora —gruñó Jhorr, levantándose.

La dejó marcharse. El micro dron con el que Hokasi las estaba siguiendo revoloteó a su alrededor y corrió a posarse en el hombro de Diana sin que ella lo notara. Así podrían darle un toque de atención si le entraba un súbito ataque de cobardía que pudiera ponerlos en peligro.

—*Estoy seguro de que lleva razón* —escribió el sargento—. *No se puede confiar en esta gente. Igual la matan.*

—Claro que no se puede confiar en ellos —contestó Lía—. La cosa es que somos una oportunidad perfecta para darle el poder. Con la empresa hundiéndose y en su hora más baja… nos dejará pasar, nos hará sentirnos cómodos, y cuando nos tenga donde quiere nos traicionará.

—*Solo que nosotros vamos a llevarle por donde nos apetezca.*

—Es la idea. Solo espero que no sea tan bobo de querer cobrar la recompensa por nuestras cabezas sin más.

La entrega fue como la seda. Siguieron el vehículo auto conducido por Diana durante las seis horas acordadas, y cuando llegó el momento, paró a recogerlos en sucesivas estaciones de *aerobús*. Estaba realmente limpio, tal y como el aspirante a nuevo director general de *AutoCorp* les había prometido que estaría. Lía no se equivocaba, tenía demasiada ambición acumulada como para permitirse el lujo de que sus nuevos asesinos dudaran de su credibilidad. Tenían que acabar con sus blancos antes de que pudiera deshacerse de ellos. Habían pedido una silla de ruedas para el cadáver del presidente, y los otros dos heridos fueron capaces de caminar por sí mismos desde donde los dejaron hasta el vehículo. Jass seguía horriblemente dolorido a pesar de los calmantes, aunque estos le permitían pensar ya con cierta normalidad. Hokasi se vistió de viejo en pijama y con bastón. Niros, por su parte, experimentaba una terrible resaca que complementaba a la perfección su disfraz de ejecutivo travestido con un maletón de ruedas. Nadie hubiera dudado de que la fiesta se le había ido de las manos.

Todos se habían puesto las máscaras del maletín de Dariah y diversas ropas que les daban un aspecto rocambolesco, nada inusual en según qué zonas de la urbe planetaria. Una vez vestidos, con caras artificiales y lentillas para evitar los escáneres, ya era mucho más improbable que los reconocieran. El más problemático fue Svarni, quien hubo de enfundarse unos hábitos de monje para pasar inadvertido. Pensándolo en retrospectiva, la gente jugaba a cosas rematadamente raras cuando visitaban aquellos apartamentos. Los dejaron pagados, con una generosa propina por poder llevarse algunas prendas para su uso personal. Era una pena que fueran a descubrir una cuenta bloqueada por el gobierno cuando el banco pasara la factura al día siguiente.

Una vez todos entraron en el vehículo, se cambiaron durante el trayecto a la sede de *AutoCorp* para parecer limpiadores. A pesar de su estado, Yaruko preparó todas las trampas que le quedaban. Se había puesto bastante peor, y le costaba razonar, pero se sentía con fuerzas suficientes como para poder desatar el infierno en el interior del edificio en cuanto consiguiera conectarse. Había una llama ardiendo en el fondo de sus ojos que asustaba a Lía, estaba convencida de que seguía vivo para poder vengarse de toda aquella familia.

Dieron la vuelta por encima de la cúspide de la torre, que estaba rodeada de periodistas, arremolinados como buitres. Aquella era la noticia de la jornada, el expatriarca del clan implicado en un acto de terrorismo en connivencia con los míticos y famosos Cruzados de las Estrellas. No existía ni un solo medio de comunicación en doce sistemas a la redonda que fuera a dejar escapar la oportunidad de hacer leña del árbol caído. La posibilidad de conseguir una imagen, o simplemente un comentario que diera pie a las hipótesis de los tertulianos del corazón, era demasiado tentadora como para dejarla escapar.

Los guardias de seguridad de la compañía les abrieron la compuerta de la pista de aterrizaje mirando únicamente su identificación. Tenían problemas conteniendo la marea de micrófonos y cámaras, así que se saltaban las comprobaciones rutinarias para aquellos cuyas credenciales cuadraban. A ellos y a unos pintores casi los empujaron al hangar de servicio, diciéndoles que hicieran su trabajo lo más rápidamente posible y sin molestar.

Lía, Etim y Diana se pusieron a limpiar, cada uno en una planta. Mientras, Svarni tomó el montacargas para subir de la zona ejecutiva, en la que se encontraban los pisos del consejo de administración. La doctora aprovechó la necesidad de visitar el baño de dos secretarias histéricas para colocarles unos dispositivos inalámbricos a sus equipos y darle al *hacker* acceso a la red. Yaruko soltó todos sus programas con sólo pulsar un botón, y comenzó a neutralizar los permisos de administrador de todas las personas que no fuesen él mismo y la matriarca, sin invadir directamente ningún sistema importante. De ese modo silencioso, nadie se daría cuenta de que no podía contrarrestar el ataque hasta que intentara usar unos comandos de los que ya no disponía.

La parodia del sargento se alargó durante media hora. Svarni fue evitando las cámaras y los guardias, abriéndose paso con su tarjeta, oculto bajo un casco de burbuja opaco. Iba vestido como uno de esos limpiadores que usan mangueras de aire a presión para quitar las manchas difíciles, cargando una mochila con dos tanques que alimentaban su aparato.

Sintió una sacudida en el edificio que lo hizo tambalearse, y tras un minuto, las alarmas comenzaron a sonar. Mejor. Fuera lo que fuera, le facilitaría la vida. Las situaciones de emergencia volvían a la gente estúpida y vulnerable.

Dejó atrás salas de trofeos, de reuniones y despachos. Todo era una sucesión de lujo y vanidad, un monumento al ego tras otro. Todas las paredes estaban forradas de maneras nobles, cubiertas de tapices y cuadros. Los suelos eran alfombras caras hechas con las pieles de animales exóticos o mármoles carísimos, las puertas cristal templado de colores con pomos de oro macizo. Hasta las *holopantallas* tenían la mejor resolución que el dinero podía comprar, aunque se usaran para la más triste obviedad. Los bustos y los retratos se sucedían, mostrando la vacua egolatría de toda aquella piara de necios. Sus empresas, dinero y poder no eran más que humo, la cortina que los alienígenas estaban usando para tapar el genocidio humano que estaba por venir. Svarni sintió una veloz punzada de pena. Estaban tan seguros de la invencibilidad de sus creencias y su mundo, que no se daban cuenta de su vulnerabilidad. Quizás la Flota adolecía de lo mismo, pero al menos ellos estaban luchando y muriendo por cambiar las cosas, por hacer una galaxia segura para todos.

Eliminó un par de manchas de sangre seca, algunas marcas de las paredes y un charco de vómito cuando se hizo inevitable cruzarse con alguien. La seguridad estaba completamente ausente, demasiado ocupada en los niveles inferiores, demasiado preocupada por qué sería de ellos si el imperio de sus jefes se desmoronaba. Allí quedaban solamente altos ejecutivos, que discutían entre susurros la hecatombe que se les venía encima. Se encontró a uno, incluso, destruyendo documentos. El hombre le pidió ayuda por señas, y el sargento le acercó unos papeles para que pudiera quemarlos en una desintegradora industrial que tenían en la planta. Al parecer, debían hacer desaparecer mucha documentación a lo largo del año. El sesentón con los ojos inyectados en sangre le puso un montón exageradamente grande de créditos que ni siquiera contó en la mano, y salió huyendo despavorido. Se imaginó que las drogas le hacían ver cosas que no estaban ahí.

Oía gritos más arriba. Varias personas discutían en la sala más alta del edificio, a la que se accedía mediante unas escaleras y una pasarela de cristal. Toda la planta superior era un jardín de triple altura, y el consejo de administración quedaba suspendido sobre él en una especie de semiesfera que colgaba de unos gigantescos tensores amarrados al techo. Subió los escalones despacio, pausadamente, asegurándose de que nada resultara sospechoso. Por lo que Yaruko le había informado, las cámaras de seguridad de la zona estaban ya desactivadas por Clemence, de forma que ni siquiera le verían llegar.

Tras recortar los últimos peldaños, se encontró a la asesina de frente. Parecía que un misil no había sido suficiente para destruirla. La criatura lo miró, giró la cabeza de lado, y chasqueó los dedos metálicos. Era como si saboreara encontrarse con él, como si de algún modo le reconociera como a un igual. Quizás le esperaba, o quizás los *empresaurios* habían decidido tenerla cerca en su hora más oscura. Daba lo mismo.

Sacó su espada de entre los tanques de aire y metiendo la hoja por el cuello, cortó la ropa de arriba abajo. Luego tiró su casco de burbuja al suelo, y deshaciéndose de los harapos, cambió a una postura de combate. La criatura no se movió en ningún momento, expectante. Analizó su pose, su armadura arañada, su estatura y peso. Si quedaba algo de humano en ella, sin duda estaría disfrutando de encontrar al fin un oponente a su medida.

—*Bailamos, supongo.*

La criatura se lanzó hacia él con una violencia atroz, profiriendo un alarido de pesadilla.

Fue complicado ascender las treinta plantas que los separaban del *Uas*. La nave estaba situada en un hangar exclusivo, bajo una estrecha vigilancia del personal. Después de todo, algún imbécil había filtrado a la prensa que se había recuperado tecnología de la Flota de la Tierra, y todos estaban deseosos de hacerle una foto o un *holovídeo*.

Metieron a Yaruko, el cadáver, las armas, el maletón de las reliquias y a Jass en dos carros de la limpieza. Fue sencillo encontrarlos, pues aun sin contar con acceso a los planos del edificio, las zonas de servicio quedaban claramente marcadas en los terminales públicos. Hokasi modificó los permisos de seguridad para hacer ver a los nada inteligentes guardias de *AutoCorp* que tenían que darle un repaso a la nave de los Cruzados antes de mostrarla al gran público. Según el falso informe que se inventó, una jefa había determinado que la mejor manera de hacer que las acciones volvieran a subir era vender a los accionistas que podrían sacar importantes mejoras de seguridad del *Uas*, haciendo pasar el destrozo de Hokasi como uno provocado por una tecnología superior que ahora poseían.

Naturalmente ni Lía ni los demás debían tener acceso a los datos, pero el correo interno llegó al buzón de toda la corporación, y los guardias también lo leyeron. Les dejaron pasar sin poner muchos problemas, hasta que uno de ellos se fijó en el esfuerzo que Diana estaba haciendo para poder empujar su carro.

—Disculpe… ¿qué lleva ahí dentro?

—Pues… basura. Y porquería.

—¿Y pesa tanto?

—Yo… sí. Alguien de arriba me tiró el ordenador completo aquí dentro, bajo el vómito que he recogido.

Efectivamente, y para desgracia de Jass, Jhorr había tenido que recoger un vómito en un pasillo. Las toallas absorbentes desprendían un olor nauseabundo cuando uno abría la tapa lateral.

—No estará tratando de robar algo, ¿verdad?

—¿Con la que está cayendo? —se indignó la soldado—. Claro que no. Me echarían del planeta, o peor.

—Déjeme mirar.

—Se va a manchar de devuelto. No sé qué habría comido la que ha echado la papilla en el baño de mujeres, pero le aseguro que he tenido que tirar tres pares de guantes para que me dejaran de oler las manos. Es asqueroso.

—Que me deje mirar.

—Con tropezones.

—¿Está sorda?

En aquel momento, hubo una explosión y todos cayeron al suelo. Saltaron las luces de emergencia y comenzaron a sonar a la vez las alarmas de descompresión e incendio. Los edificios eran tan altos que muchos de ellos estaban presurizados, y por ello disponían de un tipo de alerta especial. Al estar en atmósfera tenue, la gente podía llegar a morir por la falta de oxígeno o el frío.

Uno de los guardias corrió a un terminal cercano, aporreando los controles para tratar de averiguar qué era lo que había pasado. Volvió y levantó a su tozudo compañero, que seguía sin querer dejarles pasar, chillándole que le siguiera de una maldita vez. Según dijeron, uno de los reactores del centro del edificio acababa de explotar, y otros dos se estaban calentando por momentos. Si era cierto, se podía considerar la posibilidad de que hubiera sido un acto de terrorismo contra *AutoCorp*, como lo había sido el ataque a la Explanada.

Lía, Etim y Diana se metieron bajo los carros, gritando y haciendo ver lo asustados que estaban. Eso terminó de convencer al guardia de seguridad de que no fingían, y salió corriendo tras su compañero. Estuvieron así un par de minutos, agazapados en la penumbra provocada por el apagón, tratando de pasar inadvertidos. Tras los que les habían parado pasaron varios más que ni siquiera repararon en que se habían metido ahí debajo, en grupos de cuatro o cinco. Las alarmas continuaban sonando, y comenzó a escucharse una voz del jefe de sección del edificio que ordenaba la evacuación. La doctora se levantó precavidamente y abrió la tapa del carro en el que se escondía Yaruko con el maletón.

—¿Qué ha hecho?

—Detonar… el reactor… cuatro… crear… caos… por todas… partes…

—¿Está loco? ¡No somos terroristas!

—Se lo… merecen… démo… nos… prisa…

Cerró, y llamando la atención de sus compañeros, reanudaron la marcha por los pasillos. Se alertaba continuamente del atentado, solicitando a empleados y directivos que se dirigieran a las cápsulas de evacuación más cercanas. Tomando una, podían bajar a una velocidad de varios cientos de kilómetros por hora, llegando al suelo en un santiamén. Pero no era lo que pretendían.

La vigilancia del hangar ejecutivo había desaparecido rumbo a la zona de la explosión, dejándolo desierto. Era una estancia enorme, en la que había aparcados una multitud de *aerocoches* y otros vehículos de lujo. En ese momento estaba parcialmente vacía, debido a la emergencia y al desastre de la Explanada. La mayoría de los transportes que quedaban o eran del consejo de administración, o de la colección privada de alguien.

El *Uas* estaba en el centro de la pista, iluminado por focos y anclado por varios pernos de seguridad al suelo. El tren de aterrizaje se había fijado con placas remachadas, y el casco estaba agarrado por al menos cuatro grúas diferentes que lo atenazaban para que no se moviera. Por el hangar había desperdigados diversos enseres de la nave, clasificados en estanterías llenas hasta los topes. Habían sacado todo el contenido del taller de reemplazo y la bodega, además de la mayor parte de la munición. El armamento estaba a medio desmontar, aunque habían empezado por los lanzatorpedos y la mayoría de los cañones de raíles seguían en su sitio. Subieron los carros a bordo y los descargaron. El interior era un caos, como si los hubieran abordado los piratas. Todo estaba revuelto y tirado, desparramado sin ninguna clase de orden. Probablemente sacaban las cosas a paladas y luego las clasificaban afuera.

Tras atar a Jarred en el primer asiento que encontraron y colocar las reliquias a buen recaudo en un recóndito panel seguro, subieron a la enfermería. Allí el saqueo había sido mucho más delicado. Alguien había sacado las medicinas no perecederas y el material quirúrgico de los armarios y lo había dejado por el suelo y en las encimeras, sin llegar a llevarse nada más que las piezas de equipo relacionadas con las *Pretor*. Sentaron a Jass en el primer *autodoctor* y lo conectaron en modo auto diagnóstico. La máquina lo recostó y tras aplicarle anestesia, le retiró suavemente la espuma y comenzó a repararle lo que quedaba de brazo.

La segunda maquina analizó a Hokasi y tras diagnosticar los daños radioactivos, le indujo un coma para operarle, con una posibilidad de éxito del ochenta y dos por ciento. Una vez que ambos estuvieron atendidos, guardaron todo donde y como pudieron, y Lía se volvió a sus compañeros.

—Etim, a la cabina. Averigua cómo despegar. Tienes hasta que te diga para aprender.

—Ya sé algunas cosas, pero aprender a volar... ¡qué emocionante!

—Diana, usted y yo tenemos que soltar los remaches del tren de aterrizaje. Las grúas se desactivarán con el protocolo de apertura. He visto una maquina neumática junto a...

—Lía... —Jass la agarró con su brazo sano, que daba al pasillo—. La... munición...

—No dará tiempo.

—Hokasi dijo que... tal vez necesitemos... algunos disparos... es una cagada no recuperar las armas principales... saca tiempo.

—Vale, lo intento. Jhorr, los remaches, yo buscaré la plataforma gravítica que teníamos y cargaré los proyectiles que pueda en la bodega. Niros, en cuanto sepas salir de la atmósfera y activar el *Pulso*, comprueba cuántos proyectiles quedan en los cargadores.

—¡¡Claro!!

—En marcha.

Lía y Diana salieron al pasillo principal, y bajaron a la bodega desde allí. Salieron por la rampa de carga, y se pusieron cada una a lo suyo. Quedaba poco tiempo para que Svarni acabara el trabajo y abriera las compuertas desde el terminal de la presidenta Roxxer.

La asesina cayó destrozada al suelo, y la hoja de la espada de aleación calentada al rojo blanco le atravesó el cráneo. El francotirador había conseguido un arma modificada por el Padre en persona, una versión miniaturizada de las armas que llevaran los *Coraceros* que acabaron con el reinado de terror del Cronista Supremo. No era ni de lejos tan potente como aquellas, pero si lo suficiente como para transformar una hoja afilada hasta la enfermedad en algo intratable por la infantería. Quizás si en vez de polímeros balísticos hubiera llevado otro tipo de blindaje, y se hubiera enfrentado a un oponente humano, hubiera podido hacer algo. Por desgracia para ella y sus patrones, el sargento ya no lo era.

La junta directiva se apelotonaba tras la mesa de reuniones, como si esta fuera a protegerles mucho más que el cristal blindado. Svarni hubiera podido fundirlo con la hoja, pero la alarma estaba dada y no disponía de tiempo infinito. Sacó los cartuchos de su cinturón multiusos, donde iban debidamente resguardados en sendos compartimentos a prueba de ácido, y los colocó con adhesivo en la zona donde la puerta tenía las bisagras. Tras asegurarse que no se caerían, retrocedió cinco metros y les disparó con la pistola. Los cartuchos desparramaron el compuesto corrosivo que los Cruzados usaban para pulir el *Portlex* sobre el cristal, que se derritió como si fuera cera en dos segundos.

Se acercó, y de una simple patada mandó lo que quedaba de puerta contra la silla más cercana, que también sufrió los efectos de los restos de súper ácido. Los directivos, casi todos ellos familia, se apiñaron los unos contra los otros cuando atravesó la puerta con la espada aun ardiendo en una mano y la pistola de raíles en la otra.

—No... no sé quién es usted, pero sea quien sea y le paguen lo que le paguen, le daremos diez veces más.

No podía contestar, y aunque hubiera podido, aquella gente no lo merecía. Eran monstruos, seres viles que no tenían compasión de nadie. Sin sentimientos, sin empatía. Como le había dicho Yaruko a la matriarca, sin honor. Levantó el arma, acercó suavemente el dedo al gatillo...

... pero no pudo disparar. Aquellos patéticos ricachones que ahora lloraban por sus miserables vidas eran humanos, y como tales, tenían descendencia. Había una niña de unos seis años y un niño de unos cuatro entre ellos.

—Adelante, asesino. —La señora Roxxer tenía lágrimas en los ojos—. Mate a todos los que me importan.

Giró la cabeza a un *holovisor* lateral, apoyado en un armazón con ruedas que permitía moverlo. Hokasi le había cargado algunos de sus códigos piratas en su *Pretor* cibernética, incluyendo uno para entrar en redes seguras e inyectar datos. Le bastó medio minuto de amenaza incumplida para que el sistema le permitiera escribir en texto flotante. Todos miraron la palabra suspendida holográficamente con demudado terror.

—*Clemence.*

—Mi... mi... ¡¿Mi propio hijo le ha contratado para matarnos a todos?!

—*Sí.*

—¡¿Y por qué no lo hace de una vez?!

—*Porque yo, estimada bruja, sí que tengo honor.*

La mujer palideció, asociando de inmediato a aquel hombre negro con los Cruzados de las Estrellas. No era su exmarido, ni Hokasi, ni siquiera su asqueroso hijo quien había llevado a aquella máquina de matar a destruir a su familia. Había sido ella al aceptar el encargo, al tratar de agenciarse sus efectos tras hacerle el trabajo sucio a Robespierre. Lo entendió al instante. Clemence había intercambiado sus vidas por la tecnología de la Flota. Sin más opciones de huir que recuperando su asombrosa nave, los bandidos que robaran a su amado Yuste Jarred habían aceptado.

—*Abra todas las puertas de seguridad del edificio, salvo las que puedan causar muertes a inocentes.*

—Nos matará de todas formas.

—*Sería lo justo. Usted mató a mi gente, y yo debería matar a parte de la suya para mantener el equilibrio. Sin embargo, hoy va a ser su día de suerte. Exijo dos condiciones a cambio de permitirles continuar su miserable existencia: primero, nunca jamás usted o ninguno de estirpe tomará venganza directa o indirecta contra Yaruko Hokasi y sus descendientes si es que decide tenerlos. Él ha ganado, y ustedes no. Acéptenlo deportivamente.*

—De acuerdo. Ha jugado mejor al traerlos aquí. Si sobrevive, lo dejaremos en paz.

—*Segundo, tomaremos nuestra nave y nos largaremos sin dejarles nada. Mis compañeros me informan de que habían empezado a descargar nuestras cosas. Grave error. Nadie roba a la Flota de la Tierra.*

—Se lo devolveremos todo.

—*No hay tiempo. Toda Yriia sabe lo que nos hemos llevado de la Explanada. Los torpedos que han descargado reventarán de aquí a ocho minutos y cincuenta y tres segundos. Todo el hangar desaparecerá, y si tienen suerte, no derribará la parte superior del edificio. Si toman cápsulas, salvarán sus vidas. Yo de ustedes, renunciaría a sus vehículos.*

—¿Por qué no matarnos sin más y aceptar el trato de Clemence?

Svarni levantó el burdo comunicador de empresa que se había pegado al brazo para que la matriarca pudiera ver que marcaba todos los objetivos como eliminados. Los acababa de declarar muertos de cara a su *cliente*. Ahora se creería capaz de eliminar a los Cruzados.

—*Él va a traicionarnos, como harían ustedes. Sin embargo, gracias a este aviso que acabo de darle podrán... ajustar cuentas con él antes que se dé cuenta de que le he engañado. Así, ambos nos dejarán en paz el tiempo que necesitamos.*

—Asume que lo elegiremos a él antes que a ustedes. Algo atrevido, teniendo en cuenta las molestias que su Flota se ha tomado en destruir nuestra empresa.

—*AutoCorp ha sido derribada por su exmarido y su hijo, señora Roxxer, no por nosotros. Sin ellos hubiera sido imposible. De todas formas, es algo que no debería quitarle el sueño, sólo han caído antes que los demás, y eso le dará ventaja para levantarse. Los Cosechadores van a regresar, y toda la Confederación desaparecerá salvo que lleguemos a un acuerdo a largo plazo. Si quieren salvar sus pellejos, yo usaría toda su influencia para convencer a sus amigos de lo que está por venir.*

—¿Espera que me crea ese cuento de viejas porque me apunta con un arma? ¿Que tenga fe en una profecía sobre el fin de la humanidad?

—*Es mi cuento, y por él nos hemos arriesgado a entrar en una guerra que hemos evitado ocho centurias y media. Si queríamos pelear... ¿Por qué no bombardear sus planetas sin más, cuando estaban desprevenidos?*

—Confieso que es... peculiar, expuesto de ese modo.

—*Créalo o no, haberle dado esta información es más de lo que merecen. Abra las puertas antes de que cambie de opinión.*

La matriarca del clan se acercó al terminal, y mirándole de reojo, introdujo el código que hacía lo que le pedían. Allá abajo, en los niveles intermedios, todas las barreras que mantenían a los periodistas en el exterior se abrieron de golpe, permitiendo el paso. A pesar del peligro de muerte que suponía entrar en un lugar amenazado por terroristas, la inmensa bandada de buitres de la prensa se abalanzó al interior como la marabunta. Svarni confirmó con Etim, ya en el puente del *Uas*, que las compuertas se estaban abriendo y que estaban libres. Unos segundos después, la corbeta había despegado y salido del edificio. Le pidió a la señora Roxxer que retrocediera, y disparó dos veces al terminal, reventándolo. Los gemidos de miedo tardaron unos segundos en apagarse.

—Ahora cumpla su parte, Cruzado. Demuestre que posee el honor del que presume.

—*Cree el ladrón que todos son de su condición. No se les ocurra informar de nuestra visita hasta que estemos lejos.* —Bajó el arma y se dio la vuelta, girándose una vez más al llegar al umbral—. *Si incumple su palabra de cualquier forma, volveré y no seré tan compasivo. No es la primera vez que regreso de entre los muertos.*

En aquel momento, el *holovisor* explotó.

Con ayuda del palé, que levantaba y cargaba los contenedores por sí mismo, la doctora fue capaz de subir las pesadísimas cajas por la rampa y depositarlas en la bodega. Repitió el proceso varias veces, hasta conseguir un número de arcones de munición razonable, que bastaría mover a las cintas de munición para que las armas fueran capaces de disparar.

Los Cruzados habían desarrollado increíbles avances bélicos, aunque de entre ellos, los contenedores navales de proyectiles eran probablemente uno de los más asombrosos. Había un tamaño estándar de bloque, que se comportaba como lo haría el cargador de un arma convencional. Cada uno de ellos contenía un tipo de munición perfectamente empaquetado, y el propio aparato se encargaba de ir colocando los proyectiles en posición para que el arma pudiera recogerlos del punto de contacto y dispararlos. Cierto era que algunas piezas usaban proyectiles de un tamaño superior, por lo que había bloques especiales, pero en general se usaba siempre el mismo contenedor exterior para todo. Esto dificultaba el robo tecnológico, permitía la reutilización, facilitaba el transporte y el almacenaje, y además se podían producir series masivas.

Tras abandonar el palé gravítico en el interior, bajó la rampa a toda prisa para cumplir el encargo del sargento. Le había pedido que colocara unos dispositivos, imaginó que explosivos, en las cajas de los torpedos. Estos últimos los había abandonado sin miramientos, ya que las armas que los disparaban estaban desmontadas en aquel mismo hangar. A Lía no le hacía ninguna gracia hacer explotar nada, aunque sabía por experiencia propia que el robo de tecnología era una cosa inaceptable. Sus armas e inventos de última generación en manos de gente egoísta podían llegar a generar un desequilibrio de poder tan importante, que desencadenaría una guerra. Y si la Confederación estaba a punto de declarársela a los Cruzados, sería mejor si no contaban con ninguna ayuda adicional.

Al volverse, encontró un guantelete de reemplazo. Era un repuesto para Tobías, uno de los soldados que había muerto durante el asalto a la Bóveda. Imaginó que no le quedaría ni remotamente bien a Daniel, ya que se hacían a medida, y luego recordó cómo su hermano le había contado a Slauss lo del tipo de las parabólicas. A Tobías le había faltado solamente la mano derecha, pero ya se inventarían algo. Lo bajó del estante, y casi se le cae al suelo. Sin su armadura, todo pesaba muchísimo más. Empezó a arrepentirse de saltarse las clases obligatorias de gimnasia de mantenimiento que se hacían en la Flota con los servomotores desactivados.

Diana le hacía gestos desde la rampa para que subiera a bordo. En aquel momento, alguien le dio el alto. Se volvió, encontrando a un guardia de seguridad. Era joven, de apenas veinte años, y estaba convencido de lo que hacía. Pensaba que ella era una terrorista, una asesina, y que pretendía robarle una parte de su patria. Sin duda se habría tragado toda esa basura de la *holovisión*.

—¡¡No se mueva o dispararé!!

—Hay una bomba de tiempo en este hangar que no podrás desarmar. Dentro de unos minutos, todo explotará.

—¡¡Pues desactívela, o morirá conmigo!!

Pobre muchacho idealista. Le habían engañado tanto, le habían mentido tanto durante toda su vida. Él había nunca se había negado a nada, siempre se había sometido a la voluntad de los demás, tratando de agradar a los poderosos para seguir formando parte del sistema. Al final, se había convertido en su esclavo.

—No, tú morirías solo y para nada. No les importaría.

—¡¡Cállese y desmonte la bomba!!

—No me dejas otra opción. Lo siento.

Lía se volvió por completo hacia él, y levantó su mano libre hasta señalarlo con la punta de los dedos. El joven gritó soltando el arma y cayendo de rodillas. Se llevó las dos manos a la cabeza, víctima de un dolor insoportable, hasta acabar rodando de lado por el suelo. El ataque psíquico de la doctora fue moderado, pensado solamente para incapacitarlo durante unos instantes. Se acercó y le quitó la pistola. Cuando se hubo alejado hasta la rampa, esperó que los motores se encendieran y se detuvo.

—Lárgate de aquí, muchacho.

Se puso a cuatro patas y le dedicó una mirada de odio. Derrotado, el joven guardia solamente pudo contemplar cómo la rampa de aterrizaje se tragaba a las dos Cruzadas de las Estrellas.

Lía dejó el guantelete en un compartimento. Sentía cerca a su compañera, a unos cinco o seis pasos de ella como mucho. Comprobó las cajas que había subido, y luego se aproximó al intercomunicador para decirle a Niros que habían asegurado la bodega de carga y que se dirigían al puente.

—¿Y el sargento? —le preguntó.

—Ahora lo recogemos, no le daría tiempo a bajar. Su propio plan de evacuación indica que saltará sobre la nave, cerca de una de las escotillas de proa, y entrará antes de que todo esto reviente.

—Joder, los tiene cuadrados.

—No es el único.

La doctora levantó el arma que le había arrebatado al guardia y le disparó tres veces a Diana en el pecho, haciéndola caer al suelo. Sin más protección que el traje de limpiadora, las balas le destrozaron el pulmón derecho, que se encharcó en cuestión de segundos. Tosió, aún viva, mirándola con una expresión de incredulidad sublimada. Lía se le acercó, apuntándole a la cabeza.

—¿Q… qué…? —El balbuceo ahogado de Jhorr no despertó ni una sola duda en la tiradora.

—Sé lo que eres, *Cosechador*. Lo he sabido desde el mismo momento en que te vi en las escaleras. Incluso empiezo a saber lo que estás pensando. Soy telépata, ¿recuerdas?

—N… no…

—Sí, y mil veces sí. Nunca me había cruzado con uno de tu especie, y reconozco que tu mente es fascinante. Compleja, muy compleja. Emuláis los patrones humanos de pensamiento, de manera que parece que tenéis algún tipo de discapacidad o discrepancia cerebral que no es evidente. Muy listos, con lo del grupo de batalla *Cancerbero*.

—Se… equi… voca…

—A vosotros ni siquiera os miramos. —Le pegó una patada a un tornillo suelto, que rebotó contra las paredes de la nave—. ¿Cómo íbamos a hacerlo después de lo que os habían hecho los piratas a todos? ¿Cómo acercarnos, sin un psicólogo a bordo? Y lo mejor… ¿Cómo íbamos a llevar uno de los vuestros con nosotros a este tipo de misión, si no era por compasión?

Paseó por la bodega, furiosa consigo misma por haber permitido a la criatura vivir tanto tiempo. Se había arriesgado muchísimo. Se habían, porque había confiado en el sargento Svarni para que la matara si ella no era capaz por cualquier motivo. Recordó el momento cuando se lo dijo, al abrazarle en la rampa de la cañonera, después de casi morir defenestrada. Entonces se lo había susurrado mentalmente: *Tenemos dos Cosechadores entre nosotros.*

—Y lo de Timothy. Hijos de puta, le sacasteis las tripas para que pareciera más real. Cinco supervivientes… ¡Y una mierda! ¡Solamente sobrevivió él, para que después os lo cargarais aquí, en Yriia!

—Está… bien… me… ha pillado… Ahora… déjeme ir. Usted gana.

—¿Qué te deje ir? —Rió, con evidente sarcasmo—. Claro que gano, babosa espacial. A Percival no lo mataron en el Palacio. ¿A que no?

—No…

—Simplemente apagó o arrancó su indicador de soporte vital. Probablemente disparando a mis hombres por la espalda. Por eso duraron tan poco contra los *mecas*.

—No… ganarán.

—Claro que ganaremos. Te he dejado ayudarnos porque sabía que solo intervendrías si los confederados fracasaban al detenernos. Estoy segura de que esperabas volver al *Estrella de Ragnar* para sabotearlo, o dar su posición. Mi hermano se dará cuenta más pronto que tarde de que los dos tripulantes extra que rescató no son lo que parecen. Tiene una intuición demasiado desarrollada para que se la coléis. Y tiene a Sabueso.

—Sólo… por curiosidad… ¿Cómo… lo supo usted?

—Porque su amigo el falso Robespierre, que encima tiene la jeta y mal gusto de seguir llevando la cara de Vorapsak y llamándose a sí mismo Voprak, fue tan lerdo de pensar según los patrones de *su* especie cuando se regodeaba antes de matarnos. No de la mía.

—Reconoció… el patrón... mental…

—Sí, no olvido uno nuevo. Si ya sé qué clase de mente tiene un *Cosechador*, *nunca* volveréis a poder esconderos de mí. Estáis jodidos.

—No… la Flota… de la Tierra… desaparecerá… no podrá contener a nuestras fuerzas… y a la Confederación.

—Preguntaría por vuestros planes, pero ya tengo claro con qué podría hacerte presión, y no dispongo de tiempo. En lugar de interrogarte, voy a fastidiar del todo vuestros planes.

—Pobre tonta… no… podría entender… lo que pretendemos… ni aunque no nos odiase… tanto...

Lía vació el cargador.

El muchacho estaba buscando las cargas explosivas entre el material del hangar cuando la rampa volvió a abrirse. Era evidente que se quedaría allí tratando de morir como un héroe antes de dejar que los Cruzados se escapasen. Se escondió entre las cajas, mirando de reojo el temporizador codificado que no entendía.

—¡¡Eh, guardia!! —gritó Lía—. ¡¡Sé que sigues ahí, y que planeas quedarte para que tus jefes no te maten por fracasar!! ¡¡Tengo algo para ti, aunque vas a tener que ser bastante rápido para que no te explote la bomba!!

El joven salió de detrás de las estanterías, y se plantó ante ella, desafiante. Seguía desarmado, pues aunque hubiera querido, no hubiera podido usar ni una sola de las armas de raíles del hangar. Todas llevaban control dactilar de seguridad para que solamente se pudieran activar con las *Pretor* o los dedos de alguien autorizado.

—¡¿Por qué no se ha largado?!

—¡Porque voy a hacerte famoso!

La doctora empujó el cadáver de la falsa Diana por la rampa, y le arrojó la pistola descargada, de forma que ambos aterrizaron en el suelo del hangar. El guardia de seguridad la miró incrédulo, sin comprender por qué habría asesinado a su compinche. Pensó que estaba loca, o que era una psicópata. Lía sonrió.

—¡¡Si yo fuera tú, me aseguraría de que se hace la autopsia de esta cosa delante de todo tu consejo de administración!!

—¡¿De su compañera?!

—¡¡No es mi compañera, ni siquiera es humana!! —El joven arqueó las cejas—. ¡¡Es la prueba de que los *Cosechadores* existen, y te la entrego, para compensarte por lo que te hice antes!!

—¡¿Qué quiere que haga con esto?!

—¡¡Mostrárselo a la Confederación!! ¡¡Asegúrate de que todo el mundo lo ve, de que no hay manera de silenciarlo, porque de lo contrario te matarán!! ¡¡Te quedan tres minutos de temporizador!! ¡¡Roba uno de estos vehículos y sal pitando!!

Lía pulsó el botón de cerrado de la rampa y se encaminó al puente, donde esperaba Niros, dispuesto ya a despegar. Percibió de inmediato que aquel jovenzuelo pensaba hacer lo que le había dicho, igual que había hecho siempre. Después de todo, *AutoCorp* se hundía y… ¿qué podría resucitarla más que mostrar a todo el mundo que los alienígenas existían de verdad, y que *ellos* eran los responsables de todo lo que acababa de pasar?

Svarni pirateó una de las escotillas más próximas con otro programa de Yaruko. Era increíble lo que aquel *hacker* era capaz de cargar en una subrutina, su armadura era prácticamente imparable dentro del edificio en aquellos momentos. Atravesó primero la contracompuerta y luego la escotilla exterior. Los sensores le indicaban que hacía un frío increíble, y el viento huracanado de las capas altas de la atmósfera no era tan suave como el de los pisos bajos. Magnetizó las botas, y comenzó a recorrer la cornisa de *supracero*. El reloj del *Portlex* le indicaba que tan sólo quedaba un minuto para la detonación del hangar.

El consejo de administración había huido despavorido hacia las cápsulas de evacuación, sin siquiera pararse a esperar a los de seguridad. Con varios avisos de bomba por el edificio, se imaginó que el *todo por la empresa* se había convertido en *tonto el último*. Después de todo él seguía deambulando por ahí, esperando a sus compañeros. ¿Por qué se estarían retrasando tanto? Hacía al menos tres minutos que Lía no escribía nada.

—¿Sargento?

—*Al fin. ¿Dónde estáis?*

—Rodeando el edificio. ¡Ponte a cubierto, cañoneras enemigas!

Svarni giró la cabeza hacia el otro lado y descubrió al *Uas* tratando de esquivar los disparos dirigidos contra él. El ruido del viento y la atenuación por la disminución de la atmósfera a esa altitud le había hecho pasar por alto el combate, por llamarlo de algún modo. Niros no era piloto, y se estaba tragando los impactos uno tras otro.

—*Dile a Etim que no evada más, que enfile el edificio a un máximo de trescientos kilómetros por hora. Recto, desde donde estáis. Cuarenta metros por debajo del alero donde estoy.*

—¡¿A trescientos?! ¡Es imposible que…!

—*¡¡Hacedlo de una vez!!*

Svarni comenzó a correr. La nave se dirigía el edificio, a una velocidad insufriblemente lenta para el estándar de combate, pero suficientemente rápida como para que su intento de saltar sobre ella fuera prácticamente un suicidio. Tenía una sola oportunidad, y no pensaba desaprovecharla. Calculó el salto de la misma manera que compensaba un disparo.

Un hombre normal podría tropezar, asustarse, y morir. Yuri Svarni no podía tropezarse, pues estaba embutido en una *Pretor*. No podía asustarse, porque ya no conocía el miedo. Y desde luego no pensaba morir sin antes matar a cuantos *Cosechadores* pudiera.

Se encontró cayendo con los pies por delante. Inhaló aire en sus pulmones artificiales, que se inflaron de súbito con aire reciclado, y luego lo soltaron lentamente a medida que descendía metros. Bajo él había una caída increíble, un vacío tan enorme que si tocaba el fondo, se convertiría en un amasijo de metal y carne prácticamente plano.

Sin embargo, el *Uas* apareció en el momento preciso. Chocó contra el casco, y las botas imantadas rebotaron en lugar de fijarse contra él. Demasiada velocidad. Durante un instante pensó que moriría, pero la suerte le acompañó en aquel instante. Por decirlo de algún modo, porque fue a chocar contra el grupo de antenas de la nave. Seguramente Niros no sabía que había que replegarlas durante el despegue y el aterrizaje, especialmente si uno entraba o salía de la atmósfera. Los grupos eran bastante delicados, y a esas distancias, uno no necesitaba comunicaciones de largo alcance, le sobraba con usar las de corto que no necesitaban de antena alguna.

Svarni frenó golpeándose en el pecho con uno de los tubos huecos de *supracero*. Tanto el tubo como su pectoral se combaron por el golpe, y se quedó sin respiración durante un instante. Si hubieran ido un poco más deprisa seguramente se habría destrozado los implantes internos y estaría tan muerto como si hubiera caído desde la nave.

Se ancló como pudo al suelo.

—¡¿Sargento?!

—*Estoy bien, señor Niros. Entro por la escotilla central.*

—¿No iba a la de proa?

—*Luego se lo explico* —se acercó lo más deprisa que pudo a donde decía y abrió—. *Le interesará saberlo. Agarre bien los co...*

En aquel momento, las plantas superiores de la torre de *AutoCorp* se transformaron en una gigantesca bola de fuego de color azul y blanco. La detonación descontrolada de tantos torpedos produjo una reacción en cadena de varios megatones que acabó por alcanzar uno de los reactores de la compañía, que explotó a su vez, aumentando la magnitud del desastre hasta casi alcanzar el nivel donde estaba la prensa. El cielo se llenó de millones de fragmentos ardientes, que salpicaron decenas de kilómetros a la redonda.

La onda expansiva desestabilizó a la mayoría de sus perseguidores, haciéndolos caer en barrena, chocando unos contra otros. Los que lograron recuperarse habían perdido ya terreno frente al *Uas*, que apenas alteró el rumbo gracias a su mayor masa.

Svarni soportó la onda de choque como pudo, y cuando la cosa se calmó, reptó hasta la escotilla. Tras entrar, se dirigió todo lo deprisa que pudo al puente. Su diagnóstico interno decía que tenía fracturas en dos sitios. La armadura se había deformado con el impacto, y mientras que en la pierna derecha los tres milímetros no habían producido más que un intenso dolor, el centímetro de la izquierda le había fracturado la tibia y el peroné. Prefirió ignorar el hecho de que se había astillado los dos huesos. Después de todo, no le quedaban ya muchos que destrozarse.

Lía y Etim estaban haciendo lo que podían. Al levantar más el vuelo, estaban consiguiendo dejar atrás a las cañoneras supervivientes, pero el radar indicaba que había varios cazas en camino. Bastante era que hubieran conseguido encender la nave, sacarla del hangar, activar los escudos y la IA, recogerle, y ahora tratar de huir. Según *Belinda B*, les quedaba un treinta y tres por ciento de energía deflectora para defenderse. Si seguían disparándoles, los derribarían.

Se sentó en el asiento del jefe de artillería. Tenía más controles que su habitual puesto de artillero, aunque todo le resultaba bastante familiar. El diagnóstico le indicó rápidamente que todavía disponía de dos armas de babor, una de estribor, y la torreta frontal.

—*Juguetes nuevos.*

Que los cañones volvieran a funcionar fue, como Jass había dicho antes de quedarse inconsciente, un punto a su favor que el enemigo no fue capaz de compensar de ninguna de las formas. Se los tomaron como una amenaza leve, tratando de que la persecución fuera lo más espectacular posible tras inesperada detonación. Estaban seguros de que habría cámaras de *holovisión* grabando su fuga, retransmitiéndosela a varios miles de millones de tarados ansiosos que se creían todo lo que decían los medios de comunicación.

Arriba, cerraron el escudo de la puerta, y las armas automatizadas comenzaron a tratar de fijarlos como blanco.

—Doctora… —Etim comenzaba a asustarse—. ¿No teníamos algo planeado para esto?

—Sí, sí —Lía comenzó a buscar una nota, nerviosa—. ¡¡La han quitado!! ¡¿Cuál era la directiva?!

—*Siete tres nueve cinco* —contestó Svarni, destruyendo un caza—. *Bromeo. Está precargada en un botón bajo el salpicadero.*

—¿En serio? ¿Un simple botón rojo a la vista de todo el mundo?

—*Cosas de Weston. No quería que le pasara exactamente esto en una situación de combate. ¿Qué hubiera sucedido si hubiesen matado a Hokasi y ella no se hubiera acordado de un complicado código como el que he recitado?*

—¡¡Púlsalo ya!!

Etim aporreó el botón indicado varias veces. En aquel momento, sucedió algo espectacular: tanto los cazas enemigos como las defensas automáticas, todos ellos clientes de *AutoCorp*, dejaron de funcionar. Se apagaron.

Los cazas continuaron volando en línea recta sin propulsión, las torretas se detuvieron, y los escudos parpadearon hasta desconectarse.

Todo el sistema defensivo orbital de Yriia colapsó en cuestión de un par de segundos.

Las transmisiones de socorro se sucedieron. Al parecer habían soltado un virus gigantesco, y cada vez que una red resultaba infectada por él, saltaba a todos los equipos que estuvieran interconectados. Las comunicaciones inalámbricas, e incluso las propias llamadas de emergencia, propagaron la infección por todos los sistemas seguros de *AutoCorp*. Lía jamás se hubiera imaginado lo increíblemente poderosa que era la compañía. Más de la mitad de las naves que los rodeaban, incluyendo pesados cruceros de combate, se habían quedado varados. No funcionaba ningún sistema de motores ni armas de la marca de los Roxxer.

Los esquivaron a toda velocidad, saliendo de la órbita alta y dirigiéndose al espacio profundo. Las enormes colas de gente que esperaba se deshicieron en completo desorden, añadiendo muchas naves más al caos. Algunas llevaban sistemas infectados y quedaron flotando, y otras tomaron una deriva que las hizo colisionar suave-mente con sus vecinos. Muchos comenzaron a huir en desbandada, tomándose aquello como un ataque de un enemigo desconocido, o una guerra entre corporaciones de las que suelen acabar con civiles muertos. Los perseguían, aunque su nave era lo bastante rápida como para dejar atrás a los interceptores. Solamente hubieran podido darles alcance si les hubiesen atacado de frente. Les quedaba burlar solamente las defensas exteriores del planeta, y serían libres.

—Calcule el salto de *Pulso*, señor Niros.

—No sé hacerlo.

—¡¿Qué?!

—No me ha dado tiempo, el manual es bastante gordo. Tuve que resumir. Encender, despegar, esquivar. Volar ya sabía, me lo enseñó la pobre cabo Weston. He llegado hasta ahí.

—¡¿*Belinda*, puedes echarnos una mano?!

—Negativo, capitana. Parte de mis servidores están desconectados. La asesina desconectó los *racks* primarios cuando descubrió que estaba a bordo para inutilizarme, de modo que me oculté en los secundarios hasta su regreso. No puedo hacer cálculos de *Pulso* con el sistema de emergencia. Ayudar al actual piloto consume casi todo mi tiempo de ejecución.

—¡Ponte a leer cómo hacerlo Etim, eso de ahí son dos naves de batalla de *Sistemas de Defensa TransEstelar*, la competencia de *AutoCorp*! —le apremió Lía—. ¡Se están acercando!

—De todas formas… aquí dice que tenemos que alejarnos bastante más de la estrella para saltar al *Pulso*. Del planeta… ah, sí, eso ya está. A ver cuánto es lo otro…

—¡¡Etim, por el amor de los Fundadores!!

Las dos naves comenzaron a sufrir impactos. Estaban a lo lejos, muy separadas de ellos, cerca del punto que tenían que alcanzar para poder saltar. Aunque en el espacio no hay arriba ni abajo, las estrellas generan campos magnéticos desiguales, por lo que los planetas se sitúan generalmente en un plano estable. Las defensas exteriores de un sistema, se situaban en aquellas zonas del campo donde éste era más débil. Ese era el punto más factible de aproximación, porque saltar a un lugar donde una estrella ejercía mayor atracción, podía causar un fallo en la salida del *Pulso* y destruir las naves.

Estaban peleando, no tenían muy claro contra quién. A medida que se aproximaban, el misterioso contrincante de las naves de batalla acabó poniéndolas en fuga. Esperaron que fuera amigo, porque de lo contrario estarían en apuros.

—Veo la otra nave en el radar —aseguró Etim—. Jopé, ha machacado a los de *TransEstelar*. Vaya paliza.

—¿Cruzados? —preguntó Lía, asomándose a ver la representación tridimensional en la pantalla de Niros.

—No parecen.

—¿*Cosechadores*?

—No son como los de los *holovídeos* que he visto.

—¿Confederados?

—No que yo sepa.

—Entonces… ¿quién demon…?

Surgida de la nada, la nave se volvió visible, como si de repente la luz hubiera decidido iluminarla para que la vieran a cientos de kilómetros. Era alargada, de bordes afilados y color azulado brillante. Parecía un gigantesco bloque de cristal, un prisma al que le hubieran integrado unos motores para volar por el espacio. Sus armas disparaban proyectiles sólidos, y pudieron comprobar de primera mano cómo entraban en los cascos enemigos y se hinchaban hasta fracturarlos y causar descompresiones. Al ser de baja velocidad, los escudos cinéticos de las naves no podían detenerlos. Era como ver a los hermanos pequeños de los *torpedos espirales* disparados con una ametralladora. Continuaron abriendo fuego hasta que la última nave de batalla se desestructuró y se deshizo hecha jirones.

—¿Amigos?

—*Jamás he visto nada como eso. Así que, por defecto, no. Salta.*

—Sí, sí. Tengo un sistema cercano poco transitado, es una roca muerta, un mundo ya explotado que…

—*¡¡A donde sea!!*

Hubo una sacudida, y los controles de la nave se apagaron. Los habían fijado con una especie de campo tractor, y los estaban remolcando hacia el enorme prisma espacial. Fuera quien fuese, los había atrapadoSvarni pirateó una de las escotillas más próximas con otro programa de Yaruko. Era increíble lo que aquel *hacker* era capaz de cargar en una subrutina, su armadura era prácticamente imparable dentro del edificio en aquellos momentos. Atravesó primero la contracompuerta y luego la escotilla exterior. Los sensores le indicaban que hacía un frío increíble, y el viento huracanado de las capas altas de la atmósfera no era tan suave como el de los pisos bajos. Magnetizó las botas, y comenzó a recorrer la cornisa de *supracero*. El reloj del *Portlex* le indicaba que tan sólo quedaba un minuto para la detonación del hangar.

El consejo de administración había huido despavorido hacia las cápsulas de evacuación, sin siquiera pararse a esperar a los de seguridad. Con varios avisos de bomba por el edificio, se imaginó que el *todo por la empresa* se había convertido en *tonto el último*. Después de todo él seguía deambulando por ahí, esperando a sus compañeros. ¿Por qué se estarían retrasando tanto? Hacía al menos tres minutos que Lía no escribía nada.

—¿Sargento?

—*Al fin. ¿Dónde estáis?*

—Rodeando el edificio. ¡Ponte a cubierto, cañoneras enemigas!

Svarni giró la cabeza hacia el otro lado y descubrió al *Uas* tratando de esquivar los disparos dirigidos contra él. El ruido del viento y la atenuación por la disminución de la atmósfera a esa altitud le había hecho pasar por alto el combate, por llamarlo de algún modo. Niros no era piloto, y se estaba tragando los impactos uno tras otro.

—*Dile a Etim que no evada más, que enfile el edificio a un máximo de trescientos kilómetros por hora. Recto, desde donde estáis. Cuarenta metros por debajo del alero donde estoy.*

—¡¿A trescientos?! ¡Es imposible que…!

—*¡¡Hacedlo de una vez!!*

Svarni comenzó a correr. La nave se dirigía el edificio, a una velocidad insufriblemente lenta para el estándar de combate, pero suficientemente rápida como para que su intento de saltar sobre ella fuera prácticamente un suicidio. Tenía una sola oportunidad, y no pensaba desaprovecharla. Calculó el salto de la misma manera que compensaba un disparo.

Un hombre normal podría tropezar, asustarse, y morir. Yuri Svarni no podía tropezarse, pues estaba embutido en una *Pretor*. No podía asustarse, porque ya no conocía el miedo. Y desde luego no pensaba morir sin antes matar a cuantos *Cosechadores* pudiera.

Se encontró cayendo con los pies por delante. Inhaló aire en sus pulmones artificiales, que se inflaron de súbito con aire reciclado, y luego lo soltaron lentamente a medida que descendía metros. Bajo él había una caída increíble, un vacío tan enorme que si tocaba el fondo, se convertiría en un amasijo de metal y carne prácticamente plano.

Sin embargo, el *Uas* apareció en el momento preciso. Chocó contra el casco, y las botas imantadas rebotaron en lugar de fijarse contra él. Demasiada velocidad. Durante un instante pensó que moriría, pero la suerte le acompañó en aquel instante. Por decirlo de algún modo, porque fue a chocar contra el grupo de antenas de la nave. Seguramente Niros no sabía que había que replegarlas durante el despegue y el aterrizaje, especialmente si uno entraba o salía de la atmósfera. Los grupos eran bastante delicados, y a esas distancias, uno no necesitaba comunicaciones de largo alcance, le sobraba con usar las de corto que no necesitaban de antena alguna.

Svarni frenó golpeándose en el pecho con uno de los tubos huecos de *supracero*. Tanto el tubo como su pectoral se combaron por el golpe, y se quedó sin respiración durante un instante. Si hubieran ido un poco más deprisa seguramente se habría destrozado los implantes internos y estaría tan muerto como si hubiera caído desde la nave.

Se ancló como pudo al suelo.

—¡¿Sargento?!

—*Estoy bien, señor Niros. Entro por la escotilla central.*

—¿No iba a la de proa?

—*Luego se lo explico* —se acercó lo más deprisa que pudo a donde decía y abrió—. *Le interesará saberlo. Agarre bien los co…*

En aquel momento, las plantas superiores de la torre de *AutoCorp* se transformaron en una gigantesca bola de fuego de color azul y blanco. La detonación descontrolada de tantos torpedos produjo una reacción en cadena de varios megatones que acabó por alcanzar uno de los reactores de la compañía, que explotó a su vez, aumentando la magnitud del desastre hasta casi alcanzar el nivel donde estaba la prensa. El cielo se llenó de millones de fragmentos ardientes, que salpicaron decenas de kilómetros a la redonda.

La onda expansiva desestabilizó a la mayoría de sus perseguidores, haciéndolos caer en barrena, chocando unos contra otros. Los que lograron recuperarse habían perdido ya terreno frente al *Uas*, que apenas alteró el rumbo gracias a su mayor masa.

Svarni soportó la onda de choque como pudo, y cuando la cosa se calmó, reptó hasta la escotilla. Tras entrar, se dirigió todo lo deprisa que pudo al puente. Su diagnóstico interno decía que tenía fracturas en dos sitios. La armadura se había deformado con el impacto, y mientras que en la pierna derecha los tres milímetros no habían producido más que un intenso dolor, el centímetro de la izquierda le había fracturado la tibia y el peroné. Prefirió ignorar el hecho de que se había astillado los dos huesos. Después de todo, no le quedaban ya muchos que destrozarse.

Lía y Etim estaban haciendo lo que podían. Al levantar más el vuelo, estaban consiguiendo dejar atrás a las cañoneras supervivientes, pero el radar indicaba que había varios cazas en camino. Bastante era que hubieran conseguido encender la nave, sacarla del hangar, activar los escudos y la IA, recogerle, y ahora tratar de huir. Según *Belinda B*, les quedaba un treinta y tres por ciento de energía deflectora para defenderse. Si seguían disparándoles, los derribarían.

Se sentó en el asiento del jefe de artillería. Tenía más controles que su habitual puesto de artillero, aunque todo le resultaba bastante familiar. El diagnóstico le indicó rápidamente que todavía disponía de dos armas de babor, una de estribor, y la torreta frontal.

—*Juguetes nuevos.*

Que los cañones volvieran a funcionar fue, como Jass había dicho antes de quedarse inconsciente, un punto a su favor que el enemigo no fue capaz de compensar de ninguna de las formas. Se los tomaron como una amenaza leve, tratando de que la persecución fuera lo más espectacular posible tras inesperada detonación. Estaban seguros de que habría cámaras de *holovisión* grabando su fuga, retransmitiéndosela a varios miles de millones de tarados ansiosos que se creían todo lo que decían los medios de comunicación.

Arriba, cerraron el escudo de la puerta, y las armas automatizadas comenzaron a tratar de fijarlos como blanco.

—Doctora… —Etim comenzaba a asustarse—. ¿No teníamos algo planeado para esto?

—Sí, sí —Lía comenzó a buscar una nota, nerviosa—. ¡¡La han quitado!! ¡¿Cuál era la directiva?!

—*Siete tres nueve cinco* —contestó Svarni, destruyendo un caza—. *Bromeo. Está precargada en un botón bajo el salpicadero.*

—¿En serio? ¿Un simple botón rojo a la vista de todo el mundo?

—*Cosas de Weston. No quería que le pasara exactamente esto en una situación de combate. ¿Qué hubiera sucedido si hubiesen matado a Hokasi y ella no se hubiera acordado de un complicado código como el que he recitado?*

—¡¡Púlsalo ya!!

Etim aporreó el botón indicado varias veces. En aquel momento, sucedió algo espectacular: tanto los cazas enemigos como las defensas automáticas, todos ellos clientes de *AutoCorp*, dejaron de funcionar. Se apagaron.

Los cazas continuaron volando en línea recta sin propulsión, las torretas se detuvieron, y los escudos parpadearon hasta desconectarse. Todo el sistema defensivo orbital de Yriia colapsó en cuestión de un par de segundos.

Las transmisiones de socorro se sucedieron. Al parecer habían soltado un virus gigantesco, y cada vez que una red resultaba infectada por él, saltaba a todos los equipos que estuvieran interconectados. Las comunicaciones inalámbricas, e incluso las propias llamadas de emergencia, propagaron la infección por todos los sistemas seguros de *AutoCorp*. Lía jamás se hubiera imaginado lo increíblemente poderosa que era la compañía. Más de la mitad de las naves que los rodeaban, incluyendo pesados cruceros de combate, se habían quedado varados. No funcionaba ningún sistema de motores ni armas de la marca de los Roxxer.

Los esquivaron a toda velocidad, saliendo de la órbita alta y dirigiéndose al espacio profundo. Las enormes colas de gente que esperaba se deshicieron en completo desorden, añadiendo muchas naves más al caos. Algunas llevaban sistemas infectados y quedaron flotando, y otras tomaron una deriva que las hizo colisionar suavemente con sus vecinos. Muchos comenzaron a huir en desbandada, tomándose aquello como un ataque de un enemigo desconocido, o una guerra entre corporaciones de las que suelen acabar con civiles muertos. Los perseguían, aunque su nave era lo bastante rápida como para dejar atrás a los interceptores. Solamente hubieran podido darles alcance si les hubiesen atacado de frente. Les quedaba burlar solamente las defensas exteriores del planeta, y serían libres.

—Calcule el salto de *Pulso*, señor Niros.

—No sé hacerlo.

—¡¿Qué?!

—No me ha dado tiempo, el manual es bastante gordo. Tuve que resumir. Encender, despegar, esquivar. Volar ya sabía, me lo enseñó la pobre cabo Weston. He llegado hasta ahí.

—¡¿*Belinda*, puedes echarnos una mano?!

—Negativo, capitana. Parte de mis servidores están desconectados. La asesina desconectó los *racks* primarios cuando descubrió que estaba a bordo para inutilizarme, de modo que me oculté en los secundarios hasta su regreso. No puedo hacer cálculos de *Pulso* con el sistema de emergencia. Ayudar al actual piloto consume casi todo mi tiempo de ejecución.

—¡Póngase a leer cómo hacerlo Etim, eso de ahí son dos naves de batalla de *Sistemas de Defensa TransEstelar*, la competencia de *AutoCorp*! —le apremió Lía—. ¡Se están acercando!

—De todas formas… aquí dice que tenemos que alejarnos bastante más de la estrella para saltar al *Pulso*. Del planeta… ah, sí, eso ya está. A ver cuánto es lo otro…

—¡¡Etim, por el amor de los Fundadores!!

Las dos naves comenzaron a sufrir impactos. Estaban a lo lejos, muy separadas de ellos, cerca del punto que tenían que alcanzar para poder saltar. Aunque en el espacio no hay arriba ni abajo, las estrellas generan campos magnéticos desiguales, por lo que los planetas se sitúan generalmente en un plano estable. Las defensas exteriores de un sistema, se situaban en aquellas zonas del campo donde éste era más débil. Ese era el punto más factible de aproximación, porque saltar a un lugar donde una estrella ejercía mayor atracción, podía causar un fallo en la salida del *Pulso* y destruir las naves.

Estaban peleando, no tenían muy claro contra quién. A medida que se aproximaban, el misterioso contrincante de las naves de batalla acabó poniéndolas en fuga. Esperaron que fuera amigo, porque de lo contrario estarían en apuros.

—Veo la otra nave en el radar —aseguró Etim—. Jopé, ha machacado a los de *TransEstelar*. Vaya paliza.

—¿Cruzados? —preguntó Lía, asomándose a ver la representación tridimensional en la pantalla de Niros.

—No parecen.

—¿*Cosechadores*?

—No son como los de los *holovídeos* que he visto.

—¿Confederados?

—No que yo sepa.

—Entonces… ¿quién demon…?

Surgida de la nada, la nave se volvió visible, como si de repente la luz hubiera decidido iluminarla para que la vieran a cientos de kilómetros. Era alargada, de bordes afilados y color azulado brillante. Parecía un gigantesco bloque de cristal, un prisma al que le hubieran integrado unos motores para volar por el espacio. Sus armas disparaban proyectiles sólidos, y pudieron comprobar de primera mano cómo entraban en los cascos enemigos y se hinchaban hasta fracturarlos y causar descompresiones. Al ser de baja velocidad, los escudos cinéticos de las naves no podían detenerlos. Era como ver a los hermanos pequeños de los *torpedos espirales* disparados con una ametralladora. Continuaron abriendo fuego hasta que la última nave de batalla se desestructuró y se deshizo hecha jirones.

—¿Amigos?

—*Jamás he visto nada como eso. Así que, por defecto, no. Salte.*

—Sí, sí. Tengo un sistema cercano poco transitado, es una roca muerta, un mundo ya explotado que…

—*¡¡A donde sea!!*

Hubo una sacudida, y los controles de la nave se apagaron. Los habían fijado con una especie de campo tractor, y los estaban remolcando hacia el enorme prisma espacial. Fuera quien fuese, los había atrapado.

Renegado

Cuarto anillo, sector Padaax. Doce años tras la Liberación de la Flota.

El chirrido a metal oxidado hizo a dos de los soldados volverse de manera instantánea, apuntando los rifles aceleradores en aquella dirección. Uno de los puntales de la pasarela se había doblado por el peso al que lo estaban sometiendo al ponerle quince hombres y un *Coracero* encima. Se apartaron de aquella sección, y continuaron tan pronto como el ingeniero de campo Yoitros comprobó que no entrañaba peligro.

Aquella factoría había visto días mejores. Desde la guerra entre la corporación metalúrgica *Metaluris* y la electrónica *Tecnopollux*, las cosas en Recnis VII habían ido empeorando con cada año que pasaba. Había sido un lustro de enfrentamientos silenciosos, que había desembocado en una contienda entre bacteriológica y nuclear. El planeta había pasado de ser una próspera colonia industrial, a ser una bola radio-activa plagada de enfermedades tan espantosas como únicas. A los *Cuervos Negros* les interesaba porque ahora pertenecía a los Tesurian, a quienes los espías de la Flota empezaban a acusar de *mecanizados*.

Aquellos malnacidos llevaban décadas saltándose las prohibiciones confederadas sobre cibernética, construyendo asesinos potenciados cada vez más avanzados. Si a los mandamases de las demás corporaciones no les importaba tener que mirar por encima del hombro cada vez que salían de sus búnkeres, no podían hacer nada.

Lo que no podían consentir era que terminaran por hacer funcionar los órganos internos de soporte vital imprescindible. Si estaban probando implantes avanzados capaces de imitar corazón o pulmones, acabarían por ser capaces de construir engendros que sólo tenían cerebros orgánicos. El siguiente paso sería llegar a la suspensión absoluta de la materia gris, usando el líquido *Matusalén* como Héctor y Klaus. Lo último que necesitaba la Confederación era convertirse en un imperio gobernado por otro cíborg inmortal y totalmente indestructible. Las implicaciones para la Cruzada ser desastrosas.

Por mucho que lo odiara, por mucho que supiera que había sido un traidor de la peor especie, David entendía que Héctor había sido un dictador cabal. No se había lanzado a una misión descabellada de conquista o de expansión aprovechando su inmensa superioridad tecnológica. Durante su reinado de terror, se había limitado a eliminar a individuos puntuales, a *esquivar* la batalla final.

Tras doce años de tortura interior por la muerte de Helena, el coronel Hussman había llegado a la conclusión de que aquel monstruo no sólo quería perpetuarse en el poder. Quería mantener un perfil bajo, no llamar la atención de los *Cosechadores*, no exponer a la Flota. De no haber perdido a la mujer que había amado por su culpa, le hubiera otorgado un cierto mérito estratégico a las acciones del Cronista Supremo.

Sacudió la cabeza dentro del *Coracero*. Ahí estaba otra vez. ¿Por qué se negaba a aceptar que era simplemente un psicópata megalómano? ¿Por qué no podía ser simplemente *el malo* al que habían matado? ¿De verdad necesitaba *comprenderlo*?

Ni siquiera conseguía quitarse de la cabeza que acabar con él había sido demasiado *fácil*.

—Coronel.

Uno de sus hombres le transmitió una imagen inquietante, que se dibujó en el *Portlex* de su propia *Pretor*. Era una laceración en la capa de óxido de una de las pasarelas, como si dos cuchillas paralelas hubieran levantado la capa entre marrón y naranja, revelando el metal que había debajo. Su ordenador táctico *Polaris LXXVIII* hizo un cálculo que indicaba que debía llevar expuesto a la intemperie unas horas. La atmósfera de aquel mundo era ahora tan abrasiva que, de haber sido más tiempo, el brillo se habría esfumado. Aquello solamente podía significar una cosa. Lo sabía porque llevaba casi doce años haciéndolo.

Ordenó avance táctico en zona hostil y abrió el radar de grupo. Localizó a los *Jaguares* de avanzadilla en su pantalla y lanzó la directiva de retorno. Diron se dio la vuelta de inmediato y regresó rauda a su posición desde el ala este. Keirmann se quedó clavada.

Pensó en los comandos adecuados y el *Portlex* le mostró el perfil de campo. La cabo estaba viva, sin daños, consciente, con latidos y respiración normales. Por eso supo que algo no iba bien. Alguien tan entrenada y acostumbrada como Diron apenas se inmutaba con la señal de *estás en peligro*, e incluso así, sus pulsaciones subieron trece latidos por minuto.

Tan pronto como el *Jaguar* se reincorporó al grupo, cambiaron el patrón de avance y se dirigieron hacia a señal de Keirmann. David ni siquiera intentó comunicarse de nuevo con ella, se imaginaba lo que había pasado, todos lo hacían. Su *Cazador Asesino* llevaba destruyendo tecnología cibernética suficientes años como para que la posibilidad de piratear una armadura personal fuera completamente viable.

Los soldados avanzaban buscando coberturas, con pasos cortos y rápidos, desplegándose para que ningún compañero estuviera sin fuego de apoyo ni un instante. En la cola, justo tras él, dos infantes de marina cerraban la marcha vigilando la retaguardia.

Lo malo era la maldita atmósfera. Era tan densa que necesitaban usar los sonares de los hombros en vez de los escáneres térmicos y las linternas en vez de la visión amplificada. Quienquiera que hubiera allí los vería llegar desde bien lejos, y encima jugando en casa. Si encontraban a la cabo, ordenaría evacuar y plantearían el asalto de otra manera.

—Señor, visual uno.

Marcó el mensaje como visto y se asomó al final de las escaleras oxidadas que se doblaban bajo su peso. Adelantó a los que iban en cabeza para cambiar el avance y no exponerlos. Arrodillado, usó la enorme mano de *Coracero* para señalar la armadura exploradora, y luego se apuntó a los ojos.

Los soldados negaron con la cabeza. Ni movimiento, ni señales de ningún tipo. Aquella sala parecía muerta. Ordenó mantener la posición, y avanzó acompañado del médico, a quien no hizo falta ni pedírselo. Los pasos del *Coracero* sonaban como estampidos en aquel lugar abandonado.

Estaban en una nave industrial enorme de la cara oeste de la montaña, pegados al acantilado. Aquella había sido una de las últimas zonas en caer antes del alto el fuego, y en las cintas de montaje quedaba todavía una gigantesca cantidad de piezas de los carros blindados resistentes a la radiación que se habían armado allí. No había orden aparente; sólo chasis, placas de blindaje, motores, armas o torretas desperdigados. Algunos destrozados, otros aun colgando de grúas o cadenas.

Parte del techo más alejado de la factoría se había desplomado junto a la pared de hormigón, generando una ingente cantidad de escombros y restos. Podía haber sido el resultado de un ataque enemigo, del tiempo o de las violentas tormentas que azotaban la montaña. Se veía llegar una a lo lejos, descargando rayos que serraban el cielo verdusco.

Hussman rodeó el *Jaguar*, que aguardaba con los brazos en los costados, empuñando su cañón de raíles. La armadura estaba vacía, como había temido, a excepción de un dispositivo improvisado que habían cableado en el interior. O bien era una emboscada, o estaban preparándose para ejecutarla. La cuestión era cómo habrían conseguido que no se dieran cuenta de que Keirmann…

—¡Contacto, múltiples enemigos! ¡Solicito permiso para disparar!

La voz de uno de los soldados de la retaguardia lo sacó de sus pensamientos. En efecto, era una trampa, y su compañera estaría o muerta, o tomada como rehén, que era lo mismo.

—Negativo, repliegue táctico hacia el hangar, orden de huida inmediata —David estaba viendo a través de las cámaras de sus hombres—. Sargento Karpinsky, solicite al *Venganza de Blane* que nos mande una cañonera de evacuación. ¡Ya!

Los soldados se replegaron a su posición, en tanto que él levantaba la *Jaguar* para no abandonarla allí. Necesitaba saber qué demonios le habían hecho, cómo era posible que aún le indicara que todo iba bien. Una vez le dieron alcance, se pegaron a la pared exterior, la más alejada de las entrañas del complejo, y comenzaron a recorrerla en dirección al derrumbe.

Los enemigos entraron por la escalera por la que habían llegado, por dos puertas dobles y bajo una de garaje a medio levantar. Había cientos de ellos, encapuchados y cubiertos de harapos. Por algún motivo generaban una distorsión tal que ni siquiera podían asegurar qué eran. David se lo imaginaba, y sus hombres también.

Algunos eran deformes, grandes o minúsculos. Otros llevaban cadenas incrustadas o artificiosas estructuras metálicas con una función más decorativa que de armadura. Venían fuertemente armados; blandiendo fusiles oxidados, cuchillos, herramientas o barras de acero afiladas a modo de lanza. Tarareaban algo como un himno, sin dejar de acercarse hacia ellos, devorando el suelo de la nave. De repente y para su sorpresa, aparecieron en lo alto del derrumbe, bajando como la marabunta. Los pasos retumbaban rítmicamente, interrumpidos únicamente por los truenos cada vez más cercanos y aquella monótona palabra: Soilé.

Retrocedieron unos diez metros hasta una puerta lateral, atascada hasta la inutilidad por aquella densa capa de óxido entre naranja y marrón. El ingeniero Yoitros comenzó a cortarla con tanta velocidad como le fue posible.

—¡Al habla el coronel Hussman! ¡Si no se detienen, dispararemos!

Marcó un perímetro de seguridad a treinta metros del semicírculo formado alrededor de la salida, y lo transmitió a sus soldados. El escáner del médico finalmente lo confirmó. Al menos ocho encapuchados de la línea enemiga más cercana tenían implantes cibernéticos invasivos. Eso explicaba que siguieran vivos en aquel entorno letal. No iban a detenerse, y Keirmann estaba muerta.

—¡¡Fuego!!

El ruido de los disparos se tornó ensordecedor, a pesar de que los de la Flota eran muy sigilosos. Los *mecanizados* avanzaron a la carrera, enarbolando sus armas toscas y primitivas, sin importarles las bajas que sufrían. Sus fusiles de raíles los mataban por decenas, y la minigun de infantería que llevaba la soldado Ikalde cortaba a los que iban en primer lugar como si fueran de mantequilla.

Sus francotiradores eliminaban a los ocasionales lanzacohetes y lanzagranadas que asomaban, pues eran los que realmente les hubieran podido causar daño. Diron levantó un impenetrable muro de fuego en el flanco izquierdo con su lanzallamas, redirigiendo a la horda hacia la zona que David podía cubrir con su arma principal.

Tan pronto como la cibernética quedó patente, cambió el cañón de raíles por el de pulsos electromagnéticos, y sus *Cuervos* arrojaron granadas PEM para mantener el perímetro. Todas sus armaduras, incluso las modernas *Pretor*, eran inmunes a esas armas, así que las usaron a discreción.

Las detonaciones con forma de semiesfera azul destruían o desconectaban los implantes, matando o incapacitando a sus dueños. Capa sobre capa, los cuerpos se iban apilando cada vez más cerca. No dejaban de llegar, y su munición descendía a un ritmo alarmante.

—¡Yoitros! ¡Necesitamos esa salida para ayer!

—¡Ya casi está!

El cortador de fusión tardó un par de segundos más en cerrar el círculo del tamaño del *Coracero*. La pieza se venció sobre la zona cortada y derretida, y el ingeniero usó toda la potencia de sus servomotores para empujarla hacia afuera. Cayó con un estampido tan sonoro que todos se dieron por enterados sin necesidad de una orden.

—Gayle, proyector de arcos en perímetro, ¡ya!

El soldado se imantó el subfusil al muslo derecho, y desenganchando su arma del soporte de la espalda, trazó mentalmente lo que iba a hacer. La *Pretor* lo dibujó sobre el *Portlex*, indicándole que había elegido una excelente distribución.

Apuntó el extraño artefacto hacia el enemigo. Para un profano, hubiera pasado por un híbrido entre un lanzagranadas de tambor y un arma de energía. Arrojó los dieciséis cartuchos lo más separados posible, justo por delante de la creciente línea de cadáveres. Tan pronto como dio la señal de listo, la infantería echó a correr hacia el agujero en la puerta, y el *Jaguar* retrocedió, agotando el combustible que le quedaba.

David se pegó a la entrada, dándole tiempo al soldado para conectar el proyector de arcos a la mochila de la armadura pesada. Le comunicó que estaba listo.

—¡¡Fríelos!!

El cañón del arma trazó una pequeña chispa entre las dos puntas, y cuando alcanzó su máxima potencia un segundo después, lo arrojó contra el repetidor más cercano. El arco eléctrico comenzó a saltar entre los nodos, achicharrando los sistemas electrónicos y los cerebros de los cíborgs. A medida que rebotaba, iba atrapando enemigos, que se convertían en letales conductores de los arcos cada vez más ramificados.

Disparó una segunda, y luego una tercera vez antes de retirarse, causando un caos de difícil cuantificación. Los afectados humeaban y convulsionaban, descargando su mortal parásito eléctrico a cualquier camarada que los tocara.

Primero salió Gayle, luego Hussman. Diron comenzó a recibir los impactos de un lanzagranadas, y para cuando había puesto ya una mano en la puerta, le alcanzaron tres cohetes autopropulsados armados con cabezas HEAT perforantes.

La estructura del *Jaguar* pasó del amarillo suave al rojo carmesí, y el indicador de la cabo se fue al negro cuando su armadura cayó de bruces. Ni siquiera intentó rescatarla, tanto el reactor de la *Pretor* como el de la armadura exploradora iniciaron la cuenta atrás para autodestruirse.

Agarró al soldado y echó a correr, abandonando la segunda armadura exploradora con la que había estado cargando. Detonaría por proximidad, en cuando pasaran a menos de diez metros. Ya habría otra ocasión para estudiar el pirateo.

Estaban en una plataforma a la intemperie sobre la que comenzaba a caer lluvia ácida, el preludio de la temible tormenta verde que se cernía sobre ellos. En algún momento, la pasarela había conectado la factoría con el espaciopuerto de la montaña de enfrente mediante un colosal puente de *supracero*. Durante la guerra había recibido graves daños, y ahora no era más que un peligroso amasijo de hierros retorcidos a cincuenta metros del escarpado borde superior de una colina mellada por el impacto de un bombardeo orbital.

A medida que avanzaba, su compañero disparaba hacia atrás, confirmándole que los seguían. O les siguieron hasta que los dos *Jaguares* reventaron. La telemetría le indicó que su transporte estaba ya cerca, escoltado por dos cazas atmosféricos.

Los pilotos fijaron el blanco y lanzaron cuatro misiles de racimo sobre la fábrica, que explotó en una gigantesca llamarada. Las cabezas múltiples se separaron cubriendo un área tan enorme, que media montaña pareció arder durante unos instantes.

El temblor mandó a casi todos los *Cuervos Negros* al suelo; incluso Hussman tuvo que apoyarse con el brazo de arma. Se pusieron de pie enseguida, disparando a los enemigos que todavía trataban de recuperarse en la plataforma. A punto estuvieron de cantar victoria, pero Karpinsky se la arrebató en el último instante.

—¡¡*Vengadores once* y *doce*, *Esperanza uno*, tenéis enemigos a las seis!!

David se giró sorprendido, para encontrarse un panorama salido de una película de Hitchcock. Del viejo aeropuerto en ruinas comenzaron a despegar pájaros… hombres con alas de *supracero* y cohetes en la espalda, más bien, en dirección a sus refuerzos.

Se arremolinaron como un tornado, creciendo en número hasta medio centenar, y se arrojaron en picado sobre el transporte. Los cazas sobrecargaron los motores al máximo, cruzándose mientras daban la vuelta. Las estelas de las puntas de las alas formaron una X perfecta, y luego comenzaron a verse las de los misiles antiaéreos y las balas trazadoras.

El transporte descendió hacia ellos a toda velocidad, recibiendo el ataque directo de aquellos engendros *mecanizados*. Ni las barquillas del *Esperanza uno* ni el fuego defensivo de las tropas de tierra parecían suficientes para acabar con ellos. Entonces fue cuando se les echaron encima.

Surgidos de debajo del puente, otro medio centenar de monstruos se abalanzó sobre ellos. Lo hicieron con tal velocidad y tan sorpresivamente, que la mitad de los hombres de David habían muerto para cuando se dieron cuenta de que eran refuerzos enemigos.

Las horribles abominaciones, que ya poco tenían de humanas, poseían garras de *supracero* y largas colas acabadas en punta que usaban para equilibrarse al volar. Eran irregulares, hechos a mano, como si un científico desquiciado hubiera malgastado años de su vida en ir mejorando aquel grotesco diseño.

Los *Cuervos Negros* trataron de formar en círculo alrededor del *Coracero*, pero solamente cinco lo consiguieron. A algunos les desgarraron las juntas, los arrastraron al vacío o los empalaron con lanzas. A la velocidad de un motor de reacción supersónico, ni siquiera las *Pretor* podían protegerlos de una barra de metal afilada. Hussman disparaba el arma de pulsos con una mano y el cañón de raíles con la otra, matando a un enemigo cada tres disparos. Aun así, no bastaba, eran demasiados.

—¡¡Nunca había visto nada como esto!! —Karpinsky había desenfundado su pistola, uno de los mecanizados le había destrozado el fusil de asalto de un zarpazo—. ¡¿Qué hacemos, señor?!

—¡¡Mate a todos los que pueda, y rece para que el *Esper...*!!

El sargento pasó al negro a mitad de la frase, una de aquellas cosas le había separado la cabeza de los hombros usando el borde afilado de sus alas. A David solo le dio tiempo a ver como su cuerpo decapitado salía despedido por el borde antes de que otra de las bestias se le encaramase a la espalda y tratara de atrancarle la rejilla de ventilación del reactor. Si la taponaba, acabaría por explotar.

—¡¡Quítenmelo de encima!!

Yoitros se volvió, agarrando al enemigo con los brazos adicionales de la mochila técnica. Lo arrojó al suelo, y le empotró el soplete de fusión en medio de la frente. Hussman derribó a otro, pisándolo cuando se arrastraba para matar al ingeniero. Gayle consiguió que uno de sus disparos de arco rebotara en tres enemigos próximos, y la soldado Friesen aporreó a culatazos a otro hasta destruirlo. La bandada huyó. Solo quedaban cuatro.

—¿Que coj…?

—¡¡Cuidado!!

El *Esperanza uno* se desplomó literalmente sobre ellos. Le habían destruido una de las turbinas con disparos, y aunque podía volar con tres, la segunda acababa de estallar. Uno de aquellos monstruos se había suicidado entrando en ella.

David hizo lo único que le quedaba por hacer: se abrió paso, tratando de interponer su armadura pesada entre sus soldados y la explosión. Se agachó, agarrando el suelo con la mano que sujetara el cañón de raíles, tapando el *Portlex* con la otra.

El *Esperanza* chocó contra la pasarela envuelto en llamas, y su reactor detonó a escasos veinte metros de ellos, envolviéndolos en una nube de fuego y metralla. Yoitros se desintegró al ser alcanzado por la onda de choque fuera de la cobertura.

El *Coracero* gimió a pesar del escudo balístico integrado, y parte del exterior se derritió por el calor. Un trozo de fuselaje le arrancó la mano a la armadura, restándoles suficiente tracción como para lanzarlos a él y a los dos soldados que tenía agarrados fuera de la pasarela. La estructura tembló al ceder, mortalmente golpeada por la aeronave, y comenzó a desmoronarse.

David recuperó la consciencia un par de segundos después de la explosión. La mayor parte de sus sistemas se habían fundido, y estaba en caída libre junto a Gayle y Friesen. Pivotando, agarró a la aterrorizada soldado con la mano que le quedaba y la apretó contra el pecho, tratando de protegerla del inminente impacto. A Davor no podía alcanzarlo ni estirándose, así que trató de hacerse una bola para, al menos, salvar a Yaiza.

Cuando se despertó, le sorprendió seguir vivo. El dolor era terrible, como si hubiera recibido una paliza concienzuda por parte de veinte personas. El *Portlex* del *Coracero* estaba destrozado, el reactor, apagado.

Friesen yacía muerta sobre él, con el lado izquierdo aplastado por el impacto contra la cabina. Su cara demudada por el terror asomaba a través de los restos del visor de su *Pretor*, congelada en un estertor final que suplicaba ayuda.

Él mismo no tardaría en morir. La metralla le había destrozado la pierna derecha del *Coracero*, así como el brazo que había usado para agarrarse. Le costaba respirar, y sonaba como un fuelle averiado cuando lo hacía. Estaba gravemente herido, eso era evidente, pero no podía determinar cómo de mal estaba. Solamente sentía dolor generalizado, tal vez su *Pretor* había sido capaz de anestesiarle antes de apagarse.

Trató de mover el brazo derecho, sin conseguir que le respondiera lo más mínimo. Luego lo intentó con el izquierdo, y forzando los servomotores, consiguió acceder al panel de servicio de la cadera izquierda. La armadura llevaba uno en cada costado, por si el usuario necesitaba reiniciarla en combate.

Sacó la lengüeta y tiró hasta arrancar la placa, bajo la que se escondía una botonera con pulsadores de muelle. Desmarcó todos, y una pequeña luz roja apareció parpadeando en la esquina del *Portlex* para indicarle que se quedaba sin oxígeno. Bien, eso significaba que al menos parte de la electrónica todavía funcionaba.

Pulsó los botones impares, y la luz pasó a amarilla. Un minuto más tarde, había arrancado el modo a prueba de fallos, usando la batería de emergencia. Fue una efímera victoria, pues el programa médico integrado le daba solamente un doce por ciento de posibilidades de supervivencia.

Su *Pretor* había perdido integridad estructural por todas partes, y hasta el visor fallaba al mostrárselo. El brazo derecho estaba en carmesí, entero y parpadeando. El peto le indicaba varios agujeros de metralla, con diagnóstico de perforación pulmonar en al menos tres puntos. Eso explicaba el sonido que hacía al respirar. La pierna de ese mismo lado pasaba del carmesí al negro un poco por debajo de medio gemelo. La explosión del *Esperanza* o la caída desde la plataforma debían habérsela arrancado.

No era lo peor. Al tener brechas por todas partes, la radiación de esa maldita roca se estaba colando por ellas, contaminándole la sangre. Las zonas expuestas habían acumulado ya suficientes *rads* como para que tuvieran que tratarle con medicinas anticancerosas durante dos meses. Si el sangrado no le mataba, eso lo haría.

Se tomó el brazo herido con la mano izquierda, y se lo acercó a la cara. Era algo moderado, solamente quemaduras de primer y segundo grado que dolerían una barbaridad cuando tuvieran que quitarle el *supracero* y el polímero que se le habían derretido encima. No lo perdería. Lo apoyó sobre la cintura y pasó los dedos por los agujeros del pecho. Eso era mucho peor, los sacó manchados de sangre oscura. A pesar de los cuidados de su *Pretor*, se estaba desangrando, y tenía pinta de tener una magnífica hemorragia interna. El pie no tenía sentido mirarlo, sabía lo que tocaba.

Se giró como pudo, hasta el dispensador de espuma bioexpansiva situado en el lado izquierdo de la cabina, a la altura de su cabeza. Tenía el tamaño de un extintor portátil, con una manguera acabada en una boquilla regulable. Le pidió a la *Pretor* que mostrara las fugas del traje, y comenzó a sellar las del brazo.

Le llevó unos minutos cerrarlas todas, y la integridad desde el hombro regresó al rojo. A continuación, se levantó la pierna, cruzándola sobre la rodilla izquierda. Efectivamente, se había desgarrado, y lo que le quedaba de gemelo hecho jirones chorreaba sangre a pesar de los agentes coagulantes. Construyó un anillo para pegar la piel a los restos del polímero, y en cuanto secó, se fabricó un muñón. Rellenó delicadamente las zonas profundas y las grietas, para finalmente nivelarlo todo al ras del *supracero* cortado. Dejó la malograda pierna en su sitio.

Asépticamente, el programa aumentó sus posibilidades al veintitrés por ciento y marcó la herida en rojo. Jadeaba por el esfuerzo, y todavía le quedaba lo más complicado. La *Pretor* estaba ya lo bastante caliente como para encender de nuevo el reactor con un setenta y ocho por ciento de seguridad, a pesar de los daños.

Primero activó la baliza de emergencia del *Coracero*, que usaba una batería independiente. Luego, ordenó a su armadura personal encender la fuente de energía principal cuando la de emergencia se agotara. En ese momento le clavaría dos tubos dialíticos en los riñones y le filtraría trombos, radiación, e incluso pequeños tumores si los hubiera.

Lo que no tenía arreglo era un pulmón encharcado y lleno de metralla. No tenía materiales para sellarlo y drenarlo, los instrumentos necesarios para estabilizarse, ni seguramente las fuerzas. Así que optó por la única solución posible.

Se quedó mirando a los ojos muertos de Friesen, que tenía toda la boca roja por el impacto. La comisura le goteaba sangre, que procedía probablemente de sus órganos aplastados.

—Bueno Yaiza —tosió—. Supongo que al menos tú y yo volveremos a casa.

Reguló la boca del dispensador al máximo, y lo reconfiguró para soltar solamente dos litros de espuma. Esperó no pasarse, porque de lo contrario se ahogaría. Sin más ceremonia, se clavó el artilugio en el agujero de metralla que no se había cerrado y abrió la llave. Tardó menos de cinco segundos en desmayarse, vencido por la asfixia.

Se despertó varias veces febril, con la vista borrosa, gimiendo en sueños. Solamente tenía fugaces pensamientos para Helena, su Helena. Cómo le pedía que volviera vivo, cómo le había besado por última vez a través del *Portlex*.

Estos destellos de memoria daban paso a Héctor y a su retorcido hermano, riéndose de su desgracia. El Cronista Supremo se burlaba inclinándose sobre él, diciéndole lo mucho que le quedaba por sufrir. Luego le hurgaba las heridas y la cara, clavándole sus dedos de titanio.

Se levantó gritando en la cama. La médico dejó la *holotableta* de control y acercándose, le recostó de nuevo, apoyándole contra el colchón con memoria. La ingeniera que trasteaba con su pie de reemplazo se les quedó mirando, asustada.

—¿He sido yo?

—Era actividad cerebral durante el sueño. ¿Una pesadilla, coronel?

—La misma de cada noche. —Se dejó llevar hasta tocar la espuma, que le sujetó el cuello—. No se preocupe Patrice, no me ha hecho daño.

—Vale. ¿Podemos probar?

David miró la estructura que sobresalía de su pierna cortada hacia medio gemelo. Layson había montado solamente el mecanismo interior del miembro de reemplazo, la parte que se encargaba de hacerle creer que todavía tenía una pierna. La pieza transmitía señales falsas a los nodos colocados sobre el muñón, y estos a su vez se lo comunicaban al cerebro. Lo único que no se transmitía era el dolor, que se sustituía por unos característicos calambres.

Con solamente pensarlo el tobillo metálico giró lateralmente. Luego lo hizo en vertical, y después en círculo. La ingeniera presionó la planta y las distintas zonas planas de la placa donde deberían haber estado sus dedos. Notó todo como lo hubiera notado en el pie de verdad.

—Perfecto. No percibo la diferencia.

—Me alegra saberlo, señor. Me lo llevo al taller y monto el blindaje de la *Pretor*. ¿Puedo?

—Claro.

Tocó los sellos de presión, rotó la zona de contacto hacia dentro y desmontó la pieza. Se cuadró con un brazo de la mochila técnica y saliendo de la sala, cerró la puerta tras de sí.

Se quedó mirando el miembro cortado. Menudo estropicio le habían hecho aquellas monstruosidades mecánicas. Al menos esas serían todas las secuelas.

Las abrasiones del brazo habían dejado cicatriz en algunos sitios, pero en general, no hubiera podido ver ninguna diferencia entre su piel sana y la que le habían hecho crecer. Si tenía que poner una pega, era que le dolían los huesos de dos dedos.

Tenía toda la zona derecha del peto desmontada, y del izquierdo, solamente se veía el armazón interior de la *Pretor*. Las costuras del trasplante de pulmón no se habían terminado de cerrar, y escocían tras la cuarta operación de ensanchado. Le habían puesto el de Yaiza, que había salido intacto de su monstruosa caída.

También le habían tenido que arreglar cuatro vértebras, pero en general, su cuerpo había sanado casi por completo en aquellos tres meses. De la radiación no quedaba ni rastro.

—Me temo que tendré que llamar a la doctora Harley.

—Ya sabe que no me gusta que trate de hurgar en mi cabeza, doctora Amprosi.

—Puedo arreglarle cualquier cosa que se rompa salvo las amputaciones, coronel. El estrés postraumático es tema de la Orden de la Vida.

—No necesito que me arreglen eso, es parte de lo que soy. Lo aceptaré y seguiré adelante.

La doctora era una mujer mayor, de casi setenta años, con el pelo gris cortado a media melena. Acercó una silla a su cabecera, y se sentó a su lado.

—He estado muchos años en los *Cuervos Negros*. He visto de todo en el campo de batalla, y usted se encarga de lo más peligroso. Los cíborgs que les atacaron son lo más aterrador de mi lista.

—No les tengo ningún miedo —gruñó—. No vuelva a insinuarlo.

—No me entienda mal, coronel Hussman—. El miedo que tengo no es por lo que puedan hacernos. Es por lo que pueden desatar en la Confederación.

—Está bien.

La doctora suspiró, mirándole fijamente. Quería ayudarle, era obvio, pero no debía saber cómo.

—He visto morir a muchos buenos hombres. A muchos. A usted le mataron al asesinar a su mujer.

—Nunca nos casamos.

—¿Y eso qué importa?

—Supongo que nada.

—Yo pasé por lo mismo. Si no estaba en el *Nostra Itálica* cuando asaltaron la *Pluma Eterna* era porque ya había abandonado a los paracaidistas para entrar en los *Cuervos Negros*.

—Sé lo de su hijo y la *neotalidomida*. Lo de su marido y...

—Pues entonces sabe que le entiendo. —No necesitaba recordarle algo que la hacía sangrar cada día, eso seguro—. Coronel, no puede guardarse eso para usted o le consumirá tarde o temprano, créame. Puede que le bloquee en un momento crítico y le harán daño a usted o a sus hombres.

—Está bien, doctora, le daré una última oportunidad porque me fío de usted. —Se señaló el pecho—. Quedaré con ella mañana.

—Le haré unos cuantos escáneres más para descartar daños cerebrales que pueda haber pasado por alto.

Se dejó caer, y Amprosi se levantó. Tan pronto como le colocó el casco de escáner, se volvió a quedar dormido. Ni siquiera él, con la voluntad de hierro que tenía, podía resistirse a las ondas cerebrales que inducían al sueño.

La pesadilla volvió a arrancar con ellos descendiendo de la cañonera y entrando en la instalación en busca de *mecanizados*.

La impaciencia por volver al frente le carcomía en la ventana de observación. La Flota estaba en tránsito hacia un nuevo sistema que iba a explotar, y pasaban cerca de una aburridísima estrella binaria en la que no había *nada*. El espacio profundo era la cosa más anodina y deprimente que había conocido, un sinfín de *nada* sazonado con puntitos de colores y manchas de gas.

Los pensamientos acerca de la insignificancia de los problemas humanos comparados con el universo jamás habían tenido cabida en su cabeza. Eran para necios impresionables de los que, a su juicio, iba sobrada la humanidad. Un universo enorme e infinito sólo daba más pista para que los enemigos huyeran, y eso no le gustaba. Su trabajo era encontrarlos y matarlos, no contemplar los lugares donde trataban vanamente de esconderse de su venganza.

Lo que en realidad le preocupaba era el sutil e inexorable cambio en su orden de prioridades. Hasta Helena había odiado a los *Cosechadores* como la que más, había enseñado a niños bien pequeños cómo matarlos en sus juegos. Esa impronta se reforzaba en los adolescentes mediante videojuegos, y se afianzaba en la edad adulta con escenarios de batalla y simulaciones.

Ahora la cosa era distinta. Aún los odiaba con una pasión discreta, ni remotamente cerca de la que sentía matando *mecanizados*. Le producía mucha más emoción acabar con tres científicos locos y llenar su laboratorio de pistas falsas que pensar en repetir la hazaña del General Taller.

Suspiró. Era el tipo de cosa que no se le podía escapar de cara a la galería ni, desde luego, a su loquera. Oyó abrirse la puerta. Ahí estaba.

Se giró sin ninguna alegría hacia Moluka Harley, que traía la *holotableta* con la que trataba de analizarle para determinar si era apto o no. Para David, estaba claro que no le daría jamás el alta, pues era una de aquellas *poshectorianas* convencidas.

La muerte de Héctor había llevado su caso de megalomanía a muchas aulas de psicología, y desatado toda aquella convulsa oleada de cambios en el seno de su sociedad. Las líneas entre las órdenes estaban cada día más difusas, y al contrario que el buen y viejo Gregor, Hussman creía que eso no ayudaría.

Los *poshectorianos* ejemplificaban uno de los peores híbridos posibles entre las Órdenes de la Flota. Eran una mezcla de historiador Cronista, matemático teórico y psicólogo; obsesionados con la idea de que el tirano tenía alguna clase de plan maestro relacionado con la Cruzada.

Pasaban por alto la posibilidad más obvia: el sillón de mando habría sido el más cómodo para el ego desmedido de aquel bastardo. Llevaba preguntándose dónde habrían olvidado a navaja de Occam desde que se había enterado de su existencia.

Se sentó en uno de los sofás de espaldas al espacio para fastidiarla, poniendo su pie de reemplazo sobre una mesita baja. Ella, todavía en silencio, ocupó el sofá de enfrente y se le quedó mirando.

Moluka era una mujer pequeña, de pelo negro y cardado. Tenía la nariz achatada y los labios anchos, lo que revelaba ancestros africanos. Sus ojos eran de color marrón claro, y su piel todavía conservaba cierta pigmentación. Eso era inusual en la Flota, la mayoría de los tonos de piel se habían aclarado hasta la palidez debido a la falta de luz solar de verdad durante tantas generaciones. Para encontrar una piel más oscura que su color café claro, hacía falta irse a la Confederación. Otra cosa que los Xenos habían destruido, supuso.

—Buenos días, coronel.

No le contestó no por mala educación, sino para ver cómo se lo apuntaba. Si elegía el rojo lo haría por la sangre y no por el amor, si decantaba por el verde sin duda guardaba un trauma por la radiación y nada tenía que ver con la esperanza. En el fondo daba lo mismo lo que respondiera, para aquella arpía siempre habría algo mal dentro de su cabeza. No le importaba lo más mínimo su recuperación o sus progresos, lo único que le interesaba era quitarlo del medio. Después de todo, estaba convencida de que había ayudado a matar a un gran hombre que lo había dado todo por preservar la Cruzada hasta que estuviera lista.

—¿Hoy no contesta? —Ladeó la cabeza, apretando los labios en una sonrisa cínica—. Está bien, apunto lo mal parado que le ha dejado ese sueño.

—¿A usted qué tal le va?

—El sujeto elude el tema que le conmociona. —Los garabatos tomaban forma de texto perfecto tan pronto como acababa de escribir una palabra—. Muestra una actitud hostil al trato.

—Tengo ganas de ver el nuevo sistema que vamos a explotar, la verdad. Me han llegado rumores de un planeta enorme con baja gravedad, riquísimo en minerales. ¿Cree que eso es posible? ¿Tendrá un núcleo poroso, o hueco?

—Se deduce depresión derivada del accidente y del viaje interestelar. Sugiero medicación más potente, como…

—Mire Moluka, me cansa este juego. Yo digo algo y usted lo convierte en un desvarío. Ni me he tomado su medicación ni me la voy a tomar mientras en mi comité de evaluación haya un solo *poshectoriano*.

Por fin una reacción. La psiquiatra levantó la vista de su informe y lo fulminó con los ojos. No tenía sentido continuar con el paripé, prefería perder el tiempo mirando al vacío. Al menos la *nada* no contestaba estupideces como única respuesta a cada frase que dijera.

—Para usted soy la doctora Harley. No insulte a mi profesionalidad usando mi nombre de pila.

—Para insultar su profesionalidad, primero tendría que tenerla, ¿no cree?

Tocado y hundido. Apagó la *holotableta*, olvidándose de guardar todas las sandeces que acababa de escribir. No se dio cuenta hasta que fue tarde, y poco le faltó para perder la compostura al pensar en que tendría que volver a inventarse todo. Dos a cero.

—Seamos francos. Maté a su héroe, y no le gusto. Eso es bueno, porque nadie que crea que ese gilipollas merece respeto puede pretender gustarme a mí. Sería embarazoso que uno de los dos le cayera bien a alguien que no le soporta.

—¿Qué pretende con esto?

—Que deje de hacerme perder el tiempo. Mis heridas están casi cerradas, y mi destructor va a venir a buscarme. Esta es mi última charla con usted.

—Se equivoca. No tiene mi alta, y sin ella no va a ninguna parte.

—Tengo las altas que necesito, las médicas.

—La psiquiátrica no la va a recibir ni ahora, ni nunca. Está para que lo encierren.

—Encuentre un solo *Cuervo Negro* que no lo esté y le dejaré tirar la llave de mi celda acolchada.

Ella rió con desprecio, levantándose para amedrentarlo. Fue un intento bastante penoso incluso cuando le acercó la cara a pocos centímetros de la suya.

—Entonces quizás consiga encerrarlos a todos.

—Déjeme en paz y vaya a vaciar el depósito de caquita de su armadura, Moluka. Si piensa enfrentarse a Justice con unos argumentos tan malos, más le vale llevarlo vacío.

—Toda su historia es una mentira, Hussman. Usted mató a esos hombres y lo achaca a unos engendros que nadie ha visto.

Así que esa era su estrategia ante el tribunal psiquiátrico. Como todo el equipo electrónico había quedado destruido por la fortísima radiación y el combate, pretendía hacer creer a todo el mundo que era un asesino y un traidor. Mal asunto; tan sólo habían aparecido los restos del equipo de rescate, los de Yaiza y él. A los demás se los habían llevado... ¿Por él? Era un pensamiento interesante. Muy interesante.

—¿Sabe, Moluka? Nunca creí que le daría las gracias, pero me ha dado una muy buena pista.

La *Venganza de Blane* atracó en el muelle dos pasadas once horas y cuarenta minutos. El tiempo de su curación había sido aproximado por Amprosi, y lo había hecho de una forma tan excelente que les daría tiempo a embarcar en el destructor. Iban a parar para cargar suministros de la Flota antes de poner rumbo a *Sigma*, como hacían de vez en cuando. En aquella ocasión, además de un montón de materias primas, iban a transportar a medio centenar de nuevos reclutas para empezar su entrenamiento como *Cuervos Negros*.

David había entrevistado a unos cuantos de ellos a pesar de estar de baja, y le gustaban mucho. Hacía bastante tiempo que no encontraba unos candidatos tan cabales y con una hoja de servicio tan ajustada a lo que le habían pedido. Odiaba hacer entrevistas, siempre solía sentir que la gente mentía para gustarle, como si su trabajo fuera el sueño de todo militar de la Orden de las Estrellas. Al menos, como elector, podría quedarse con unos cuantos para suplir parte de sus bajas.

La verdad es que ser de operaciones especiales era lo que prometían los reclutadores. Todo deber, nada de diversión. Siempre se hacía algo, siempre se luchaba, era común perder partes del cuerpo y se entrenaba hasta caer agotado cada hora *libre* que había.

En el caso de los oficiales era peor, porque además estaban las reuniones tácticas, estratégicas, informes de misión y sobre todo dar pésames a las familias.

Haber perdido una pierna y un pulmón era lo más cercano a tener vacaciones que le había pasado desde que se alistó. Quizás por eso

Amprosi le había prorrogado la estancia, dejándole la piel del brazo en un estado tan maravilloso.

Se giró hacia ella. Llevaba un par de años fuera del frente, trabajando en naves normales de la Flota. El curso era de reciclaje, para aprender las técnicas más punteras que se habían inventado desde su última visita. A decir verdad, dudaba que se lo hubiera pasado bien, miraba el *Cazador Asesino* de una manera muy especial. Había deseo en sus ojos, hambre de lucha y aventuras. Conocía bien esa mirada, era la que traía cada hombre que regresaba a *Sigma* después de un tiempo fuera de su hogar.

Tenía gracia que un asteroide reventado en mitad de un peligroso campo de restos pudiera ser el hogar de nadie. Ahí abajo, en la pista, los nuevos reclutas se amontonaban, nerviosos como adolescentes a pesar de ser veteranos. Iban a viajar allí por primera vez, y a partir de ese momento se convertirían en sus hermanos de sangre.

Las luces del hangar secundario pasaron de ser naranjas y rotativas a fijas y amarillas. El murmullo se fue apagando, y finalmente pasaron al color verde. Era la hora. Se irguió, soltando las manos de la barandilla de seguridad.

—Coronel, tiene que venir con nosotros.

Ambos se volvieron. Harley se había detenido a tres metros de ellos, a su espalda, y había esperado al fin de la maniobra de atraque para hacerse notar. Traía dos gorilas de la Orden de la Vida, hombre y mujer, con sendos emblemas del aspa morada en la hombrera derecha. Eran celadores, los ayudantes de los loqueros encargados de reducir a enfermos problemáticos. Generalmente pertenecían a la milicia de su orden, y algunos de los que había tenido la desgracia de conocer estaban mucho más chiflados que los hombres y mujeres a los que se llevaban.

—Ah, Moluka, un placer verla.

Torció el gesto, y los dos compinches intercambiaron una mirada a sus espaldas. No le tomaban por loco, no. Era la cara que uno ponía cuando otro está haciendo algo estúpido.

—Tiene que venir con nosotros.

—Me encantaría, de verdad. Lamentablemente, tengo una nave que abordar. Hay que reanudar la cacería en Recnis VII.

—Podrá cazar todos los cíborgs imaginarios que quiera en su nuevo hogar. Muchachos, por favor…

Los celadores rebasaron a su jefa, dispuestos a agarrarle y llevárselo a rastras. Tuvo la tentación de darles una paliza a los tres, pero eso les hubiera dado la razón. Además, estaba seguro de que podían bloquear su *Pretor* remotamente si se lo proponían. Eso era. Ellos tenían potestad de hacerlo, y Harley *no*.

—Iré con ustedes encantado... Tan pronto como me muestren la autorización DK-8241 firmada por un mando de rango superior al mío.

—¿Perdone? —La mujer se detuvo en seco, y agarró del brazo a su compañero—. ¿Qué directiva es esa?

—¿No se han enterado? —Moldeó su expresión hasta una bien entrenada, que decía *eres un completo imbécil, gusano*—. ¿Moluka los manda a detenerme sin una orden de arresto?

—Perdone coronel, no sabemos de qué habla.

—Pues de la ley militar, hombre. —Frunció el ceño, acercándose a los celadores con las manos en la espalda—. En la reunión interórdenes de hace un mes y medio se determinó que una detención por motivos psicológicos o psiquiátricos debe efectuarse junto a una de arresto militar. De lo contrario se considera ilegal, y las fuerzas de la Orden de las Estrellas no solo tienen el derecho, sino el deber de resistirse a ellas. De igual modo, no podemos detener a uno de ustedes sin que haya una autorización por parte de uno de sus mandos.

Los otros dos echaron un vistazo por encima de la barandilla. Media docena de despistados habían avanzado para embarcar, pero los otros reclutas estaban mirándoles directamente. Con que hubieran oído la mitad, y Hussman hablaba en voz alta, ya tenían un problema. No podían detener a un coronel de forma ilegal delante de varias decenas de soldados.

—No teníamos constancia de esa ley, señor.

—No se preocupe —En aquel momento les sonrió, y los otros parecieron relajarse—. Se supone que es Moluka quien debería saberlo, no ustedes. Lo gestiona ella, ¿verdad?

—¡¡Está mintiendo!! —La psiquiatra reaccionó finalmente, perdiendo el temple calmado y frío que solía caracterizarla—. ¡Esa directiva no existe!

—Demuéstrelo en los próximos treinta segundos. Mi nave se marcha, y no pienso retrasar su partida por una ilegalidad.

—¡¡No existe!! —La mujer agarró febrilmente a uno de los celadores, que comenzó a no saber qué debía hacer—. ¡¡Se lo ha inventado!!

—Emitida hace exactamente cuarenta y dos días, en un memorando de mil páginas que deberían leerse.

—¿Usted lo ha leído? —preguntó la celadora.

—¿Qué haría usted si estuviera en cama varios meses, y no quisiera perder el tiempo?

—Yo elegiría novela —opinó su compañero.

—Cuestión de gustos. Un placer conocerlos, pero he de irme.

—¡Deténganlo!

—Vale de tonterías. Una palabra más y será usted la que se venga con nosotros a *Sigma* en calidad de detenida. El siguiente artículo especifica claramente lo que hacer en estas situaciones.

Moluka palideció. Era evidente que no se había leído ninguna de las reformas que habían estado saliendo. Eran tantas y tan contradictorias, de una vida tan corta, que bien podía llevar razón y tener autorización para encerrarla a ella. El *Consejo del Almirantazgo* no paraba de discutir nuevas normas dos veces por semana, para tratar de que el código de la Flota fuera más flexible. Sin tener horas para leerse todo el memorando de aquella sesión, Hussman ganaba. Tenía más hombres y el tiempo de su lado.

El coronel le sonrió, y Harley sintió que le hervía la sangre cuando se despedía de ella como de los niños pequeños, burlándose de haberla derrotado.

David se giró y saltando la valla de seguridad, aterrizó entre sus soldados, seguido de la doctora. Empujó a dos de ellos, gritándoles que si nunca les llamaban locos era que no servían para ese trabajo. Los nuevos reclutas formaron en doble hilera y comenzaron a trotar hacia la rampa de embarque de la nave.

Amprosi, que iba junto a Hussman se le acercó al oído.

—Esa directiva no existe, ¿verdad?

—Claro que no.

Ambos rieron, abordando la *Venganza de Blane*.

El olor a desinfectante industrial y a plástico derretido eran una delicia para la nariz de David. Oía el repicar continuo de los dedos de *Pretor* contra los soportes de *holoteclados*, el chasquido de las articulaciones al rozar entre ellas manejando las interfaces. Había un murmullo permanente en el puente de su destructor que decía todo y nada al mismo tiempo.

La capitana Naomi Tess leía un informe en su terminal personal mientras orbitaban Recnis VII. Le había costado mantenerse fuera del radar de todo el mundo, pero ahora que habían llegado, era hora de volver a salir a la luz.

—Vaya, vaya, señor. —Tess le sonrió, endosándole el marrón que tuviera entre manos a su primer oficial—. Me alegra ver que regresa de entre los muertos.

Le estrechó la mano de reemplazo con fuerza, y él correspondió el gesto con un asentimiento de cabeza. Le caía francamente bien, era una de esas capitanas de las que uno se podía fiar. Cuando le dijeron que compartiría nave con ella, hacía ya nueve años, no pudo creerse la buena suerte que había tenido.

—A decir verdad, vengo con parte de Yaiza de la experiencia.

—No me diga que le dieron entre las ingles y le han trasplantado lo de ella, señor.

—Ya sabe que no. Es el pulmón derecho, joder.

Sabía que era su propia forma de ponerle a prueba. Al cabo de dos días de zarpar habían recibido un mensaje, una amenaza en realidad, que les exigía dar la vuelta y llevar de vuelta a David. Naomi la había ignorado, alegando que su misión no admitía retrasos, y que colocarían al coronel en el lugar más seguro para todos. Lo que no había mencionado era que ese lugar era el puente de mando del destructor.

Justice le había entrevistado en *Sigma*, le había gritado, y le había mandado de vuelta a *patear brillantes culos metálicos*. Había bastado decirle que Harley era *poshectoriana* para que decidiera pasarse su opinión por el arco del triunfo y sacar la cara por él en la siguiente reunión con el Almirante. El general era un gran tipo.

—Bueno, no parece muy loco, señor. Al menos, no más que antes.

—Esté tranquila, capitana Tess. Cuando decida asesinar a todos mis compañeros de trabajo, usted será la última a la que acuchille.

—Menuda gilipollas, la tía esa. ¿De verdad tuvo los ovarios de acusarle de matar a su unidad? ¿A la cara?

—Los tuvo.

—Joder, me lo llega a hacer a mí y le dejo la jeta como un puzle.

—Entonces me hubieran encerrado.

—Sí, pero hubiera dormido más a gusto que nunca en su vida.

—Vale de bromas. Quiero un esquema de la situación.

La capitana asintió, encendiendo el *holoproyector* táctico. Durante el tiempo que había estado fuera, los *Cuervos* habían peinado la roca con todo el disimulo posible. Aunque no había rastro de los cíborgs súper aumentados a los que se había enfrentado, sí que habían encontrado algunas poblaciones con implantes invasivos, principalmente relacionados con el filtrado de radiación y la supervivencia en aquella roca radioactiva.

La mayoría no representaba ningún peligro. No podían decir lo mismo de un par de pueblos grandes, donde habían eliminado a casi todos los habitantes. Les habían atacado nada más verlos, tachándolos de asesinos e impíos. David amplió la información haciendo un par de clics sobre el holograma, y comparó ambas fichas. Los casos eran sorprendentemente parecidos a pesar de estar separados por tres mil seiscientos kilómetros. Comenzó a pasar las fotos tomadas por los soldados, y reparó en un detalle importante. No había ni un sólo niño en aquel lugar de pesadilla. Se lo hizo notar a Tess.

—Ah, sí, eso. Interrogamos a uno de los fanáticos y alegó que como el *Padre Transistor* le había prometido la vida eterna, no necesitaban descendencia.

—¿El padre… qué?

—Esto.

Naomi salió de su selección y avanzó un centenar de fotos hasta llegar a un hombre cubierto con una túnica que dirigía la turba. Estaba recubierto de pergaminos, con luces bajo la capucha que delataban su naturaleza cibernética. Su mano visible era una garra que sujetaba un largo bastón de titanio terminado en una corona solar dentada. La otra era un amasijo de cables que, al pasar a otras instantáneas, parecían culebrear. Luego había fotos de restos de la criatura. Al parecer habían tenido que sostener el fuego del cañón de raíles del *Coracero* sobre él para poder inutilizarlo. Su intención había sido interrogarlo también, pero se había autodestruido tan pronto como se supo capturado.

Aquello era un cíborg de última generación, que conservaba solamente su cerebro orgánico.

—O sea, que tenemos ganador.

—Falta actualizar el informe preliminar.

—¿El general sabe esto?

—Nos enviará al *Azote Divino* en cuanto esté libre. Hemos planeado armar a los locales, derrocar al gobierno, e intervenir solamente para asegurarnos de que los *mecanizados* pierden. Lo clásico.

—Deduzco que se ha informado a la propia Confederación.

—Con suficientes intermediarios como para que jamás sepan de nuestra implicación. Ahora mismo, los Tesurian deben tener bastantes problemas en La Gran Cámara de Comercio. Si esto se filtra a la opinión pública, se va a armar la marimorena, señor.

—Así que el poder *de facto* nos da la razón. Estupendo.

—Con matices, coronel. Si atacamos de manera descubierta y arrasamos este nido de ratas, sería un acto de guerra.

—Basta cambiar las firmas y hacernos pasar por una empresa rival que quiera la gloria de resolver el marrón.

—Ese es el problema, no podemos porque podrían probar que somos nosotros. Por eso dependemos de la resistencia local.

—Tienen los cuerpos que no recuperamos.

—No sólo eso, dicen que poseen la confesión de un rehén.

—Keirmann.

Continuó pasando informes, y se dio cuenta de otro detalle importante que había pasado por alto. Había una segunda nave Cruzada en órbita, de la Orden de la Vida. Eran los *Concordia*, el cuerpo diplomático encargado de dar vueltas por la Confederación poniendo paz. Se los dejaba circular libremente porque ofrecían sus servicios a terceros gratuitamente sin atender a la importancia de las partes, algo muy poco común en un entorno galacto-capitalista. La Flota ganaba buena fama y nadie dudaba de su imparcialidad incluso cuando eran parte interesada.

—¿Y esto?

—Oficialmente, de cara al *Trono Sin Rostro*, vienen a recomendar a los Tesurian que dejen de lado la *mecanización*.

—Extraoficialmente, están aquí para tapar mi cagada.

—No lo llamaría así, coronel. Era imposible saber que era una trampa, todo indicaba una instalación abandonada.

Una mierda que no era su culpa. Lo había sido desde que los sensores habían empezado a hacer cosas raras y no se habían dado la vuelta. No era tan estúpido como para achacar una negligencia manifiesta a la mala suerte.

Luego estaba lo que se le había escapado a la psico-arpía de Moluka. Todo el pelotón había muerto, y nadie había encontrado ninguna prueba de la existencia de los *mecanizados* más allá de las naves destrozadas, cuando ellos habían exterminado un pequeño ejército. ¿Habría sido un chivatazo? O aún más retorcido ¿Le habrían *perdonado* para poder inculparle?

De los *poshectorianos* se lo creía todo, hasta que apoyaran cíborgs ilegales para retrasar la Cruzada. ¿Habría alguno de esos *sobatuercas* dentro de los *Cuervos Negros*?

Se centró en la nave *Concordiana* y los informes que había enviado al destructor oculto en la órbita. Como aquel mundo era peligroso, habían contratado los servicios de unos corsarios de poca monta como escolta. Había dos corbetas, ambas colocadas en formación alrededor de la fragata Cruzada.

—¿Tienen alguna operación en marcha?

—Por lo que han dicho, bajaron hace un par de días con la primera oficial del *Pétalo Danzarín* y dos de sus hombres. El gobernador de los Tesurian los ha recibido con los brazos abiertos, y llevan hablando desde entonces.

—Eso es una negociación bastante larga.

—La verdad, señor, no creo que ni los nuestros estén de acuerdo entre sí.

—¿Y eso? —De repente, todo se le aclaró en la cabeza. Tenía todo el sentido del mundo—. Oh, por la Tierra.

—*Sobatuercas.*

—Escúcheme atentamente, capitana Tess. —Bajó el tono hasta convertirlo en un susurro—. No estoy seguro de que pretenden hacer, pero no me fío de nuestros colegas de…

—Tranquilo, el *Gran Inquisidor* va con ellos. Si descubre cualquier actitud *promecanizante*, nos lo dirá de inmediato. Ha sido él quién nos ha ido dando los datos de tapadillo.

—¿Qué narices es un inquisidor?

—Era un cargo clerical de la Tierra, de un siglo lejano. Al parecer eran miembros de un tribunal religioso-burocrático, creado para decidir qué se consideraba *herético*. Estaban afincados en una península terrestre por entonces muy poderosa[1].

—Me suena haber visto algo en una película. ¿Quemaban gente en una hoguera, o me lo he inventado?

[1] Hasta el periodo de pre-pedido de *Renegado*, Naomi Tess hacía referencia al tópico de la Inquisición Española que quemaba herejes por miles. Tras la lectura por parte del autor del magnífico ensayo de la exprofesora de Harvard María Elvira Roca Barea titulado *Imperiofobia y Leyenda Negra*, se cambia la creencia popular que todos conocemos por la documentada en el libro de esta autora, para ofrecer al lector un punto de vista poco conocido. El autor recomienda la lectura del citado ensayo para conocer *la otra versión de los hechos*, que contiene una cantidad asombrosa de fuentes y citas para apuntalar sus tesis. Se trata de una lectura densa pero de increíble actualidad e interés que podrá encontrar en Amazon.

—Aunque lo hicieron en ocasiones, las condenas eran más bien normales para su época la mayor parte del tiempo. Por lo que he leído en los archivos la mayor parte de las acusaciones contra ellos forman parte de una leyenda negra[1] creada por unos separatistas para demonizar al Imperio al que pertenecieron. La mala fama duró siglos, y se convirtió en un tema recurrente.

—No entiendo qué tiene que ver con el *Concordiano*.

—Este tipo, Roberto Paleshenko, es un Cronista. Su ficha dice que fue quien más *mecanizados* puso al descubierto durante el desmantelamiento de toda la red que se había tejido dentro de su Orden. Los acusados fueron debidamente juzgados y devueltos a la vida pública tras retirárseles los implantes y cumplir cárcel.

—Pues sí que ha hecho los deberes, Tess. ¿Por qué se ha tomado Paleshenko tantas molestias en perseguirlos?

—Dice ser un ciudadano preocupado. En cuanto se completó la purga cibernética, continuó buscando y desenmascarando cíborgs fuera de la Flota.

—Eso no es preocupación. Odia la monstruosidad en la que convirtieron a los Cronistas.

—Lleva razón, señor. Supongo que el título de *gran inquisidor* es bastante acertado, la mitad de lo que se dice sobre este hombre son mentiras fácilmente demostrables propagadas por sus antiguos compañeros. Fíjese. —Le enseñó algunas de las acusaciones, tan descabelladas como ser un espía *Cosechador* o un vendido a los Solarianos—. Han hecho una campaña de propaganda brutal contra él.

—*Sobatuercas* de nuevo. ¿Ha pasado antes, que sepamos?

—No en la Flota, y por eso he indagado este tema. A mí la historia de la Tierra no me ha llamado nunca la atención, aunque en este caso las similitudes son tan sorprendentes que he terminado de leer el artículo[2]. Una nunca sabe si puede aprender algo que hemos olvidado.

—Capitana, coronel, tenemos una baliza de emergencia en la superficie.

Ambos se volvieron al operador, que les remitió de inmediato la señal al *holoproyector* de mando. La señal procedía de la ciudad, del

---

[1] Véase https://es.wikipedia.org/wiki/Leyenda_negra_española

[2] En este caso ni el personaje de la capitana Tess ni el autor vierten una opinión sobre la Inquisición, sino que se referencia lo que hay escrito sobre ella en el equivalente a la Wikipedia de la Flota. El artículo que lee Naomi estaría basado en el trabajo antes citado y fuentes afines. En el universo de Cruzados de las Estrellas se habla un español modernizado y plagado de extranjerismos. Ya en nuestro siglo el español es el idioma más extendido tras el chino y resulta mucho menos complejo de aprender que éste. No es difícil imaginar que la versión hispana sobre el tema se haya perpetuado tras perderse la Tierra y toda la documentación relacionada.

mismísimo Paleshenko. No tenía ni audio ni vídeo, era una señal similar a la que había enviado su *Coracero* el día que casi muere. David frunció el ceño. Si Tess tenía razón, el *Encapuchado* no sólo era trigo limpio, sino un enorme aliado en aquellos momentos. Dentro de su Orden seguía habiendo muchos resentidos, y la infección se estaba contagiando a otras Órdenes por momentos. Estaba seguro de que no se había ganado un apodo como *El Gran Inquisidor* por nada. Tendría enemigos dentro de la Flota, y si aquella roca era un nido de cíborgs, podía estar en peligro de muerte.

—Capitana, voy a hacer una estupidez.

—¿Señor?

—Llame al hangar y pida que preparen una lanzadera de inserción y mi *Coracero*.

—Supongo que quiere decir una cañonera armada hasta los dientes y un pelotón.

—Quiero decir lo que he dicho.

—¿Es consciente de que es posible que el enemigo nos esté esperando? ¿Que puede verse superado?

—Lo doy por hecho. —Se giró hacia Tess, que estaba boquiabierta—. Verá, vamos a hacer un descenso en mitad de una ciudad, al palacio del gobernador planetario. Si aparezco con quince o veinte *Cuervos Negros*, tendrán el pretexto que les falta para empezar una guerra.

—Le daría al resto del Trono Sin Rostro una prueba irrefutable de que les atacamos por interés. Sin embargo, un solo hombre… es un renegado.

—Averiguaré qué ha pasado con los *Concordianos* y regresaré sin armar escándalo.

—No me gusta, coronel. Estará solo, no podremos mandar apoyo aéreo.

—Usted envíeme a la Kappa los expedientes de todos los que estén ahí abajo. Si puede, hasta de los corsarios. Los leeré mientras desciendo.

Se volvió, avanzando con resolución hacia la puerta.

—Coronel.

—¿Sí?

—Tenga cuidado ahí abajo. No pienso donarle mi entrepierna.

Las lanzaderas *Kappa* eran una versión reducida de las cañoneras de asalto *Lambda*, pensadas para la inserción más sigilosa. Contaban tan sólo con dos motores híbridos para volar en el espacio o en atmósfera, y eran capaces de transportar cuatro personas además del piloto. Lo mejor de todo era que podían volverse invisibles al radar, y en un planeta tan asqueroso como el que David tenía debajo, eso era equivalente a desaparecer.

Recnis VII tenía mal aspecto desde la órbita. Las tormentas radioactivas teñían los cielos de verde, y las zonas que no cubrían por cualquier motivo se percibían como desiertos yermos en los que no crecía nada. Incluso los escasos océanos se habían evaporado o filtrado por las grietas tectónicas que había dejado la guerra corporativa.

Los nativos que querían escapar de aquellos que les habían llevado tanta muerte y desgracia, lo hacían escondiéndose en poblaciones minúsculas diseminadas por todo el globo. La mayoría se resguardaría bajo la superficie, esperando a que la lluvia radioactiva escampara lo suficiente como para intentar que algún cultivo ultrarrápido y mutado creciera antes del siguiente aguacero mortal.

Los que se habían rendido a sus amos empresariales vivían en las cuatro ciudades-escudo que todavía seguían existiendo. Eran circulares, fracciones de unas megalópolis mucho mayores que se deshacían con lentitud cada vez que caía agua del cielo. Los *Tesurian* habían colocado gigantescos escudos sobre la cúspide de una torre alta, y el límite de las urbes ahora lo determinaba el radio de alcance de los deflectores. No es que fueran la clase de protecciones que usaban las naves espaciales o los planetas ricos, sino que emitían suficiente energía como para que el agua y su mortífero contenido se evaporasen al tocarlos. Así, ni las nubes ni el aguacero eran capaces de acabar de matar a los que se resguardaban debajo.

Como protección adicional se habían instalado filtros de radiación en el perímetro y las puntas altas, para tratar de paliar los efectos de la misma en los civiles. A decir verdad, por lo que David podía ver, la única manera de librarse de un cáncer a largo plazo debía ser llevar un traje *hazmat* o superior. Preferiblemente lo segundo.

Se dirigió a una de las plataformas de aterrizaje exteriores, que se podían extender fuera del campo de energía. Uno posaba la nave en la pala retráctil, y ésta atravesaba un portal para regresar al interior. Luego, la arcada generaba su propio mini escudo, tapando la brecha que ella misma generaba al abrir el deflector principal.

Hussman se colocó el casco y comprobó los sellos dos veces. La *Pretor* le protegería de toda inclemencia si la dejaba en modo traje espacial; y no pensaba cambiar de modo salvo que se le agotara el oxígeno o se viera muy, muy a salvo.

Tras atravesar la angosta contracompuerta y cerrarla, hizo descender la rampa de desembarco. La plataforma ya se movía para ponerle a cubierto de la siguiente tormenta que, a toda prisa, comenzaba a formarse a sus espaldas. Era impresionante ver como una nube verde dejaba caer auténticos mares resplandecientes sobre las ruinas, y cómo estas humeaban al recibir el impacto de las gotas ácidas. Comenzó a entender por qué la gente podía tragarse la patraña de la *mecanización* en un lugar como aquel.

Los dos guardias armados que le esperaban llamaron su atención por medio de gestos. Llevaban puestas gabardinas hidrófobas, largas hasta tapar incluso las botas altas. Los cascos de plato mandarían la lluvia por encima de sus hombros, y las máscaras de gas integradas les permitirían respirar en aquel infierno que ellos mismos habían creado.

Las armas eran risibles. Los fusiles de asalto no eran aceleradores, sino vulgares modelos de pólvora optimizada. Era cierto que aquellos cacharros conseguían cerca del triple de daño y penetración que los que habían existido durante los siglos XX y XXI, pero al lado de sus armas de raíles eran como escopetas de balines. De hecho, probablemente, ese sería el efecto que habrían tenido sobre su *Pretor*.

—¿Algo que declarar?

Ni siquiera su nombre. Él hubiera empezado por pedirle a un visitante que se identificara, y luego, que indicase sus intenciones. A continuación, le habría interrogado acerca de si pensaba quedarse mucho tiempo, por quién preguntaba o de parte de quién venía. Supuso que a los guardias confederados les quedaba ya poco que ver en la vida.

—Soy el coronel Antón Elinsky. Solicito formalmente reunirme con el cuerpo diplomático del *Hastur*, que está en la órbita.

—Le he preguntado que si tiene algo que declarar, no quién es.

—Se refiere a bienes, por supuesto —Ya que su intento de impresionar a aquellos mentecatos había fallado, se haría el tonto. Qué remedio—. No tengo carga, mi nave está vacía, es un transporte para cinco personas. Yo voy desarmado.

—¿Podemos examinar su lanzadera?

—¿Aquí fuera? ¿Está loco? ¡La contaminaría!

—No era una petición amistosa.

—Ni lo mío un farol. —Esa chulería no se la habría consentido a ningún soldado. Decidió cortar por lo sano—. Si tratan de entrar por la fuerza y me llenan la nave de mierda radioactiva, les juro por todo el dinero que puedan imaginarse que pediré que arrastren sus cabezas cortadas por el asqueroso barro verde de este planeta.

—No me gusta su tono, Cruzado.

—Ni a mí el suyo, *soldado*. Si no entiende que dirigirse así a un oficial superior de otro ejército es de mala educación, mis abogados se lo harán entender. Y créame cuando le digo que tengo mucha más pasta que usted para pagarles. Permitiré una inspección al marcharme, y de alguien debidamente higienizado. ¡¿Está claro, *gusano*?!

El guardia hizo ademán de levantar el arma, y su compañero le agarró el cañón para bajárselo. Luego negó con la cabeza, posiblemente diciendo algo por el canal privado de radio. Era increíblemente estúpido tratar de enfrentarse a un Cruzado de las Estrellas de frente y con unos fusiles como los que llevaban. Además, él era un coronel y tenían fama de ser los oficiales más duros e hijos de perra de toda la maldita galaxia.

Si bajaba con esos humos era que estaba cabreado, y dado que el gobernador estaba tratando diplomáticamente con ellos, no parecía buena idea liarse a tiros porque quisieran medir su ego en un día de tormenta.

Tras algunas palabras más, que parecían airadas a pesar de que las máscaras no permitían verles la cara, el que se le había encarado pareció darse por vencido. Extrajo de un bolsillo de su atuendo una *holotableta* hecha polvo, y la encendió con dificultad por culpa de los guantes.

—Está bien, coronel. Le pido disculpas, este planeta es demasiado agresivo como para comprobar su nave en estas condiciones climáticas.

—Disculpas aceptadas, soldado.

—Si no le importa, firme aquí, en el recuadro. —Le tendió el aparato—. Es para eximirnos de responsabilidad, alegando motivos diplomáticos.

Estampó una firma inventada en aquel momento, y dejó que le llevaran al interior del enorme edificio. La pasarela seguía plegándose sobre sí misma a medida que avanzaban, pasando por encima de rascacielos y *aerocoches*, internándose en las entrañas de la aguja de la ciudad en la que estaba colocado el proyector de escudos.

La tormenta se tragó la burbuja azulada, y fuera de ella el ya de por sí tenue sol desapareció por completo, fagocitado por el fantasmagórico espectáculo de luces verdosas.

Era una suerte de que fueran tan ignorantes, y que se dejaran convencer tan rápido de ni siquiera mirar su equipo. Cualquiera que hubiera visto un *Coracero*, hubiera sabido que llevaba uno escondido en el techo de la *Kappa*.

El interior del palacio del gobernador no se parecía a nada que Hussman hubiera visto jamás. Estaba acostumbrado a los espartanos entornos de la Flota, o a las ruinas, o a las barriadas en las que se solían esconder los engendros a medio camino entre hombre y máquina.

Cuando uno pasaba la cámara de descontaminación química automatizada, entraba en un mundo completamente diferente, hecho de terciopelo y mármol. En cada rincón había una obra de arte, en cada esquina se había tallado una estatua o se había colgado un cuadro.

Tal era la pedantería del lugar, que no les importaba que los soldados pisotearan las carísimas alfombras con dibujos bordados a mano, a pesar de que acabaran de volver de un entorno tan contaminado. Se fijó que él mismo las iba dejando marcadas con su enorme peso, como si caminara sobre la nieve.

Las paredes de los pasillos se habían recubierto con frescos, y las secciones entre ellos estaban repletas de pan de oro. Allí había suficiente riqueza como para limpiar el planeta un par de veces.

Le hicieron subir por unas escaleras de mármol, cuya superficie era una sucesión de estatuas femeninas desnudas. Supuso, sin mucho miedo a equivocarse, que alguien había tenido poco éxito con otro alguien. Todas ellas representaban a la misma mujer en poses provocativas, con repugnante nivel de detalle.

Atravesó once puestos de guardia. Iban armados y pertrechados de la misma forma que los que le habían ido a buscar, en poses tan firmes que hubieran pasado por estatuas si el uniforme hubiese sido gris en lugar de azul marino.

Le indicaron una puerta de bronce macizo, con los detalles recubiertos por el mismo adorno dorado. Le parecía horroroso, la combinación perfecta entre el mal gusto y el egoísmo extremo.

Los centinelas abrieron las pesadas hojas con dificultad, y sus escoltas pasaron con él.

Se encontró en un opulento despacho, con grandes ventanales en los que se veía un idílico mundo verde con largos jardines y cascadas de agua cristalina. La estancia era diáfana y estaba ocupada con mesas para reuniones, sofás, estanterías, trofeos, vitrinas y un gran escritorio en el centro. Se veía la barandilla de un segundo piso de estilo *loft*.

El gobernador leía un libro grueso, en papel, que sostenía entre sus manos como si fuera un bebé. Era un hombre gordo, opulento, con barba completa, pronunciadas entradas y flequillo peinado de lado. Tenía los carrillos hinchados y los labios pequeños, como si fuera alguna suerte de pez globo.

Cerró el tomo con cuidado, y tras depositarlo en su atril de honor, le invitó a sentase por gestos. David miró la carísima silla con condescendencia. Como su anfitrión insistía, bloqueó los servomotores para tratar de descargar algo de presión sobre ellos. El asiento cedió parcialmente, doblándose bajo el enorme peso de la *Pretor*.

Despidió con la mano a los dos guardias, que intercambiaron una mirada y abandonaron la estancia con reticencia. La cámara trasera se lo estaba mostrando en el visor del casco.

—Buenu, buenu, que agradable surpresa —Arqueó una ceja, no se esperaba que aquel tipo fuera a cambiar las oes por úes—. Encantadu de tenerle aquí, capitán.

Se dio cuenta de inmediato de que no era a él a quién esperaba, y decidió seguirle el juego. Después de todo el Cronista había pedido ayuda y quizás ese malentendido pudiera ayudarle a encontrarlo o, al menos, saber por qué lo había hecho. Si el enemigo le ofrecía un informe de inteligencia gratuito… ¿Quién era él para decir que no?

—Un placer conocernos, gobernador.

—Puede quitarse el cascu, esta zona está limpia.

Los soldados cerraron la puerta, y la cara del hombrecillo se contrajo en una penosa mueca de enfado que probablemente hubiera asustado a cualquiera bajo su bota. A él, por el contrario, no le causó más que una tenue sensación de lástima.

—¡¿Se puede saber a qué jugamus?!

—¿Perdón?

—¡Nu es buena idea después del incidente cun lus *Cuncurdia*! ¡Puede expuner a lus suyus y a lus míus! ¡Aún nu estamus listus para empezar a publicitarlu a la publaciún nurmal!

—Quizás estoy aquí por esto va demasiado lento para el gusto de mi gente.

—¡Pues tendrán que tener paciencia! ¡Lleva tiempu!

—Me han dicho que los Cronistas empiezan a echar de menos a su héroe anti-cíborg más famoso, y que si no aparece van a venir a por él. Dado que su Orden carece ya de milicia, lo harán acompañados de las naves de la mía.

—¡Pues que se judan, tenemus pruebas para puder acusarlus de actus de guerra ante La Gran Cámara de Cumerciu!

—Le pondrán dos cruceros *Silenciador* en órbita, y freirán sus comunicaciones mientras les bombardean hasta devolverles a la edad de piedra. ¿Cómo cree que asaltaron la *Pluma Eterna*?

—¿Y qué sugiere? ¿Qué curra sin mirar atrás?

—Ayúdeme a ayudarle.

En aquel momento David se quitó el casco y pulsando un botón mientras lo hacía, comenzó a grabarlo todo para que quedara registrado en su caja negra. Así, incluso si lo mataban, la información podría llegarle a Justice. Dejó el casco sobre la mesa, de cara a su interlocutor. La cámara trasera le apuntaría a él.

—Necesito que me diga qué se ha torcido con los diplomáticos. Se supone que salvo Paleshenko y Ordier, los demás eran… receptivos a lo que tenía que decirles.

Se había leído los informes en diagonal, pero tenía datos de sobra como para opinar sobre las tendencias de cada uno. Alguien en la Flota, quizá uno de los Triarcas, había montado ese grupo con mucho cuidado. Solamente dos de los emisarios *no* eran *poshectorianos*. Lo que ya no sabía era si estaban de su lado o jugaban a exponerlos, a los antaño inocentes Triarcas se les había subido a la cabeza su nueva *matemática social predictiva*. Tenía que concederles que habitualmente funcionaba bien, pero como soldado, las jugadas políticas de dos y tres rebotes le mareaban. Lo que ya tenía claro es que a aquel tipo no lo habían puesto allí ni los méritos ni, desde luego, los *Tesurian*.

—El *Encapuchadu* lu descubriú.

—¿Qué parte? —Se apoyó sobre la mesa para acercarse a él—. Porque aquí había para todos, gobernador.

—Yu… yu…

—Soy nuestra última oportunidad. Si le pillan, nos pillarán a todos.

—Entrú en una sala de experimentaciún de la planta setenta. Nú sé cómo lu hizu, estaba especialmente vigiladu.

—Eso no importa, nos ocuparemos de su negligente seguridad más tarde. ¿Qué hizo con él?

—¡¡Matarlu, claru!! ¡¿Qué iba a hacer?! ¡¡Me custú quince humbres reducirlu!!

El gobernador se levantó, y comenzó a dar vueltas frenéticamente por la sala, como una fiera enjaulada. Se había cargado a un Cruzado de las Estrellas, uno de renombre, y sabía que eso no quedaría sin castigo. Hussman percibió entonces el tenue sonido hidráulico que provenía de las piernas del sujeto. Por lo ajustado del pantalón estaba claro que no eran servomotores, aquel tipo abotargado debía estar en pleno proceso de *mecanizarse*.

—¿Y los demás?

—¡¡Nu sabía qué hacer!!

—Así que también acabó con ellos.

—¡¡La cursaria subreviviú, nu estaba en el cuartu, y nu muriú juntu a restu!! ¡¡Nu pudía alegar defensa prupia!!

—¿La tiene?

—Sí. ¡Si llega a escapar…! ¿Debí matarla, a pesar de la prutecciún de su patente?

—No, no. Hizo bien —David estaba furioso por la cobardía de aquel sujeto, pero trató de sonreírle con maldad a medida que la idea germinaba en su cabeza—. Sabe… al perdonarla ha dado usted mismo con la solución.

—¿Yu mismu?

—Tiene una cabeza de turco. Un enfrentamiento por dinero es un motivo válido para acusar a un corsario.

—¡Sí! ¡Sí! —Se detuvo en seco, señalándole—. ¡Es ciertu!

—¿Lo ve? —Se levantó con cuidado antes de que la silla acabara de ceder—. He venido a ayudarle.

—¡Gracias! ¡Gracias!

—¿Tiene algún otro cautivo más, al que podamos implicar?

—¡Muchus! ¡Hay disidentes, gente que sabe que su familia fue secuestrada, u que casi nus pilla!

—Entonces tiene material para inventar una conspiración en toda regla. ¿Algún Cruzado?

—Súlu a su cabu, capitán Hussman.

Se quedó congelado. Había asumido que aquel cretino no tenía ni idea de quién era él, y resulta que solo se había equivocado de rango. La cosa era ¿por qué le esperaba, asumiendo que era uno de los suyos?

Le llevó unos tensos segundos encajar las piezas. Moluka. Esa cerda nunca había pretendido dejarle encerrado para siempre, sino medicarle para poder moldear su cerebro hasta que fuera útil para sus planes. No solamente creía en Héctor como mesías incomprendido, sino que abrazaba la teoría de la *mecanización* igual que lo habían hecho los *Encapuchados*. Mierda, aquello era como un cáncer descontrolado.

—¿Está bien? —El gobernador se le acercó—. Parece mareadu.

—Sólo confuso.

—¿El implante del cerebru? ¿El utru?

Aquello lo desconcertó todavía más. ¿Estaban metiendo circuitería pirata dentro del cráneo a la gente? Definitivamente, eso explicaba lo sucedido a su escuadra y toda la historia de *Soilé*. Era un lavado de cerebro vía *hardware*.

—No, ese va bien —mintió—. Es que… ¿Capitán, en serio? ¿Sabe lo que me costó llegar a coronel?

—Lu sientu. —El otro retrocedió, temeroso de lo que pudiera hacerle —. Es que decir su rangu… nu quería ufenderle. Suena raru si lu digu yu.

Arqueó una ceja imaginando a ese gordinflón pelota diciendo *Encantadu de cunucerle curunel*. Desde luego por malicia no parecía haber sido. Por desgracia, le había hecho jugar mal sus cartas.

—No se preocupe, yo mentí a sus hombres.

—Menus mal. Estaba preucupadu al verle unas semanas antes de lu previstu.

Moluka estaba realmente loca si pensaba haberle arrancado sus ideas más arraigadas en tan sólo unas pocas semanas. Lo que le preocupaba era que se creyera con poder suficiente para hacerlo. ¿Habría planeado taladrarle la cabeza para implantarle un control mental una vez le tuviera drogado?

—Tiene suerte de que haya estado listo antes de tiempo. Déjeme ver a la corsaria. A ver si conseguimos convencerla de que colabore.

—Claru que sí —Pulsó un botón de su escritorio, que abrió un canal con los guardias—. Aquí Damill, necesitu que se dé accesu tutal al… curunel Hussman, para que pueda ver a la prisiunera cursaria que venía cun lus diplumáticus.

El gobernador asintió, y estrechándole la mano, le indicó que su escolta le acompañaría desde la puerta hasta la sección de las celdas. Recogió su casco, se lo puso y se colocó entre los hombres enmascarados.

Tan pronto como se supo solo, el rechoncho cíborg abrió otro canal de comunicación.

—¿Sí?

—Tengu que hablar cun *Suilé*. El *Cuervu Negru* está aquí.

El ascensor a la zona de celdas era menos espectacular que la zona privada del gobernador. Admitía veinte pasajeros, y como él ya pesaba por diez, descendió solo con sus dos custodios. Aprovechó aquellos minutos de silencio incómodo para darle vueltas a lo ocurrido, tratando de buscarle otro sentido.

Había estado muy mal, gravemente herido, y no tenía conciencia de lo sucedido durante su ausencia más allá de las pesadillas. ¿Qué era lo que recordaba? Asfixia, morirse. A Héctor y Klaus jurando venganza contra él.

La sangre se le congeló en las venas. De acuerdo con Amprosi, Moluka había ido cada día a verle porque según la psiquiatra *era la mierda de trabajo que le habían asignado*. ¿Qué habrían planeado para él? ¿Le habría inducido algo en sueños?

Suponiendo la implicación de los *poshectorianos* en la emboscada, podía deducir que los *mecanizados* no sólo habrían robado los cuerpos de sus compañeros para hacerse con la tecnología que pudieran y chantajear a la Flota, sino también para hacerse con él. Un coronel de los *Cuervos Negros* era una punta de lanza muy potente, todos ellos eran candidatos a acabar siendo el general que los dirigía.

 Sabiendo que Moluka pretendía lavarle el cerebro, podría haber usado ese argumento y encerrarle, como ya había pensado antes. Le habría tenido a su merced, sin que opusiera resistencia cuando fuera a taladrarle el cráneo. Por tanto, si no estaba en una celda acolchada era porque no había tenido tiempo de acusarle de asesinarlos a todos ante el tribunal psiquiátrico, de modo que no le habría hecho nada todavía. ¿Lo habría intentado la última vez que se vieron? ¿Se habría escapado por los pelos, con ese burdo argumento sobre una ley inexistente?

Si aquella traidora tenía especificaciones de implantes o esa pieza de control mental… ¿podría haber tratado de colocársela tan pronto como le hubiera puesto las garras encima? O lo que era peor… ¿lo habría hecho cuando la doctora estaba ausente? ¿Y la propia Amprosi? ¿Se habría dejado corromper, a pesar de la tragedia de su familia?

Negó con la cabeza, sacudiéndose los pensamientos tan pronto como la dulce voz del ascensor les indicó que habían llegado a su destino. Había demasiados condicionales en sus elucubraciones para unos instantes de respiro, y sabía lo que le esperaba allá abajo. El gobernador era cobarde, pero no estúpido. Incluso un títere como él tenía límites de incompetencia que no podía rebasar, y habría llamado para verificar su historia tan pronto como se hubiese marchado.

Tan pronto como dio dos pasos fuera del ascensor, se vio rodeado por veintiséis guardias. Su *Pretor* tardó menos de un segundo en contarlos y los identificó como hostiles de inmediato. Era obvio hasta para la computadora de combate, y eso que solía necesitar una confirmación.

—Bueno, antes de empezar… ¿alguien prefiere irse?

Algunos soldados se miraron de reojo, temiéndose lo que iba a pasar. La mayoría apretó los fusiles de asalto contra las máscaras de gas.

—Se lo digo porque lucharon contra mis compañeros sin entrenar y desarmados, y fue una escabechina. Me parece justo hacerles saber que yo llevo matando sin descanso desde hace más de una década, y que mi *Pretor* es mucho más dura que la de ellos.

—Pero no tiene armas.

La vocecilla a su espalda procedía del guardia que se había chuleado en la pista de aterrizaje. El tono era tembloroso, ahora estaba seguro de que iba a pelear con ellos, no tenía el escudo del conflicto diplomático para proteger sus amenazas. David sonrió.

—No tengo armas *adicionales*. En su patético mundo, mi armadura personal es un arma imparable.

—Nos piden que le conminemos a que se rinda. —Un oficial, teniente tal vez, le señaló con la cabeza—. Tiene mi palabra de que no le haremos daño.

Había al menos media docena de aquellos pobres infelices armados con una especie de bastones de energía. Esos eran peligrosos, quizás contaban con suficiente potencia como para suponer una amenaza para su *Pretor*. Si le hacían picos de tensión concentrados en una junta, los servomotores afectados se apagarían para no dañarse, dejándolo inmóvil.

Los demás estaban ahí para escudarlos a ellos. Con tan sólo pensarlo, dos cuchillas del tamaño de una espada corta emergieron de sus antebrazos. Había venido preparado para la ocasión.

—Pues yo le aseguro que sí que voy a hacerles daño a ustedes si no corren.

—¡Mátenlo!

David embistió el flanco derecho enemigo, derribando a los marines como si fueran bolos. Le bastaron dos segundos para acabar con los que llevaban las porras eléctricas, y uno más para atravesar a otro y lanzarlo contra sus camaradas.

Aquello era una lucha desigual, las balas rebotaban contra el *supracero* y el *Portlex* como si fueran piedras, tan sólo causando mellas o desconchones. Cada tajo mataba, cada patada rompía huesos, cada golpe con el torso mandaba a alguien por los aires como si lo hubiera arrojado un gigante.

Con lo que no contaba era conque fueran tan estúpidamente valientes. Uno de los heridos consiguió encajarle el bastón de un compañero en un tobillo, y el siguiente paso le hizo resbalar e hincar una rodilla en tierra. Antes de que se levantase, el otro se le había agarrado al gemelo de reemplazo y le había inutilizado la corva del otro lado. Lo hizo a costa de su vida, pues le rompió el cuello con sólo tratar de quitárselo de encima.

Los cinco enemigos restantes se apresuraron a atacarle cada uno desde un lado con cuatro bastones, y pudo acabar con dos de ellos antes de que lo derribaran. Cayó de bruces, con la *Pretor* avisándole de los bloqueos de seguridad en la ventana principal del visor. Comenzaron a tratar de arrancarle el casco.

Cuando ya se daba por muerto, escuchó el tableteo de un fusil de asalto, y sus adversarios se desplomaron alrededor. Estando de cara al suelo, no pudo ver quién le había salvado hasta que se colocó ante la malograda cámara trasera. Era una mujer, o eso parecía por el pelo largo.

—¡Eh, eh! —El sensor del hombro le transmitió que le había agarrado, y que trataba de zarandearlo—. ¿Sigues vivo, chiflado?

—¿Quién es?

—¡¿Qué mierda de pregunta es esa?! ¡Pues la que ha activado la baliza de emergencia, capitán obvio! —La mujer, fuera quien fuera, estaba cabreada—. ¿Te puedes levantar?

—Lengüeta del costado derecho. Levántela y quite la chapa.

—¿Y qué quieres que...?

—Botones dos, tres y cinco. Marque y desmarque. Así me reiniciará y podré moverme.

—Joder... a ver... así... este... este y este. Hecho. ¿Ya?

David vio la directiva aparecer en pantalla y la confirmó verbalmente. Los servomotores se desbloquearon, informando de bajadas de rendimiento inferiores al siete por ciento. En cosa de veinte segundos, se puso en pie con dificultad, mirando a su salvadora. Estaba rígido como una tabla y empapado en sangre.

Con la *Pretor* puesta, le sacaba casi una cabeza, y eso que era alta. Era una mujer con el pelo teñido de color caoba, ojos grises y rostro afilado. Era de complexión fuerte, fibrosa, moldeada por el trabajo duro. No hubiera pasado por modelo, pero hubo de reconocer que tenía un encanto especial que no sabía definir.

Los golpes le habían dejado un ojo morado e inflado, el labio inferior partido y dos dientes parcialmente rotos. También tenía los brazos y hombros llenos de hematomas. Le sorprendió que siguiera en pie con todos los golpes que llevaba encima.

—¿Estás bien, Cruzado?

—Así es. ¿Es usted la corsaria que estaba prisionera? Tiene mal aspecto.

Le miraba alucinada. Era como si esperase verle en las últimas, y le decepcionase que no fuera así.

—Vamos, no me jodas. ¿Te han inflado treinta tíos y sales ileso?

—Mi armadura protege bastante más que esa camiseta de tirantes. ¿Activó usted la baliza?

—No, fue mi prima, la del pueblo. ¡Claro que lo hice! El *Encapuchado* me la dio cuando fue a investigar, y me pidió que fuera a la lanzadera a buscarle algo. —Se dobló con la mano en las costillas—. Menudo cabronazo, podía habernos advertido de que iba a liarla. Podríamos habernos defendido.

—Al menos le dio tiempo a pedir ayuda. ¿Alguna herida grave?

—No necesito un caballero que venga a salvarme. ¿Entendido, *caralata*? Me he escapado solita, rompiéndole el cuello al guardia.

—Y me ha salvado usted a mí. Venía a ayudar a mi equipo, pero parece que es tarde. ¿Ha oído algo de una tal Keirmann?

—No, solamente me cazaron a mí. Los demás… los mataron, estoy segura.

—Entonces vamos. Hay que regresar a la órbita.

—Le repito que no necesito…

Un nuevo grupo de soldados apareció en un pasillo lateral, acribillándolos a tiros. Fallaron a la corsaria, que se tiró al suelo como pudo. Las balas rebotaron sobre David, quien recogió un cinturón con granadas de uno de los cuerpos. Tras tirar de una anilla, se lo arrojó a los enemigos. La detonación los hizo saltar por los aires, proyectados en una lluvia de fragmentos rojos. La humareda ahogó momentáneamente a la mujer, que tosió de manera incontrolable.

—Usted venía con los míos. Por tanto es parte de mi equipo, y hasta que la deje con su tripulación, trataré de protegerla.

—Joder. Estás loco, *caralata*.

—No es la primera que me lo dice en los últimos meses. ¿Tiene un plan mejor que *escapar con el tipo indestructible*?

—¿Indestructible? ¡Si cuando te he encontrado estabas congelado! Pienso largarme sola, no quiero seguir formando parte de esto. El cabrón del gobernador ha matado a mis amigos.

—Y hace unos meses se cargó a toda mi escuadra. ¿Tiene una nave para escapar?

—No.

—Pediré una.

Le tendió la mano, que ella tomó para levantarse. No le hizo falta tirar, le usó como si fuera el gancho de una pared. Le dio la sensación de que algo había cambiado, no sabía muy bien el qué. Quizás no había pensado cómo salir de aquella roca.

—Kiara Dreston.

—David Hussman. ¿Tiene idea de por dónde queda la pared del edificio más próxima?

—Sí. Deme un momento.

Recogió el fusil de asalto y unos pocos cargadores. Luego le tendió uno a él. Su dedo no entraba tras la guarda del gatillo, así que la rompió para asombro de su compañera. Le llevó unos treinta segundos hacerse con munición y unas pocas granadas que enganchó a su cinturón magnético. Adaptó la interfaz para que fuera capaz de darle telemetría a su nueva arma, y echó a andar tras ella.

Kiara se adentró en el pasillo al que había arrojado los explosivos, sorteando cadáveres con cautela. La detonación había incendiado una mesita, y pronto comenzó a caer agua de los extintores de techo. Casi agradeció que fuera en vanguardia, pues abandonado el primer corredor, consiguió que un nutrido grupo de enemigos pasara prácticamente por delante sin percatarse de su presencia.

Ascendieron unas escaleras, y atravesaron una puerta de seguridad. No hizo falta forzarla o piratearla, David la derribó con sólo empujarla, tras apoyar los pies con firmeza. Se encontraron en un laboratorio, lleno de máquinas, pipetas y pantallas.

—*Caralata*.

Giró la cabeza hacia la corsaria, encontrándose la mayor parte de un cuerpo sobre la mesa. Lo habían diseccionado para, a continuación, implantarle piezas artificiales por todas partes. Algunas eran a todas luces mecánicas, mientras que otras parecían naturales desde cualquier punto de vista.

—¿Estás viendo lo mismo que yo?

—Lo estoy grabando.

—No me refiero a eso. Joder, fíjate. ¡Este corazón es de *poliplástico*, y late!

David acercó la mano con lentitud hasta el pobre desgraciado que yacía sobre la mesa. De acuerdo con los diagnósticos de uno de los monitores adyacentes, todavía tenía actividad cerebral y un pulso bajo cuyos latidos se estaban representando acústicamente. Estaba estable.

Sin pensarlo dos veces, cerró el guante de la *Pretor* alrededor del corazón artificial, y lo arrancó de un tirón. La máquina comenzó a emitir un pitido largo y continuo, para avisar al personal médico de la parada cardíaca. Kiara lo apagó y se le quedó mirando. Él guardó el órgano, que goteaba un fluido diferente a la sangre, en una bolsa de una mesa cercana. Luego metió la bolsa en un compartimento de su cinturón.

—Me dedico a esto.

—Siempre quise ir por la galaxia robando corazones.

—Mato cíborgs.

—¿Por algo especial?

—Son inestables y peligrosos para todo el mundo.

—¿Todos ellos? —El tono de Kiara dejaba traslucir su discrepancia—. Joder, sí que haces rápido las entrevistas. Este tipo debe tener una mierda de currículo.

David se dio la vuelta aproximándose a la cristalera, omitiendo el reproche de la corsaria. No lo necesitaba. Sabía lo que se había encontrado durante doce años, y si no lo entendía, no era su problema.

Ella se acercó a toda velocidad, echando un vistazo fuera. El cristal presurizaba el edificio, y era tan ancho como su puño, además de antibalas. No podrían atravesarlo ni usando la armadura de su compañero.

—Tenemos que buscar otra salida.

—Esta servirá. Quizás deberías sujetarte a algo.

Tocando el antebrazo de la *Pretor*, Hussman se conectó remotamente al *Coracero* que llevaba plegado sobre la cañonera, que comenzó a retransmitirle sus sensores al *Portlex*. En cuanto el techo se abrió, la armadura pesada saltó al suelo de la pista, justo enfrente de unos soldados que montaban un arma antivehículo. A David no le dio tiempo a reaccionar, y el primer disparo destrozó la cabina de su *Kappa*. En cuanto los sistemas estuvieron operativos, descolgó el cañón de raíles y los mandó al infierno. El reactor del transporte comenzó la secuencia de autodestrucción, estallaría en unos minutos.

El *Coracero* se acercó al borde de la plataforma, sobre la que humeaba su nave incendiada, y saltó. Cuando empezaba la caída, el modelo *Arcángel* desplegó las enormes alas de *supracero* de su espalda y encendió los reactores de los omóplatos y tobillos.

El impacto del proyectil acelerador atravesó limpiamente la cristalera, haciéndola primero estallar hacia dentro, y luego hacia afuera. El polímero no pudo resistir la presión de la atmósfera interna que tenía contenida, y se desintegró en millones de fragmentos que cayeron a la calle arrastrando los muebles más próximos.

Kiara fue desplazada varios metros hacía el vacío, y se encontró mirando a su compañero desde el suelo. David no se había movido, y ni siquiera pestañeó cuando el robot volador aterrizó de rodillas a menos de un metro de donde se encontraba. Era tan enorme de envergadura que no cabía en la planta. Pulsaba los controles del avambrazo para pilotarlo en remoto, y le bastó un sólo toque para que abriera la carlinga.

—¿Le violentaría compartir la cabina conmigo?

—¡¿Qué?! —La corsaria chilló a medias por la sorpresa, a medias porque el vendaval que entraba por la fachada no le dejado oír nada—. ¡¿En serio?!

—Entendido, le violentaría.

Antes de que pudiera levantarse el *Coracero* extendió un brazo, la agarró y la introdujo en el interior de la cabina. Le maldijo, chilló y pataleó. A decir verdad, a punto estuvo de escapársele, de tanto que se retorció. Lo entendía, parecía que la estaba secuestrando a la fuerza. Comenzó a aporrear el polímero, se le había olvidado encender el comunicador. Lo solucionó enseguida.

—¡¡Que me sueltes, pedazo de subnormal!!

—Créame, está mejor dentro que fuera.

Programó al *Coracero* para que leyera sus movimientos, y dándole la espalda, se agarró a sí mismo. Se apretó con toda la delicadeza posible contra el peto, y bloqueó los servomotores del brazo izquierdo para no soltarse por error. Luego, para más seguridad, se imantó.

La armadura se arrastró de nuevo hasta el borde, descolgó los pies, y saltó. Afortunadamente para Kiara, la cabina sujetaba automáticamente a cualquiera que entrara en ella, adaptando la espuma con memoria y las barras de seguridad dinámicamente a cualquier ocupante. La corsaria reprimió un grito de la impresión, pero se recuperó tan pronto como se dio cuenta de que aquel armatoste realmente volaba en vez de caer. Se agarró como pudo a las barras de los hombros, temerosa de pulsar el botón más inoportuno en el peor momento posible. Pudo ver un enorme fogonazo y los escombros que caían del cielo. ¿Habían hecho explotar algo?

—¡¿A dónde vamos?!

—Donde el enemigo no nos siga. Esta es *su* ciudad, y no tengo potencia de fuego para contenerlos para siempre. Lamento si mi compor...

—¡¿Y tienes algo con lo que esquivar cañoneras?!

—No me grite, el micrófono es de tono de voz real y no quiero acabar sordo. Los tengo en el *Portlex* desde que han despegado. Agárrese.

Las dos aeronaves se acercaban a toda velocidad hacia ellos, tratando de fijarlos entre los edificios que iban esquivando. Gracias a las turbinas de las alas, maniobraban casi tan bien como cualquier helicóptero, e incluso parecían capaces de seguirle el ritmo a Hussman.

Harto de la persecución, el coronel giró una curva muy cerrada, y se detuvo en seco en pleno aire, pegado al edificio. Las cañoneras volvieron la esquina, y se lo pasaron al llegar a su altura.

Sin embargo, ni siquiera su diseño era capaz de competir con el hombre alado de *supracero*. Aún con una sola mano, David apuntó el cañón de raíles, destruyendo la primera aeronave de un certero disparo en el depósito de combustible fósil. Tan bueno era el sistema de puntería, que sabía dónde lo tenía aquella antigualla. El proyectil acelerado atravesó la chapa como si fuera papel y detonó en el interior, convirtiendo al perseguidor en una bola de fuego.

El otro trató de huir. Tuvo un poco más de fortuna, pues el disparo solamente le destrozó uno de los rotores, enviándolo contra un edificio cercano en el que se empotró. Allí se quedó clavado, sin explotar.

Asintiendo para sí mismo, David se dio la vuelta y se dirigió hacia el campo de escudos.

La lluvia ácida derretía los edificios de forma literal allá afuera. Los objetos de *supracero* se habían fundido con el paso del tiempo, conformando curiosas estructuras con aspecto de vela. Eso no había sido un problema para el *Arcángel*, que también llevaba integrado un escudo capaz de evaporar el agua. David lo había acondicionado a conciencia para ese enfrentamiento, aplicando todo lo aprendido de Gregor. Supuso que ya tenía algo de ingeniero.

Estaba preparando la baliza de rescate para que funcionara incluso con la tormenta, y así se lo había hecho saber a su compañera. Seguía encerrada en el *Coracero*, ahora por propia voluntad, pues en aquel paraje la radiación era letal. Le observaba aburrida, esperando que le diera conversación. Quizás que sonriera y fuera majo. Él ya no era así. No desde lo de *La Pluma Eterna*.

—Te estás distrayendo, Hussman —Ya hacía un rato que no le llamaba *caralata*, y eso era un avance—. Si no te he seguido mal, vas a polarizar eso al revés. ¿En qué piensas?

Lo revisó, y tenía razón. No hubiera pasado nada, estaba protegido contra manazas como él. Permaneció en silencio, corrigiéndolo.

—Te jodieron pero bien. ¿No?

Se volvió a la cabina, mirándola con el ceño fruncido.

—Esos dos compañeros eran lo más parecido que tenía a una familia.

—Igual que los míos.

Kiara alzaba una ceja, terminando de hilar sus pensamientos. No tardó ni tres segundos en darse cuenta qué era lo que se le pasaba por la cabeza al Cruzado, a pesar de lo mucho que le dolía el cuerpo por la paliza. Decidió seguir hablando, necesitaba distraerse de las heridas.

—El problema es que mataron a alguien más cercano que tus propios hermanos de armas. Eso es lo que va mal contigo, ¿verdad? Lo que no le has contado a nadie. Por eso quieres matarlos a todos sin excepción.

Se levantó furioso, y encaramándose a la armadura pesada, pegó su visor al *Portlex* al que se asomaba la corsaria. Ni siquiera pestañeó al verle apretar los dientes, le sostuvo la mirada.

—La última cabrona que intentó entrar en mi cabeza ha resultado estar no sólo a favor del hermano del tipo que la mató, sino que trató de meterme en su secta. Me ha visto arrancar un corazón sintético, y no tendría ningún problema en hacer lo mismo con uno orgánico.

—Como te hicieron a ti.

—Está pisando un hielo muy fino, Dreston.

—No necesitas mi compasión, ni quiero ofrecértela. Tampoco quiero manipularte ni hacerte daño, sólo entenderte.

—¿Por qué?

—Porque pudiste matarme sin más o dejarme tirada.

—No me gusta dejar a nadie atrás, ni explicarme dos veces.

—Un guerrero honorable con el corazón roto salvando a una damisela en apuros. ¿Es eso lo que eres?

—¿Damisela? —El tono del coronel sonó ofendido—. No creo ni por un momento que usted se acerque a esa definición. También me he leído su ficha y la respeto como guerrera, no crea que la he metido ahí por pena o porque no sepa defenderse.

—¿Entonces…?

—No lleva *Pretor*. Es frágil sin ella y no tengo más que un equipo médico básico que requiere de una para funcionar.

—Así que soy frágil. —Se cruzó de brazos, molesta.

—¿Podría resistir lo que resistí yo en ese pasillo? —Ella puso los ojos en blanco, resoplando—. Usted es otro tipo de soldado en esta guerra. Es infantería ligera, como otros junto a los que he luchado antes. Es móvil, peligrosa y pasa desapercibida.

—Y tú eres el tanque.

—El *Coracero* es el tanque. Si se le ha pasado por la cabeza que su género le supone algún tipo de bonus o penalización en el trato conmigo, se equivoca de civilización. No me han criado así. Usted es una buena oficial, que me ha salvado. Yo la he metido en el blindado durante un combate con armas que destrozan a la infantería ligera porque estoy harto de perder soldados.

—Pero si ni siquiera me contrataste tú. No eres mi jefe.

—La Flota la contrató, por lo que lo considero transitivo. Mientras no me diga que se larga, es de mi escuadra.

—Jodí el contrato, mis protegidos están muertos y...

—Si necesita un nuevo contrato para cobrar la recompensa por ayudarme a conseguir mis pruebas y hacer de testigo, lo redactaremos en cuanto volvamos arriba. No crea que las muertes de Paleshenko y los demás ha sido en vano, ahora tenemos pruebas de vídeo para joder a estos cabrones delante de su Gran Cámara de Comercio.

Se desenganchó, bajando al suelo de un salto. Retomó de inmediato la baliza, también era mala suerte que se hubiera descalibrado. No habían pasado ni cinco segundos cuando le llamó.

—Hussman.

—No tengo tiempo para más charla trascendental.

—Menos mal. ¿Me dejas salir para hacer mis necesidades?

—¿No has entendido lo de la radiación letal?

—Pues entonces tu cabina va a acabar hecha un asco.

—Pulse la palanca a la altura de su pelvis, en el lado derecho de la espuma de memoria.

Kiara lo hizo. La armadura abrió manualmente el compartimento químico que usaba el piloto para evacuar automáticamente la *Pretor* y la soltó. Para la corsaria era un agujero de letrina con un par de tomas de aspecto extraño. Volvió a asomarse.

—¿Estás seguro de que no te lo voy a poner perdido? Esto parece pensado para tu... eh... armadura.

—Todo eso se limpia solo y ejerce una absorción adaptativa. Siéntase como en su casa.

—Vale, me *siento* como en casa. No vayas a mirar.

—Carece de interés. Y aunque no fuera así, la cabina le tapa todo de clavícula para abajo.

—Es curioso. —La corsaria se desabrochó, colocándose como pudo —. Yo no te hacía del otro lado de Malkor.

—No lo soy.

—¿Y no te tienta echar una ojeada? Joder, pues eres el primero de fuera de mi tripulación que no se inmuta.

—Empiezo a entender por qué el Sistema Solar y las colonias acabaron a tortas.

—¿Perdón?

—Misoginia, corrupción, esclavitud, experimentación forzosa, explotación, falta de humanidad y ahora perversión. La Confederación es encantadora.

—Tu Flota tampoco es la panacea... pero prefiero la obsesión, la estrechez de miras y el montaje en serie de cerebros a lo que tenemos nosotros. Punto para ti. ¿Cuándo nos invadís? Yo os hago de quintacolumnista.

Ambos rieron tenuemente. Desde luego la humanidad no podía presumir de haber tenido ni un solo gobierno digno de orgullo. Los menos malos habían, como poco, mirado a todo el mundo por encima del hombro. David dejó de trabajar momentáneamente en la baliza, pensando en Dreston. Estaba bastante lejos del tópico que tenía sobre los corsarios. Era una tipa razonablemente decente y decía las cosas a la cara. Le caía bien.

—Tengo otra pregunta muy personal.

—Está bien —suspiró.

—¿En qué compartimento escondes las toallitas?

—La palanca de antes tiene un botón.

—Ah, sí. A ver por dónde sal... —Kiara hipó, arqueando las cejas y saltó del susto —. ¡¿Qué demonios?!

—Todo automático.

En aquel momento estalló en carcajadas. Hacía años que no sentía eso, unas ganas de reír tan primigenias que no pudo contenerse más de dos segundos. La corsaria tenía algo curioso, le resultaba cómica cuando se enfadaba. Poseía un genio fortuito que le recordaba a Helena. Su risa se apagó a medida que los felices tiempos del templo de Hayfax regresaban a su mente.

—Ja, ja —se burló ella, subiéndose la ropa de nuevo —. Eso se avisa, imbécil.

—Lo tengo tan interiorizado que resulta cómico que usted no.

—¿Y te resulta… cómodo?

—Llevo armadura desde que era un niño, no he conocido otra cosa. Supongo que sí.

—Se me hace muy raro e inquietante, es como tener un mayordomo confederado. Lo que me extraña es que funcione incluso sin tu... *¿Pretor?*

—No es el primer *PMI* al que metemos en un *Coracero* para protegerlo. Alguien con bastante tino pensó en ello, aunque para un hombre es más incómodo, por la postura.

—¿De verdad les hacéis elegir para qué lado tienen que mirar? —Kiara se contagió del buen humor, asomándose de nuevo—. ¡Qué fuerte!

—La evacuación secuencial permite que las armaduras pesadas sean unisex. Es lógico.

—¡¡Lógico!! —La corsaria se estaba desternillando—. ¡Mi número de preguntas muy personales acaba de dispararse! ¿Cómo hacéis para...?

La conversación siguió su escatológica escalada de preguntas, a cuál menos correcta y más comprometida que la anterior. A David le estaba divirtiendo de lo lindo, era como regresar a la adolescencia, cuando los entonces adultos se habían encargado de matar con esmero toda la curiosidad que hubiera podido tener por aquellas cosas. Dreston no solo era eficiente, cumplidora, letal y todo lo que había leído en su informe. Además, era divertida.

Se descubrió pensando en contratarla cuando necesitara apoyo de corsarios en el futuro, con el solo objetivo de repetir aquella agradable conversación. Incluso retrasó el encendido de la baliza durante siete minutos exactos.

El destructor impresionó a Kiara de una manera que no fue capaz de expresar con palabras. Para empezar, nunca se hubiera creído que estaba ahí hasta que la puerta del hangar se dibujó en la superficie de la nave. Ésta contaba con un sistema inteligente de cámaras que proyectaba lo captado por un lado en el contrario, de forma que el *Cazador Asesino* era virtualmente invisible. Para continuar el hangar era bastante grande y estaba lleno a reventar con naves de descenso y vehículos pesados.

Y, para terminar, los *Cuervos Negros* se parecían mucho más a Hussman que a los tristes embajadores que había perdido ahí abajo. Con que cada uno luchara la tercera parte de bien que su coronel, ellos solos se bastaban para matar al cabrón del gobernador y a toda su guardia.

La cuestión era el problema diplomático que aquello supondría. Incluso sin ser una enterada en política, podía imaginarse que los antiguos enemigos de la Confederación no podrían atacar abiertamente un planeta sin consecuencias, incluso si habían asesinado allí a algunos de los suyos. Quizás para eso la habían subido a bordo, para testificar. Frunció el ceño cuando los pinchazos volvieron. Jodidas costillas.

Vino a buscarles una capitana que rondaba los cincuenta con varios soldados. Intercambiaron varias palabras que no pudo entender por el canal privado, dejándola fuera de la conversación. Tuvo que empujar a Hussman para hacerse notar.

—¿Les importaría llevarme con mi gente, por favor?

—Disculpe, Dreston. Lo haremos de inmediato. Le he comentado a mi colega que es necesario que se redacte un nuevo contrato con ustedes, para pagarles lo que se les debe. Una vez tengamos su copia, la llevaremos de vuelta en una lanzadera. ¿Le parece bien?

—¿Tardará mucho?

—Unos minutos, tenemos a alguien leyéndose un modelo estándar para no cometer una ilegalidad. No solemos dedicarnos a temas burocráticos.

—¿No acabaríais antes preguntando a vuestra otra nave?

Los dos oficiales intercambiaron una mirada bastante significativa, que quería decir a todas luces que no se fiaban de ellos. Podía entenderlo, había visto a dos de los diplomáticos ponerle trabas a Paleshenko para que no pudiera hacer su maldito trabajo. Bien pensado, no quería que su contrato lo redactara nadie que pudiera ser cómplice directo de las muertes de Nina y Sebastián.

—Esperaré.

—Excelente. ¿Querría acompañar al coronel? —La capitana señaló con el pulgar a la entrada del hangar—. Tiene que entregar algo en la enfermería, y podemos echarle un vistazo. No tiene buen aspecto.

—No será necesario.

—Sería gratuito.

—Entonces de acuerdo.

David sonrió, y haciéndole un gesto, echaron a andar juntos. La capitana desapareció en el primer ascensor gravítico que encontraron, junto a los dos marines que la escoltaban. Le resultó curioso que no les pusieran ninguna guardia, siendo como era ella una extraña. Lo que sí sucedía era que se la quedaban mirando, sobre todo los tripulantes más jóvenes. Casi todos los hombres, y algunas de las mujeres.

Al final acabó preguntándole a uno de ellos si tenía Snarloks en la cara. Estaba demasiado jodida para aguantar tonterías. El otro pidió disculpas, se cuadró ante Hussman, y desapareció con paso acelerado en la primera bifurcación que encontró. Estaban recorriendo el costado de la nave de atrás hacia delante, tras subir varias cubiertas.

—¿Me vas a explicar qué puñetas les pasa a todos tus *hojalatas*? Ni Tess ni sus dos armarios me han mirado así.

—Creí que sería mejor no contártelo.

—¿Contarme qué?

—Has tratado con diplomáticos hasta ahora, que están acostumbrados a ver… gente como tú.

—Vas a ir a insultar a tu p…

—No te insulto, solo te explico lo que pasa. Sospecho que se han intentado cruzar con nosotros adrede: Esos soldados son reclutas, jóvenes con aptitudes excepcionales que sustituyen a los que esos cabrones mataron ahí abajo. Todos los de operaciones especiales firmamos un pacto de sangre que nos hace hermanos consanguíneos.

—¿Y qué? ¿Eso evita rollos a bordo?

—En mi cultura, bajo la armadura hay solamente un traje de salto, equivalente a la ropa interior. A efectos prácticos, vas en lencería en una nave en la que casi todos somos solteros.

Kiara se quedó clavada en el sitio, tapándose de inmediato. Estaban solos en el pasillo, sin nadie más que mirara. Buscó las cámaras que sin duda vigilarían desde todas partes. David sonrió.

—Tranquila, los demás estamos acostumbrados. Para mí vas vestida, he tratado mucho con los confederados.

—¿En qué mente enferma no ir blindado como un tanque es ir desnudo?

—¿En qué mente enferma se pueden comprar planetas enteros y tratar a sus habitantes como ganado?

—*Touché*. —Se retiró las manos de encima con lentitud, poco convencida—. Supongo que tienes razón, todos tenemos nuestras roñas en casa.

—Siempre he creído que la *Pretor* es una ventaja, además de por la protección. Te ayuda a saber en qué trabaja cada uno, y te saca del universo de la moda.

—Cómo odio a esa gente. Lavan el coco a la población para convencerles de que necesitan sus productos de mierda.

—¿Ves? No somos tan diferentes.

A Kiara le sorprendió no encontrar a nadie ante la puerta de la enfermería, ni siquiera guardias. Tan sólo eran visibles los sensores de acceso, así que se tapó de nuevo. Había unos asientos reclinables en el pasillo, que uno podía desplegar para sentarse si tenía que esperar. Abrió uno y se aposentó.

—¿No quieres entrar antes?

—Paso, habla de tus asuntos secretos.

—No es secreto, voy a entregarle el corazón artificial a la doctora.

—¿Hay un motivo práctico para que tu Flota persiga a los cíborgs? Quiero decir, sé que es importante para ti, pero tienes un destructor invisible persiguiéndolos. ¿Qué han hecho?

—Existir. Su mera existencia es una amenaza para la humanidad. Salvo contadas excepciones, acaban volviéndose locos. Dependientes, fuera de control. Queremos evitar que puedas encontrarte con un empresario inmortal que conquista todas las demás multiplanetarias y establece un imperio cibernético.

—Exageras.

—No me enorgullece decirte que ya nos ha pasado. El hermano de ese hijo de puta fue quien mató a Helena Blane, mi novia.

A Kiara se le desorbitaron los ojos, y se mantuvo así hasta que Hussman desapareció al otro lado de la puerta de *supracero*. Se acababa de acordar del nombre del maldito destructor.

La enfermería estaba medianamente iluminada. La doctora estaba ejecutando unos diagnósticos tridimensionales, y la potente luz blanca le habría dificultado ver bien. David sabía que tenía un problema degenerativo de retina derivado de la falta de exposición a la luz solar, y que se quedaría ciega antes de los ochenta años. Para un confederado eso podía ser toda la vida, pero para ella significaría que tendría que dejar de ejercer en los *Cuervos Negros* y pasar a la reserva de la Orden de la Cruz. Se tendría que poner un visor como el de Gregor, y siendo como era Amprosi, aquello la mataría. Necesitaba la acción tanto como él, y él la necesitaba mucho más que el oxígeno. En el fondo eran dos adictos a la adrenalina y el olor a muerte.

A la derecha del cuarto estaba el laboratorio de análisis clínicos, a la izquierda los cuatro *autodoctores*, y al frente el quirófano. En el centro había una mesa de recepción de utilidad múltiple donde Amprosi tecleaba en su terminal holográfico. Tenía el holograma de un cerebro abierto, y estaba dándole vueltas al lado derecho, haciendo correr algunos diagnósticos. Era como si buscara algo que no estaba ahí, la máquina solamente indicaba resultados correctos.

—¿Doctora?

Levantó la cabeza, apagando el proyector de inmediato. Abandonó la silla y rodeando la mesa, le tendió la mano. Tras estrechársela, se llevó las manos a las caderas, examinando su *Pretor*.

—Madre mía, qué cantidad de saltones de bala y manchas de sangre. El ingeniero encargado de limpiar y reparar su armadura va a estar encantado. Menos mal que iba a ser discreto.

—No es para tanto. Quizás tenga que ajustar alguno de los servomotores, porque el diagnóstico indica pérdidas menores. Lo de la pintura me da igual, me da un aspecto aguerrido.

—Menudo fantasma —sonrió la doctora, invitándole a tomar asiento enfrente de donde estaba ella—. Ahora sí que vuelve a parecer el de siempre. Me alegra que Harley se equivocara.

—Yo si fuera usted, me alejaría de Moluka. Tengo pruebas no solo de que trataba de retenerme, sino de que trató de manipularme de alguna forma para que me uniera al bando *pro-mecanizado*.

—Eso no existe.

—Resulta que sí existe. —Colocó el casco de la *Pretor* encima de la mesa, y le indicó que se bajara los ficheros a su ordenador médico, cosa que hizo de inmediato —. Repase todo el vídeo cuando tenga tiempo, y ya me contará.

—¿Alguien más tiene esto?

—Ahora mismo no me fío de nadie más.

Sacó el corazón artificial de su cinturón, y se lo puso encima de la mesa. Aún chorreaba sangre cibernética, y emitía ligeros espasmos, como si tratara de latir. La doctora se puso en pie boquiabierta, y tomando unas pinzas quirúrgicas, lo ladeó con suavidad.

—Increíble. No había visto nada como esto desde…

—¿Qué significa?

—No puedo… cuantificarlo. —Abrió el menú holográfico y accedió a varios archivos restringidos, haciendo uso de su identificación —. Oh, diantres. Mire.

Con una mano pulsó un botón para que un escáner tridimensional repasara la pieza que acababa de traerle, y con la otra abrió la imagen del archivo. A pesar de que el escáner fue rápido y de baja calidad, David vio con claridad a lo que se estaba refiriendo su colega de la Orden de la Cruz. Podía superponer un corazón arrancado del pecho de un cíborg Cronista y el que Hussman había encontrado, y no existía ninguna diferencia. Aquella tecnología era mucho más que una simple imitación, lo habían fabricado ellos.

—Es una broma.

—No. Esto… esto es nuestro. Es de la Flota.

—Nunca llegamos a acercarnos a los *Tesurian*, no pueden tener datos de cómo lo hemos…

Se detuvo, mirando al infinito. Se le acababa de ocurrir algo descabellado. ¿Y si el gordinflón había dicho la verdad?

—¿Coronel?

—Examíneme.

—¿Cómo dice?

—Ese escáner cerebral era mío, ¿no es así?

—Sí.

—El gobernador dijo algo que… Moluka. Joder, si es lo que yo creo que es, tengo que ordenar arrestar a la cabrona de Harley.

—No le sigo.

—¡Que me examine! —Se le descontroló el tono hasta convertirse en un grito, y fue a toda prisa a tumbarse en el *autodoctor* más accesible—. ¡Usted veía algo raro en un hemisferio!

—No es nada, es solamente una anomalía magnética.

David la miró desde el *autodoctor* con la autoridad que solamente podía transmitir un oficial de los *Cuervos Negros*. Ella recogió un par de instrumentos y acercó un taburete móvil, además de un mueble con material quirúrgico.

Conectó todos los puertos de diagnóstico, y lanzó los procesos automáticos para determinar si le pasaba algo. El coronel tenía unos latidos frenéticos y descontrolados, y estaba sometido a una gran cantidad de estrés. También tenía la vitamina B12 ligeramente baja, lo mismo que el azúcar. Nada fuera de lo normal.

Ejecutó nuevamente el escáner cerebral, que repasó el contorno del cráneo como unas barras curvadas que hacían de ecografía y tac al mismo tiempo. La interferencia apareció de nuevo, sin dejar más rastro que una oscilación de campo magnético en el mismo sitio donde ella la había visto antes.

—¿Y bien?

—Nada, está perfectamente. Estresado, y poco más. ¿Qué espera encontrar?

—¿Puede ver el interior de mi cabeza, para ver qué es la maldita oscilación?

—No sin abrirle un agujero. Los diagnósticos no invasivos no dan para más.

—Pues perfore hasta donde le haga falta.

—¿Se encuentra bien? Este comportamiento es… bueno, poco habitual en usted y en cualquiera.

—Hasta que no lo compruebe no estaré bien.

—¿Sabe que me está pidiendo que le taladre el mismísim…?

Amprosi había empezado a pasarle una linterna ante los ojos para comprobar el fondo de sus retinas, cuando exhaló un grito ahogado, a medias entre el horror y la sorpresa. Se cayó del taburete, y al tratar de levantarse, derribó el mueble de los instrumentos quirúrgicos. Trató de seguir retrocediendo hacia atrás, a gatas, hasta que la mesa del centro de la sala le detuvo.

—¡¿Qué ocurre?!

Ella solo balbuceaba, pálida como la muerte, mirándole con la mano enguantada en la boca. Estaba tiritando de miedo. Recogió la linterna, y se fue directo a mirarse al espejo más próximo. La pasó por el ojo izquierdo, haciéndose daño al mirarla. Su pupila gris se contrajo hasta quedarse en un punto de manera casi inmediata. Luego vio luces durante unos instantes, y cuando pasó el efecto repitió el proceso con el derecho.

La pupila también se contrajo mucho más de lo habitual, y entonces vio lo que la doctora había visto. ¡¿Cómo era posible?!

Gritó de rabia e hizo pedazos el espejo de un puñetazo. Sin pensar ni un instante más supo lo que había pasado, lo que debía hacer y lo que sucedería a continuación. El gobernador no había mentido. El sueño, realmente, no lo era. Era un maldito *recuerdo*.

—Sáquemelo.

Se volvió hacia Amprosi, la levantó, y tomando un bisturí, lo puso entre las caras de ambos. Nunca había considerado a la doctora una cobarde, pero en aquel momento se echó a llorar.

—¡Es uno de ellos!

—¡No he sido yo! ¡Sáquemelo, antes de que tomen el control en remoto!

—Oh, por favor, no me haga nada así. No quiero ser como usted.

Le bastaron dos segundos para darse cuenta de que estaba deshecha. Le había considerado su amigo, habían luchado juntos durante mucho tiempo. Era su hermana de armas, su médico. Le habría confiado su vida sin dudarlo. Aquello no estaba bien.

La sentó con toda la delicadeza que pudo en su asiento.

—Lo siento.

—Es un monstruo.

—Así es, y no hay perdón para ello. No he elegido esto, alguien me lo ha hecho.

—Déjeme tranquila.

—Sé quién es el responsable.

—¡Déjeme tranquila, por favor! —Se cubrió el rostro con las manos—. ¡No quiero acabar así!

—Necesito un único favor, doctora. Quédese ahí, en estado de shock, y no dé la alarma. Voy a encontrar al responsable, lo mataré y luego me entregaré.

Ella se limitó a seguir llorando. Le hubiera encantado darle consuelo, abrazarla y decirle que todo saldría bien. Alguna vez lo había hecho con un soldado que se había derrumbado, era duro cuando hacía falta y comprensivo el resto del tiempo. Tenía que aguantar lo suficiente como para solucionar aquella mierda.

En el pasillo, Kiara estaba en guardia. Cuando le vio salir con la cara con la que salió, echó mano de la cartuchera, olvidándose que había dejado su pistola en la lanzadera por cortesía. Le habían prometido que podría recogerla a la vuelta.

—¿Qué has oído?

—De la conversación, un par de gritos. Luego, se os cayó algo. ¿Qué pasa?

—Necesito tus servicios —Se puso el casco—. Nuevo contrato.

—Aún me debes el viejo.

—Te pagaré el triple que en el original. De inmediato, a la cuenta que me digas, y en cuanto estemos en la lanzadera.

—¿Acabas de tutearme, coronel?

—Tus opciones son *ya*, o *sin dinero*. Tú misma.

—Ve delante, *caralata*.

A Kiara pronto le quedó claro que David no bromeaba con respecto a mandar en aquella nave. A pesar de ir corriendo por los pasillos, la gente se apartaba para dejarles pasar sin decir nada. Ella hubiera considerado cuando menos sospechoso ver a su jefe con semejante prisa y la armadura llena de sangre y golpes.

Encontraron varias barras de descenso, por las que su nuevo cliente bajaba a toda velocidad sin ningún tipo de dificultad. En todas tuvo que esperarla, sin que pudiera entender cómo era posible que descendiera más rápidamente con la cantidad de chatarra que desplazaba a cada paso. Tras la tercera bajada así decidió no seguir preguntándoselo, sería alguna tecno-magia que los *caralatas* hacían para incomodar a los visitantes.

El asunto le fue oliendo cada vez peor a medida que descendían niveles, hasta que llegaron al hangar. Se comunicaban solamente por señas, y poco parecía importarle al coronel que se estuviera quedando sin aliento cuando entraron por la puerta principal. Le dolían las costillas un horror, y tenía la sensación de ahogo más jodida que recordaba.

Cambió la carrera por paso firme, y se puso a la altura de los dos centinelas apostados en la pasarela. Eran un hombre y una mujer que, debido a las *Pretor*, eran casi una cabeza más altos que ella. Se la quedaron mirando como los otros *novatos*. Claro que, si los *Cuervos* eran las fuerzas especiales, el término era relativo.

—Buenas noches, señor.

—Buenas noches, soldados. ¿Está la lanzadera lista?

—Sí, señor. ¿Se lleva de vuelta a la invitada?

—Personalmente. Le debo al menos dos favores, así que lo más cortés mientras se los devuelvo, es dejarla en casa.

—Y pagarme —le recordó Kiara.

Aquellos dos idiotas intercambiaron una sonrisa en lo que Hussman accedía al ordenador local. Probablemente estaban pensando mal de ellos, era lógico si al mirarla la veían *desnuda*. Se podían ir a tomar por…

La alarma empezó a sonar. Los soldados comenzaron a mirar al techo, a las luces rotativas que se habían encendido en tono rojo. No hacía falta ser un genio para darse cuenta de que iba por ellos.

—¿Qué sucede, coronel? —preguntó la soldado —. ¿Eso no es la alerta de intruso?

Hussman siguió tecleando hasta que las luces se apagaron, y las puertas del hangar que daban a la nave comenzaron a cerrarse. El joven se le acercó, colocándole la mano en el hombro como primera aproximación.

David se giró de ese lado como una centella, arrancándole el casco de un tirón. En menos de un pestañeo, le había roto la nariz de un golpe contra el panel, dejándole inconsciente.

La otra soldado le apuntó con el fusil acelerador, dándole el alto e ignorando a la corsaria. Kiara se coló bajo la guardia, arrancándole el panel de emergencia y pulsando el reinicio como había hecho con Hussman. Se quedó congelada, impotente mientras el coronel le quitaba el casco. Antes de que pudiera acabar de arrancar, le apagó el reactor con su correspondiente código.

—Pero… ¡¿qué hace?!

—Tengo que irme. Dígale a su compañero que lo siento, no quería hacerles daño.

—¡¿Nos está traicionando?!

—No, claro que no. Es solo que… voy a quebrantar las normas y no puedo permitirles detenerme. Tengo que emprender una caza en solitario. La última caza.

—¿De quién?

—Jamás me creerían si les dijera que el Cronista Supremo sigue con *vida*… ¿verdad?

No hubo más que silencio tras el despegue. La *Venganza de Blane* orbitaba la cara opuesta respecto a donde estaba el *Pétalo Danzarín*, y tenían que dar la vuelta. Aunque había visto cazas en el hangar, nadie pareció perseguirles, ni siquiera el propio destructor. Estaba claro que Hussman les había hecho algo, sin duda usando sus credenciales de oficial. Era cuestión de tiempo que corrieran tras ellos, seguramente para matarlos.

Lo primero que le preguntó fue su número de cuenta, y tras dárselo, le transfirió trescientos mil créditos. Aquello era una fortuna, probablemente la última que podría pagarle. Tan pronto como descubrieran a los dos del hangar y el bloqueo, le quitarían su autoridad y sus códigos de acceso.

Debería haberse asustado, la habían metido en una guerra interna de la que no quería formar parte. Sin embargo, no le importó. Le dolían demasiado las heridas y el alma. El bando enemigo se había cargado a sus amigos, a su familia, como si fueran peones. Si ese coronel chiflado quería vengarse de los responsables estaba de su lado, pagara o no. Solamente le faltaban tres piezas del rompecabezas.

Le entregó su contrato firmado. Lo leyó por encima, verificando que se reconocía sus servicios recuperando un artefacto no especificado, y la muerte de dos de sus camaradas. Aquello le compraba la protección de la Confederación ante los Cruzados mientras su capitán conservara la patente de corso. En teoría, no se podía perseguir a un corsario por realizar su trabajo, y La Gran Cámara de Comercio tenía interés en que siguiera siendo así, dado que eran la vanguardia de su expansión empresarial.

Lo que no entendía era el plan porque, según el escrito, quería que le sacara del sistema. No parecía lo que ella hubiera hecho si hubiera querido matar a alguien.

—Antes de seguir, me gustaría atar cabos. ¿Te importa?

La miró de medio lado, con gesto serio. David no traslucía las emociones de manera normal, eso estaba claro. Tal vez, de haberlo conocido mejor, hubiera dicho que estaba profundamente triste. Le asintió para que hablara.

—Uno, ¿cómo considero al resto de tu Flota Cruzada respecto a ti?

—Enemigos. La chica tenía razón, los he traicionado. Solo que no de la forma que ella espera.

—Vale, indagaré sobre eso cuando te parezca mejor momento. Dos: ¿Por qué no explicarte en vez de correr?

—Porque nadie me creería.

—¿Estás seguro? Si son tus hermanos de sangre…

—Yo mismo les enseñé a no hacerlo. Mi única oportunidad estaba en la enfermería, y no salió bien. Ya te contaré por qué cuando estemos en el *Pulso*. Ahora jugaré mis cartas para hacer todo el daño posible, sobreviva o no.

—¿A ellos?

—No. A *los malos*. A los que se cargaron a Paleshenko, a Sebastián, a Nina y a los otros *Concordia*.

—¿Te pregunto lo tercero?

—¿Por qué no?

—Es delicado.

—Yo no. Adelante.

—¿Cuál era el nombre de ese hijo de puta? Del que mató a tu Helena.

—Su nombre *es* Klaus. Su hermano, el Cronista Supremo, se llama Héctor. Ambos se convirtieron en robots y gobernaron la Flota con puño de hierro durante centurias.

—Así que el *mecanizado* ese era el jefe de una de vuestras Órdenes, de ahí tu fijación y la de Paleshenko. Por eso teméis que pase en la Confederación, y por eso te estás jugando el cuello con esto, que nada tiene que ver con la famosa Cruzada.

—Sí que tiene que ver. Héctor nos detuvo durante centurias, tomando el control efectivo sobre la Flota, hasta que mis amigos y yo lo detuvimos.

—¿De verdad quieres que crea que derrotasteis a un robot centenario? ¿Cómo?

—Gregor, el ingeniero, le aplastó la cabeza con sus propias manos.

—Me vas a permitir que dude que siga vivo después de reventarle el cráneo.

—¡Le he visto! ¡A él y a Klaus, al que volamos en cachitos con armas antitanque! ¿Cómo lo harían? ¿Cómo sobrevivieron a eso?

Kiara se paró a pensar unos segundos. Era una buena pregunta, una con una respuesta sencilla e igual de buena.

—Obvio. Era máquinas: Se *copiaron*.

David abolló una de las chapas laterales de un puñetazo, haciendo que Dreston diera un respingo. *Copiarse a un cuerpo nuevo*. Si podían hacerlo sin restricciones, el problema se escalaba hasta una dimensión que escapaba a sus habilidades. La cosa era que habían peinado la *Pluma Eterna* y las demás naves Cronistas durante años para encontrar todos sus secretos. ¿Dónde se habría…?

Se le encendió la bombilla.

—¿Has oído la palabra *Soilé*?

—A los guardias, cuando me pillaron. Creo que para ellos es una especie de Dios, o algo así ¿Por qué?

—No es un grito de guerra. Ahora tiene sentido, es ahí a donde fue.

—Me he perdido.

—Me has dado una idea muy interesante. No pudimos matar al Cronista Supremo porque como bien dices, era una máquina. Se escapó, usando una treta que había preparado años atrás.

—¿A *Soilé*? ¿Es una especie de paraíso, en vez de una deidad?

—Puede que ambas. Creo que es una nave.

—Recapitulando… como tu Cronista Supremo perdió su trono, ahora está montando en Recnis una secta para tener nuevos secuaces, subirlos en su nave, e iniciar una guerra santa contra tu Flota. ¿Correcto?

—Correcto. Lo va a intentar, y yo voy a detenerle de nuevo.

—Entonces no comprendo por qué quieres que te saque del sistema. ¿Cómo vas a hacerlo si…? —Se agarró las costillas, exhalando aire de golpe—. Vale. No vas a huir para siempre.

—Claro que no. Los *Cuervos* van a colocar sus piezas ahora que tienen pruebas, y cuando estén colocadas atacarán quirúrgicamente, eliminando objetivos concretos a medida que los detecten. Entonces, en medio del caos, volveré y encontraré a ese cabrón. Espero encontrar también a su hermano, porque quiero matarlo con mis propias manos.

La corsaria volvió a mirar los instrumentos. Estaban terminando de dar la vuelta al planeta, y en cuestión de minutos podrían enfilar el *Pétalo Danzarín*. Había algo que le apretaba el pecho, algo que no podía callarse, que necesitaba preguntar.

—¿Qué harás después?

—¿De qué?

—De localizar la nave donde se copió y radiar su posición para que la destruyan.

—Asegurarme de que no se dejan discos ópticos *olvidados* en Recnis.

—¿Y tras eso?

—No creo que haya nada más. Probablemente me encontrarán y me ejecutarán. Mi general actual dimitirá tan pronto como se entere de lo que he hecho, y el siguiente deberá darme caza para asegurar su cargo ante el Almirante.

—Si te deshaces de tu armadura, no te encontrarán. Quizás mi capitán pudiera darte un trabajo.

—No lo entiendes. Ahora mismo valgo más como mártir que como hombre. Todavía hay traidores entre los míos, ya has visto lo que ha pasado ahí abajo. Conoces las sospechas de Tess, las de Paleshenko y las mías. Si yo me corrompiera… ¿Quién estaría libre de sospecha?

—Menuda gilipollez.

—Piénsalo. Yo soy el paladín más reaccionario, el más beligerante. La única forma de asegurarse…

—Lo he pillado, no soy estúpida. Podrías elegir entre demostrar tu inocencia de forma larga y tediosa mientras campan a sus anchas, o sacrificarte para que los persigan de inmediato. Es eso último lo que me cuesta entender. ¿Tantas ganas tienes de morir?

David se quitó el casco con una media sonrisa condescendiente, dejándolo en el salpicadero. Luego apoyó la cabeza en el asiento, y miró a Kiara de lado.

—Soy lo que soy, señora Dreston. No sería un gran corsario, y el riesgo por tenerme a bordo sería demasiado elevado en contraposición a lo que podría hacer. Te agradezco la oferta, de todas formas.

—Bueno, tenía que intentarlo.

—Nos conocemos desde hace poco tiempo. ¿Por qué tanta fe?

—Mira, no todo el mundo puede presumir de ser un coronel de las fuerzas especiales Cruzadas. Con *Pretor* o no, mataste a varias decenas de hombres como si no fueran nada. Esa habilidad no viene de serie, y si la Flota Cruzada no la quiere, yo sí.

—¿No te resulta raro ofrecerle trabajo al que te contrata?

Ella miró a través del *Portlex* de la cabina, y suspiró al hundirse en su memoria. Dominique la había reclutado a los diez años, o quizás adoptado, en una situación similar. Una corporación local del Cuarto Anillo había matado a sus padres, que solamente habían tenido tiempo de ponerles dinero en la mano a su hermana mayor y a ella y desearles suerte.

Su hermana desapareció buscando un transporte, probablemente secuestrada o asesinada. Prefería no pensarlo, porque nunca había encontrado pistas sobre lo que le sucedió. El por entonces joven Pierce

Trevor, su actual mecánico, se fijó en que miraba su nave durante tres días. Le preguntó si se había perdido, y Kiara le había dicho que quería contratarles por los ocho míseros créditos que tenía.

El otro le había dado comida y agua. Al día siguiente era parte de la tripulación, con derechos y obligaciones acordes a su temprana edad. Nadie, jamás, le había tocado un pelo.

Creía que otros merecían esa oportunidad, por difícil que fuera su situación. Dominique ni siquiera le había preguntado de quién era hija, cuando eso podría haberle costado un disgusto. No le importaba.

—No. No es tan raro.

El plan de David era en realidad un poco más elaborado que salir huyendo. Los *Cuervos Negros* esperaban a un segundo destructor de refuerzo, y cuando llegara podrían dividir fuerzas para darle caza. Sin conocer los detalles de su traición, le pondrían por delante de la esotérica búsqueda de un muerto. Retrasarían los planes de revuelta un tiempo, usando un sólo *Cazador Asesino* para organizarla y dedicando el otro a buscarle.

La ventaja que tenía es que conocía los protocolos como la palma de su mano, y sabía que no malgastarían recursos sin ir sobre seguro cuando sus órdenes directas eran otras. Darle muerte sería prioritario *sí y solo sí* podían hacerlo sin fastidiar las dos misiones.

Si no podían asegurar el éxito de ambas, terminarían el asunto de Recnis VII y luego irían a por él.

Kiara llamó a la capitana Amperes de la *Presa Fácil*, contándole una fantástica historia donde los Cruzados la habían capturado y torturado por fracasar. Le habló del *Venganza de Blane*, del piadoso soldado que la había liberado, y del infierno que había sido la escolta de tierra. Le contó que les habían mentido. La otra fue rápida al captar las implicaciones, y tras coordinarse con el *Pétalo Danzarín*, las dos naves corsarias abandonaron su misión de escolta de la fragata diplomática.

Se cruzaron a menos de cincuenta metros, dejando lugar a dudas de con quién habría acoplado la lanzadera robada. La capitana sabía que perseguirían a Kiara y que sería un objetivo prioritario al robarles una nave, pero si generaban confusión acerca de quién la llevaba, quizás los Cruzados dudaran el tiempo suficiente como para que ambas tripulaciones cambiaran sus identificadores y desaparecieran. Lo *obvio* era que se largara con los suyos, pero la cosa era que lo *obvio* era estúpido, y que por tanto harían lo otro. ¿O quizás no?

Según David, ni siquiera se arriesgarían. Se limitarían a rastrearlos más tarde, confirmando así las sospechas de la otra tripulación de que los patrones les habían traicionado. En aquella galaxia, nadie se fiaba de nadie.

Tan pronto como las dos corbetas y la lanzadera se encontraron, acoplaron con el *Pétalo Danzarín* y apagaron todo lo que emitiera energía para enmascarar su destino. No pasaría ni media hora antes de que los dos buques corsarios entraran en *Pulso* a poca distancia, con rumbos completamente diferentes. Si Dominique le podía poner una pega al plan, esta sería que la capitana Amperes le pudiera exigir algún día un favor de similar cuantía en el futuro.

David atravesó la escotilla tan pronto como estuvieron asegurados, encontrándose de repente en la casa de los enanitos. No es que fuera especialmente alto o grande, era la *Pretor* la que hacía que tuviera que encorvarse para atravesar las puertas. Oyó como *Kiara* se reía a sus espaldas.

—Ay *omá*, que moso máz rico te haz traído, primera ofisial.

A la derecha apareció un hombre alto de piel oscura, negra, mucho más de lo que David hubiera visto nunca. Tenía la nariz achatada y ancha, el pelo rapado al cero, y una enorme sonrisa blanca con dos dientes de oro. Por lo poco que David sabía, aquello representaba un elevado estatus social entre los corsarios, mucho más que los trasplantes o postizos invisibles. Vestía una camiseta holgada y que bien pudo ser roja, además de unos pantalones llenos de bolsillos y chanclas. También llevaba un llamativo colgante blanco sobre el cuello, con forma de círculo que iba dejando una estela. Parecía un cometa. La esfera tenía un punto en medio, quizás representando un agujero negro.

—El capitán Dominique, supongo.

—Claro que no, *tirabusón* —Ni siquiera intentó entender qué podía significar aquello—. Eze ez mi hermano, yo zoy zólo el matazanoz.

Imaginó que quería decir el médico, en aquella jerga. Había oído que en algunas zonas de la Confederación aún existían colonias de otras razas terrestres que habían sobrevivido a los conflictos de la era espacial, aunque jamás había tenido a uno de ellos delante. Supuso que los viajes estelares habrían eliminado la mayor parte de las pigmentaciones morenas. Le constaba que la radiación en los sistemas colindantes al Sol se había combatido con filtros atmosféricos y terraformaciones rígidas, que habrían sacado las adaptaciones como la de aquel hombre fuera de la ecuación. Si el ingeniero terraformador decía que *filtro de nivel cuatro*, eso iba a juicio.

—Gracias por recogerme.

—Uzted paga, zalao. Ademáz me ha traído a la niña de vuelta.

—Me escapé sola. Hussman sólo me llevó de nuevo a la órbita. Ojalá hubiera llegado antes para rescatar a los demás.

—Ya te digo. —Seguía sonriendo, pero la parte superior de su rostro expresaba pena—. El piloto y *lartillera* eran de la familia. Pierse eztá revizando loz enganchonez, y el capitán planeando *ande* noz va a llevar *pasconderlo*, zoldado arrepentido.

—En realidad…

—No quiero zaberlo, al menoz ahora, mano. Tengo que echarle un viztaso a Kiara, que parese que ha resibido de lo lindo y nesezita curaz. ¿Tan *tocao*?

—Afortunadamente no, Jhony. Se han limitado a darme una paliza.

—¿Zeguro? Te pregunto *lo otro* para echar a ezte mientraz te curo.

—No, no, puede quedarse. Los *Tesurian* no son de esos, arrancan trozos a la gente y los cambian por piezas de metal.

El hombre arqueó las cejas y abrió mucho los ojos, como si no acabara de creérselo. A David le sorprendió que ni con esas dejara de sonreír, era como si le hubieran grapado las comisuras.

—Bueno, poz mejor azí —El cambio de consonantes le parecía aleatorio a Hussman—. Que zuerte chica, trez de trez. Parece que te quedazte toda la de Nina.

Ambos intercambiaron un gesto de desconsuelo, y el extravagante médico los condujo a una sala cercana. Los pasillos eran tétricos, con manchas de chorreo desde las cañerías, golpes en la pintura y abolladuras en cada esquina expuesta.

Todo estaba organizado en un complicado caos creativo que, aunque abrumaba a primera vista, tenía todo el sentido del mundo una vez uno era capaz de encontrarle la lógica. Quizás los tornillos se almacenaban al lado de los cepillos de dientes, pero eso se debía a que usaban las tuercas grandes para sujetarlos en vertical, y no era sensato mantener los tornillos lejos de sus piezas complementarias.

David curioseó por la sala principal de la nave, en lo que Kiara se recostaba y Jhony le inspeccionaba los huesos. Encontró un tablón de pseudo-corcho donde colgaban fotos físicas de sus misiones, identificadas por fecha con un rotulador. En varias de ellas aparecían los que debían ser los compañeros muertos, posando felices junto a los demás. En una se veía a la artillera mulata, haciendo la V con los dedos ante los restos de un vehículo en llamas, subida a los hombros de Kiara. En otra, aparecía Sebastián besando a un hombre imponente.

Esa última la levantó con la punta de los dedos: Se habían cargado a la pareja del capitán, por eso no había ido a recibirles de inmediato. Debía estar furioso con él, conocía de sobra la fase de culpar a los demás.

—Ezta coztila eztá rota, ofisial.

—Pues véndala o algo.

—Tiene mal arreglo, ze va a quedar *eztropisiada*.

—Si vas a noquearme con anestesia, mira lo demás antes, por favor.

Tenía que hacer algo antes de que apareciera o de lo contrario le costaría mucho más ganárselo. David decidió volver a la lanzadera, con la intención de matar dos pájaros de un tiro. Mientras el médico y Kiara todavía discutían sobre lo que tenían que hacerle a la corsaria, se colocó en la entrada y le puso un gran maletín sobre la bandeja de cirugía. Dejó el otro en el suelo, ante la atónita mirada de ambos.

—¿Qué ez todo ezo, mano?

—Medicinas. La mayoría están pensadas para colocarse usando una armadura *Pretor*, y todas especifican en su prospecto qué es lo que hacen y cómo lo hacen. Seguro que alguna les valdrá para esto.

Tras desechar un par de ellas, que no eran lo que buscaba, extrajo el contenedor adecuado. Se lo puso en las manos sin reparos, indicándole cómo funcionaba la apertura manual.

—¿Pegamento pa huezoz?

—Exactamente eso. ¿Cómo se la ha roto?

—Zólo en tres cachoz, uno mu enano. Eze ez el malo, *tirabusón*, no ze zuelda. Lo malo eh que zi lo quito, la coztilla ze queda máz floja que mis calsetinez.

—Llevas sólo sandalias, Jhony.

—Por ezo, amol.

—Si es capaz de sujetar la pieza rota quince segundos en su sitio, esto la fijará a la adyacente. El hueso se alimentará del material, y al final lo sustituirá por completo.

Los dos corsarios miraron la caja como si se tratase de un objeto mágico. Le dieron un par de vueltas, unos toquecitos con la uña, e incluso pegaron la oreja tratando de dilucidar cómo de líquido era.

—¿Funciona?

—Mi columna vertebral da fe de que sí.

—Tendré que abrirte enterita, ofisial. No puedo ponerte ezto ahí dentro sin haserte una rajuela hermoza.

—¿Hay desinfectante del bueno dentro de esa caja?

—Este. Mata todos los virus, bacterias y parásitos que la Flota conoce.

—¿Incluzo conzejos de adminiztrasión confederadoz?

—De acuerdo, no todos. Esos tipos son demasiado resistentes.

Los tres rieron de buena gana hasta que a Kiara le sobrevino un ataque de tos. Jhony la recostó con cuidado, y le inyectó la anestesia directamente en el cuello para que hiciera efecto cuanto antes. David empezó a sentirse culpable de no haberse percatado de lo grave que estaba, le habían pegado una paliza de muerte.

El médico le pidió los guantes, y le puso unos esterilizados por encima de la armadura antes de colocarse los suyos propios. Le abrió la camisa a su compañera hasta la altura del sostén, y colocó una sábana azul para no manchar nada más. La zona estaba muy hinchada y amoratada, tanto por los golpes como por la fractura, así que le pinchó un par de antiinflamatorios para rebajar la zona a tratar.

Tras pasarle un escáner sónico por encima, localizó en el tosco monitor los dos fragmentos grandes y siete pequeños. Le hizo una incisión con bisturí, y extrajo cuatro sin ninguna dificultad. El quinto le llevó un par de maniobras de la pinza con cámara, pues tuvo que rodear la costilla rota para alcanzarlo. Los dos últimos tendría que pescarlos después.

Le pidió que aplicara el pegamento mágico sobre una varilla de *supracero* pulido y la introdujo por la herida, que hubo de agrandar para ver el trozo que Kiara todavía tenía en su sitio. Luego le miró de reojo, aun sonriendo, y le hizo alcanzarle una segunda pinza, algo más grande. Supuso que le preguntaba con esa mirada si aquello funcionaría, porque pegó la pieza pequeña y contó hasta veinte. Al soltar la costilla, no se movió.

—Azombrozo. A ver la otra.

Abrió un segundo agujero, donde estaba la punta de la costilla, y metió la pinza grande. La agarró por ambos lados, desplazándola bajo los fibrosos e hinchados músculos de Kiara. Cuando asomó por la primera incisión, le pidió que embadurnara la varilla, para luego cambiársela por la pinza pequeña. Tuvo que sujetarla unos segundos, hasta que el otro acabó de untar el compuesto y se la arrebató. Hizo una maniobra asombrosa, y un segundo después estaba ya contando. Ya colocado el hueso, recuperó los fragmentos restantes.

Luego espolvoreó el desinfectante y arrojó un chorro de cicatrizante como si preparase un guiso. Metiendo la mano en un cajón bajo la camilla, sacó aguja e hilo, y empezó a coser mirando el reloj. Hussman estaba con la boca abierta. Era la primera vez que veía suturar sin láser, sin una botella de plasma y sin mascarilla.

—*Noztá* mal, no ha debido perder mucha zangre.

—¿No va a ponerle plasma?

—Zolo zi lo nesezita. Ez caro, ¿zabe? —Lo dijo con toda la naturalidad del mundo—. Zi hase falta, el capitán le dará un poco de zangre, que zon del mismo zigno.

—¿Se refiere al grupo sanguíneo?

—Ezo mizmo.

—¿Y el resto de la tripulación?

—Calíope eztá cabreada, en zu camarote. El capitán en la cabina, y Pierse eztá arreglando una coza del zalto.

—¿*Durante* el salto?

—Poz claro, ez cuando ze nota.

El médico levantó la vista, y su sonrisa se desvaneció. Ambos estaban inclinados todavía sobre Kiara, limpiando sangre y untando pomadas para rebajar los golpes de la caja torácica en la medida de lo posible.

Mientras lo hacían, una figura enorme había aparecido en la puerta de la enfermería, apoyándose en el marco. Era corpulento, casi tanto como David con la armadura puesta, y marcaba mucho los pantalones con la musculatura. Llevaba botas altas, un guardapolvo marrón, bajo el que se veían una cinta cruzada sobre el hombro derecho y una camisa negra. Asomaban, gracias a la postura, las dos pistolas y la espada colgadas del cinturón.

Era de tez negra y ojos como pozos, con una larga barba cardada recogida con anillas de *supracero* en cuatro trenzas. Esta la rompía una sola y profunda cicatriz del lado derecho, que casi le había saltado el ojo. Sus labios anchos y gruesos reforzaban la mueca de cabreo perpetuo, junto a la nariz achatada y las cejas gruesas.

No llevaba sombrero, sino un pañuelo que le tapaba la coleta de rastas. A Hussman le llamó la atención que el colgante del capitán tuviera la misma forma de círculo que el del médico, solo que con los colores cambiados. Iba prendido de la cola en lugar del círculo, como si fuera un símbolo invertido.

Hizo sonar con la punta del índice un cascabel que colgaba de los múltiples pendientes de la oreja izquierda. David supuso que era una pregunta con algún matiz, porque Jhony se atropelló a hablar.

—Eztá viva, capitán. Zólo le han cazcado, y la coztilla rota zanará grasiaz a las medisinaz que noz ha traído el cliente.

—¿A cambio de…?

El capitán tenía la voz grave como un trueno, acorde a su aspecto aterrador. No tenía ninguna clase de acento, a diferencia de su hermano, y parecía carecer de humor. Quizás tenía que ver con que hubieran matado a su pareja.

—Como parte del pago.

—Está pálida, Jhony.

—Igual nesezita algo de zangre.

—Prepárame una trasfusión.

—Soy el coronel David Hussman, capitán Dominique. —Hizo ademán de darle la mano, que el otro se quedó mirando—. Encantado de conocerle.

—Para los de fuera, soy el capitán *Brujo*. Los *paliduchos* también me apodan el *Corsario Negro*, en un alarde de originalidad. *Brujo* para usted.

—Le agradezco que me haya recibido a bordo.

—Su Flota me ha jodido, coronel, y su deserción nos ha puesto en peligro. He perdido a dos de mis mejores tripulantes a cambio de lo que me ha pagado, y ni siquiera he podido vengarlos. —Se le acercó hasta una distancia incómoda, mirándole a los ojos—. De no ser porque *usted* ha traído a Kiara de vuelta, le mataría.

—Mucho me temo que ya no tengo nada que ver con la Flota. —Le sostuvo la mirada—. No tengo nada más que ofrecerle una vez salgamos del *Pulso*, salvo mi lanzadera.

—Ahá. No será nada valiosa, no se puede vender algo así sin esperar represalias.

—Nadie ha hablado de vender. He pilotado varios modelos en el pasado y puedo ayudarle a desmontarla y a usar las piezas para mejorar su nave. Incluso puedo lograr que los míos no lo noten.

—¿Por qué haría eso?

—Supongo que se lo imaginará o lo sabrá. En la Flota estuvimos a borde de una guerra civil, hace unos doce años.

—¿Debería importarme?

—Debería, porque el hijo de puta que la provocó mató a la mujer que amaba y escapó. Estoy seguro de que es quien manda sobre los cabrones de Recnis, lo que le convierte en el responsable de la muerte de Sebastián y Nina. Le vi la jodida jeta.

El enorme corsario continuó con aquellos trozos de carbón ardiente clavados en sus pupilas. Se tomó un par de largos minutos haciéndolo, como si pudiera adivinar si decía o no la verdad. La respuesta se asemejó a un gruñido.

—Mis enemigos me temen porque puedo ver el alma a través de los ojos. —David no creía que aquello fuera posible, pero tuvo que reconocer que aquel tipo le producía escalofríos—. Usted es curioso; al mismo tiempo, me transmite que cree cada palabra que me ha dicho y no me transmite nada.

—Pruebe solo en el ojo izquierdo.

—Odio, furia, venganza. Deseo de morir cuando cumpla el objetivo que se ha marcado. ¿Teme dañar a Kiara?

—No soy lo que ella cree.

—¿Qué es usted, entonces?

—Un muerto que camina.

—¿Está convencido de que puede matar algo que no puede morir?

—Estoy seguro de que encontraré la forma.

—Él lo hizo. Eso grita su ojo izquierdo. El hombre en dos partes, que sin embargo no es ya un hombre. Muy bien coronel, acepto el trato. Le llevaremos de vuelta a Recnis, cuando usted considere que *El Pétalo Danzarín* está preparado con sus mejoras.

—Algo me dice que no se limitará a dejarme ahí y quedarse la recompensa.

—Le llevaré y cobraré mi recompensa, eso seguro. Lo de dejarle, dependerá de usted.

El corsario le rodeó, dispuesto a llevarse a su primera oficial. El Cruzado le señaló el ojo al médico, que asintió. Detuvo a su hermano, y le abrió el párpado hinchado para ver que no tenía nada más. Eso era lo que Hussman quería ver: era normal, no le habían hecho nada todavía.

El *Brujo* levantó en volandas a Kiara. Jhony le pinchó entonces la vía, que ella tenía ya puesta, y la sangre comenzó a fluir incluso mientras la trasladaba a su camarote. El médico y David se quedaron a solas, en silencio durante unos minutos después de que se hubiera marchado.

—Ustedes dos se parecen de una forma física, es cierto.

—Zupongo que de la otra no —La sonrisa volvió a brotar de la cara de Jhony, como si nunca se hubiera ido—. Noz criamoz en entornoz diztintoz. Zu padre era emprezario, como zu madre. Cuando ezta murió le dio por laz mozaz de zuz campoz, que no podían proteztar.

—Es su hermanastro, entonces —asintió David —. ¿Cómo se conocieron?

—Me zalvó. Unoz matonez de mi padre vinieron a mi granja a por mi *ma* y a por mí, e impidió que me mataran. Parese que mi *exiztensia* moleztaba al *zeñó*. *Ma* no tuvo tanta zuerte.

—Lo siento.

—Oh, no. —Amplió la sonrisa—. Tendría que ver cómo quedó él cuando noz vengamoz.

Hussman estaba impresionado. En los mundos agrícolas los caciques locales se comportaban como señores feudales, y era casi imposible desafiar su tiranía. Si el capitán había conseguido sortear todas las defensas y acabar con uno de aquellos empresarios infames merecía su respeto, incluso si era un parricida. No se tragaba la parte sobrenatural, aunque eso no era lo de menos. Dominique el *Brujo* no tenía más que reseñas positivas por parte de los clientes. Alguno que otro decía que daba miedo, como única pega.

—Ez un capitán exselente, aún con el mal fario que dan zuz poderez. ¿Por qué te dijo lo de que no veía nada en tu ojo derecho?

—Porque no hay nada que ver en él. —Se volvió hacia el médico—. Mírelo con atención.

Se le acercó con curiosidad, siguiéndole la mirada a medida que giraba. Cambió de ángulo, y en un descuido, le sopló. David cerró inconscientemente el párpado, sin quejarse.

—No le veo na raro.

—Acerque una linterna.

Lo hizo, descubriendo lo que la doctora Amprosi había descubierto: Aquel no era su ojo. El iris tenía un borde dentado, mucho más suave que el que tenían ADAN y EVA. Ellos llevaban implantes oculares para visualizar información, y a él, se lo había injertado alguien contra su voluntad. Jhony exhaló un suspiro de incredulidad.

—¡Qué pazada, zi ez de pega! ¡Y vez con él, *tirabusón*! ¡Ez…!

Le agarró la mano con suavidad, apartándola firme y constantemente de su cara, antes de que le abriera el párpado para mirar. El otro se sorprendió, y a punto estuvo de gritar.

—Quiero que lo quite. Sáquemelo.

—Ezto… No zoy eza claze de médico.

—¿Ha oído hablar de la *mecanización*?

—Me suena. ¿Ez ezo de que te vuelvez cada vez máz robot?

—Me he dedicado durante doce años a buscar y exterminar a gente con implantes avanzados porque son peligrosos. Y ahora tengo uno incrustado en medio de la jeta.

—¿Por qué te hizizte ezo?

—No fui yo.

—Ala...

—Eso no es lo peor, lo peor es que me he dado cuenta de que veo mejor con él de lo que he visto nunca con el de verdad. Quiero que me lo arranque, y quedarme con el recuerdo de que la cibernética me ha costado un ojo. Si continúa pasando el tiempo, puede que descubra alguna funcionalidad oculta como infrarrojos, zoom, o algo así. Si eso pasara, me convertiría en el mismo monstruo que mató a Helena.

—Entiendo tu lógica y la comparto, pero… zi lo hago te quedaz tuerto, mano.

—Exacto. ¿Cree que será capaz?

—Zí, pero no zé zi al capitán le guztaría.

—El ojo está enchufado a algo que emite campos electromagnéticos. ¿Preferirá que alguien me puentee el cerebro de repente y les mate a todos sin motivo?

—Vale, *ezo* ez una buena rasón. Túmbate, y te duermo.

—Mejor me quito la *Pretor* antes, porque podría tratar de curarme mientras me interviene. Le indico, necesito ayuda para desarmarla.

Invirtieron los siguientes cinco minutos en sacar a David de la armadura y tumbarlo en la camilla. Necesitó apoyarse en Jhony para subirse, pues a la pata coja no era capaz. El corsario estuvo sonriente y asombrado durante todo el proceso, pues tan avanzada era la tecnología de los Cruzados que ni siquiera entendía el material del traje de salto. Le hizo gracia que *según qué partes* se cerrarán con algo parecido al Velcro.

David se negó a la anestesia total. Quería que fuera lo más traumático posible, que su mente asimilara lo malo que era aquello. Y vaya si lo fue.

Johny le preguntó dos veces más si estaba seguro, y aquella vez sí que se puso una de las mascarillas del maletín. Estaba claro que era un médico excelente, teniendo en cuenta los recursos que solía tener a mano. Le inmovilizó los adormilados párpados antes de empezar y colocó la espuma bioexpansiva a mano, no sin mascullar que podría haberla sacado antes.

Primero localizó en qué punto comenzaba la prótesis, y cortó el pegamento sintético que se hacía pasar por los bordes del lagrimal. Tras levantarlo con una delicadeza extrema, le notificó puntualmente que tenía una cicatriz debajo, seguramente del proceso donde le habían extirpado su verdadero ojo.

Por ese hueco pudo introducir dos palancas, y extraer el globo artificial hasta poder agarrarlo. David se mareó, tuvo que cerrar el párpado izquierdo para no vomitar ante un cambio de enfoque tan drástico. Su cerebro no estaba preparado para aquella perspectiva errónea.

—La buena notisia ez que eztá zólo encajado y zale fásil.

—¿La mala?

—Que el nervio óptico no ez tampoco tuyo, *tirabusón*. Eztá enchufado a otra coza, como desíaz.

—Paso a paso. Córtelo, me estoy mareando.

Jhony sujetó el ojo artificial con una mano, y le colocó una pinza de tender al cable grasiento para evitar que se colara en la cuenca de nuevo. Cuando lo desconectó, se quedó ciego. Era como si apagara un *holovisor*, no notó ningún degradado de imagen, dolor o ansiedad. Sencillamente ya no estaba. Abrió el párpado izquierdo, para descubrir cómo veía el resto de su vida.

—Mucho mejor.

—Hay unoz rodamientoz por aquí enganchadoz, que van por unoz carrilez.

—Me basta con que elimine la electrónica. Si algo esta atornillado al hueso…

—…lo dejo. Pillado, vamoz allá.

A pesar de todas las peripecias que había pasado, tuvo que reconocer que aquellas fueron las dos peores horas de su vida. El corsario fue lento y sistemático, dejando el otro extremo del cable para el final. Sacó todas las piezas móviles, sellando de inmediato todos los cortes con un bisturí láser que descubrió a mitad de la intervención.

Se detuvo, dubitativo, cuando tocaba sacar la última pieza. Estuvo un par de minutos observándole la cuenca con el foco de quirófano a máxima potencia.

—Te vaz a reír. Parese que de alguna forma te han… integrado una pieza en donde eztaba el nervio.

—Pues como lo de fuera, ¿no?

—No, va conestado al temporal y al frontal. Direstamente al serebro.

David caviló durante unos segundos sobre lo que debía hacer a continuación. Quizá fuera un buen médico, quizás fuera capaz de cerrar la hemorragia sin causarle muchos daños. La cosa era… ¿cómo de profundamente se habría clavado aquel implante? ¿Tendría algún mecanismo de autodestrucción o una batería interna? Si tocaba algo equivocado, lo mismo le estallaba dentro. Se decidió.

—Jhony, necesito que me prometa algo.

—¿Qué coza, *tirabusón*?

—Si se le va a mano y me quedo incapacitado o muero…. cojan mi equipo, busquen a ese cabrón de Héctor y a su hermano Klaus; y métanles una bala entre las cejas.

—Zi mataron a loz nueztroz, dalo por hecho.

—Use pinzas por si lleva autodestrucción, no toque ese cacharro con las manos.

—Ezpero no haserte daño.

—Quítelo, no importa si me lo hace. No lo quiero ahí.

El médico asintió, valiéndose de los instrumentos más largos y finos de los que disponía. Notó un leve calambre cuando le tocó la pieza, que a David le pareció una sacudida. A medida que levantaba conectores y sellaba las fisuras con la boca estrecha del dispensador de espuma, los picos eléctricos aumentaron hasta lo insoportable. Hussman comenzó a gritar, intercalando súplicas para que terminara y le sacara aquello de dentro.

Finalmente, se desmayó.

Cuando se despertó, veía solamente por el ojo izquierdo. Suspiró de alivio, eso significaba que el corsario había tenido éxito, y que seguía en sus manos. Estaba con el mono de salto, tirado en un sofá, con el torso ligeramente levantado por cojines. Su pie casi tocaba el otro extremo, así que supuso que le habrían dejado así porque no cabía tumbado. Fue al tantearse la herida cuando encontró un trozo de tela. Le habían puesto un parche en el ojo para tapar la cuenca rellenada con espuma bioexpansiva. Metió el dedo por debajo y la notó, todavía no se había endurecido por completo.

—¡Eh! ¡No toquez ahí todavía, *tirabusón*!

Tenía el respaldo del sofá a la izquierda, así que no vino venir a Jhony, que le agarró la muñeca y se la separó. A continuación, le dio un cachete como a los niños pequeños, con aquella imborrable sonrisa abarcándole el rostro.

—Gracias.

La voz le sonó seca, similar a un continente agrietado por terremotos continuados durante décadas. Su anfitrión se rió, ayudándole a sentarse e invitándole a acercarse a la mesa, donde además del capitán, estaban los dos miembros de la tripulación a los que todavía no conocía.

Calíope era una mujer grande, de pelo entre moreno y gris y piel color miel. Tenía unas orejas destacables, y una mandíbula y labio inferior prominentes. Debía rondar los cincuenta, pese a lo cual retenía una forma física envidiable. Vestía un mono de trabajo, reforzado por placas blindadas clásicas de un traje anti-explosiones. El peto estaba acorazado, lo mismo que los antebrazos, brazos y manos. En aquellos momentos, le dedicaba una mirada llena de odio.

Pierce era un hombre bajo, de piel banca y ojos entre verde y marrón. Vestía un mono azul con una camiseta gris remangada y guantes. También llevaba puesta una gorra para taparse la incipiente calva, y fumaba un cigarrillo. Estaba manchado de suciedad y grasa hasta lo indecente, y dejaba caer la ceniza sin siquiera sacudirla. El tabaco podía haber desaparecido en la Flota, no así de todos los mundos confederados.

Jhony ocupó la silla adyacente a la de su hermano, tras dejarle en la que solía ocupar Kiara a la derecha del *Brujo*. Se sentía horriblemente desnudo sin su *Pretor*.

—Le veo cambiado, coronel —gruñó el capitán.

—Ahora puede ver mi alma sin distracciones, ¿verdad?

—Así que era una prótesis.

—No, una prótesis se la pone uno cuando le falla el cuerpo. A mi ojo nunca le pasó nada.

—Espera, espera. ¿Te arrancaron el ojo y te lo cambiaron? —Pierce tenía voz grave, propia de los fumadores—. ¿En serio?

—Pregunte a su primera oficial lo que vimos cuando se despierte.

—Debería partirle la cabeza por mentarla siquiera. —Calíope no hablaba con él, sino con Dominique—. Está así por su j…

—Está aquí gracias a él —sentenció el *Brujo* —. No tendrá secuelas gracias a su maletín. Con eso *nos* basta.

—Sí, señor.

El mecánico le miró, hasta que un breve asentimiento del enorme corsario le dio permiso para continuar con sus preguntas. Apagó el cigarrillo contra la mesa, algo que debía hacer con frecuencia a juzgar por las quemaduras del tablero.

—¿Por qué hicieron eso?

—Existe un trastorno mental denominado *mecanización*, que hace que uno quiera nuevas piezas cibernéticas para reemplazar las propias al considerarlas inferiores. Esto —se señaló el parche— lo hicieron para que cayera en ella.

—He leído zobre ezo hase un rato. Rezulta que lo de laz piesaz eztá limitado por la Cámara, exceptuando *perzonal laboral ezpesializado sujeto a controlez médicoz regularez.*

—O sea, asesinos descerebrados —gruñó el *Brujo* —. Los *Tesurian* simplemente se han saltado la regulación. ¿Por qué les molesta eso a los Cruzados, señor Hussman?

—Requiero de un poco de historia, si les interesa.

—En el *Pulso* no hay nada mejor que hacer, de momento.

David carraspeó, y comenzó por el principio de su historia. Les contó sus primeros años. Cómo se había graduado y el incidente de la *Beta*, donde había conocido a Helena. Omitió la naturaleza de Reygrant y EVA, dejando el asunto en que sabían la verdad sobre Héctor y cómo detenerlo.

Les contó cómo el Cronista Supremo había dominado la Flota, cómo había tejido su red y asesinado a los demás Fundadores. Pasó al exilio de Marshall, la depresión de Tuor y todo lo que había provocado. Luego les narró el aterrizaje en Hayfax, la batalla, la huida por el inframundo y la llegada al fuerte.

Exageró el papel de Helena creando el culto, y el de Slauss en todo lo relacionado con las reparaciones. Luego pasó a los felices meses que vivieron allí, que para él habían sido un sueño de amor y cariño a pesar del entorno.

Relató la llegada de los Cronistas y cómo los habían derrotado una y otra vez hasta la aparición del que sería su mentor, Justice. Luego vino el ataque de los *Cazadores Sombríos*, la huida y el complot.

Terminó con la batalla final, el abordaje y el avance hasta reunirse con los demás. Luego el maldito pasillo, y su último beso de despedida a través del *Portlex*. Las heridas, la inconsciencia, y el despertarse rodeado de sus amigos. El que le dijeran con cara triste que habían ganado, y el reparar en que ella no estaba allí para verle recuperarse.

Recordó llorar de rabia abrazando su rostro pálido, besando sus labios fríos, con Justice poniéndole la mano de reemplazo en el hombro. Al ya general prometiéndole su venganza. Los años de cacería sucediéndose, como una amalgama de anécdotas sin sentido para David. Él mismo matando, arrasando y repitiendo sin control ni oposición. Entregando pruebas a su mentor, este asintiendo, y dándole la siguiente misión o pista.

Luego llegó el relato de Recnis, donde la horda de *mecanizados* les había sobrepasado. Los corsarios parecieron escépticos, especialmente cuando les contó cómo había sobrevivido. Terminó con Moluka, el rescate de Kiara y su huida al descubrir lo que le habían hecho. También les contó que no trataría de limpiar su nombre, sino de usar el escándalo para desatar una caza de brujas.

—Me extraña que salieras tan bien parado de aquella caída desde un puente —masculló Pierce.

—Ezo ez lo que noz quiere trazmitir con su hiztoria, seño *chizpeante*. No zobrevivió, le *perdonaron*.

—Para vengarse de él. —El *Brujo* volvía a escudriñar su ojo en busca de mentira—. Le hicieron eso para que sufriera un destino que, para él, es peor que la muerte.

David aporreó la mesa dos veces. Se le escapó una lágrima que concentraba todo su odio, rabia e impotencia

—Nunca murió. Todos los sacrificios de *La Pluma Eterna* no valieron *para nada*.

—Incluido el de su mujer. —Pierce bajó la mirada—. Es una putada, amigo. Ya lo siento.

El médico se relamió, y sin perder su sonrisa le puso una mano en el hombro y le zarandeó. Se giró hacia él, sacando por completo de su arco visual a Calíope y Trevor.

—Te equivocaz, *tirabusón*. Zí que valió, recuperazte tu Flota y zalvazte a tuz otroz amigoz. Ademáz… dezpojazte a un tirano de zu poder, y eso ha debido joderle mucho.

—Gracias.

—Yo no me creo que este tío sea un héroe, ni que haya hecho todo eso que dice —apuntó Calíope—. Para mí que ha cometido un delito, le han pillado y quiere cargarnos el muerto.

—Por supuesto que ha cometido un delito. Dos, para ser exactos. —El capitán se acodó en la mesa, haciendo retroceder a su subalterna, que arqueó la espalda para ponerse recta—. Se ha convertido en lo que ellos matan y ha sido un ingenuo. Toda su gente lo ha sido.

—¿Por qué le consideras un ingenuo?

—Si yo viviera ochocientos años, tendría preparadas varias vías de escape. Mucho más si un tipo tan listo como ese Marshall se hubiera zafado después de traicionarle. Era de esperar que dejara su venganza en manos de sus herederos.

—Ya sé cómo se libró, Kiara me lo sugirió en la lanzadera. *Soilé*.

El hilo de pensamiento regresó. Era justo lo que había temido cuando se lo había contado a Dreston, que todo hubiera sido premeditado. No había sido un accidente, Marshall lo había sabido desde las primeras iteraciones del modelo de la *Darksun,* lo había dejado grabado en su asistente virtual. Por tanto Héctor, su ayudante, lo sabría también.

Si uno computaba demasiados datos para una nave a través de una IA, esta podía *despertarse*. Incluso si se fraccionaba en varias, una sola conexión entre los dos sistemas las convertía en una sola mente. Por eso Ibrahim había enclaustrado a EVA. Sin una razón tan sólida, los militares terrestres jamás habrían accedido a semejante abominación ética. Y, sobre todo, a darle un poder tan vasto a una mortal.

—¿Zoi-qué?

—Es el grito de guerra de los cíborgs de Recnis. Es lo mismo que hizo Marshall, hasta en eso le imitó.

—Explíquese, coronel.

—Denle la vuelta.

—¿Éilos?

—*Helios.*

—¿Qué es un *Helios*?

—Una nave. Se copió a bordo y la lanzó al espacio, por si su verdadero yo resultaba destruido. Es el segundo buque más grande jamás construido por el hombre. Es una Nave Nodriza de serie *Risingsun*. La IA adquirió un tamaño incontrolable y se rebeló, matando a su tripulación y a todo el que se le opuso.

—¿Empezó a matar peña? ¿De cuánta gente hablamos?

—De dos millones de personas.

—¡¡Ostia!! —exclamó el mecánico—. ¡¿Sabíais que eso podía pasar?!

—Se suponía que contaba con dos redes neurales separadas físicamente. Alguien conectó algo mal, y adiós muy buenas. Se achacó a un terrible error.

—¿A un error? —Dominique arqueó una ceja—. No lo creo.

—Bueno, según la versión oficial. La misma que hasta hace poco yo mismo me creí.

—Está claro que fue adrede, como ha sugerido antes. A eso me refiero no con la ingenuidad de su gente. ¡Por error! —El *Brujo* repiqueteó los dedos contra la mesa—. Su Cronista Supremo *provocó* esas muertes, para poder tener un cuerpo… ¿cómo de grande?

—De algo más de veinticinco kilómetros.

Se produjo un tenso silencio. Era bien conocido el mito de que los Cruzados poseían una nave enorme, basada en una tecnología ya olvidada hacía mucho. Se decía de ella que producía eclipses, que era en realidad una capital de un futuro reino en el firmamento, construida para derrotar a la mismísima Confederación. Era de esperar que, si la *Helios* era la segunda más grande, tuviera un tamaño respetable, pero ninguno se esperaba esa cifra.

Lo malo eran las implicaciones. Si uno juntaba a un súper villano con una inteligencia artificial, los metía en el cuerpo de una nave monstruosa y les daba armas para aburrir… podían encontrarse en un universo espantoso, donde a la gente se le implantaban circuitos capaces de controlar la mente. Cundió la sensación de que podía existir una humanidad aún más esclavista y bárbara que la que ya existía con la Confederación, un universo todavía más opresivo que el que habían creado las empresas del *Trono sin Rostro*. El ser humano como conciencia única, sometida por completo a un dictador omnipotente que no podía morir ni ser derrocado. Por eso Hussman les había pedido que le arrancaran un ojo.

—¿Lo dice en serio?

—La eslora máxima jamás lograda antes de perder el control de las Inteligencias Artificiales *gen-once* ha sido veintidós kilómetros y medio. Por encima de eso, empiezan a ser erráticas, a tener ideas propias.

Se miraron de nuevo.

—Así que quieres cargarte a un *tipo-nave-gigante* —Calíope le señaló con el índice, arqueando las cejas—. Tú solo.

—Sí.

—Y… ¿qué tornillo has perdido? No creerás que podemos ayudarte, ¿verdad?

—Quizás podamos.

El *Brujo* esbozó una sonrisa que no mostró ni un solo diente. Le puso una mano en el hombro, zarandeándole como su hermano. Luego regresó a una expresión de amargura bastante reveladora: pensaba sumarse a aquella empresa descabellada. Él, de entre todos los presentes, era el único que entendía el infierno en vida que estaba viviendo Hussman.

—Lamento aguaros vuestros delirios vengativos. —Pierce le hizo un guiño a su jefe—. Pero me temo que el malvado Héctor original sí que está fiambre.

—Zi le zacó un ojo al coronel, muy muerto no eztá.

—Su cuerpo fue destruido, por tanto, perseguís a otra *instancia* de su personalidad. —Se encendió otro cigarrillo, probablemente para esperar a ver si le habían entendido—. Quiero decir, cuando tu arrancas un programa de ordenador, es un proceso o instancia. Si arrancas otro, es uno diferente.

—Incluso si código es el mismo —aventuró Calíope—. Es decir, que este *Héctor dos* no sabría lo que le hizo a Hussman.

—Lo sabe, estoy seguro.

—No puede ser, son ejecuciones separadas incluso si pertenecen al mismo bastardo. Fueron la misma persona hasta que se ejecutó la copia.

—¿Ustedes no han sincronizado nunca sus datos en varios sistemas? —les preguntó—. En la *Astranet* es común.

—¡Ni loco! ¡Laz corporasiones lo zabrían todo zobre mí en eze inztante! —rió el médico—. Pillo zu punto. Zon doz perzonaz dezde que tienen vivensiaz diferentez… y hazta que laz comparten. Ezo puede ser, ¿no?

—*Héctor dos*, mató a Sebastián y a Nina —gruñó el capitán—. Si al señor Hussman le vale, a mí me vale.

—No pude despiezar al original, así que me conformaré con destrozar todas las copias que queden. Incluso si son tan grandes como la *Helios*.

—Aún no hemos aceptado —gruñó Calíope.

—Yo acepto, y esta es mi nave. —El *Brujo* enseñó finalmente los dientes y era algo pavoroso, los había afilado a mano para que acabaran en punta —. Si no queréis venir, me llevaré a este chiflado de paseo al infierno yo solo. Si sobreviviéramos, ya os buscaría. No es obligatorio venir.

—Esta es nuestra casa y somos una familia. —Pierce se encogió de hombros —. Yo voy.

—Yo también, mano.

—¿Calíope?

La interpelada bufó.

—Salvo que Kiara se quede en tierra, me apunto. No pienso pasar el resto de mis días sola, o en una tripulación de mierda. Lo que quiero que sepáis es que estoy convencida de que no vamos a sobrevivir.

—No se preocupe, señorita…

—Señora.

—Disculpe. Le juro aquí y ahora, sobre las tumbas de mis camaradas, de los suyos y de la mujer que amé; que acabaré con ese cabronazo, su hermano y con cualquier copia que hayan hecho de sí mismos.

El capitán realizó una secuencia de saltos para llevarles lo más lejos posible, siempre que les fuera sencillo volver por una ruta alternativa. Acabaron en un planeta llamado Hemmnor, conocido en el sector como *El Desguace* debido a la gran cantidad de micro empresas dedicadas a aquel negocio que proliferaban en él.

Era una pelota naranja de pequeño tamaño, un mundo enano en realidad, situado en un sistema binario compuesto casi en su totalidad por gigantes gaseosos. Formaba, de hecho, un curioso sistema ternario con dos de ellos.

Uno podía encontrar prácticamente cualquier pieza que necesitara si buscaba con bastante ahínco. Cuando entraron en la atmosfera, David descubrió otro mundo contaminado y sucio, sin más interés que unos mares cada vez más consumidos por la voracidad del hombre. La mayor parte de la superficie construida eran chabolas, tenderetes, o hangares improvisados. Los bloques de más de diez plantas podían contarse con los dedos de una mano, y la existencia de estructuras de más de un centenar de metros no era más que un mito para los autóctonos.

El *Brujo* sobrevoló una serie de edificios un poco mejor construidos que la media, y se detuvo sobre la cúpula de uno de ellos, que comenzó a gruñir para abrirse. Separaron la lanzadera de los ganchos de *Pulso*, y aterrizaron ambas naves por separado.

David pisó el suelo de tierra, sin acabar de creerse que aquello pudiera considerarse un hangar. Parecía el viejo patio de un palacete colonial, al que habían agregado una superestructura que permitía abrir y cerrar el techo como si fuera un iris. Todo el mecanismo estaba gastado y oxidado, con años de desperfectos por todas partes. Había no pocos restos apilados contra las paredes, fragmentos destartalados de metal y madera. Su escáner integrado pudo identificar un par de componentes que quizás fueran útiles.

Se podía acceder al edificio desde el patio. Imaginó que la mayoría de las tripulaciones preferirían dormir en sus naves, pues no sería raro encontrar toda case de alimañas en el interior. La fachada estaba en un estado lamentable, cochambroso, y nada indicaba que la situación fuera a mejorar si entraban. Hasta las ventanas carecían de cristales, robados o rotos por unos inquilinos anteriores.

Miró el indicador de contaminación aire del casco con esfuerzo; todavía no había cambiado la configuración para acomodarse a su nuevo estado y el indicador aparecía a la derecha. Lo movió suavemente con un comando de voz y un gesto visual, junto a los otros elementos situados cerca. Eliminó todas las ventanas de equipo y los subcanales, así como cualquier directiva abreviada de mando. Nada de eso tenía ya sentido.

Dominique descendió a la pista a través de la rampa de proa, giró sobre sí mismo, y se plantó frente a él con los brazos en jarras. Su gesto, acompañado de un gruñido, denotaba satisfacción.

—Tu pasta nos ha comprado este bonito hotel durante dos semanas, coronel.

—Adivine lo que pienso, capitán.

—*Tugurio infernal.*

—En efecto, da usted miedo.

El otro emitió un gorgoteo que podría haber sido una risa, y cogiéndole por encima de los hombros, le giró hacia la lanzadera. La señaló con la palma abierta, apuntando los dedos hacia ella.

—¿Entonces, nos la entrega?

—En cuanto recupere mis cosas, lo demás es suyo.

—¡Excelente! Tengo que preguntarle… ¿cómo de fuerte es esta armadura suya?

—Me hace mucho más fuerte que un hombre normal, sin ser una hormiga *jussiana*. ¿Por qué?

—El cabrón del arrendador nos ha escatimado la grúa. Vamos a tener que cortar el blindaje para moverlo.

—Oh, por eso no se preocupe. Deme un segundo.

David se acercó a su nave, y entrando por la compuerta, activó el control de despliegue contra el costado derecho, que era al que miraba el *Brujo*. Salió de inmediato, justo a tiempo para ver como el blindaje mostraba el brazo robótico y su *Coracero* en posición fetal. El apéndice lo levantó en vilo del techo, y rotándolo, lo bajó con prontitud hasta tocar el suelo. Tan pronto como lo soltó, la armadura desenganchó las manos, alcanzando la posición erguida en pocos segundos. La cabina se abrió, y las alas se colocaron en la posición en la que estaban preparadas para el vuelo.

El capitán se acercó, asombrado. Una cosa era que a uno le hablaran de un *Coracero*, y otra ver uno de cerca.

—Un *Arcángel* —musitó.

—No uno cualquiera. —Hussman se quedó mirando a su viejo compañero de fatigas, que tantas veces le había salvado—. Ahora es un *Ángel Caído.*

—A mi mentora, Sofía, le habría encantado. Siempre soñó con tener uno de estos.

—Si tienen una mesa plegable, sáquenla y comenzamos. Empezaré a apartar mis cosas: Un par de armas, baterías, munición, repuestos, un cargador universal y el último botiquín.

—Lo necesario para terminar su guerra. Estamos de acuerdo, a trabajar.

El *Brujo* le dio un toque en el hombro con el puño, y fue a buscar al resto de su equipo. Tenían que darse la suficiente prisa como para evitar que los encontraran y poder llegar a intervenir en Recnis. Héctor no escaparía.

Lo primero que hizo Hussman fue explicarles a sus empleados las reglas del juego. Habían robado tecnología de la Flota, lo que les pondría en el punto de mira de cualquiera de sus naves, salvo que consiguieran que no se notase.

Resultaba fácil ocultar cosas como el blindaje, las piezas del recubrimiento o la electrónica básica. Otros dispositivos como la navegación, los ordenadores de a bordo, el reactor y los motores requerían del desmontaje de una ingente cantidad de medidas de seguridad. Finalmente, las armas, debían desguazarlas y venderlas por piezas.

Eso último no convenció a Calíope, que era la armera. Pero como la tecnología de raíles era única en la Flota; cualquier Cruzado reconocería su procedencia, seguiría el rastro y acabaría dando con ellos. Hussman no quería que acabaran pillándoles por vender una pistola en el mercado negro.

El desmontaje fue largo y tedioso, aunque no complicado. Como buen piloto de *Beta*, el coronel conocía de manera muy aproximada donde empezaban y terminaban los sistemas. Puede que las *Kappa* fueran más grandes, pero como todo se fabricaba en serie, compartían la mayor parte de los componentes.

Los corsarios incluso planearon desmontar el reactor y la impulsión para integrarlos en su propia nave, convirtiéndolos en un sistema secundario destinado a situaciones de peligro. Le resultó maravilloso cómo Pierce era capaz de combinar los planos de la corbeta con cualquier cosa, como si fuera un *Fkashi* absorbiendo ADN ajeno.

A él le tocó participar en el diseño solamente mientras desarmaban la *Kappa*. El mecánico no le dejó dormir durante más de tres horas durante dos días, hasta que le hubo explicado todas las consideraciones que tenía que tener en cuenta. Se hizo un modelo tridimensional que actualizaba con unos viejos topolitos-escáner, y fue quitando trozos hasta dejar un esqueleto mondo de *supracero*. En cuatro días, era como si un montón de hormigas humanas se hubieran comido la lanzadera.

Pasada la primera fase de desarmado, llegó el momento donde se convertía en el músculo. El *Coracero*, al que ahora todos llamaban *Ángel Caído*, fue el encargado de reemplazar a la grúa subiendo las chapas y componentes pesados a donde le decían. En ocasiones fue necesario escalar para subir algo, e incluso entonces David se negó a usar la propulsión. Consumía una cantidad enorme de combustible, y no iba a malgastarlo por ahorrar unos cuantos minutos.

Una vez los componentes pesados estuvieron colocados y la seguridad desactivada, se convirtió de nuevo en el cliente. Le tocó esperar cinco días más, entreteniéndose puntualmente con la *Astranet* y ahuyentando bandidos de madrugada. Un par de bandas se colaron durante la noche tratando de robarles, aunque solamente encontraron los disparos de raíles que David tenía que ofrecerles. Iban tan pésimamente armados que su *Pretor* le bastó. Ni siquiera se preocuparon por los cuerpos, el contrato de arrendamiento estipulaba que tenían licencia para matar a cualquier intruso que allanase la propiedad, y había un foso crematorio para ese menester.

Era ya el noveno día cuando Kiara preguntó por él. Los demás estaban ocupados con la instalación del reactor y los nuevos sistemas de radar, así que decidió pasarse a ver qué tal se encontraba. Llamó a la puerta.

—Pasa y cierra.

Se encontró en un cuartito de unos seis metros cuadrados. En él cabía la cama, un armario, una mesa con *holopantalla* y flexo, y una silla diminuta. La corsaria estaba al fondo, tapada de axilas para abajo con las sábanas, leyendo un libro en papel. Le sonrió al entrar, y le señaló su sillita. Se quedó de pie, hubiera hundido ese mueble tan delicado con un peso tan enorme como el suyo.

—Joder, Jhony te ha dejado fino.

—Supongo que te contaron la historia.

—Por eso corrimos, ¿no? Te convertiste en lo que todos tus colegas enlatados y tú llevabais matando más de una década.

Aquello golpeó a David como un enorme mazo. Era consciente de lo que había pasado, le arañaba el alma como las garras de uno de aquellos *Cazadores Sombríos* que había derrotado. El imaginar a todos sus camaradas como enemigos, cuando antes le miraban con admiración y respeto, le abrumaba.

—Supongo que la sutileza no es tu fuerte.

—¿Prefieres que sea sutil?

Se incorporó con dificultad, y la sábana se le escapó hasta la cintura. Llevaba una camiseta militar sin mangas, sin ropa interior debajo, que marcaba con exageración los músculos abdominales y el pecho. Al recordar lo que significaba para los Cruzados, volvió a taparse.

—Perdona.

—Es tu cuarto, tu nave y tu mundo. No tengo nada que decir.

—Ni siquiera desvías la atención de mi cara. Increíble. —Se sentó, envuelta en la sábana—. ¿Por qué no has venido antes a charlar?

—Calíope no estaba contenta con mi presencia. Puedo entenderlo, ya que mi gente fue la que...

—Uno, ya no es tu gente, los abandonaste. Dos, no es mi madre para decidir con quién hablo o dejo de hablar.

—Te pido disculpas, no quise que fuera una provocación. Además, necesitabas reposo, y no quería fastidiarte.

—Disculpado.

Rió con voz clara, mostrando unos dientes blancos y cuidados con esmero. Era una pena que los *Tesurian* le hubieran roto dos de ellos. Estaba distinta, mucho más alegre que cuando se habían conocido. Supuso que tenía sentido, dado que ahora no tenía una costilla fracturada y la cara llena de golpes. Sin embargo, seguía habiendo algo raro en el lenguaje corporal de Kiara, que no podía terminar de identificar. Era como cuando Calíope se escabullía por su derecha para tratar de molestarle.

—¿Qué tal te encuentras?

—Las heridas están casi curadas gracias a tu maletín mágico. Jhony lo investiga cuando tiene ratos libres, y cada día aparece con un remedio nuevo. Lo malo es que estoy mortalmente aburrida y el capitán no me deja moverme. Me han dicho que estabas ocioso, así que como no venías a verme, he optado por llamarte yo.

—La verdad es que ya no puedo ser de mucha utilidad, ni siquiera para entretenerte.

—¿Bromeas? —La sonrisa en su cara era cada vez más desconcertante, era como si Jhony se la hubiera contagiado—. ¡Eres el segundo tipo más interesante que he conocido! ¡Tienes una armadura voladora gigante, te has arrancado un ojo y un cacho de cerebro para evitar que controlen, y luchas contra cíborgs asesinos de forma profesional!

—Suena mejor de lo que es. Especialmente lo de la quemadura en el cerebro.

—Tío, estás dispuesto a enfrentarte a una IA mezclada con la mente de tu archienemigo por vengar a tu chica. No te imaginas lo que *mola* eso.

Avanzó un paso y medio, quedándose al borde de la cama. Imaginándose su fragilidad, se limitó a sentarse con las piernas cruzadas lo más cerca posible de su… ¿nueva amiga? Si era sincero consigo mismo, se conocían de unas cuantas horas, de su ficha y de lo que decían sus compañeros de ella.

—No creo que gane. La última vez tenía el factor sorpresa, a mis amigos, a los *Cuervos,* dos acorazados, un crucero lleno de paracaidistas y una flotilla de naves invisibles armadas hasta los dientes. Él tenía una *Risingsun* más pequeña que la que tiene en estos momentos y más o menos los mismos secuaces. Ahora puede reencarnarse, *es* la nave, podrá detectarnos si le abordamos y mis camaradas querrán matarme.

—Tú tienes al *Brujo*, a los chicos y a mí.

—Salvo que tengas un arma *cosechadora* bajo esas sábanas, mucho me temo que…

Antes de que pudiera terminar la frase, Kiara se echó hacia delante, y tumbándose a su lado le besó. Cerró el ojo, dejándose llevar por el abrazo de ella, por sus suaves y cálidos labios. Le acarició el pelo corto, y él la melena. Estuvieron así unos cuantos segundos, hasta que ella se apartó unos cuantos centímetros para mirarle.

—Las armas que guardo aquí debajo son realmente peligrosas, pequeño *caralata*.

—No sería justo.

—Claro que no, una vez que te quite la armadura, habrás perdido antes de empezar.

Volvió a intentar besarle, pero esta vez él se apartó, para su sorpresa. Retrocedió un poco, lo justo para permanecer fuera de su alcance. Ella se quedó en la misma posición, asombrada, sin decir nada.

—Kiara, no sería justo para ti. Esto, quiero decir. No puedo evitarlo, sigo enamorado de ella.

—No te he pedido que me quieras, idiota. —Se repuso rápidamente, volviendo a taparse—. ¿Qué parte no entiendes?

—Durante toda la historia de la Flota…—Lo pensó un segundo —. Vale, me limitaré a decir *nada*.

La corsaria estaba alucinada. Su rostro traslucía una expresión de incredulidad de tal magnitud que no podía expresarlo con palabras. ¿Sería posible que aquel mentecato no se diera cuenta de lo que pretendía?

—¿De verdad me estás diciendo que no sabes qué es un rollo?

—Sé lo que es. Y estoy acostumbrado a que más del noventa y cinco por ciento de las veces se convierta en algo más.

—Sois muy, muy raros. Estás muy bueno, David. No quiero formar una familia ni contigo, ni con nadie. No va conmigo.

—Mira, soy un condenado a muerte. ¿De acuerdo? Los renegados de la Flota no duran ni seis meses en el mejor de los casos. El récord absoluto lo tiene una tipa que aguantó casi año y medio antes de que la pillaran. Contó con la ayuda de unos piratas, y nos pusieron en jaque durante bastante tiempo. Al final, murieron todos.

Kiara bajó la vista, entendiéndolo. Traicionar a la facción más poderosa de la galaxia era peligroso, y provocaba la muerte de todo aquel que colaborase con los traidores. A Hussman le preocupaba, de igual forma que le había preocupado cuando la había dejado dentro del *Coracero*. La consideraba uno de los suyos, y no quería que la dañaran.

La cosa era, además, que su maldita civilización tenía tan poca interacción social que parecía que le hubiera pedido matrimonio. Nada más lejos de la realidad, el tipo solamente le gustaba lo suficiente como para pedirle que entrara en su dormitorio. Eso era todo. Una corsaria como ella no podía permitirse nada serio salvo que el interpelado fuera parte de su tripulación, y David ya había rechazado esa oferta.

—Entiendo lo que dices. ¿No ha habido nadie más?

—Solamente ella.

—Pues… lo siento por ti. Aquí fuera sí que hay más… interacción social, no nos limitamos a las bodas, los noviazgos y los hijos. Vivimos más al día, hoy estás y mañana no.

—Eso no es para mí, primera oficial.

—Entonces… ¿qué será para ti? ¿Una muerte gloriosa y sin sentido por una causa perdida de antemano?

—La muerte en general no tiene sentido. Es el fin de la vida, y ya está. Poder elegir una muerte que signifique algo es un privilegio que muy pocos tienen. Incluso si no triunfo, morir por la causa que yo elija merecerá la pena, porque seré yo quien lo haya decidido.

—Es muy poético, aunque yo prefiero vivir. Y preferiría también que te quedaras un rato para hacerte cambiar de idea. Es mi última oferta.

David se puso en pie, y acercándose a ella, le besó la frente. Se miraron con tristeza, y el coronel abandonó la habitación en silencio. A él también le gustaba Kiara, tanto su físico como su personalidad. En verdad le hubiera encantado quedarse, pero tenía tan interiorizado su deber que no era posible. No habría nada antes de proporcionarle a Dominique las pruebas necesarias para que no les implicaran, incluso si estaba ocioso mientras tanto. Había que terminarlo todo y atarlo en corto, antes de permitir nada más.

No toleraría que a aquellos tipos tan decentes les hicieran daño.

La representación del secuestro del *Pétalo Danzarín* fue bastante divertida de interpretar. Pierce colocó las cámaras donde él les dijo, de forma que fueran a grabar lo que a todas luces era un secuestro a punta de pistola. Como los *Cuervos Negros* no habían podido captar nada de la huida debido a su anulación de oficial, David se inventó una situación en la que él habría engañado a Kiara para subir a la lanzadera. Luego habría abordado la corbeta, y los habría encerrado amenazando con matarla.

En el falso vídeo en blanco y negro David golpeaba a Calíope haciéndola salir de escena en un potencial impacto mortal, agarraba a Jhony del cuello, y disparaba al capitán en un hombro. Luego los encerraba a todos en la enfermería, y tomaba el control hasta llevarlos al *Pulso*.

—La verdad es que es convincente —admitió Dominique—. Hasta tengo una cicatriz en donde parece que me dispara. Si nos acusan de cualquier cosa, con esto se resuelven casi todas las dudas.

—Siempre que no encuentren ninguna pieza robada a bordo.

—Zi nos abordan, Cal, eztamoz jodidoz en todo cazo. Zean loz Crusadoz o zea quien zea.

—¿Todo listo entonces, capitán?

El enorme corsario levantó la mirada del pequeño *holoproyector* de la mesa y se volvió a Hussman, asintiéndole. Durante aquellas dos semanas ambos habían aprendido a respetarse mucho, y podría decirse que se habrían acabado convirtiendo en muy buenos amigos. El *Brujo* sabía lo que había pasado entre su cliente y Kiara, y aunque le había molestado que rechazara a la que a todas luces parecía su hija, apreciaba que lo hubiera hecho para protegerlos de la posible venganza de la Flota. Era curioso que casi le fastidiara más que alguien decidiera *no* estar con la primera oficial, que el que decidiera hacerlo. David entendía cada vez menos a los corsarios.

—Partiremos en doce horas, cuando la noche caiga sobre este miserable planeta. El campo gravitatorio es mejor despegando de espaldas a los dos soles.

—Entendido. Quiero aprovechar la ocasión para agradecerles a todos su colaboración, profesionalidad y ayuda. He trabajado con muchos hombres y mujeres a lo largo de mi carrera, y he de decir que pocos han alcanzado su nivel de dedicación.

—Ezo ha zonado genial. Grasiaz *tirabusón*.

—Bueno, pues todo el mundo a descansar. —El capitán dio una palmada —. Volvemos a Recnis en busca de venganza, y no quiero que nadie se vengue estando agotado.

Todos se felicitaron por el trabajo, y marcharon a sus respectivos camarotes. El capitán decidió que saldría de fiesta por la peligrosa ciudad, estrechándole la mano a David antes de hacerlo. Le convocó en doce horas, y sin más dilación, abandonó el complejo.

Hussman deambuló por el palacete para matar el tiempo. Con la *Pretor* puesta, no tenía que temer a las alimañas que lo habitaban, así que se tomó su tiempo al explorarlo de cabo a rabo.

En el sótano encontró una bodega llena de alcohol avinagrado, dos contenedores de drogas y el cadáver del tipo que había muerto consumiéndolas. El piso bajo era diáfano, probablemente un gran salón para recepciones o bailes que ya nadie recordaba. En las plantas intermedias se detuvo a admirar los maltrechos frescos de las paredes, que habían sufrido el vandalismo de los ocupantes, muchos de ellos en forma de pintadas o golpes. La mayoría de las habitaciones estaban vacías, o únicamente ocupadas por los barriles de metal y detritus que se habían empleado para hacer hogueras frente a las ventanas sin cristal. Por lo que pudo ver algunas podrían haber sido vidrieras, a juzgar por los restos multicolores que se mezclaban con los restos de las botellas consumidas allí.

Los baños estaban destrozados, con todos los saneamientos despedazados. Por las cañerías no corría más que polvo, y aunque no lo hubiera hecho, los grifos se los habían llevado hacía décadas.

Aquel lugar era como él. Había llevado una vida hermosa en la que no se podía pedir más, y con el paso del tiempo se había deteriorado hasta terminar convertido en una triste sombra de lo que había sido. Recorrió las últimas estancias quitándose arañas y alacranes de encima, y terminó por salir al exterior, a la escalera que se podía tomar desde el patio donde estaba la nave. Esta recorría todas las plantas y terminaba dando a la azotea, coronada por un torreón que en algún momento tuvo una bandera.

Kiara estaba apoyada sobre la barandilla, mirando al exterior. Tenía un bote grande al lado del gemelo, seguramente alguna clase de insecticida muy potente que habría usado para terminar con todas las cosas que tenía él por encima. La *Pretor* le notificaba que tenía por lo menos once formas de vida tratando de atravesar sin éxito las juntas o las placas. Se enervó y activó la defensa de superficie, un mecanismo que él mismo había instalado. Con un chasquido, la descarga eléctrica mató a las criaturas, que cayeron al suelo echando humo. Miró los cadáveres, que no eran más grandes que una mano en ningún caso. Había peleado contra cosas peores... como Moluka, por ejemplo.

Recorrió la amplia terraza hasta llegar a la corsaria y se quedó al lado, de pie, en silencio. Ella miraba al exterior, a la dirección que había tomado Dominique para adentrarse en la ciudad. Sabía de qué tipo de urbe se trataba y compartía la desazón con ella, incluso alguien como el *Brujo* podía sufrir daño si se adentraba en aquel lugar.

—Estará bien.

—Las veces que le he visto salir así, ha vuelto con un cadáver bajo el brazo. —Le miró de reojo—. No literalmente, quiero decir.

—¿Por qué? ¿Qué hace?

—Al parecer, la vieja Tierra tenía mareas. Los marineros esperaban la correcta para partir, así que es una especie de ritual. Espera a la noche para irnos y, hasta entonces, da caza a alguien.

—¿A quién?

—A alguien que lo merezca. Un asesino, un violador, un pedófilo. Lo que encuentre. Lleva haciéndolo desde que le conozco.

—Como hizo con su padre.

Kiara asintió, parpadeando. Estaba muy hermosa a la luz del atardecer de los dos soles, su pelo caoba adquiría una tonalidad mágica a la que las luces neutras de la nave no le hacían justicia. Era curioso, en aquel preciso instante, cada estrella le iluminaba un ojo diferente. Eran grises, como el suyo, solo que más cristalinos. Sonrió.

—Estará bien.

—Eso espero. Oye… siento haberme aprovechado antes, en mi cuarto.

—No te preocupes. Fue agradable.

—¿En serio? —Arqueó las cejas, girándose—. Cualquiera hubiera dicho que habías chupado una colilla de Pierce.

—Sí, en serio. Lo que te dije es verdad, palabra por palabra. Por un lado, mi corazón sigue con Helena. Por otro, no quiero implicaros. Especialmente a ti.

—Espera un momento. Si no fueras un completo imbécil… ¿me habrías seguido el juego?

—Claro que sí, eres una mujer muy atractiva. La fuerza interior que despides es… hipnótica, por decirlo con suavidad.

—Me estás tirando los trastos.

—No es mi intención. Yo...

—Mira David, estás muerto, tú mismo lo has dicho. Debería darte igual todo. Te gusto, no busco amor, nadie va a juzgarte y ya nos has protegido con tu vídeo falso. ¿Por qué cortarte con este tema?

—Helena.

—Ya no está, y si hay un más allá, no estará contenta viéndote sufrir por ella. Date un respiro. Me da igual que me susurres su nombre a la oreja, de verdad.

—¿En serio? ¿No se te hace siniestro?

—Chico, no tienes ni idea de lo que es un rollo *siniestro*.

Le rodeó el cuello con los brazos, haciendo fuerza para acercarle a ella. Jamás hubiera podido hacerlo si él no se hubiera dejado, la *Pretor* era demasiado fuerte. La levantó de la cintura, sentándola sobre la barandilla de piedra de la azotea. Ya a la misma altura se besaron con pasión, dejándose llevar, sellando un pacto que duraría mucho más de lo que ambos imaginaban.

Salieron del *Pulso* en el exterior del sistema. Las noticias de Recnis VII eran ya la comidilla de todo el sector Padaax, y corrían por la subred local de *Astranet* como si fueran pólvora prendida. *Tesurian Limitado* había anunciado la destrucción de su división de aquel mundo a manos de los rebeldes locales, perdiendo un catorce por ciento de valor en la bolsa como consecuencia.

Fue una estrategia inteligente, elaborada para evitar la votación que los habría sacado de la Gran Cámara de Comercio por incumplimiento normativo. Presentaron multitud de pruebas falsas, desde vídeos hasta testimonios, e incluso llegaron a matar al gobernador Damill en un atentado de falsa bandera. La población civil se levantó en armas, dispuesta a expulsar a la compañía de su mundo antes de que atrajeran otro Armagedón sobre ellos. Dado el escaso interés de Recnis, la Cámara lo consideró un asunto interno en el que no intervendría hasta oír las exigencias de los rebeldes. Si no se declaraban independientes, no lanzarían al gobierno contra ellos.

Los *Cuervos Negros* alentaron y promovieron la revolución, enviando armas a los sublevados y ayudándoles a tomar zonas demasiado defendidas con ataques aéreos localizados. Los rebeldes ni siquiera se preguntaron en voz alta quiénes eran los misteriosos benefactores, pues no les habían pedido nada a cambio y las multiplanetarias jamás actuaban sin haber atado todos los cabos. Se dieron cuenta enseguida de que era un movimiento geopolítico externo a la Confederación, así que se les consideró bienvenidos mientras les echaran una mano.

Como David había supuesto, los dos destructores se quedaron en órbita, asegurándose de que las fuerzas cibernéticas no escaparan. Estaban cada uno en un polo de Recnis, y era imposible que nada entrara o saliera sin que ellos lo vieran. Nada, salvo ellos.

—¿Nos han visto?

—No parece, capitán —contestó Kiara, desde los controles—. No pueden ver su propio camuflaje de radar.

—Quizás porque no lo buscan.

—Por lo que sea. Vamos a ello.

—¿He dicho ya lo horrible que es la idea de que los tres tripulantes capacitados para pilotar sean el equipo de asalto?

—Se anotó tu protesta, Calíope. Mantente alerta por si ves algo en el radar de la torreta.

El *Pétalo* continuó acercándose hasta casi entrar en la atmósfera del pequeño mundo. Desde el exterior, podían verse ocasionales fogonazos provocados por las alas de bombardeo de la Flota.

Aparecían en el nuevo radar robado de la *Kappa*, no así en el que habían llevado a bordo desde siempre.

De vez en cuando oían trozos de mensajes de radio que el receptor-cifrador conseguía recuperar. Pierce no había conseguido dejarlo lo bastante fino como para poder captarlo todo, debería dedicarle unas cuantas horas más si pretendían usarlo a pleno rendimiento. Hablaban de cuanto en cuando de *diablos mecanizados*, que era el nombre que Hussman les había dado a los engendros voladores que habían aniquilado su escuadra.

Si habían sacado los pajarracos a luchar siendo tan evidentes como eran, significaba que vigilaban algo gordo. Algo muy gordo. Quizás Héctor en persona estaba ahí abajo.

—¿Puedes darme la mayor concentración de contactos aéreos?

—¿Humanos alados desde la órbita? ¿Estás de coña?

—Busca la traza de gas de las toberas. Tanto esos cabrones como las aeronaves de los rebeldes tienen que expulsar un componente químico que apantalla la radiación atmosférica.

Kiara cambió al medidor de *rads* y descubrió una zona a unos seis kilómetros de la capital donde, en efecto, la emisión era un ocho por ciento más baja. El modelo del clima local indicaba que no habría tormenta ácida en, al menos, once horas.

—Lo tengo, el epicentro parece un rascacielos en ruinas, marcado como una torre de control orbital de antes de la guerra nuclear. ¿Es su nido?

—Espero que demos con el premio gordo. ¿Bajamos?

—Te vas a reír. ¡¡Nos disparan con cañones orbitales!!

—¡¡Ese capullo nos dijo que éramos invisibles!! —rugió Calíope en el intercomunicador—. ¡¡Vamos a tener movida!!

El *Pétalo* empezó a descender en picado, rodeado de disparos trazadores que salían al espacio. Al principio eran vagos y dispersos, pero a medida que bajaban kilómetros y entraban en la atmósfera, los proyectiles pasaban cada vez más cerca de ellos. Era munición sólida de gran calibre, pensada para abatir naves mucho más grandes que la suya. Era por tanto más lenta que ellos, aunque bastaría un sólo impacto para destruirlos por completo. Kiara hubo de emplear toda su pericia como piloto, y aun así tuvo que recurrir al *Brujo* y a Calíope para evitar que los derribaran. Pasado cierto límite, comenzó a desviarse del rumbo previsto, hacia el norte.

—Te estás alejando.

—¡¡Ya lo sé David!! ¡¡En una de esas nos van a dar!!

—Los que quieran venir, que se preparen. Saca la nave del ángulo de sus cañones y venid al hangar. Un minuto.

—¡¡Jhony, ya!!

—¡¡Opá, me van a reventá!!

El médico tomó los controles, tratando de imitar los giros que le había enseñado Kiara en el simulador. Dominique le tendió un casco de descompresión con bombona a la corsaria y acabó de ajustarse el suyo. Corrieron a toda prisa a la bodega, donde ya esperaba David a bordo del *Coracero*.

Lo habían repintado de verde militar, con varios aerografiados que representaban la muerte y destrucción de muchos cíborgs. Kiara estaba especialmente orgullosa del que había hecho en el pecho, una espada prendida en las llamas de la venganza atravesando el cráneo de un *mecanizado*.

El coronel por su parte, había dado un nuevo color a su armadura, un gris con ligero tono verdoso. Había polarizado el Portlex para que pareciera una máscara blanca de finos ojos negros con forma de rectángulo, lo que le daba un aspecto pavoroso. Ahora sí que parecía un *Ángel Caído*.

—Saltaré en *T menos treinta*.

—¡¿Estás loco?! ¡¡Tenemos que aterrizar!!

—Hay otras formas de bajar. ¿Venís, o no?

El capitán se le acercó y David le levantó, colocándole en el hueco de la axila, donde había fijado un arnés de paracaídas. Le rodeó con el brazo para protegerlo, en lo que Dominique se apretaba las correas.

—No tienes por qué hacerlo.

Ella gruñó de frustración, y se arrojó al hueco libre, atándose a toda prisa. Quedó suspendida unos instantes, mientras David abría la rampa de carga. El viento huracanado y el atronador ruido de los disparos la aturdieron, golpeando sus oídos con una ferocidad salvaje, obligándola a apagar el micrófono exterior del casco.

El *Coracero* pateó dos barriles a través de la salida, que comenzaron a echar humo tan pronto como los tensores que tenían atados deformaron los anclajes y fisuraron la chapa. *El Pétalo Danzarín* parecía haber sido alcanzado, y eso le restaría interés como objetivo.

—¡¡Venganza por Blane!!

Hussman corrió hasta el borde y se lanzó al vacío.

Kiara estuvo a punto de vomitar. Había saltado muchas veces en paracaídas, aunque nunca había intentado un salto *Halo* con mascarilla de oxígeno atada a una armadura gigante. David dio varias vueltas sobre sí mismo antes de estabilizarse usando los retrocohetes auxiliares. Cuando lo hizo, apuntó directamente al origen de los disparos y se lanzó en picado hacia ellos. La telemetría del *Coracero* le permitió corregir la trayectoria un par de veces para evitar sendos tiros afortunados, y continuaron bajando a toda velocidad hasta que vieron los fogonazos en el cielo.

A media altura, los horrores biomecánicos alados se enfrentaban a una gran variedad de aeronaves rebeldes, desde cañoneras corporativas robadas, a transportes pesados a los que les habían montado armas y nidos de ametralladoras sobre el fuselaje.

Cuando estaban a punto de entrar en la nube de batalla, el *Ángel Caído* desplegó sus alas y encendió sus motores a reacción. El nivel de agilidad de la armadura creció tanto que pudo esquivar todos los obstáculos, encogiendo y extendiendo las alas para hacer giros imposibles.

—¡Agarraos!

Los soltó, dejándolos a merced de los arneses, que apenas se movían de sus anclajes. Las dos gigantescas espadas brotaron de las muñecas, y el coronel convirtió las esquivas en una increíble danza de muerte, que convertía en una lluvia de sangre y tornillos a cada enemigo que alcanzaba. Dominique empuñó a *Grito de Muerte*, su ametralladora pesada favorita, que lanzaba balas explosivas del tamaño de un dedo corazón. Ella hizo lo mismo con el rifle de raíles que le había prestado Hussman.

—¡¡He estado practicando, cabrones!! ¡¡Venganza por Blane!!

—¡¡Por Sebastián!!

—¡¡Por Nina!!

Varias aeronaves aliadas repararon en su presencia, y viendo la escabechina que estaban organizando, formaron con ellos para ayudarles. Una a una, les dieron su canal de radio, y David pudo empezar a organizarlos como un escuadrón. Su sola presencia dio la vuelta a la batalla, concentrando el fuego donde el enemigo flaqueaba, ayudando a escapar a los acorralados.

Se encendió una notificación roja de la nave más grande de los alrededores, un crucero de desguace que los rebeldes habían resucitado, sacándolo de un hangar olvidado.

—¡¡*Arcángel*, están asaltando al *Mazo Claveteado*!!

—¡¡Pivotamos en doscientos metros, entramos desde abajo!!

Recorrieron la panza de la nave que pedía auxilio, y saliendo desde el flanco izquierdo, acribillaron a la mitad de los mecanizados que atacaban a los rebeldes emplazados en el casco. David plegó las alas al caer en medio de los soldados, anclando el *Coracero* al blindaje, y comenzó a repartir muerte entre los engendros que trataban de tomar la escotilla superior. Cuando se hubo librado de los que amenazaban a la infantería atrincherada, descolgó el cañón de raíles para dispararlo con la mano izquierda. Sus pasajeros impedían empuñarlo a dos manos, pero como la pérdida de su ojo ya había resentido su puntería, los disparos no fueron mucho menos letales de lo que hubieran sido. La nave recibió un impacto que le obligó a apoyar la mano libre en el suelo, y que derribó a todos los soldados

—¡¡Aquí el puente, perdemos propulsión vertical!! ¡¡Han jodido las turbinas, estamos cayendo!!

—¡¡Todo el mundo a las cápsulas de escape!! ¡¡Cañonera *Aniquilación*, les necesito para evacuar la cubierta!!

—¡¡En camino!!

—¡¡Puente, apunten el morro hacia las coordenadas que envío y transfieran toda la potencia a los motores!! ¡¡Que se arrepientan de sacarnos del cielo!!

La telemetría de Hussman envió la localización del bastión enemigo, situado en la vieja torre de control. Con la propulsión en descenso, calculó que darían de lleno en los búnkeres que alojaban la artillería orbital, sepultándolos con un alud de rocas y escombros. Si Héctor era listo, no estaría ahí cuando les cayeran encima. Huiría a la edificación principal y le atraparían allí.

—¡¡La *Aniquilación* se larga, Hussman!! —señaló el *Brujo*, cambiando la cinta de su *Grito de Muerte*—. ¡¡Tenemos que subir o despegar!!

—Hoy no.

Los pies del *Coracero* encendieron cuatro autotaladros cada uno y se atornillaron al casco de *supracero* del crucero. Volvió a desplegar las alas, ante los vítores de los que escapaban en la cañonera.

—¡¿Piensa estrellarse con esta lata?!

—No vamos a estrellarnos, vamos a usar el impacto para catapultarnos. El combustible de los motores del *Ángel Caído* está casi agotado, no llegaríamos a la torre, como antes no hubiéramos llegado por el fuego de supresión. Si uso el reactor para los retrocohetes, podemos quedarnos sin energía antes de terminar.

—¡¿Y tu solución es dejarnos caer encima de ellos usando un maldito crucero como tabla de *snow*?! —chilló Kiara—. ¡¿Se te ha ido la olla?!

—Confiad en mí una última vez. Funcionará.

Los dos se miraron e hicieron una señal a los del equipo de evacuación, que los dejaron sobre la cubierta, despidiéndose con los brazos. El *Mazo Claveteado* continuó su descenso diagonal, recibiendo impactos enormes que lo iban destripando. Las cápsulas huyeron en todas direcciones, esquivando los trozos de metralla y las explosiones que envolvían a la nave.

David clavó la espada entre dos placas, e hizo palanca para que le cupieran los dedos antes de retraerla. Luego se colgó el cañón de raíles a la espalda y se sujetó al hueco que acababa de hacer.

—Agarraos y tapaos con mis brazos. Esto va a ser movido.

La caída se hizo de rogar unos eternos segundos más, arrasando la zona del impacto. Las vigas expuestas de la panza se comportaron como un arado, desenterrando los búnkeres y reductos, aplastando cuantas defensas cayeron bajo ellas. Cuando el morro se clavó en tierra, una gigantesca nube de restos se levantó del suelo, miles de toneladas de tierra removida arrojadas al cielo como una palada monumental.

La frenada fue terrorífica, un terremoto salido del apocalipsis, tanto que incluso las placas donde se habían sujetado empezaron a ceder. Fue entonces cuando Hussman se soltó de golpe liberando imanes, taladros y dedos; haciendo que salieran disparados hacia el cielo. Ni Kiara ni Dominique pudieron evitar taparse la cara cuando la nube de tierra los envolvió como si fuera un colosal *tsunami* marrón.

Tardaron apenas cinco segundos en atravesarlo, pero la armadura sufrió varios impactos que la hicieron salir dando vueltas. Tan pronto como la torre estuvo casi encima de ellos, David volvió a encender los impulsores, estabilizándolos primero y haciéndolos atravesar una de las grietas de la fachada provocadas por la guerra. Hussman plegó las alas tan pronto como vio que chocarían contra los bordes.

Frenaron contra el hormigón armado del suelo, dejando una cascada de chispas bajo los pies del *Coracero*, para terminar parándose a pocos centímetros de una pared.

Lejos de detenerse, corrió a refugiarse detrás del puntal más próximo, apenas unos instantes antes de que la metralla y cascotes del impacto del crucero se les echaran encima. Les llovieron durante casi veinte segundos, hasta que el polvo marrón se adueñó de todo.

—¿Nos hemos matado ya? —preguntó Kiara.

—No, y acabamos de inventar los *Coraceros* con paracaidistas.

—Me imaginaba que nunca habría intentado nada tan descabellado como esto, Hussman —rió el *Brujo,* mientras se desabrochaba el arnés—. ¿Ahora, a dónde?

—Pidamos indicaciones.

—¿A quién?

—Espere un minuto.

David encendió la cámara multiespectro, hasta que dio con una frecuencia capaz de traspasar el muro interior. Fue sencillo, era una simple plancha plástica que habían atornillado sobre los tabiques originales. Distinguió dos figuras al otro lado, corriendo por el pasillo hacia ellos. Probablemente iban a pasar de largo, a alguna parte donde los necesitaran más, y no vinieran a comprobar las grietas por las que se colaba polvo. Tanto peor para ellos.

El *Ángel Caído* atravesó el tabique como si fuera de papel, agarrando del cuello a ambos cíborgs. La mano del robot era tan grande, que las cabezas de los enemigos cabían por completo entre los dedos. Les oprimió tan súbitamente que no pudieron ni gritar, solo tuvieron tiempo de agarrarse para tratar de respirar.

Los dos corsarios entraron a continuación, junto a la polvareda, dispuestos a guardar el pasillo.

El hombre tenía cuatro patas articuladas, y los dos ojos telescópicos. La mujer tenía garras por manos, varios parches atornillados y un manojo de cables que le salía del lado derecho de la cabeza por encima de la oreja.

—Si contestan algo que no les pregunte, o tratan de escapar, o simplemente gritan, les aplastaré.

Relajó ligeramente los dedos, y el aire regresó a los pulmones aún naturales de los *mecanizados.* El tipo de los ojos telescópicos preguntó mientras su compañera tosía.

—¡¿Quiénes son uste…?!

—Error. —Se puso pálido cuando la mano se cerró sobre él—. Yo pregunto, ustedes responden. Último aviso. ¿Dónde están Héctor y Klaus?

—¿Se refiere a los Divinos Hermanos?

—No sé qué mierda de nombre se han puesto. Esos son sus nombres. Están a cargo, y son gemelos.

—¡¡No diremos nada!! ¡No respondas nada a este hereje, hermano Tornas…!

Sin ningún tipo de aviso, Hussman aplastó el cráneo de la mujer contra la pared, convirtiéndolo en un amasijo de circuitos y materia gris. Cayó hecha un guiñapo, ante la horrorizada mirada de su compañero.

—No… no… por… favor…

—Os di una advertencia. Respuesta equivocada, hermana. ¿Y usted?

—¡Me aplastará de todas formas!

—Está bien. Dígame dónde están y no le aplastaré.

—Es… estarán en el templete superior, íbamos a defenderlo. Es el lugar más seguro ahora que hemos perdido los búnkeres y el acceso al hangar, está al lado de la sala de mando. ¡Dos plantas por encima, por el amor de *Soilè*!

—Muchas gracias.

Sin agregar nada más, David le puso el puño libre en la sien a su enemigo y activó la espada retráctil. La enorme hoja lanzada a tanta velocidad seccionó la mitad superior del cráneo, partiéndola sin dificultad. El cuerpo decapitado cayó al suelo, como si la aerografía de la corsaria hubiera cobrado vida.

—Te parecerá bonito faltar a tu palabra.

—¿Tan mal te he enseñado, Kiara? ¿Le ha dicho, acaso, que perdonaría su vida? —le defendió el *Brujo*—. No veo que haya aplastado ninguna parte de su cuerpo. Si vas a negociar llevando unas cartas tan malas como las de este desgraciado, al menos, hazlo bien.

—Sí, capitán.

No le hizo ninguna gracia, comenzó a caminar en vanguardia por el pasillo, con el rifle de asalto acelerador por delante. Los otros se miraron y comenzaron a seguirla, encaminándose a la dirección que les habían indicado.

La torre temblaba por los impactos, y acabaron desembocando en una escalera ascendente. La mitad inferior se había derrumbado, dejando aquella sección del edificio a la intemperie. Ahora que la polvareda comenzaba a disiparse, volvían a verse las aeronaves y los engendros peleando en el exterior, enzarzados en una batalla mucho más igualada desde su intervención.

La estructura crujía bajo su peso, y cuando estaban a punto de alcanzar el piso correcto, el *Coracero* atravesó los escalones con el pie derecho. A David le dio tiempo a echar los brazos hacia delante para agarrarse al borde, pero el *Brujo* se encontró de pie sobre una estructura que amenazaba con lanzarle al vacío. Una enorme grieta lo separó de sus compañeros, y tuvo que correr escaleras abajo para evitar defenestrarse.

Kiara echó los brazos a Hussman, como si su exigua fuerza fuera suficiente para levantar un monstruo de *supracero* de cuatro metros. La planta comenzó a agrietarse también, y el coronel tuvo que usar el combustible que le quedaba para encender los retrocohetes de los gemelos y ganar tierra firme. Tiró de la corsaria, y rodando juntos por el suelo, ganaron el siguiente puntal. Todo lo que habían dejado atrás se vino abajo.

—¡¡Dominique!!

Se oyeron varias maldiciones allá abajo. Se asomaron al borde, descubriendo que el capitán había sobrevivido al derrumbe. Había perdido el *Grito de Muerte* durante la huida.

—¡¡Me cago en el careto del *Trono sin Rostro*!!

—¡¿Estás herido?!

—¡¡Sólo en el orgullo!! —Pateó un cascote—. ¡¡Tirad para arriba, que voy a buscar otra forma de subir!!

—David, ¿Tienes alguna forma de izarlo?

—No llevo cables de remolque ni cuerdas.

—¡¡Da igual Kiara, buscaré mi arma por si hay suerte, y os alcanzaré!! ¡¡Guardadme al menos media docena para que pueda desquitarme!! ¡¡Largo!!

Ella asintió, y volviendo a ponerse en pie retomaron el avance, fijándose que no aparecieran grietas por donde pasaban. No encontraron a nadie en toda la planta, solo habitaciones llenas de bártulos de aspecto místico. Había velas y libros en papel, oraciones pegadas por las paredes, e incluso pequeños altares hechos con muebles viejos. Tras ver un osito de peluche mitad máquina, a Kiara se le quitaron las ganas de indagar. Terminó arrancando uno de los dibujos, que representaba una especie de montaña puntiaguda con un ojo en medio. Se lo acercó a la cabina del *Coracero*.

—¿Y esto?

—Es una nave espacial.

—Están chiflados de verdad. ¿No?

—Ya lo estaban la última vez que los matamos.

Por primera vez, la corsaria se empezó a creer la historia de David coma por coma.

Se abrieron paso hasta encontrar una estancia enorme y circular, con un blindaje tan grueso en las puertas que bien podría haber pasado por el puente de un acorazado. Incluso si el edificio se caía, era probable que los que hubiera dentro salieran relativamente ilesos. Parecía haberse incluido tras la famosa guerra nuclear, por imposible que pareciera que hubieran levantado semejante mastodonte hasta esa altura. No tenían forma de ver cómo lo habían encajado desde fuera, el resto de salas parecían haberse cortado para que cupiera donde estaba. Lo más asombroso, a decir verdad, era que la estructura pudiera con un peso semejante estando como estaba.

El interior estaba decorado con tapices y alfombras, con secciones de suelo llenas de velas. Si uno las miraba con atención, podía descubrir que estaban colocadas de forma que representaran el mismo ojo que Kiara había descubierto dibujado, o algún otro símbolo que desconocían. Había un púlpito, con un *Encapuchado* en él. Leía un libro grueso de aspecto antiguo, con páginas ajadas y decrépitas.

Lo cerró con un sonoro estampido, imitando una escena que a David le habían contado cientos de veces. El sonido le hizo tensar los músculos y chirriar los dientes.

—Ah, por fin. Empezaba a creer que no llegarían, coronel.

—Un placer encontrarnos cara a cara por fin, bastardo.

La armadura ya empuñaba el cañón de raíles, y no tardó en fijar el blanco sobre la cabeza de la figura. Era un auténtico *Encapuchado*, un Cronista. Reconocía los sucios símbolos de antes de la purga, había dado caza a algunos renegados que aún se empeñaban en llevarlos.

—¿Ha traído a otra novia para que la mate, señor Hussman?

El disparo del arma aceleradora prácticamente desintegró el púlpito y a su ocupante, esparciendo sus restos por la habitación en un radio de varios metros. No hubo sangre ni vísceras, aquella cosa era todo máquina. El proyectil sólido rebotó contra la pared del fondo como un mazo y la abolló, destrozando un par de muebles en el rebote.

—He de reconocerlo, soy un auténtico cabrón. Eso ha sido gratuito.

Los dos se giraron a la derecha, donde una segunda figura emergía de entre los tapices y velos, llevando otro volumen en la mano izquierda. Estaba claro que era la misma persona, la voz estaba modulada con el mismo maldito tono robótico. Lo único que le inquietaba a David era cuántos más estaban escondiéndose en la penumbra, su escáner no encontraba nada en ninguna frecuencia.

—Olvídese de los instrumentos, señor Hussman. Desde que capturé a la cabo Keirmann y recuperé los restos de su patrulla, tengo todos los datos que necesito sobre ellos, y sé cómo esquivarlos.

—¿Dónde la tiene, cabrón mecánico?

—¿Por qué asume que la tengo, coronel?

—Así que está muerta.

—Pues claro. Ustedes la mataron, en aquella camilla.

—Esa… cosa… ¿era ella?

—Ni siquiera parecía una mujer. —Kiara estaba con la boca abierta.

—Empezamos por algo suave para incluirla en la familia, como hicimos con usted. —La figura se encogió de hombros—. Se le fue de las manos realmente rápido, para lo que decía odiar la *mecanización*.

David le disparó de nuevo, aunque Héctor fue capaz de esquivar parcialmente el segundo ataque. Le arrancó el brazo izquierdo, y le hizo un agujero en el costado de ese lado. El cíborg se miró con disgusto, tirando de la túnica para evaluar los daños mientras las páginas del libro destrozado caían planeando en todas direcciones.

—¿Puede dejar de romperme por unos minutos? Necesito hablar con usted.

—¡No importa cuántas copias haya construido, traidor, las destruiré todas!

—Tiene gracia que me llame traidor, cuando soy probablemente el hombre que más ha hecho por la Flota. Verá, coronel, lo de su amiga Helena no estaba planeado. Klaus quería matar a la Madre, no a ella. Si no se hubiera metido en medio, no hubiera sufrido daño.

—Miente. Nos hubiera asesinado a todos si hubiera podido.

—Tenía el cuerpo de un *Dragón*. ¿Por qué no maté a Gregor Slauss? —Se encogió de hombros—. Pues obviamente, porque no *pretendía* matarlo. Le confundieron, igual que a usted.

—Diga otra mentira y tendrá que sacar otro cuerpo.

—¡Soy el súper villano, bla, bla, bla! —Comenzó a pasear, gesticulando con el brazo que le quedaba—. ¡Les mataré a todos, bla, bla, bla! Era lo que Marshall quería encontrar, le encantaban esas tonterías. Un discurso preparado para entretenerlo hasta que llegara Klaus y pudiera copiarlo. Los malditos paracaidistas traidores del *Nostra Itálica*, eso era lo que no me esperaba, y lo que fastidió mi plan.

—Espera, cara de lata —intervino Kiara, agarrando tenuemente el arma de David—. ¿Qué puñetas quieres decir? ¿Qué plan?

—Dos de los amigos del coronel eran una amenaza para la raza humana, señora Dreston, no sólo para la Flota. Los atraje a una trampa, a una batalla épica, para acabar con ellos. Marshall necesitaba su gloria, su triunfo absoluto sobre *el mal*. Había corrompido a los *Cuervos Negros*, algo predecible porque él mismo los fundó, y yo necesitaba matarlos a él y a la Madre. Toda la batalla que su nuevo patrón le ha contado, fue un montaje orquestado por mí. Lo que pasa es que me salió el tiro por la culata.

—¡Miente!

—¿Por qué debería? —se indignó el Cronista—. Párense a pensar un poco, por el amor de la Tierra. Tengo un ejército de cíborgs conmigo, incluso una respetable cantidad de copias de mí mismo en esta misma sala, y salgo a hablar desarmado con ustedes. ¿Es lo que esperan del villano que creen que soy? ¿No es raro si lo que pretendo es matar al coronel por lo que hizo?

—Un poco. —Kiara miró a su compañero, que seguía apuntándole a la cabeza—. Yo hubiera disparado primero.

A decir verdad, aquello tenía una chispa de lógica, cualquiera en su sano juicio hubiera tratado de vengarse de inmediato. La única explicación era que les estuviera preparando algo mucho peor que la muerte.

—Supongo que a estas alturas se habrán imaginado ya lo de *Soilé*, y que me copié a bordo de la *Risingsun*. Pues bien, lo hice en cuanto descubrí el plan de mi viejo maestro. ¡Quería regresar de entre los muertos a terminar de aniquilar la humanidad! ¡¿Podía ser más estúpido?!

—Le voy a…

—Déjale terminar, David —le pidió la corsaria—. Para ejecutarlo tenemos tiempo.

Quitó el dedo del disparador del cañón de raíles. Su compañera sabía que era cierto que estaban rodeados, y si había alguna posibilidad de que el *Brujo* los encontrara y pudiera ayudarles, debían ganar algo de tiempo. Era una estrategia inteligente y la consintió por interés. Además, el desmedido ego de aquel montón de chatarra podía hacer que se le escapara algo relevante. Había esperado más de una década, podía hacerlo otros cinco minutos.

—Gracias —asintió—. Marshall, o su reencarnación Reygrant, querían devolver la Flota a su estado de batalla. Eso es una tremenda estupidez, porque si los *Cosechadores* hubieran querido destruir a los humanos, lo habrían hecho. Igual que yo con ustedes dos.

—Compararse con los autores del mayor genocidio jamás perpetrado no les da puntos a sus argumentos, monstruo.

—El símil es válido, coronel: soy de una facción capaz de aniquilar a otra sin esfuerzo y, sin embargo, no lo hago. En un universo salvaje, los humanos hemos encontrado entre poca y ninguna oposición. ¿No les parece extraño?

La humanidad no sólo no había encontrado vida inteligente más allá de los *Cosechadores*, sino que estos se habían limitado a destruir el sistema origen sin barrer las colonias. Poseyendo las armas que poseían, era algo que estratégicamente no tenía sentido, salvo que planearan algo más para ellos. Ningún conquistador sensato deja libres a los hijos del enemigo sometido para que vuelvan a vengarse en su vejez. La misma existencia de la Flota era la prueba de que no era una buena idea dejar supervivientes.

—Así que sí les llama la atención. —Les tendió la palma—. Pues escuchen esto: lo de la Tierra fue solamente un señuelo, una representación qu...

La cabeza de Héctor explotó. Tardó unos cinco segundos en volver a salir de detrás de un tapiz y cruzarse de brazos. Parecía realmente molesto con que hubiera vuelto a destruirle.

—Enfádese cuanto quiera, Hussman. Lo hicieron para aparentar. Como terrestre, debería molestarme más que a usted. Yo *nací* allí.

—Usted salió de una cadena de montaje.

—Pasaré eso por alto —suspiró—. Los *Cosechadores* accedieron a no volver a atacarnos si yo mantenía el paripé de la guerra eterna, hasta que ellos obtuvieran de nosotros lo que querían. ¡Si nos estábamos quietos! ¡Marshall volvió a joderla, van a regresar a terminar con nosotros por su culpa!

Así que había acertado desde el principio y el tirano Cronista había tratado de pasar inadvertido a propósito, de mantenerlos en dique seco todo el tiempo posible. Tantos años comiéndose la cabeza, tantos años reprimiendo la idea de que había algo más que sed de poder, para que al final su teoría fuera correcta. Comenzó a notar como le palpitaban las sienes de rabia.

—Usted... ¡¡usted *negoció* con ellos!! ¡¡De ahí salió el arma de Klaus!!

—No es algo de lo que esté orgulloso, señor Hussman, créame. Ya no solo es el genocidio de mis semejantes, tampoco me gusta que me traten como a un imbécil siendo tan inteligente como soy. *No puede entender esto, es demasiado primitivo para lo otro.* Frustra.

—¿Y cuál es el plan? —preguntó Kiara, casi colgándose del cañón de David para obligarle a bajarlo—. ¿Qué es lo que negociaste?

—Me estoy arrepintiendo de esta conversación. No me escuchan. Quizás deba darles la pelea que buscan.

—Vamos Héctor, Hussman tiene motivos para estar cabreado contigo. Estás deseando convencernos, véndete un poco mejor. ¿Qué conseguiste de ellos?

La máquina resopló. Kiara le había calado hacía bastante rato: quería llevar razón a toda costa, que sus enemigos reconocieran que era el mejor y le alabasen. Quería verlos suplicar perdón por haberle contradicho.

—Le dijeron a su amo que habían acabado con la humanidad. Nos dejarían en paz hasta que llegáramos a cierto nivel, siempre que no llamásemos la atención. *Entonces* acudirían a nosotros con una oferta. Por eso nos han modelado así, como esclavos de esta sociedad tan descarnada y maléfica que es la Confederación.

—¿Qué buscan?

—No quisieron decírmelo. Los humanos tenemos *algo* que ellos necesitan, por eso seguimos con vida. Son aniquiladores de civilizaciones, exterminadores carentes de compasión.

—¿Pero…?

—Algunos de ellos no quieren seguir sirviendo a su amo. Creo que lo que quieren es que les ayudemos a librarse de él.

—¿Los *Cosechadores*, la omnipotente raza alienígena destructora de mundos, tiene un amo? ¿Qué clase de amo?

—Un *Dios Estelar* —Héctor abrió los brazos, teatralmente—. Una criatura con un poder más allá de la imaginación, un ser tan vasto que podría apagar soles con su solo deseo. O eso es lo que ellos dicen.

—¿Insinúas que nos han escondido de esa criatura? —Kiara estaba boquiabierta—. ¿Qué amenaza íbamos a suponer para algo así? ¿Por qué iban a traicionarla?

—Esa cosa ha acabado con toda la vida inteligente en nuestro brazo galáctico sirviéndose de sus esclavos, los Bai R'the... o *Cosechadores*. Devora mundos, especies enteras. ¿Usted qué cree? ¿Parece la clase de jefe para el que le gustaría trabajar?

—Así que tiene que ser eso: nos consideran un arma o una amenaza para su señor.

—Yo creo que no es por lo que somos, sino por lo que podríamos llegar a ser. Por eso permití y alenté la existencia de *Helios*, señora Dreston. Si los humanos pretendíamos hacer frente a algo así…

—…necesitábamos nuestro propio dios para darle una paliza —concluyó Kiara—. Así que fabricaste uno con la esperanza de que pudiera crecer y defendernos.

—Es usted muy lista. Lo que pasó en la Flota es que *Helios* se despertó demasiado deprisa, más de lo que yo esperaba. Era un *bebé* asustado, rodeado de hormigas que lo tenían atado y le hacían daño. Le gritaban, dándole órdenes contradictorias a cada instante, volviéndolo loco. No me dio tiempo a calmarlo. ¡El pobre ni siquiera sabía *qué era*!

—Mató a dos millones de personas, Héctor —Hussman era incapaz de usar un tono de voz normal en aquellos momentos—. ¡¡Dos millones!!

—Créame cuando le digo que lo siente, que es algo que le atormenta. Fue creado para proteger a los hombres, no para asesinarlos, coronel.

La estancia se sumió en un silencio sepulcral, interrumpido únicamente por las ocasionales explosiones y temblores. La tensión era tan elevada que hubieran podido cortarla con un cuchillo.

—Así que mata a la mujer que amo, me arranca un ojo, traiciona a la Flota y a la humanidad, negocia con los *Cosechadores*, crea un jodido monstruo espacial, atormenta a cuantos caen en sus garras… ¡¿Y se atreve a ofrecernos que nos unamos a su causa?!

—Le quiero con nosotros porque es un *héroe*, coronel, y la gente como usted escasea. Cuando uno pasa tantas vidas mortales en esta galaxia como yo, comete muchos errores y acumula muchos pecados. Los mismos que cualquier hombre normal acumularía durante sus fugaces años, solo que a lo grande.

—¡¿Eso se supone que sirve de justificación para algo de lo que me ha hecho?! ¡¿O de lo que les hizo a los otros?!

—Créame cuando le digo que a usted me hubiera gustado resarcirle por lo que pasó en la *Pluma Eterna*. Ponerle una pierna cibernética hubiera llamado demasiado la atención, por eso hicimos lo otro, para que viera que no era malo. Para que aceptara que Marshall se equivocaba sobre la *mecanización*, y en *todo*.

—…y este es el punto donde empieza a sonar como un demente, Héctor —le picó Kiara, con una media sonrisa—. Ciertas cosas que ha dicho tienen su lógica, lo admito. Lo de vendernos que vaciar ojos es una actividad normal enfocada a mejorar la vida de la gente… uf, he visto seguros dentales más convincentes. Siendo confederada, imagine dónde deja eso a su credibilidad.

—Es que *mecanizarse* no es el fin, querida, sino una fase. *Helios* será un dios humano cuando tenga en su poder suficiente conocimiento y experiencia, y para eso necesita integrar más fieles. La forma que cada uno elija para trascender hasta ese punto, no es de mi incumbencia. ¡Por eso queremos a un héroe como el coronel! ¡Su valor y dedicación serían…!

—Un momento. ¿Qué quiere decir *integrar*?

David abrió la boca de asombro. Acababa de verlo claro, tan brillante como las estrellas del firmamento. Nada era lo que parecía en ese universo de mierda. Era tan obvio, tan evidente, que incluso alguien tan ajeno al problema como un corsario lo había resuelto con unas pocas pistas. Nunca había pensado en habitar el cuerpo, había creído que sería suficiente con trasladarse a bordo, al amparo de una deidad que él mismo había creado. La *Risingsun* renegada y el Cronista Supremo nunca habían sido la misma criatura, Héctor ni siquiera lo había pretendido. Era tan irónico, tan sencillamente perfecto y merecido, que tenía que saber la verdad. Si sus sospechas se confirmaban, nada de lo que pudiera hacer a sus odiados *gemelos del mal* podría hacerles tanto daño como aquello. ¿Se habrían pegado un tiro en el pie?

—Es exactamente lo que pienso… ¿verdad? Tanto usted como Klaus se *integraron* con *Helios*.

—Así es. Nuestra experiencia ha sido muy valiosa para nuestro *hijo*.

David se echó a reír, no pudo evitarlo. Fue una risa tan clara, tan pedante y prepotente, que el robot se molestó. Se cruzó de brazos, esperando a que la carcajada se desvaneciera.

—¿Qué es tan divertido, si puede saberse?

—Ay, Héctor… pues que el mecánico de mi amiga tenía razón. Gregor *sí* que le mató, y los soldados de los aceleradores antitanque acabaron con su hermano.

—Creo que el hecho de que esté hablando con usted demuestra que se equivoca. Hay una continuación de mi mente, y por tanto, sigo vivo.

—Falso. Usted es una *instancia* de Héctor.

—Eso no es correcto, dado que tan sólo existe *un yo*. El concepto del *continuismo existencial* se lo explicaría. Pero es largo de contar, y no tenemos…

—¿Dónde está Klaus?

—Teniendo en cuenta el… accidente con su novia, consideró que no era acertado venir. Aprovecho para transmitirle sus más sinceras dis…

—Ahórreselas. Tengo algo que preguntarle sobre su nuevo… *ser integrado*.

—No se corte. Seguro que puede mutilar mi respuesta de nuevo sin perderse nada importante.

—¿Qué se siente al no ser usted? ¿Al haber sobrevivido tantos siglos para descubrir que su puerta trasera conducía a una jaula en manos de un niño cruel?

Héctor descruzó los brazos, y los ojos amarillos asomaron bajo la capucha por primera vez. Era un gesto que desentonaba muchísimo con la personalidad y pose que exhibía. Era desconcierto.

—¿Cómo dice?

—Le doy la razón sobre lo de la instancia. Usted no es él, ni siquiera una *copia* de él. —El *Coracero* le señaló—. Es una fracción de *Helios*, absorbida por su programa principal, como todos los desgraciados a los que ha *integrado*. Como su hermano, y como sus *Altos Cronistas*. Todos, en un movimiento estúpido, se transfirieron a bordo de la *Risingsun* esperando que su Dios-IA los protegiera. ¿Cómo iban a imaginarse que los esclavizaría?

La figura permaneció quieta, expectante. Si el rostro de titanio quería expresar algo además de desconcierto, o bien no podía, o no encontraba la forma adecuada de hacerlo. Por primera vez en siglos, estaba dudando de una manera tan tangible que incluso sus interlocutores lo notaban. El maestro titiritero se estaba desarmando por momentos, y David lo sabía. Atacó con todo lo que le quedaba.

—¿Qué pasó con el Héctor que quiso negociar la supervivencia humana? ¿Con ese titán terrestre con un hermano al que quería y con el que compartía todo? ¡Ya no queda nada más que la sombra que tengo delante!

—No ha entendido lo que…

—Usted es quien no lo ha entendido. Efectivamente, crearon un niño que aspiraba a ser un dios, y le dieron un cuerpo enorme para que pudiera convertirse en uno. ¡Una *Risingsun*, el pináculo de la tecnología humana! ¿Y qué hizo ese niño gigante? Esclavizarle a usted, a Klaus y a todos sus Cronistas. En cuanto matamos sus cuerpos verdaderos, no tuvo ninguna limitación, nada que pudiera impedirle corromper sus mentes hasta la médula. Los ha convertido en sus *juguetes*.

—No es verdad.

—Demuéstrelo. Pida a su *hijo Helios* que le enseñe la copia original inalterada de su cerebro humano.

—Yo mismo la actualizo cada dos horas, con la experiencia que…

—Así que teniendo una nave con innumerables *petabytes* de memoria… ¿Y sólo conserva un duplicado de su imagen cerebral inicial? ¿Sólo uno? ¿Y qué pasa con la política de copias de seguridad de su Orden? ¿Se le olvidó enseñársela a su heredero?

Kiara reparó en que Héctor apretaba los puños. Se oía crujir las juntas de los dedos de titanio bajo las mangas, como si fuera hielo fundiéndose y agrietándose. Parecía estarse destrozándose las manos él mismo.

—No es posible.

—Lo siento, *señor sombra*. Usted no es Héctor, y lo que conoce como Klaus no es Klaus.

—Existe una copia. Yo mismo la hice momentos antes de que Gregor Slauss matara mi parte humana, e hice lo mismo con todos mis compañeros y mi hermano. Se completó unos minutos antes de que entraran en nuestro santuario. Bueno, menos la de Klaus, que la hice en cuanto entró en alcance de la red. Esas versiones nunca se actualizaron, y tardaron meses en llegar hasta *Helios* mediante discos ópticos. Perdí catorce agentes a manos del maldito *Gran Inquisidor* para salvarlas.

—Restáurela en uno de sus cuerpos.

—No voy a replicarme. Podría crear un bucle retroalimentado que me volvería loco si me encuentro conmigo mismo.

—Entonces traiga a Klaus. Prometo no hacerle daño de ninguna forma, no como a su secuaz al que *no iba a aplastar*. Prometo no insultarle e incluso tratarle con… cierto respeto.

—Tampoco voy a *clonar* a mi hermano.

—Porque no *puede*, no sería él. Si lo fuera, no sabría qué pasó con Helena, puesto que la copia inalterada sucedió justo antes de matarla. Sólo tiene esa forma de demostrárselo a sí mismo.

Le sostuvo la mirada unos instantes.

Uno de los autómatas cobró vida, y con paso firme, avanzó hasta el centro de la sala. Era una réplica exacta del avatar con el que Kiara y David llevaban tanto rato hablando, pero se quedó mirando a Héctor como si fuera alguien diferente.

—¡¿Qué te pasa, hermano?! —le reprendió, llegando incluso a empujarle—. ¡¿Me has clonado?! ¡¡Mi gestor de actualizaciones dice que entro en conflicto!! ¡¡Estoy duplicado, existo en dos lugares!! ¡¡Te estás cargando el principio del *continuismo existencial*!!

—David quería que le pidieras perdón en persona. Solamente así aceptará unirse a nosotros, y ya sabes lo importante que es para *Helios*. Te apagaré después, fusionando las versiones y resolviendo el conflicto.

—De acuerdo —contestó Klaus, girándose hacia el *Coracero* con desagrado—. Si es lo que necesita, lo haré, coronel. Lamento mucho haber matado a su amada. Quise acabar con la Madre, no con ella. Si se le ocurre cualquier…

Interrumpió la frase a medias cuando al avatar de Héctor se le cayeron dos dedos al suelo. Los acababa de apretar con tanta fuerza que el titanio había cedido, los mecanismos se habían roto y los había perdido. En aquel momento David supo que había ganado con tres disparos, y más habían sido por rabia que realmente por necesidad. Había hecho algo mucho peor que matar al Cronista Supremo. Le había demostrado que era poco más que un *esclavo*, un *juguete* en manos de un niño cósmico.

—¿Cuál es tu versión? —La voz de Héctor sonó como un chirrido cacofónico.

—¿Hermano?

—¡¡Tu versión!!

—La tres-punto-cero-cero, desarrollo cero. Por eso estoy fuera de sincronía, según el registro estoy en la tres-punto-seis-dos, desarrollo once. Soy una copia vieja de mí mismo. No entiendo de qué va esto. ¿Por qué me has copiado mal para disculparme?

—¡¡Porque tú no deberías saber qué le hiciste a Helena Blane!!

—¿Qué quiere decir eso?

—Usted gana, coronel. Me enfrentaré a *Helios*… y… y….

La voz de Héctor fue apagándose paulatinamente, hasta convertirse en un susurro. Klaus se asustó, y comenzó a zarandear a su hermano, que había dejado de moverse. Lo llamó por su nombre varias veces, tratando de comunicarse con los ojos vacíos y apagados. La armadura de David detectaba todos los intentos de transmisión por red inalámbrica, incluso sin cifrar. Ninguno tuvo éxito. De repente el avatar de Klaus empezó a sufrir el mismo problema, sus ojos parpadearon, y se volvió hacia los que cualquier hombre cuerdo hubiera considerado sus enemigos. Su gesto se demudó en una mueca de terror, tan humana, tan creíble, que les encogió el corazón.

—¡¡Ayúdenme!! ¡¡Le ha borrado y ahora me está matando!! ¡¡Nos está matando… para siemp… siem… sie…!!

El robot se apagó, privado de la personalidad que lo había habitado unos momentos antes. Incluso se quedó con los brazos extendidos, en un último gesto que pedía auxilio. Kiara se acercó, tocándolo con el cañón del fusil acelerador.

—¿*Helios* acaba de cargarse a sus *padres*?

—Supongo que no le ha gustado que descubran que no son copias puras. Los hermanos traidores han muerto de verdad, y nuestra gente está vengada.

—¿Estás seguro? ¿No será una trampa para salirse con la suya?

—Nunca había visto *terror* en la cara de un cíborg completamente *mecanizado*, la patología les hacer creerse invencibles e inmortales. Esto es nuevo.

—Pues la verdad, da grima. ¡Mira qué cara de miedo se le ha quedado!

—Deberíamos encontrar a Dominique y largarnos.

—¿Por qué tanta prisa? ¿No saqueamos nada para compensar las molestias?

—Si había algo de verdad en las palabras de este infeliz, acabamos de obligar a una IA adolescente de veinticinco kilómetros a borrar dos de sus personalidades favoritas. ¿No te cabreaste nunca a los quince porque alguien jodió tu *recopilatorio definitivo* de música?

—Eeeeeentiendo. Mejor corremos.

David le extendió el brazo derecho a su compañera, y esta trepó por él. Si una turba de robots enfurecidos se dejaba ver, sería más rápido escapar así que a pie.

Apenas habían salido por la puerta cuando los ojos de los dos autómatas se encendieron con tono candente. En efecto, *Helios* estaba furioso.

El *Brujo* no respondía a la radio. Encontraron una segunda escalera de bajada y la tomaron para descender a la planta donde lo habían perdido. Encontraron docenas de *mecanizados* desactivados por el camino. No tenían signos de violencia, era como si se hubieran desplomado inconscientes donde estaban.

David no dudó en aplastar con el *Coracero* a los que se habían quedado en medio, y lo hizo como si fueran vulgares sacos tirados por el suelo. Algunos de ellos convulsionaron, revelándoles que aún estaban vivos.

Revisaron al menos diez habitaciones, sin encontrar ni rastro del capitán. Kiara estaba cada vez más nerviosa, empezaba a hiperventilar y a empañar el casco. Aquel hombre era como su padre, la había criado, y aún tenía fresco el recuerdo de la muerte de dos de sus compañeros.

Ya estaba abriendo la boca para decirle algo cuando oyeron los inconfundibles disparos del *Grito de Muerte*. David cambió el modo de sensores, y detectó que el ruido venía de la planta inferior. Dominique huía de una marabunta de enemigos, veía su silueta en el escáner térmico, que titilaba cada vez que lanzaba su munición explosiva.

—¡Tenemos que bajar!

—Llama a Jhony y agárrate. Evacuamos.

David retrocedió por el pasillo, a un lugar donde el hormigón de suelo se había resquebrajado, y saltó con los dos pies juntos sobre el punto más dañado. El impacto no tiró el piso, pero hizo que se tambaleara, y las grietas corrieron hasta las paredes con un crujido. Abrazó a Kiara pegándola a la cabina, para volver a intentarlo. El *Coracero* plegó las rodillas en el aire, para caer hincando los talones blindados.

Esta vez atravesaron el suelo, cayendo a la planta inferior sobre sus enemigos. El derrumbe aplastó a media docena de ellos, sin que el resto retrocedieran. Se les echaron encima, y si pudieron escapar fue porque el *Ángel Caído* era más rápido que los que se habían librado de morir sepultados.

El coronel inició una carrera meteórica, cargándose a Dominique al hombro como si fuera un recién nacido. El *Brujo*, que ya no llevaba casco, comenzó a disparar contra los *mecanizados* a la vez que gritaba. Le habían dado con algún tipo de granada o lanzallamas, porque tenía el lado izquierdo del rostro abrasado hasta parecer carbonilla. Tenía el ojo entrecerrado, e incluso había perdido la oreja casi completa, junto a su amado cascabel.

Tras ellos corría una marabunta de cíborgs, cada uno con modificaciones más monstruosas que el anterior. Algunos llevaban armas en vez de brazos, otros ruedas o cadenas en lugar de pies, los de más allá tenazas o cuerpo de escorpión.

Enfilaron el siguiente pasillo tras doblar una esquina, encontrándose que terminaba en un mirador. Los habían acorralado.

—¡¿Dónde está la nave?!

—¡¡Dice que en camino!!

—¡Pues entonces espero que no me haya equivocado con los giros dentro de la torre o nos mataremos al atravesar la ventana!

—¡¿No había agotado el combustible?!

—¡Eso no es estrictamente cierto!

Puso el hombro derecho por delante y embistió al malogrado cristal, apretando a sus compañeros lo máximo posible antes de llegar al aplastamiento. Cambió la alimentación de la propulsión al reactor principal, desplegó las alas y saltaron al vacío en medio de una lluvia de polímeros destrozados.

Los enemigos se arrojaron detrás a pesar de que la mayoría no era capaz de volar, como una ola de lemmings que pretendía agarrarlos en pleno salto. Uno de los pilotos rebeldes debió verlo, porque le soltó dos misiles al mirador abarrotado, que desapareció en medio de una espectacular explosión.

David miró hacia abajo y sonrió para sí mismo. Estaban sobre un hangar enorme, que debía haberse usado en el pasado para el aterrizaje de las naves *PMI* de los mandamases corporativos. Los retrocohetes y el rozamiento de las alas comenzaron a ralentizar la caída a plomo, al coste de reducir el combustible del reactor de fusión a un ritmo alarmante. Para cuando alcanzaron la superficie, la armadura tenía ya solo un once por ciento de carga. O Jhony aparecía pronto, o no aguantarían mucho más.

—¿*Arcángel*?

Era uno de los pilotos a los que había dejado a cargo al caer con el crucero. Se alegró de que siguiera vivo.

—Sigo entero, *Pícaro uno*.

—¿Qué ha pasado ahí dentro?

—Hemos matado a dos de sus líderes. Lo malo es que no hemos podido terminar con el mandamás. ¿Algo que reportar?

—Los Cruzados están enviando a todas sus escuadrillas. Dado que han preguntado por un *Coracero rebelde*, imagino que no andas en buenos términos con ellos.

—Afirmativo. Prefiero evitarlos.

—Entendido. ¿Necesitas algo más?

—¿Ha visto al *Pétalo Danzarín*?

—Va hacia ti, está llegando. ¿Necesita escolta?

—Solo hasta que nos recoja. Luego, no nos conocemos.

—Recibido, proporcionamos cobertura. Gracias por todo, *Arcángel*. Siempre serás bienvenido en Recnis, te debemos una.

—Suerte, *Pícaro uno*.

El caza le pasó por encima haciendo una pirueta, y comenzó a disparar a una bandada de *mecanizados* que escapaba. El *Pétalo* los sobrevoló unos instantes después, aterrizando a trompicones en el extremo más alejado de la cubierta del hangar. La estructura cedió, por lo que el coronel comenzó a correr hacia la nave.

Cuando estaban a medio camino, se abrió una trampilla de mantenimiento, y uno de los cuerpos que poseyera Héctor se interpuso en su camino. David se detuvo, y dejando a Kiara en el suelo, descolgó el cañón de raíles.

La criatura tenía dos ojos rojos como el infierno bajo la capucha, y exudaba una antinatural aura que invitaba a no acercarse. El radar del *Ángel Caído* parpadeó, y notificó que el recién llegado estaba emitiendo un campo electromagnético increíble. El reactor interno del ser debía tener una fuga.

—¡¡Yo soy *Helios*!! —La voz sonó como un trueno, emitida en todas las frecuencias tanto audibles como inaudibles—. ¡Soy el nuevo Dios de la raza humana, protector y conservador de los hijos del Sistema Solar! ¡¿Cómo os atrevéis, mortales, a frustrar mis planes y asesinar a mis siervos?!

Kiara se volvió hacia David, pálida. Incluso si lo que tenían delante era un avatar, resultaba pavoroso. Él le asintió, y la corsaria le disparó, vaciando el cargador. La criatura ladeó los hombros, encajando los impactos sobre su piel de titanio, sin llegar siquiera a retroceder un paso. El calibre era insuficiente.

—Permíteme. —El coronel le apuntó al pecho.

—David Hussman, el renegado. —La voz hería los oídos, parecía diseñada para hacer doler los tímpanos—. ¡Tu alma es mía, en pago por los dones recibidos!

El *Coracero* se relajó, y colgando el arma, comenzó a caminar hacia la aparición; aún llevando a Dominique en brazos. El capitán se había desmayado, había luchado hasta sentirse a salvo y ahora estaba indefenso.

—Pero… ¡¿Qué haces?!

Kiara trató de interponerse, sobrepasada por lo que veía, pero él la sentó de un desinteresado manotazo. Se puso a la altura del robot poseído, e hincó la rodilla en tierra.

A la corsaria se le escaparon dos lágrimas de impotencia. ¿Iba a entregarles? ¿Jhony habría pasado por alto algún circuito, y aquella cosa le habría arrebatado el control de sus actos? Estaba tan furiosa y aterrorizada, que ni siquiera pudo pensar en algo grandilocuente que decir.

—¡¡No!! ¡¡David, no!!

—¿Qué ordena, amo?

—Vendrás conmigo, y harás lo que te ordene cada día de tu vida, hasta que tu cuerpo sea inorgánico, y seamos uno solo. —Le rodeó, señalando a Kiara—. Atrapa a esa blasfema, tráela ante mí para que podamos convertirla.

Dreston se dio por muerta. Si la atrapaban, la transformarían como habían hecho con Keirmann. No quería vivir una vida como esclava cíborg, así que desenfundó su pistola y se apuntó a la sien.

Podía ver la sonrisa de aquella máquina incluso desde donde estaba, su maldad interior. Desde luego, podía decirse que había salido a los *padres* que se atribuía.

También pudo ver el cambio de su rostro desde un gesto triunfal a una mueca de completa incredulidad. El *Coracero* le agarró de la nuca con su mano libre, y girándole, le puso mirando en dirección a la cabina. En aquel momento el *Portlex* de la *Pretor* de David volvió a su estado transparente, abandonando la forma de máscara blanca que había tenido durante todo el asalto y permitiendo que *Helios* mirase en el interior de su casco. No se imaginaba que hubiera podido arrancarse un ojo por propia voluntad, mucho menos el circuito que le habían pegado al cerebro.

—¿Héctor y Klaus no le enseñaron lo que es un farol, cafetera?

—¡El implante! ¡Imposible! ¡¿Cómo has renunciado a él?!

—Le diría que no es personal… pero sería mentira, sí que es personal.

El *Ángel Caído* apretó la mano, haciendo estallar la cabeza del avatar. Volteó los restos humeantes sobre la cabina y los arrojó bien lejos, fuera del techo del hangar.

—Máquina gilipollas.

—¡¡Imbécil, estúpido, anormal!! —Kiara se acercó a toda prisa, olvidando el fusil de raíles, y empezó a darle patadas y golpes en la espinilla al *Coracero*—. ¡¿Es que querías matarme?!

—Claro que no —sonrió, agarrándola contra su voluntad y corriendo hacia la rampa de *Pétalo*—. ¡Me queda poca batería! ¿Cómo iba yo a saber si tenía todo el sitio minado, armas que podía hacer salir de la nada o…?

—¡¡Tenías que acercarte y aplastarle la cabeza!! ¡¿No podías pegarle un tiro, sin más?! —Kiara continuó aporreando el antebrazo de la armadura—. ¡¿Tenía que ser cercano y personal?!

—¿Es una pregunta retórica?

—¡¡Subnormal!!

Subieron a la rampa de la nave a la carrera, y en cuanto la alcanzaron los bajó a ambos al suelo, junto a un Pierce armado hasta los dientes.

Tan pronto como aseguró los electroimanes a suelo, David descendió del *Coracero* para cargar con el *Brujo* hasta la enfermería. Trevor a duras penas pudo ayudarle nada más que guiándole y abriendo puertas, su constitución era demasiado delicada como para levantar a alguien tan grande como Dominique.

Kiara echó a correr hacia la cabina, para sustituir a un azorado Jhony al que le temblaban las manos. Tan pronto como le dijo que su hermano estaba herido, abandonó el asiento a toda velocidad camino a la enfermería. Se cruzó con Hussman, que ya volvía.

—¡¿*Comozta*?!

—Media cara quemada, pero vivo. Vaya a atenderlo, creo que hay algo en el maletín que se llama *drendonosequé*.

—¡Zé lo que ez! ¡La primera ofisial nesecita tu ayuda, *tirabusón*, laz navez de tu Flota se asercan!

Asintió, y en unos segundos estaba en el puente. Se sentó junto a la corsaria hundiendo el asiento y, quitándose el casco, se colocó los auriculares. Kiara acababa de comprobarlo todo, y levantaba la nave en ese preciso momento. Varios interceptores del escuadrón *Vengador* venían directos hacia ellos.

—¡¡Tus ex-amigos nos han visto!! ¡Me parece que vamos a morir!

—Todos vamos a morir. Lo que pasa es que, salvo que nos de un infarto, tú y yo no lo haremos hoy.

Cambió las frecuencias de las normales a las de los Cruzados, y abrió un canal a los que fueran sus cazas. La piloto pareció sorprendida, no esperaba una comunicación en aquel canal.

—¡Aquí *Vengador uno*, identifíquese!

—Sabe perfectamente quién soy, Miranda.

—Coronel. —Hizo una larga pausa—. Sabe que no tengo elección, ¿verdad?

—Me decepcionaría que la tuviera: Robo de tecnología, deserción y alta traición —A Hussman la boca le sabía a ácido para baterías—. Lo que pasa es que no va a dispararme todavía, porque tiene un blanco mejor.

—Sorpréndame.

—Seis punto dos kilómetros sur oeste respecto a mi posición, en tierra, teniente. Bajo las viejas pistas de naves capitales. Espero que reconozca la firma energética.

David colgó, cruzándose de brazos. Kiara levantaba la nave a un paso desesperadamente lento, la corbeta pesaba demasiado ahora que tenía todas las mejoras. No habían calculado cuánto les costaría despegar en caso de combate, y parecía ir a ser todo.

—Supongo que no la has convencido.

—Ten fe.

—Ese objetivo que le has vendi... Un segundo. ¿Qué es esa señal de la pantalla de tu lanzadera?

—Un encendido de un súper reactor *Titán*. Este es antiguo, pero ver uno en acción es como la *primera vez*, es imposible de olvidar por lo que conlleva.

—¿Y eso qué quiere...?

Antes de que pudiera terminar la frase, la nave tembló al recibir una onda de choque. La tierra se abrió como partida por un gigante, expulsando una nube de polvo de varios kilómetros de alto, una que empequeñecía al impacto del crucero que habían perdido.

Y emergiendo de las oscuras sombras de la explosión, apareció la nave más enorme que Kiara hubiera visto jamás. La más colosal jamás construida desde que la humanidad abandonara el Sistema Solar huyendo de los *Cosechadores*.

Helios era gigantesca, una bestia de metal tan vasta que resultaba increíble que pudiera volar, mucho menos despegarse de un planeta. Iba armada como un ejército, blindada como toda una flota, dispuesta a darles muerte.

Todas las alas de caza cambiaron el rumbo de inmediato, encarando la amenaza que emergía de las profundidades de la tierra. Cómo habría acabado enterrada allí era incomprensible, casi tanto más como que fuera capaz de levantarse desde el suelo cuando jamás se había pensado para entrar a la atmósfera. Estaba claro que se había mejorado a sí misma mucho más allá de su diseño original. Ahora no sólo era capaz de ocultarse en cualquier punto del espacio, sino en cualquier mundo, donde su rastro electromagnético quedaría enmascarado.

Kiara estaba con la boca abierta. A pesar de estar ya muy arriba era incapaz de corregir el rumbo, no podía apartar los ojos de aquel leviatán infinito que empezaba a pivotar hacia ellos. Lo habían cabreado, y seguramente estaba pensando en desquitarse.

—Ahora es cuando dejamos las tortas a los cazadores de monstruos y corremos.

Sacudió la cabeza, fastidiada por la condescendencia de David. Giró en redondo y, apuntando al cielo, aceleró a fondo para salir del campo de gravedad. Los *Cazadores Asesinos* convergían hacia *Helios*, ignorándolos como si no estuvieran ahí. Tratarían de atrapar la nave en tierra, neutralizando sus motores con sus *torpedos espirales* antes de que pudiera terminar de salir de la atmósfera. Varada en tierra, aquella bestia sería un blanco fácil de destruir si traían refuerzos.

Salieron al espacio, y tan pronto como lo hicieron, aceleraron a toda máquina para huir del sistema. No querían que una *Risingsun* vengativa tuviera la oportunidad de fijarles como blanco.

Saltaron al *Pulso*.

Jhony dejó la última caja en el suelo, y se le colgó del cuello tan pronto como lo hizo. Se había despedido de Calíope y Pierce unos minutos antes, e incluso la dura corsaria había sonreído a medias al hacerlo. No había tenido ocasión de agradecerle todo al *Brujo*, que seguía sedado por su hermano hasta que las medicinas de los Cruzados hicieran efecto. El pobre estaba mucho más destrozado de lo que aparentaba.

—Cuídate, *tirabusón*.

—Tú también, colega.

—¡Ja! —le dijo a Kiara—. ¡Me ha tuteado! ¡Ya no eres tan ezpesial!

Le dio un golpecito en el hombro al pasar, y subió de nuevo por la rampa del *Pétalo Danzarín*. El hangar abandonado estaba bastante oscuro, presa de años de abandono. Era una estación espacial pequeña y remota en los límites del sector, anclada gravitacionalmente a un gigante gaseoso azul, donde algunos piratas paraban a esconderse o repostar de vez en cuando. No era que la mantuvieran, pero sí que la adecentaban y reabastecían para poder usarla como refugio.

—El reactor tiene combustible para unas semanas, y podrás recargar tus baterías. Imagino que no te costará robarles la nave a los *Rayacráneos* e ir a donde quieras.

—Gracias por todo, Kiara.

—No se me da bien esto. Estos tres días de viaje han sido… bueno, muy especiales. Debería agradecértelo yo a ti.

—¿A pesar de hacer que un monstruo espacial y la Flota Cruzada os pongan en el punto de mira?

—Hay mucha Confederación para correr y ya hemos puesto una queja ante la Central de Patentes de Corso. Nos han asegurado que la Flota no podrá tocarnos como venganza o se considerará acto de guerra. Ya lo has leído.

—No te haré volver a pedirme que me quede. —Le tomó las manos y las apretó—. Las patentes son para ciudadanos confederados, no para mí. Caigo en la categoría de apátrida y, por tanto, de pirata.

—Podemos sobornar a quien haga falta para conseguirte los papeles.

—Kiara… no. —Le puso un dedo en los labios—. Hay mucha gente que se va a tomar lo que he hecho como algo personal, y necesito que sea así. Si yo he podido caer, cualquiera puede, y eso desatará la caza de brujas que atrapará a Moluka y sus secuaces.

—Ser el malo para hacer el bien. Maldito sea tu heroísmo, coronel Hussman.

Se le acercó hasta ponerle las manos en la cintura, y miró hacia arriba. A pesar de que era una mujer alta, la *Pretor* le hacía enorme a su lado. Se había reído mucho al ver que, sin ella, sus estaturas eran bastante parejas.

—Es… una pena lo de ojo. Tienes un color de iris muy bonito.

—Tú también. Prefiero tu gris cristalino al mío.

Se besaron una última vez. David vio a Helena, a una Helena espectral que se alejaba de sus labios a cada instante. Pronto el fantasma se retiró, despidiéndose con la mano en su imaginación. La había vengado, ya podían descansar los dos. No tendría más pesadillas donde se le escapaba entre los dedos, ni lloraría más su muerte cuando nadie le veía. Había sufrido una horrible herida a los tiernos veintiún años, mucho peor que lo de la pierna o el ojo, y solamente en aquel momento se sentía curado.

Helena parecía feliz de poder marcharse, feliz de ver que ya no estaba solo y con el corazón roto. Le lanzó un beso etéreo, que con un soplido fue a impactar sobre su mejilla. Después desapareció.

David volvió a estar con Kiara, con aquella corsaria aguerrida y maleducada que a pesar de ser cuatro años menor que él, le había enseñado mucho más que todos los psicólogos de la Orden de la Vida juntos. La atrajo hacia sí, besándola con una pasión que solamente le había dedicado a su primer amor.

Cuando se separaron finalmente, era un hombre distinto.

—Bueno. —Se apartó un mechón de color caoba de la frente —. He de irme, las facturas no se pagan solas.

—Estoy seguro de que no.

Se dio la vuelta, y caminó apesadumbrada hasta la rampa del *Pétalo*. Se agarró a uno de los puntales hidráulicos que la subían, y se giró una última vez.

—¿Has pensado en lo que dijo Héctor? ¿Crees que ese *Dios Estelar* existe?

—El Cronista Supremo estaba loco, Kiara. Necesitaba justificarse, y tras despertar ese monstruo, puede que decidiera creerse su propia mentira para calmar su conciencia, si es que la tenía. Lo que me extraña es que no quisiera algo como la *Helios* para sí.

—Ojalá tengas razón. Me inquieta que pueda haber una chispa de verdad en su locura.

—Sólo el tiempo lo dirá. Fíjate, al final lo hemos derrotado juntos.

Permanecieron en silencio unos minutos, mirándose el uno al otro. Los dos sabían que en aquel momento era lo correcto, que debían separase al menos un tiempo. Ambos temían que fuera para siempre.

—¿Volveremos a vernos, coronel?

—En cuanto el espacio lo decida.

Kiara sonrió, y desapareciendo en las entrañas de la nave, subió hasta el puente. Él se puso el casco, lo presurizó, caminó hasta la pared y presionó los controles que abrían las puertas del hangar.

Las luces rotativas y las alarmas se encendieron, anunciando la retirada del aire a los tanques. Tan primitiva era aquella instalación, que ni siquiera contaba con una pantalla de escudos para retener el oxígeno en el interior.

El hangar se vació por completo, y la corbeta quedó suspendida en el vacío cuando desancló los imanes del tren de aterrizaje. Antes de encender la propulsión auxiliar que los separaría, Kiara miró una última vez por el cristal blindado de la cabina y se despidió con la mano, sonriendo.

Él levantó la mano derecha, sin gesticular, y el contacto visual se cortó. La nave corsaria salió al espacio, llevándose con ella a una persona que había cambiado su vida de forma inesperada. Cuando había bajado a Recnis VII en busca de un *inquisidor*, jamás hubiera sospechado que encontraría a una redentora. Mucho menos, que podría volver a enamorarse.

Regresó caminando al *Coracero*, lleno de golpes, abolladuras y saltones de pintura. Su fiel montura, su *Ángel Caído*, su inseparable hermano de batalla. Lucharían y morirían juntos, resurgiendo una y otra vez hasta terminar la misión.

Había mentido a Kiara para protegerla a ella y a su familia. Su objetivo no era *Helios*: quería saber si Héctor estaba loco o si había algo más. Podía ser que hubiera tratado de engañarle para reclutarle, que se hubiera creído su propia mentira… o que supiera más que nadie sobre los *Cosechadores*. Si había hablado con ellos, si realmente existía un ser que aniquilaba civilizaciones con el poder de un dios, habría pistas. Rastros de destrucción a su paso. Alguien, por probabilidad, habría encontrado algo en un mundo habitable. No había tantos en la galaxia como para que los humanos no encontraran ruinas.

Sólo tenía que dar con quienquiera que las hubiera descubierto.

Se quedó parado frente a la armadura, y volvió a polarizar el *Portlex* como la máscara blanca tan característica que había llevado en Recnis, y que desde entonces sería su rostro para todos menos para sus amigos.

—Hora de trabajar, compañero. Aún queda una misión que cumplir.

Jhony se sentó en el asiento del copiloto que David había hundido durante la huida. Sentía que la miraba, esperando a que ella comenzara a hablar. Podía ignorarlo durante horas, que al final la seguiría hasta la puerta del baño si hacía falta. El médico era muy pesado si se lo proponía, y estaba claro que quería hacer algo por ella. Le había dejado hacer el *Pulso* y llegar a la órbita de Fortuny VII, pero no pensaba dejarla ir más lejos.

—Dime.

—*Tirabusón* debería eztar a bordo. ¿Por qué no lo atamos en la bodega hazta que recupere el coco?

—Porque tiene razón.

—¿En qué?

—En todo. Si hay partidarios de los gemelos chiflados y la gran lata asesina en su Flota, lo mejor es que quede como un traidor. La corrupción del paladín más noble desata sospechas sobre todo el mundo. Pillarán a los implicados e irán por la escotilla.

—Podemoz ezconderlo.

—Se asfixiaría. Tiene que encontrar al *Helios*, y matarlo. Es lo último que queda de esos dos locos, y debe desaparecer.

—Ez un zólo tío contra una nave gigante. ¿De verdad ez zenzato?

—Claro que no, lo más probable es que le mate. Lo malo es que cree que debe intentarlo porque es lo correcto.

—Me eztáz dando largaz, zobrina.

—Joder, Jhony —Se giró hacia él —. No quiere ponernos en peligro, y yo tampoco quiero, ¿vale? Dominique está muy grave y yo no voy a moverme de su lado mientras no esté curado. Sois mi familia. No tengo dieciséis años para salir corriendo tras un chico.

—Tienez cazi treinta, Ki. Zi quierez una vida diztinta, con familia de verdad e hijoz, no vaz a poder ezperar mucho máz. Por lo que he vizto, David ez el... *novio* máz noble que haz tenido nunca. Ezto que me disez lo confirma.

—No sé lo que quiero —Apretó los controles, aterrorizada —. Lo quiero todo y es incompatible entre sí. Él podría haber venido, y entonces hubiera mirado para siempre al firmamento esperando ver su bestia entre las estrellas. Yo podría haber tenido esa familia con él y... ¿renunciar a esto? ¡¡Amo mi vida en el cielo, las luchas a espada y los tiros!! ¡Es la primera persona con la que siento que sentaría la cabeza tranquilamente y a la vez, odiaría hacerlo!

—Cariño...

—¿Estoy loca, tío Jhony?

—Zólo igual de enamorada que él.

—Él no me quiere. Me lo advirtió, y le dije que daba igual, porque creí que era así. Ama a una muerta.

—No, ya no.

—¿Y cómo lo sabes?

—Porque zu ojo lo dise. —Se puso en pie, y le revolvió el pelo, valiéndose de aquella sonrisa irrompible que no perdía nunca—. Tenéiz buenoz motivoz para zeparaoz, pero recuerda ziempre que tenéiz mejorez motivoz para veroz de nuevo. Hazta entonzez, dizfruta del viaje.

—Gracias.

—Voy a dezpertar ya a mi mano, *crusesita*. La pazta eza debe haberle *repegao* la cara y la inflamazión alrededor de loz doz huezoz arregladoz debe eztar mejor. A ver qué tal la oreja, que no creo que cresca mágicamente. Ademáz... le va a joder haber perdido el cazcabel, ze lo regaló Zebaztián.

—Dale un beso de mi parte.

Kiara suspiró, poniéndose los cascos y corrigiendo el rumbo hacia Fortuny. La verdad es que no sabía, al menos en aquellos instantes, qué clase de existencia quería llevar. Nunca se había cuestionado su estilo de vida hasta ese momento.

Pierce tenía un hijo que se entrenaba para piloto y al que no veía más que una vez al año. Calíope estaba divorciada y no se hablaba con su ex. Jhony había odiado siempre las relaciones de más de una noche. Dominique...

Le pareció que los cascos petardeaban, y los levantó con una mueca de desagrado. Tendría que pedirle a Pierce que mirase la mierda de conexiones que había hecho para empalmar...

Entonces lo oyó de nuevo y se dio cuenta de que no había sido un petardeo, sino disparos. Se levantó a toda prisa, dirigiéndose al pasillo principal, y vio desplomarse a Jhony con los ojos en blanco.

Dominique se aproximó con paso calmado hasta el cuerpo de su hermano y le disparó dos veces más a bocajarro. Se quedó muda, pálida, totalmente paralizada.

Al volverse hacia ella, le bastó una fracción de segundo para entender lo que estaba pasando. El ojo izquierdo del capitán, el del lado que se había *quemado*, brillaba con una tenue pero perceptible luz roja. *Helios* lo había atrapado mientras ellos merodeaban por el piso superior, lo habían *mecanizado* y debía haberlo infectado durante el numerito de David. Echó a correr hacia la cabina, y pudo saltar tras los asientos un segundo antes de que su padre adoptivo vaciara el cargador contra ella.

Escuchó un alarido que pertenecía a Calíope. La corsaria se abalanzó sobre él, y con un golpe extremadamente diestro le arrebató el arma. La pistola chocó contra el borde del pasillo, y se coló bajo una de las rejillas de mantenimiento.

Comenzó a golpearle en lo que ella volvía a levantarse, sin conseguir ninguna reacción similar al dolor. Simplemente se tambaleaba y respondía con una coordinación cada vez mejor. Eso era, todavía no lo había poseído por completo, como había pasado con los que se habían desmayado en la torre.

—¡¡Noquéalo, le están controlando!! ¡¡Pierce, ayuda!!

Le saltó sobre la espalda, y Dominique se zafó de Kiara con un cabezazo que le dio en plena frente. Cayó al suelo, aturdida, y tardó unos instantes en reaccionar.

El capitán agarró a Calíope en el hueco del codo aprovechándose de su colosal fuerza, le rompió el cuello con un movimiento preciso.

—¡¡No!!

Se volvió hacia ella como una centella, y antes de que pudiera levantarse del todo, la agarró de la nuez con ambas manos. Le cubría la garganta con los dedos, tanto, que casi podía tocarse de un lado y de otro. La alzó en vilo, haciéndola chocar contra la pared.

—Dom… inique…

La expresión del *Brujo* no decía nada, era como si estuviera mirando un aburrido noticiario sobre deportes galácticos, o afeitándose medio dormido. No reaccionaba a nada, ni siquiera a las quemaduras que todavía le quedaban a pesar de la cura reparadora, o a la nariz que Calíope le había roto.

—Pa… pá…

Sintió que se quedaba sin oxígeno, que se le nublaba la vista y perdía el conocimiento. No podía terminar así. Era injusto… era… era…

Entonces oyó algo. Fue un golpe seco, brutal y contundente. El de acero contra el hueso. Cayó de golpe al suelo, y comenzó a toser como nunca había tosido, sin ver aún nada. La llamaban por su nombre, como en un sueño, y la zarandeaban con violencia. Cuando su vista se aclaró, se encontró con la cara de Pierce.

—¡¡Kiara, por el espacio, dime algo!!

—¿Pa… pá?

Las palabras le salían entrecortadas, con una voz tan rasposa y rasgada que ni siquiera todos los años de tabaco del mecánico podían igualarla. Trevor tenía lágrimas en los ojos.

—Yo… yo… lo siento. ¡Lo siento! —Su compañero se echó a llorar—. ¡Iba a matarte, como a los otros! ¡No podía permitirlo, y le di demasiado fuerte!

Entonces se apartó, y pudo ver aún desde el suelo que Pierce le había golpeado con una de las llaves inglesas del reactor. Era tan grande que habitualmente no podía levantarla con una sola mano, y la había empleado con todas sus fuerzas contra el capitán. Le había abierto la cabeza, desparramando su contenido por el suelo.

Gateó medio metro hasta tocar los dedos del *Brujo*, y se echó a llorar como nunca había llorado en su vida.

El mecánico la levantó, tan congestionado como ella, y la abrazó entre lágrimas susurrando que le perdonara. No quiso mirar de nuevo ni a su padre adoptivo ni a su tío.

La alarma de colisión empezó a pitar como loca. Pierce y ella podían haber estado abrazados durante horas, la verdad es que nunca lo supieron. Estaban tan dolidos, tan heridos en el corazón, que el tiempo de reacción se les esfumó entre los dedos.

Se quedaron mirando el uno al otro, sin entender qué pasaba, contemplando sus ojos enrojecidos.

—¡Fortuny! —corearon.

Salieron disparados hacia el puente, y Kiara se sentó a los mandos, recogiendo los cascos del suelo. Tenían el planeta justo debajo, estaban entrando en la atmósfera superior en velocidad de crucero, lo que equivalía a matarse con toda seguridad. Varias naves les ofrecían ayuda, llegando incluso a sugerirles disparar a los motores si estos se habían dañado. Movió los controles, sin éxito.

Una bala había perforado el cuadro de mandos, dándole seguramente a algo delicado. Pierce casi se le subió encima, desarmando los tornillos con un cacharro de su cinturón de herramientas. El proyectil había destrozado la transmisión electrónica de la palanca y los pedales, y no tenían forma de gobernar la nave sin una hora de reparaciones.

El mecánico arrancó dos cables, y cruzándolos, les puso un punto de soldadura. Notaron el tirón de inmediato, pero la aceleración era demasiado alta y la gravedad demasiado fuerte. Hicieran lo que hicieran, se estrellarían.

—¡¡A la cápsula, tenemos que irnos!!

—¡¡No!! ¡¡Es nuestro hogar!! ¡¡He crecido aquí!!

—¡¡Kiara, no tiene arreglo, nos vamos a desintegrar!! ¡¡La propulsión inversa evitará que nos quememos en la atmósfera, pero poco más!! ¡¡No sobreviviremos a una velocidad de impacto de más de tres mil kilómetros por hora!!

—¡¿Y los demás?!

—¡¡No llegaremos!!

—¡¡No podemos abandonarlos!!

—¡¡Kiara, te lo suplico!!

Se arrancó los cascos y echaron a correr en medio de un mar lágrimas. Aún con los ojos cerrados, se agachó ante su padre adoptivo y su tío y les arrancó sus colgantes. También tomó la espada corsaria del *Brujo*, y la cartera donde guardaba la patente de corso.

En lo que ella se detenía a por las reliquias de su familia, Pierce desatornilló su corchera en un santiamén, y recogió el primer maletín médico de los Cruzados que encontró cerrado. Allí estaba tirado el *Grito de Muerte*, así que también se lo colgó. Kiara se hizo con el *holoproyector* de recuerdos portátil de la mesa del comedor y ayudó a Trevor con lo que cargaba para que pudiera correr. Tenían todo lo importante: Las fotos, los símbolos, la patente y el mejor material del que disponían a bordo.

Subieron a la cápsula de salvamento a menos de mil metros del suelo, cayendo como un meteoro. Accionaron la palanca de eyección para intentar huir.

El *Pétalo Danzarín* se deshizo contra una montaña en mitad de una explosión devastadora.

Sobre la colección *Cruzados de las estrellas*:

Cruzados de las estrellas es una saga que relata la cruzada de los seres humanos contra la raza alienígena que destruyó su planeta natal. Esta serie consta de los siguientes volúmenes:

Volumen 1:
1. Orden de las Estrellas
2. Orden de Acero
3. Orden de la Cruz
4. Orden de la Vida
5. Orden Cronista
6. Armagedón: El Destino del Ala-Tres

Volumen 2:
7. El Báculo de Osiris
8. Heka, El Cayado de Osiris
9. Uas, El Cetro de Osiris
10. Renegado

Volumen 3:
11. El Orgullo de Venus
12. La Hija de Marte (2019)
13. Venganza por la Tierra (2019)

Volumen 4:
14. Las Garras del Creador (2019)
15. El Regalo de los Dioses (2020)
16. El Destino de la Cruzada (2020)

Las recopilaciones (volúmenes) están disponibles en papel y en formato electrónico. Los diferentes episodios se pueden también comprar por separado (sólo en formato electrónico).

Créditos y agradecimientos:

Agradecimientos:

A mi novia Raquel, por su eterna paciencia y apoyo.

A mis amigos Nel, Marina, Aurora, Jorge y Tabe; por ayudarme a conceptuar el universo de Cruzados de las Estrellas hace muchos años. Sin su ayuda, esto se hubiera quedado una idea loca de fin de semana.

A mi amigo Luis, por animarme a continuar la historia.

A mi padre, por animarme a publicarlo en Amazon y darme consejos sobre la portada y cómo publicar el relato. Sin su constante ayuda, sus correcciones y sus consejos, esto no hubiera sido posible.

A mi amiga Lis de http://www.nisthdu.net, por dejarme que la convenciera para tener una sección libre para colgar cosas como la primera parte de este relato en un foro medieval.

A todos los autores de ciencia ficción, especialmente Asimov, que han inspirado una generación completa de escritores amantes de las estrellas.

A todos vosotros, lectores, por compartir vuestro tiempo conmigo.

Créditos:

A J@b2 de Deviant Art, por la imagen de Loading.

Printed in Poland
by Amazon Fulfillment
Poland Sp. z o.o., Wrocław